Vor den Mauern Arqas
14. April 1099

Ursula hasste die Tage nach dem Kampf. Der Schlachtlärm war längst dem Stöhnen und Wimmern der Verwundeten und dem schrillen Klagen der Weiber gewichen. Heute hatten die Heiden einen Ausfall aus ihrer Stadt gewagt. Begonnen hatte der Tag mit einem Hagel von Pfeilen, dann drangen Hunderte von berittenen Bogenschützen aus den Toren Arqas, und kurz darauf ging alles erneut in ein Gemetzel Mann gegen Mann über. So rasch wie sie erschienen waren, zogen sich die Heiden wieder hinter ihre Mauern zurück. Auf dem Feld sah man nun, wie Leichen auf Karren gelegt, noch Lebende gestützt oder getragen Richtung Lager begleitet wurden, betende Mönche und Volk, welches noch brauchbare Waffen und Rüstungsteile abtransportierte, bis hin zu den Kindern, die Pfeile einsammelten. Zwischen all diesem erkannte Ursula auch Gefährtinnen, beim Verbinden von Wunden oder auch über leblose Körper gebeugt, auf Lebenszeichen hoffend. Der leichte Wind wehte nicht nur den Rauch der vielen Feuer, sondern auch das Gebrüll jener herüber, die von den Badern und Feldschern verarztet wurden und etwas von sich hergeben mussten. Abschneiden war hier leichter als Heilen. Das Schreien und Stöhnen mischte sich mit dem Latein der betenden Mönche und den Befehlen der Ritter, die im Lager und auf dem Feld gebrüllt wurden. Sie wandte sich ab und ging langsam durch das Lager zurück zu ihrem Zelt.

Auch sie hatte schon so oft zwischen all den Zeugnissen der Gemetzel nach Ohnmächtigen, Bekannten und manchmal auch nach Wertsachen gesucht. Noch Tage später hatte sie gemeint, den süßlichen Leichengeruch in der Nase zu haben. Heute war sie dazu aber nicht in der Lage. Ihr praller Unterleib spannte und hätte sie zu sehr behindert. Darüber hinaus spürte sie an diesem Tag, wie sich ihre Muskeln zusammenzogen, die neunmonatige Last nach unten drückten. Sie kannte diesen Schmerz.

Schon einmal hatte sie ein Kind zur Welt gebracht. Es schien ihr, als wäre das vor vielen, vielen Jahren gewesen. Ihr damaliges Leben kam ihr wie ausgelöscht vor. Doch darauf hatte sie ja auch gehofft, als sie sich vor fünf Jahren auf den Weg gemacht hatte.

Im Zelt angekommen, drückten sie die Schmerzen auf den Schemel nieder, und die Bahnen ihres Zeltes schienen zu verschwimmen. Sie rümpfte die Nase, die ersten Feuer zum Verbrennen der sterblichen Reste all der gefallenen Christen und Heiden waren entzündet worden, und ihr Rauch kroch durch die Zeltstadt.

Ursula schloss die Augen, und Bilder unangenehmer Erinnerungen drängten sich ihr auf. Sie sah sich, vierzehn Jahre alt, mit einem schweren Eimer gebückt aus einer niedrigen Türe kommen.

AUF DEM HOF DES BAUERN MATTHES

IRGENDWO ZWISCHEN BAMBERG UND REGENSBURG 1094

Das aus groben Brettern, Geflecht und Lehm gebaute Haus war mit Stroh bedeckt. Sie erkannte den Hof wieder. Durch die Öffnung im Dach quoll Rauch, den der Wind bis fast auf den schlammigen Boden herunterdrückte. Der Saum ihres aus grober Wolle gewebten Kleides schliff über die kleinen Pfützen hinweg, die ihre nackten Füße im Morast hinterließen. Im Eimer schwappten Essensreste von zwei Tagen, die sie zum Schweinekoben bringen musste. Das Seil des Holzeimers schnitt sich in ihre Handfläche.

Arbeit gab es nicht wenig auf dem kleinen Bauernhof. Manche Tätigkeit ging ihr hart an, doch sie war heilfroh, hier Hilfsmagd zu sein. So hatte sie ein Dach überm Kopf, was zu Essen und Arbeit.

Nach dem frühen Tod der Eltern, an die sie sich kaum noch erinnerte, war sie zuerst in der Verwandtschaft herumgestoßen worden. Alle taten sie hilfsbereit, aber wirklich gewollt hatte niemand ein zusätzlich zu stopfendes Maul. Schließlich hatte ein Oheim sich um eine Stellung für sie gekümmert, und so war sie schließlich auf diesen Hof gekommen. Das Dorf, in dem sie mit ihren Eltern gelebt hatte, war zwei oder drei Tagesmärsche entfernt. Von der Verwandtschaft hatte sich seitdem niemand mehr sehen lassen. Aber Ursula war zufrieden. Sie hatte ein neues Zuhause und war von den anderen Hofbewohnern gut aufgenommen worden. Ingrid, die Hausherrin, war froh gewesen, ein weiteres Paar Hände zu bekommen, das ihr mit den Kindern und bei der vielen Arbeit auf dem Hof helfen würde. Für sie und Ute, die Magd, war es immer schwieriger geworden, neben der Arbeit auch ihrem jüngsten Kind, der kleinen Magda, gerecht zu werden. Liesel, die erste Tochter, war gerade erst sieben Jahre alt und konnte die Kleine nicht wirklich hüten. Arnulf war mit seinen elf Jahren vernünftiger und umgänglicher, aber es war nicht seine Aufgabe, kleine Kinder zu hüten. Der älteste Sohn, Ludger, war alt genug, um mit Knecht Gernot und seinem Vater auf dem Feld zu arbeiten. Der Bauer selbst hieß Matthes. Er war nicht sehr groß gewachsen. Sein Sohn Ludger überragte ihn bereits um mehr als einen Kopf, doch Matthes' Gliedern sah man Kraft und die viele Arbeit an.

Vom Gemüt her war er ein einfacher Mann, meistens schwieg er und pflegte nur dann seine Stimme zu erheben, wenn es sich nicht vermeiden ließ. Er hasste das Geplapper der Weiber und Kinder, machte dazu meist ein mürrisches Gesicht, so dass er mit seinem dunklen Haar und dem Vollbart recht bedrohlich wirkte.

Sein Leben war kein leichtes, doch er mochte sich nicht beklagen. Der von den Eltern auf ihn übergegangene Hof brachte genug ein, um zu überleben. Die Hofgemeinschaft, die Tiere und das zu bestellende Land waren überschaubar. Mit den Nachbarn verstand er sich, man half sich gegenseitig, und vom Landesherrn, demgegenüber sie lehensverpflichtet waren, hatten sie seit sehr langer Zeit nichts zu sehen bekommen. Nun, wer nicht kommt und fordert, der braucht wohl auch nichts. Sollte der Herr doch eines Tages sein Lehen fordern, würden sie auch das schaffen.

Seit über einem Dutzend Sommern war er mit Ingrid verheiratet. Die Eltern hatten sie für ihn ausgesucht. Sie stammte von einem der Nachbarhöfe ab und brachte zwei Äcker mit in die Ehe. In den ersten Jahren waren sie zusammen mit seiner Mutter, dem Knecht und der Magd zu fünft auf dem Hof gewesen. Seither waren die Kinder und Ursula hinzugekommen, und die Zahl der zu stopfenden Mägen hatte sich verdoppelt.

Ester, die Mutter des Bauern, war schon alt, gebeugt von vielen Jahren und harter Arbeit. Was sie noch tun konnte, tat sie, aber viel war das auch nicht mehr. So war Ursula allen willkommen.

All das Wohlwollen ihr gegenüber erfüllte sie mit Stolz, und die Strenge der Bäuerin nahm sie hin. Es waren harte Zeiten, in denen Ingrid Matthes gegeben worden war. Die Äcker ihrer Eltern gaben einfach nicht mehr her, und so hatte sie sich gefügt, als sich die Eltern nach einem Mann umschauten. Bei Matthes auf dem Hof war sie anfangs nur schwer zurechtgekommen. Sie wusste sich nicht zwischen ihrem Mann und dessen Eltern einzuordnen. Als der alte Bauer beim Holzen von einem Baum erschlagen wurde, übernahm Ingrid die Rolle, die ihr Mann bis dahin innehatte. So war ihr Ton strenger und härter geworden als es ihrem Herz entsprach. Die Geburten der Kinder waren ihr auch nicht leichtgefallen. Zwei Bälger hatte sie bereits im Kindbett verloren. Seit Magda auf der Welt war, gab Ester ihr einen Kräutersud, der eine weitere Schwangerschaft zu verhindern verstand. Davon durfte Matthes aber nichts wissen. Ursula war ihr sehr willkommen, und sie hatte bereits nach wenigen Monaten das Mädchen mit seiner ruhigen, freundlichen Art ins Herz geschlossen. Nur Freude zeigen konnte sie nicht, dass ihr das neue Mitglied der Hofgemeinschaft mit ihrem wachen Verstand die eine oder andere Last abnahm. Zu lange war sie zweiter Bauer gewesen, und die mürrische Art ihres Mannes hatte auf sie abgefärbt. Ursula kam mit allen gut aus, nur die Freundlichkeit Ludgers machte ihr zu schaffen. Zuerst hatte der Jungbauer nur wenig Interesse an ihr gezeigt, doch mit den Jahren und Ursulas Heranwachsen änderte sich dieser Zustand, und Ludger stellte ihr nun schon seit einigen Monaten regelrecht nach. Als Sohn des Hausherrn und künftiger Erbe glaubte der heranwachsende Knabe, sich einiges herausnehmen zu dürfen. War sein Vater Matthes nicht in der Nähe, spielte sich Ludger auf wie der Herr selbst, gab Befehle, drohte und ließ besonders Ursula nach seiner Pfeife tanzen. Selbst der Knecht spurte unwillig, wenn der Knabe etwas sagte. Doch Knecht und Magd wussten sich auch zu wehren, und so war es Ursula, die am meisten unter Ludger zu leiden hatte. Und seit kurzer Zeit ließ es der Jungbauer nicht bei Befehlen und Ordern bleiben, sondern suchte auch immer wieder körperliche Nähe. Ganz unvermutet drängte er sich von hinten an sie oder berührte sie im Vorbeigehen. Und jedes Mal sah er ihr mit einem frechen Grinsen ins Gesicht.

Ursula war ständig auf der Hut und versuchte, ihm einfach aus dem Weg zu gehen. Vor allem achtete sie aber darauf, nicht allein zu sein, sobald sie ihn in der Nähe wusste.

Den schweren Eimer mit beiden Händen haltend hatte sie es geschafft, ohne auszugleiten den Hof zu überqueren. Am Gatter zum Schweinekoben holte sie noch mal tief Luft, bevor sie sich in den engen Verschlag bückte. Der Gestank verschlug ihr jedes Mal den Atem. Rasch wollte sie den Eimer in den Trog leeren, an dem bereits die zwei Sauen schmatzend und grunzend auf ihr Fressen warteten, als sie ihn hinter sich spürte. Sie drehte sich um und wollte das Weite suchen, doch er stellte sich ihr in den Weg. Mit niedergeschlagenen Augen raunte sie ihn an: „Lass mich, ich hab' zu tun."

Er rührte sich nicht. Sie wollte sich an ihm vorbeidrücken, aber er machte einen schnellen Schritt zur Seite, und sie prallte gegen seine Brust. Seine kräftigen Hände packten zu, hielten sie an der Hüfte. Er leckte sich über die Lippen. „Langsam, langsam, Mädchen." Er langte fester zu, knetete ihr Fleisch. Es tat schon fast weh, und sie fand es ebenso widerlich wie den Geruch der hinter ihr schmatzenden Tiere. Mit zornig blitzenden Augen schaute sie ihm direkt ins Gesicht.

„Lass los, sonst ...", zischte sie und versuchte sich aus seinem Griff zu winden.

„Sonst was?" Kurz ließ er locker. Ursula drehte sich und wollte weglaufen, doch seine Arme schlangen sich von hinten um ihren Leib.

„Sonst was?" flüsterte er erneut. „Sonst gehst du wieder zurück in die Gosse?" Seine Hände grabschten nach ihrer Brust. Mit aller Kraft riss sie sich los, fuhr herum und gab dem Kerl eine kräftige Backpfeife. Dann rannte sie über den Hof und schlich verstohlen zu ihrem Lager. Erst dort merkte sie, wie erhitzt sie war und wie ihr heiße Tränen über die geröteten Wangen liefen. Zurück in die Gosse. Die Worte hallten in ihr nach. Sie machten ihr ihre Stellung als Waise und Hilfsmagd nur zu deutlich. Und jetzt hatte sie den Jungbauern geschlagen. Sie war drauf und dran, ihr Bündel zu packen, als die Bäuerin nach ihr rief.

„Ursula, wo bleibst du? Was hast du mit dem Eimer gemacht?"

Ursula war zum Herdfeuer getreten. Ingrid rührte den allabendlichen Eintopf im Kessel. Dies schien ihre ganze Aufmerksamkeit zu fordern. Sie schaute nicht auf, als Ursula Auskunft gab: „Oh, den hab ich bei den Sauen stehengelassen." Zögerlich kam diese Antwort, und sie versuchte, mit gesenktem Haupt ihre Tränen zu verbergen. Die Bäuerin bemerkte aber nicht einmal das leichte Zittern in Ursulas Stimme. Der Dampf aus dem

Kessel roch nach Knochen, Talg und Kräutern. Einen kurzen Moment atmete das Mädchen diese Mischung und spürte, wie ihr das Wasser im Mund zusammenlief, bevor Ingrids Worte sie mahnend fortschickten.

„Ja, dann hol ihn rasch! Was soll er da draußen?" befahl sie ohne aufzusehen.

Ursula beeilte sich, den Worten der Hausherrin nachzukommen, und huschte erneut nach draußen. Sie betrat den Koben ohne Zögern. Sie wusste, Ludger würde dort nicht mehr stehen. Schnell griff sie sich den Eimer und eilte zurück ins Haus.

Der Rest des Tages war angefüllt mit Arbeit, die Ursula, getrieben von ihrem schlechten Gewissen, beflissener als sonst verrichtete. Doch niemand kam, um sie zu schelten. Ludger sah sie an diesem Tag nicht mehr. Erst beim Abendbrot saßen sie dann zwangsläufig gemeinsam am Tisch. Nur einmal wagte sie, verstohlen in seine Richtung zu schauen, er schien sie aber nicht zu beachten. Innerlich atmete sie auf und nahm sich vor, noch mehr auf der Hut zu sein. Später, im Dunkeln auf ihrem Lager, kam ihr der Gedanke, dass Ludger trotz der Schelle so schnell nicht aufgeben würde.

Ute, die Magd, lag neben ihr. Sie lauschte auf das gleichmäßige brummende Atmen der Schlafenden. In der Dunkelheit drückte sie ihr Gesicht etwas fester in das Lager, das Heu knisterte unter dem groben Sacktuch. Es roch nicht mehr frisch, sondern dumpf nach ihrem Schweiß und feucht-faulig. Wenn sie die Augen schloss, sah sie Ludgers Gesicht dicht vor sich. Seine feuchten Lippen, den flaumigen Bartwuchs, die Strähnen seines schulterlangen Haars, die teilweise sein Gesicht verdeckten. Die Erinnerung an seinen Blick, die Wärme seiner Hände und seiner Arme beunruhigten sie. Er hatte sie so an sich gedrückt, dass sie ihn von oben bis unten hatte spüren können, und dann hatte er nach ihrer Brust gegriffen. Ursula war sich der Veränderungen bewusst, die in den letzten zwei Jahren in ihr vorgegangen waren. Ihre Brust hatte irgendwann ganz von selbst angefangen anzuschwellen. Nun waren da zwei feste Hügel, an deren Spitzen sich dunkler ihre Brustwarzen erhoben. Letzten Sommer hatte sie zum ersten Mal geblutet. Ute hatte ihr geholfen und sie unterrichtet, dass die Schöpfung dies bei den Frauen so angelegt hatte. Sie hatte ihr gezeigt, wie sie sich ein gefaltetes Stück Stoff zwischen die Beine binden musste, um den Monatsfluss aufzufangen und ihre Arbeit verrichten zu können.

„Du bist jetzt kein Mädchen mehr“, hatte sie ihr noch gesagt, doch was das bedeutet, wurde ihr nun erst klar. Die Erinnerung an Ludgers Nähe machte ihr Angst und erfüllte sie gleichzeitig auch mit einem anderen Gefühl, das ihr aber völlig fremd war. Sie spürte Wärme in ihre Wangen schießen und versuchte, sie mit den Handrücken zu kühlen. Sie drehte sich auf den Rücken und spürte dieselbe Hitze mitten in sich. Beunruhigt legte sie sich die Hände auf den Bauch und versuchte, den Drang, heftiger zu atmen, zu unterdrücken. In sich hineinhorchend fielen ihr schließlich die Augen zu.

Ein blasser Schimmer über den Wipfeln des nahen Waldes kündigte den neuen Tag an. Die alte Ester war immer die erste, die frühmorgens durch das Haus schlurfte. Sie fachte das Herdfeuer an und schob den mit Wasser gefüllten Kessel über die auflodernden Flammen. Das war meist die Zeit, in der sich Ingrid zu ihr gesellte. Sie half der Alten, in einem weiteren Topf das geröstete und über Nacht gequollene Getreide zu einem Brei zu kochen. Die Handgriffe waren jeden Tag die gleichen, und kein Wort war zwischen beiden nötig. Die Geräusche, die sie machten, und der frische Rauch des Feuers weckten alle anderen. Nur die Kleinsten schliefen noch weiter und mussten später geweckt werden. Ute gab jedes Mal, wenn sie sich vom Lager erhob, Ursula einen kleinen Stoß, dabei wäre das gar nicht nötig gewesen, denn das Mädchen lag längst wach da und lauschte auf all die Geräusche des erwachenden Hofes. Nicht lange, und eine der beiden Kühe würde zu brüllen beginnen. Ute hatte dann oft erst ein oder zwei Löffel Brei gegessen und ließ ihre Holzschale nur äußerst ungern stehen. Das Melken hatte allerdings Vorrang. Sie würde später den kalten Rest zu sich nehmen. Auffordernd schaute Ute Ursula an. „Ja, ich komme“, murmelte sie mit vollem Mund, stand auf, griff sich den Eimer und folgte der Magd in den Stall.

Die beiden Kühe verstummten und sahen den beiden Frauen erwartungsvoll entgegen. Ute hockte sich mit dem Eimer hin und griff nach dem vollen Euter. Ursula kämpfte zuerst mit dem Schwanz des Tieres, bis sie ihn mit einer Schlaufe gebunden daran hinderte, sie oder Ute zu treffen. Dann hockte sie sich auf die andere Seite, ergriff die beiden freien Zitzen und drückte die Milch mit gleichmäßigen Bewegungen aus ihnen heraus. Sie schmiegte ihre Wange an den warmen Bauch der Kuh, und diese Wärme sowie der Duft aus Heu und Dung ließen sie manchmal die schon nach kurzer Zeit schmerzenden Unterarme vergessen. Noch gar nicht lange zählte das Melken auch zu ihrem Aufgabenbereich, und ihre Muskeln mussten sich noch an die neuen Anforderungen gewöhnen. In der dunstigen Wärme des Stalls gab sie manchmal dem Drang nach, die Augen zu schließen, doch spätestens, wenn Ute mit ihrer Seite fertig war und unwirsch ihre Hände beiseiteschob, fühlte sie sich dabei ertappt und hatte ein schlechtes Gewissen. Bei der Arbeit träumen, eigenen Gedanken nachhängen, all das wurde nicht gerne gesehen. Manchmal glaubte Ursula, sie sei auf dem Hof die einzige, deren Gedanken sich immer wieder in Träumereien und Wünsche verloren.

Vor den Mauern Arqas
14. April 1099

„Ursula, Ursula! Was ist mit dir? Träumst du?“ Hildes Stimme holte sie zurück unter die Zeltplanen des Lagers. Mit besorgtem Blick stand die Freundin vor ihr und schaute ihr ins Gesicht. Amüsiert registrierte Ursula, dass Hilde sich dazu nicht einmal zu ihr herabbeugen musste, obwohl sie in sich gesunken auf dem Schemel kauerte. Zu Hildes geringem Wuchs kam noch ihre körperliche Fülle hinzu, die etwa das Ausmaß und den Umfang von Ursulas den Umständen nach angeschwollenem Leib hatte. So ungleich die beiden Frauen auch sein mochten, so tief war ihre Zuneigung zueinander, die im Lauf der gemeinsam durchstandenen Monate gewachsen war. Ursula versuchte zu lächeln. „Es geht schon, Hilde. Dem Kleinen wird es wohl langsam zu eng. Hast du einen Becher Wasser für mich? Ich habe nur etwas gedöst.“

Erstaunlich flink wuselte Hilde durch das unaufgeräumte Zelt und brachte ihrer Freundin einen Becher. „Ursula, du musst noch etwas durchhalten. Wir werden wohl heute noch packen müssen“, sagte sie und beobachtete, wie Ursula den Becher in einem Zug leerte. Sie machte sich Sorgen. Es konnte nicht mehr allzu lang bis zur Geburt dauern, und sie wünschte sich, vorher noch in der Stadt angekommen zu sein. Ihr Mienenspiel verriet allerdings nichts von all ihren Gedanken.

„Danke“, seufzte Ursula und stellte den Becher ab. „Wie sieht es draußen aus? Ist es schlimm?“ „Nein, nicht schlimmer als sonst auch. Auch die Schwerter der Heiden schlagen tiefe Wunden. Aber allzu viele Tote haben wir diesmal nicht zu beklagen. Ich habe dem Bader versprochen, ein paar saubere Tücher zu bringen. Weißt du, wo wir noch welche haben?“ Hilde war schon wieder auf den Beinen, huschte im Zelt umher und schaute in Säcke und Kisten. „Ah, da sind sie“, rief sie noch aus und war fast im selben Moment mit ihrer Beute wieder durch die Zeltbahnen hindurch Ursulas Blicken entschwunden. Ursula richtete sich langsam auf, blieb aber noch etwas auf dem Schemel sitzen. Sanft streichelte sie über die pralle Rundung ihres Bauches. Als sie sich schließlich langsam erhob, spürte sie erneut dieses Ziehen. Sie hielt sich am Holz der Tischplatte und sog heftig Luft zwischen den zusammengebissenen Zähnen ein. Der Schmerz ließ nach, doch nun spürte sie ein anderes Drängen. Sie musste raus, das Kind drückte ihr heftig auf die Blase. Vorsichtig setzte sie sich in Bewegung, trat vor das Zelt in die gleißende Sonne und ließ ihren Blick über den etwas abgelegenen Teil des Heerlagers schweifen. An einigen Stellen kringelte sich träge Rauch in die vor Hitze flimmernde Luft. Kaum jemand bewegte sich zwischen den Zeltpyramiden. Die meisten lagen sicherlich auf ihren Säcken und ruhten nach den Anstrengungen der letzten Tage. Niemand begegnete ihr auf dem Weg an den Rand des Lagers. Hinter dem ersten dürren Busch ging sie vorsichtig in die Hocke und befreite sich von dem unangenehmen Druck. Als sie wieder stand, fühlte sie sich bedeutend besser und hatte eine Idee. „Wenn ich schon mal unterwegs bin", dachte sie bei sich, „kann ich gleich mal schauen, ob ich nicht ein paar Kräuter für einen entspannenden und lindernden Sud finde." So wie jedes Mal, wenn sie sich anschickte, ihr Wissen um all die Kräfte der Pflanzen zu benutzen, dachte sie voller Dankbarkeit an Ester, die alte Bäuerin, die sie in den Jahren auf dem Hof darin unterrichtet hatte. Mit kleinen Schritten kehrte sie zum Zelt zurück, trank noch einen Schluck und griff sich ihren Beutel. So ausgerüstet kehrte sie den Zelten den Rücken zu und mühte sich bedächtig den nächsten Hügel hinauf. Ihre Blicke richtete sie vor sich auf den Boden. Die verschiedenen Gewächse musternd, die hier auf dem kargen Boden wuchsen, suchte sie nach vertrauten Blüten oder Blattformen. So stapfte sie eine ganze Weile vor sich hin, die Hände in die Hüften gestützt, ihren runden Bauch vor sich her tragend, als ihr plötzlich ein vertrauter Geruch in die Nase stach. Der Herkunft dieses Aromas nachspürend, hatte sich vor ihrem inneren Auge bereits die dazugehörige Pflanze geformt, und die Erinnerung an ihren Nutzen stimmte sie zuversichtlich. „Majoran, sehr gut, der kann helfen." Einige Schritte weiter erstreckten sich die Pflanzen mit den weiß bis zart rosafarbenen Blütendolden über eine kleine Mulde. Ursula zog einige Blätter von den Stengeln, zerrieb diese zwischen ihren Handflächen und führte sie dann gefaltet zur Nase. Tief sog sie den würzigen Duft ein. „Hmm, sehr gut." Der Lust folgend, ließ sie sich zwischen die Kräuter sinken, genoss den Geruch und schloss verzückt die Augen. Wieder stieg Dankbarkeit in ihr auf. Ob Ester je geahnt hatte, wieviel Gutes die Weitergabe ihres Wissens an Ursula im Leben des Mädchens bewirken würde? Ohne dieses Wissen wäre sie jetzt wahrscheinlich nicht hier. Sie schloss die Augen und erinnerte sich daran, wie alles begann.

AUF DEM HOF DES BAUERN MATTHES

SOMMER 1094

Gebückt auf ihren Stock gestützt stand die alte Frau am Rand der Wiese und wiegte den Kopf hin und her. An den Rändern ihrer Haube zeigten sich einige weiße Strähnen, die der Wind hervorgezerrt hatte. Ursula sah sich durch das Gras hüpfend zur Alten eilen. „Was schaust du da, Ester?"

Die Angesprochene hob den Kopf ein wenig. Schräg nach oben blinzelnd lächelte sie dem jungen Mitglied der kleinen Hofgemeinschaft entgegen und antwortete: „Was da wächst, mein Mädel, was da wächst." „Und was wächst da?" „Gutes Kraut. Feines Kraut, das hilft, wenn du nicht schlafen kannst oder gar zu zappelig bist." Und sie zeigte mit ihren knorrigen Fingern auf ein Gewächs mit kleinen fedrigen Blattreihen, das zwischen den Grasbüscheln seine jungen Triebe der Sonne entgegenreckte. „Kann auch vor Geistern schützen, aber noch ist die Pflanze zu jung, zu jung. Muss noch eine Weile wachsen, damit viel Saft und Kraft in die Wurzeln geht."

Ursula sah das Mütterchen mit offenem Mund staunend an. Ester kicherte angesichts des sprachlosen Mädchens. Um ihren beinahe zahnlosen Mund und ihre hellen Augen herum vertieften sich dabei die Furchen der unzähligen Falten ihres Gesichts.

„Woher weißt du das? Wie macht die Pflanze das?" wollte Ursula wissen, nachdem das erste Erstaunen von ihr gewichen war. Ester wiegte schweigend den Kopf. „Komm", sagte sie schließlich, richtete sich auf, nahm das Mädchen an die Hand und führte es zu einem in der Nähe liegenden Baumstamm. „Lass uns hier kurz sitzen." Langsam ließ sich die alte Frau auf den Stamm sinken, und Ursula musste sie dabei stützen. Als sie sich neben Ester niedergelassen hatte, schwieg die alte Frau noch eine Weile. Das Kind neben ihr merkte, es war jetzt besser zu schweigen, auch wenn ihm Hunderte von Fragen auf der Zunge brannten. In Ursulas Kopf herrschte die reine Neugierde.

„Ganz altes Wissen. Immer wieder weitergegeben von Mutter zur Tochter und deren Tochter und der Tochter Tochter der Tochter. Meine Mutter hat mir viele Pflanzen gezeigt und mir beigebracht, welche Kräfte in ihnen wohnen und wie man sie benutzen kann. Nur ich, ich habe keine Tochter, und wenn ich sterbe, stirbt mein Wissen mit mir. Ingrid weiß ein wenig, doch ich weiß viel mehr. So ist das Leben. Unser Herrgott weiß, wozu es gut war. Ja, er weiß es." Sie holte tief Luft und seufzte. Die entstehende Pause nutzte Ursula, begierig mehr zu erfahren über das alte Wissen, und von einem Anflug Mitleid angespornt. „Lass mich deine Tochter sein!" entfuhr es ihr spontan, sie kam sich zugleich aber sehr vorlaut vor und fügte kleinlaut hinzu: „Ich würde gerne all die Pflanzen kennen."

Ester lächelte schweigend vor sich hin. Sie hatte schon bald, nachdem das Mädchen auf den Hof gekommen war, gespürt, unter diesem Blondschopf wohnt ein heller Geist. Nun konnte sie die Wissbegierde neben sich geradezu fühlen und wog die Idee des Mädchens in sich ab. Sicher, es wäre gut, wenn sie ihr Wissen noch weitergeben könnte, aber was würde ihr Sohn davon halten? Ihr Umgang mit Kräutern und Wurzeln war ihm verdächtig, und nicht selten hatte er gewarnt, sie werde den Hof mit solcher Hexenkunst noch in Verruf bringen. Doch den Sud, der seinen Husten im Winter gelindert hatte, und die Umschläge auf das verstauchte Bein hatte er dankend angenommen. Ach, was sollte er schon sagen? Wenn das Mädchen seine sonstigen Arbeiten nicht vernachlässigte, gäbe es nichts einzuwenden.

Schließlich drehte sie ihren Kopf und schaute Ursula fest in die Augen. Mit ernstem, offenem Blick hielt diese der Musterung stand. Was ging in Esters Kopf vor? fragte sie sich und wusste zugleich, dass die alte Frau sich dasselbe in bezug auf sie fragte. Ein kleines verlegenes Lächeln schlich sich um ihre Mundwinkel. „Gut, ich werde es dir zeigen. Aber zuerst bring mir ein Blatt von dem Kraut, das ich dir eben gezeigt habe."

Es war ein kleiner Test, und Ester hatte keinen Zweifel daran, dass Ursula ihn bestehen würde. Schon war das Mädchen wieder bei ihr mit einem Zweiglein Baldrian in der Hand. Was folgte, war für Ursula ein wunderbares Spiel, das sie hätte endlos betreiben wollen. Die Alte zeigte ihr ein Kraut und wies sie an, woanders danach zu schauen. Wenn Ursula meinte, das gleiche Gewächs gefunden zu haben, trat Ester hinzu und lobte den Fund oder schüttelte mit dem Kopf. Dann zeigte sie Ursula die kleinen Unterschiede zwischen der richtigen und der falschen Pflanze. Sie wies auf verschieden Blattformen, Blütenstände oder Stengel hin. Hatte Ursula die richtige Pflanze gefunden, folgten dem Lob einige kurze Sätze über die Kraft und Nützlichkeit, die in dem Kraut zu finden waren. Die Zeit verging Ursula dabei wie im Flug, und viel zu bald war immer der Zeitpunkt erreicht, an dem sie sich wieder ihren Pflichten zuwenden musste oder von der Bäuerin gerufen wurde.

Behutsam unterrichtete Ester ihren Sohn und dessen Frau Ingrid von ihrem Plan, Ursula zu unterweisen. Sie führte ihre eigene Gebrechlichkeit an und dass sie nicht mehr so gut sehe. Das Mädchen wäre ihr eine große Hilfe und würde so auch dafür sorgen, dass immer reichlich Kräuter für Essen und Trinken im Hof wären. Ihr Wissen, das wusste die alte Frau, hatte auf dem Hof schon so manchem geholfen, und auch wenn klares Wasser, die Flüssigkeit, die nach dem Buttern übrigblieb, Dünnbier, das sie selber brauten, und verdünnter Wein die häufigeren Getränke waren, so hatten sich längst alle daran gewöhnt, dass es auch Aufgüsse von Kräutern gab. Besonders der Sud aus Melisse, Hagebutten und getrockneten Apfelschalen sowie Brombeerblättern, etwas gesüßt mit Honig, erfreute sich als erfrischender Trank großer Beliebtheit auf dem Hof. Matthes war rasch bereit, seine Mutter gewähren zu lassen, doch seine Frau sträubte sich. „Ja, und was wird aus der Arbeit? Dann hängen die Kleinen mir wieder an den Rockzipfeln, und nichts geht voran." Ester ließ diesen Einwand nicht gelten. „Ursula kann Liesel und Magda mitnehmen, sie werden nicht stören", erwiderte sie ihrer Schwiegertochter. „Sollte Arbeit liegenbleiben, werde ich das Mädchen scheuchen", versicherte sie zusätzlich. Matthes brummte: „Lass sie es versuchen. Wenn es nicht geht, geht's nicht. Ansonsten kann es nicht schaden." Damit war eigentlich alles entschieden, und Ingrid zeigte sich einverstanden.

Für Ursula waren die folgenden Wochen wie ein Rausch. Sie wurde nicht müde, Neues zu lernen, und all das, was sie erfuhr, bewahrte sie in ihrem Kopf auf wie in einem Schatzkästchen. Schon bald begann Ester zu überprüfen, was das Mädchen von den Eigenschaften der Pflanzen und ihren Erscheinungsbildern behalten hatte. Zu ihrer großen Freude zeigte sich, dass Ursula nicht nur immer weniger Fehler machte, sondern auch fast jeden Satz der Alten so gut wie wörtlich behalten hatte. Sie änderte das Spiel und forderte ihre Schülerin nun auf, ihr etwas gegen das eine oder andere Leiden zu bringen. Ursula versuchte, jede gestellte Aufgabe möglichst rasch zu erfüllen, und wollte immer noch mehr. Zwischendrin lief sie den Kleinen nach, erledigte flink eine Arbeit und kehrte wissbegieriger denn zuvor zu Ester zurück.

Dann sprang sie wieder zwischen den Bäumen und Büschen hin und her, die Augen suchend auf all die Pflanzen um sich herum gerichtet. Doch sie lernte nicht nur all das, was Ester ihr erzählte. Unbewusst nahmen ihre nackten Füße auch den Untergrund wahr, über den sie lief, waren es trockene Nadeln, raschelnde Blätter oder feuchtes Gras. Ebenso prägten sich ihr die Umgebungen der Pflanzen ein, welche Bäume in der Nähe standen, welches Kraut in direkter Nachbarschaft wuchs, ob die Sonne eine Pflanze beschien oder ob sie verborgen im Halbdunkel des Schattens gedieh. Ester beobachtete das alles mit wachsender Freude. Oft huschte ihr ein Lächeln über das faltige Gesicht, wenn sie dem rotblonden, im Laufen wehenden Haarschopf nachsah, auf dem das Sonnenlicht helle Reflexe zeichnete. Der Umgang mit Ursula tat ihr gut. Längst war sie nicht mehr die mürrische Alte. Sie genoss es, wenn sie sich mit dem Mädchen gemeinsam über eine Blüte beugte, beide prüfend und genussvoll schnuppernd. Wenn Ursula zu ihr zurückgeeilt kam, stolz ihren Fund präsentierte oder die Blätter eines Krautes zwischen ihren Handflächen zerrieb und ihr die leicht geöffneten Hände unter die Nase hielt, damit sie daran riechen konnte.

Staunend sah sie die Geduld des Mädchens im Umgang mit den Bauernkindern. Kein Stöhnen oder Murren entfuhr ihr, wenn die Kleinen sie von der Pflanzenkunde abhielten. Nie schien dem Mädchen eine Arbeit zuviel oder zu einer unpassenden Zeit, willig und duldsam fügte sie sich und gab sich offensichtlich allergrößte Mühe, allen gerecht zu werden, um ja nicht die Zeit mit ihr zu verlieren. Unterm Scheunendach hingen große Sträuße gesammelter Kräuter zum Trocknen, mehr als je zuvor. Beeren und Früchte sammelte Ursula mit den Kleinen, und Matthes sorgte dafür, dass Ester mit ihr immer öfters auch allein ohne die Last der beiden jüngsten Hofbewohner losziehen konnte.

So ging der Sommer schneller dahin, als sich die beiden ungleichen Freundinnen gewünscht hätten. Als kühlere Nächte und flammendes Laub den nahenden Winter ankündigten, konnte Ester ihrer Schülerin schon zusätzlich einiges vom Pilzesammeln vermitteln. Stundenlang streiften sie über Nadeln und Moosteppiche und durch feuchtes braunes Laub. Ursula verschwand immer wieder im Unterholz, suchte Plätze auf, an die Ester nicht mehr gelangen konnte. Doch nie war sie lange weg, da sie alles, was sie fand, der alten Frau sofort berichten oder zeigen wollte. Über die Monate hinweg hatte Ursula so starkes Vertrauen in die Großmutter gefasst, dass sie auch ihre innersten Regungen und Gedanken vor ihr nicht verbarg. „Schau, Ester“, rief sie voller Freude, „der Baum dort sieht aus, als würde er brennen. Ist das nicht wunderschön?“ Und wirklich, das im leichten Wind zitternde Laub in seiner goldenen, rotbraunen Pracht flammte im Sonnenlicht. Diese Freuden teilten beide ganz allein, denn auf dem Hof war kein Platz für dergleichen.

„Schau Mütterchen, dieser Pilz sieht ganz so aus wie das Teil des Hundes, wenn er die Hündin bespringt.“ Es gab nichts, was Ursula Ester gegenüber nicht äußerte. Auch die Veränderungen an ihrem Körper, die Blutungen und die Haare in den Achselhöhlen waren Inhalte ihrer vertraulichen Gespräche. Vorsichtig weihte Ester ihren Schützling in die Geheimnisse von Leben und Geburt, von Mann und Frau und auch von Gott und der Welt ein. Ursula nahm auch diese ernsteren Dinge ohne Argwohn auf und stellte nur kurze, unbedingt nötige Fragen. Längst hatte sie begriffen, dass neben ihr eine unbegreiflich große Menge an Wissen zwischen den Bäumen spazierte, und sie zweifelte keines der Worte Esters an.

Diese beobachtete mit Freude und Stolz, wie sich das Mädchen entwickelte. Die viele Bewegung, das ständige Hin- und Herlaufen hatten ihm sichtlich gutgetan. Ursulas Beine waren kräftiger geworden, ihre Haut war gebräunt, und ihr ganzes Erscheinungsbild wirkte sehr viel gesünder als zu der Zeit, da sie auf den Hof gekommen war. Ester wusste, dass all die Erd-, Blau- und Himbeeren, die das Mädchen im Vorübergehen naschte, die für sie nur eine willkommene Süßigkeit darstellten, viel zu der Gesundheit der Heranwachsenden beigetragen hatten. Gerne hatte Ester dafür ihr Wissen von besonders ergiebigen Fundorten preisgegeben, das sie bisher ganz für sich behalten hatte.

Auch der Bauer Matthes bemerkte die Veränderungen an der jungen Magd. Er sah, dass auch seine Mutter über den Sommer wieder lebendiger geworden war. Er wusste nicht, wie das vonstatten ging, spürte aber, dass der Umgang des Mädchens mit seiner Mutter gut war, und so beschloss er, diesem Geschick einfach seinen Lauf zu lassen, selbst wenn es über das nächste Jahr hinausgehen sollte.

Ihn plagten indes andere Sorgen. Das Wenige, das sie geerntet hatten, war eingebracht. Das Futter würde für die zwei Kühe, die Ochsen, die Schweine und das andere Viehzeug reichen, darüber musste er sich keine Gedanken machen. Er wusste aber, wie sich die bevorstehende Jahreszeit, das schlechte Wetter, die Kälte und die Dunkelheit auf die Hofgemeinschaft auswirken konnten. Jedes Jahr war ihm nicht wohl bei dem Gedanken an die Monate nach der Ernte. Wie lange würde der Winter diesmal dauern? Er hasste es, in der Hütte eingesperrt zu sein, mit allen Hofbewohnern und dem Vieh in einem Raum zu hausen. Tatenlos ausharrend, bis die Vorräte immer mehr zur Neige gingen. Prüfend schaute er noch einmal hinauf zum dunkelgrauen Abendhimmel. Es würde nicht mehr lange dauern. Dann duckte er sich unter dem Türsturz hindurch, schüttelte die Gedanken zusammen mit der kühlen Luft von sich ab, um nicht noch mürrischer als sonst am Tisch zu sitzen.

Er sollte recht behalten. Schon wenige Tage nach seinem düsteren Ahnen hielt der Winter Einzug, und es gab kaum ein Eck auf dem Hof, wo man nicht seine eisige Hand spürte. Nur in der großen Stube, bei dem Herdfeuer war es einigermaßen erträglich. Dort saßen sie dann alle am Tisch oder direkt neben dem Feuer. Die Zeit war lang, und jede Beschäftigung willkommen. Außer dem Versorgen der drei Schweine, der Rinder und besonders des neuen Kalbs, der Ziegen, Schafe und des Federviehs gab es nicht viel zu tun. So versuchten alle, den Alltag mit den

Dingen zu füllen, für die im Sommer keine Zeit gewesen war. Reparaturen an Kleidung und Hausrat, das Erstellen von Flechtwerk gehörten ebenso dazu wie das wiederholte Reinigen von Koch- und Essgeschirr.

Ursula hatte den großen Kessel jetzt schon zum dritten Mal ausgescheuert und außen von der dicken Rußschicht befreit. Der Bauer saß mit Ludger am Tisch. Sie schliffen ihre Messer. Gernot, der Knecht, und Arnulf, der zweite Bauernsohn, waren neben dem Feuer mit dem Flechten von Körben beschäftigt. Liesel und Magda saßen auf dem Boden und spielten mit Tannenzapfen. Ingrid und die alte Ester spannen im Licht der Flammen Schafswolle mit Handspindeln. Ursula sah ihnen gerne dabei zu. Immer wieder neu ließ sie sich vom Entstehen der Fäden unter den geschickten Händen der Frauen fesseln. Wie diese immer wieder die Spindel mit gekonntem Fingerschnippen zum Drehen brachten und diese sich mit wachsender Fadenlänge immer weiter zu Boden senkte, bis sie aufsetzte, die Spinnerin das neu entstandene Garn aufwickelte und die Spindel erneut kreiseln ließ. Außer den Geräuschen der Arbeiten, dem Sirren der Klingen, die über den Schleifstein gezogen wurden, dem Knacken der Äste beim Flechten und des Holzes im Feuer, war nur das Brabbeln der Kleinen zu hören. Und natürlich das Husten aus allen Ecken des Raumes, von Mensch und Tier, denn die Luft war schwanger mit dem Rauch des Feuers, der an manchen Tagen gar nicht abziehen wollte, obwohl es durch alle Ritzen und Lücken zog.

Die Tage, an denen man kaum vor die Türe gehen konnte, wurden dann immer häufiger. Der eiskalte Wind und der Schnee machten selbst die nächste Umgebung des Gehöfts zur gefährlichen Wildnis. Die Tage selbst waren draußen schon düster, wenn es der Sonne nicht gelang, durch die dicken Wolken zu dringen. Um so dunkler war es dann in der Stube, deren kleine Fensteröffnungen längst mit Fellen und Lumpen gestopft waren. Wenn dann am späten Nachmittag die meiste Arbeit getan war, aßen sie früher, und danach, wenn der Bauer gute Laune hatte und es zuließ, fing das Geschichtenerzählen an. Der Bauer selbst und der Knecht erzählten von guten Ernten, Katastrophen, Unfällen und Geschehnissen, die sie von anderen Bauern oder im Dorf gehört hatten. Ludger schnitt mit selbstüberschätzenden Heldentaten auf, und alle hörten gespannt zu, wenn von Wölfen die Rede war, die einen einsamen Wanderer auf einen Baum getrieben hatten, wo er zu erfrieren drohte, bis dann ein Blitzschlag ihn auf wundersame Weise rettete. Von Kaiser Heinrich wurde erzählt, von Fürsten, von deren Prunk, Rüstungen und Taten, die allesamt bunt und phantastisch ausgemalt wurden. Die Frauen erzählten andere Geschichten. Besonders mochte Ursula die Erzählungen von Gott. Ester, Ingrid und Ute, die Magd, kannten eine ganze Reihe von Geschichten über den Herrn Christus und das Jesuskind, die sie aus den Besuchen in der Dorfkirche oder von Wanderpredigern hatten und nacherzählten. Einige wenige ganz andere Geschichten schienen uralt zu sein. Nur Ester konnte sie erzählen, und es kamen fremde Namen und seltsame Spukgestalten darin vor. Da gab es Irrlichter, Waldgeister, Trolle und Hexen. Ute dagegen gefiel sich sehr im Erzählen weniger schöner Dinge aus dem Fundus der Wanderprediger und Mönche. Mit offensichtlicher Lust schilderte sie, sich an den erschreckten Gesichtern der Kinder ergötzend, wie Herodes' Soldaten die kleinen Kinder von Bethlehem erschlugen, aufspießten, schreienden Müttern entrissen und ihre Schädel gegen Mauern schlugen, oder ihre Rösser über Frauen und Kinder stampfen ließen. Das Jesuskind allerdings erwischten sie nicht. Doch spätestens, wenn die kleine Magda zu weinen begann, war mit den Schauergeschichten Schluss. Mutter Ingrid erzählte dann, wie Maria das kleine Jesulein in einem Stall auf die Welt brachte, dass sie, Josef und das Kind genauso arm gewesen waren wie man selbst, und dass Hirten kamen und Engel erschienen. All das passierte in einem Land, das nicht nur fremd, sondern auch ganz weit weg war. Dort gab es eine Stadt, Jerusalem, deren Tore waren aus Edelsteinen erbaut, und die ganze Stadt strahlte unermesslichen Reichtum aus. Dort stand einst der Tempel des Salomon, und der Herr Christus, der Sohn Gottes, sei selber dort gewesen und unter den Menschen einhergegangen. Dort hätte man ihn auch an das Kreuz genagelt. Jerusalem sei so prächtig, groß und reich, weil es der allerheiligste Ort auf der Welt wäre. Die Kinder hörten mit roten Ohren zu, und die Männer schnitzten nebenher. Meistens machten sie Löffel und Schalen, doch manchmal, besonders, wenn der Bauer gute Laune hatte, schnitten sie aus Holzstücken und Ästen auch

Figuren. Meistens waren es Tiere, ab und an aber auch ein kleines Menschlein aus Holz. Eine Frau mit einem langen Rock, einen bärtigen Alten mit einer Kiepe auf dem Rücken, einen Mönch oder einen Jäger. Liesel und Magda hatten schon eine ganze Reihe solcher Figürchen. Nur hin und wieder spielten sie damit, denn es waren ihre größten Schätze. Ursula beneidete die beiden darum. Die Löffel und Schalen hingegen wurden im Frühjahr auf dem Markt verkauft oder eingetauscht.

Esters Lieblingsgeschichte war die Erzählung von den heiligen drei Königen aus dem Morgenland. „Als die drei Könige Bethlehem wieder verlassen hatten, erschien dem Josef ein Engel im Traum. Er sagte zu ihm: Josef, nimm die Frau und das Kind und gehe nach Ägypten. Am nächsten Morgen tat Josef, wie ihm der Engel befohlen hatte. Er nahm Maria und das Kind und flüchtete in ein fremdes Land vor Herodes und seinen Soldaten.“

Ester schwieg, und die Kinder wussten, hier endete ihre Erzählung für heute. Ursula holte tief Luft und seufzte: „Ein Engel, ich würde auch gerne mal einen Engel sehen.“

Ester lächelte mild. „Wer weiß, vielleicht erscheint dir ja irgendwann mal ein Bote des Herrn“, sagte sie ruhig. Ludger grinste, er nahm ein Stück Holz und sagte: „Weißt du was, ich mach' dir einen Engel.“ Ursula wusste nicht, wie ihr geschah. Sie war völlig überrascht und wagte es kaum zu glauben. Aber bereits zwei Tage später hielt ihr Ludger stolz eine kleine Figur mit großen Flügeln entgegen. Sie dankte Ludger überschwenglich und sprang wie toll mit ihrem Engel durch die Stube, bis sie der Bauer mit einem barschen „Es reicht!“ stoppte. Neben den zwei Kleidern, die man ihr zu tragen gegeben hatte, war das ihr erster Besitz.

VOR DEN MAUERN ARQAS
14. APRIL 1099

Ursula blinzelte in die Sonne. Ihre Beine fühlten sich taub an, und sie brauchte einen Moment, um gewahr zu werden, wo sie sich überhaupt befand. Der Duft der Kräuter brachte sie zurück in ihre Gegenwart.

Sie lachte in sich hinein. „Die Sonne wird mir noch das Hirn verbrennen." Mühsam brachte sie sich auf die Beine, und langsam zirkulierte in ihnen wieder das Blut, was, auf dem Rücken liegend, durch den Druck des Kindes verhindert worden war. Sie riss noch einige Stengel des Krauts ab und setzte dann vorsichtig einen Fuß vor den anderen. Der Weg zurück ins Lager schien ihr sehr mühsam, und als sie endlich die Bahnen ihres Zeltes teilte und in das Halbdunkel unter deren Stoff trat, hätte sie sich am liebsten auf ihr Lager fallen lassen, um einfach zu schlafen. Außer dem schweren Duft nach Parfum und Kräutern sowie nach Blut, Schweiß und anderen Ausdünstungen schlug ihr auch die Stimme Hildes entgegen.

„Man soll es nicht glauben, dick wie ein Weinfass, aber auf Wanderschaft wie eine Ameise." Die lachenden Worte der Freundin machten ihr augenblicklich klar: An Schlaf war jetzt nicht zu denken. „He du Ameise, wo bist du gewesen? Ich war drauf und dran, das Lager auf die Suche nach dem Geburtsort deines Kindes zu schicken, doch leider leuchtet uns an diesem Nachmittag kein Stern." Wie immer kleidete Hilde ihre Sorgen in ungelenke Scherze, dennoch musste Ursula lächeln und konnte gar nicht anders, als sich trotz ihrer Mattigkeit auf ein Wortgeplänkel mit der Genossin einzulassen. „Oh langsam, langsam, du große Feldherrin und Amme, ich werde kein Jesuskind gebären, und ich habe es weiß Gott nicht jungfräulich empfangen." Hilde lachte auf. „Nein, nein, mein Kind, eine Heilige bist du wahrlich nicht. Wo warst du also?"

„Draußen, ein paar Kräuter sammeln." Ihre Worte stützend hob Ursula die Hand mit dem Sträußchen hoch und machte sich gleich daran, Wasser für einen Sud zu bereiten. Sie lächelte ihrer Freundin über die Schulter zu. „Willst du auch etwas davon? Er beruhigt."

„Ha, gib mir gleich fünf Krüge voll. Wie soll ich ruhig sein, wenn du in deinem Zustand einfach so verschwindest. Herrje, hätte ich dich doch nie in mein Zelt aufgenommen. Nur Sorgen habe ich mit dir."

Laut lachte Hilde auf und versuchte trotzdem, eine mitleiderregende Miene aufzusetzen. Das misslang ihr aber so sehr, dass auch Ursula trotz aller Erschöpfung laut mitlachen musste. Lachend fielen sich die beiden Frauen in die Arme.

„Man möchte meinen, wir befinden uns nicht in feindlichem Land auf einer Pilgerreise, sondern auf einer fröhlichen Sommerfahrt in heimatlichen Auen, wenn man an diesem Zelt vorübergeht", dröhnte es von draußen, und nur einen Augenblick später tauchte ein Topfhelm zwischen dem Zeltstoff des Eingangs auf, und darunter das unrasierte Gesicht Roderichs. „Darf man eintreten zu euch, ihr fröhlichen Weiber?"

Ursula und Hilde hatten erschrocken voneinander gelassen, und auch ihr Lachen war verstummt, als der tiefe Bariton des Ritters ihre Ohren überraschte. Hilde fand als erste ihre Sprache zurück. „Herr Roderich. Tretet ein, tretet ein. Keiner ist uns in diesen Tagen willkommener als Ihr." Schnell zog sie einige Kleidungsstücke vom einzigen Stuhl und bot den freigewordenen Platz an. Roderich trat ein, machte allerdings keine Anstalten, sich zu setzen. Statt dessen trat er zu Ursula, küsste sie auf die Wange und strich ihr mit einer Hand über den Bauch. „Wie geht es dir? Du siehst sehr erhitzt aus?"

Ursula lächelte. „Ich war draußen, um mir einige Kräuter zu holen. Aber es geht schon. Das Kleine plagt mich, es wird wohl bald kommen."

„Oh, lass dir noch etwas Zeit. Arqa wird fallen. In ein, zwei Tagen habt ihr ein festes Dach über dem Kopf. Die Männer sind hungrig und haben großen Durst, keiner wird sie lange aufhalten können."

„Gerne warte ich so lange, ob allerdings das Kind soviel Vernunft aufbringt, kann ich dir nicht versprechen." Das Wasser über der kleinen Feuerstelle begann zu sieden, und Ursula fügte die von den Stengeln gezupften Blätter der Kräuter hinzu.

Roderich setzte sich auf den Stuhl. Auch er wirkte müde. Jetzt, da er saß und die Unterarme auf dem Tisch abgelegt hatte, merkte er, dass seine Rechte zitterte. Stundenlang hatte sie den Griff des Schwertes umklammert, nun, von dieser Last befreit, kam sie auch noch nicht zur Ruhe. Hilde stellte einen hölzernen Becher vor ihn hin und füllte ihn mit Wasser und Wein. „Hier trinkt, oder möchtet Ihr auch einen Kräutersud?“ feixte sie, nahm sich auch einen Becher und setzte sich auf den Schemel Roderich gegenüber. Ursula hob den Kessel vom Feuer, stellte ihn ab und kam auch zum Tisch. Langsam ließ sie sich auf den Schemel sinken.

„Nein, bleib mir weg mit Ursulas Gebräu, noch bin ich bei Kräften, und in die gute Hoffnung werde ich ja wohl nicht kommen.“ Alle drei lachten kurz angesichts dieser Vorstellung. Ursula musterte Roderich aufmerksam. Er hatte den größten Teil seiner Rüstung bereits abgelegt, nur das Kettenhemd, die Beinschienen an den Unterschenkeln und der Helm, der jetzt neben ihm auf dem Tisch lag, waren geblieben. Sein Gesicht war dort, wo der dichte Bartwuchs die Haut freiließ, vom Staub bedeckt, in den der Schweiß Rinnen gezogen hatte. Das ehemals weiße Hemd mit dem roten Kreuz, das er über dem Kettenhemd trug, war an einigen Stellen zerrissen, neben dem Rot des Kreuzes gab es eine ganze Reihe Flecken in einem anderen Rot. Auch seine Hände waren von Staub und Blut verkrustet. Sie war froh, ihn heil und in einem Stück zu sehen. „War es schlimm heute?“ fragte sie ihn.

„Ach, es ist immer schlimm. Aber die Heiden hier sind nicht allzu tapfer. Darum bin ich zuversichtlich. Vielleicht ergeben sie sich ja sogar ohne eine weitere Schlacht. Es wäre für alle gut, wenn wir uns etwas ausruhen könnten. Frisches Wasser und Futter sind rar. Ich sah so manch einen aus dem gemeinen Fußvolk, der sich auf die Heiden stürzte, als wolle er sie auffressen.“ „Viel haben wir auch nicht mehr“, schaltete sich nun wieder Hilde ein, „doch wenn Ihr mit uns ein wenig Brot teilen wollt, Ihr seid uns herzlich willkommen an unserer fürstlichen Tafel.“

Ein Lächeln überzog das Gesicht des Mannes, und Ursula war von einem Moment auf den anderen verliebt wie in den ersten

Wochen, nachdem Roderich ihr Herz erobert hatte. Das Lächeln dieses Ritters fand nicht nur am Mund statt, nein, das gesamte Antlitz war daran beteiligt, und besonders die Augen schienen mehr zu leuchten als sonst. Ihr Blau stand im starken Kontrast zu der Kruste aus Schweiß, Blut und Dreck. Nur Ursula wusste, dass er fast ebenso zu lächeln pflegte, während ... Bei diesen Gedanken errötete sie augenblicklich und widmete sich rasch ihrem Kräutersud.

„Ich habe gehofft, ihr würdet mich an eurem üppigen Mahl teilnehmen lassen“, scherzte Roderich zurück. „Ich habe auch etwas beizusteuern.“

Er griff unter sein Hemd und förderte ein Säckchen hervor, dessen Inhalt er sogleich auf den Tisch leerte. Es waren getrocknete Datteln. „Ich hoffe, Euer Gnaden nehmen meine geringe Gabe mit Wohlwollen an.“

Hilde kicherte. „Nun, da muss ich wohl erst die Güte der Gabe prüfen lassen. Ach, der Mundschenk ist ja gefallen. So muss ich wohl selber kosten“, sagte sie, griff sich eine der Früchte und biss genüsslich hinein. Ursula und Roderich lachten. Genau deswegen war er in das Zelt gekommen. Er wusste, Hilde war einfach nicht aus ihrer Gemütsruhe zu bringen. Immer hatte sie einen Scherz, eine Neckerei auf den Lippen und machte es den Anwesenden einfach, die Schrecken des Tages und all die Mühen ihrer Pilgerreise für kurze Momente zu verdrängen. Das war manchmal besser als zwei Nächte Schlaf. Ja, und außerdem sorgte er sich um die junge Mutter, die er auf dem langen Weg so sehr liebgewonnen hatte. Müde lehnte sich Ursula an ihn, und er legte seinen Arm um sie. Dann nahm er eine der getrockneten Früchte und führte sie zu ihrem Mund. Sie ergriff seine Hand, hielt sie vor ihre Lippen und streichelte zart über seinen Handrücken, während sie an der hingehaltenen Dattel knabberte. Die Süße der Frucht verwandelte sich scheinbar augenblicklich in Kraft, und sie fühlte sich kauend und schmeckend sogleich wieder etwas stärker. Glücklich sah sie zu Roderich auf, den Kopf auf seiner Schulter und sich weiter an ihn schmiegend. Der Ritter wünschte sich in diesem Moment nichts sehnlicher als ein weiches Lager, auf das er sich zusammen mit Ursula einfach rücklings hätte fallen lassen können, aber statt dessen rief jemand aufgeregt seinen Namen.

„Herr Roderich! Herr Roderich! Seid Ihr hier?“

„Komm rein! Du weißt es doch! Was ist?“ rief Roderich zum Zelt hinaus.

Sein Knappe erschien. „Herr, Euer Gaul hat einen Hieb abbekommen, und wir haben große Mühe, das andere Volk daran zu hindern, ihn zu schlachten. Kommt schnell, sonst werdet Ihr in die nächste Schlacht zu Fuß schreiten müssen.“ Mit einem Satz stand Roderich, und auch Ursula war bei dem Ruf aufgefahren. „Verdammt!“ dröhnte sein Bariton, „nicht die Heiden, sondern der Hunger ist der größte Feind unseres wallfahrenden Heeres. Wenn die Leute nicht bald etwas zu fressen bekommen, werden sie uns noch das Leder unserer Sohlen abnagen.“ Flüchtig drückte er seine Wange an Ursulas und eilte hinter dem Knappen aus dem Zelt.

Die eingetretene Stille hielt eine ganze Weile an. Beide Freundinnen nippten an ihren Bechern und hingen ihren eigenen Gedanken nach. Ursula sah sich in ihrem Zelt um. Es herrschte ein enormes Durcheinander. Seit zwei Tagen hatte sich niemand wirklich mehr um Ordnung und Sauberkeit geschert. Ihre Lager, die auf Stroh ausgebreiteten Felle und Decken, waren zerwühlt, und zusätzlich lagen Kleidungsstücke kreuz und quer auf ihnen herum. Die Taschen und Truhen, die sie auf ihrem kleinen Wagen mit sich führten, standen alle offen, und ihr Inhalt war halb ausgeräumt. Nur die Kiste, in der Hilde und sie den Schmuck und das Geld verwahrten, das sie zu großen Teilen geschenkt bekommen hatten, wovon aber auch das eine oder andere Stück einem toten Heiden vom Finger gezogen worden war, stand verschlossen in einer Ecke. Um nicht als gemeine Huren zu gelten, schmückten beide sich nicht mit Beutegut, sondern trugen nur sehr wenig Schmuck. Auch ihre Kleidung hielten sie einfach und ohne bunte Bänder. Sicher, auch sie waren nicht abgeneigt gewesen, von Zeit zu Zeit mit einem einigermaßen ansehnlichen und manierlichen Kerl das Lager zu teilen, wenn dabei noch ein entsprechendes Geschenk damit verbunden war, aber sie hielten sich das Recht vor, nicht jeden zu nehmen. Noch in der Heimat hatten sie klargestellt, dass ihre Beteiligung am Pilgerzug vor allem der Unterstützung all der Wundärzte, Knochensäger und Bader dienen sollte. Ihr Vorrat an Kräutern und das Wissen über deren Nutzen waren ihre vorrangige Ware gewesen. Das andere kam später zwangsläufig hinzu. Seit Ursula allerdings Roderich getroffen hatte, hielt sie sich völlig raus. Als hätten beide das gleiche gedacht, erhob sich Hilde nun mit einem tiefen Seufzer: „Hier muss dringend Ordnung geschaffen werden. Was sollen denn die Kerle denken, die ihre Köpfe zu uns hereinstecken? Die fallen rückwärts wieder raus und nehmen aus Angst vor Ungeziefer und Krankheit die Beine in die Hand."

Ursula musste wieder lachen. Auch sie erhob sich und half der Freundin, Tücher, Kleider und Hausrat zu verräumen. Sollten sie wirklich bald weiterkommen, war es nur gut, wenn das meiste an seinem Platz war. Während Hilde nun kaum noch in ihrer Räumwut zu bremsen war, versiegten Ursulas Kräfte doch schon bald. Das häufige Bücken bereitete ihr mehr und mehr Mühe, und sie musste öfters innehalten und tief durchatmen. Ein stechender Schmerz in der Seite stieß sie schließlich zurück auf den Hocker. „Puh!" stöhnte sie auf und sackte auf den Schemel. Der Freundin, die sich ihr sofort zugewandt hatte, lächelte sie gequält entgegen. „Ich glaube, da hat jemand etwas gegen all die Bewegung. Es hat mich heftig getreten und so seinen Unmut kundgetan."

„Leg dich hin und ruh dich aus", bestimmte Hilde. „Den Rest schaffe ich auch allein. Du musst wirklich etwas mehr auf dich achten."

Dankbar nahm Ursula den Vorschlag an und ließ sich vom Schemel auf das nahe Lager rutschen. Ein dünnes Tuch reichte ihr im Moment als Decke. Für später, wenn dann die nächtliche Kälte in das Zelt kroch, hatte sie die schwere, dichtgewebte Wolle gleich neben sich. Beruhigt schloss sie ihre Augen und fiel sogleich in einen heilsamen Schlaf.

Die Unruhe in ihrem Leib, der nachhallende Schmerz und das Bewusstsein der nahen Geburt brachten sie in ihren Träumen zurück auf den Hof des Bauern Matthes.

AUF DEM HOF DES BAUERN MATTHES

SOMMER 1094

Es war Sommer, die anstrengendste Zeit, neben der Versorgung des Viehs, dem Weiden und Heimholen der Rinder, musste geerntet werden, und immer wieder, sobald das Wetter es erlaubte, wurde Heu gemacht. Tagelang standen sie gebückt auf den Feldern und schnitten mit Messern und Sicheln Gras und Korn. Abends konnte man sich fast nicht mehr aufrichten. Alle waren deutlich gezeichnet von der Müdigkeit. Nach einem sonnigen Tag auf den Wiesen stand Ursula jetzt in der Scheune und war damit beschäftigt, das eingefahrene Heu zu verdichten, indem sie es zuerst auftürmte und dann mit den Beinen zusammendrückte. Es war unerträglich heiß unter dem Dach der Scheune. Ihr Kleid klebte ihr am Körper, und sie bekam in all dem Staub nur schwer Luft. Plötzlich bekam sie einen derben Stoß und fiel vornüber auf das von ihr aufgehäufte trockene Gras. Blitzartig drehte sie sich herum. Über ihr stand Ludger mit einem breiten Grinsen auf dem Gesicht. „He, was soll das?" Entrüstet und wütend starrte sie ihn an. Doch für einen winzigen Augenblick gefiel ihr, was sie sah: der Jungbauer in der kurzen Lederhose, mit dem weitem Hemd, auch er schweißglänzend, aber vor Kraft strotzend. Ganz schnell schüttelte sie dieses komische Gefühl ab, und ihre Wut gewann wieder Oberhand. Sie versuchte sich aufzurappeln, doch das Heu gab nach, und sie fand nicht sofort genug Halt.

„He", feixte Ludger, „wer liegt denn hier auf der faulen Haut? Soll ich dir Beine machen?" Er beugte sich zu ihr und packte sie am Arm. Als wäre sie nur ein Sack voller Stroh, zog er sie ohne Anstrengung hoch. Ganz dicht vor ihm kam sie auf die Füße. Sie spürte seinen Oberkörper an ihrem, und es schien ihr, als würde es in diesem Moment noch drückender unter dem Dach der Scheune. „Du weißt, wer faul ist und nicht arbeitet, den muss ich dem Vater melden.“ Seine Hand strich über ihren bloßen Arm. Sein Gesicht war ihr so nah. Sie spürte seinen Atem heiß auf ihrer Wange. Ihr war, als würde sie am ganzen Körper glühen. „Lass mich!“ zischte sie und versuchte ihn zur Seite zu drücken. Der junge Mann stand aber fest auf beiden Beinen und war nicht so leicht aus dem Gleichgewicht zu bringen. Die eben noch zärtlich streichelnde Hand packte hart zu. „Sei doch einfach ein wenig nett zu mir. Es wird schon dein Schaden nicht sein.“ Er hielt sie am Arm, es tat weh, doch diese ungewohnte Nähe schien den Schmerz zu verdrängen. Fragend schaute sie ihn an und gab einen Moment lang ihren störrischen Widerstand auf. Ludger spürte, wie etwas Spannung aus ihrem Körper wich. Seine andere Hand fasste sie im Nacken an den Haaren und schob ihr Gesicht noch näher an seins. „Na also“, flüsterte er siegessicher und presste seine Lippen auf ihren Mund. Ursula wusste nicht, wie ihr geschah. Noch nie war sie geküsst worden, es war ungeheuerlich, die ganze Situation kam ihr verboten und sündhaft vor. Mit all ihrer Kraft drückte sie sich von ihm ab. „Lass mich sofort los!“ In ihrer Stimme schwang so viel Zorn und Entrüstung, dass der Jungbauer wirklich lockerließ. Ursula gab ihm einen weiteren Stoß, so dass diesmal er im Heu landete, und floh aus der Scheune. Sie lief direkt zum Brunnen und schöpfte mehrere Handvoll kaltes Wasser in ihr erhitztes Gesicht. Erst dann sah sie sich um. Doch niemand war auf dem Hof, der sie hätte sehen können. Sie beruhigte sich, und nach einigen Schlucken Wasser beschloss sie, an ihre Arbeit zurückzukehren. Sie wusste, dass Ludger längst nicht mehr da sein würde. Den ganzen restlichen Tag gingen ihr seine Berührungen allerdings nicht mehr aus dem Kopf. Noch nie hatte sie Vergleichbares gespürt. Was war das bloß? Sie hasste es, von Ludger so behandelt zu werden, sie war wütend, doch zugleich war da etwas anderes. Etwas völlig anderes, doch sie wusste es nicht einzuordnen.

Abends in der Kammer wusste sie sich nicht mehr weiterzuhelfen und vertraute sich der Magd an. „Und dann, Ute, war er mir ganz nah. Ich konnte seinen Atem spüren, und es war so seltsam. Ich war wütend, wollte weg, doch gleichzeitig wollte ich auch nicht und …“ Sie brach ab. „Ist das die Wollust? Habe ich mich versündigt?“ fügte sie schnell noch hinzu. Ute lachte leise. „Nein Ursula, nein, das war noch keine Sünde. Höchstens vom

Jungbauern. Und die Wollust, meine Kleine, die Wollust ist noch was anderes."

„Aber was soll ich machen? Was, wenn Ludger mir wieder auflauert?"

Ute überlegte kurz, strich Ursula eine Strähne des rotblonden Haars aus dem Gesicht. „Ach, Mädchen, du bist eine Frau, versuche das zu begreifen. Du hast doch schon deine monatlichen Blutungen, oder?" Ursula nickte kleinlaut. „Tja, und junge Frauen haben nun mal eine bestimmte Wirkung auf junge Männer. So will es die Natur. So hat Gott die Menschen und die Tiere erschaffen. Männlein und Weiblein sind füreinander bestimmt. Da kann man gar nichts gegen machen. Und wenn der Jungbauer einen Narren an dir gefressen hat, so muss es das Schlechteste nicht sein. Mach es ihm aber nicht leicht. Warte ab und geh ihm aus dem Weg. Irgendwann wird er schon kommen."

„Wie meinst du das?" Ursula war noch mehr verwirrt. „Was soll ich denn dann machen? Und was meinst du damit, dass es nicht das Schlechteste sein muss?" Ute lächelte, wiegte ihren Kopf hin und her. „Wer weiß das schon? Vielleicht will Ludger dich ja freien, und eh du dich's versiehst, bist du hier die Jungbäuerin. Ja, ich weiß, du hast keine Mitgift, und der Bauer wünscht sich für seinen Hof sicherlich eine bessere Partie, aber Ludger ist ein Sturkopf und weiß auch gegen den Bauern seinen Willen durchzusetzen. Wenn er dich noch mal in den Arm nimmt, lass ihn dich küssen. Mehr aber nicht! Hörst du? Nur küssen. Und küss ihn ruhig wieder, mit weichen Lippen. Und dann lass ihn wieder stehen."

„Warum?"

„Ach Mädchen, es ist ein Spiel. Es ist ein ständiges Ich geb dir was und du gibst mir was. Dann wieder sich verweigern und den anderen auf die Folter spannen. Mach ruhig, wie ich dir geraten. Wirst schon sehen, alles andere entwickelt sich ganz von selber. Du wirst es in dir spüren, was du willst und was zur Zeit richtig oder falsch ist. Zur Not kannst du mich ja wieder fragen. So, nun aber husch auf dein Lager. Morgen sollen wir die oberen Hänge mähen."

Noch lange lag Ursula wach und konnte nicht einschlafen. Die Erinnerung an Ludgers Nähe prickelte ihr auf der Haut, und die Hitze, die sie gespürt hatte, schien wieder in ihr aufzusteigen, als ob sie erröten würde. Vom Rande ihres Lagers nestelte sie den kleinen hölzernen Engel hervor. Zärtlich rieben ihre Finger über das Holz, und sie presste das Figürchen an ihre Lippen. Schließlich schlief sie verwirrt ein, und der Schlaf, den sie fand, war tief, aber viel zu kurz. Schon weckte Ute sie, und mit einem Kanten Brot in der Hand saß sie eine halbe Stunde später bereits hinten auf dem Heuwagen, unterwegs zu den oberen Matten.

Der Tag wurde sehr warm, und die Leute kamen alle gehörig ins Schwitzen. Ein Teil schnitt das Gras, und die anderen klaubten die geschnittenen Büschel zusammen. Ludger und der Knecht gingen dann noch mit langen Rechen über die geschnittene Fläche und rafften so auch noch die letzten Halme zusammen. Das so aufgehäufte Gras wurde anschließend auf grobe Gestelle geworfen, damit Sonne und Wind es schnell trockneten und haltbar machten für den Winter. Wenn das Wetter noch drei, vier Tage hielt, würden sie die Scheune bereits mehr als halbvoll haben, bevor der Spätsommer mit seinen Launen das Heumachen immer schwieriger gestalten würde.

Als die Sonne am höchsten stand, schickte der Knecht Ursula hinunter zum Hof, die Brotzeit holen. Unbelastet, bergab war der Weg schnell gemacht. Auf dem Hof hatte Ester bereits einen großen Korb mit Brot, Butter und Geräuchertem hergerichtet. Den hob sie Ursula auf den Rücken. Dann bekam das Mädchen noch in jede Hand einen großen Krug mit frischem Wasser. So bepackt stieg sie nun wieder bergan. Der Korb drückte sie in den Rücken, und die beiden Krüge schienen ihre Arme in die Länge zu ziehen. Sie biss die Zähne zusammen und setzte einen Fuß vor den anderen. Fest hielt sie die Henkel gepackt, und als sie endlich, bei den anderen angekommen, die beiden Gefäße abstellen konnte, schien es ihr anfangs nicht möglich, sie wieder loszulassen. Ute half ihr, die Kiepe vom Rücken zu nehmen, und alle setzten sich in den Schatten eines Busches. Es war an Ludger und dem Knecht, mit ihren Messern das Brot aufzuschneiden und einem jedem etwas zukommen zu lassen. Ludger schnitt eine besonders dicke Scheibe vom Laib, tat ordentlich Butter darauf und legte einen Streifen Geräuchertes obendrauf. Dann reichte er es Ursula und sah ihr dabei fest in die Augen. Sie konnte seinem Blick kaum standhalten, schlug die Augen nieder und bedankte sich brav. Ihr war, als müssten alle anderen sehen, wie sich in ihr erneut diese seltsame Hitze ausbreitete. Schnell nahm sie ihr Brot und setzte sich an den Rand der Gruppe, dass niemand ihr Gesicht sehen konnte.

Am nächsten Tag brachte der Bauer ein neues Werkzeug. Nur der Jungbauer und der Knecht durften damit arbeiten. Der Bauer hatte zwei Hühner und ein bereits kräftig gewachsenes Ferkel dafür eingetauscht. Es waren zwei große Sicheln, an langen Stielen, mit einem sehr langen, nicht ganz so stark wie bei der Sichel gebogenen Schneidblatt aus Eisen. Sie waren so scharf, dass man nicht mehr das Gras als Büschel halten musste. Mit einem kreisförmigen Schwung ließ man das Blatt durch das Gras fahren, und es schnitt dabei die Halme durch. Da das Gras nun aber nicht mehr in Büscheln dalag, war eine neue Arbeitsteilung nötig. Der Knecht und Ludger schnitten, Ingrid, Ute und Arnulf rafften das Schnittgut mit den Rechen zusammen, und Ursula mit den Kleinen musste das Gras aufhäufen. Zwischendurch war es Ursulas Aufgabe, überall dort, wo mit den Sensen nicht geschnitten werden konnte, mit einer Sichel die stehengebliebenen Büschel zu schneiden. Die Heuernte ging nun sehr viel schneller voran. Gleichzeitig, schien es, war die Arbeit so für alle hastiger geworden. Ihr fehlte der vertraute Rhythmus. Auch bei der Kornernte erwiesen sich die Sensen als sehr nützlich.

Ursula durfte nun täglich die Brotzeit vom Hof holen. Schon nach wenigen Tagen gewöhnten sich ihre Hände und Arme an das Schleppen der beiden Wasserkrüge. Ursula stapfte nicht mehr ganz so verbissen vor sich hin, sondern konnte mehr und mehr ihre Augen über den Wegrand und die angrenzenden Pflanzen streichen lassen. Erkannte sie ein Kraut, rief sie sich ins Gedächtnis, was Ester ihr über die Pflanze, ihre Kräfte und Verwendung erzählt hatte. Die unbelastete Zeit, in der sie zusammen mit der Großmutter durch die Wiesen und Wälder gestrichen war, lag nun schon mehr als zwei Jahre zurück. Ursula wunderte sich, wie die Zeit verging. Es schien ihr erst einige Wochen her zu sein, dass der Oheim sie auf dem Hof abgeliefert hatte und sie fremd und schüchtern im Eck der großen Stube auf einem Schemel gesessen hatte. Wie alt war sie jetzt eigentlich? Ursula überlegte. Seit sie auf den Hof gekommen war, hatte es so viele Winter gegeben, wie sie Finger an einer Hand hat, nein einer mehr, Davor war sie über ein Jahr von Verwandtschaft zu Verwandtschaft geschubst worden. Und als die Eltern starben, war sie, wenn sie sich recht erinnerte, sechs Jahre alt gewesen. Sie stellte die Krüge kurz ab und zählte mit ihren Fingern von der Sechs weiter. Ein Jahr bei Verwandten und eine Handvoll und einen Finger auf dem Hof. Sie musste also dreizehn Jahre alt sein. Oder vierzehn? Ursula war sich nicht sicher, aber sie kam sich schon recht erwachsen vor, wenn ihre Rechnung so stimmte.

Als das Wetter nicht mehr so beständig blieb, wurden besonders die Kinder losgeschickt, um Früchte und Pilze zu sammeln. Die Männer mussten das eingefahrene Korn dreschen und alles für den bevorstehenden Winter richten. Ester, die Bäuerin und die Magd trockneten und verarbeiteten die gesammelten Früchte.

Ursula ging am liebsten allein los, doch meistens musste sie eins der Kleinen mitnehmen. Liesel war ja noch zu ertragen, und sie war meistens auch eine Hilfe, doch die kleine Magda war mehr als nur ein Klotz am Bein. Ständig war irgend etwas, mal wollte sie nicht mehr laufen, mal musste sie Pipi, und kaum war man einige Schritte gegangen, wurde neues Jammern laut. War Magda zufrieden, beklagte sich Arnulf. Beim Beerenpflücken hielten sie eine Weile durch. Bei Früchten, die auf Bäumen wuchsen, stand Magda nur unten und jammerte oder futterte, was sie in ihr kleines Mäulchen stopfen konnte.

Pilzesuchen ging mit Magda überhaupt nicht, und Liesel hatte Angst im Wald. Da Ursula aber von Ester so viel über Pilze und Kräuter gelernt hatte, durfte sie oft allein ohne störenden Anhang in den Wald. Schon hatte sie ihre eigenen Plätze, an denen sie immer fündig wurde, und zusammen mit den Stellen, die ihr Ester anvertraut hatte, war ihr Korb oft schneller als erwartet gefüllt mit den herrlichsten Pilzen. So gewann sie hin und wieder einige freie Stunden ganz für sich. Manchmal saß sie dann auf einer kleinen versteckten Lichtung tief im Tann, oder sie ließ ihre Beine im Wasser eines kleinen Bächleins baumeln. Sie genoss schlicht das Gefühl ihrer Freiheit. Träume oder Pläne drangen ihr nicht in die Gedanken, genausowenig wie düstere Erinnerungen an längst vergangene Tage. Sie kroch unter jungen Nadelgehölzen hindurch, immer auch auf der Suche nach noch ergiebigeren Fundorten, und freute sich über die schönsten Exemplare, als wären es persönliche Geschenke an sie. Es war an einem dieser Spätsommertage, sie hatte eine ganze Weile auf ihrer Lichtung gesessen, die Sonne war längst über ihren höchsten Stand hinaus, und sie hatte noch Lust, weiter oben an einem kleinen Bach nach Pilzen zu sehen. Bedächtig arbeitete sie sich hangauf, aufmerksam rechts und links schauend, ob nicht hier schon die eine oder andere kastanienbraune Kappe einen schmackhaften Pilz erkennen ließ. Sie hörte bereits das Plätschern des kleinen Wasserlaufs, als sie rechts von sich einen großen Steinpilz entdeckte. Vorsichtig drehte sie das wunderbare Exemplar aus dem lockeren Waldboden, und wie sie aufschaute, sah sie ein ganzes Stück weit entfernt noch ein ähnlich schönes Exemplar. Schon oft hatte sie sich gefragt, was die Pilze dazu veranlasste, an diesem oder einem anderen Ort zu wachsen, denn manchmal fand man selbst an den besten Stellen kaum etwas, und dann stand plötzlich dort, wo man noch nie fündig geworden war, ein Pilz, als hätte es ihn dort schon immer gegeben. Wenn sie das wüsste, sagte sie sich, wäre das Suchen noch viel einfacher. Aber die Pilze gaben ihr Geheimnis nicht preis, und so blieb es wundersam. Auch hier war sie so noch nie fündig geworden, und bei jedem neuen Pilz schenkte ihr der schweifende Blick eine neue Entdeckung hangaufwärts. Schließlich musste sie aber doch kurz innehalten und verschnaufen. Wie in einem Rausch war sie von Pilz zu Pilz bergauf gehastet und nun nassgeschwitzt und außer Atem. Sie richtete sich ganz auf und lauschte in den Wald. Noch immer konnte sie das Bächlein hören. Doch die Umgebung war ihr völlig fremd. So weit oben war sie noch nie gewesen. Sie folgte dem Plätschern und gelangte an den kleinen Wasserlauf. Auf der Suche nach einer Stelle, wo sie sich gut hinsetzen konnte, ging sie noch einige Schritte höher und befand sich plötzlich an einem wunderschönen Platz. Das Bächlein lief hier über einen riesigen Felsen, dessen Fläche, die etwa so groß wie der Schweinekoben sein mochte, zu einer Mulde ausgewaschen war. In dieser Mulde sammelte sich das Wasser, bevor es an einer Kante einen Durchlauf zum Weiterfließen fand. Der Anblick ließ ihr einen kleinen Laut der Freude entfahren. Sie setzte sich rasch an den Rand des Tümpels und streckte ihre Füße in das Wasser. Es war gar nicht so kalt wie erwartet. Der von der Sonne aufgeheizte Fels musste wohl auch das stehende Wasser etwas erwärmen. Sie sah vor sich hin in das klare Wasser, und auf einmal hatte sie große Lust, nicht nur die Füße zu baden. Misstrauisch sah sie sich um, spitzte ihre Ohren und lauschte so lange, bis die Gewissheit, dass sie ganz alleine hier oben sei, nicht von der Hand zu weisen war. Sie zog sich ihr grobes Kleid über den Kopf, sah sich nochmals um und zog dann auch ihr Unterhemd aus. Nackt ließ sie sich in das Wasser gleiten. Es war einfach wunderbar. Sie begann sich abzuwaschen und musterte sich dabei unwillkürlich. Ihre Arme und Beine waren zur Hälfte braun, der Rest ihrer Haut war ganz hell, fast weiß. Kleine rote Punkte erinnerten am Bauch und an den Schenkeln an die juckenden Spuren von Flöhen und Mückenstichen. An ihrem Oberkörper wölbten sich nun schon einige Zeit zwei feste Brüste, jede etwas größer als ihre eigene Faust, und an ihren Spitzen setzten sich deutlich dunkelrot und rund die Brustwarzen ab. Ihre Spitzen waren jetzt durch das kühle Wasser klein und hart. Unter ihren Armen wuchsen seit einigen Monaten Haare, und auch weiter unten, da wo ihre Beine anfingen, kräuselte sich feiner, rotblonder Flaum. Sie strich darüber. Es fühlte sich an wie weiches Moos. Sie horchte in sich hinein. Das Grollen eines fernen Donners ließ sie aufschrecken. Sie fürchtete sich so wie alle anderen vor Gewitter. Noch konnte sie allerdings keine Wolke in dem Fleckchen Himmel erkennen, das der Wald hier preisgab. Also ließ sie sich noch ein wenig Zeit, am Rand des Tümpels sitzend zu trocknen, bevor sie sich wieder ihre Kleider überwarf und sich auf den Heimweg machte. Dies war von nun an ihr ganz persönlicher Ort. Dieses Wissen gab ihr das Gefühl von großer Freiheit, das sich mit der ungewohnten Sauberkeit und Frische ihres ganzen Körpers vermischte. Auch wenn der Weg zum Hof lang und der volle Pilzkorb schwer waren, kam sie sich noch immer locker und beschwingt vor, als sie das Dach des Wohnhauses wieder zwischen den Baumästen erblickte.

Am Abend auf ihrem Lager dachte sie darüber nach, wie sie es anstellen könnte, möglichst bald wieder in den Wald zu dürfen. Viel Zeit blieb ihr nicht mehr, bis die Herbststürme und der nahende Winter auch ihren geheimen Platz ungemütlich machten. Aber sie wünschte sich nichts mehr, als noch zwei, drei Mal dort hin zu kommen, bevor die kalte Zeit sie und die anderen wieder in der Stube einsperren würde.

Doch es gelang ihr in diesem Jahr nur noch einmal, bis hoch auf ihren Felsen zu kommen. Dann ließen es das Wetter und die kürzeren Tage nicht mehr zu. Häufiger Regen und kalte Winde sorgten dafür, dass man sich schon bald wieder in der Stube um das Feuer scharrte. Die Fenster wurden mit Stroh verstopft oder mit dicken Tierhäuten behängt. Waren die Arbeiten draußen und im Stall getan, dämmerten alle im Halbdunkel der Stube vor sich hin und beschäftigten sich so gut es ging wieder mit Handarbeiten.

Eines Tages, die Dämmerung war noch nicht hereingebrochen, aber der Tag war aufgrund tiefhängender grauer Wolken gar nicht wirklich hell gewesen, ertönte auf dem Hof eine kräftige, tiefe Stimme: „Gibt es gottesfürchtige Leute hier!? Heh! Hoh! Leben hier Christenmenschen!?"

Alle ließen ihre Arbeit fallen, und zur Haustür, dem Stall und der Scheune schauten die Köpfe aller derer heraus, die zum Hof gehörten. Der Hund schlug an, und die kleine Magda begann laut zu weinen.

Draußen, mitten auf dem Hof, stand, triefend nass auf einen Stab gestützt, in einem langen grauen Gewand ein Mönch. Ursula wusste von diesen Leuten und hatte auch schon welche gesehen, als sie einmal zu Ostern mit in die Kirche genommen worden war, die es fast eine Tagesreise entfernt gab. Auch war der eine oder andere Wanderprediger auf dem Hof schon mal aufgetaucht, aber die kamen meistens am Ende des Frühlings, wenn das Wetter gut und es allgemein wärmer war. Dass sich jemand bei so unwirtlichem Wetter freiwillig auf Wanderschaft begab, schien Ursula mehr als töricht. Andererseits bedeutete der Besuch eines Fremden, dass der normale Alltagstrott unterbrochen wurde, und außerdem wussten gerade die Wanderprediger und die gelehrten Mönche vieles zu erzählen, wovon man hier auf dem Hof nichts wusste. Ursula war klar, dass es außer ihrem Hof in der Nähe noch zwei weitere Anwesen gab, dass etwas weiter drei Höfe beieinanderstanden, in deren Mitte die kleine Kirche gebaut worden war. Sie wusste auch, dass irgendwo dort in der Nähe der Vogt in einer Burg lebte, und dass man dort an einen Fluss gelangte, dessen Lauf man einen Tag lang folgte, um auf den Markt zu kommen. Dorthin fuhr der Bauer im Frühjahr und nach der Ernte, um Handel zu treiben. Dort hatte er die Sensen erworben, und von dort brachte er immer ein Säckchen Salz mit. Doch Wanderprediger kamen meist noch von viel weiter her, und Ursula fiel es schwer, weiter zu denken als über den kleinen Weiler mit dem Kirchlein hinaus.

Matthes der Bauer trat vor die Tür in den Nieselregen und tat erst einmal mürrisch. „Wer will das wissen?“ herrschte er die graue Gestalt an.

„Bruder Aegidius, von der Gemeinschaft unseres guten Vaters Benedictus von Nursia. Auf dem Weg nach Osten, um die frohe Botschaft des Herrn zu verkünden“, drang es vom Hof zurück.

„Dann soll er nicht länger im Regen stehen, ein Gottesmann ist in unserem christlichen Haus immer willkommen!“ lud Matthes den Mönch nun weitaus freundlicher ein.

Der Wanderer kam heran, reichte dem Bauern die Hand, lehnte seinen Stab gegen die Wand und schüttelte sich seine schlammigen Sandalen von den Füßen. „Gesegnet sei dieses Haus und seine Bewohner, die einen Jünger des Herrn unter ihr Dach laden“, sprach er feierlich dabei.

In der Stube setzte man ihn auf einen Schemel nahe am Feuer, und Ester drückte ihm eine Schale mit heißer Brühe in die Hand. Kurz hob der Mönch die Augen gen Himmel und murmelte ein Gebet des Dankes und des Segens. Dann setzte er die Schale an und schlürfte laut die warme Flüssigkeit in seinen Mund. Alle hatten sich längst in der Stube versammelt, musterten den Fremden und warteten schweigend auf alles Weitere, gespannt, was dieser Mann zu erzählen hätte.

Der kannte allerdings diese Momente zur Genüge und ließ sich nicht aus der Ruhe bringen. Trotz des Schweigens, denn selbst der Bauer Matthes mochte einen Mönch nicht beim Essen stören, schlürfte der Fremde unverdrossen laut vor sich hin, bis er die Schale geleert hatte. Erst dann sah er auf und zählte anscheinend die „Schäfchen“, die sich um ihn geschart hatten.

Der Bauer brach schließlich das Schweigen. „Es gibt bessere Zeiten, um sich auf Wanderschaft zu begeben. Von wo kommt er in diesen trüben Tagen her?“ fragte er.

„Oh, die letzte Nacht durfte ich im Heu eures guten Nachbarn Bertram verbringen. Am Tag davor kam ich aus der Obhut eines lieben Bruders, der ein segensreiches Leben zwischen vier weiteren Höfen in seinem kleinen, selbsterrichteten Gotteshaus führt. Bevor ich zu ihm kam, war ich bei einigen Bauern und bei einem Schmied. Der Anfangspunkt meiner Wanderung liegt sehr weit weg im Westen, im Reich der Franken, und der Name jener Orte würde euch keinerlei Anhaltspunkt geben, von woher ich komme. Ich bin auf dem Weg nach Osten, um die wilden Stämme jenseits der Grenzen zu bekehren. Doch vorerst hoffe ich, bald Regensburg zu erreichen, um dort bei meinen Brüdern den Winter zu verbringen."

„Warum wandert er dann nicht auf den bekannten Handelswegen? Diese sind befestigt, und man kommt schneller voran", erwiderte Matthes, von Natur aus allen Fremden gegenüber ein wenig misstrauisch.

„Mein Sohn, steil und mühsam ist der Weg ins Himmelreich, die breite bequeme Straße führt oft nicht zu Gott. Nicht die Gesunden bedürfen des Arztes, sondern die Kranken und jene, die fern sind von Gott, die nur selten sein Wort vernehmen und seine Stimme hören."

„Nun, dann sei er uns willkommen auf seinen Abwegen. Viel haben wir nicht zu bieten, aber ein trockenes Lager und Teil an unserer Speise sei euch gegönnt." Bauer Matthes war zum Schluss gelangt, dass von diesem Mönch keine Gefahr ausging, und auch er war neugierig auf all das, was sich außerhalb seiner erfahrbaren Welt abspielte.

„Sagt an, was gibt es zu berichten aus den Landen?"

„Es kommen schwere Zeiten", antwortete der Geistliche bedeutungsschwanger und reichte Ester die geleerte Schale. Mit Blicken gab er zu verstehen, eine weitere Suppe würde ihn freuen.

Ursula musterte den Mann. Selbst trocken war dessen Bart und das wenige Haar rund um eine Glatze am Hinterkopf strähnig und verfilzt. Von dem langsam trocknenden Umhang ging ein penetranter Geruch nach feuchter Schafswolle und Rauch aus. Der Schlamm an seinen Füßen und Unterschenkeln bildete Krusten. Seine Hände hatten dicke Finger, mit langen, unter den Rändern schwarzen Fingernägeln. Das, was der Bart von seinem

Gesicht preisgab, sah allerdings freundlich aus. Unter einer hohen Stirn und regelmäßigen grauen Augenbrauen standen zwei kleine, sehr lebendige Augen. Die Nase war eher eine Knolle, die Lippen zwischen den Bartzotteln klein, rosa und gerne bereit, Nahrung aufzunehmen sowie Worte von sich zu geben.

„Glaubt mir, meine Kinder, wir leben in der Endzeit. Das Kommen unseres Meisters, Richter über alles Gute und Böse, scheint nah. Es hat Zeichen am Himmel gegeben."

„Was für Zeichen?" entfuhr es Ute.

„Lichter, man berichtet von seltsamen Lichtern in Nächten, auch einen Stern mit einem Schweif wollen manche gesehen haben. Die Bauern sagen, es ist kälter als gewöhnlich, und der Sommer war kurz."

„Das ist wohl wahr", sagte Bauer Matthes. „Der Sommer war kurz, aber solche Sommer hat es immer gegeben. Kurze Sommer, lange Sommer, trockene Sommer und Jahre, in denen es nur Regen gab. Doch davon geht unsere Welt nicht unter, oder?"

Fest sah der Mönch den Bauern an, nahm noch einen langen hörbaren Schluck aus der neu gefüllten Schale, bevor er weitersprach: „Nun, die Zeichen am Himmel sind nicht von der Hand zu weisen, auch wollen uns Plagen auf das Ende vorbereiten. Im Westen gab es viel Hunger und an manchen Orten eine unbekannte Seuche, die viele dahinraffte oder ihrer Glieder beraubte. Ein inneres Feuer, das den Körper ausbrennt, manchmal auch nur einzelne Glieder verdirbt, so dass sie abgetrennt werden mussten. Glaubt mir, betet und seit redlich, damit ihr ohne Fehl vor den Stuhl des Richters treten könnt. Schon haben sich die irdischen Mächte entzweit. Kaiser Heinrich hat sich vom Papst abgewandt. Er und abtrünnige Bischöfe haben einen anderen Papst gewählt, und Papst Gregor hat seinen Bann gegen Kaiser Heinrich bekräftigt. Die Weltordnung ist aus den Fugen. Die Kirche kann nicht zwei Herren dienen und das Reich nur einem Kaiser."

Die Rede des Mönches verfehlte ihre Wirkung nicht. Zum einen konnte niemand im Raum auf diese Dinge eine Antwort geben, zum anderen erregten sie durchaus Furcht in den Seelen der Menschen.

Auch Ursula erschauderte. Sie wusste, der Bauer gehorchte dem Vogt, ihm gab er einen Teil seiner Ernte, und nur der Vogt durfte auf die Tiere im Wald Jagd machen. Über dem Vogt gab es Fürsten und Ritter, die wiederum gehorchten Herzögen und Bischöfen, darüber gab es nur noch den Kaiser, und der unterstand dem Papst, nach dem kam nur noch Gott. Wenn nun aber diese beiden, die direkt nach Gott kamen, miteinander im Streit lagen, so stellte sich Ursula das vor wie einen kräftigen Gewittersturm, und der war nie gut.

„Wer ist dann nun unser Kaiser? Und wer ist der rechte Papst?“ fragte Ester. „Und worum streiten die hohen Herren?“

„Nun“, der Mönch gefiel sich sichtlich in der Rolle des Wissenden, „Kaiser Heinrich wurde gebannt von Papst Gregor. Deswegen ließ er einen anderen Papst ernennen, der ihn zum Kaiser krönte. Papst Gregor indes ernannte Rudolf von Rheinfelden zum König über das Heilige Römische Reich. Heinrich zog gegen ihn in die Schlacht, und es heißt, im Kampf verlor Rudolf seine rechte Hand, also die, mit der er dem Papst Gehorsam gelobt hatte. Viele sahen darin ein Zeichen und folgten nun wieder Heinrich. Der war nach Rom gezogen, und nun zogen die in Italien herrschenden Normannen gegen ihn. Rom wurde wohl dabei zerstört. Ach, gute Frau, worum mag es den Herren gehen? Es ist wie mit den Kindern, eines will immer rechthaben, und so streiten die Herren darum, welches Recht sie haben und welche Macht. All das ist aber von dieser Welt und hilft der heiligen Kirche kein bisschen hier auf Erden, ein himmlisches Jerusalem zu errichten.“

„Aber was hat das alles mit uns zu tun?“ wollte nun Bauer Matthes wissen.

„In den Schriften sind Seuchen, Plagen, Himmelszeichen und die Entzweiung der Kirche die Boten des Endes. Um so mehr sollten wir gewarnt sein, wenn all diese Dinge zur selben Zeit geschehen. Wohl den Jungfrauen, die nicht schliefen und genug Öl für ihre Lampen hatten, um den Bräutigam willkommenzuheißen. Denn niemand kennt die Stunde, da der himmlische Bräutigam kommt.“

Bauer Matthes merkte die Verzagtheit, die sich unter all seinen Schutzbefohlenen breitmachte. „Genug von alledem. Lasst uns nun alle essen, und dann wird uns dieser heilige Mann sicherlich noch viel Ergötzliches aus der Heiligen Schrift erzählen können und vielleicht auch noch ein paar Nachrichten über all unsere lieben Nachbarn.“

Der Mönch hatte verstanden. Er nickte bedächtig. Beim Essen erzählte er dann, mit vollem Mund schmatzend, dass zwei Höfe weiter eine Sau 16 Junge geworfen hatte. „Das ist ein gutes Zeichen. Hier in dieser Gegend ist die Heuernte allgemein nicht schlecht gewesen, aber weiter im Westen gab es nur eine Mahd. Es war so heiß und trocken, die Bauern konnten nur einmal das Gras schneiden, dann wuchs nichts mehr nach, denn die jungen Triebe verdorrten, kaum dass sie sich entwickelt hatten.“ Die Hofgemeinschaft saß still kauend um den Tisch, ihre Augen hingen an der Gestalt des Mönchs, der es sich sichtlich schmecken ließ. Er redete, und dass ihm dabei kleine Stückchen aus dem Mund fielen, ein kleines Rinnsal Speichel und Fett von seinen Mundwinkeln in den Filz seines Bartes sickerte, störte ihn nicht im geringsten. „Ich sag euch, Gottes Wege sind unergründlich, so wie das Wetter. An einem Ort erzählte man mir von einem Bauern, der einen Acker hatte, auf dem einfach nichts wachsen wollte. Der arme Mann mühte sich redlich, aber die Erträge seines Landes waren mehr als kümmerlich. Dabei verwendete er sehr viel Kraft und Schweiß auf den Boden. Aber sein Pflug blieb immer wieder im Erdreich hängen, und es war eine schlimme Plackerei, den Acker zu bestellen. Schließlich hatte es der Bauer satt. Er zimmerte sich einen stärkeren Pflug und ließ diesen auch noch von einem Schmied mit Eisen beschlagen. Dann lieh er sich vom Nachbarn, der ihn so wie all die anderen bereits auslachte, einen Ochsen und schirrte ihn zusammen mit seinem eigenen vor den neuen Pflug. Mit der Kraft der Ochsen und der neuen harten Pflugscharre drang er viel tiefer als sonst in das Erdreich vor. Auch wenn das Gerät hängenblieb, machten die Ochsen nicht halt und zogen jedes Hindernis aus der Erde. Ja, und was glaubt ihr, kam dabei zutage? Zuerst dachte der Bauer, es wären Äste und Wurzeln, doch dann sah er direkt in die zwei Löcher eines Totenschädels. Er erschrak, bekreuzigte sich, arbeitete aber doch verbissen weiter. Der Pflug kehrte das Untere nach oben, und er erntete, noch bevor er gesät hatte. Knochen, Eisen, Teile von Schilden und Helme gab die Erde preis. Auf dem Acker des Bauern lag ein ganzes Heer. Alle Leute aus der Gegend strömten zusammen, und es grauste jeden, denn überall blickten aus der Scholle die dunklen Höhlen, wo dereinst Augen waren, der Totenschädel hervor. Schließlich hatte der Bauer einen Einfall. Er sammelte alles Eisen, die Teile der Rüstungen, Speerspitzen, Helme und verrostete Schwerter und brachte sie zum Schmied. Der mischte die Sachen mit Erz und konnte wirklich neues Eisen daraus gewinnen. Er zahlte dem Bauern keinen guten Preis, aber er zahlte. Darauf suchte der Bauer nach mehr, und eines Tages fand er einen ganzen Beutel mit Goldmünzen. Ja, und auf einmal war der arme Bauer, über den alle gelacht hatten, reich. Mit dem Geld ging er fort in die nächste Stadt und soll mit den Seinen dort ein gutes Leben haben. Die Nachbarn aber stürzten sich alle auf den Acker und wühlten sich wochenlang durch die Erde, keiner fand aber auch nur eine Münze. Da sie aber alle ihre eigene Wirtschaft vernachlässigt hatten, fiel in der ganzen Gegend die Ernte in diesem Jahr sehr kärglich aus. So wie der Pflug die Erdkruste umdreht, hatte sich dort das Geschick der Menschen gewandelt. Ja, ja, die Wege des Herrn." Der Mönch holte tief Luft, griff sich seinen Becher und leerte ihn in einem Zug. Laut rülpsend stellte er ihn auf die Tischplatte, und Magda kicherte. Damit war das Abendmahl beendet. Alle erhoben sich, nur Bauer und Mönch blieben sitzen. Bruder Aegidius sah sich um, lächelte und rief: „Lasset die Kindlein zu mir kommen." Ingrid schob Liesel und Magda wieder an den Tisch, und der Geistliche erzählte ihnen, wie der kleine Jesus in der großen Stadt Jerusalem verlorenging. Mit großen Augen lauschten die beiden Mädchen der Erzählung. Auch Ursula spitzte die Ohren und konnte sehen, dass es allen in der Stube nicht anders ging. Der Mönch sonnte sich in der Aufmerksamkeit, und wissend, dass sich die meisten hier unter einer Stadt so gut wie nichts vorstellen konnten, schilderte er Jerusalem: „Die Stadt kann man schon von ganz weit weg sehen. Es gibt dort keine Wälder, und sie ist von baumhohen Mauern umgeben. Zwölf Tore hat die Stadt, durch die man hineinkommen kann, eines prächtiger als das andere. Hinter den mächtigen Mauern drängen sich dicht an dicht die Häuser der Menschen. Sie sind aus Steinen und aus in der heißen Sonne gebrannten Lehmziegeln gebaut. Sie stehen so eng aneinander, dass sie gemeinsame Wände haben, so wie die Waben im Bienenstock. Alle laufen mit sauberen Füßen einher, denn auch die Wege und Gassen sind aus Stein. Nur ein wenig Staub beschmutzt die Füße der Leute, und wenn sie in ein Haus einkehren, schütteln sie sich das Bisschen einfach von den Füßen." Zur Verdeutlichung hob er seinen Rock und schüttelte seine Füße, von denen der mittlerweile getrocknete Schlamm sich löste und wie kleine Tonscherben auf den Boden fiel. „Über all den Häusern erhebt sich der Tempel Salomons. Seine Mauern sind noch mächtiger und höher als die Mauer der Stadt. Wie ein großer Berg steht er inmitten der Stadt, und jeder einzelne Stein ist ein Felsblock so groß wie ein Ochse. In der Stadt drängen sich unbeschreiblich viele Menschen. Wie Ameisen auf ihrem Haufen drängen sie sich durch die Gassen, und alle scheinen ein Ziel zu haben: den Tempel. Dort sind die Schriftgelehrten, die Gottes Wort und die Gesetze erklären, und die Priester sind den ganzen Tag damit beschäftigt, die von den Menschen gebrachten Opfertiere zu schlachten und auf den Altären Gott darzubringen. Auch Maria und Josef und Jesus gingen in den Tempel und opferten, wie es Brauch war, einige Tauben. Doch als man sich wieder auf den Heimweg machte, fehlte Jesus. Sein Nährvater und seine Mutter liefen zurück in die Stadt und suchten verzweifelt nach ihm. In all den vielen Gassen mit den unzähligen Menschen suchten sie. Und als sie schon fast aufgeben wollten und zum Tempel eilten, um Gott anzuflehen, ihnen ihren Sohn wiederzugeben, fanden sie Jesus eben dort im Tempel zwischen all den Schriftgelehrten. Da saß der Knabe und sprach mit den gelehrten Herren über Gott. Die Pharisäer und Schriftgelehrten staunten nicht schlecht über die klugen Fragen und Antworten, die aus dem Mund des Knaben kamen. Sie wussten ja nicht, dass dies Gottes Sohn selbst war. Maria und Josef fanden ihn und nahmen ihn mit sich, und als die Mutter Jesus tadelte, sagte das Jesuskind: Aber Mutter, wusstest du nicht, dass ich im Hause meines Vaters sein muss? Und Maria schwieg und bewahrte die Worte in ihrem Herzen."

Magda war in den Armen Utes eingeschlafen, und die Magd brachte die Kinder schnell zu Bett. Auch der Mönch schien langsam müde zu werden und starrte gedankenverloren in das Feuer. Schließlich seufzte er. „Ja, ja, Jerusalem. Die heilige, himmlische Stadt, wo unser Herr Jesus einherwandelte. Wo Gott selbst mit seinen Füßen das Pflaster berührte, sein Wort aus eigenem Mund verkündete und sich schließlich selbst als Opferlamm für uns Sünder hingab. Was würde ich darum geben, selbst einst dorthin zu pilgern und auf den Wegen des Herrn zu wandeln. Oh, wie segensreich muss es sein, am Grabe unseres Herrn zu beten. Aber Jerusalem ist von den Heiden besetzt. Das ganze Heilige Land soll in der Macht fremder Völker liegen. Sie nennen ihren Gott Alla und sagen, Jesus Christus, der Herr, sei nur ein Prophet gewesen wie alle anderen auch. Sie schänden unsere allerheiligsten Stätten und lassen keinen Pilger mehr zu ihnen. Ach, wir leben in schlimmen Zeiten." Gähnend streckte sich der Mönch. „Gute Frau", sprach er Ingrid an, „wo kann der Diener des Herrn sein Haupt betten, um durch die dunkle Nacht zu ruhen?" Die Bäuerin wies ihm seinen Platz zu, wo Ursula frisches Stroh aufgeschüttet hatte und auch eine Decke aus grober Wolle bereitlag. Der Mönch erhob sich, wünschte allen eine gesegnete Nacht, und nur kurze Zeit später erfüllte sein Schnarchen den Raum. Es war spät, und alle sahen jetzt zu, ebenfalls schnell auf ihre Lager zu gelangen. Kaum hatte Ursula ihre Augen geschlossen, schlief sie ein und träumte von einer glänzenden Stadt, deren helle Mauern weit über Land die Herannahenden blendeten.

AUF DEM HOF DES BAUERN MATTHES

HERBST 1094

Am nächsten Morgen hatte es zur großen Freude des Mönchs, der diese in lautem Lobpreis kundtat, aufgehört zu regnen. Der Himmel zeigte sich tiefblau mit einzelnen, strahlend weißen Wolken. „Danket dem Herrn!“ rief der Mönch immer wieder und schnürte rasch sein Bündel. „Dieses Geschenk muss ich nutzen“, sagte er, segnete rasch noch jeden einzelnen, schlug das Kreuz über Haus, Stall und Scheune, segnete auch die Tiere, und mit weiteren Segenswünschen machte er sich von dannen. Auch Ursula freute sich sehr über das gute Wetter und wäre am liebsten sofort losgelaufen, um ihren kleinen Tümpel zu besuchen, doch die Arbeit ließ dies nicht zu. Es war schon fast Mittag, als sie die Erlaubnis erhielt, sich mit ihrem Korb noch einmal in den Wald zu begeben. Der Boden war durch den Regen der letzten Tage weich und tief. Bergauf rutschten Ursula immer wieder die Füße weg, und ihr wurde traurig klar, dass sie ihren Lieblingsplatz in der verbleibenden Zeit nur schwerlich erreichen würde. Als sie sich schweißnass und schwer atmend so den Berg hinaufarbeitete, nahm sie plötzlich einen stechend süßlichen Geruch wahr. Es roch wie ein verwesendes totes Tier, und sie hörte auch wildes Summen von Fliegen. Vorsichtig bewegte sie sich dem stärker werdenden Geruch entgegen und stand unvermittelt vor einer Gruppe hellweißer, sich steil aus dem feuchten Laub reckender Glieder. Sie hatte schon einmal einen ähnlichen Pilz mit Ester gefunden, der aussah wie die Rute eines Hundes. Diese hier waren aber dicker im Schaft und standen aufrechter. Neugierig besah sie sich die seltsamen Gewächse. Vorsichtig streckte sie die Hand aus und berührte einen Stiel, unwillkürlich fuhr sie den Schaft entlang, spürte die glatte, feuchte Beschaffenheit der Rute und erschrak, als sich plötzlich tief in ihrer Mitte ein seltsames Gefühl ausbreitete. Vor Schreck verlor sie das Gleichgewicht, plumpste auf ihren Hintern und spürte, wie ihr Herz plötzlich wie wild schlug. Panisch rappelte sie sich auf, griff ihren Korb und stürzte kopflos davon. Sie lief ein ganzes Stück, bis sie außer Atem innehalten musste, um Luft zu holen. An einen Baum gelehnt beruhigte sie sich langsam, nur in ihrem Kopf ging es drunter und drüber. Hatten diese Pilze eine Zauberkraft? Hatte sie sich durch die Berührung vergiftet, und das Gefühl in ihr war ein erstes Anzeichen dafür? Noch während sie sich mit diesen Gedanken herumschlug, hörte sie das Knacken eines Astes. Alarmiert sah sie sich nach allen Seiten um und lauschte angestrengt. Sie war sich eigentlich immer bewusst, dass sie im Wald nicht allein war. Doch die meisten Tiere nahmen sie wahr, noch ehe sie selbst diese zu Gesicht bekam. Manchmal hatte sie eine flüchtende Hirschkuh kurz sehen können oder auch einen Dachs. Das Knacken war aber anders gewesen, nicht auf Flucht hinweisend, sondern irgendwie bedrohlich. Sie lauschte und spähte zwischen die Bäume, jederzeit bereit, einen Wolf oder gar einen Bären zu erblicken. Es geschah aber nichts weiter. Ursula versuchte sich zu orientieren, langsam und vorsichtig bewegte sie sich fort und entdeckte bald darauf die kleine Lichtung, auf der sie schon so oft gerastet hatte. Erschöpft stellte sie ihren Korb mitten auf der kleinen Waldwiese ab und ließ sich zu Boden sinken. Sie war erschöpft und müde. Sie ließ sich auf den Rücken in das Gras fallen, schloss die Augen und nickte sogleich ein. Ihre Müdigkeit war stärker als die eben noch gespürte Angst und die daraus rührende Vorsicht. Als plötzlich ein enormes Gewicht auf ihren Bauch drückte, riss sie die Augen auf. Ludger hockte auf ihr und grinste triumphierend. Ursula riss den Mund auf und wollte schreien, doch brachte sie vor Schreck keinen Ton heraus. „Komisch", sagte Ludger jetzt, „immer finde ich dich irgendwo herumliegend. Sammelt man neuerdings Pilze auf der faulen Haut, oder kriechen die Pilze von selber in deinen Korb?" Ursula versuchte sich zu drehen und ihn abzuschütteln, stemmte ihre Füße in den Boden und versuchte, ihr Becken ruckartig zu heben, doch Ludger war zu schwer. Ihr Versuch verbreiterte nur sein Grinsen.

„Lass mich aus", bettelte sie.

Ludger beugte sich nach vorn, stützte sich auf ihre Handgelenke. „Erst gibst du mir einen Kuss", forderte er und drückte bereits seine Lippen auf ihre. Ursula erinnerte sich an das, was Ute ihr gesagt hatte, und ließ es geschehen. Verwundert spürte sie, wie Ludger seine Zunge zwischen ihre Lippen presste. Leicht öffnete sie ihren Mund und horchte auf jede Bewegung dieses fremden Tiers zwischen ihren Lippen. Ludger spürte, dass sie sich nicht mehr wehrte, und ließ sie los, stieg aber nicht von ihr herunter, sondern griff mit beiden Händen nach ihren Brüsten. Grob knetete er sie und küsste Ursula erneut. Jetzt geriet Ursula in Panik, er tat ihr weh, seine Hände quetschten ihr Fleisch, und der Druck seiner Lippen auf ihren war mehr als unangenehm. Sie schüttelte wild den Kopf. „Au! Was machst du! Lass mich sofort los!“ Sie wand sich wie ein Wurm und strampelte mit den Beinen, doch Ludger ließ sich nicht abschütteln. Statt dessen nestelte er ihr die Verschnürung des Kleides auf, riss den Stoff herunter und entblößte ihre Brust. Ursula wurde still. Sie spürte, da ging etwas vor sich in ihr, aber es war nicht recht. Er zwang sie.

Im Nu spürte sie Ludgers Hand zwischen ihren Beinen. Völlig verdattert lag Ursula da, nicht fähig sich zu rühren, während Ludger seine Hose aufriss und auf seine Schenkel schob. Ursula riss die Augen auf. War das alles nur ein böser Traum? Ein kurzer stechender Schmerz wischte jeden Zweifel fort. Ludger lag schwer zwischen ihren Beinen und bewegte sich in ihr. Ursula schrie und wimmerte, nicht vor Schmerz, der war nicht so arg, aber sie fühlte sich gedemütigt, hilflos, und das alles fühlte sich so fremd und seltsam an. Gleichzeitig bekam sie Angst. War das die Wollust, Sünde, oder das Feuer in ihr die Seuche, von der der Mönch gesprochen hatte? Ludgers Bewegungen wurden immer schneller, er schwitzte und keuchte. Plötzlich hielt er inne, und erschöpft ließ er sich zur Seite fallen. Ursula sprang auf und rannte in den Wald, als wäre eine ganze Horde Wildschweine hinter ihr her. Sie lief und lief, immer bergan, ihre Lunge brannte, die Beine wurden immer schwerer, aber sie mochte nicht anhalten. Schließlich rutschte sie aus und blieb mit dem Gesicht im feuchten Laub liegen. Sie bekam kaum noch Luft, ihr Mund war völlig ausgetrocknet, ihr ganzer Körper bebte, es rauschte in ihren Ohren, und sie begann zu weinen. Es dauerte eine ganze Weile, bis ihre Atmung wieder langsam und regelmäßig ging und sie in der Lage war, ihre Umgebung wahrzunehmen. Sie hörte das leise Plätschern von Wasser, und der Durst ließ sie auf allen Vieren wie ein Tier in die Richtung kriechen. Am Bächlein angekommen trank sie mit der Nase im Wasser wie eine Kuh. Als sie ihren Durst gestillt hatte, konnte sie sich endlich aufrappeln. Sie erkannte die Gegend und hatte nur noch wenige Schritte zu ihrem Felsen. Am Rand des Tümpels riss sie sich die Kleider über den Kopf und tauchte, immer noch weinend, sofort in das eiskalte Wasser. Der Schock der Kälte ließ sie nach Luft schnappen und ans Ufer zurückklettern. Dort saß sie mit angezogenen Beinen und untersuchte sich selbst. Nein, sie blutete nicht, aber zwischen ihren Schenkeln war alles rot und wund. Sie setzte sich zurück ins Wasser und wusch sich ausgiebig. Dann wurde ihr unsäglich kalt, und sie schlüpfte schnell wieder in ihre Kleider. Sie saß da auf dem noch warmen Stein und zitterte am ganzen Körper. Was hatte Ludger ihr angetan? Musste das so sein? Schmerzlich und seltsam zugleich? Sie war ein Weib, und Weiber waren dazu da. Und doch fühlte es sich nicht richtig an. Ursula wusste, sie musste mit jemanden darüber sprechen. Ute kam dafür nicht in Frage. Zu ungeheuerlich empfand das Mädchen, was ihr geschehen war. Ester war die einzige, der sie glaubte, davon erzählen zu können.

VOR DEN MAUERN ARQAS

14. APRIL 1099

Ursula schreckte hoch. Schmerzlich spürte sie den Druck auf ihre Blase. In der Dunkelheit des Zeltes ließ sie sich seitwärts vom Lager gleiten, tastete sich auf allen Vieren bis zum nächsten Schemel, stützte sich auf und erhob sich langsam. Hilde schnarchte vernehmlich, und auch aus den benachbarten Zelten vernahm sie die Geräusche Schlafender. Vorsichtig tastete sie sich zum Eingang des Zeltes und trat unter dem Stoff hervor. Es war eine sternenklare Nacht. Warum nur schien der Himmel hier näher, die Sterne heller und klarer, als in der Heimat? Ursula wankte weiter hinter die Zelte und hockte sich hin. Während sie sich erleichterte, dachte sie an ihren Traum. Wie anders war es doch mit Roderich. Er war so behutsam und zärtlich, und es fühlte sich viel schöner und lustvoller an, als es je mit dem grobschlächtigen Bauernburschen gewesen war. Auch die anderen Männer, mit denen sie das Lager geteilt hatte, waren ihr gegenüber freundlicher, respektvoller gewesen. Ludger hatte sie immer genommen wie ein Tier. Gott hat gefügt, die Frau sei des Mannes Untertan, aber das bedeutete doch nicht, dass man ihren Körper und ihre Gefühle nicht zu achten brauchte. So richtig glücklich war sie erst jetzt mit Roderich. Alles davor war längst in den Schatten all ihrer wunderbaren Gefühle und Erlebnisse mit ihm getreten. In Gedanken versunken schlich sie zurück ins Zelt, fand auf dem Tisch ihren Becher, in dem noch etwas Tee stand. Sie trank und legte sich zurück aufs Lager.

AUF DEM HOF DES BAUERN MATTHES

HERBST 1094

Auf ihrem Felsen war ihr zu kalt geworden, und so machte sie sich dann doch auf den Weg zurück. Unterwegs fiel ihr auf, dass sie ihren Korb bei der Flucht auf der Wiese stehengelassen hatte. Ohne ihn konnte sie nicht heimkehren. Also schlug sie den Weg zur Lichtung ein, vorsichtig und leise. Doch nichts und niemand stellte sich ihr in den Weg. Ludger war nicht mehr da, und der Henkel des Korbes ragte aus dem hohen Gras. Als sie ihn ergriff, sah sie, dass nun viel mehr Pilze darin waren als zuvor. Ludger musste ihr diesen Gefallen getan haben. So kehrte sie auf den Hof zurück, und alles war wie sonst und doch nicht mehr so wie noch vor wenigen Stunden. Ludger und sie vermieden es, sich anzusehen, und Ursula brannten ihre Gedanken auf der Zunge. Sie musste aber noch ein paar Tage warten, bis es ihr gelang, mit Ester allein und ungestört zu sein. Auf einem Baumstamm sitzend erzählte sie der Alten alles, was vorgefallen war. „Dieser Hundsfott!“ entfuhr es Ester, nachdem Ursula ihre Erzählung beendet hatte. „Nein, Kind, es ist nicht deine Schuld, und du bist auch nicht von den Stinkpilzen verzaubert“, fuhr sie dann mit besorgter Miene und ernster Stimme fort. „Gut ist es aber auch nicht. Gott hat den Menschen als Mann und Weib gemacht, damit sie sich vereinigen und Nachkommen zeugen. So ist die Natur. Aber damit es nicht Sünde ist, braucht ihr den Segen der Kirche und die Erlaubnis des Bauern.“ Sie seufzte. Dann schwieg sie und dachte nach. Schließlich erhob sie sich energisch „Komm!“ sagte sie schlicht zu Ursula und schlurfte langsam in den Wald. Suchend sah sich Ester um, und Ursula traute sich nicht, die Alte zu stören. Schließlich blieb Ester stehen. Mit ihrem Stock deutete sie auf ein Kraut „Da.“ Ursula sah die Alte verstört an. Wie konnte Ester jetzt an Kräutersammeln denken? Ester aber zog sie zu sich heran, sah sich kurz verstohlen um und sprach dann mit gedämpfter, eindringlicher Stimme zu ihr. „Pass auf, mein Kind. Hör mir jetzt gut zu. Dies ist altes, sehr altes Wissen. Niemals in deinem ganzen Leben darfst du jemandem davon erzählen. Manches Wissen ist gefährlich, und wenn es die falschen Ohren erreicht, kann es sich zu einer tödlichen Gefahr entwickeln. Das Kraut hier ist ein Frauenkraut. In ihm verborgen steckt eine Kraft, die vermag die Natur zu zügeln. Ich werde dir zeigen, wie man daraus einen Trank macht, der täglich eingenommen verhindern kann, dass eine Frau in die Hoffnung kommt. Verstehe. Die Natur, die Kirche und auch die Männer wollen, dass das Weib Kinder bekommt. Eine Geburt ist aber nichts Leichtes, und viele Frauen sind schon dabei gestorben. Viele Kinder sterben, weil ihre Mütter schwach sind oder weil es schlechte Zeiten sind. Da ist es besser, man bekommt kein Kind. Die Kraft, die in dieser Pflanze verborgen ist, wendet sich also gegen die Natur, und manche, die so etwas nicht wollen, sagen, auch gegen Gott. Daher, sprich zu niemandem, zu wirklich niemanden je darüber. Vielleicht wirst du selber einmal eine Tochter haben, wenn diese verständig und vernünftig ist, kannst du dein Wissen vielleicht mit ihr teilen, bis dahin aber, ich warne dich, mit keiner Menschenseele." Ester sah Ursula fest in die Augen. Noch nie hatte Ursula solch einem Blick standhalten müssen. Staunend und irgendwie feierlich flüsterte sie: „Niemanden, niemals."

„Gut", erwiderte Ester. „Nun sammle viel davon, und dann lass uns zurückgehen, damit ich dir zeige, wie man den Trank bereitet. Dann wirst du ab heute jeden morgen früher aufstehen, zu mir kommen, und ich werde dir davon etwas geben." Unter der wachsamen Anleitung Esters pflückte Ursula zwei Handvoll von dem geheimen Kraut und kehrte dann mit ihr auf den Bauernhof zurück.

VOR DEN MAUERN ARQAS
15. APRIL 1099

Das Scheppern von Rüstungsteilen, das Klirren von Sporen und das Wiehern eines Pferdes rissen Ursula aus dem Schlaf. Durch die Öffnung ihrer Zeltbahnen konnte sie grelles Sonnenlicht erkennen, durch das ständig irgendwelche Menschen hasteten. Jemand musste in voller Rüstung dicht an ihrem Zelt vorbeigeritten sein. Langsam richtete sie sich auf, rieb sich den Schlaf aus den Augen und merkte sogleich, dass sie schon wieder Wasser lassen müsste. „Oh, Kind, lange kann ich dich nicht mehr beherbergen." Mit diesem Seufzer stand sie auf und wankte noch schlaftrunken gemächlich zur Zeltöffnung. Die Sonne stand schon hoch am Himmel, es war heiß, und der beißende Geruch von verbrennenden Leichen stach ihr in die Nase.

Als sie nach ihrem Gang in das Zelt zurückkehrte, entdeckte sie auf dem Tisch eine Schale mit Brei, die Hilde ihr hingestellt haben mochte. Die gute Seele. Ursula setzte sich, aß und trank einen Becher Wasser. Unter der Zeltbahn war die Luft mittlerweile stickig und noch wärmer, dennoch mochte Ursula nicht nach draußen. Schon hatte der Schweiß von ihrem Hals abwärts ein nasses, dunkles Dreieck auf dem Stoff ihres Kleides gebildet. Sie beschäftigte sich mit ihren Vorräten an Kräutern. Prüfte, ob die vielen Säckchen nach wie vor trocken waren. Eine ganze Reihe der aus grobem Stoff genähten Säcke war so gut wie leer. Es wurde höchste Zeit, dass sie sich wieder normal bewegen konnte. Die Trägheit ihrer Schwangerschaft und die mangelnde Beweglichkeit hatten sie gezwungen, auf längere Wanderungen zum Zwecke der Kräutersuche zu verzichten. Resignierend saß Ursula vor ihrer auf dem Tisch ausgebreiteten Apotheke. Sie brauchte dringend noch Brennesseln, Fenchelsamen und Kamille.

Nach und nach ordnete sie die Beutel wieder in ihre Kiste hinein und hatte schon mit dem ersten Säckchen einen Entschluss gefasst. Sie musste sich zusammenreißen. Hier im Zelt herumzusitzen drückte ihr nur aufs Gemüt. Etwas nach draußen zu gehen würde ihr sicherlich nicht schaden. Also beschloss sie, erst einmal zu der gestrigen Stelle zu gehen und dann in der Umgebung nach weiteren Pflanzen zu schauen. Irgend etwas würde sie schon finden. Sie füllte sich einen kleinen Schlauch mit Wasser und hängte ihn sich über die Schulter, so wie den großen Stoffbeutel, den sie schon immer zum Sammeln verwendet hatte. So gerüstet trat sie erneut vor das Zelt. Der Wind hatte sich gedreht, und statt des Rauches der Leichenfeuer wehte ihr vom Rand des Lagers der Gestank dessen entgegen, was tausende Wallfahrer hinter den Büschen, in einem ausgehobenen Graben zurückgelassen hatten. Ursula ging etwas schneller, um aus dem schlechten Wind zu kommen, doch sie kam einfach zu schnell außer Atem. Als sie schließlich ein ganzes Stück gegangen war, blieb sie stehen, sah zurück auf das Meer der Zelte und atmete die nun frische Luft tief ein.

Wie lange mochte es jetzt her sein, dass sie zum ersten Mal auf diese unglaubliche Ansammlung von Menschen hinabgeschaut hatte? Sie und Hilde waren damals schon eine Weile unterwegs gewesen, hatten es aber vermieden, in größeren Gruppen mitzuziehen, da sie nichts mit alldem, was sie auf ihrer Wanderung mit ansehen mussten, zu tun haben wollten. In der Überzeugung, mit dem Erreichen Jerusalems aller Sünden enthoben zu werden, schien sich das Volk aufgemacht zu haben, bis dahin zu sündigen, wo es nur ging. Es wurde gestohlen, geplündert, gebrandschatzt, gemordet und vergewaltigt. Wie eine biblische Plage zogen die Mengen durch das Land und hinterließen Trauer und Not. Je weiter der Zug nach Osten drang, desto mehr Menschen schlossen sich zusammen, und eines Nachmittags erblickten Hilde und sie zum ersten Mal, welche Ausmaße die Pilgerschaft angenommen hatte. Es war einige Tage vor Konstantinopel, als sie von einer Anhöhe den kaum überschaubaren Zug all jener sahen, die Peter dem Einsiedler gefolgt waren. Nie zuvor in ihrem Leben hatte Ursula so viele Menschen auf einem Haufen gesehen. Noch beeindruckender war dann der Anblick des Lagers vor den Mauern Konstantinopels gewesen. Dicht an dicht standen graue und braune Zelte, kleine und große, dazwischen Wagen, und überall stieg der Rauch von Feuern empor und erfüllte die Luft. Drohend stand diese Wolke wie ein schlechtes Zeichen über dem Lager, und darunter wimmelte es von Menschen und Tieren, dass Ursula sogleich an einen Ameisenhaufen denken musste. Der Wind trug Gekreische von Menschen und Tieren heran und einen Dunst, der schon von weitem unerträglich schien. Hilde hatte Ursula, die am liebsten sofort kehrtgemacht hätte, überreden müssen, sich diesen Heerscharen anzuschließen, die alle den gleichen Weg hatten.

Wie anders sah das Lager nun aus, seitdem die französischen Ritter in Konstantinopel die Führung übernommen hatten. In der Mitte gab es einen großen Platz. Drumherum standen mit bunten Wimpeln und farbigen Bahnen die Zelte der Ritter und Adligen. Alle anderen Zelte standen wohlgeordnet, mit Gassen dazwischen zu einzelnen Lagern versammelt. Alles sah aufgeräumter, geordnet und sauberer aus.

Selbst hier war noch ein wenig des nicht weit entfernten Meeres im Wind zu spüren. Sie schleppte sich weiter, noch eine kleine Anhöhe hinauf, um herauszufinden, wohin sie gehen sollte. Oben angekommen verblüffte sie, wie nahe die Stadt doch war. Ohne Schwierigkeiten konnte sie einzelne Köpfe auf der Mauer ausmachen. Ob man sie von dort aus beobachtete? Sie ließ ihren Blick über das Land streifen. Einige vereinzelt stehende, knorrige Bäume versprachen etwas Schatten. Dazwischen gab es einige Büsche und niedrige Pflanzen, die aber schon jetzt nicht mehr wirklich grün erschienen. Wenn es hier nur einen Bach oder einen kleinen See gäbe! Sie entschloss sich, in einer Linie parallel zu der Strecke zwischen Lager und Stadt weiterzugehen und verließ den Hügel. Als sie nach etwa einer halben Stunde einen der niedrigen, knorrigen Bäume erreichte, ließ sie sich in dessen Schatten nieder. Außer etwas Thymian und einem Bund Pfefferminze hatte sie noch nichts gefunden. Sie nahm einen Schluck Wasser, wusch ein paar Blätter der Minze und zerkaute sie. Die Frische im Mund tat ihr gut. Sie döste etwas vor sich hin, als das dumpfe Geräusch von mehreren Reittieren an ihr Ohr drang. Vorsichtig reckte sie ihren Hals in die Richtung, gerade noch rechtzeitig, um die mit weißen Stoffbahnen umwickelten Köpfe mehrerer Heiden zu erkennen. So flink wie möglich kroch sie unter einen nahen Busch. Noch hatte man sie nicht entdeckt, oder waren die Reiter ausgesandt worden, nachdem man sie von den Mauern der Stadt aus gesehen hatte? Die Kamele kamen näher, und Ursula musste daran denken, wie sie das erste Mal in ihrem Leben solch ein Tier erblickt hatte. Sie war damals enorm erschrocken, und noch heute waren ihr diese Tiere alles andere als geheuer. Sie konnte sich nicht helfen, aber für sie waren dies die hässlichsten Tiere, die sie kannte. Der unförmige Körper mit dem Buckel und den langen dürren Beinen, der krumme lange Hals, und dann das Maul mit den überlappenden Lippen und den großen gelben Zähnen. Außerdem, fand sie, stanken Kamele, und ihr röhrender Ruf klang schrecklich. Schon konnte sie das „Hathathat" hören, mit dem die Heiden ihre Tiere antrieben. Noch tiefer duckte sie sich in die Mulde unter dem Busch und wagte kaum aufzusehen. Eine schwangere Christin, das wäre für die Reiter sicherlich ein großes Vergnügen und eine willkommene Abwechslung. Zumindest aber ausreichend Gelegenheit, aufgestaute Wut und Hass loszuwerden. Heiligste Maria, Mutter Gottes, mach mich unsichtbar! Ursula spürte, wie sie zu zittern begann und ihr gleichzeitig Schweiß aus allen Poren ihres Körpers trat. Doch sie hatte Glück, die Reiter kamen nicht näher, sondern lenkten ihre Tiere weiter in Richtung Stadt. Aufatmend blieb Ursula dennoch eine ganze Weile liegen, bis sie sich absolut sicher war, dass niemand in ihrer Nähe war. Dann kroch sie unter dem Busch hervor, stand vorsichtig in Richtung Stadt spähend auf und klopfte sich den Staub vom Kleid. Nach einem Schluck Wasser nahm sie ihre Suche wieder auf und entschloss sich auch, ein Stückchen in Richtung Stadt zu wandern, da ihr die sanften Hügel in dieser Richtung grüner schienen. Sie wollte sich, sobald sie dieses Grün erreicht hatte, wieder auf das eigene Lager zubewegen. Nach einiger Zeit merkte sie allerdings, dass sie sich in der Entfernung arg getäuscht hatte. Das Gehen fiel ihr immer schwerer, und immer wieder musste sie stehenbleiben und nach Luft schnappen, da sich die ziehenden Schmerzen in ihrem Rücken wieder eingestellt hatten. Als sie endlich den grünen Streifen am Fuße einer Hügelkette erreichte, die sich bis hin zum Heerlager zu erstrecken schien, hatte die Sonne längst ihren Zenit überschritten, und die Schatten begannen wieder länger zu werden. Mit Genugtuung stellte sie jedoch fest, dass hier wirklich mehr Kraut wuchs als sonst in der Gegend. Sogleich machte sie sich an ihr Werk, spähte nach bekannten Blattformen, prüfte Pflanzen, roch an Blättern und wurde immer wieder fündig. Versunken in die Konzentration ihrer liebsten Tätigkeit bewegte sie sich langsam fort, von Pflanze zu Pflanze, von Geruch zu Geruch. Wie einst zusammen mit Ester spielte sie ihr Spiel, und trotz all der Anstrengung huschte hin und wieder ein Lächeln über ihr Gesicht. Doch dann zog ihr ein heftiger Schmerz beinahe die Füße unterm Leib weg. Sie ließ sich aufstöhnend nach vorne fallen und harrte so aus, bis der Schmerz verebbte. Sie musste zum Lager zurück. Um sich zu orientieren, richtete sie sich auf und erschrak fast zu Tode. Im Schutz der Hügelkette, die meiste Zeit leicht gebückt mit dem Blick auf dem Boden, hatte sie nicht gemerkt, dass ihre Richtung schon lange nicht mehr ihr eigenes Lager zum Ziel hatte, sondern sie fast direkt unter die Mauern der Stadt gebracht hatten. Geduckt wollte sie schnell das Weite suchen, doch da sirrte schon ein erster Pfeil in ihre Richtung. Zum Glück schien sie noch außer Reichweite der Schützen zu sein, doch sie war entdeckt, und der nächste Bogen könnte vielleicht einen Pfeil doch weiter schleudern als der des ersten Schützen. Erneut übermannte sie der Schmerz, und sie schaffte es gerade noch hinter einen Felsen, wo ihr endgültig die Luft wegblieb. Verzweifelt sah sie sich nach Luft schnappend auf der Suche nach weiterer Deckung um. Sie konnte allerdings noch nicht weiter. Ihr Bauch spannte sich prall über ihrem Kind, und der Schmerz lähmte sie. Mit dem Rücken an den Felsen gelehnt trank sie aus ihrem Schlauch und versuchte sich zu beruhigen. Schließlich traute sie sich auf allen Vieren weiterzukriechen. Vorsichtig blickte sie über ihre Schulter, ob man sie sehen konnte. Solange sie dicht unter den Hügeln blieb, konnte sie den oberen Rand der Mauer nicht sehen, also auch von dort aus nicht entdeckt werden. Doch so kam sie nicht von den Mauern weg. Ihr blieb aber nichts anderes übrig, und in der Hoffnung, weitere Deckung zu finden, die es ihr ermöglichen würde, von der Bedrohung weiter wegzukommen, schlich sie vorsichtig weiter. Die nächste Wehe kam und raubte ihr beinahe die Sinne. Sie schaffte es gerade noch zwischen zwei Felsen, in deren Schatten sie zusammenbrach. Langsam machte sich doch Panik in ihr breit. Sie musste zurück in das Lager, zu Hilde und in ihr Zelt. Ihr Herz schlug schnell, und es fiel ihr sehr schwer, ihre Atmung zu beruhigen. Schon spürte sie den Schmerz erneut aufflammen. Sie musste hier weg. Als der Schmerz wieder verebbte, nahm sie all ihre Willenskraft zusammen, richtete sich ein wenig auf, erblickte eine weitere Felsgruppe und machte diese zu ihrem nächsten Ziel. Vorsichtig auf die Felsen gestützt zog sie die Beine an und kam auf die Füße. Sie musste laufen, krabbelnd würde sie das Lager nie erreichen. Sich gegen die Angst stemmend sprang sie schließlich auf und eilte so schnell los, wie es ihr möglich war. Bei der neuen Deckung ließ sie sich auf den Boden fallen und schrie auf. Sie hatte sich gestoßen, und ihre steinharte Bauchdecke schien platzen zu wollen. Außer Atem vom Rennen und dem Schmerz gönnte ihr das Kind allerdings keine Pause, und eine erneute heftige Wehe ließ sie die Zähne fest zusammenbeißen, dass es knirschte. Ihr wurde schwarz vor Augen.

AUF DEM HOF DES BAUERN MATTHES

WINTER 1094/1095

Im Stockdunkel der Kammer brauchte sie eine kleine Weile, um aus der Welt ihrer Träume zurück in die Wirklichkeit zu gelangen, doch ihr starker Harndrang unterstützte sie dabei. Es half alles nichts, sie musste raus. Ute schnarchte sanft, und Ursula versuchte so geräuschlos wie möglich aufzustehen. Sie schlang sich ihre Wolldecke um die Schulter und schlich aus der Kammer. In der Stube wiesen ihr die dunkelroten Reste der Glut im Herdfeuer die Richtung. Der kalte Rauch vermischte sich in der Nacht mit den Ausdünstungen von Mensch und Tier. Es zog an allen Ecken und Enden, aber einen ordentlichen Luftaustausch verhinderten die sorgfältig verstopften und verhangenen Fenster. Langsam tastete Ursula sich durch den Raum bis zur Tür. Bevor sie nach draußen schlüpfte, zog sie die Decke noch einmal fester um ihren Leib. Es war eine wolkenlose Nacht. Der Mond erhellte den Platz vorm Haupthaus, und Ursulas Schritte wurden sicherer und schneller. Am Eck neben der Scheune, wo die Erde leicht abfiel, hockte sie sich rasch hin und gab dem Drängen ihrer Blase nach. Die klare Nacht hatte die Temperatur weiter fallen lassen, und Ursula konnte unter sich Dampf aufsteigen sehen. Fröstelnd erhob sie sich und wollte ins Haus zurückeilen, als sie jemand am Handgelenk packte und in den Schatten der Scheunenwand zog. Ursula schrie kurz auf, aber eine Hand erstickte den Laut, bevor er irgend jemanden wecken konnte.

„Komm!“ vernahm sie Ludgers Stimme, und schon zog er sie mit sich in den Schober. Im Halbdunkel zwischen dem duftenden Heu ließ er sie los.

„Ludger, verdammt, was soll das!“ fauchte Ursula den Jungbauern an. „Mir ist kalt, lass mich gehen.“

„Nein, warte! Hier, das habe ich für dich geschnitzt.“ Er drückte ihr etwas in die Hand.

„Was ist das?“

„Ein kleiner Bär. Du heißt doch Ursula.“

„Danke.“ Ursula freute sich, war sich aber unsicher.

„Bist du böse auf mich?“ Die Frage traf Ursula völlig unvorbereitet. Seit dem Vorfall auf der Lichtung war sie Ludger ausgewichen, hatte selbst seinen Blick gemieden. Er hatte etwas von ihr genommen, was sie zu geben nicht bereit gewesen war, und sie fühlte sich betrogen und beraubt zugleich. Auch wenn sie gemerkt hatte, dass er ihr gegenüber die letzten Wochen hindurch freundlicher gewesen war als sonst und ihr nur leichte Arbeit befohlen hatte. Ihren Groll und die Angst vor ihm hatte er jedoch nicht völlig beschwichtigen können.

„Ja“, antwortete sie und wollte, dass ihre Stimme dabei fest und entschlossen klang, doch das Klappern ihrer Zähne schloss eine Festigkeit der Stimme aus. „Es war nicht recht“, fügte sie noch hinzu.

„Aber ich wollte dich so sehr. Und ich dachte, du willst auch.“

„Nein, wollte ich nicht. Du hättest fragen sollen.“

„Ein Bauer fragt keine Magd.“

Das reichte Ursula. „Ich muss zurück ins Haus. Ich erfriere noch“, sagte sie und wollte gehen. Er hielt sie fest. „Komm, ich wärme dich“, flüsterte er nun wieder mit sanfter Stimme.

„Nein.“ Ursula wusste nicht, wie ihr die Worte in den Mund kamen. „Dafür braucht es mehr als einen kleinen Bären“, sagte sie, entwich seinem Griff und eilte über den Hof.

Wieder im Bett brauchte sie lange, bis ihr ausgekühlter Körper unter der Decke zu zittern aufhörte. Die ganze Zeit hielt sie die kleine Holzfigur in ihrer Hand fest umschlossen. Nun da sie sich entspannte, fuhren ihre Finger tastend über das Schnitzwerk. Sie war sich unsicher. Jetzt hatte er ihr etwas geschenkt und schien nett zu ihr. Oder wollte er ihr nur schmeicheln, um zu bekommen, was er wollte? Ihre Gedanken ließen sie nicht schlafen. Vielleicht, wenn sie ihn zwingen könnte, immer so zu ihr zu sein. Vielleicht mochte er sie ja so sehr, dass er sie zu seiner Frau machen würde. Dann wäre sie mit einem Mal mehr als Ute, die nichtsahnend neben ihr schnarchte. Aber selbst bei den Tieren, wusste sie, kann der Bulle nicht einfach eine Kuh bespringen, wenn diese nicht will. Gleichzeitig wusste sie, dass ihr Verhalten Ludger gegenüber ungehörig gewesen war. Eine Magd hatte dem

Bauern nicht zu widersprechen, geschweige denn etwas von ihm zu fordern. Er könnte sie als ungehorsam und störrisch bestrafen oder sogar vom Hof jagen. Sie wusste einfach nicht, was sie machen sollte. Vielleicht wusste Ester Rat. Mit einem Seufzer gab sie das Nachdenken auf und fiel in einen kurzen Schlaf.

Als sie erwachte, hörte sie, wie Ingrid bereits das Herdfeuer schürte. Rasch erhob sie sich, steckte das Figürchen in ihre Tasche und eilte hinüber zu Ester. Die alte Frau war auch bereits wach und hielt den allmorgendlichen Trank für Ursula bereit. In letzter Zeit wurde der magere Körper Esters immer häufiger von einem heftigen Husten erschüttert, und wenn Ursula morgens an ihr Lager kam, war der kleine Verschlag der Alten erfüllt von einem ungesunden Geruch, der, wie Ursula bald bemerkte, aus dem Mund Esters strömte. Sie kochte ihr Tee aus Minze und Kamille, und immer wieder verabreichte sie ihr Tee aus den pelzigen Blättern des Salbeis. Der Husten ließ aber nicht nach. Ursula berichtete Ester von Ludgers Verhalten und von der eigenen Unsicherheit. Wirklich helfen mochte ihr Ester aber anscheinend nicht.

„Es kommt nicht darauf an, was er macht und möchte. Es kommt darauf an, ob du es willst“, war das einzige, was sie dazu sagte, bevor ein erneuter Hustenanfall sie erschütterte.

Andererseits musste Ester mit ihrem Sohn gesprochen haben, denn Ursula wurde immer seltener zu Arbeiten herangezogen. Statt dessen war es nur noch Ester, die sie um etwas bat und mit der sie immer mehr Zeit verbrachte. Ester gab sich Mühe, dem Mädchen so viel wie möglich von ihrem Wissen zu vermitteln. Ursula spürte die Furcht der Alten, nicht mehr allzu viel Zeit dafür zu haben. Doch ließ sie das Ester nicht spüren. Statt dessen scherzte sie, sprach vom nächsten Frühling und stellte viele Fragen. Und Ester verstand es, Hände und Geist des Mädchens an die vielen Erfordernisse der Kräuterheilkunde zu binden. Ursula freute sich still darüber. Die Gemeinschaft mit Ester erfüllte sie mit Stolz, und das vielfältige Wissen, das ihr jeden Tag anvertraut wurde, forderte ihren Geist so sehr, dass sie kaum noch an die Geschehnisse des Herbstes dachte. Selbst die immer dunkler werdenden Tage, die Kälte des Winters machten ihr weniger aus. Wenn sie in der Nacht allerdings fröstelnd unter ihrer Decke nicht einschlafen konnte, hielt sie häufig den kleinen Engel und den Bären in ihren Händen. Ihre Finger streichelten die Figuren, folgten ihren Konturen, und Ursula dachte an Ludger. Ihre Gefühle waren zwiespältig. Nach wie vor war da die Angst, er könne ihr wieder Gewalt antun. Aber da war auch das Bewusstsein all der kleinen Zugeständnisse, die er ihr in letzter Zeit machte, die dicken Brotscheiben des Sommers, der ab und an aufgefangene wohlwollende Blick, die Figürchen und seine derzeitige Zurückhaltung. Dennoch achtete Ursula sehr darauf, dass sie, wenn es irgendwie möglich war, nicht mehr mitten in der Nacht nach draußen musste. Aber immer wieder war da ein Gedanke, angestoßen von dem knappen Kommentar Esters: „Was will ich?" Ursula fragte sich morgens nach dem Aufstehen, während der Arbeiten des Tages und nachts auf ihrem Lager. Doch zu einem Ergebnis kam sie nicht. An manchen Tagen konnte sie sich kaum etwas Besseres vorstellen, als dass alles so bliebe, wie es war. An anderen Tagen wäre sie gerne wieder ein kleines Mädchen gewesen. Sie sprach mit Ester, während sie gemeinsam die am Balken zum Trocknen hängenden Kräuter überprüften und die getrockneten Blätter von Stielen befreiten, um sie anschließend in Gefäßen oder Stoffbeuteln zu verwahren. Dazu saßen sie beide in einem Eck der Stube, nahe genug am Herdfeuer, um ausreichend Licht zu haben, und weit genug entfernt von den anderen, um flüsternd Gespräche zu führen, die nicht jeder hören sollte. „Um zu wissen, was man will, muss man wissen, wer man ist", gab Ester ihr zur Antwort. „Wer bist du, was kannst du, und womit hat dich unser Herrgott gesegnet?" Ursula sah Ester verwundert an. „Ja, aber ...", hob sie an, doch Ester bedeutete ihr zu schweigen. „Du bist die Tochter deiner Eltern. Das darfst du nie vergessen. Versuche dich an sie zu erinnern. Wer waren sie? Was hast du von ihnen? Vielleicht Ähnlichkeit, einen Charakterzug? Worin bist du gut, was macht dir Freude? Was magst du nicht? Alle diese Fragen musst du dir beantworten, bevor du für dich findest, was du willst. Ach, mein Kind, versuche stark zu sein. Belaste deinen Kopf nicht mit zu vielen Grübeleien. Beantworte dir die eine oder andere Frage und hab Geduld. Den Rest wird der Herr schon richten." Mit diesen Worten nahm Ester Ursulas Hand und drückte sie kurz und fest, dann strich sie ihr mit dem Handrücken über die Wange und widmete sich wieder ihrer Arbeit. „Wenn der Winter noch sehr lange dauert, werden wir nicht genug Kraut gegen den Husten haben." Sie deutete auf das, was sie noch an Salbei- und Minzblättern im Vorrat hatten. Ursula sah ihren besorgten Blick und wusste, diese Sorge galt nicht den anderen allein, sondern Ester wusste genau, was für eine Qual die Wochen für sie werden würden, ohne die Hilfe von Kräutertees. „Wart', ich habe im Sommer einige Sträuße unter dem Dach der Scheune aufgehängt. Ich werde schauen, ob sie noch zu gebrauchen sind", berichtete Ursula rasch, um die Alte zu beruhigen, und vergaß dabei sogar, ihre Stimme zu dämpfen, so dass alle im Raum sich verwundert zu ihr umdrehten. „Ja, mach das, mein Kind", nickte ihr Ester aufmunternd zu und beugte sich dann wieder über eines der Kräutersäckchen. Ursula warf sich eine Decke über und ging zur Tür. Sie merkte nicht, wie Ludgers Blick ihr folgte. Sie spähte hinaus und schlüpfte dann schnell durch den Türspalt, um so wenig kalte Luft wie möglich hineinzulassen. Drinnen in der Stube streckte sich Ludger: „Ach, dieses ewige Rumhocken! Ich geh mal noch Holz holen", sagte er und schritt zur Tür. Diesmal waren es Esters Augen, die alles verfolgten, und auch Ute sah kurz auf und dachte sich ihren Teil.

In der Scheune angekommen verschloss Ursula die Türe hinter sich und arbeitete sich dann durch das Heu. Im Halbdunkel suchte sie den Balken zu erkennen, an dem sie im Sommer die Kräuter zum Trocknen aufgehängt hatte. Als sie die unter dem Dach hängenden Sträuße schließlich entdeckte, fiel ihr ein, dass sie im Sommer dafür auf dem Hackklotz gestanden hatte.

Der war aber nun beiseitegeräumt, und sie konnte ihn nirgends sehen. Da ging plötzlich die Türe auf, und Ursula erkannte Ludger, der das Gatter schnell hinter sich wieder zudrückte. Ursula erschrak und wäre am liebsten zurück ins Haus gelaufen, aber Ludger stand vor der Tür, und ohne die Kräuter konnte sie jetzt auch nicht wieder reinkommen. Also nahm sie all ihren Mut zusammen. „Ach Ludger, du bist es", sagte sie und versuchte dabei so gleichmütig wie nur möglich zu klingen. „Kannst du mir helfen? Ich komme an den Balken nicht ran."

Ludger kam zu ihr. „Nichts leichter als das", sagte er triumphierend, packte sie am Unterleib und hob sie hoch. Rasch griff sie ein trockenes Krautbündel nach dem anderen und ließ sie auf den Boden fallen. „So, das war's. Kannst mich wieder runterlassen", gab sie Bescheid. Ganz langsam senkte Ludger seine Arme und ließ das Mädchen an sich entlanggleiten. Er wollte, dass sie seine Kraft spürte, auf die er so stolz war. Schließlich hatte Ursula dann doch wieder Boden unter den Füßen und sah zu dem Jungbauern auf, der sie um mehr als einen Kopf überragte. „Danke“, sagte sie schlicht und hätte sich gerne den Kräutern gewidmet, aber Ludger ließ sie noch nicht los. „Ist das alles?“ fragte er und tat entrüstet. „Krieg ich dafür nicht wenigstens einen Kuss?“ Ursula wusste, er würde sie nicht gehen lassen und sich zur Not nehmen, was er wollte. „Nun, einer zum Dank soll recht sein“, antwortete sie darum keck. Er beugte sich zu ihr, hielt mit beiden Händen ihr Gesicht, so als habe er gerade einen kleinen Vogel gefangen, und berührte ihren Mund ganz sanft mit seinen Lippen. Ursula war so erstaunt darüber, dass Ludger die Chance hatte, den Kuss auszudehnen. Doch als er seine Arme um sie schlingen und sie an sich ziehen wollte, erwachte Ursulas Geist, und sie stieß ihn von sich. „Lass mich, ich muss wieder rein!“ sagte sie und wollte sich eigentlich nach den Kräutern bücken, doch als sie merkte, dass Ludger keine Anstalten machte, wieder nach ihr zu greifen, hielt sie verwundert inne und sah ihn an. Sein Gesicht unter dem struppigen braunen Haar wirkte nachdenklich. Er schien sich nicht schlüssig darüber, was er tun sollte, und glotzte sie nur an. Irgendwie war das komisch, und Ursula huschte ein kleines Lächeln über ihr Gesicht. Sie bückte sich und klaubte die Kräuter auf. Die Sträuße raschelten, und Ursula fiel ein Stein vom Herzen. Sie hatte befürchtet, durch die groben Bretter der Scheune wäre vielleicht Regen oder Schnee gedrungen und hätte die Kräuter verdorben. Sie waren aber offensichtlich trocken geblieben. Ursula freute sich, und dieses Strahlen bezog Ludger auf sich, als sie sich aufrichtend in seine Richtung blickte. „Gib mir noch einen“, forderte er. Ursula fühlte sich auf einmal viel stärker als bisher. Sie war sich sicher, zwingen würde er sie jetzt nicht. Mit den Sträußen im Arm ging sie auf ihn zu, wich seinem Arm aus und drückte ihm flüchtend nur kurz den Mund auf die unrasierte Wange, dann schlüpfte sie schnell auf den Hof hinaus. Zurück im Haus zeigte sie Ester stolz ihre Sträuße, und beide arbeiteten schweigend weiter. Doch sowohl die weise Alte als auch die erfahrene Magd forschten mit kurzen Blicken, um an Ursula etwas zu entdecken, was ihre Gedanken stützen könnte. Ester sagte nichts, doch Ute hielt es nur bis zum Schlafengehen aus. Sie rutschte zu Ursula auf das Lager und flüsterte ihr neugierig ins Ohr: „Na, was ist nun mit Ludger? Hat er dich wieder geküsst?“ Ursula drehte sich unwirsch um. „Was redest du?“ flüsterte sie verärgert zurück. Sie verspürte nicht die geringste Lust, Ute etwas von all dem anzuvertrauen, was vorgefallen war. „Nichts ist. Und nun lass mich schlafen.“ Ute gab aber nicht so schnell auf. „Ich hab’ doch gesehen, wie er dir in die Scheune gefolgt ist. Was habt ihr dort denn getrieben, hä?“

„Nichts, er hat mir geholfen, die Kräuter vom Balken zu holen. Mehr nicht.“

Ute merkte, sie würde diesmal nichts erfahren, doch stichelnd flüsterte sie Ursula noch zu: „Denk dran, was ich dir gesagt habe. Wenn er dich freit, wirst du Bäuerin. Aber einem Hund, den man abrichtet, muss man ab und an auch ein Bröckchen Fleisch hinwerfen.“ Als Ursula aber nicht weiter reagierte, drehte sie sich beleidigt um, kroch auf ihr Lager und spann weiter an dem Geflecht ihrer eigenen Phantasie. Ursula aber überlegte, ob das wirklich möglich wäre. Hier auf dem Hof war sie die Niedrigste von allen. Nach ihr kamen nur Ochse, Hund und die anderen Tiere. Ludger war der Sohn des Herrn, und ihm stand eine Bauerstochter aus der Umgebung zu. Was könnte ihn bewegen, sich für sie zu entscheiden? Wollte sie Bäuerin werden? Aber was sonst? Sie hatte ja nichts. Das wenige, was ihr geblieben war, nachdem das Fleckfieber die Eltern dahingerafft hatte, war dem Bauern vom Oheim gegeben worden, dafür dass dieser bereit war, sie aufzunehmen. So gesehen war sie Magd und sollte es ihr Lebtag auch bleiben. Wenn der Bauer sich je mit einer Heirat einverstanden erklärte, dann nur mit einem jungen Knecht oder Wanderarbeiter, nicht aber mit seinem Sohn. Die kleine Hilfsmagd mochte Ursula aber nicht bleiben. Dessen war sie sich sicher. Sie war klüger als Ute, und sie wusste schon jetzt so viel über Kräuter und deren heilsame Kräfte, das musste doch für irgend etwas gut sein. Über all diesen Gedanken schlief sie schließlich ein.

Draußen versank die Welt derweil immer tiefer im Schnee. Schwer lasteten die weißen Massen auf den Ästen der Bäume, aber auch auf den Dächern des Hofes. Die Männer mussten am nächsten Morgen hinaus in die Kälte, trotz des vom Wind fast waagerecht durch die Luft gepeitschten Schnees, um gemeinsam die Dächer zu entlasten. Noch vor den frühen Morgenstunden hatten die Balken ächzend von der schweren Last gekündet und die Hausgemeinschaft in Aufregung versetzt. Der Sturm und der Schnee hatten den Hof längst von der Außenwelt abgeschnitten. Hundert Schritte vom Haus entfernt hätte niemand vermuten können, dass es hier ganz in der Nähe Menschen gibt. Nicht einmal Tierspuren waren im tiefen Schnee zu sehen. Alles schien unberührt und weit weg jeglicher Behausung. Einziges Lebenszeichen in dieser unwirtlichen weißen Wüste blieb die beständig aus der Mitte des Daches aufsteigende Rauchsäule. Das Haus selbst war bis zur Dachkante vom Schnee umgeben. Vom Eingang war ein Weg zum Stall, der Scheune und zu den Holzschobern geschaufelt worden. Mehrmals täglich mussten diese Wege erneuert werden, und Ursula fühlte sich wie eingemauert, wenn sie zwischen den Schneemauern hindurchgehen musste. Soviel Schnee hatte sie noch nicht erlebt, und sie dachte jetzt schon mit Schaudern an die Zeit, wenn all diese frostigen Massen zu tauen beginnen würden. Der ganze Hof und die Umgebung würden noch viel schlimmer, als es jedes Frühjahr geschah, in Wasser und Morast versinken. Die Zeit der Kälte war hart, aber gegen die Zeit der Schneeschmelze wollte sie doch niemand eintauschen. Wenn der Schnee schmolz und der eine oder andere Regentag hinzukam, wurde alles, aber auch wirklich alles feucht, dreckig und nass. In dieser Zeit wurden alle krank, ohne Ausnahme. Zudem waren alle gereizt, und ständig schlugen die Stimmungen im Haus um. Gedämpft hörte Ursula jetzt die Stimmen der Männer durch das Dach, wie sie sich Anweisungen zuriefen. Die ganze Zeit schon rieselte von oben Staub, Stroh und Mäusekot auf alle herab, die im Haus gefangen waren. Ester bekam einen besonders schlimmen Hustenanfall. Ursula nahm ein Stück Tuch und gab es der Alten, damit sie es sich über Mund und Nase halte. Die kleine Magda fing an zu schreien, da ihr beim Schauen nach oben etwas Schmutz ins Auge gekommen war. Ute versuchte sie zu trösten und das Auge zu säubern. Die Situation zerrte spürbar an den Nerven aller. Schließlich wurde es still, und kurz darauf polterten die Mannsleute durch die Tür. Sie stampften mit den Füßen, rissen sich ihre Hüte und Umhänge vom Leib und schüttelten sie kräftig aus. Das war der reinste Veitstanz, und Ute konnte nicht anders, als in ein schallendes Gelächter auszubrechen, das alle ansteckte.

Die Männer setzten sich ganz nah ans Feuer und zogen fluchend über die Kälte ihr Schuhwerk aus. Ingrid eilte zu ihrem Mann und begann dessen bloße Füße zu reiben und zu massieren. Ute eilte gleichermaßen dem Knecht zur Hilfe, der sich bereits der Füße des jungen Arnulfs angenommen hatte. Bloß Ludger saß alleine da und mühte sich mit seinen gefrorenen Fußlappen ab. Auffordernd sah er Ursula an. Der Bauer bemerkte das Zögern der Magd. „Wirst du dich wohl sputen!“ schalt er. „Hilf Ludger, aber schnell!“ Rasch warf sich Ursula Ludger zu Füßen und löste die Reste der Lappen. Der Anblick der eiskalten, weißen, blutleeren Füße in ihrem Schoß erschreckte sie zuerst, doch dann folgte sie dem Beispiel der Bäuerin und rieb und knetete so gut sie konnte. So sehr Arnulf auch bereits als Mann gelten wollte, ihm war es bei diesen Schmerzen nicht möglich, die Tränen zurückzuhalten und zu wimmern. Knecht, Bauer und auch Ludger saßen mit verbissenen Mienen da, fluchten über die Kälte und spuckten verächtlich ins Feuer. Ester brachte allen heißen Kräutersud, und der Bauer gab seiner Frau den Auftrag, für die halb erfrorene Männergesellschaft Wein zu erhitzen. Mit Honig gesüßt würde er die Körper von innen mit Wärme versorgen. Ludger hielt seinen Becher mit zitternden Händen, während Ursula noch immer seine Füße rieb. In einem unbeobachteten Moment hielt er ihr rasch den Becher an die Lippen und ließ sie einen Schluck nehmen. Nie hatte Ursula dergleichen getrunken. Sie spürte, wie die Wärme Richtung Bauch floss, aber gleichzeitig, unerwartet und unerkannt, breitete sich die Hitze des Alkohols in ihr aus, stieg ihr zu Kopf und schien ihr die Brust zu füllen. Ursula hätte fast erstaunt einen juchzenden Laut von sich gegeben, rettete sich aber zu ihrem Glück in einen Hustenanfall. Was war das für ein Getränk? fragte sie sich und sah sich verstohlen um, doch alle waren beschäftigt und schienen nichts bemerkt zu haben. Prüfend sah sie Ludger an, der lächelte aber nur verhalten und drehte sich gleich von ihr weg. Schon bald verkrochen sich alle unter ihre Decken und Felle. Die anhaltende Dunkelheit und der stehende Rauch machten müde, und liegend in Bodennähe ging das Atmen leichter. Ursula lag zusammengekauert auf ihrem Lager, in jeder Hand eine Holzfigur, und hatte Ludgers Gesicht vor Augen. Um sie herum waren einzig die Atemgeräusche der anderen zu hören. Der Schnee deckte alles zu und ließ den Wind lediglich durch die Spalten der Haustür herein, von wo er direkt in die Glut des Herdfeuers fuhr und dem heißen Sog folgend zum Dach wieder nach draußen entwich. Die eine oder andere Bö schlug die Tür gegen den Riegel, ab und an pfiff die Luft durch einen engen Spalt zwischen Tür und Rahmen. Ursula wusste, wenn Ludger sich den Bart hin und wieder ein Stückweit kürzte, und die Haare gewaschen, glattgekämmt sein Gesicht umrahmten, war er ein schmucker, junger Mann, dem so manches Weibsbild hinterhersehen mochte. Ihre Angst und ihr Groll gegen ihn waren in den letzten Wochen merklich geschmolzen. Sanft streichelte sie das Bärchen und wünschte sich ihn immer so sanft und wohlgesonnen wie in letzter Zeit. Seine Frau zu sein wäre sicherlich gut. Wenn das mein Weg ist, dann sollte ich ihn gehen.

In dieser Nacht beschloss Ursula mit dem Engel in der einen und dem Bären in der anderen Hand: „Ich werde Bäuerin." Dann schlief sie ein und träumte von einem sonnigen Frühling.

Esters Husten weckte sie sehr früh am Morgen. Zunächst blieb sie liegen, lauschte in die Dunkelheit, ob sich die Atemnot der Alten wieder legen würde. Doch das Husten, Röcheln und Pfeifen nahm kein Ende. Sie schlüpfte unter ihrer Decke hervor und tastete sich im Dunkeln voran. Rauch biss ihr in die Nase und ließ die im Dunkel weit aufgerissenen Augen tränen. Sie befand sich längst in der großen Stube, konnte die Glut des Herdfeuers aber immer noch nicht sehen. Vorsichtig tastete sie sich mit den Füßen weiter, und erst als sie bereits mit ihren Zehen gegen die steinerne Umrandung des Herds stieß, sah sie wie durch dichten Nebel das Glimmen. Jetzt musste auch sie husten. Zuviel Rauch, schoss es ihr durch den Kopf, und sie tapste weiter Richtung Tür. Ohne etwas sehen zu können, stieß sie gegen die eiskalten Bretter und spürte den Schnee auf ihre vorgestreckte Hand rieseln. Sie griff nach dem Riegel und wollte die Tür einen Spalt weit öffnen, doch sie rührte sich nicht. Mit beiden Armen stemmte sie sich gegen die Bretter. Schnee rieselte ihr über die Arme und den Kopf. Noch immer war kein Hauch zu spüren. Mit aller Kraft warf sie sich gegen die Türe. Sie gab nach, und ein eiskalter Schauer aus Schnee fiel auf sie herab. Aber da spürte sie die Luft an sich vorbei in die Wärme des Hauses ziehen. Sie drehte sich um und sah das Herdfeuer aufflackern. Sie fühlte den Luftzug über ihre nackten Füße fahren und atmete auf. Ester hustete noch immer. Ursula legte zwei Scheite auf das Feuer, hängte einen Kessel mit Wasser darüber und schlich zu Ester. Die Alte saß aufrecht im Bett und konnte kaum noch Luft holen, so stark war der Hustenreiz. In der warmen, rauchgeschwängerten Luft der Kammer hatte selbst Ursula Mühe zu atmen. „Komm“, flüsterte sie der Alten zu, half ihr vom Lager und führte sie in die Decke gewickelt zur Tür. Im Schein der Flammen griff sie sich einen Stuhl, stellte ihn neben die Türe und setzte Ester darauf. Dann wickelte sie ihr die Beine in ihre eigene Decke. „Hol langsam und tief Luft.“ Ester hustete nach wie vor, aber der Reiz schien schwächer zu werden. Während sie nach und nach immer tiefer atmen konnte, ohne gleich wieder husten zu müssen, kümmerte sich Ursula um einen Kräuteraufguss. Sie nahm vor allem Thymian und etwas Salbei, so wie es ihr die Alte beigebracht hatte. Zum einen den festsitzenden Schleim zu lösen und zum anderen die Reizung im Hals zu besänftigen. Als Ester die ersten Schlucke des heißen Getränks geschlürft hatte, ging es ihr sichtlich besser. Mittlerweile erwachten nach und nach auch die restlichen Hausbewohner. Ingrid wollte zuerst über die offene Tür schimpfen, doch eine Handbewegung Esters deutete ihr zu schweigen. „Das Mädchen hat uns alle davor bewahrt, im Rauch zu ersticken.“ Mit diesen Worten klärte der Bauer selbst die Situation, nachdem er an die Tür getreten und vorsichtig nach draußen geschaut hatte. „Nein, es war Esters Husten, der mich geweckt hat“, wandte Ursula ein, der das plötzliche Lob und die Aufmerksamkeit aller unangenehm waren. Auch Ludger lobte sie und legte kurz seinen Arm um ihre Schulter. Er und der Knecht machten sich gleich daran, die Türe wieder freizuschaufeln, während Ute und Ingrid sich daran machten, den morgendlichen Brei zu bereiten. Ursula stand noch immer bei Ester. „Komm, Ursula, bring mich wieder auf mein Lager. Langsam wird es mir kalt, und du bist auch schon ganz verfroren. Lass mich noch ein wenig ruhen, und geh du und zieh dir etwas an“, sagte die Großmutter und erlöste Ursula aus der Situation. „Ja, ja, geh nur“, sagte nun auch Ingrid. „Ute und ich machen das hier schon.“ So war Ursula ihrer allmorgendlichen Aufgabe entbunden. Sie brachte Ester zu ihrem Lager, deckte sie zu und ging dann selbst zu ihrem Bett. Sie konnte der Versuchung nicht widerstehen und legte sich noch einmal hin, wickelte ihre Decke fest um die Füße und versuchte sich ein bisschen aufzuwärmen. So ein Glück. Der Bauer hatte sie gelobt. Wenn sie ihn nicht verärgerte, würde sie vielleicht an Achtung gewinnen. Fest nahm sich Ursula vor, künftig besonders fleißig zu sein.

Zwei Tage wütete der Sturm. Ursula fühlte sich eingeschlossen, und den anderen ging es ebenso. Die Kinder sprangen planlos durch die Stube wie Vögel in einem Käfig, und die Erwachsenen saßen entweder mürrisch in einer Ecke oder liefen von Wand zu Wand. Abwechslung brachten nur die notwendigen Arbeiten und die wenigen, kurzen Ausflüge nach draußen. Als der Bauer am Morgen des dritten Tages die Türe aufstieß, strömte auf einmal goldenes Licht in die Stube. Trotz der Kälte hielt es niemanden daraufhin im Haus. Selbst Ester kam bis an den Türstock heran und blinzelte mit zusammengekniffenen Augen in die Winterwelt. Die Sonne schien an einem hellblauen Himmel herab auf eine fremde, strahlend weiße, kalt glitzernde Welt. Das Licht schmerzte nach all den Tagen im Halbdunkel des Hauses in den Augen, aber Ursula konnte sich nicht sattsehen an der völlig veränderten Umgebung. Wenn man die Schneegassen des Hofes, über deren Wände sie kaum hinwegsehen konnte, verließ, und sich im Schnee etwas nach oben arbeitete, breitete sich vor einem die Landschaft aus. Da gab es keine Ecke, Kante und nichts Spitzes. Alles floss weich ineinander über. Die Sonne malte hinter den Bäumen blaue Schatten auf die weiße Fläche. Die Luft war klar, frisch und ohne jegliche Gerüche. Der Schnee dämpfte alle Geräusche, und Ursula, die sich noch einige Schritte vorwärts durch den knietiefen Schnee gearbeitet hatte, hörte den Rest schon fast nicht mehr. Sie sah sich um.

Alles war unnatürlich starr und still. Keine noch so kleine Bewegung konnte sie entdecken, kein Vogel in den Ästen oder am Himmel. Tief atmete sie die kalte Luft ein. Das Fehlen irgendeines Reizes für ihre Nase verwunderte sie, gleichzeitig genoss sie aber diese klare Reinheit. Um zu überprüfen, ob sie überhaupt noch riechen konnte, hielt sie sich den Ärmel ihres Kleides unter die Nase. Angewidert verzog sie das Gesicht. Ihr Kleid roch nach Rauch, Körperausdünstung, Essen und Vieh.

„Ursula! Ursula! Komm sofort zurück!“ Ingrid rief streng. „Es gibt genug zu tun, auf jetzt.“

Gehorsam ließ Ursula die Winterlandschaft hinter sich liegen und kehrte zurück auf den Hof. Drinnen wurden die Arbeiten verteilt. Als erstes musste das Haus von der kalten Umklammerung befreit werden. Dazu zogen sich alle so warm wie möglich an, bewaffneten sich mit etwas, das nützlich zum Schneeschaufeln schien, und gingen nach draußen. Die Männer stiegen erneut auf das Dach, und der Rest bemühte sich den Hof freizuräumen. Das Wichtigste war, Platz zu schaffen und kleine Gräben zu ziehen, in denen eventuelles Schmelzwasser abrinnen konnte. Die Plackerei dauerte länger als der Vormittag. Mittags konnten Ester und Ursula den Bauern dazu überreden, für kurze Zeit die verstopften Fenster zu öffnen, um das Haus zu lüften. Anschließend schüttelten Ute und Ursula sämtliche Decken und Felle draußen aus und ließen sie dann noch eine Weile über dem Gatter hängen, in der Hoffnung, alles Ungeziefer würde in der Kälte eingehen. Auch das Stroh der Lager wurde erneuert. Als am Nachmittag dann wieder alle Öffnungen verschlossen wurden und das Herdfeuer größer als sonst den Raum wieder heizte, war das Haus erfüllt vom Duft nach frischem Stroh und Heu. Der Rauch zog nun wieder besser ab, und allen tat die frische Atmosphäre im Raum sichtlich gut. Ursula beschloss, sobald sie dafür Zeit fände, eines ihrer beiden Kleider zu waschen. Wenn das Wetter sonnig bliebe, könnte sie es sogar draußen trocknen und abends in die Nähe des Herdfeuers hängen. Der Tag war schnell vergangen, und schon bald senkte sich Ruhe über das Haus. Ursula konnte sich gut vorstellen, dass es allen anderen so ging wie ihr, als sie unter ihrer Decke lag und das frische Stroh roch. Leise hörte sie Ester husten, und die Sorge um die alte Frau verdrängten alle anderen Gedanken. Es war seltsam, aber Ursula hatte den Eindruck, Ester würde immer weniger. Insgesamt kleiner, zusammengesunkener kam sie ihr vor, die Glieder dünner, die Haut durchscheinend und fahl. Ursula ahnte, auch wenn sie es nicht wollte, lange würde Ester nicht mehr da sein.

Allzu schnell wurde aus Ursulas Ahnung Gewissheit. Kaum, dass der Winter die Hausgemeinschaft erneut im Haus eingesperrt hatte, verschlimmerte sich Esters Zustand. Immer häufiger wurde der schmale Körper von heftigem Husten erschüttert, und nach jedem Anfall sank die alte Frau völlig erschöpft auf ihr

Lager. Ursula brauchte immer länger, um Ester zu bewegen, das Bett überhaupt zu verlassen, und sie musste sie stützen und bis zum nächsten Schemel führen. Eines Morgens, als Ursula an das Lager der Alten schlich, um unter ihrer Aufsicht ihr heimliches Getränk zu bereiten und den Tee gegen das Husten aufzugießen, lag Ester friedlich auf ihrem Lager und atmete nicht mehr. Ursula wollte es erst nicht wahrhaben, legte ihr Ohr an Esters Mund, um vielleicht doch noch einen schwachen Atemzug zu hören, dann schüttelte sie ihren Körper sanft, um die alte Frau doch zu wecken, und schließlich brach sie in lautes Schluchzen aus. Ihr Weinen versammelte sogleich alle im Haus vor dem kleinen Verschlag. Man bekreuzigte sich, und der Knecht zog Ursula fort vom Lager. Keiner sagte ein Wort.

Im Laufe des Vormittags hoben Ute und Ingrid den ausgemergelten Körper vom Lager auf ein Sacktuch, schlugen ihn ein und vernähten den Stoffsack.

Ludger und sein Vater nahmen die Leiche und betteten sie neben der Scheune im Schnee, klopften einen festen Berg darüber und vereisten die Oberfläche mit Wasser, damit kein Tier sich an dem Leichnam gütlich tue. An eine Beerdigung und die damit verbundene Fahrt in das nächste Dorf war bei dem Wetter nicht zu denken. Man musste das Frühjahr abwarten.

In Ursula war etwas zerrissen. Weinend zog sie sich auf ihr Lager zurück, zog sich ihre Decke über den Kopf und wollte nicht mehr aufstehen. Sie dachte an das Kräutersammeln zu zweit und rief sich immer wieder Esters faltiges Gesicht mit den guten, strahlenden Augen in ihr Bewusstsein zurück. Zusammengekrümmt wie ein verwundetes Tier lag sie fast den ganzen Tag da und war auch nicht bereit, auf das Rufen der Bäuerin zu hören. „Lass sie!“ hörte sie weit weg Ute. „Ich mach schon. Sie wird sich wieder beruhigen.“ Abends stand Ursula doch noch auf und betete mit allen zusammen am Tisch für die Seele der Verstorbenen. Die Gesichter der Männer schienen härter als sonst. Auch Ingrids und Utes Augen waren gerötet, aber Ursula war davon überzeugt, niemand hatte die Alte so geliebt wie sie. Schweigend nahmen sie das Abendmahl ein. Ursula rührte trotz vorwurfsvoller Blicke ihren Teller nicht an und schlich anschließend gleich wieder zu ihrem Lager. Wimmernd hüllte sie sich in ihre Decke. Später kam Ute und streichelte ihr über den Kopf. „Wir alle gehen irgendwann. Es war an der Zeit. Ester war doch sehr, sehr alt“, versuchte sie zu trösten. Erreichen konnte sie Ursulas Seele jedoch nicht, zu tief saß ihr der Schmerz über den Verlust.

An den nächsten Tagen zwang sich Ursula aufzustehen. Sie wollte ihren Vorsatz, eine gute Magd zu sein, um dem Bauern zu gefallen, nicht aufgeben, so schwer es ihr auch fiel. Mehrmals am Tag musste sie über den Hof und sah dann den weißen, eisig schimmernden Hügel. Jedesmal aufs neue erschrocken bei der Vorstellung, wie Ester jetzt in diesem eiskalten Bett lag, schluchzte sie auf und verrichtete ihr Tagwerk unter Tränen.

Als ihre Augen versiegten, öffnete der Himmel seine Schleusen, und mit unangenehmem Nieselregen setzte das Tauwetter ein.

Nun mussten sie täglich neuen Schnee auf den Hügel werfen, und zuletzt ragte Esters Ruhestätte dreckig weiß als einzige Erinnerung an den Winter aus dem Matsch des Hofes.

Der Regen und die schmelzenden Schneemassen sorgten dafür, dass alles, aber auch wirklich alles feucht oder sogar nass wurde. Zwar versuchte ein jeder, seine Kleider in der Wärme des Hauses wieder zu trocknen, doch selbst nach zwei Tagen wurden sogar die Sachen, die in der Nähe des Herdfeuers hingen, die Feuchtigkeit nicht mehr gänzlich los. Ursula schauderte, wenn sie morgens den schweren, klammen Wollstoff über ihren Kopf zog. Erst nach einigen Stunden in Bewegung wurde ihr wieder warm, und allen anderen ging es ebenso. Es schien, als würde die Nässe von allem, was es gab, geradezu angezogen, und dort, wo sie hinkroch, begann es zu stinken.

Als der erste Fetzen Stoff aus dem schmutzigen Schneehügel hervorlugte, schickte der Bauer Ludger zur Kirche. Er sollte dem Mönch Bescheid geben und dafür sorgen, dass ein Grab im Kirchhof ausgehoben wurde. Am Abend kehrte Ludger heim, und am nächsten Morgen holten die Männer den großen Holzschlitten, spannten den Ochsen davor und betteten den Leichnam Esters, dessen Hülle sich vor Nässe triefend eng an den Körper der alten Frau geschmiegt hatte, auf Fichtenzweige darauf. Dann machte sich die Hofgemeinschaft auf den Weg. Ursula hatte gesehen, dass Esters Überreste nach wie vor steifgefroren waren, und doch meinte sie, hinter dem Schlitten herlaufend, den süßlichen Geruch von Verwesung zu spüren. Schweigend begleiteten sie den Schlitten. Der Bauer selbst führte den Ochsen. Ludger ging auf der anderen Seite des Tieres nebenher. Die Frauen und Kinder liefen in der Spur des Schlittens hinterdrein. Sie zogen am Waldrand entlang, bis zu der Stelle, wo der schmale Weg, der zum Hof führte, in den alten breiteren Pfad mündete, der sich entlang der Höfe zum Dorf in einigen Biegungen wand. Auf dem nassen, schlammigen Untergrund glitt der Schlitten knirschend hinter dem Ochsen her. Ursula nahm kaum etwas anderes wahr. Unablässig sah sie auf den nassen Stoff und dessen Falten, in den gewickelt sie Esters Leichnam wusste. Sie sah nichts von der Gegend um sie herum, roch nur den Anflug von Holzfeuern in der Nähe der anderen Höfe, erwiderte nicht die kurzen Grüße jener, die sich von den Nachbarn dem Zug anschlossen. Für Ochs und Mensch war der Weg beschwerlich. Die Holzschuhe sogen sich voll Wasser, der Schlamm blieb daran haften, und immer wieder glitten Sohlen und Klauen rückwärts auf der Suche nach Halt für den nächsten Schritt. Niemand sprach ein Wort, und außer ihren Schritten und dem Knirschen der Schlittenkufen war nur ab und an das Zetern einer auffliegenden Meise zu hören. Von alledem drang nichts zu Ursula vor. Wie betäubt, den Blick gefesselt von einem Stückchen Stoff, das vom Schlitten hing und auf und ab wippte, stolperte sie hinter dem Zug her.

Schließlich erreichten sie das Dorf. Ochs und Mensch kamen vor der kleinen Kapelle zum Stehen.

Vor vielen Jahren hatte sich ein Wandermönch im Ort niedergelassen. Mit kräftiger Stimme hatte er nicht nur das Wort Gottes verkündet, sondern es auch verstanden, die Dorfbewohner zur Mithilfe beim Bau dieses kleinen Gotteshauses zu bewegen. Gemeinsam hatten sie ein Fundament aus Feldsteinen gelegt, eine etwa hüfthohe Grundmauer errichtet und darauf mit Stämmen und Brettern den Kirchenraum geschaffen. Von außen hätte sich der strohgedeckte Bau kaum von einer der umstehenden Katen unterschieden, wären da nicht die Grundmauer und die vier Fensteröffnungen in der Bretterwand gewesen, die, obwohl sie nicht groß waren, doch eine andere Bedeutung des Hauses vermuten ließen. Ein Fenster war ein Loch, durch das neben dem spärlichen Licht nur all das drang, was draußen bleiben sollte. Niemand hätte die Wand seines Hauses dermaßen durchlässig für Staub, Wind und Kälte gemacht. In einem Wohnhaus musste man sie verhängen und abdichten, und so hatten sie dann eh keine Funktion mehr. Doch Gott friert nicht, und wenn Sonnenstrahlen durch die Kapellenfenster und die Fugen der Bretter drangen, Dunst und Staub als helle Streifen in die Luft zeichneten, war das für die einfachen Gemüter der Gemeinde beinahe ein mystisches Erlebnis, in dem sie sich, versammelt in dem Verschlag, der Herrlichkeit des himmlischen Jerusalems ein wenig näher wähnten.

Der Mönch kam mit einem Mann um die Ecke des Gebäudes. Gemeinsam trugen sie ein breites Brett von der Länge eines Mannes. Ohne Worte stellten sie sich neben den Schlitten und hielten die Planke erwartungsvoll hin. Ludger und der Knecht griffen behutsam unter Esters Leib und hoben ihn vom Schlitten. Nach wie vor tropfte Tauwasser aus dem Stoff, das nun in kleinen Rinnsalen Muster auf das Brett zeichnete. Zu viert nahmen sie diese Bahre nun zwischen sich und trugen, gefolgt von allen Umstehenden, die Leiche in die Kapelle. In der Kirche war es dunkel, so wie es die von außen schwarzen Fensterlöcher erwarten ließen. Jetzt von innen gesehen waren es zu jeder Seite vier bleigraue Öffnungen, durch die an diesem Tag nur ein fahler Abglanz des Lichtes eindrang. Vorne an der Stirnseite der Kapelle stand der Altar. Auf ihm leckten aus zwei Ölschalen Flämmchen, deren Flackern das Kreuz über dem Tisch spärlich beleuchteten und die Umrisse eines auf die Balken gemalten Korpus erkennen ließen. Nur die helle Farbe warf etwas Licht zurück, und so waren außer einigen den Körper umrahmenden Linien nur die Augen und das weiße Tuch um die Hüften des Christus zu sehen. Zu den Füßen des Altars gab es eine Stufe, und auf dieser legten sie Ester ab. Im Nu sammelte sich am unteren Ende des Brettes die Nässe und bildete eine Pfütze, in der Ursula eines der Talglichter gespiegelt sah. Ihr kam die Idee, so müsse Esters Seele aussehen, und ihr kamen erneut die Tränen. Das kleine Flämmchen schien auf dem Boden vor der Leiche zu zappeln. Die Männer traten zurück und ließen den Mönch allein im Altarraum. Ludger sah Ursula weinen und schob sich hinter sie. Die Luft zwischen den gedrängt stehenden Menschen war feucht und angereichert von Rauch, Ausdünstungen und dem, was an den Schuhen haftete. Ursula hörte den Geistlichen murmelnd beten. Ihr Blick blieb an seiner Kutte haften. Sie wies so wie die Röcke der Frauen vom unteren Saum an einen etwa zwei Hand breiten, dunkleren, nassen Rand auf. Auch der Mönch musste an diesem Tag bereits einige Wege im Dorf gemacht haben. Die Haare rund um seine Tonsur hingen ihm ebenso feucht strähnig bis auf die Schultern. Erst in diesem Moment, als er sich umdrehte, bemerkte Ursula, dass er keinen Bart hatte. Freundlich schauten seine Augen auf die Trauernden, seine Stimme hatte eine angenehme Lage, und seine gefalteten Hände waren feingliedrig. Er sah so gar nicht wie ein Mönch aus. Ursula musste an den Gottesmann denken, der vor dem Winter den Hof besucht hatte. Da war Ester noch am Leben gewesen. Ludger schob sie plötzlich zur Seite. Die Leute bildeten eine Gasse, und vier Männer nahmen nun das Brett wieder auf, auf dem Esters Leichnam ruhte. Langsam trugen sie die Tote zwischen den anderen hindurch. Der Mönch griff sich einen Stab mit einem Kreuz am oberen Ende und schritt würdevoll hinter den Männern her. Alle anderen reihten sich ein. Auf dem Kirchhof blieben sie vor der ausgehobenen Grube stehen. Ludger und sein Vater nahmen das nasse Bündel vom Brett und ließen es sanft in das Grab gleiten. Jetzt, da Ester ihrem Blick entschwand, war es Ursula, als ginge ein Riss durch sie hindurch. Laut schluchzte sie auf. Man drehte sich zu ihr um, und sie schlug die Augen nieder. Sie zitterte am ganzen Körper, und die Hand Utes vermochte sie nur wenig zu beruhigen. Der Mönch begann erneut zu beten, segnete das Grab und die Leiche. Schließlich warf er einige Krumen feuchter Erde hinab und überließ die Trauergemeinde sich selbst. Einer nach dem anderen trat vor und tat es dem Priester gleich, bekreuzigte sich rasch und verließ den Kirchhof. Als Ursula an die Grube gelangte, verkrampfte ein Würgereiz ihren Körper. Sie zwang sich in die Grube zu schauen. Etwas krumm lag das Bündel aus Mensch und Stoff am Grund. „Jetzt ist es endgültig“, dachte Ursula. Schon begann die Erde Ester zu verschlucken. Sie war für immer gegangen. Ursula schaute auf. Der Bauer und die Bäuerin, auch Ludger sahen traurig aus. Alle anderen standen mit starren Mienen dabei. Sie drehte sich um und lief fort.

Mit den schweren Holzschuhen stampfte sie durch Unrat, Morast und Pfützen an einigen Hütten vorbei. Sie wusste nicht wohin. Hier kannte sie sich nicht aus. Sich dessen bewusstwerdend verlangsamte sie ihren Schritt. Schließlich hielt sie an, schnappte nach Luft und sah sich um. Sie war etwas aus dem Dorf heraus gelaufen, noch nicht weit, aber schon diese wenigen Schritte reichten aus, um sie weiter von dem Hof zu entfernen, als sie es seit ihrer Ankunft dort je gewesen war. Noch immer regnete es leicht. Durch den Vorhang des Niesels erkannte sie ein Tal, einige Hügel und in der Nähe zwei, drei Rauchfahnen. All das hatte aber keine Bedeutung für sie, und so drehte sie sich um und stapfte trotzig wieder ins Dorf.

Irgend etwas war mit ihr geschehen. Ihre Traurigkeit war nicht mehr da. Sie spürte keinen Drang mehr zu weinen. So wie die Hütten, an denen sie vorbeiging, der Unrat zu ihren Füßen, der nasse Saum des Kleides, ihr feuchtes Haar und ihre Gänsehaut, so gleichgültig war ihr mit einem Mal alles um sie herum. Sie erreichte die Kapelle, lehnte sich an deren Wand und sah zu, wie Ludger und der Knecht sich mühten, mit Holzschaufeln das schwere, lehmige Erdreich zurück in die Grube zu schippen. Sie spürte den Schmerz in sich, doch was sie sah, ließ sie völlig unberührt. Außer den beiden war niemand vom Hof zu sehen. Ursula wartete, bis die Arbeit getan war, und schloss sich den Männern ohne ein Wort an.

Ludger sah sie an, und sie versuchte ein Lächeln.

„Wärst du nicht weggelaufen, hättest du auf dem Schlitten sitzen können“, war alles, was er sagte. Schweigend machten sie sich dann zu dritt auf den Heimweg. Ein paar Mal drehte sich Ludger nach ihr um. Sie erwiderte seinen Blick stumm ohne eine Regung und hielt mit den beiden Männern mit, die wegen der klammen Kälte kräftig ausschritten. Ursula spürte, wie sie unter ihrem nassen Kleid zu schwitzen begann. Die von Schlamm und Nässe schweren Holzschuhe ließen sich bei jedem Schritt nur widerwillig anheben. Zudem verlor sie auf ihren morastigen Sohlen immer wieder den Halt, und es bedurfte einiger Anstrengung, das Gleichgewicht nicht zu verlieren. Unter ihrem Brusttuch heraus dünstete sie ihren eigenen Geruch, der sich mit feuchtem Laub, nassem Haar und dem flüchtigen Aroma des Nieselregens verband. Ursula sog diese Luft tief ein und biss die Zähne zusammen, um den Raum zwischen sich und den beiden Männern unverändert zu halten. Die beiden sprachen miteinander, waren also nicht annähernd so atemlos wie Ursula in ihrem einsamen Kampf gegen die schweren Schuhe und den glitschigen Schlamm. Innerlich kämpfte die junge Frau mit sich selbst. Ihre veränderte Gemütsfassung beunruhigte sie. Gerne hätte sie den Regenperlen auf ihren Wangen Tränen hinzugefügt, doch dieser Strom schien versiegt. Warum nur fühlte sie nichts mehr? Keine Traurigkeit, keine Wut, kein Verlassensein? Gerne hätte sie einige schnelle Schritte gemacht, Ludgers Hand ergriffen und ihn an sich gezogen. Sie wäre ihm gerne nahe gewesen, hätte sich gerne an seinen starken Arm gehängt. Er war aber nicht allein, und seine wenigen Blicke sahen in ihrem Gesicht kein Flehen, keine Aufforderung zu warten.

Es war bereits dunkel, als sie auf den Hof zurückkehrten. Nach dem Tag an der kühlen, frischen Luft traf Ursula beim Eintreten die feuchte, muffige, von Rauch und Tieratem geschwängerte Luft wie ein Hieb. Im ersten Moment glaubte sie, es wäre unmöglich, dieses Gemisch einzuatmen. Hastig öffnete sie den Knoten ihres Tuches und zog die stickige Luft durch die Zähne ein. Die wenigen Schritte zu ihrem Lager fand sie ohne aufzuschauen. Dort entledigte sie sich des nassen Kleides und zog das Trockene an. Nach wie vor wortlos kehrte sie zur Gemeinschaft in der Stube und zu ihren gewöhnlichen Aufgaben zurück. Ebenso wortlos nahm sie am gemeinsamen Abendbrot teil, aß allerdings nicht, sondern trank nur etwas Kräutersud. Niemand verlangte von ihr zu sprechen, keiner richtete sein Wort an sie. Zuletzt fegte sie noch die Asche rund um die Feuerstelle zusammen und begab sich dann zu ihrem Lager. Nach dem anstrengenden Tagesmarsch kam der Schlaf schnell mit einer dumpfen, traumlosen Dunkelheit in ihrem Kopf.

Auch den ganzen folgenden Tag blieb Ursula stumm. Sie tat, was man ihr auftrug, und da sie niemand etwas fragte, war sie auch zu keinem ausgesprochenen Wort genötigt. Das blieb bis zum Abend so, doch als sie alle um den Tisch herumsaßen, geschah etwas, womit Ursula nie gerechnet hätte. Obwohl sie bereits mehrere Tage nicht gesprochen hatte, verschlug es ihr die Sprache, als der Bauer sie ansprach.

„Ursula, der Platz bei den Kräutern und Töpfen von Ester ist frei, du kannst dir dein Lager dort herrichten. Dann wirst du jeden Morgen als erste aufstehen und mit Ingrid das Frühstück richten. Außerdem bist du jetzt allein für die Kräuter zuständig, ich möchte aber nicht, dass du darüber deine anderen Aufgaben vernachlässigst."

Alle sahen sie an. Ursula wusste nicht, ob sie lachen oder weinen sollte. Zuerst wusste sie gar nichts zu sagen, dann stammelte sie schnell: „Ja, ich werde alles so machen wie bisher."

Eigentlich wollte sie sich auch noch bedanken, aber irgend etwas gab ihr das Gefühl, ein Dank wäre jetzt nicht angebracht. Der Bauer hatte mit dem Privileg eines eigenen Lagers Aufgaben und Forderungen verbunden. Diese musste sie erfüllen, und er würde wissen, dass sie dankbar dafür war. Hätte sie sich jetzt bedankt, wäre die Veränderung wie ein Geschenk im Raum gestanden, und Ute, die Magd, wäre vielleicht neidisch geworden. Ursula schaute zu ihr hinüber, Ute nickte ihr zu. Wahrscheinlich war sie selber froh, künftig in ihrer Ecke mehr Platz zu haben.

Gleich nach dem Essen holte sie sich vom Bauer die Erlaubnis, ein neues Spreu für das Lager zu holen, und lief mit erteilter Erlaubnis in die Scheune, sich das Stroh zu holen. Esters Lager war längst weggeschafft worden. Ursula breitete das Stroh aus, holte sich ihre Sachen und bereitete sich das neue Bett. Dann sah sie sich im Verschlag um und ordnete die Töpfe und Kräuterbüschel nach ihrem Gutdünken.

Schließlich legte sie sich hin und schloss die Augen. Ihre beiden Holzfiguren in Händen erfüllten sie Stolz und Gedanken über die Zukunft. Sie wollte dem Bauern beweisen, dass sie das alles schaffte. Sie wollte darüberhinaus viele Kräuter sammeln und jedem vom Hof damit helfen. Wenn alle zufrieden mit ihr wären, könnte Ludger sie dann vielleicht eher zur Frau nehmen. Eine fleißige Magd kann auch eine gute Jungbäurin sein. Ursula freute sich auf den nahen Frühling, auf ein Jahr, in dem sie es allen zeigen wollte. Ester und auch ihre Eltern sollten stolz auf sie sein. Gott dankend überließ sie sich dem Schlaf mit dem festen Vorsatz, bei Anbruch des Tages noch vor Ingrid am Herdfeuer zu sein.

Im Traum lief sie über Waldwiesen, dann sah sie einen schwarzen See, geriet in einen dichten Wald, und plötzlich standen um sie herum riesige Exemplare dieses weißen Stinkpilzes. Die Szene verschwamm, und sie sah das Gesicht einer Frau, die sie nicht kannte. Die Frau lächelte traurig, und das Bärchen in Ursulas Hand wuchs, bekam Fell und brüllte fürchterlich.

VOR DEN MAUERN ARQAS
15. APRIL 1099

Ursula schrak auf. Zuerst wusste sie nicht, wo sie sich befand, doch eine weitere Wehe holte sie rasch in die Realität zurück. Die Sonne stand nun schon so tief, dass Felsen und Sand einen rötlichen Schimmer hatten. Es war immer noch sehr heiß zwischen den Steinen, aber Ursula wusste, wenn die Sonne erst einmal verschwunden war, würde schneller, als man glauben mochte, die Kälte kommen. Im Schlauch war noch etwas Wasser. Ursula nahm nur einen kleinen Schluck. Sie zerkaute noch ein paar Minzblätter und sah sich um. Dem Stand der Sonne nach lag ihr Heerlager vor ihr hinter einigen Hügeln verborgen. Die Stadt musste sich schräg links hinter ihrem Rücken befinden. Wenn sie langsam in Deckung der Hügel vor den Schützen auf den Zinnen weiterlief, müsste sie nach einiger Zeit nicht nur außer Schuss- und Sichtweite sein, sondern auch nicht allzu weit von ihrem Zelt entfernt. Vielleicht begegnete sie ja auch jemandem aus dem Heerlager, der ihr half.

Sie musste auf jeden Fall weiter. Die Wehentätigkeit hatte scheinbar abgenommen. Vorsichtig rappelte sie sich auf. Zuerst verweilte sie in der Hocke und hielt sich an den Felsen. Langsam und in sich hineinhorchend traute sie sich mehr zu und richtete sich fast vollends auf. Ängstlich spähte sie über die Schulter in Richtung Stadt, doch sie war in guter Deckung. Aufatmend machte sie den ersten Schritt. Sie konnte keine großen Schritte machen, aber sie kam vorwärts. Wieder spürte sie den Schmerz kommen. Breitbeinig stützte sie sich vorneübergebeugt auf ihren Knien ab, bis die Wehe verklungen war, dann stapfte sie weiter. Das Gehen verkürzte die Abstände der Schmerzen erneut. Ursula steckte sich kleine Ziele, die sie sich vornahm, bis zur nächsten Wehe zu erreichen. Als sie an einem großen Steinblock angelangt war, musste sie sich setzen. Erneut nahm ihr der Schmerz die Luft. Sie harrte aus, versuchte ruhigzubleiben und schob sich erneut einige Blätter aus ihrem Beutel zwischen die Zähne. Es half nichts, sie musste jetzt eine Pause machen. Sicherlich vermisste Hilde sie bereits und hatte Roderich aufgesucht. Gemeinsam würden die beiden sicherlich zu erkunden versuchen, wo sie war. Dass sie noch einmal nach Kräutern gegangen war, lag auf der Hand, und so würden sie bestimmt auch außerhalb des Lagers nach ihr suchen. Mit etwas Glück würde sie sicherlich bald gefunden werden. Erschöpft und mit Hoffnung durch diesen Gedanken schloss sie die Augen.

AUF DEM HOF DES BAUERN MATTHES

FRÜHJAHR 1095

Es wurde nun mit jedem Tag etwas wärmer. Schon konnten die Tiere aus dem Haus gelassen werden, und man begann den Winter aus dem Haus zu vertreiben. Die wenigen Fenster wurden wieder geöffnet und die in einen passenden Rahmen gespannte milchig-gelbe Ziegenhaut eingesetzt. Im Haus war wieder mehr Platz, und das einfallende Licht offenbarte Schmutz und vernachlässigte Winkel. Ursula hatte mehr zu tun denn je. Sobald sie morgens aufschreckte, rappelte sie sich hoch und schürte das Feuer. Meist war sie schon dabei, heiße Steine in ein Gefäß mit Wasser zu geben, wenn Ingrid hinzukam. Die Bäuerin nickte dann zufrieden und beteiligte sich wortlos an den Vorbereitungen für das Morgenmahl.

Die anderen saßen noch über ihre Breischüsseln gebeugt, da war Ursula schon bei den Kühen. Ute und sie teilten sich jetzt nicht mehr ein Euter, sondern jede von ihnen melkte eine Kuh. Melken, Füttern und Ausmisten hatte zu geschehen, bevor Ursula ins Haus zurückkehrte. Da war der Boden zu fegen, der Rahm von der Milch zu schöpfen und zu Butter zu stampfen. Dazwischen hielt Ursula mit viel Geduld die kleine Magda davon ab, ihrer Mutter oder Ute in die Quere zu kommen. Die beschäftigten sich mit dem während des Winters gesponnenen Garn. Eine Arbeit, bei der sie auf keinen Fall durch kleine Kinderhände gestört werden durften, war das Bespannen des Webstuhles. Nur Liesel, die bereits verständig genug war, durfte dabei mit zur Hand gehen.

Nach dem Buttern nahm Ursula daher Magda und Arnulf mit aufs Feld. Der Bauer, Ludger und Gernot hatten einen Ochsen vor den Pflug gespannt und zogen Furche um Furche. Ursula begann mit den Kindern in respektvollem Abstand zu dem massigen Zugtier die Steine vom Feld zu räumen, die der Pflug hervorgerissen hatte. Magda sammelte Kiesel in ihrer Schürze, Arnulf, der ein Mann sein wollte, suchte sich nur die größten Brocken, und nicht selten musste Ursula ihm helfen. Wenn die Sonne dann ihren höchsten Stand erreichte, lief Ursula mit Magda zum Hof zurück, um frisches Wasser und Brot für die Männer zu holen. Arnulf blieb zurück und klaubte weiter Steine. Mit Magda war der Weg zurück aufs Feld mühsam. Mal hatte die Kleine keine Lust mehr zu laufen, mal fand sie einen Käfer, mal wollte sie einfach trotzig sein. Ursula versuchte, diese kleinen Pausen zu nutzen, indem sie sich nach Pflanzen umsah. Jetzt im Frühjahr gab es noch nicht viel, aber sie wollte die Zeit nicht mit Herumstehen und Warten auf das kleine Mädchen vertun. Allein die Aussicht auf einen Kanten Brot vermochte Magda doch noch bis zum Feld zu treiben. Der Bauer hatte gemeinsam mit Ludger den Ochsen vom Joch befreit und ließ ihn weiden. So groß und kräftig diese Tiere auch aussehen mochten, lange hielten sie es nicht aus unter dem Joch. Sie ermüdeten schnell und wurden dann unwillig. So blieb den Bauern nichts anderes übrig, als immer wieder den Ochsen zu wechseln. Ein Ochse zog, und der andere ruhte sich aus. Trotz des ständigen Ein- und Ausspannens kamen sie so rascher voran, als wenn sie einem einzigen Ochsen immer wieder die nötigen Erholungsphasen gönnten.

„Ein Pferd müsste man haben“, träumte Ludger während der Mittagspause laut vor sich hin.

„Ja“, erwiderte der Bauer mürrisch, „und du besorgst dann zwei weitere Äcker für den Hafer. Und wenn die Herren in Fehde liegen, müssen wir den Gaul eh abgeben und können beten, dass wir ihn heil zurückbekommen. Hör auf zu träumen, unsereins hat keine Gäule.“

„Ochsen brauchen kein extra Futter“, mischte sich Gernot mit ein. „Sie können mit den Kühen auf die Weide, außerdem geben sie Fleisch und Leder. Von einem Pferd hast du nicht viel, außer dass es die Egge schneller und länger zieht.“

„Schluss damit.“ Dem Bauern reichte es. „Wir haben Ochsen, und so Gott will, kriegen die Kühe auch Bullenkälber. Ochsen brauchen wir nicht kaufen. Wovon willst du denn ein Pferd bezahlen? Hä? Da schweigst du.“

Ludger ließ den Kopf hängen. Er wusste, weitere Worte waren jetzt nicht erwünscht.

Gernot stand auf, nahm noch einen kräftigen Schluck Wasser und schickte sich an, den Ochsen zu holen. Damit war die Pause vorbei, auch Ursula und ihre beiden Schützlinge mussten weitermachen. Als den Kleinen schon bald die Lust am Steinetragen verging, erinnerte sie Ursula an die Geschichte des Wandermönches, und schon waren die Kinder eifrig dabei, unter jedem Stein einen Schatz zu vermuten. Die Steine häuften sie am Feldrand auf. So entstand nach und nach ein kleiner Wall, der den Acker begrenzte. Der Nachmittag war vielleicht zur Hälfte vergangen, da ging mit den Ochsen nichts mehr.

Ludger brachte die beiden Tiere auf den Driesch, Bauer und Knecht gingen zum Hof, um die Egge zu richten. Ursula und die Kinder mussten weiter klauben, Ludger sollte ihnen dann helfen. „Dass ihr mir keinen Brocken überseht, ich möchte nicht alle naslang neue Zinken für die Egge schnitzen“, ermahnte der Bauer sie noch.

Mit Ludger ging das Klauben wesentlich schneller. Ursula musste nun nicht ständig zwischen Arnulf und Magda hin und her springen. Ludger nahm sich der großen Steine an und ließ sich von Arnulf bewundern, wie er diese teilweise von seinem Standort aus bis an den Feldrand stoßen konnte.

Als Ursula einen Brocken kaum aus der Erde bekam, stolzierte er lässig heran. „Soll ich dir helfen?“ Seine Stimme hatte einen provozierenden Unterton. Ursula achtete nicht drauf. „Ja, der ist zu schwer für mich“, stöhnte sie nur. Ludger stand ihr gegenüber und bückte sich nun auch. Mit beiden Händen am Fels zerrend konnte Ursula nicht verhindern, dass er ihr in den Ausschnitt schielte. Sein Kopf kam ihrem näher, und er küsste sie rasch auf die Wange, bevor er mit ihr den Stein anhob. „Jeden Stein, den du nicht schaffst, ein Kuss“, raunte er ihr zu und grinste sie wie schon so häufig frech an. Ursula sah sich nach den Kleinen um. Hatten sie etwas gesehen? Nein, wohl nicht. „Dann werde ich mich jetzt wohl mehr anstrengen“, entgegnete sie keck. Mit Arnulf und Magda im Rücken fühlte sie sich sicher. Ludger ließ es dabei und zeigte Arnulf weiter, wie stark er war.

Mit der Dämmerung kehrten sie auf den Hof zurück. Das Vieh war noch zu versorgen, dann erst gab es Essen. Nach dem langen Rumhocken im Winter hinterließ so ein ganzer Tag im Freien bei allen seine Spuren. Es wurde nicht viel gesprochen.

Ein jeder freute sich auf den Schlaf. Ursula fiel am Abend todmüde auf ihr Lager und nahm sich vor, am folgenden Tag noch fleißiger zu arbeiten. Sie wollte Bäuerin werden.

Nach zwei Tagen waren die Felder von den Steinen befreit. Zum Eggen brauchte der Bauer nur den Knecht. Arnulf wurde geschickt, die Kühe zu hüten. Ute und Ursula hatten reichlich mit dem Bestellen der Gemüsebeete zu tun. Die Bäuerin hatte mit dem Weben begonnen, und Magda durfte bei ihr im Haus bleiben. Liesel half den Mägden im Garten. Das Gemüsebeet wurde nicht gepflügt, mit Holzspaten und Hacken kehrten die Frauen das vor dem Winter mit Mist und Kot gedüngte Erdreich um. Liesel klaubte Kiesel und begann, gröbere Erdklumpen mit einem Grabstock zu zerkleinern. Den Garten umzugraben, zu hacken und zu rechen dauerte fast so lange wie das Bestellen der Felder. Ursula bekam Ludger untertags nur noch zu sehen, wenn man sie schickte, Wasser und Brot aufs Feld zu bringen.

Nach wie vor schnitt er ihr besondere Scheiben, und hin und wieder, wenn er ihr das Brot oder den Krug reichte, berührte er flüchtig und immer frech grinsend ihre Hände. Dann durchfuhr es Ursula angenehm warm.

Die Gartenarbeit forderte Ute und Ursula noch mehr als Steineklauben. Das Graben, Hacken und Harken ging ihnen schwer an, und doch hatte Ursula Freude daran. Sie war dann in Gedanken ihr eigener Bauer und Ochse, war stolz und freute sich über das sichtbare Ergebnis der Plackerei. Schon in ihrem ersten Frühjahr auf dem Hof war sie fast täglich immer wieder zu den Beeten gegangen, um die ersten grünen Blättchen zu entdecken. Beim Gedanken an frischen Lauch und Knollen lief ihr das Wasser im Mund zusammen. Die Samen für Bohnen, Radieschen, Pastinake, Zwiebeln, Rüben und Lauch hütete Ingrid wie einen Schatz. Sie stammten aus eigenen Erträgen ebenso wie aus dem Tausch mit anderen Höfen. Diese brachten manchmal auch Samen vom Markt oder aus einem Kloster. Ingrid bewahrte sie über den Winter in einzelnen Säckchen und diese wiederum in einem besonderen, verschlossenen Tongefäß auf. Weder Samen noch Steckzwiebeln durften feucht werden, und die Hausherrin achtete sehr darauf.

Auch Ursula besaß solch einen Schatz. Noch von Ester angeleitet hatte sie die Samen der im Garten wachsenden Kräuter und Blumen gesammelt. Die Alte hatte ihr erklärt, dass Gemüse und Wurzeln ebenso wie die Kräuter im Wald besondere Kräfte und Eigenschaften bewahrten. Sie hatte ihr gezeigt, wie man aus den orangefarbenen Blüten der Ringelblumen mit Rindertalg eine Wundsalbe herstellte, und hatte sie immer wieder ermahnt, nicht alle Blüten zu ernten, sondern immer einige übrigzulassen, damit sie Samen entwickeln konnten.

Im Laufe des Jahres hatte Ursula für sich auch Samen von Kraut aus dem Wald gesammelt. Sie dachte, was mit den Gartenpflanzen funktionierte, müsse doch auch für all das Kraut zutreffen, das sie zwischen Bäumen und auf Lichtungen fand. Genüsslich sog sie den Geruch der feuchten, nährstoffreichen Erde ein, den diese frisch aufgebrochen ausströmte. Fast zärtlich ging sie bei der Aussaat vor und streichelte ihre Saatreihen, mit dem Wunsch, die Erde wohlgesonnen zu stimmen.

Die Bereiche des Gartens, in denen sie ihre Heilpflanzen aussäte, waren von den Gemüsebeeten durch kleine, zwei Handbreit hohe Hecken aus Thymian getrennt. Der eine Bereich lag in der Sonne, und der zweite hatte fast immer Schatten. Denn Ursula wusste, manche Pflanzen brauchten Licht und Wärme, wogegen andere nur im Schatten wuchsen. Die von ihr gehorteten Wildkräutersamen säte sie an einer besonderen Stelle aus, und schon jetzt war sie gespannt, ob ihr Versuch gelingen würde.

Als die Äcker und Beete bestellt waren, kam bereits die Zeit der ersten Heumahd, und Ursula blieben nur wenige Stunden, um zwischendurch im Wald nach Bärlauch und ersten frühen Erdbeeren zu sehen. Sie sehnte sich nach etwas Zeit für sich und auch nach ihrem Tümpel. Ihre Kleider waren verdreckt, fast völlig mit Erde beschmiert, und mehr, als sie jeden Abend auszuschütteln, war in dieser Zeit nicht möglich. Nach dem morgendlichen Versorgen der Kühe eilte sie in den Garten, und beim vorsichtigen Wässern der Erde suchte sie die ersten frischen Blättchen des Jahres zu entdecken.

Die Tage der ersten Heuernte waren anstrengend und von ungewohnter Hast geprägt. Noch war das Wetter launisch, und binnen weniger als einer Stunde konnte der Schnitt einer Wiese durch einsetzenden Regen verdorben werden. Der Bauer, ebenso Ludger und der Knecht trieben alle zu besonderer Eile an. Sie mähten nur die dem Hof am nächsten gelegenen Wiesen. Der Schnitt wurde öfter und schneller gewendet. Mit großen Holzgabeln lockerten sie das saftige Grün, damit Wind und Sonne es möglichst rasch konservierten. Der Duft von frischem Heu hatte etwas Verführerisches, und Ursula stahl sich abends in die Scheune und atmete die würzige Luft ein. Mit geschlossenen Augen stand sie da und versuchte den Geruch einzelner Kräuter zu erkennen, als Ludger sich leise zu ihr gesellte. Sie spürte seine Anwesenheit, noch bevor er heran war, und so erschrak sie nicht, als sich seine Hand schwer auf ihre Schulter legte. „Was machst du da?" fragte er mit einem verwunderten Schwingen in seiner Stimme. Ursula war leicht benommen vom Riechen und lehnte sich sanft gegen den hinter ihr Stehenden. „Hmm, das Heu, es riecht so gut", sagte sie nur. Ludger, durch ihr Anlehnen angestachelt, schlang seine Arme um ihren Körper, verbarg sein Gesicht in ihrem Nacken und sog hörbar die Luft durch seine Nase ein. „Du riechst auch gut", murmelte er und küsste Ursulas Hals. Ihr fuhren diese Berührungen ihrer Haut durch Mark und Bein. Sie erschauderte, aber konnte nicht umhin, dieses Gefühl zu genießen. Erst als Ludgers Hände nach ihren Brüsten griffen, riss sie sich los. „Au, du Grobian, du tust mir weh!"

Sie hatte sich umgedreht und stand vor dem Jungbauern, trotzig blickte sie zu ihm auf. Seine Nähe gefiel ihr, und sie dachte wieder an Utes Rat. Als spürte Ludger, was sie dachte, beugte er sich zu ihr und küsste sie auf den Mund. Sanft legte er eine Hand auf ihre Brust. Ursula spürte, wie ihr das Blut in den Kopf schoss. Ihr war, als schiene plötzlich die Sonne in der Scheune und brenne auf ihrer Haut. Kurz drückte sie ihre Lippen noch ein wenig fester gegen Ludgers, dann machte sie einen schnellen Schritt rückwärts. Ludger blieb verdutzt stehen. „Ich muss zurück ins Haus", zischte Ursula noch schnell und huschte aus seiner Reichweite. Auf dem Weg über den Hof biss sie sich verstohlen auf die Unterlippe, holte, bevor sie durch die Tür trat, noch einmal tief Luft und begab sich gleich auf ihr Lager. Die Erregung ihres Körpers beunruhigte sie, und als sie die Augen schloss, sah sie Ludgers Gesicht nah vor sich. Sie kramte ihren Engel und das Bärchen hervor und streichelte sie sanft. Sie lauschte auf die Geräusche im Haus. Gernot und Ute schnarchten, von den Kindern war nur mit größter Anstrengung das gleichmäßige Atmen zu vernehmen. Matthes und seine Frau redeten noch murmelnd miteinander, im Stall schnaubte ein Rind. Ursula meinte, bis hierher in den Verschlag das Heu zu riechen.

Am nächsten Morgen verkündete der Bauer, dass Liesel von Arnulf mit auf die Weide genommen werden sollte, um sich das Hüten des Viehs zeigen zu lassen. Sie war nun groß genug, um sich bei den Tieren mit einem Stock Respekt zu verschaffen, und bis zur nächsten Mahd sollte sie in der Lage sein, diese Aufgabe allein zu bewältigen. Verstohlen sah Ursula das stolze und auch frohe Leuchten in Liesels Augen. Und die junge Frau beneidete die Bauerstochter jetzt. Im ersten Jahr auf dem Hof hatte Ursula das Vieh beaufsichtigen dürfen, und sie erinnerte sich an die vielen verträumten Stunden, im Schatten eines Baumes oder bei Regen unter dem schützenden Dach eines aus Baumrinde errichteten Unterstands, ohne herumkommandiert zu werden. Nie wieder würde sie so viel Zeit für sich und eigene Gedanken haben. Auch Liesel schien sich eines Sommers angefüllt mit ruhigen Stunden zwischen dem Vieh bewusst. Arnulf hingegen verzog das Gesicht, er wusste nur zu gut, dass Liesel ihm die ersten Tage mit unzähligen Fragen lästig fallen würde, und befürchtete, dass sie ihm nicht folgen würde. Doch andererseits war auch er im Moment stolz, denn der Übergang seiner bisherigen Pflicht auf Liesel bedeutete, dass er nun wieder ein Stück mehr zu einem männlichen Mitglied der Hofgemeinschaft aufgerückt war.

Gernot und Ludger hieß der Bauer ein Stück Wald für die Schweine herrichten. Auch den beiden Männern war eine spontane Reaktion anzusehen. Diese jedes Frühjahr anstehende Arbeit war alles andere als beliebt. Sie würden mehrere Tage brauchen, um ein entsprechendes Waldstück mit einem Wall aus Dornengestrüpp zu umfrieden. Die Dornen bildeten dann einen natürlichen Zaun, den die Schweine ohne große Not nicht durchbrechen würden und der Eindringlinge aus dem Wald fernhalten sollte. Doch bis dieses Hindernis errichtet war, wartete auf die beiden eine schweißtreibende Plackerei, bei der sie unzählige Kratzer und Blessuren davontragen würden. Die Schweine konnten dann den ganzen Sommer über bis spät im Herbst dort bleiben. Sie wühlten unter den Bäumen nach

Eicheln und Wurzeln, suhlten sich im Schlamm eines kleinen Gumpens und brauchten nur einmal am Tag gezählt werden. Nicht selten kam der Knecht im Sommer von den Schweinen und murrte nur: „Sau müsste man sein." Worauf der Bauer ihn jedes Mal mit hochgezogener Augenbraue musterte und knapp bemerkte: „Ja, und jeden Winter aufs neue abgestochen werden." Dann grinsten sich beide kurz an.

Nicht nur die Tiere verbrachten nun die meiste Zeit im Freien, auch die Menschen waren den ganzen Tag über nicht im Haus. Einzig Ingrid und Magda verbrachten noch Stunden im Halbdunkel unter dem Strohdach beim Weben. Und Tier wie Mensch war froh, nach dem langen Winter nicht weiter im Haus eingesperrt zu sein.

An einem späten Nachmittag, als alle gerade zum Hof zurückkehrten, kam der Knecht des Nachbarn und verkündete den bevorstehenden Frühjahrsmarkt im Dorf. Sogleich hingen Ingrids Töchter an ihrer Schürze und bettelten darum, mitgenommen zu werden. Einen Augenblick lang sah es so aus, als wolle auch Arnulf in das flehentliche Gebettel einstimmen, doch dann schien sich der Jüngling darauf zu besinnen, dass ein Mann so etwas nie tun würde, und er schielte nur erwartungsvoll zu seinem Vater hinüber. Matthes dankte indes dem Boten und bot ihm an, zum Abendbrot zu bleiben, doch dieser bedankte sich, er wolle nicht im Dunklen heimstolpern, und machte sich auf den Weg.

Der Bauer achtete weder auf die Stimmen der Töchter noch auf den Blick Arnulfs und verschwand im Haus.

Erst als alle aufgegessen hatten, lehnte er sich zurück und verkündete seine Entscheidungen für den Markttag. Mürrisch erhob er seine Stimme und brachte mit einem strengen Blick auch seine beiden Töchter zum Schweigen.

„Viel Gesindel treibt sich heuer in der Gegend umher. Auf dem Markt werden sicher auch viele Fremde sein. Wir brauchen diese Leute nicht, sie bringen nur Gerüchte und schlechte Sitten." Den Mädchen stand bereits fast das Wasser in den Kinderaugen. Sollten sie etwa nicht zum Markt gehen? „Wir brauchen eigentlich nichts", fuhr Matthes fort, „aber ich will versuchen, ob ich einen Ochsen und ein Schwein gegen Werkzeug und ein paar Hühner tauschen kann. Der Marder hat sich über den Winter zu viele geholt. Ein Wagenrad muss gerichtet werden, und vielleicht kann Ingrid ihr Tuch für neue Kleidung und Steingut geben. Ute, du richtest die geflochtenen Körbe und Kiepen und auch das Schnitzwerk her. Im letzten Jahr haben die Leute unsere Schalen und Löffel gerne genommen.“ Er machte eine Pause. Erwartungsvoll hingen vor allem die Kinder an seinen Lippen. Doch keines gab auch nur einen Mucks von sich.

„Arnulf, ich möchte, dass du beim Vieh bleibst. Ludger, du bleibst hier und hütest Haus und Hof. Was ich noch an Arbeit für dich habe, besprechen wir dann. Ute, du wirst der Bäuerin bei unserem Stand zur Hand gehen und vor allem auf Liesel und Magda achten. Gernot, dich brauche ich für die Tiere. Ursula, du bleibst da. Wenn du Haus und Stall besorgt hast, kannst du von mir aus Kräuter suchen gehen.“

Wie immer war Matthes’ Ansprache kurz und knapp, doch sie verfehlte ihre Wirkung bei keinem der Hofgemeinschaft. Die beiden Mädchen sprangen durch die Stube. „Markt, Markt, Markt, wir gehen auf den Markt“, sangen sie dabei. Arnulf wollte sich seine Enttäuschung nicht anmerken lassen, doch schon sein leicht gesenkter Kopf verriet, dass auch er gerne mitgekommen wäre. Aber er hatte ja eine Verantwortung, und er würde den Vater nicht enttäuschen.

Ludger hatte sich da viel besser im Griff. Er würde für einen Tag Herr des Hauses sein, und auch wenn es immer eine Menge Interessantes für einen jungen Burschen wie ihn auf dem Markt gab, seine Position tröstete ihn allemal darüber hinweg, diesmal nicht mit den Jungbauern der Umgebung um die Wette anzugeben und sich zu produzieren. Die jungen Weiber interessierten ihn dieses Jahr auch weniger, und einen Schluck Beeren- oder Honigwein würde der Vater ihm am Abend, nach erfolgreicher Rückkehr sicherlich spendieren. Ein ganzer Tag allein auf dem Hof passte ihm in seinen Kram, und verstohlen schielte er zu Ursula hinüber.

Ursula hatte keine andere Entscheidung erwartet. Ihr war klar, dass sie in der Hofgemeinschaft noch ganz hinten anstand. Doch die Aussicht, endlich wieder in ihren geliebten Wald gehen zu können, war ihr viel mehr wert. Schon überlegte sie, wie sie es anstellen konnte, möglichst viel Zeit an ihrem geheimen Tümpel zu verbringen. Sie plante bereits, sich und ihre Kleider dort zu waschen. Kräuter und Beeren würde sie auf dem Hin- und ebenso auf dem Rückweg genug sammeln können. Ludgers Blicke bemerkte sie nicht.

Matthes hatte sich längst erhoben, und Ingrid herrschte ihre Hilfsmagd ungeduldig an. „Auf, Ursula! Worauf wartest du? Räum den Tisch und säubere das Geschirr."

Ursula fühlte sich ertappt, sprang auf und kam hurtig ihren Pflichten nach. Sie räumte die Lebensmittel zusammen, stapelte Teller und Schalen auf und trug sie raus, um sie am Brunnen sauberzuscheuern. Dann kehrte sie ins Haus zurück, verräumte alles und schob die Asche um das Herdfeuer zusammen, damit am nächsten Morgen noch ein wenig Glut da war. Erst dann, wie so oft als letzte des Hauses, begab sie sich zu ihrem Lager. Erst auf ihrem Strohsack liegend ließ sie erneut die Gedanken an den bevorstehenden Markttag wieder zu. Sie träumte von dem kleinen See, auf dessen Oberfläche Reflexe des Sonnenlichts aufblitzten und um den herum alles voller saftiger, hellgrüner Kräuter und Farne stand.

AUF DEM HOF DES BAUERN MATTHES

MAI 1095

Der Markttag war recht bald heran, auch wenn es Liesel und Magda wie eine Ewigkeit erschien, vergingen die zwei Wochen doch sehr rasch.

Bereits am Vorabend beluden die Männer den Ochsenkarren mit Flechtwerk und den Holzschnitzereien. Ein Schwein wurde aus dem Wald geholt und in einen aus Rundhölzern zusammengebundenen Käfig gesperrt. Das von der Bäuerin gewebte Tuch lag zum Mitnehmen bereit, und zu guter Letzt holte der Bauer aus der Truhe einen kleinen Lederbeutel hervor. Er entleerte den Inhalt auf den Tisch und begann die runden Metallplättchen, die der Beutel ausspuckte, zu zählen. Die meisten von ihnen waren stumpf grau, nur ein paar schimmerten rötlich golden.

Ursula wusste, dass es Geld gab und dass man damit tauschen konnte, den Wert der wenigen Münzen, die der Bauer angespart hatte, konnte sie allerdings nicht ermessen. Die beiden Mädchen sahen in den Münzen allenfalls attraktives Spielzeug, wussten aber auch, dass ihr Vater damit auf dem Markt etwas eintauschen konnte. Sie hofften auf eine Kette mit Holzperlen oder ein buntes Band.

Kaum war Ursula am folgenden Morgen von ihrem Lager zum Herdfeuer geschlurft, da sprangen die beiden Mädchen schon aufgeregt um sie herum. Sie wollten helfen und alle morgendlichen Tätigkeiten beschleunigen. Es bedurfte einer strengen Zurechtweisung durch Ingrid, dass die beiden Wildfänge sich brav auf ihre Plätze hockten und zappelig abwarteten. So schnell wie an diesem Tag hatten die beiden ihren Brei noch nie gelöffelt. Aber auch Matthes, Ludger, Arnulf und der Knecht hatten sich beeilt. Sie standen als erste auf, um den Ochsen einzuspannen und den zum Verkauf vorgesehenen Ochsen einen Strick um die Hörnerwurzeln zu binden.

Als Ursula und Ute mit der frisch gemolkenen Milch über den Hof kamen, stand der Karren mit einem Ochsen davor und einem dahinter schon bereit. Die Männer hoben nun gemeinsam den Käfig mit der quiekenden Sau auf den Karren, der unter dem Gewicht erheblich ächzte. Auch der Ochse schnaubte unwillig, als er das neue Gewicht in seinem Geschirr spürte. Dem behäbigen Tier waren die Umstände, die umherrennenden Mädchen und alles Drumherum nicht ganz geheuer. Es spürte die allgemeine Aufregung der Menschen und erst recht die der Sau.

Schließlich war alles gerichtet. Auch das Tuch war bei den Körben verstaut, und der Zug von vier Erwachsenen und zwei Mädchen, mit dem Wagen in ihrer Mitte, setzte sich in Bewegung. Arnulf und Ursula sahen dem Gefährt noch eine Weile nach. In beiden machte sich nun doch etwas Neid breit. Da kam Ludger aus dem Haus und herrschte sie an. „He, was steht ihr da rum? Habt ihr nichts zu tun? Arnulf, sieh zu, dass du mit dem Vieh auf die Weide kommst. Los, los! Und Ursula, ich glaube, du weißt genau, was du alles zu tun hast. Also auf!"

Wie Ludger doch in seiner Rolle als Herr aufging! Stolz und mit Genugtuung über seine Macht stand er da, die Daumen im Hosenbund, und versuchte, besonders ernst zu schauen. Sah man ihn so vorm Haus in der Morgensonne stehen, konnte man leicht den Eindruck gewinnen, dieser groß gewachsene, junge Bursche mit seinem blonden Flaum um das Kinn wäre der Bauer höchst persönlich.

Ursula huschte rasch an ihm vorbei ins Haus. Sie wusste, beim geringsten Anlass würde Ludger mit weiteren Machtspielchen beginnen, und wollte ihm keine Möglichkeit dafür geben. Zu wertvoll war ihr der geplante Ausflug zu ihrem See. Arnulf kam ihr ungewollt zu Hilfe. Fluchend kam er hinter den beiden Kühen und dem verbliebenen Ochsen um die Ecke des Hauses gerannt. Die Rindviecher wollten anscheinend ihren beiden Artgenossen auf den Weg zum Markt folgen. Ludger sprang hinzu und stellte sich mit ausgebreiteten Armen den Tieren in den Weg. Ursula trat schnell ins Haus. Sie war sich sicher, Ludger würde Arnulf bis auf die Weide begleiten, um die Tiere nicht noch einmal ausbrechen zu lassen. Das gab ihr genug Zeit, in aller Ruhe das Haus zu richten. Mit einem Reisigbüschel fegte sie den Boden, wischte mit einem Lumpen über den Tisch, schüttelte die Strohsäcke auf und säuberte das Herdfeuer von Asche. Als alles im Haus getan war, setzte sie sich kurz auf einen Schemel. Die durch die Ziegenhäute scheinende Sonne tauchte den Innenraum in gelbes Licht. Da, wo eine Ritze zwischen Rahmen und Wand war, strahlte sie hindurch und zauberte silberne Streifen von aufgewirbeltem Staub in die Luft. Wie ruhig und friedlich es in diesem Moment doch war! Ursula schaute sich um, und in ihr war ein Gefühl, als würde ihr all das hier bereits gehören. So musste es sich anfühlen, wenn sie erst mal Bäuerin war.

Lange gönnte sie sich aber keine Pause. Der Stall musste noch ausgemistet werden, und außerdem wollte sie auch in ihrem Verschlag ein wenig Ordnung machen. Als sie aus dem Stall zurückkam, stand Ludger am Brunnen. Schnell huschte sie unbemerkt ins Haus und verschwand hinter der geflochtenen Wand ihres Verschlages. Hier stöberte sie durch all die getrockneten, aufbewahrten Kräuter. Prüfte die Tiegel mit Pasten und Salben und fand in einer Ecke ein kleines ledernes Bündel. Sie erinnerte sich, Ester hatte dies einmal auf dem Tisch ausgebreitet, als Ludger sich einen Dorn in den Fuß getreten hatte. Der Dorn war abgebrochen, und die Wunde hatte nach einigen Tagen zu eitern begonnen. Ester hatte seinen Fuß angesehen und war dann zu ihren Sachen gegangen. Sie kam mit einem Salbentiegel und mit dem Lederbündel zurück. Sie hatte das Leder ausgerollt, und einige, verschiedene Gegenstände kamen zutage. Da gab es ein kleines, sehr spitzes Messer, mit dem hatte sie die eitrige Beule an Ludgers Fuß aufgeschnitten. Dann hatte sie ein anderes Ding genommen, das aussah wie ein umgebogener Draht, und hatte damit den Dorn aus der Wunde gezogen. Anschließend hatte sie alle gelbe Flüssigkeit aus der Öffnung gepresst, bis es nur noch blutete, und hatte zuletzt die Stelle mit der Salbe bestrichen. Ludger selbst hatte sich einen Streifen Stoff um den Fuß gebunden und war von dannen gehumpelt.

Ursula erinnerte sich an die Szene. Vorsichtig löste sie die Bänder um das Bündel und rollte es auf ihrem Schoß auseinander. Die Gegenstände waren alle aus Metall, dort, wo sie spitz oder scharf waren, glänzten sie, die Griffe weiter oben waren allesamt grau-grünlich. Ursula nahm jedes dieser Werkzeuge behutsam in die Hand. Sie hatten ein angenehmes Gewicht in der Hand. Das spitze, kleine Messer kannte sie bereits. Den umgebogenen Draht, dessen offene Enden man gegeneinander drücken konnte, war wie eine kleine Zange aus Daumen und Zeigefinger, mit der man etwas greifen konnte. Außerdem war da noch eine dünne Nadel, die aus einem Griff ragte, und eine kleine Schere, deren schmale Griffe denen der Pinzette ähnelten und im Missverhältnis zu den beiden zierlichen, dreieckigen Scherenblättern standen.

Alles war schön sauber, spitz und scharf. Ursula legte das Besteck zurück ins Leder, schlug es oben und unten über den Inhalt und rollte es dann von einer Seite auf. Anschließend umwickelte sie es mit dem dünnen Lederriemen und legte das Bündel zu ihren persönlichen Sachen. Sie war so vertieft in ihr Tun, dass sie nicht bemerkte, wie Ludger ins Haus kam, die Sauberkeit prüfend musterte und schließlich hinter sie trat und sie verstohlen beobachtete.

„Hast du auch die Strohsäcke alle aufgeschüttelt?“ Er fragte mit bestimmtem, aber auch freundlichem Ton. Ursula erschrak, zuckte zusammen und fuhr zugleich herum. Auf dem Boden kauernd sah sie zu dem Burschen hinauf. „Ludger! Wieso schleichst du dich so heran? Mir blieb fast das Herz stehen.“ Sie rappelte sich auf und kam vor ihm zu stehen. Sie spürte seine Wärme, er roch nach Heu und Vieh, seine Haare waren nass, er musste sich am Brunnen erfrischt haben. Ursula trat noch einen halben Schritt vor und legte eine Hand auf seine Brust. Ludger beugte sich zu ihr und küsste sie. Erst auf die Wange und dann auf den Mund. Ursula spürte wieder diese Flammen auf der Haut und konnte nicht anders, als sich an ihn zu schmiegen. Er fuhr fort sie zu küssen, und plötzlich spürte sie seine Zunge zwischen ihren Lippen. Sie begegnete ihr mit ihrer Zungenspitze. Das Spiel nahm ihr den Atem. Ludger zog sie noch enger an sich, und mit einer Hand streichelte er ihre Brust. Warme Schauer durchfuhren Ursula. In sich hörte sie zwei Gedanken rufen: weglaufen und mehr.

Ludger nahm ihr die Entscheidung ab. Ohne von ihr zu lassen, schob er sie mit kleinen Schritten zu ihrem Lager. Dann beugte er sich soweit vor, dass sie Angst bekam, hintenüber zu fallen, aber er hielt sie und ließ sie ganz sachte auf den Strohsack hinab. Er legte sich neben sie, und seine Hand streichelte über ihren ganzen Leib. Ohne mit dem Küssen aufzuhören, begann er wieder, ihre Brust zu streicheln und fordernd zu drücken. Ursula schnaufte nach Luft. Ludger fuhr mit seiner Hand über ihren Bauch, ihr Bein an der Innenseite entlang und zog behutsam den Rocksaum höher. Ursula erschrak. Ist das recht? fragte sie sich. Aber es war anders als damals auf der Lichtung. Ursula entwich ein tiefer Seufzer. Ihr war, als würde sie am ganzen Körper zittern. Sie griff nach Ludgers Unterarm und hielt ihn fest. Jede weitere Berührung, dachte sie, würde sie wahnsinnig machen. Ludger zog die Hand zurück, öffnete seine Hose und rollte sich auf sie. Ursula spürte ihn in sich, und das Gefühl war alles, was sie in diesem Moment wahrnehmen konnte. Ihre Aufregung steigerte sich, als Ludger sich auf und ab zu bewegen begann. Sie öffnete die Augen. Ludger stützte sich mit beiden Armen rechts und links von ihren Schultern ab. Er hatte die Augen geschlossen und biss sich auf die Unterlippe. Er schien hochkonzentriert und doch irgendwie nicht bei Sinnen. Seine Bewegungen wurden schneller und heftiger. Um den Stößen etwas auszuweichen, winkelte Ursula ihre Beine leicht ab und merkte, wie Ludger jetzt noch schwerer auf ihr lag. Sie bekam Angst, was ging da in ihr vor? Da ging eine Starre durch Ludger, er tat noch einen Stoß, und Ursula spürte, wie sich seine Spannung löste. Er sackte in sich zusammen, lag schwer auf ihr, und sein Mund suchte nochmals den ihren, um sich nach einem langen Kuss wieder zu lösen. Er rollte sich zur Seite, atmete hörbar schwer. Ursula versuchte, in sich hineinzuspüren. Es war alles so anders. Es hatte nicht wehgetan, es war sogar schön und aufregend gewesen. War das Wollust? Ludger erhob sich und schnürte sich die Hose zu. Dann ging er ohne ein Wort. Ursula ärgerte sich. Konnte der Holzkopf nicht einmal etwas Nettes oder Liebes sagen? Dann stand sie auf und begann die Sachen für den Wald zu packen. Sie nahm zwei Scheiben Brot, etwas Speck und Käse mit. Außerdem rollte sie auch ihr zweites Kleid, die Schürze und das Unterkleid zusammen und stopfte alles in einen Sackbeutel. Dann griff sie sich noch den Korb und ein kurzes Messer und machte sich auf den Weg.

Von Ludger war nichts zu sehen. Um ihren geheimen Ort nicht zu verraten, ging sie nicht auf direktem Wege dorthin, sondern beschritt einen großen Bogen, bei dem sie an Stellen kam, wo sie bisher immer etwas gefunden hatte. Der Tag war warm, und auch wenn sie recht bedächtig ausschritt, kam sie doch bald in Schweiß. Sie bekam Durst und schlug jetzt den Weg zum Bächlein ein. Schon bald hörte sie sein Plätschern und Glucksen. Die Sonne ließ das helle Grün der neuen Blätter an allen Bäumen aufleuchten. Alles roch frisch, sie hörte das Summen der Insekten in der Luft, nicht weit entfernt hämmerte ein Specht gegen einen Baum. Als sie schon fast beim kleinen Wasserlauf angelangt war, wurde sie einer sachten Bewegung in ihrem Augenwinkel gewahr. Sie schaute dort hin, und im hellen Grün zweier Büsche stand groß und erhaben ein Hirsch. Noch nie hatte Ursula solch ein Tier so nahe gesehen. Wie die Krone einer Majestät stand das vielendige Geweih des Hirsches über dessen Kopf. Ursula hielt den Atem an. Der Hirsch schaute sie ebenso erschrocken an wie sie ihn. Dann schüttelte er kurz den Kopf mit all seiner Last und wandte sich ab. Die Büsche schlugen hinter ihm zusammen, und Ursula konnte nur noch die sich entfernenden Huftritte hören. Ursula wurde sich klar darüber, dass sie im Wald nie alleine war. Überall um sie herum war Leben, verbargen sich Tiere und warteten nur ab, bis sie vorbei war, um dann wieder ihren Alltagsgeschäften nachzugehen. Ursula merkte, wie sehr sie den Wald liebte. Vielleicht war sie deswegen immer ohne Furcht in ihm, ohne Angst vor wilden Tieren oder anderen Bedrohungen.

Endlich am Bächlein angekommen, stillte sie ihren Durst. Das Wasser, das sie schöpfte, benetzte auch ihren Hals und rann hinab zwischen ihre Brüste und in ihr Kleid bis auf ihren Bauch. Dieses erfrischende Gefühl spornte sie an, schnell zum Tümpel zu kommen. Sie wollte sich in das kühle Wasser legen.

Auf der Felsplatte angekommen, blieb sie außer Atem und verzückt stehen. Der Ort erschien ihr heute noch viel schöner, als sie ihn in Erinnerung gehabt hatte. Sie hörte die Vögel ruhig zwitschern. Da war kein krächzendes Warnen eines Hähers, kein Knacken im Gehölz. Sie sah sich noch einmal scheu um und zog sich dann ihre Kleider über den Kopf. Langsam ließ sie sich in das kühle Wasser gleiten. Es war doch frischer als erwartet und nahm ihr beinahe die Luft zum Atmen. Doch schon bald hatte sie sich daran gewöhnt. Sie suchte sich einen Sitzplatz, nahm ein Stück Stoff und begann sich damit abzureiben. Aus einer unbewußten Regung heraus nahm sie eine Handvoll feinen Schlamm vom Grund auf und rieb sich damit über den Unterarm. Das fahle Grau von Asche und Ruß löste sich so leichter als mit dem Lappen. Ursula rieb sich am ganzen Körper ab. Wischte mit dem Tuch nach und freute sich über die rosige, durch das kalte Wasser und die Reibung leicht errötete Haut. Sie schob sich in die Mitte des Sees und tauchte unter. Ihren Haaren schien eine Wolke von Staub, Schmutz und Asche zu entfliehen. Mehrmals tauchte sie unter und wirbelte mit ihren gespreizten Fingern die Haare durchs Wasser. Dann kroch sie ans Ufer. So gut es mit ihren Fingern als Kamm ging, entwirrte sie die rotblonden Strähnen. Jetzt ärgerte sie sich, dass sie nicht an ihren Kamm gedacht hatte. Der Kamm war das einzige, was ihr von ihrer Mutter geblieben war. Er war aus Bein, grob gezinkt und hatte am oberen Ende, an dem man ihn hielt, einige feine Linien zur Verzierung. Den hätte sie jetzt gut gebrauchen können. Nachdem sie ihre Haare einigermaßen entwirrt und geglättet hatte, widmete sich Ursula ihren Kleidern. Sie erschrak fast, wie sich das Wasser um den Stoff gleich graubraun verfärbte. Die Kleider starrten vor Dreck und Erde. Ursula walkte und wrang den Stoff, bis das Wasser, welches sie aus dem Gewebe drückte, klar blieb. Dann breitete sie die beiden Kleider und die Unterkleider sowie ihre Schürze über ein paar von der Sonne erwärmte Steine zum Trocknen. Sie selbst setzte sich daneben in die Sonne und holte ihr Brot hervor. Genießerisch kauend, auf die glatte Oberfläche des Tümpels schauend, dachte sie über das Geschehene nach. Sie musste mit Ludger reden. Sie musste ihn auf die Idee bringen, sie zur Frau nehmen zu wollen. Eigentlich war sie ja schon seine Frau. Aber sie musste es irgendwie schaffen, dass auch er auf die Idee kam. Vielleicht sollte sie es ihm das nächste Mal nicht so leicht machen. Bei den Gedanken an ihre Gefühle spürte sie ein Kribbeln. So gescheit hat die Natur das eingerichtet, dachte sie bei sich. Wenn beide bereit sind und wollen, dann macht es die Natur von selbst, dass man sich nicht verletzt. Der Gedanke an Ludger entlockte ihr ein Schnaufen. Die Irritation über die Gefühle, die selbst die Erinnerung hervorrufen kann, ließ sie aufspringen. Sie prüfte, wie weit die Kleider getrocknet waren, und drehte sie auf den Steinen um.

Der Stand der Sonne verriet ihr, dass sie noch etwas Zeit hatte. Sie lehnte sich an einen Stein und schloss die Augen. Mit einem Lächeln um die Mundwinkel malte sie sich aus, wie sie Bäuerin in einem eigenen Haus sein würde. Der Raum, in dem sie saß, war von Sonnenlicht erfüllt und kein bisschen duster. Am Herdfeuer züngelten freundlich einige Flammen um einen Topf, aus dem es verführerisch nach gedünstetem Gemüse roch. Die Tischplatte glänzte wie poliert, und der Boden der Stube war mit nicht weniger glatten und sauberen Brettern ausgelegt. Die Türöffnung ihr gegenüber war gleißend hell und wurde plötzlich von einem dunklen Schatten eingenommen. Mit einem Mal war ihr kühl. Sie fröstelte und schlug die Augen auf. Eine Wolke hatte sich vor die Sonne geschoben. Mit Gänsehaut an den Armen erhob sie sich. Ihre Kleider waren trocken. Sie zog sich ein Unterkleid und eines der groben Wollkleider über, band sich die Schürze um und legte die anderen Kleider zusammen. Als sie alles in ihren Sack verstaut hatte, nahm sie mit einem wehmütigen Blick von ihrem Zaubersee Abschied. Sie musste sich sputen, denn sie durfte nicht mit leerem Korb heimkehren.

In weit ausholenden Kehren bewegte sie sich den Waldhang hinunter und nahm alles mit, was sie finden konnte. Noch gab es reichlich Bärlauch, und sein scharfer Geruch ließ ihr den Magen knurren. Sie fand auch frische Minze an einer Lichtung, und schon beinahe am Waldrand entdeckte sie eine blühende Linde. Sie zupfte alle Blüten, die sie erreichen konnte, ab, und damit wurde ihr Korb voll. Zufrieden, erfrischt und sich sehr wohl in ihrer gewaschenen Haut fühlend kam sie auf dem Hof an. Die Sonne stand schon tief, und aus einiger Entfernung konnte sie Arnulf hören, der mit dem Vieh von der Weide kam. Auch Ludger musste etwas gehört haben, denn er trat genau im selben Moment aus der Scheune. Ursula tat, als beachte sie ihn gar nicht. Sie hatte aber wohl seinen Blick wahrgenommen, der Erstaunen oder Verblüfftheit bedeuten mochte. Wahrscheinlich wusste er sich nicht zu erklären, was sich an ihr verändert hatte. Auf die Idee, dass sie jetzt ganz sauber, mit gewaschenem Haar war, würde er sicher nicht kommen. Ursula lächelte in sich hinein, ging ins Haus und verstaute ihre saubere Kleidung. Dann erinnerte sie sich an den Kamm, setzte sich auf ihr Lager und begann andächtig ihre Haare zu entwirren und zu glätten. Anschließend band sie sie sich mit einem Lederriemen hinterm Kopf zusammen. Sie musste sich noch um ihr Sammelgut kümmern. Die Lindenblüten breitete sie auf einem Tuch zum Trocknen aus. Die anderen Sträußchen band sie einzeln und trug sie anschließend hinüber in die Scheune, um sie an einem Balken aufzuhängen. Arnulf und Ludger waren noch mit dem Vieh beschäftigt. Ursula ging also zurück ins Haus, holte sich den Milcheimer und gesellte sich zu den beiden in den Stall, um zu melken. Ludger und Arnulf beachteten sie gar nicht. Sie hockte sich neben die Kuh und begann, die Milch aus dem prallen Euter zu drücken. Mittlerweile schaffte sie schon beide Kühe, ohne dass ihr die Unterarme schmerzten. Mit der frischen Milch kehrte sie in das Haus zurück. Die Milch musste jetzt ruhen, damit sich der Rahm auf ihr absetzte. Später würde Ursula das Milchfett abschöpfen und es zu Butter stampfen. Bis dahin war aber noch Zeit. Ursula sah sich um. Sie legte Holz auf die Glut des Herdfeuers und überlegte. Da der Rest noch nicht vom Markt heimgekehrt war, wusste sie nicht, ob sie schon ein Abendbrot richten sollte. Um nicht tatenlos rumzusitzen, begann sie Wasser für einen Kräutersud zu erwärmen. Sie wollte einige von den Lindenblüten hinzugeben, denn die gaben immer ein kräftiges Aroma und etwas Süße in das Getränk. Ludger und Arnulf waren bestimmt noch zu den Schweinen gegangen, um nach dem Rechten zu sehen. Im Haus wurde es bereits dunkel. Das schwächere Licht der Dämmerung konnte die Ziegenhäute vor den Fenstern kaum noch durchdringen. Ursula zündete eine Talglampe an und stellte sie auf den Tisch. Das Wasser würde noch eine Weile brauchen, also schritt sie zur Tür und trat hinaus in den Hof. Der Himmel zeigte sich in einem satten Blau, die wenigen Wolken, die sie sehen konnte, schimmerten noch etwas rotgolden. Wenn die Familie es nicht vor Einbruch der Dunkelheit schaffte, wäre es geschickt, eine Fackel auf den Hof zu stellen, die ihnen den Weg wies. Das sollte Ludger machen. Als hätte ihr Gedanke die Macht, Wirklichkeit zu erzeugen, kam just in diesem Moment Ludger ums Eck mit einer Fackel in der Hand. Er strich an ihr vorbei ins Haus und kam nur wenig später mit dem am Herdfeuer entzündeten Kienspanbündel wieder heraus. Er befestigte die Fackel am Holzstamm beim Brunnen, der hatte ein dafür vorgesehenes Loch und eine lockere Kette, in die die Fackel gesteckt werden konnte, so dass sie schräg geneigt wie ein Ast des Stammes aussah, der am Ende in Flammen stand. Ludger kam auf sie zu. „Was hältst du hier Maulaffen feil, geh rein, mach Essen!“ herrschte er sie an. Ursula schlug die Augen nieder und folgte. Etwas tun war besser als warten. Sie schob den Eisenarm, an dem der Suppenkessel hing, halb über das Feuer, damit sich der darin übrige Eintopf langsam erwärmen konnte. Dann stellte sie Butter und Käse auf den Tisch, schälte ein paar Zwiebeln und legte sie dazu. Aus dem Kasten holte sie Brot und stellte dann noch für alle Becher hin.

Neben dem Herdfeuer stand der Tontopf, in dem sie immer Wasser mit heißen Steinen bereitete. Sie ließ die ersten Flusskiesel zischend hineingleiten und holte von den frisch gepflückten Lindenblüten eine Handvoll. Diese und etwas Minze und Kamille gab sie in ein anderes Gefäß, in dem sie, sobald das Wasser kochte, die Kräuter aufgießen wollte. Mit der Holzzange holte sie die Steine aus dem Wasser, legte sie wieder an den Rand des Feuers und gab andere Steine in den Topf. Natürlich wäre es leichter und vor allem bequemer, das Wasser in einem Kessel über dem Feuer zum Kochen zu bringen, aber Kessel aus Eisen oder Kupfer waren teuer und dem Bereiten der Eintöpfe und Suppen vorbehalten. Nachdem Ursula noch ein Holzscheit auf die Glut gelegt hatte, an dem sogleich Flammen zu züngeln begannen, wurde die Stube in ihr flackendes Licht getaucht. Zitternde Schatten huschten über die Wände, und hinter den Ziegenhäuten schien es bereits kein Licht mehr zu geben. Einzig durch die offene Tür drang der gelbe Schein der Fackel noch von draußen herein. Ursula setzte sich an den gedeckten Tisch und dachte über den vergangenen Tag nach. Wie schön es doch an ihrem Teich gewesen war. Und davor? War es recht, was Ludger und sie getan hatten? Es war aufregend gewesen und fremd. Ursula spürte, wie ihr Körper auf die Erinnerungen reagierte. Es war, als zöge sich etwas in ihrem Inneren zusammen. War das Wollust? War das Sünde? Ob Ludger sich ähnliche Gedanken machte? Sie verspürte den Drang, mit Ludger darüber zu reden. Sie wollte wissen, was er dachte, wie er zu ihr stand. Würde er sie freien? Würde der Bauer einer Vermählung zustimmen? Mit einem Seufzer ließ sie von den Gedanken ab, erhob sich und trat an das Feuer. Aus dem Eintopf hatte es leicht zu dampfen begonnen. Ursula nahm einen großen Holzlöffel und rührte die dicke Suppe aus Wurzelgemüse, Zwiebeln und Schweineknochen um. Sie hielt ihr Gesicht über den Kesselrand und sog den Dampf durch die Nase ein. Der Geruch ließ ihr das Wasser im Mund zusammenlaufen, zugleich bemerkte sie aber auch, dass es nicht wirklich gut roch. Etwas muffig, abgestanden und alt. Sie überlegte, mit etwas Thymian und frischem Grün von den Zwiebeln im Garten würde es sicherlich besser. Getrockneten Thymian hatte sie ganz in ihrer Nähe. Den Zwiebellauch müsste sie aus dem Garten holen. Kurzentschlossen verließ sie das Haus. Der Hof wurde nach wie vor durch die Fackel erhellt, doch jenseits des Scheins war es bereits wirklich dunkel geworden. Ursula hinderte die Nacht nicht. Den Weg in den Garten und den Standort der einzelnen Gewächse kannte sie gut, nur wie sie im Dunkel einzelne Lauchhalme zupfen sollte, fragte sie sich jetzt. Sie ging zu der Fackel, nein, die musste sie stecken lassen, wo sie war, aber vielleicht konnte sie einen einzelnen Kienspan daraus lösen. Der würde völlig ausreichen, um zwischen den Zwiebeln die beste Halme herauszufinden. Sie hielt die Fackel mit einer Hand in ihrer Verankerung, und mit der anderen Hand prüfte sie einen Span nach dem anderen, um einen lockersitzenden zu finden.

„Was machst du da?" blaffte Ludgers Stimme über den Hof. Ursula schrak zusammen, ließ von der Fackel ab und drehte sich um. Offensichtlich wütend schritt Ludger eilig auf sie zu. „Lass die Finger von dem Licht!"

„Aber ich wollte doch nur ..."

„Du lässt die Fackel wie sie ist, sag ich. Widersprich mir nicht!" Ludgers Augen funkelten zornig und zugleich herausfordernd. Ursula spürte instinktiv, dass es sinnlos wäre, es jetzt auf eine Machtprobe ankommen zu lassen. Doch ganz klein beigeben konnte sie auch nicht.

„Dann gibt es eben keinen frischen Lauch in der Suppe", entfuhr es ihr schnippisch, und erhobenen Hauptes schritt sie an Ludger vorbei zurück zum Haus.

„Hol dir gefälligst einen Span vom Holzschober, wenn du ein Licht brauchst", rief Ludger ihr herrisch nach. Und als Ursula nicht reagierte: „Los, wird's bald! Geh, hol einen Span und besorg das Kraut für das Essen!"

Ursula fühlte sich auf einmal wieder ganz klein. Sie senkte den Kopf und trottete zum Schuppen. Im Dunkeln tastete sie sich zum Bündel neben dem Hackstock und fingerte sich einen Span heraus. Mit hängendem Kopf überquerte sie von Ludger beobachtet den Hof, schlüpfte ins Haus und entzündete das harzgetränkte Stück Holz am Herdfeuer. Mit diesem Licht trat sie aus dem Haus und bog gleich zum Garten ab. Als sie mit einer Handvoll Zwiebellauch zurückkehrte, war Ludger nicht mehr zu sehen. Ursula ärgerte sich. Warum nur machte er das immer wieder? Er war heute so sanft mit ihr gewesen, und nun ließ er wieder den Herrn heraus. Der Drang, mit ihm zu reden, Klarheit zu gewinnen, wuchs in ihr weiter an. Sie trat ins Haus. Arnulf saß am Tisch, die Ellenbogen aufgestützt, den Kopf mit beiden Händen stützend. Er schien müde zu sein, gleichzeitig merkte man ihm aber auch die Ungeduld an. Hatte er nur Hunger, oder wartete er gespannt auf die Rückkehr der Marktgänger?

Ursula zupfte den Lauch in den Kessel und rührte die brodelnde Suppe noch einmal um. Dann zog sie den Kessel von den Flammen, so dass das Feuer noch nah genug war, um die Speise warmzuhalten. Sie setzte sich zu Arnulf. Beide saßen sie schweigend da, starrten vor sich hin und lauschten auf die Geräusche um sich herum, aber besonders auf jeden Laut, der durch die offene Tür von draußen zu ihnen drang. Sie hörten das Schnauben des Viehs im Stall, das Knistern der Fackel und endlich, nachdem Arnulf bereits mehrfach die Augen zugefallen waren, das unwillige Maulen eines Ochsen, das Knarren der Wagenräder und den Ruf des Bauern: „He da! Ludger, Arnulf, auf, kommt, packt an!“

Arnulf sprang auf und wischte hinaus, und auch Ursula erhob sich, rührte die Suppe schnell noch einmal um und trat dann auch aus dem Haus. Im Schein der Fackel hatte das Gefährt haltgemacht. Ludger war bereits dabei, gemeinsam mit dem Knecht den Ochsen auszuspannen. Arnulf half seinem Vater, verschiedene Säcke vom Wagen zu laden, und Ute, die dazwischen gesessen hatte, reichte Ingrid die Mädchen herunter. Magda und Liesel waren auf dem Heimweg eingeschlafen, nun waren sie aber wieder hellwach, und aus ihnen heraus sprudelten die Erlebnisse des Tages. Ursula wollte nicht tatenlos herumstehen, packte einen der Beutel und trug ihn ins Haus. Arnulf und Ute folgten ihr, und auch Ingrid trug etwas mit hinein. Die Mädchen waren bald drinnen und draußen, immer hinter Arnulf her, um ihn mit ihren Erzählungen neidisch zu machen. Arnulf achtete aber nicht auf sie.

Schließlich hatten die Männer Ochs und Wagen versorgt, kamen zum Haus, und der Bauer brachte die Gören zum Schweigen. Ludger nahm die Fackel vom Brunnen und löschte sie. Im Haus setzten sich alle sogleich zu Tisch, und Ursula schöpfte die Suppe in die Holzschalen.

Schweigend aßen alle, doch besonders Arnulf war eine gewisse Unruhe und Neugierde anzumerken. Auch Ludger wartete auf Neuigkeiten, und so blieben alle bis auf die Mädchen auch nach Beendigung der Mahlzeit still sitzen.

Ursula begann unaufgefordert den Tisch abzuräumen. Der Bauer räusperte sich. „Ja, der Markt war für uns gut", setzte er an. „Der Müller hat unseren Ochsen genommen, und wir werden all unser Korn bei ihm mahlen können und bekommen noch einige Sack obendrauf. Die Sau zu verkaufen war schwieriger, dann kam aber jemand aus dem Gesinde des Grafen, er brauchte noch Fleisch, und wir konnten uns einig werden. Nun ist auch unsere Schuld dort beglichen. Das bedeutet in diesem Jahr keine Abgaben mehr. Die Holzsachen und Körbe sind wir auch losgeworden. Wir haben dafür einige junge Hühner und ein paar Gerätschaften bekommen. Das Tuch brachte bare Münze. Wir können wirklich zufrieden sein."

„Und habt ihr mir etwas mitgebracht?" Arnulf hielt es nun doch nicht mehr aus, und die kindliche Neugierde war ihm sichtlich peinlich. Ingrid stand auf und holte einen Sack. Der Bauer schaute hinein, wühlte darin etwas herum und legte schließlich ein Messer vor Arnulf auf den Tisch. „Für dich", sagte er dazu. „Du wirst es sicherlich gut brauchen können."

Arnulf strahlte. Ein eigenes Messer war wirklich etwas besonderes. „Danke", rief er und prüfte die Klinge mit Augen und mit dem Daumen.

„Für dich haben wir eine neue Lederhose erstanden." Der Bauer wandte sich Ludger zu. „Deine fällt ja bereits beinahe auseinander. Hier, und ein Hemd haben wir auch dazu." Ludger bedankte sich trocken und zurückhaltend. Ursula beobachtete ihn. Hatte er mehr erwartet, oder hatte er einen heimlichen Wunsch, der nicht in Erfüllung gegangen war? Der Bauer schmunzelte und nickte seiner Frau zu. Die stand noch einmal auf und holte eine verschlossene Tonflasche.

„Aber nicht gleich alles auf einmal“, mahnte der Bauer und schob Ludger die Flasche über den Tisch zu. Nun lachte auch Ludgers Gesicht. Eine ganze Flasche Wein für ihn alleine. Das war mehr zu trinken, als er bekommen hätte, wäre er mitgefahren.

Der Bauer griff unterdessen wieder in den Sack. „Und das ist für dich“, sprach er nun Ursula an. „Du wirst es spätestens im Herbst gut brauchen können“, sagte er noch und reichte ihr einen Ballen gefalteten Stoff. Ursula breitete das Tuch auseinander. Es war ein großer, breiter, grob gewebter Schal. Ein Schultertuch, das breit genug war, dass man es auch über den Kopf tragen konnte, und noch immer ausreichte, den Oberkörper zu wärmen. „Vielen Dank“, sagte Ursula und schlug die Augen nieder. Sie hatte eigentlich nichts erwartet. Eine Kette mit Holz und Glasperlen hätte sie auch gerne gehabt. Das Tuch war praktisch, und sie konnte es wirklich brauchen. Sie sah aber auch, dass es der von der Bäuerin gewebte Stoff war. Es musste das übriggebliebene Stück sein, und Ute und Ingrid hatten auf dem Weg nach Hause noch beide Enden mit einfachen Fransen versehen. Ursula ließ sich aber nichts anmerken. Sie trug den Stoff zu ihrem Lager und ging so wie der Rest der Hofgemeinschaft schlafen.

VOR DEN MAUERN ARQAS
15. APRIL 1099

Die Erinnerung an ihr Tuch holt Ursula zurück in die Wüste ihrer Gegenwart. Suchend schaute sie sich um. Aus ihrem Versteck zwischen den Felsen konnte sie nicht viel sehen. Nur der Himmel, der zeigte ihr, dass es bald Nacht sein würde. Schon spürte sie Kälte und die Dämmerung herankriechen. Sie wollte sich erheben, als unvermittelt eine weitere Wehe sie daran hinderte. Sie musste sich wieder setzen. Als der Krampf nachließ, versuchte sie es erneut. Vorsichtig drückte sie die Beine durch und kam zum Stehen. Sie war noch nicht weit genug von den Zinnen der Stadt entfernt. Erneut Deckung hinter dem Felsen suchend wurde ihr klar, dass sie die Dunkelheit abwarten müsse, um aufrecht gehend schneller voran zu kommen. Auf allen Vieren vorwärts kriechend würde sie es nicht weit bringen. Resignierend lehnte sie sich an den Stein. Sie tastete nach ihrem Schlauch. Vorsichtig nahm sie nur einen kleinen Schluck und ließ ihn lange im Mund, so dass dies wenige Wasser ihre ausgedörrte Zunge so gut wie möglich nässen konnte. Dann erst schluckte sie. Schon spürte sie wieder den aufkeimenden Schmerz in ihrem Rücken. Sie stemmte die Beine in den Sand und biss die Zähne zusammen. „Du musst ruhig atmen“, ermahnte sie sich innerlich. Dann ließ sie vorsichtig ihre Hand zwischen die Schenkel gleiten. Behutsam versuchte sie herauszubekommen, wie weit das Kind schon war. Doch der Bauch behinderte sie. In dieser Stellung konnte sie nicht weit genug hinunterlangen. Sie gab es auf, verschnaufte und sammelte Kräfte, bevor die nächste Welle der Schmerzen kommen würde. Die Wehen waren stark, aber sie kamen noch unregelmäßig und nicht zu dicht hintereinander. Sie schöpfte Hoffnung. Wenn sie ihren Körper beruhigen könnte, gab es eine Chance, noch rechtzeitig ins Lager zurückzukommen. Sie fasste Mut, atmete ruhig und tief. Dann genehmigte sie sich noch einen Schluck aus dem Schlauch. Sie wusste, solange das Wasser noch nicht aus ihr lief, war noch Zeit. Ein sanfter Schleier Traurigkeit legte sich ihr auf das Gemüt, als sie an ihre erste Schwangerschaft zurückdenken musste.

AUF DEM HOF DES BAUERN MATTHES

SOMMER 1095

Matthes hatte in den folgenden Wochen nach und nach mehr vom Markt erzählt. Besonders Ludger schien begierig auf Neuigkeiten aus dem Dorf und der Welt. Was der Bauer sich von seinem ältesten Sohn entlocken ließ, deckte sich meist mit dem, was der Wandermönch erzählt hatte. Die Mächtigen der Welt waren zerstritten, und niemand wusste so recht, wohin das noch führen sollte. Weit im Westen habe es eine große Dürre gegeben, und demzufolge litten die Menschen dort Hunger. Viele hatten laut Erzählungen ihre Felder verlassen auf der Suche nach Besserem. Es seien Himmelzeichen gesehen worden, und immer mehr Prediger traten auf und kündeten vom nahen Ende der Welt. Auch beim Markt im Dorf sei ein Mönch gewesen, der in einer fremden Sprache redete. Der Dorfgeistliche habe dessen Predigt zu übersetzen versucht.

Ute erzählte Ursula davon bei der Gartenarbeit. Der Fremde habe erzählt, dass es zwei Päpste gäbe, dass jeder dieser beiden einen anderen zum Kaiser gemacht habe und dass diese Entzweiung der Welt ein deutliches Zeichen für den Untergang sei. Weiter hatte der Prediger davon geredet, dass sich im Süden, wo der große Palast des Papstes sei, bei der Stadt Rom viele Krieger aus dem Norden weilten, die von einem der Könige oder von einem der Päpste, sie wusste es nicht mehr genau, angeworben worden waren, um zu kämpfen. Diese Nordmänner wären besonders grausam und hätten die Stadt Rom verwüstet. Nun lagen sie aber nur noch faul in der Sonne und langweilten sich, und der Prediger hatte aufgerufen, alle sollten darum beten, dass jene Krieger nicht auf die Idee kämen, hierher zu kommen. Ursula beunruhigte das Ganze nicht. Was war das? Die Welt? Ihr Horizont reichte gerade bis an das Ende des Dorfes. Was kümmerte sie denn, was weit, weit weg von hier geschah? Sie hatte ganz andere Sorgen. Immer noch versuchte sie einen passenden Zeitpunkt zu finden, um mit Ludger reden zu können. Gleichzeitig wusste sie aber nicht, wie sie den Jungbauern dazu bringen könnte, selber auf die Idee zu kommen, dass Ursula die rechte Braut und Bäuerin für ihn wäre.

Nur eine Sorge drang in die Herzen aller. Der Bauer hatte davon erzählt, dass man unter den Leuten auf dem Markt noch mehr fremde Gesichter gesehen hätte als sonst. Er erzählte den Bericht einiger fahrender Händler, der davon Kunde gab, dass sich viel Volk auf den Straßen und in den Wäldern umhertrieb. Diese Menschen seien von der eigenen Scholle, aus ihren Lehensverhältnissen und vor ihren Herren geflohen. Sie hatten nichts und nahmen sich, was sie auf ihrem Weg brauchten, einfach und ohne zu fragen. Matthes warnte alle vom Hof ausdrücklich. „Haltet die Augen offen. Wenn ihr Fremde in unseren Landen seht, meidet sie, zieht euch unauffällig zurück und gebt hier auf dem Hof Bescheid. Redet mit keinem Fremden und bringt keinen hierher!“

Besser als sonst achtete Ingrid nun darauf, dass Ute und Ursula nur ganz trockenes Holz, das fast keinen Rauch machte, ins Herdfeuer gaben. „Die Menschen gehen immer dorthin, wo sie ein Feuer wissen, denn wo ein Feuer ist, wird meist auch Essen bereitet, und so wie die Fliegen zum Aas kommen Rumtreiber zu fremden Kochtöpfen.“

So hatte der Sommer sorgenvoll begonnen, doch die viele Arbeit, die kurzen, lustvollen Treffen mit Ludger und Ursulas heimliche Zukunftspläne hatten die Gedanken an solche Bedrohungen bald verwischt. Täglich waren sie draußen auf den Feldern und Wiesen, und immer öfter fanden Ludger und Ursula zueinander. Ludger schaffte es immer wieder, neue Möglichkeiten zu finden, Ursula alleine anzutreffen. Wenn Ursula geschickt wurde, Wasser und Brot zu holen, schaffte es der Kerl, als könne er fliegen, plötzlich hinter eine Wegbiegung vor ihr zu stehen, und zog sie mit sich ins Gebüsch. Ursula sträubte sich nicht, sie hatte ständig Sehnsucht nach dem seltsamen Gefühl, das Ludger in ihr zu wecken vermochte. Es war wie die Lust auf Honig. Wenn sie im Wald einen Bienenstock entdeckt hatte und vorsichtig gefüllte Waben aus einem Baumstamm holte, dann war bereits nach dem ersten Schlecken des süßen, klebrigen, goldenen Saftes die Lust da, immer wieder in den Baum zu fassen und mehr herauszuholen. Ähnlich fühlte sich Ursula zum Zusammensein mit Ludger gezogen.

Sie hätte eigentlich bemerken müssen, dass Ingrid immer häufiger eine Augenbraue hochzog, wenn sie und Ludger kurz hintereinander aufstanden unter dem Vorwand, etwas zu tun zu haben. Auch hätte sie merken müssen, dass sie selbst seit vielen Wochen nicht mehr geblutet hatte. Was das bedeutete, wusste sie nicht, und dass sie in den ersten Herbsttagen Schwierigkeiten hatte beim morgendlichen Aufstehen, hatte ihr als Zeichen nicht gereicht. Ein paarmal schon hatte sie sich, wenn sie morgens hinter der Scheune ihre Notdurft verrichtete, auch übergeben müssen.

Es war Ute, die Magd, die wachen Auges die Veränderungen bei Ursula zu deuten wusste und die schließlich das Mädchen befragte und aufklärte.

„Du bist in der Hoffnung“, hatte Ute ihr unverwandt ins Gesicht gesagt, nachdem sie Ursula ausgefragt hatte.

Das Wort traf Ursula wie ein Schlag ins Gesicht. Sie sah all ihre Pläne und Wünsche wie einen schlecht geschichteten Holzstapel in sich zusammenbrechen.

„Wieso? Wie kann das sein?“ stammelte sie.

Ute schnaufte verächtlich. „Tu nicht so, du weißt, die Kuh kalbt, wenn der Bulle bei ihr war, und die Sau wirft, wenn der Eber über sie ging. Du wirst schon wissen, welcher Bulle dich bestiegen hat.“

Ursula sah die Magd an. Wie feindselig ihr das jetzt frech grinsende Gesicht Utes erschien.

„Du musst es dem Hausherrn sagen, bevor er selber oder Ingrid drauf kommen.“

Danach hatte sie Ute sitzengelassen. Sie musste zu Ludger, sie musste ihm als ersten davon berichten, und sie musste mit ihm zusammen vor den Bauern treten. Aber wo war Ludger jetzt? Sonst tauchte er immer auf, wenn sie allein war, und jetzt in dieser Not war keine Spur von ihm.

Doch es wurde alles noch viel schlimmer. Als Ursula am späten Nachmittag aus dem Gemüsegarten kam und Knollen für das Abendbrot ins Haus bringen wollte, kam Liesel schreiend von den Weiden gerannt. Das Mädchen schrie und schrie, so dass alle zusammengelaufen kamen. Es dauerte, bis Matthes etwas aus seiner Tochter herausbekam. „Fremde, Fremde“, stotterte Liesel nur und deutete mit weit aufgerissenen Augen zur Kuhweide. Der Bauer, Ludger und der Knecht liefen in die Scheune und kamen mit Dreschflegeln und Knüppeln wieder hervor. Dann rannten sie los zu den Rindern, gefolgt von Arnulf und den Frauen. Liesel und Magda blieben im Haus.

Auf der Weide angekommen blieben alle wie vom Donner gerührt stehen. Das Bild, das sich ihnen bot, erschrak alle zutiefst. Das Gras der Weide war an einer Stelle nicht mehr grün, sondern blutrot. Überall um den riesigen roten Fleck lagen die Reste eines Rindes. Einige Fetzen Fell, Gedärme, Innereien zogen sich wie eine Spur fast quer über die Matte. Wortlos liefen sie der grausamen Fährte folgend bis hin zum zertrümmerten, abgetrennten Kopf des Tiers. Der Bauer fing an zu fluchen und zu schimpfen. Das waren keine Wölfe oder ein Bär gewesen, das war Menschenwerk. Es mussten viele gewesen sein, und sie hatten, kaum dass sie das Rind erschlagen hatten, es regelrecht zerrissen. Ohne Rücksicht auf irgendwelche Regeln des Schlachtens hatten sie den massigen Körper wohl in gerade noch tragbare Stücke geteilt und sich mit der Beute davongemacht. Ludger gewann als erster die Fassung wieder und forderte Arnulf auf, mit ihm die anderen Rinder zu suchen und zusammenzutreiben. Der Bauer nickte, lief mit den Jungen mit, und die Frauen blieben zurück. Ursula machte ein paar Schritte zur Seite, als sie etwas weiteres entdeckte. Es zog sich alles in ihr zusammen, und sie musste sich sofort übergeben. Nahe bei den Gedärmen lag eine Art blutiger Sack. Das Gewebe war aufgeplatzt, und zwischen Blut und Haut sah Ursula etwas, das aussah wie ein Kalb, nur viel kleiner und ohne Fell. Ingrid war auf die sich übergebende Magd aufmerksam geworden und trat hinzu.

„Gott im Himmel!“ entfuhr es ihr und sie bekreuzigte sich. Der Bauer, der Knecht und die Jungen kamen die Weide herauf mit den restlichen Rindern, die sich nur schwer in die Richtung des Gemetzels treiben ließen. Mit kurzen Befehlen schickte der Bauer Ludger und den Knecht, die Kühe gleich zum Hof zu führen. Dann befahl er Arnulf, so schnell wie möglich nach den Schweinen zu schauen und gleich zurückzukommen und zu berichten. Ursula herrschte er an, warum sie nicht auf dem Hof bei den Mädchen sei, und als seine Frau ihn auf den Fund Ursulas aufmerksam machte, begann er erneut zu fluchen, wie es noch keiner vom Hof vernommen hatte.

Als schließlich alle verstört im Haus um den Tisch saßen, versuchte der Bauer das Geschehene in Worte zu fassen. „Es ist ein Unglück, aber wir haben auch großes Glück gehabt. Es müssen dumme, sehr hungrige Leute gewesen sein. Denn wären sie schlau gewesen, hätten sie Liesel erschlagen und alle Kühe weggetrieben."

Liesel erschrak, fing an zu weinen und suchte Schutz bei ihrer Mutter. Der Bauer fuhr fort: „Es hat uns aber schwer getroffen. Diese Teufel haben sich eine Kuh genommen. Somit haben wir weniger Milch und haben zudem auch noch ein Kalb verloren. Das Fleisch wird uns im nächsten Jahr fehlen, und außerdem werden wir lange keine neue Kuh bekommen können, es sei denn, die eine, die uns geblieben ist, bringt nächstes Jahr ein weibliches Kalb. Doch dann dauert es wenigstens ein weiteres Jahr, bevor dieses Kalb selbst weit genug ist zu kalben und Milch zu geben.

Ludger, du solltest gleich aufbrechen und den Nachbarn alarmieren, und der soll es dann weitersenden, um alle zu warnen. Wir müssen jetzt auf der Hut sein." Und ohne Vorrede oder wenigstens eine kleine Andeutung wechselte er das Thema: „Ursula!" Scharf sprach er ihren Namen aus. „Kennst du die Fremden?"

Ursula schaute den Hausherrn verwundert und erschrocken an. „Nein, nein woher? Ich bin niemandem begegnet."

„Lüg nicht!" brüllte der Bauer „Die Frau sagt, du bist in der Hoffnung. Ist das wahr?"

Ludger, der gerade das Haus verlassen wollte, stand für einen Moment wie zu Stein erstarrt, dann riss er sich sichtlich zusammen und verschwand schnell durch die Tür. Ursula hätte ihn gerne zurückgerufen, aber da herrschte sie der Bauer an: „Sprich! Ist das wahr?"

Ursula nickte.

„Ich hab es geahnt!" rief nun die Bäuerin aus.

„Von wem ist das Kind?" bohrte der Bauer weiter. „Mit wem triffst du dich?"

„Ich hab es gewusst", zeterte Ingrid erneut. „Das kommt davon, dass du sie immer hast alleine sich im Wald herumtreiben lassen. Kräuter suchen, dass ich nicht lache. Das Miststück hat ganz andere Wurzeln gesucht."

Ursula war wie vor den Kopf geschlagen. Sie brachte keinen Ton hervor. Woher kam dieser plötzliche Hass der Bäuerin?

Matthes wurde ungeduldig. „Antworte! Hast du die Fremden zu uns geholt?"

„Nein!" schrie Ursula in ihrer Verzweiflung zurück. „Ich kenne keine Fremden. Nur Ludger habe ich im Wald getroffen."

„Was?" Jetzt war der Bauer sprachlos.

„Ludger, nur Ludger, ich will doch seine Braut werden." Ursula kämpfte mit den Tränen.

Ingrids Erregung wurde noch stärker und gab so den inneren Antrieb des Hasses der Bäuerin preis. „Das könnte dir so passen. Bäuerin willst du werden und glaubst, du könntest uns irgendeinen Balg dazu unterschieben und behaupten, er sei von unserem Sohn! Nein, niemals! Ludger hat was Besseres verdient."

Matthes schwieg und schien nachzudenken. Ursula nutzte die Stille, um einen flehentlichen, hilfesuchenden Blick an Ute, ihre Vertraute zu schicken, doch diese, so wie auch der Knecht, saß einfach nur mit gesenktem Haupt da. Ursula war allein.

„Wir müssen warten, bis Ludger zurückkommt, und hören, was er dazu sagt", murrte Matthes grollend und gab seiner Frau gleichzeitig ein Zeichen, dass es für den Moment genug sei. „Ich brauche Luft", sagte er noch, stand auf und ging hinaus in den Hof. Ingrid folgte ihm, und Ursula konnte hören, wie sie draußen zischend auf ihren Mann einredete.

Ute begann den Tisch zu decken, und Ursula packte mit an. „Warum hast du nichts gesagt? Du weißt doch auch Bescheid?" fragte sie die Magd.

„Ich weiß nichts. Und was hätte ich sagen sollen?" entgegnete diese unwirsch.

„Aber du hast mir doch geraten ...", setzte Ursula nochmals an.

„Nix hab ich. Ich hab nicht gesagt, du sollst dir ein Kind machen lassen, und weiß ich denn, von wem es ist? Nein. Also lass mich in Ruhe."

Fast hätte sich Ursula auf Ute gestürzt, um sie zu schlagen, so ungeheuerlich kam ihr das Verhalten der Magd vor. Doch die neugierig auf sie gerichteten Kinderaugen Magdas und Liesels bremsten sie.

„Was habe ich euch allen denn plötzlich getan?“ drang es leise aus ihr.

„Was du getan hast, musst du selbst am besten wissen. Das Ergebnis wächst in dir.“ Utes schnippische Bemerkung erreichte Ursula nicht mehr. Sie rannte aus dem Haus. Am Bauern und seiner Frau vorbei. „Heh!“ rief der Bauer erstaunt aus, doch auch das nahm Ursula nicht wahr. Ihre Sicht getrübt von einem Tränenschleier rannte sie in die Dunkelheit, stolperte, konnte einen Sturz so gerade vermeiden, strauchelte weiter und fiel schließlich doch. Da blieb sie liegen und weinte. Warum, warum nur hatten sich alle gegen sie gewandt? Warum war Ludger ihr nicht beigestanden? Was war denn plötzlich in alle gefahren? Was war denn passiert?

Hier stockten ihre Gedanken. Sie rappelte sich etwas auf. Kniend wurde sie gewahr, dass um sie herum tiefste Dunkelheit herrschte. Noch wusste sie, in welcher Richtung der Hof lag, doch sonst war alles um sie herum nur pure Finsternis. Mit einer Hand strich sie sich über den Bauch. In tiefer Verzweiflung flüsterte sie ein Wort, einen Namen, den sie viele Jahre nicht mehr ausgesprochen hatte: „Mutter!“ Sie kam sich auf einmal so klein vor, so verlassen und ängstlich, und sie sehnte sich nach einer Geborgenheit, von der sie bis dahin nicht mehr gewusst hatte, dass sie selbst sie einst gespürt hatte. Die Arme, die Wärme und die Nähe einer Geborgenheit, die ein Kind in der Umarmung der Mutter fühlt. Sie streichelte ihren Bauch – und nun sollte sie selber Mutter sein? Wie sollte das gehen, sie war doch noch so klein, so unvorbereitet. Tränen rannen ihr über die Wangen, und wieder flüsterte sie: „Mutter.“ In den Bäumen rauschte der Wind, im Gehölz knackte ein Zweig. Ursula wurde kalt. Das Gras um sie herum war feucht, der Wind fuhr ihr in die Kleider. Sie fröstelte. Langsam stieg Angst in ihr empor. Vorsichtig erhob sie sich, und mit kleinen, tastenden Schritten suchte sie sich ihren Weg zurück zum Hof. Niemand wartete auf sie. Als sie leise durch die Tür trat, war innen bereits alles dunkel. Die Glut im Herdfeuer glomm und gab ihr etwas Orientierung. Sie schlich zu ihrem Lager und legte sich nieder. Warum hatte Ludger nichts gesagt? Aber vielleicht hatte er auch schon nichts mehr mitbekommen. Sie musste mit ihm reden. Doch wann würde er wiederkommen? Mit diesen Gedanken schlief sie ein. Doch ihr Schlaf war nicht fest, zu besorgt, ängstlich und unruhig war sie. Und doch schreckte sie erst auf, als Ingrid bereits am Herdfeuer zu werken begann. Schnell raffte sie sich auf und wollte ihren Pflichten nachkommen. Doch durch das schnelle Aufstehen wurde ihr plötzlich schwindelig. Der Boden schien zu wanken, und sie spürte den Drang, sich übergeben zu müssen. Sie schluckte, holte tief Luft und eilte dann an der Hausherrin vorbei auf den Hof. Weit kam sie nicht, und sie musste sich übergeben. Ute kam hinter der Scheune hervor, ihr Blick war spöttisch. „Das geht vorbei“, sagte sie, „spätestens wenn dein Bauch prall und rund ist, wirst du dich an den Zustand gewöhnt haben.“

Ursula war zu sehr damit beschäftigt, auf den Beinen zu bleiben, um ihr etwas zu erwidern. Sie wankte zum Brunnen und spülte sich den Mund aus. Dann sammelte sie ihre Kräfte und ging zurück ins Haus, ihre Pflichten erfüllen. Sie wollte nicht noch mehr Anstoß erregen. Langsam kehrten die Erinnerungen des vergangenen Abends zurück, die Wut und die Ablehnung, die sie gespürt hatte. Waren diese Gefühle bei Ingrid schon immer da gewesen? fragte sie sich jetzt, während sie den Brei rührte. Hatte Ingrid sie auf dem Hof nur geduldet, weil ihr Mann einem Verwandten nicht abschlagen konnte, sie aufzunehmen, und sie jemanden für die kleinen Kinder brauchten? Später beim Melken kam ihr der Gedanke, dass sie die ganzen Jahre nur geglaubt hatte, sie sei ein Mitglied der Hofgemeinschaft. Aber was war mit Ludger? Wie sah er sie? Ungeduldig suchte sie sich den ganzen Vormittag Tätigkeiten in der Nähe des Hofes und hielt Ausschau nach dem Jungbauern.

Es war schon fast Mittag, als sie ihn am Waldrand kommen sah. Sie ließ einfach alles stehen und liegen und eilte ihm entgegen. Als Ludger sie kommen sah, schien es für einen Augenblick, als wolle er fortlaufen, doch dann verhärtete sich seine Miene, und er schritt weiter auf den Hof zu. Er hielt auch nicht an, als Ursula ihn erreichte. Sie musste sich ihm in den Weg stellen und ihn an den Armen festhalten, damit er stehenblieb.

„Ludger!“ Außer Atem rang sie nach Worten und Luft. „Ludger, warum bist du gestern so schnell gegangen? Warum hast du nichts gesagt? Ludger?“

Störrisch schaute sie der junge Mann an. „Ich musste gehen, es war Eile geboten“, erwiderte er nur.

„Aber jetzt, jetzt wirst du doch etwas sagen?“ Ursula hielt ihn fest. „Ludger!“ Der Klang ihrer Stimme wurde noch eindringlicher. „Wir bekommen ein Kind.“

„Was heißt hier wir? Du bekommst ein Kind. Was habe ich damit zu tun?“

„Aber du warst doch mit mir zusammen. Du hast mich doch gern? Willst du mich nicht zur Frau nehmen?“

„Ich dich? Das geht nicht. Nein, warum sollte ich? Und jetzt lass mich.“

Er riss sich los und ging weiter. Völlig hilflos sah Ursula ihm nach. „Ludger!“ rief sie nochmals. Doch ihr Ruf erreichte nur, dass nun die Bäuerin aus der Tür trat, um zu sehen, was vor sich ging. Ludger drückte sich an Ingrid vorbei ins Haus, und die Bäuerin blieb in der Tür stehen, als wolle sie Ursula den Eingang verwehren. Feindselig sah sie dem Mädchen, das auf den Hof zurückkam, entgegen. Ursula wusste, dass es keinen Sinn hatte, Ludger jetzt hinterherzulaufen, und ging wieder an ihre Arbeit.

Den ganzen Tag sprach niemand mit ihr ein Wort. Selbst das Schweigen beim Abendbrot war ein anderes, bedrohlicheres als an anderen Tagen. Schließlich sprach Matthes die Hilfsmagd direkt an: „Ursula, ich will die Wahrheit wissen. Mit wem warst du zusammen?“

Fest sah Ursula dem Bauern in die Augen, als sie antwortete: „Mit niemandem. Nur mit Ludger.“

„Sohn, ist das wahr?“

Ludger saß da, mit gesenktem Kopf und sagte nichts.

Matthes wurde sichtlich ungeduldig. „Bursche, mach das Maul auf! Ist das wahr?“

„Nein!“ blaffte er zurück, ohne den Kopf zu heben.

Matthes war aber nicht zufrieden. „Schau mich gefälligst an! Glaubst du, ich habe keine Augen im Kopf? Meinst du, ich habe nicht gesehen, dass du ihr immer nachgeschlichen bist? Also sag mir ins Gesicht, hast du bei ihr gelegen?“

„Nein!“ Trotzig und mit Zorn in den Augen sah Ludger seinen Vater jetzt an. „Ich bin ihr nur hinterher, um zu sehen, was sie treibt. Und ich habe sie mehrmals erwischt, wie sie auf der faulen Haut lag im Wald. Sie geht weit und hoch, bis zum Felsentümpel.“

Ursula traute kaum ihren Ohren. Ihr geheimer Lieblingsplatz war gar nicht nur ihr bekannt. Ludger musste sie bis dorthin verfolgt haben. Wie oft? fragte sie sich jetzt, und was hatte er gesehen?

„Das habe ich dich nicht gefragt. Hast du mit ihr Unzucht getrieben, ja oder nein?“

„Nein.“ Leiser und bestimmt kam diese Antwort über Ludgers Lippen, und der Bauer wollte weiter auf ihn eindringen, doch da schaltete sich Ingrid ein.

„Da hörst du es, Mann!“ keifte sie los. „Auf der Bärenhaut hat sie gelegen und uns weisgemacht, sie sammle Kräuter und Pilze. Man sammelt all das, was sie auf den Hof trug, nicht im Schlaf. Da muss jemand sein, der ihr die Sachen gab, und sie belohnte ihn mit ihrer Schamlosigkeit. Und jetzt“ – kleine weiße Schaumflöckchen bildeten sich in den Mundwinkeln der Bäuerin, und sie spuckte quer über den Tisch bei jedem zischenden Laut –, „und jetzt will sie uns ihren Balg unterschieben, dass wir ihn auch noch durchfüttern. Sie hat die Sünde auf unseren Hof gebracht. Gott wird uns dafür strafen. Schon haben wir eine Kuh und ein Kalb verloren.“ Ihre Stimme wurde weinerlich. „O Gott, bewahre uns vor allem Übel.“ Sie bekreuzigte sich. „Wo soll das nur enden? Mann, du bist zu gutmütig und milde. Sprich jetzt ein Machtwort, jag das Luder vom Hof, bevor uns noch weiteres Unheil widerfährt.“

Dem Bauern war sichtlich unwohl in seiner Haut. In ihm arbeitete es. Ursula bemerkte die zweifelnden Blicke, die der Bauer auf seinen Sohn richtete, und dann zuletzt den ganz kurzen, fast um Verzeihung bittenden Blick in ihr Gesicht.

„Wem soll ich glauben, Ursula oder dir?“ sprach er Ludger an.

„Ihm natürlich!“ ereiferte sich Ingrid. „Mann, er ist dein Sohn, hat er dich je betrogen?“

Der Bauer wandte sich Ursula zu. „Wenn es so ist, dann musst du gehen.“

Ursula glaubte, der Boden täte sich unter ihr auf und sie müsste endlos fallen. Sie sank auf ihrem Hocker in sich zusammen.

„Ich bin aber kein Unmensch." Matthes war nicht zufrieden mit dem Urteil und dem Verlauf der Verhandlung. „Nicht mehr lang, und die ersten Fröste sind da. Von mir aus kannst du noch über den Winter bleiben. Mit der Schneeschmelze aber musst du gehen."

„Nichts da! Mann, bist du von Sinnen?" Ingrid war aufgesprungen. „Nicht mehr lang, und sie wird ihre Arbeit nicht mehr verrichten können. Der Winter steht vor der Tür, wir haben nur noch die Milch einer Kuh und sollen die da und ihr Balg auch noch durchfüttern? Sie hat versucht, uns ein Kind unterzuschieben, um an das Erbe deines Sohnes zu gelangen. Weißt du, was sie als nächstes tut? Keine Nacht mehr ertrage ich diese Dirne unter meinem Dach. Nein. Auf der Stelle packt die ihr Bündel und verschwindet."

Der Bauer schwieg.

Ursula sah sich um. Gernot und Ute sahen weg. Ludger saß immer noch mit gesenktem Kopf da. Die beiden Mädchen machten große Augen, und Arnulf erschien ihr voller Mitleid. Matthes sah sie auch nicht mehr an, und in die Fratze Ingrids mochte sie nicht sehen.

„Morgen reicht aus. Ich jage niemanden in die Nacht hinaus." Die Stimme des Bauern war fest, und allen war klar, er duldete jetzt keinen Widerspruch. Auch Ingrid traute sich nichts mehr zu sagen. „Morgen packst du deine Sachen und gehst." Dann stand er auf und ging nach draußen. Auch alle anderen standen schweigend auf und suchten sich im Licht der Dämmerung noch etwas zu tun. Nur Ursula blieb noch wie betäubt sitzen. Zuerst hatte sie aufspringen, dem Bauern hinterherlaufen, sich zu seinen Füßen werfend ums Bleiben betteln wollen, aber ihr fehlte die Kraft dazu. Keiner schien sie zu beachten. Es war egal.

Schließlich erhob sie sich doch und schlurfte zu ihrem Lager. Pack deine Sachen, klang es in ihr nach. Meine Sachen? fragte sie sich. Was sind meine Sachen? Die Kleider, das Tuch, die Decke, die beiden Holzfigürchen und Esters Lederetui mit dem Besteck. Sie überlegte, wie sie alles einpacken sollte, und entschloss sich, am Morgen einfach alles auf die Decke zu legen und daraus ein Bündel zu schnüren. Doch wohin soll ich jetzt? fragte sie sich. Der einzige Weg, den sie kannte, war der ins Dorf. Was dahinter oder in einer anderen Richtung war, wusste sie nicht. Der Gedanke beunruhigte sie, gleichzeitig aber, in aller Verzweiflung, rührte sich auch eine Neugierde. Sie stand da zwischen ihrem Lager und den Sträußen mit getrockneten Kräutern. Und in ihr wuchs Trotz und angesichts all der getrockneten Pflanzen auch Stolz. Sie wurde sich ihres Wissens und Könnens bewusst, und das gab ihr etwas Hoffnung und die Idee, auch von ihren Vorräten etwas mitzunehmen. Was würde sie brauchen? Gedanken an Esters Lehre wurden wach, und sie besann sich auf all das, was mit Schwangerschaft und Geburt zu tun hatte. Ich werde vielleicht im Dorf jemanden finden, der mich aufnimmt und der eine kräuterkundige Magd brauchen kann, dachte sie. Ganz in Gedanken begann sie ein Stoffsäckchen nach dem anderen zu prüfen. Es knisterte und raschelte, wenn sie sie zwischen den Fingern drückte, dann roch sie daran, und in ihrem Kopf entstand das Bild von der entsprechenden Pflanze und dem Ort, wo sie wuchs. Sieben der Säckchen legte sie beiseite, um sie am nächsten Morgen einzupacken. Dann wandte sie sich den kleinen Tiegeln und Töpfchen zu. Einige der Salben waren sicherlich noch gut. Während sie so beschäftigt war, trat Ute fast lautlos an sie heran und tippte ihr auf die Schulter. Ursula erschrak zuerst und erwartete wieder irgendeine spitze Bemerkung. Stattdessen hielt Ute ihr ein zusammengefaltetes Tuch hin. „Hier, ich brauch das nicht mehr, und dir kann es sicherlich von Nutzen sein. Du hast ja fast nichts.“ Ursula zögerte, dann nahm sie das Geschenk. Zu mehr schien Ute nicht fähig. Ursula sagte nur: „Ach, Ute!“ Und nach einer Pause: „Danke.“ Ute sagte nichts mehr. Verlegen stand sie noch kurz da, dann drehte sie sich um und lief weg. Ursula sah ihr verwundert nach. Ute hatte recht, das Tuch konnte sie gut gebrauchen. Der Stoff, der ihr nach dem Markt gegeben worden war, bestand aus dickerer Wolle und war gut für die kalte Zeit. Dieser hier war viel feiner und dünner. Sie legte ihn zu den Kräutersäckchen.

Langsam reichte die Dämmerung draußen nicht mehr aus, um genügend Licht im Hausinneren zur Verfügung zu stellen, und Ursula konnte in ihrer Ecke kaum noch etwas sehen. Sie ließ es gut sein. Noch war es eigentlich zu früh, um sich auf das Lager zu legen. Da sie sich nicht mehr an der allabendlichen Arbeit des Hofes beteiligte, hatte sie nichts zu tun. Sie wollte noch mal an die Luft. Ohne aufzusehen durchquerte sie den Raum und trat nach draußen auf den Hof. Sie überquerte ihn und blieb am Rand des Weges stehen und schaute den Pfad hinauf, als wolle sie ihre ersten Schritte am morgigen Tag planen. Ihr war schwer ums Herz. Tiefhängende Wolken, die bereits von unten durch die letzten Sonnenstrahlen beschienen wurden, kündigten baldigen Regen an. Vorsichtig machte sie zwei Schritte auf den Weg. Dann drehte sie sich um und sah auf den Hof. Schlimm ist es nicht, all das zu verlassen, dachte sie beim Anblick des Hauses, der Scheune und des Stalls. Schlimm ist, dass niemand mich hier haben will. Sie setzte sich auf einen Stein, beobachtete die dünne, von der Sonne erleuchtete Rauchfahne über dem Dach. Dass weder Ludger noch sonst jemand für sie einstand, das kränkte sie, das tat weh. Und es machte ihr noch klarer, dass sie nicht wirklich dazugehörte. Was wird jetzt? fragte sie sich. Das Ungewisse, Neue am Ende dieses Weges hinter ihr reizte sie. Unbegreifbar blieb ihr noch das Geschöpf in ihrem Bauch. Ich bekomme ein Kind. Sie sagen, ich bin in Hoffnung. Aber warum spüre ich nichts davon? Wo ist dieses Kind, ist es noch so klein? Kleiner noch als dieses nackte Kälbchen? Sie erinnerte sich an den Bauch, den Ingrid hatte, vor der Geburt von Magda, wie sie immer weiter angeschwollen war, bis eines Tages das Kind kam. Sie strich sich über die kaum sichtbare Wölbung ihres Bauchs. Konnte der so groß, prall und rund werden?

Der Himmel und die Wolken hatten mittlerweile ein bleiernes Blaugrau angenommen. Ursula wurde langsam kalt. Sie erhob sich und schritt langsam auf das Haus zu. Gernot trat durch die Tür und sah sich um. Er entdeckte Ursula und trat auf sie zu. Kurz schaute er sich um, als habe er etwas zu verbergen. Ist es ihm unangenehm, mit mir gesehen zu werden? Ursula wunderte sich über das Verhalten des Knechts.

„Ursula." Leise sprach er ihren Namen. „Ich weiß, es ist nicht recht, was dir widerfährt, und dass Ludger nicht ehrlich ist, aber ich kann nichts tun. Was der Bauer sagt, gilt. Hier, es wird jetzt immer kälter, und da ist es gut, wenn man sich ein Feuer machen kann. Du weißt doch damit umzugehen, oder?" Er legte ihr ein Feuereisen, einen Stein und ein Stück Zunderschwamm in die Hand.

„Ja, ich kann das“, antwortete Ursula zögerlich. Dass Gernot ihr etwas dermaßen Wertvolles gab, verwirrte sie. Sie spürte, wie die vor einigen Momenten noch vermutete Ablehnung aller sich auflöste und in ihr ein warmes Gefühl entstand, das ihr gleichzeitig aber auch die Tränen in die Augen trieb.

„Sei aber auf der Hut. Mach nicht viel Rauch und verdecke den Schein der Flammen bei Dunkelheit. Sonst lockst du dir Gesindel an, und das kann gefährlich sein. Denk immer daran, keine Flammen bei Nacht, keinen Rauch am Tag.“ Er schloss ihr die Hand um sein Geschenk, drückte diese noch einmal kurz und ging wieder.

Ursula folgte ihm kurz darauf ins Haus und begab sich ungesehen auf ihr Lager. Leise weinte sie und bekam nun doch Angst vor dem, was kommen mochte.

Die Dunkelheit um sie herum schien sich zu verdichten, doch dann drängten die Geräusche der anderen und der Tiere, das Knarzen eines Balken sie wieder zurück. Wo werde ich morgen Nacht liegen? Der Gedanke war mächtig, die Frage nicht zu beantworten. Nur die Hoffnung auf das Dorf gab etwas Trost. So kam dann doch noch der Schlaf über sie, und sie schreckte erst wieder auf, als Ingrid und Ute bereits wieder am Herdfeuer die allmorgendlichen Geräusche verursachten, die jeden im Haus vom Lager trieben.

Ursula stand auf und beteiligte sich wortlos an den gewohnten Ritualen. Niemand sprach ein Wort, auch nicht, als sie alle am Tisch ihren Brei löffelten und das Brot kauten. Ursula hielt es kaum aus. Sie beeilte sich mit ihrem Essen und stand als erste auf, um ein letztes Mal die Kuh zu melken. Sie hatte den Milcheimer schon in der Hand, da rief die Bäuerin sie an. „Lass das. Es ist besser, du packst jetzt dein Bündel.“

Ursula stellte den Eimer ab, und wie betäubt folgte sie der Anweisung. Bei ihrem Lager breitete sie ihr Tuch aus und legte ihre paar Habseligkeiten, das zweite Kleid und die aussortierten Kräuter und Tiegel hinein. Nachdem sie die Enden des Tuches verknotet hatte, sah sie sich noch einmal um. Im Hintergrund hörte sie Magda weinen. „Warum geht sie weg? Warum? Ich will nicht, dass Ursula geht.“ Ursula stand da, lauschte, und die Tränen stiegen ihr in die Augen. Sie konnte sich nicht entschließen, den Verschlag, in dem sie so oft mit Ester zusammen gesessen war, zu verlassen.

Magdas Heulen verebbte, und auf einmal wurde es ganz still im Haus. Ursula drehte sich erschrocken um. Alle waren nach draußen geschlichen, nur der Bauer saß noch am Tisch. Er winkte Ursula zu sich heran. Ursula trat zum Tisch, auf dem jetzt ein Brot, ein Stück Käse, ihre Breischale und ein Löffel lagen.

„Pack das ein“, sagte Matthes, stand auf und nahm eine ihrer Hände. „Hier.“ Er legte ihr zwei Münzen in die von ihm gehaltene Hand. „Niemand soll sagen, ich hätte dich ohne alles davongejagt. Du wirst es vielleicht brauchen.“

Noch ehe Ursula etwas sagen konnte, ließ er sie stehen und war zur Tür heraus. Verwundert schaute Ursula auf die beiden Metallplättchen in ihrer Hand. „Jetzt besitze ich sogar Geld“, wunderte sie sich. Sie wollte die Sachen vom Tisch in ihr Bündel stopfen, doch wusste sie nicht wohin mit den Münzen. Zuerst wollte sie sie in die Tasche ihres Rocks tun, dort begegnete ihre Hand allerdings dem Schlageisen, dem Zunder und dem Stein, die der Knecht ihr gegeben hatte. Mit einer Idee eilte sie zurück zu ihrem Lager. Schnell entleerte sie eines der kleinsten Kräutersäckchen und gab die beiden Geldstücke hinein. Sie band das Säckchen ordentlich zu und steckte es in die Tasche. Dabei fiel ihr Blick auf ein Stück Leder. „Ja, das ist genau richtig“, entfuhr es ihr. Zunder und alles, was mit Feuer zu tun hat, muss trocken bleiben. Sie faltete das Leder um das Feuerzeug und schob dieses Päckchen in einen Stoffbeutel.

Draußen hörte sie Ingrids herrische Stimme. „Geh, sieh wo sie bleibt, nachher bestiehlt sie uns noch.“

Wut breitete sich in ihr aus. Ute kam herein und reichte ihr einen prall gefüllten Schlauch. „Hier, Wasser.“ Sie wartete noch, bis Ursula ihre Sachen alle im Bündel verstaut und sich den Schlauch umgehängt hatte, dann sagte sie: „Komm, es ist Zeit.“ Ihre Stimme klang belegt.

Als sie aus dem Haus traten, hatte ein feiner Nieselregen eingesetzt. Niemand war mehr auf dem Hof. Ursula drehte sich kurz zu Ute um und drückte ihr die Hand. Sie zog sich das Wolltuch über den Kopf und ging los. Am Rand des Hofes zögerte sie noch vor dem ersten Schritt auf den Fußweg, doch dann erinnerte sie sich an Ingrid, und ihre Wut sagte ihr: „Geh, dreh dich nicht mehr um und geh.“

AUF DEM WEG NACH REGENSBURG

3. SEPTEMBER 1095

Die ersten Schritte setzte sie fest einen nach dem anderen, doch der Boden war vom Regen bereits feucht und glitschig, und schon bald machte sie kleinere Schritte, um nicht auszugleiten. Der Riemen des Wasserschlauchs schnitt ihr in die Schulter, und ihr Bündel stieß bei jedem Schritt gegen ihr Bein. Sie versuchte, es höher und vom Körper entfernter zu halten, hielt das aber nicht lange durch. So wankte sie über den Hügel und wusste, gleich würde man sie vom Hof aus nicht mehr sehen. Aber sie konnte dann auch ihr ehemaliges Zuhause nicht mehr sehen. Sie würde es nie mehr wiedersehen.

Ihre Tränen mischten sich mit den Regentropfen, die ihr Gesicht netzten. Der Riemen des Wasserschlauches begann sie zu schmerzen. Sie schob den Daumen darunter, aber bereits nach kurzer Zeit wurde ihr der Finger taub. Sie versuchte mit der freien Hand den Schlauch zu halten und die Last auf den Riemen so zu mindern. Gleichzeitig stieß sie immer wieder gegen ihr Bündel. So quälte sie sich Schritt für Schritt weiter. Ihren Blick auf den Pfad vor ihren Füßen gerichtet, um nicht zu stolpern, bemerkte sie nicht die Bewegung neben sich im nahen Wald. Ihre Laune wurde immer schlechter, je mehr sie mit ihren Lasten zu kämpfen hatte. Ihr war, als käme sie kein Stückchen voran. Der Pfad schmiegte sich nun näher an den Wald, und unter den ausladenden Ästen der Bäume fand sie ein wenig Schutz vor dem Regen. Ihr Bündel schien allerdings bereits durch und durch feucht zu sein. Auf jeden Fall war es schwerer geworden. Plötzlich raschelte es direkt vor ihr im Unterholz, und unvermittelt sprang ihr jemand in den Weg. Ursula schrie auf. Erst als sie sich die Haare aus der Stirn strich, erkannte sie Arnulf. Außer Atem stand er vor ihr. „Vor wem rennst du weg?“ fragte er.

„Ich renne doch gar nicht.“

„Doch, ich versuche schon seit einiger Zeit, dich einzuholen."

„Das ist aber kein Grund, mich so zu erschrecken. Was willst du?"

„Komm hier unter den Baum, da ist es trocken", sagte der Junge und zog sie mit sich unter das dichte Blattwerk einer Buche. Nahe am Stamm kniete er sich nieder und zog sie zu sich herunter.

„Ich wollte dir das hier geben", sagte er und zog den breiten Lederriemen einer Tasche über seinen Kopf und reichte sie ihr. Sie war aus der Haut eines Rindes gefertigt, an der Außenseite waren noch vereinzelt Haare des Fells zu erkennen. Eigentlich bestand sie aus einem einzigen Streifen Kuhhaut, der etwas breiter war als ihr Unterarm bei ausgestreckter Hand. An ihm waren auf beiden Seiten Streifen von doppelter Handbreite genäht, so dass nur eine Öffnung nach oben blieb, über die man das Leder schlug, das man dann mit zwei Lederschlaufen und einem an einer Schlaufe befestigten Holzknebel verschließen konnte. Sie war so groß, dass leicht zwei ganze Laibe Brot darin Platz gehabt hätten. Ursula kannte die Tasche. Arnulf hatte sich ihrer immer bedient, wenn er die Brotzeit auf das Feld bringen musste.

„Hier", sagte er jetzt. „Tu deine Sachen da hinein, da werden sie nicht nass."

Ungläubig sah Ursula dem Knaben ins Gesicht. Der presste ihr die Tasche aber nur mit erneutem Nachdruck an die Brust. „Nimm schon."

„Danke." Von Herzen kam es aus Ursulas Mund. „Danke, Arnulf. Das ist aber ein sehr großzügiges Geschenk."

„Du brauchst jetzt eine Tasche mehr als ich. Ludger ist so gemein. Ich weiß, dass er bei dir gelegen hat."

Ursula sah von der Tasche wieder auf, Arnulf erstaunt ins Gesicht. „Woher?" fragte sie schlicht.

„Ich habe euch einmal gesehen. Ich habe es auch Mutter gesagt, aber sie hat gesagt, ich soll meinen Mund halten und nie wieder davon anfangen."

Ursula presste wütend die Lippen zusammen. Die Augen ihres Gegenübers waren traurig.

„Ist schon gut, Arnulf. Du kannst nichts dafür. Es soll so sein", versuchte Ursula ihn zu trösten.

„Wenn ich älter wäre“, stotterte der Junge, „wenn ich älter wäre, ich würde dich zur Frau nehmen. Ich muss den Hof eh verlassen und mir ein Weib auf einem Hof ohne Sohn oder im Dorf suchen.“

Gerührt strich Ursula ihm über die Wange. Da schien Arnulf noch etwas einzufallen. „Hast du ein Messer?“ Ursula zog ihr Messer aus der Tasche, mit dem sie immer Kräuter sammelte. Es hatte einen Holzgriff und eine kurze Klinge aus Bein. Zum Kräuter- und Pilzesammeln reichte es aus. Arnulf verzog das Gesicht. „Das ist doch kein Messer. Hier nimm das.“ Er zog das Messer hervor, das ihm der Bauer gerade erst im Frühjahr vom Markt mitgebracht hatte. Ursula wusste, es war sein wertvollster Besitz. „Nein Arnulf, das geht nicht. Das ist viel zu wertvoll.“

„Doch nimm es. Du musst eine richtige Klinge haben. Schau, sie ist noch ganz scharf und spitz.“

„Nein, Arnulf. Wenn dein Vater erfährt, dass du es mir gegeben hast, bekommst du Prügel.“

„Ach was, ich werde sagen, ich habe es verloren, und beim nächsten Markt bekomme ich vielleicht sogar schon ein neues.“ Mit diesen Worten legte er ihr das Messer zusammen mit einer Scheide aus Leder in den Schoß. Auf die Scheide deutend fügte er noch hinzu: „Die hab ich mir selber gemacht. So eine scharfe Klinge kann man nicht einfach so mit sich rumtragen.“ Er grinste, und auch Ursula lächelte ihn an. „Du bist ein so guter Junge“, sagte sie voller Dankbarkeit. „Hast du Durst? Ich schon“, sagte sie und hob ihren Wasserschlauch. Arnulf nickte, und sie nahmen beide einen kräftigen Schluck. Dann schnitt Ursula mit ihrem neuen Messer etwas Brot und Käse ab, und sie teilten beides miteinander. Noch mit vollem Mund verabschiedete sich Arnulf dann doch recht rasch. „Ich muss mich beeilen, ich musste länger laufen als gedacht, weil du so hastig gingst. Liesel ist allein bei den Rindern, und ich sollte ja bei ihr sein. Leb wohl, Ursula.“

Ursula zog Arnulf zu sich und umarmte ihn kräftig. „Leb wohl, Arnulf. Ich danke dir. Und jetzt spute dich.“

Arnulf war wohl wegen der plötzlichen Umarmung rot geworden. Nahm nun aber seine Beine in die Hand und war schon bald nicht mehr zu sehen und zu hören. Ursula blieb zurück und saß noch eine Weile still unter der Buche, sich über den Jungen wundernd. Dann begann sie ihre Habseligkeiten neu zu ordnen und sie in der geräumigen Tasche zu verstauen. Zuunterst legte sie das dünne Kopftuch, dann schichtete sie die Kräutersäckchen und die drei Tiegelchen mit Salbe hinein. Darauf Brot und Käse, eingeschlagen in ein Tuch, und darüber ihre Kleidung. Zuletzt legte sie noch ihre zusammengerollte Decke darauf. So war nun alles vor dem Regen geschützt, und die Tasche war nicht einmal zu voll. Leicht ließ sich der Deckel überschlagen und mit dem Holzknebel verschließen. Die Scheide des Messers band sich Ursula so an ihre Schürze, dass man sie nicht sehen konnte. Ein echtes Messer erschien ihr zu wertvoll, als dass sie es hätte offen tragen wollen. Sie schlüpfte unter den breiten Riemen der Tasche und stand auf. Obwohl die Tasche nun einiges wog, lag der Riemen bequem auf der Schulter und diagonal über ihrem Körper. Als sie den Wasserschlauch aufhob, hatte sie eine Idee. Mit dem Messer schnitt sie sich ein handgroßes Stück von der Buchenrinde und legte es sich auf die Schulter und den Riemen des Schlauches darauf. So konnte das dünne Leder ihr nicht mehr in die Schulter schneiden. Ursula trat unter dem Baum heraus, zurück auf den Weg. Schon nach wenigen Schritten wuchs ihre Begeisterung darüber, wie leicht es sich jetzt ging. Nichts schlug ihr mehr gegen die Beine, und auch der Wasserschlauch quälte sie nun nicht mehr. Gerade und aufrecht konnte sie nun gehen und fühlte sich sicherer, auch wenn sie in ihren Holzschuhen nach wie vor auf dem feuchten Lehmboden nur wenig Halt fand.

So lief sie erleichtert eine ganze Weile und gelangte an die Stelle, wo der schmale Pfad vom Weg abzweigte, über den man zum Nachbarhof gelangen konnte. Sie blieb stehen und überlegte, ob sie dort vielleicht um Unterschlupf bitten sollte. Sie hatte den Nachbarn nur ein paarmal gesehen und wusste wenig über dessen Verhältnisse. Doch sie wusste, er war ärmer dran als ihr Hof. Nein, die schicken mich gleich wieder weg, versicherte sie sich selbst und blieb auf dem Weg in Richtung Dorf. Wie spät es wohl ist? fragte sie sich. Der graue Himmel ließ keinen Schluss darüber zu, ob Mittag schon vorbei war. Bis zum Dorf war es noch ein langes Stück Weg. Ursula fürchtete sich davor, in die Dunkelheit zu geraten. Noch nie war sie bei Nacht alleine so weit weg vom Hof gewesen. Sie versuchte ihre Schritte zu beschleunigen, gab aber schon bald auf. Zu oft rutschte sie mit den Holzschuhen weg, wenn sie weit ausschritt. Zum Barfußlaufen war der Boden schon zu kalt. Also zügelte sie wieder ihre Schritte. Der Regen wurde zum Glück nicht stärker, und ihr Wolltuch schützte sie gut. Das Fett in der Wolle ließ nur wenig Nässe in das Gewebe dringen. Tapfer ging sie weiter. Nach der anfänglichen Euphorie über das bequemere Vorankommen verzagte nun ihr Herz. Sie wusste nicht, was vor ihr lag. Ob die Leute im Dorf ihr wohlgesonnen waren oder ob man sie zurückweisen würde. Sie hatte die Worte des Bauern noch im Ohr, was über die Fremden erzählt wurde, und sie war für die Leute im Dorf eine Fremde. Was, wenn ich keinen Unterschlupf finde? Wohin soll ich dann gehen? fragte sie sich. Weiter vor sich hin gehend versuchte sie sich an die Orte ihrer Kindheit zu erinnern. Wo war ich mit meinen Eltern zu Hause? Sie erinnerte sich an einen Raum, an ein Haus und vielleicht ein Dorf, aber sie hatte keinerlei Anhaltspunkt, wo das gewesen war. Sie erinnerte sich auch nicht mehr, wie sie zu ihrer Verwandtschaft gekommen war. Da waren nur Bilder von der toten Mutter und wie man sie aus dem Haus zog. Wohin hatte man sie damals gebracht? Sie wusste nicht einmal, ob sie gelaufen war oder auf einem Wagen fuhr. Auch an die Häuser der Verwandten hatte sie keine Erinnerung. Sie hätte den Bauern fragen sollen. Jetzt war es zu spät.

Langsam wurde sie müde. Sie musste eine Pause machen. Wieder duckte sie sich unter einen Baum und lehnte sich im Sitzen mit dem Rücken gegen den Stamm. Dann öffnete sie ihre Tasche und holte Brot und Käse hervor. Wie gut es ist, ein Messer zu haben, dachte sie bei sich, als sie sich ein Stück Brot abschnitt. In Gedanken kehrte sie zurück zu ihren Erinnerungen. Sie stellte sich das Gesicht des Onkels vor, seine Familie, doch da waren schon kaum mehr Gesichter zu erkennen. Noch schwieriger war es mit Orten. Als sechsjähriges Kind hatte sie wohl ihrer Umgebung keine Beachtung geschenkt. Deutlich konnte sie immer nur den dunklen Raum sehen, in dem die tote Mutter lag. Ein Hof, ein Dorf, eine Landschaft fand sie in ihrem Gedächtnis aber nicht.

Sie gab es auf, nahm noch einige Schlucke Wasser aus dem Schlauch und packte ihre Sachen. Sie musste weiter. Auch unter dem Baum wurde es langsam feucht. Der Nieselregen hatte sich auf den Blättern zu Tropfen gesammelt, und von Blatt zu Blatt fallend erreichten diese jetzt immer häufiger den Boden und auch Ursula. Als sie unter dem Blätterdach hervortrat und wieder aufrechtstand, behängte sie sich wieder mit der Tasche und dem Schlauch, schob die Rinde wieder unter den schmalen Riemen und setzte ihren Marsch fort. Die Rast hatte gutgetan, aber schon nach wenigen Schritten merkte sie die Müdigkeit in ihren Beinen. Sie biss die Zähne zusammen und schritt weiter.

Als sie Esters Leiche ins Dorf gebracht hatten, war sie stumpf hinter dem Schlitten hergelaufen. Jetzt ging sie mit erhobenem Haupt und nahm die Landschaft um sich herum wahr. Buchen und einige Eichen standen am nahen Waldrand, der Weg war nicht sehr breit, und die Furchen, die wohl von Wagenrädern stammten, nicht besonders ausgeprägt. Der Pfad war nicht befestigt. Wohl waren störende Steinbrocken an den Rand geräumt und ergaben manchmal einen Saum, doch meist war der Weg nur dadurch erkennbar, dass auf ihm nur niederes Gras und kaum Gesträuch wuchs.

Als sie bemerkte, dass die Dämmerung sie einholte, versuchte sie noch einmal schneller zu gehen, gab aber schnell wieder auf. Sie fand mit den Holzschuhen einfach nicht genügend Halt auf dem feuchten Untergrund. So zügelte sie ihre Schritte und wanderte etwas verzagt in die vor ihr immer dichter werdende Dunkelheit. Der Weg war nur noch als vage Schneise zwischen den dunklen Wänden des Waldes auszumachen. Mit der Dunkelheit schienen auch alle Geräusche um sie herum lauter zu werden. Jedes Knacken eines Zweiges, das Auffliegen eines Vogels und das Rascheln im Laub erschreckten sie nun. Plötzlich hörte sie das Bellen eines Hundes. Sie atmete auf, und zugleich wurde ihr angst und bang. Ein Hund bedeutete, eine Siedlung ist nicht weit, aber ein Hund war auch gefährlich. Wenn er nicht angebunden war und frei umherlief, konnte er sie anfallen. Ursula wusste nicht, was sie machen sollte. Sie blieb stehen und lauschte. Nichts. Das Bellen war verstummt, und außer dem Wind in den Bäumen hörte sie nichts. Wenn ich nur einen Stock oder einen Knüppel hätte, dachte sie. Dann wüsste ich mich schon gegen ein Tier zu wehren. Sie ging weiter, setzte ihre Füße nun aber vorsichtiger auf. Sie wollte leise sein. Als das Bellen wieder erscholl, war es schon viel näher. Und schließlich erreichte sie das Dorf. Nur der Hund schien ihr Kommen zu bemerken. Sie roch den Rauch der nahen Feuer und schlich ganz vorsichtig weiter. Ein Mann brüllte etwas, und der Hund verstummte. Ursula lauschte und versuchte sich zu orientieren. Die einzelnen Hütten konnte sie in der Dunkelheit kaum ausmachen. Nur da, wo sich ein Strohdach etwas von der Färbung des Nachthimmels abhob, konnte sie sich sicher sein, dass da ein Gebäude war. Doch wo war eine Türe, an die sie hätte anklopfen können? Ihr wurde klar, wenn sie auf der Suche nach der Türe um eine Hütte herumschleichen würde, wäre die Gefahr groß, als Bedrohung empfunden zu werden. Es würde sicherlich Aufruhr geben, und den wollte sie auf jeden Fall vermeiden.

Nirgends konnte sie ein Licht erkennen. Sie schob sich langsam weiter zwischen die Hütten und versuchte sich an Esters Begräbnis zu erinnern. Wie waren die Hütten angeordnet, wo war die Kirche? Ihre Augen versuchten die Dunkelheit zu durchdringen. War da nicht eben ein schwaches Flackern in ihrem Augenwinkel? Sie drehte den Kopf in die Richtung und konzentrierte sich auf die schwarzgraue Nacht vor ihr. Ja, richtig, da war es wieder. Ganz schwach zeichnete sich in der Nacht ein kleines Viereck ab, hinter dem das Grau nicht ganz so dunkel schien. Ursula bewegte sich mit ganz kleinen, lautlosen Schritten darauf zu. Die Umrisse wurden deutlicher. Es war die kleine Kirche. Ursula fand den Eingang und schlüpfte hinein. Am anderen Ende des Raumes zu Füßen des Kreuzes flackerte ein Öllämpchen. Ursula zog die Schuhe aus und tastete mit bloßen Sohlen nach einer trockenen Stelle auf dem Steinboden nahe der Wand. Getröstet durch das Licht und mit dem schützenden Dach über sich ließ sie sich vorsichtig nieder. Aus ihrer Tasche zog sie die Decke und breitete sie auf den Boden aus, setzte sich darauf und nahm ihr Tuch ab. Sie legte sich nieder, zog die Beine an und versuchte, sich so gut es ging mit ihrem Tuch zuzudecken. Jetzt da sie still lag, spürte sie die Feuchtigkeit ihrer Kleider, und sie begann zu frieren. Sollte sie sich hier in der Kirche schnell umziehen? Sie haderte mit sich, und es hielt sie nicht auf dem Lager. Sie stand auf und begann leise auf und ab zu gehen. Sie wollte, dass ihr wieder wärmer würde, und dachte über eine Lösung nach. Natürlich, in trockenen Kleidern würde ihr sicherlich schnell wieder warm. Aber das nasse Kleid konnte sie nicht wie bisher über einen Stecken hängen, damit es trockne. Auf dem Steinboden wäre es am nächsten Morgen noch genauso nass und zudem eiskalt. Sie tastete sich ab. Am Oberkörper, wo sie den ganzen Tag über durch das Wolltuch geschützt gewesen war, fühlte sich der Stoff noch einigermaßen trocken an. Weiter unten war ihr Rock feucht, und ganz unten der Saum war schwer und nass. Sie drückte ihn zusammen, und es plätscherte auf die Steine. Nachdem sie den Saum rundherum ausgewrungen hatte, entschied sie sich, das Kleid doch auszuziehen. Im nassen Rock konnte sie nicht schlafen und würde zudem nur ihre Decke durchnässen. Kurz entschlossen zog sie sich das Kleid über den Kopf, breitete es auf dem Boden aus und zog sich dann im Unterkleid auf ihre Decke zurück. Sie legte sich auf den Rand und warf den anderen Teil der Decke über sich. Ihr Tuch legte sie unter ihren Kopf. So lag sie da und schaute der kleinen Flamme zu, wie sie hin und wieder aus ihrem Gefäß hervorleckte. Langsam wurde ihr wieder warm. Sie fühlte sich müde und erschöpft. Und als sie schließlich ihre Augen schloss, ließ der Schlaf nicht lange auf sich warten.

AUF DEM WEG NACH REGENSBURG

4. SEPTEMBER 1095

Unsanft riss sie ein Fußtritt aus dem Schlaf. „He! Was ist das hier?" dröhnte über ihr eine tiefe Männerstimme. Ursula wusste im ersten Moment nicht, wo sie war. Erschreckt schaute sie zur Gestalt über ihr hinauf. Ein strenges, bartloses Gesicht schaute auf sie herab. Ursula sah sich ängstlich um, und die Erinnerung kehrte zurück. Bestürzt sprang sie auf und drückte die Decke an sich. „Ich", stotterte sie. „Ich ... es war schon dunkel, als ich ankam, und ich wusste nicht wohin."

„Und da ist das Haus des Herrn als Herberge gerade recht, hä?" Die strenge Stimme flößte Ursula Respekt ein. Längst hatte sie den Mönch wiedererkannt, der Ester begraben hatte. „Nein, aber ..." Weiter kam sie nicht.

„Zieh dich an und dann raus hier!" schimpfte der Mann. Ursula bückte sich nach ihrem Kleid und raffte es an sich. Der Mönch trat vor das Kreuz und verbeugte sich. Schnell zog sich Ursula den klammen, kalten Stoff über. Sie strich sich die Haare aus dem Gesicht, da drehte sich der Mönch wieder zu ihr um. „Wo kommst du her?" fragte er noch immer barsch.

„Vom Hof des Bauern Matthes."

„Und warum schickt er dich allein ins Dorf?"

„Er schickt mich nicht ins Dorf, er hat mich weggeschickt."

„So, also davongejagt. Was hast du verbrochen?"

„Ich habe nichts verbrochen."

„Warum musstest du dann gehen?" Je länger das Gespräch dauerte, desto weniger barsch kam Ursula die Stimme des Mönches vor.

„Weil sie sagen, ich wäre in der Hoffnung."

„Und bist du es?"

„Ich weiß nicht, ich glaube ja."

„Hast du bei einem Mann gelegen?"

„Ja."

„War es dein Mann?"

„Nein, ich habe keinen Mann, ich hoffte, er würde mich zur Frau nehmen."

„Will er nicht?"

„Nein, die Bauersleut sind dagegen."

„Hm." Der Mönch schien zu überlegen. „Komm", sagte er nach einer Weile. „Pack dein Zeug und komm."

Schnell raffte Ursula ihre Sachen zusammen, schulterte Tasche und Schlauch und eilte hinter dem Mönch her. Draußen war es schon hell, und noch immer fiel leichter Niesel. Der Gottesmann ging um die kleine Kirche herum. Am Ende des Baus lehnte sich ein Schuppen an die Kirche. Der Mann bückte sich durch die niedrige Tür und forderte sie mit einer Handbewegung auf einzutreten.

Drinnen war es düster und voller Qualm. Licht drang nur durch eine Öffnung im Dach und ein kleines Rechteck mit einer gelblichen Haut davor in den kleinen Raum. Das Feuer brannte nicht richtig, und nur einige kleine Flammen züngelten um ein zischendes Scheit.

„Setz dich", murrte der Mann, und Ursula ließ sich mit ihren Sachen neben der Feuerstelle auf dem Boden nieder. Jetzt merkte sie, wie nass und kalt sich ihr Kleid anfühlte. Sie begann zu zittern und rückte noch etwas näher an das Feuer. Der Mönch beobachtete sie. „Hast du nichts Trockenes?"

„Doch."

„Dann zieh das an. In dem nassen Kleid holst du dir den Tod." Wortlos verließ er darauf den Raum. Ursula beeilte sich, das nasse Kleid loszuwerden. Wühlte das andere Gewand aus ihrer Tasche hervor und zog es sich hastig über. Der Mönch kam mit einigen Holzscheiten auf dem Arm zurück. Eines legte er sogleich ins Feuer, und die kleinen Flammen leckten am trockeneren Holz hoch. Dann zog der Mönch eine Kutte von einer Stange, deutete auf das nasse Kleid am Boden und befahl: „Häng das da hin, dass es trocknet." Er schüttelte den Kopf. „Vom Matthes, sagst du?"

„Ja."

„Dann bist du zu spät aufgebrochen. Es ist nicht klug, im Dunkeln wohin zu kommen."

„Dem Matthes hat man eine Kuh erschlagen und geraubt. Hast du etwas damit zu tun?“ Die Stimme des Mönches war wieder strenger, und Ursula wunderte sich, wie schnell doch die Kunde von dem Überfall bis hierher gedrungen war.

„Nein, ich gehörte bis gestern zum Hof“, antwortete sie.

„Und von wem ist das Kind?“

„Vom Jungbauern, ich dachte, er nimmt mich zur Frau.“

„Was sagt der dazu?“

„Nichts, er leugnet, mit mir gelegen zu haben.“

Der Mönch schwieg wieder und starrte vor sich hin. Ursula spürte, wie es ihr wärmer wurde. Die jetzt größeren Flammen des Feuers vertrieben den Qualm zum Dach hinaus, und es wurde heller in dem kleinen Raum. In einem Eck war ein Strohlager mit einem einfachen Sack darauf. Der Mönch saß auf dem einzigen Hocker an einem Brett, das aus der Wand ragte und ihm wohl als Tisch diente. Ein paar Gerätschaften standen und hingen an den Wänden. Neben der Feuerstelle lag eine Pfanne, und auf einem Haken darüber hing ein kleiner Kessel. Als habe er ihre Blicke bemerkt und ihre Gedanken erraten, murrte der Mönch: „Hunger?“

Ursula nickte stumm. Der Mann stand auf, nahm eine Schale vom Tisch, schöpfte etwas Brei aus dem Kessel und reichte Ursula die Schale ohne ein weiteres Wort. Unschlüssig nahm er seinen Löffel vom Tisch, doch schien er ihn nicht unbedingt hergeben zu wollen.

„Lasst, ich habe einen eigenen“, beeilte sich Ursula zu sagen und kramte ihren Löffel aus der Tasche. Der Mönch setzte sich wieder. Er ließ sie eine ganze Weile essen, bevor er sein Verhör fortsetzte. „Und wo willst du sündiges Geschöpf jetzt hin?“

Ursula fühlte sich betroffen. Mit gesenktem Kopf antwortete sie: „Ich weiß nicht. Ich dachte, ich frage zuerst hier im Dorf, ob jemand eine kräuterkundige Magd braucht oder mir gegen Arbeit Unterschlupf gewährt.“

„So, kräuterkundig bist du?“

„Ja, Ester, des Bauern Mutter, hat es mir beigebracht.“

„Ester, ja, die kannte sich aus.“

Ursula strahlte. Der Mönch kannte ihre alte Freundin.

„Hier im Dorf ist kein Platz für dich. Die Leute haben selbst nicht genug. Ich glaube nicht, dass du hier Unterschlupf findest.

Auch wenn du fleißig bist, Arbeit gibt es immer genug, aber zu essen nicht", nahm ihr der Gottesmann das Lächeln aus dem Gesicht. „Du wirst weitergehen müssen."

„Aber wohin?" Verzweiflung klang in Ursulas Stimme mit. Der Mönch sah von seinem Hocker aus auf das Häufchen Elend hinab, das er in seiner Kirche aufgelesen hatte.

„Ob in Hoffnung oder nicht, vorm Winter musst du eine Bleibe gefunden haben. Sonst ist dir nichts sicherer als der Tod", überlegte er laut. „Bist du gut zu Fuß?"

Ursula nickte.

„Vorm Winter könntest du ein Kloster erreichen oder die Stadt am Fluss."

Ursula horchte auf. „Ist das weit?"

„Ja, da wirst du schon eine ganze Weile gehen müssen. Das Kloster ist sicherlich näher und eine kräuterkundige Magd vielleicht nicht unwillkommen. Aber du trägst ein Kind der Sünde. Das dürfte Schwierigkeiten bereiten."

„Und die Stadt?" Ursula war dankbar für jeden Rat. Stadt – was bedeutete das? Sie wusste, es musste etwas sein wie ein sehr großes Dorf, aber darunter konnte sie sich in Wirklichkeit nichts vorstellen. Doch die Stadt am Fluss hörte sich interessant an.

„Ja, die Stadt." Der Mönch dachte nach. „Die Stadt liegt am Fluß, der Donau heißt. Sie nennt sich Ratisbon oder auch Regensburg. Es gibt dort mehrere Klöster, soviel ich weiß. Also auch mehrere Möglichkeiten für dich, an die Pforte zu klopfen, und ..." Der Mönch zögerte.

„Und?" fragte Ursula

„Und in der Stadt nimmt man es nicht so genau mit der Sünde." Dem Mönch war es sichtlich unangenehm, darüber zu reden. „Es ist besser, du gehst in die Stadt", schloss er das Gespräch ab und unterstrich dies mit einer heftigen Handbewegung.

„Bis dein Kleid trocken ist, wird es zu spät sein, um aufzubrechen. Du kannst heute hierbleiben. Die Nacht über gehst du in den Stall, da ist es auch warm. Jetzt mach dich nützlich." Er stand auf und reichte Ursula ein Reisigbündel. „Geh und feg das Haus Gottes aus, als Sühne für dein Nachtlager." Ursula beeilte sich, Folge zu leisten. „Danke", sagte sie und reichte dem Mönch seine Schale. Dann nahm sie den Besen und eilte in das Kirchlein.

Als sie auch im letzten Eck gefegt hatte, blieb sie einfach in der Kirche sitzen. Sie wollte den heiligen Mann nicht stören und verspürte nur wenig Lust, sich im Dorf zu zeigen. Es war schon Mittag vorbei, als der Mönch wieder in die Kirche kam.

„Führst du Kräuter und Salben mit dir?“ fragte er sie unumwunden.

„Ja, etwas“, antwortete Ursula sich wundernd.

„Ist etwas dabei gegen Schmerzen in den Knochen?“

Ursula überlegte. „Ja, eine Paste aus Talg, Blüten und Rinde.“

„Dann komm.“ Sie folgte dem Mönch in seinen Schuppen, holte das kleine Tongefäß mit der Salbe aus ihrer Tasche und reichte es dem Mönch. Der roch nur kurz daran und forderte sie mit einem weiteren „Komm!“ auf, ihm zu folgen. Sie gingen von der Kirche aus am Rande des Dorfes entlang bis zu einer sehr niedrigen Hütte. Der Mönch trat ohne zu zögern ein, und Ursula folgte ihm auf dem Fuß. Im Schein eines Herdfeuers saßen zwei magere Gestalten und sahen den Ankömmlingen erwartungsvoll entgegen.

„Was bringst du uns da, Vater?“ fragte eine Frau mit zahnlosem Mund.

„Diese Magd kennt die Kräuter und hat eine Salbe für deinen Mann, Gundula“, stellte der Mönch Ursula vor. Dann drehte er sich nach ihr um. „Komm, hier ist jemand, der deiner Hilfe bedarf.“ Er zog sie an sich vorbei und schubste sie in Richtung des Greises. Der sagte nichts, sondern entblößte seine Knie, über die er nur ein Sacktuch gebreitet hatte. Ursula sah die Schwellung der Gelenke, die gar nicht zu dem restlichen knochigen Bein passten. Sie griff in ihr Töpfchen und schmierte beide Knie ein. Als sie fertig war, zeigte ihr der alte Mann seine Ellenbogen und die Handgelenke. Er sagte keinen Ton, nur seine Augen glänzten dankbar. Als Ursula ihm auch noch die eine Schulter gesalbt hatte, schaute die Alte ihren Mann eindringlich an. Der nickte nur. Und der zahnlose Mund der Frau verbreiterte sich zu einer Art Grinsen. „Danke, danke, wie können wir dir das nur vergelten?“ murmelte sie.

Bevor Ursula irgend etwas sagen konnte, zog der Mönch eine Tierhaut von einem Balken. „Wie wäre es mit dieser alten Haut?“

„Ja, nimm sie“, sagte das alte Weib verwundert, „Wenn das alles ist, was ihr wollt. Wir haben eh nichts, was wir sonst anbieten könnten.“

Ursula wusste nicht, was der Mönch mit der Haut wollte, aber sie wusste ebensowenig, was sie sagen sollte. Der Mönch deutete ihr zu gehen. Sprach einen kurzen Segen über das alte Paar und folgte ihr ins Freie. Dort schüttelte er die Haut aus und legte sie Ursula um die Schultern. „Hier, das wird dich künftig auf dem Weg vor Regen schützen. Du bleibst trocken und kannst dich zur Not auch darunter verkriechen.“ Ursula staunte nicht schlecht. Der Mönch hatte über den Vormittag nach einer Möglichkeit gesucht, Ursula zu helfen, und sie bei den beiden Alten gefunden. Die Haut, die wohl von einer großen Ziege oder einer kleinen Kuh stammen mußte, war etwas steif, aber Ursula wusste, wenn sie sie ein paarmal eng aufwickelte und mit den Füßen diese Rolle walkte, würde sie wieder geschmeidiger werden. Eventuell würde auch etwas Fett helfen, was das Leder noch dichter gegen den Regen machen würde. Zurück in der Hütte des Geistlichen machte sie sich gleich ans Werk. Der Mönch schaute ihr kurz zu, nickte und ging dann wieder seiner Wege. Die Arbeit mit dem Fell zog sich bis zur Dämmerung hin. Immer wieder rollte Ursula es von einer anderen Seite auf und verteilte mit der Hand Fett auf dem Leder, um anschließend wie ein Böcklein auf der Rolle herumzuspringen, sie zu verdrehen und erneut auszuschütteln. Zuletzt schnitt sie sich zwei Löcher, in die sie zwei Riemen, die sie aus dem unteren Ende trennte, einfädelte. So konnte sie sich den Umhang zubinden und brauchte ihn nicht festzuhalten. Stolz präsentierte sie ihrem Gastgeber das Ergebnis, als dieser in seinen Verschlag zurückkehrte. Ursula bereitete ihm einen Kräutersud, und gemeinsam aßen sie dazu den restlichen Brei. Dann führte sie der Mönch in den Stall. „Ich wecke dich beim Morgengrauen“, sagte er noch. „Du solltest früh aufbrechen. Gute Nacht.“

„Gute Nacht“, sagte auch Ursula und suchte sich im Heu nahe bei einem Rind ihren Platz. Nun war sie schon den zweiten Tag weg vom Hof. Im Gegensatz zur letzten Nacht fühlte sie sich jetzt sicher und wohl. Sie überdachte den vergangenen Tag. Sie war dankbar und froh über das Verständnis des Mönches. An den nächsten Morgen denkend verdunkelte sich ihr Gemüt. So gut wie gerade jetzt würde sie es in nächster Zeit sicher nicht haben. „Regensburg“, flüsterte sie, und: „Donau.“ Wickelte sich fester in ihre Decke und schlief ein.

Auf dem Weg nach Regensburg

5. September 1095

Der nächste Morgen kam viel zu rasch. Sicher und warm gebettet hatte Ursula gut geschlafen und war noch fest dabei, als der Mönch sie – diesmal allerdings nicht mit einem Fußtritt – weckte. Sie rappelte sich auf, rieb sich die Augen und zog sich ein paar Grashalme aus den Haaren. Sie stand auf und folgte schnell dem Geistlichen in seinen Verschlag. Dort stand für sie schon eine Schale mit Brei bereit.

Ursula begann dankbar zu löffeln, und der Mönch sah ihr zuerst schweigend zu. Ursula hatte noch nicht ganz aufgegessen, da räusperte sich ihr Gastgeber. „Wenn du aus dem Dorf kommst, folgst du einfach dem Weg. Du wirst etwas mehr als einen Tag brauchen, bis du an eine Gabelung gelangst. Halte dich rechts. Nach einem weiteren Tag wird der Weg breiter werden, und vielleicht triffst du dort dann auch Leute. Frag nach Regensburg, sie werden wahrscheinlich eh dorthin unterwegs sein. Aber Vorsicht. Sei nicht zu vertrauenswürdig. Viel Gesindel treibt sich in diesen Zeiten auf der Straße herum“, riet er ihr. „So, und nun spute dich, pack deinen Kram und geh.“ Ursula nickte, wollte sich noch bedanken, doch der Mönch gab ihr mit einer Handbewegung zu verstehen, er wolle nichts dergleichen hören. Ursula war schon beinahe zur Tür heraus, da rief sie der Mönch noch einmal zurück. Er war aufgestanden und reichte ihr nun eine ganz gerade gewachsene Haselrute, die etwa doppelt so dick war wie ihr eigener Daumen. „Hier, mit einem Stock wandert sich's besser. Zur Not kannst du dich auch damit verteidigen“, sprach er, machte noch das Segenszeichen über ihrem Haupt und entließ sie.

Im Dorf war noch niemand vor den Häusern zu sehen. Ursula gelangte unbemerkt bis an den Rand und betrat von da an eine neue Welt. Die ersten Schritte kosteten sie noch Mut, doch das

Zagen in ihr schwand mit jedem Schritt, den sie sich weiter von ihrem früheren Zuhause entfernte. Ihre Haut hatte sie zusammengeschlagen und über ihre Tasche gehängt. Der Morgen war neblig, aber es fiel kein Regen. Gut gerüstet, ausgeschlafen und gestärkt kam sie zügig voran. Der Weg war nicht zu verfehlen. In diese Richtung verließen wohl mehr Fuhrwerke das Dorf, und so war da eine deutliche Spur zwischen den Bäumen des Waldes hindurch. Ab und an hörte sie ein Rascheln eines auffliegenden Vogels im Gebüsch oder die sich entfernenden Hufschläge von Wild, sonst begegnete ihr aber nichts. Als die Sonne höher stieg, durchdrang sie den Nebel, und es wurde bald wärmer. Ursula merkte, wie ihr langsam wärmer und wärmer wurde und erste Schweißtropfen sich auf ihrer Stirn bildeten.

„Ich muss mir meine Kräfte einteilen", dachte sie bei sich selbst. „Es ist nicht nötig, so in Schweiß zu kommen." Sie beschloss, sich eine kleine Pause zu gönnen und dann gemächlicheren Schrittes weiterzuwandern.

Als die Sonne ihren höchsten Stand bereits überschritten hatte, machte sie erneut Rast, gönnte sich etwas Brot und Käse. Sie überlegte, wie lange ihre schmalen Vorräte wohl noch reichen würden. Vielleicht könnte sie ein paar Pilze abseits des Weges finden. Doch sie hatte Angst, in der fremden Umgebung den Weg zu verlieren. Außerdem müsste sie schon bald beginnen, sich nach einem guten Platz für die Nacht umzusehen. Sie wollte dieses Mal nicht in die Dunkelheit geraten. Sie entschloss sich, den Weg nur soweit zu verlassen, dass sie ihn durch die Bäume hindurch noch erkennen konnte. So strich sie nun parallel zum Weg durch das Laub und suchte nach Pilzen. Als erstes fand sie jedoch vor allem Bucheckern. Sie kannte die Früchte der Waldbäume und wusste, dass sie voller Fett und nahrhaft waren wie Nüsse. Sie sammelte sich einen kleinen Vorrat davon, bis sie schließlich auf einen ersten Pilz stieß. Sie fand noch weitere, und plötzlich stand sie vor einem kleinen Unterstand, der aus ein paar Ästen und Baumrinde errichtet worden war. Sie kannte einen solchen primitiven Unterschlupf von der Zeit, als sie die Rinder gehütet hatte. Dieser hier war etwas größer, hatte also wohl einem Erwachsenen gedient. Doch nun schien er schon des längeren nicht mehr benutzt worden zu sein. Der Wind hatte jede Menge trockenes Laub hineingeweht, und es waren rundherum keine frischen Spuren zu entdecken. Ursula sah sich um und lauschte. Sie konnte den Weg gerade noch so erkennen, weil sie wusste, in welcher Richtung er etwa lag. Die Rindenschindel des Unterstandes wiesen mit ihrer Außenseite in dieselbe Richtung. Ursulas Augen leuchteten vor Freude auf. Das war wie gemacht für sie. Mit Eifer machte sie sich sofort daran, den Boden unter diesem willkommenen Dach zu säubern, und fand unter dem Laub auch noch eine kleine Feuerstelle. Es war eine kleine Mulde, mit einem Einlass für Luft umrandet von Steinen. Sie sammelte sich dünne trockene Zweige. Legte den Boden damit aus und dann ihre Haut darüber. So war sie vor der Kälte und Feuchtigkeit des Bodens geschützt. Nachdem sie sich auch noch einiges Brennmaterial besorgt hatte, richtete sie sich in dem Unterstand halbwegs ein und machte sich ein kleines Feuer. Sie achtete sehr darauf, nicht viel Rauch zu erzeugen und dass die Flammen kaum über den Rand der Steine züngelten. Sie wollte auf keinen Fall jemanden anlocken. Sie schnitt die Pilze klein, und nachdem sie Wasser mit Steinen aus dem Feuer erhitzt hatte, gab sie die Pilze dazu. Noch ein paar Mal gab sie die im Feuer wieder erhitzten Steine dazu. Dann ließ sie die so entstandene Suppe noch ein wenig zusammen mit ein paar Kräutern ziehen. In der Zwischenzeit holte sie sich die Bucheckern aus ihren stacheligen Hüllen. Zusammen mit der Suppe ergab das ein gutes Mahl. Sie wusste allerdings, dass sie nicht zu viele der Eckern roh essen durfte, und bereute, dass sie weder einen Topf noch eine Pfanne hatte. Vielleicht würde es auch mit einem flachen Stein funktionieren, überlegte sie sich, doch den hatte sie jetzt auch nicht. Also nahm sie eventuelle Bauchschmerzen an diesem Abend erst einmal in Kauf. Ursula war zufrieden und satt. Mit der hereinbrechenden Dämmerung kam aber auch die Angst zu ihr zurück. Das würde ihre erste Nacht unter freiem Himmel werden. Sie fürchtete sich ein wenig und hätte sich gerne zu ihrem Schutz ein großes Feuer gemacht, doch das wäre sicherlich ganz weit zu sehen gewesen. Lieber streute sie etwas Sand über die Glut und verhielt sich einfach ganz still. Sie packte all ihre Sachen zurück in die Tasche und deckte sich mit ihrer Decke zu. Noch war es nicht allzu kalt. Sie würde es schon überstehen. Sie war sehr müde, aber der Schlaf wollte sich lange nicht zu ihr gesellen. Sie lag in der Dunkelheit und lauschte auf die Geräusche um sich herum. Jedes Knacken, das ein oder andere Rascheln, Rufe von fernen Vögeln ließen sie aufschrecken. So sehr sie sich aber auch anstrengte, ihre Augen konnten die Finsternis zwischen den Stämmen nicht durchdringen. Von Zeit zu Zeit nickte sie ein. Doch immer wieder wurde sie wach, dann lauschte sie erneut, aber nichts war so nahe, dass sie sich hätte Sorgen machen müssen. Als dann doch ein tiefer Schlaf über sie fiel, begann es schon langsam zu tagen.

AUF DEM WEG NACH REGENSBURG

6. SEPTEMBER 1095

Das Rascheln einer Maus im Laub, die es wohl auf ihre Bucheckern abgesehen hatte, weckte sie, als die Sonne schon über den Baumwipfeln stand. Sie ließ sich keine Zeit für eine Mahlzeit, schob ein Stückchen Brot in den Mund und rollte ihr Lager auf. Erneut auf dem Weg schritt sie gut gelaunt aus. Die Nacht war gar nicht so schlimm gewesen, und sicherlich würde sie sich an die Geräusche des Waldes gewöhnen, auch wenn ihr nach wie vor ein festes Dach über dem Kopf und der Schutz von Wänden um sich herum bei weitem am liebsten gewesen wären.

Sie war einen halben Tag unterwegs, als sie an die vom Mönch beschriebene Weggabelung gelangte. Einen Augenblick lang überlegte sie. Von wo kam sie? Wo lag das Dorf ihrer Eltern? Wenn sie links ginge, wohin würde der Weg sie bringen? Sie verwischte die Gedanken an die Vergangenheit. Nein, sie wollte jetzt ihren Weg finden, und Regensburg war ihr erstes Ziel. Sie hielt sich wie vom Mönch empfohlen rechts. Bis in den Nachmittag hinein ging sie zügig voran. Dann begann sie sich erneut nach einem Unterschlupf für die Nacht umzusehen. Sie hatte nicht soviel Glück wie am Vorabend. Aber unter den niedrigen Ästen einer Buche fand sie eine trockene Stelle, und mit dem breiten Stamm im Rücken fühlte sie sich sicher. Sie schlief nicht gut. Immer wieder wurde sie wach. Sie fror in dieser Nacht, und auch Angst und Verzagtheit machten ihr zu schaffen. Mit dem ersten Licht am Morgen machte sie sich wieder auf den Weg.

Das Wetter wurde wieder schlechter, und sie gab sich Mühe, vor dem Einsetzen erneuten Regens so weit wie möglich zu kommen. Gegen Mittag stieß ihr Weg auf einen anderen Pfad, der wesentlich ebener und breiter war. Als sie schon eine ganze Weile auf dieser Straße gegangen war, fing es an zu regnen. Sie warf sich ihre Lederhaut über und stapfte missmutig vor sich hin. Da rief sie jemand an.

„He da!“ Ursula erschrak zuerst und sah sich um. Mit gesenktem Kopf, auf den Weg vor sich stierend, hatte sie nicht auf ihre Umgebung geachtet. Jetzt, da sie in Richtung der Stimme aufsah, erkannte sie unweit des Weges ein Lager. Sie sah einen Wagen, daneben zwei Pferde und unter einer aufgespannten Plane eine kleine Gesellschaft an einem Feuer. Ein Mann war aufgestanden, winkte in ihre Richtung und rief erneut: „He da! Wer trottet da durch den Regen? Bist du ein Freund, so komm näher, wenn nicht, geh deiner Wege.“

Ursula zögerte, die Ermahnung des Mönches noch im Ohr, aber die Möglichkeit, unter der Plane dieser Leute für eine Weile im Trockenen an einem Feuer zu sitzen, ließ sie alle Dünkel verwerfen. Sie verließ den Pfad und ging auf den Mann zu.

„Hallo, es ist ein Mensch“, begrüßte er sie freundlich. „Zuerst meinte ich, da wäre ein verlorengegangenes Rind unterwegs“, lachte er weiter und deutete dabei auf Ursulas Lederüberwurf. „Dann entsann ich mich, dass Kühe meistens nicht auf zwei Beinen unterwegs sind und sich eines Stocks bedienen. Ich bin Lothar, der Händler, und wer bist du?“

Rede und Gesicht des Mannes waren Ursula zu freundlich, als dass sie dahinter einen schlechten Menschen vermutete. „Hallo, ich bin Ursula“, antwortete sie schlicht.

„Komm, Ursula, gesell dich zu uns an das Feuer und lass den Regen fallen, ohne selbst nass zu werden. Hier sitzen noch mein Bruder Karl, meine Frau Ruth, und was sie da im Arm hält, ist mein Erbe Johannes.“

Die Leute nickten Ursula freundlich zu, und der, den Lothar Karl genannt hatte, rückte ein Stück zur Seite, um Ursula Platz auf dem Baumstamm, auf dem er selber saß, zu machen.

„Danke für die Gastfreundschaft“, nahm Ursula das Gespräch wieder auf. „Gerne wärme ich mich etwas an eurem Feuer. Woher kommt ihr?“

„Wir kommen weit von Westen, aus dem Frankenland“, antwortete ihr die Frau. In die Worte, die Ursula wohl verstand, floss eine ihr unbekannte Melodie und seltsame Betonung. Es hörte sich ungewohnt an, machte die Worte der Frau aber auch irgendwie freundlich. „Und du?“

Ursula wusste nicht sofort eine Antwort und fragte sich selber: „Woher komme ich eigentlich?“ Dann antwortete sie: „Ich bin aus der Gegend und möchte nach Regensburg.“ Sie wurde gewahr, dass sie sich selber noch gar keine Gedanken gemacht hatte, wie sie ihre Reise anderen gegenüber begründen wollte und welche Auskünfte sie geben könnte über ihr Ziel und ihre Pläne.

„Regensburg“, schaltete sich Karl ein. „Dahin sind wir selbst unterwegs. Aber bei diesem Wetter kann die Stadt ruhig noch ein bisschen auf uns warten. Was willst du in der Stadt? Wir treffen selten junge Frauen, die alleine auf der Straße gehen auf unseren Reisen.“

„Was fällt euch ein“, dröhnte Lothar lachend. „Jetzt lasst die Maid doch erst einmal zur Ruhe kommen und sich setzen, bevor ihr sie mit Fragen löchert. Was ist das denn für eine Art.“ Er schien bemerkt haben, dass Ursula die Fragerei nicht sehr angenehm war. Ursula bedankte sich bei ihm mit einem kurzen Blick, nahm ihren Umhang ab, faltete ihn zusammen, legte ihn auf den Baumstamm, bevor sie sich darauf setzte. Die Frau reichte ihr wortlos einen Wasserschlauch, und Ursula nahm dankend einen großen Schluck. Sie spürte die Wärme der Flammen auf ihren Wangen und sah sich unauffällig um. Karl schien ihr der ältere der beiden Männer zu sein. Lothar wirkte jünger und lebendiger. Die Frau war sicherlich einige Jahre älter als Ursula, wirkte aber auch sehr jung. Sie hatte dunkles Haar, das sie zu einem Zopf geflochten hatte, der ihr unter einem Kopftuch heraus auf der Schulter lag. Ihr Kleid war so wie Ursulas aus grobem Stoff und schlicht. Die Männer hatten Hosen aus grobem Stoff an, und weite Hemden. Karl hatte über seinem Hemd eine Weste aus Schafsfell und Lothar eine lederne Jacke, die er allerdings jetzt nur lose über seine Schultern geworfen hatte.

„Wie weit hast du heute noch zu gehen?“ fragte er Ursula jetzt. Auch er hatte sich gesetzt und blickte freundlich auf die Magd.

Ursula fühlte sich wieder ertappt. „Ich weiß nicht, was meinst du?“ antwortete sie.

„Ja, du musst doch wissen, wie weit es bis zum nächsten Hof ist, wo du Unterschlupf findest“, wunderte sich ihr Gegenüber.

„Nein, davon weiß ich nichts, ich gehe bis in den Nachmittag und suche mir dann eine Stelle zum Übernachten nahe des Weges“, gab Ursula ehrlich Auskunft.

Lothar zog verwundert eine Braue hoch. „Du willst uns sagen, du übernachtest ganz alleine im Wald? Ja, gibt es denn so etwas. Hast du denn keine Furcht?“

„Fürchten tue ich mich schon ein wenig, aber es geht. Bisher ist mir nichts zugestoßen, und ein trockener Platz findet sich unter so manchem Baum.“

Lothar schüttelte den Kopf. „Das ist sehr leichtsinnig. Es treibt sich viel Gesindel auf den Straßen herum, und ich denke, so mancher Rumtreiber fände in dir einen hübschen Zeitvertreib, und wenn er dir nur deine Tasche rauben wollte. Wir haben denselben Weg, wenn du möchtest, kannst du dich uns anschließen. Das ist auf jeden Fall sicherer für dich.“

Ursula konnte ihr Glück kaum fassen. Sie wollte sich aber auch erkenntlich zeigen. „Danke, gerne nehme ich dein Angebot an. Hier, ich habe etwas Brot, das ich gerne mit euch teile. Ich habe auch einige Pilze, die ich unterwegs gefunden habe, und wenn ihr möchtet, kann ich für alle einen Kräutersud bereiten, der uns wärmt“, sprudelte es aus ihr hervor.

Die Frau lachte. „Nein, nein, behalte dein Stückchen Brot ruhig für dich. Wir haben Brot, und wenn du uns deinen Sud machst, dann haben wir mehr als eine Schale von unserem Eintopf für dich übrig. Was bist du nur für ein Geschöpf, hast kaum selber etwas und willst das noch hergeben. Du bist noch nicht lange unterwegs. Das merkt man. Du wirst noch lernen müssen, wie gerne die Leute auf Wanderschaft ein Ding wie dich ausnutzen mögen.“

„Ja“, schaltete sich nun wieder Karl ein. „Du kannst von Glück reden, dass du auf uns gestoßen bist. Wir sind christliche Handelsleut und wollen niemandem etwas Böses. Und wir kennen die Straße, mit Gesindel und Räubern wissen wir umzugehen.“ Und um seine Worte zu unterstreichen, hob er hinter seinem Sitz ein langes Schwert hervor und grinste. Selten hatte Ursula bisher solch eine Waffe gesehen, und das blanke Metall wirkte bedrohlich auf sie.

„Leg dein Schwert weg“, rief Lothar. „Du erschreckst Ursula damit nur.“ Dann richtete er das Wort wieder an seinen jungen

Gast. „Gib mir die Pilze, die werden sicherlich unsere einfache Suppe noch ein wenig schmackhafter machen. Und schau, hier ist ein Topf, in dem du Wasser erhitzen kannst.“ Die Pilze mit beiden Händen haltend deutete er dabei mit seinem Fuß auf ein tönernes Gefäß, das nahe dem Feuer stand. „Gar nicht weit ist ein kleiner Bach, da kannst du frisches Wasser holen.“ Er hatte die Pilze beiseitegelegt, wies Ursula mit ausgestrecktem Arm den Weg und gab ihr einen hölzernen Eimer. Ursula nahm den Eimer und ging in die ihr beschriebene Richtung. Schon bald hörte sie das Glucksen des Wassers. Ihr kleiner Tümpel kam ihr dabei ins Gedächtnis, und der Gedanke, ihn nie mehr wiederzusehen, machte sie wehmütig. Beim Wasserschöpfen entdeckte sie noch etwas frisches Kraut, das sie gut ihrem Sud beifügen konnte. So würde das Getränk noch etwas frischer, als wenn es nur aus den getrockneten Vorräten bereitet würde. Außerdem entdeckte sie auf dem Rückweg einen Hagebuttenstrauch mit vielen roten Früchten. Auch davon nahm sie zwei Handvoll mit. Als sie zu dem Lager zurückkehrte, feixte Lothar: „Du brauchst länger zum Wasserholen, als es braucht, um das Wasser zu kochen.“

Ursula zeigte ihm die Hagebutten, und er verbesserte sich: „Ja, so ist recht, jeden Gang nutzen für mehr als eins ist klug.“ Ursula lächelte und machte sich an ihre Arbeit. Sie füllte den Topf mit Wasser und begann, Steine aus dem Feuer zu holen.

„Nimm die glatten, runden,“ riet ihr Ruth. „Das sind Flusssteine, die das Wasser ganz glatt geschliffen hat. An ihnen haftet nicht so viel Asche und Ruß.“ Ursula tat wie ihr geheißen, und zwischen dem Austauschen der Steine kniff sie die Hagebutten auf und entfernte die darin enthaltenen Samenkörner. Als das Wasser schließlich zu sieden begann, fügte sie die Fruchthülsen und die Kräuter hinzu.

Ruth, die das Kind mittlerweile in den Wagen gelegt hatte, machte sich an dem Kessel über dem Feuer zu schaffen. Schon bald roch es nach dem Eintopf, und Ursula, die seit mehreren Tagen nichts Ordentliches mehr gegessen hatte, spürte, wie sich ihr Magen in Vorfreude zusammenzog.

Die ganze Zeit wurde alles Tun von Kommentaren und Erzählungen Lothars begleitet. Schließlich mischte sich der eher ruhige Karl ein: „Es wird wirklich Zeit, dass das Essen fertig ist und du dir den Mund vollstopfst. Seit Ursula hier ist, hast du nicht einen Moment den Mund gehalten. Wenn Ursula mit uns weitergehen möchte, hast du noch Zeit genug, deine Geschichten loszuwerden. Du brauchst nicht alles an einem Tag erzählen. Zuletzt vertreibst du das Mädchen sogar mit deinem ewigen Gebrabbel."

Als wäre dies das Zeichen gewesen, nahm Ruth einige Schalen und begann, eine nach der anderen aus ihrem Kessel heraus zu füllen. Lothar nahm eine der Holzschüsseln und brachte sie Ursula. Diese sah ungläubig auf das Essen. Oben auf dem dicken Eintopf ragte ein Knochen mit einem Batzen Fleisch daran hervor. „Was ist das?" fragte sie unwillkürlich.

„Hase", antwortete Lothar. Und als er Ursulas ungläubigen Blick sah, fügte er hinzu: „Ja, der Meister Langohr trat uns gestern in den Weg, und als ich ihm unser Leid klagte und dass der kleine Johannes für den Winter noch warme Fußsäckchen braucht, warf der Hase sich unter einen herabfallenden Stein."

„Nur der Vogt darf Wildtiere jagen. Ist das nicht Sünde?" gab Ursula zu bedenken.

„Ach was", murrte Karl. „Wir jagen ja nicht und nehmen ihm auch keinen Hirsch, kein Reh oder eine Wildsau. Wir stellen über Nacht nur kleine Fallen, und wenn sich da ein Tier hineinverirrt, so ist das Gottes Wille, wenn nicht sogar ein Geschenk."

„Iss ruhig", schaltete sich Ruth ein. „Und hör nicht auf die Kerle. Es ist nichts Unrechtes, und es ist gut."

Ursula ließ sich das nicht zweimal sagen. Hungrig biss sie vom Fleisch ab und kaute genüsslich, während sie ihren Löffel hervorkramte. Es schmeckte wirklich wunderbar.

Dann schenkte Ursula von ihrem Sud aus, und das Getränk fand Anklang bei ihren Gastgebern. „Mal etwas anderes als ewig nur Wasser und saure Milch." Lothar nahm sich gleich noch eine Schale. „Hm, das wärmt und erfrischt zugleich."

Ursula freute sich. Mittlerweile war die Dämmerung hereingebrochen. Karl legte noch ein Holzscheit nach, und das Feuer wurde heller. Satt und zufrieden traute Ursula sich nun, ihrer Neugierde Ausdruck zu verleihen. „Warum seid ihr unterwegs? Und wovon lebt ihr?" fragte sie.

„Wir sind Handelsleute, fahrendes Volk. Wir sind immer unterwegs. Der Wagen ist unser Haus. Wir sind keine Gaukler, die auf den Märkten ihre Späße machen, sondern bringen Waren von hier nach dort und von dort weiter woanders hin."

„Was für Waren?" wollte Ursula wissen.

„Jetzt bringen wir Tuch und anderen Tand aus dem Westen nach Regensburg. Wenn wir alles verkauft haben, wenden wir uns nach Süden und kaufen Salz in den Bergen. Das bringen wir dann nach Westen und verkaufen es dort. Mit dem Erlös kaufen wir neue Waren und bringen die dann wieder hierher oder auch woanders hin. Und so weiter und so fort", erklärte ihr Lothar.

„Aber allzu lange wollen wir nicht in Regensburg weilen. Ein Reiter erzählte uns davon, dass der Papst im Frankenland weilt und dass er noch vor Ende des Jahres eine Versammlung in einer Stadt namens Clermont einberufen will. Da wollen wir rechtzeitig dort sein, denn so etwas zieht viele Leute von überall her an, und da lassen sich gute Geschäfte machen. Ja, und einen Papst sieht man auch nicht alle Tage."

„Hör nicht auf ihn", ergriff nun Karl das Wort. „Wer weiß, was uns auf unserem Weg alles begegnet. Vielleicht sind wir noch vor dem Winter in Clermont oder vielleicht eben nicht."

Ursula überlegte. Sie wollte durch ihre Fragen nicht unhöflich oder zu neugierig erscheinen. „Wie meinst du das?" fragte sie dennoch. „Was kann euch begegnen?"

Lothar antwortete, bevor sein Bruder noch Luft geholt hatte: „Man weiß es nie genau. Überall in allen Landen gefallen sich Ritter und Herren darin, sich gegenseitig die Köpfe einzuschlagen und Kriege zu führen. Da gerät man besser nicht hinein. Außerdem sind die Zeiten schlecht. Im Westen hungern viele Leute, und ein Haufen Gesindel ist auf den Straßen und neidet einem nicht nur Hab und Gut, sondern jeden einzelnen Bissen. Manchmal jagt man uns auch davon, weil die Leute Angst haben, wir brächten Krankheiten mit, von denen sie gehört haben. Aber von Kranken und von Orten, wo eine Seuche ihr grausames Werk verrichtet, halten wir uns fern."

„Aber wie könnt ihr wissen, was vor euch liegt?" wollte Ursula wissen.

„Nun, wir sind doch nicht die Einzigen, die auf den Straßen unterwegs sind", antwortete nun wieder Karl. „Es gibt Leute wie wir, die Handel treiben, dann gibt es Wandermönche und Abenteurer, Reiter, die auf der Suche nach Anstellung bei einem neuen Herrn sind. Wenn man sich trifft, redet man miteinander und tauscht aus, was man von der Richtung, aus der man kommt, weiß. So erfährt man alles, was wichtig ist, und ganz besonders, wo man nicht hingehen soll."

„Habt ihr keine Angst?"

„Nein", knurrte Karl. „Wir können uns wehren, solange es nicht zu viele sind. Aber in letzter Zeit trafen wir viel mehr arme Gestalten, die bettelnd durch die Lande ziehen, die ihre Äcker verlassen haben, weil sie dort verhungert wären. Es scheinen immer mehr zu werden."

„Deswegen bin ich auch gegen Clermont", schaltete sich Ruth nun ein. „Der Papst und all die Bischöfe ziehen viel Volk an. All diese Armen und alle Taugenichtse werden, wenn sie davon hören, auch dorthin eilen. Sei es um des Heiles willen, den ein Papstsegen haben mag, oder um der fetten Almosen willen, die bei so vielen Kirchenmännern und Herren abfallen können. Ich weiß nicht, ob es gut ist, ihnen gleichzutun."

„Ja, bist du gescheit?" Lothar belustigte sich. „Wo viele Menschen zusammenkommen, gibt es von allem nicht genug, und wir können egal was für wenigstens den doppelten Preis verkaufen. Wir wären schön dumm, wenn wir uns vor dem Winter einen solchen Verdienst durch die Lappen gehen lassen würden."

„Ja, ja, ist schon recht", maulte Ruth. „Aber nun lass uns schlafen gehen, bevor du uns das alles noch auf Heller und Pfennig vorrechnest. Ursula, leg dich dort drüben hin, da bist du noch nah genug am Feuer, dass es dich wärmt."

Ruth war aufgestanden und ging zum Wagen. Lothar folgte ihr. Karl grinste. Er blieb beim Feuer sitzen. Ursula nahm ihre Tasche und die Haut auf und breitete sie auf den ihr zugewiesenen Platz, auf dem schon einiges Laub und Stroh lag, aus. Dann wickelte sie sich in ihre Decke, bettete ihren Kopf auf ihre Tasche und schaute in das Feuer. Sie fühlte sich bei diesen Leuten gut aufgehoben und wusste, dass sie in dieser Nacht besser schlafen würde. Karl streckte sich gleich dort, wo er gesessen hatte, aus, und schon bald konnte Ursula ihn schnarchen hören. Auch ihre Augen wurden schwer. Satt und zufrieden ließ sie sich in den Schlaf hineingleiten, wissend, weder Regen noch irgendein Tier würden sie in dieser Nacht stören.

Auf dem Weg nach Regensburg

7. September 1095

Das Quäken des kleinen Johannes riss Ursula aus dem Schlaf. Sie hatte wirklich die ganze Nacht durchgeschlafen und schaute nun etwas verwirrt auf das Treiben um sie herum. Ruth gab ihrem Kind die Brust, Karl rührte in einem Kessel und Lothar hatte damit begonnen, das eine oder andere wieder im Wagen zu verstauen.

Ursula setzte sich auf. Dabei merkte sie, dass ihr wieder leicht schwindlig war, und dieses Gefühl machte ihren Magen rebellisch. Sie versuchte, tief und ruhig zu atmen. Das Gefühl ebbte langsam ab, und so traute sie sich aufzustehen, um sich zu erleichtern. Sie nickte Karl und Ruth ohne ein Wort zu und probierte ein Lächeln. Lothar war wieder in bester Laune. „Guten Morgen, guten Morgen. Der Tag scheint gut zu werden. Vielleicht kommen wir heute ein Stück voran, ohne nass zu werden. Spute dich, nach einem Schälchen Brei brechen wir auf." Ursula lief ein Stück in den Wald und verrichtete ihr morgendliches Geschäft. Als sie zum Lager zurückkehrte, war Lothar schon beinahe fertig mit Packen. Nur der Breitopf und ihre Schalen standen noch beim Feuer. Ansonsten war alles verpackt, auch die Plane, unter der sie gesessen hatten. Ursula nahm sich eine Portion Brei und begann zu essen. Als sie fertig waren, schirrte Karl die Pferde an. Ursula näherte sich vorsichtig den Tieren. Sie hatten ganz weiche Nasen. „Sind Pferde nicht sehr teuer?" fragte sie Karl.

Der nickte. „Ja, aber wenn man erst einmal eines hat, macht es sich sehr bezahlt."

„Woher habt ihr die beiden?"

„Hm, der eine hier, den hat Lothar in einem guten Jahr einem armen Schlucker abgekauft, der sonst wohl verhungert wäre. Soweit man der Erzählung Lothars Glauben schenken mag. Das hier“, er streichelte zärtlich Hals und Kopf des Tieres, „das ist mein Pferd, das ich viele Jahre geritten habe, bevor ich mich mit Lothar zusammentat und es vor seinen Wagen spannte.“

„Du warst ein Reiter?“

„Ja, ein Ritter ohne Land und Burg, der sich an den Meistbietenden verkaufte.“ Bitternis klang in seiner Stimme mit.

„Verkaufte? Für was?“

Karl merkte, Ursulas Fragen waren nicht bös gemeint. „Ach Mädchen“, antwortete er sanfter. „Ich habe für die Herren gestritten für Geld, Ruhm und die Hoffnung, vielleicht einst ein eigenes Land zu erhalten. Aber nichts davon blieb mir, und so hatte ich noch mehr verloren. Nur dieser Gaul und meine Waffe sind mir geblieben. Nun aber genug davon. Wir wollen los“, beendete er das Gespräch und zog die Pferde samt Wagen hinter sich her zurück auf den Weg.

Ursula verstand, dass da etwas war, worüber Karl nicht gerne reden wollte. Sie nahm ihre Sachen und folgte dem Wagen.

„Ursula, was soll das?“ rief Lothar sie an. „Los, pack deine Sachen auf den Wagen, du brauchst sie den Pferden nicht hinterhertragen.“

Ursula tat wie geheißen und konnte so völlig unbelastet, nur mit ihrem Stab in der Hand, mit dem Fuhrwerk Schritt halten. Sie kamen gut voran, und in ihr blühte die Freude über das eigene Glück und verjagte so manchen Schatten auf ihrer Seele. Das Wetter war wesentlich besser als am Vortag, und dort wo der Wald zurücktrat, konnte Ursula weit in das Land sehen. Sie bewegten sich auf einer Hügelkette, und daneben schienen ebensolche Hügel zu sein. Alles war mit Wald bedeckt, und nur zwei Mal konnte sie in der Ferne zwischen den Bäumen eine zarte Rauchfahne ausmachen, die darauf hinwies, dass dort wohl Menschen lebten. Mittags machten sie Rast, und Karl ließ die Pferde etwas grasen. Ursula gesellte sich zu Ruth und dem kleinen Johannes. Zuerst saß sie einfach nur daneben und beobachtete, wie Ruth ihren Sohn wickelte und herzte. Dann fasste sich Ursula ein Herz und stellte ihr all die Fragen, die ihr so sehr auf der Zunge lagen. Ruth schaute sie lächelnd an und flüsterte: „Na, hab ich es doch gewusst. Du sahst mir heute morgen ganz danach aus. Du erwartest auch ein Kind, oder?“

Ursula war erstaunt. „Woran sieht man das?“

„Nun, du warst etwas sehr blass um die Nase heute früh, und wenn man dich von der Seite betrachtet, so lässt sich da eine kleine Wölbung deines Bauches nicht verleugnen.“

Ursula fuhr sich unwillkürlich mit der Hand über den Bauch.

„Bist du deswegen auf der Straße?“ fragte Ruth sie.

„Ja, der Bauer hat mich weggeschickt.“

„Ist das Kind von ihm?“

„Nein, von dessen Sohn. Der leugnet aber, mit mir gelegen zu haben.“

„Hm.“ Ruth schwieg und überlegte, dann wechselte sie zurück zum Thema Kind.

„Hat es dich schon getreten?“

„Was?“ Ursula verstand nicht.

„Na, dein Kind, hat es sich schon in dir bewegt?“

Ursula war noch immer verblüfft. „Tut es das?“

„Ja, doch, mein Kind. Es ist quicklebendig in dir drinnen und wächst langsam. Irgendwann wird es ihm zu eng, und dann wirst du spüren, wie es sich reckt und streckt.“ Ursula sah Ruth mit großen Augen an, und diese musste über Ursulas Gesicht lachen.

„Was habt ihr da für Freude?“ meldete Lothar sich. „Erzählt mir auch den Spaß, damit ich mitlachen kann.“

„Ach, Mann, du musst nicht alles wissen. Geh, hilf Karl, dass wir weiterkommen“, wiegelte Ruth die Neugierde ihres Mannes ab. Zu Ursula sagte sie noch: „Das kann ruhig unter uns bleiben. Ich zeig dir alles, was ich weiß, und sicher wirst du von dem Hof, auf dem du warst, auch manches kennen. Oder gab es dort keine Kinder?“

„Doch, doch.“ Ursula lächelte wieder und freute sich, in Ruth eine Vertraute gefunden zu haben. Sie standen beide auf. Ruth hob den kleinen Johannes in seinen Korb auf den Wagen, und die Reise konnte weitergehen.

Vor den Mauern Arqas

15. April 1099

Wehmütig gedachte Ursula in diesem Moment der netten Handelsleute. „Was sie wohl jetzt machen, wo sie wohl sind?“ fragte sie sich. „Sind sie vielleicht doch nach Clermont gegangen und haben den Papst gesehen und seine Rede gehört?“ Ursula konnte sich gut vorstellen, dass Karl nicht abgeneigt gewesen war, seine Schuld auf der Pilgerfahrt zu tilgen. Lothar wird wohl eher dafür gewesen sein, sich aus allem rauszuhalten. Ob irgendwo unter den vielen Tausenden von Kriegern auch Karl war?

Sie spürte wieder eine Wehe kommen, doch die Gedanken an Ruth und das schwesterliche Vertrauen, welches sie auf der gemeinsamen Reise zu ihr gefasst hatte, stimmten sie versöhnlich mit dem aufkeimenden Schmerz. Sie streichelte sich ihren Bauch und atmete tief und ruhig, bis die Wehe wieder abklang. Sie rappelte sich erneut auf und schaute sich um. Weit würde sie nicht mehr kommen. Es war schon fast gänzlich dunkel, und ein Weg war nur schwer auszumachen. „Vielleicht bleibe ich besser hier“, dachte sie bei sich. Die Felsen gaben ihr guten Schutz vor dem Wind, und mit der Hand, die sie auf einen der Steine stützte, spürte sie die Wärme, die dieser noch vom Tag gespeichert hatte. Wieder kam eine Wehe. Sie wurden nun häufiger, und Ursula wollte sich gerade wieder setzen, da spürte sie, wie es ihr nass die Beine hinunterrann. „O Gott!“ Sie verlor das Wasser. Zu genau wusste sie mittlerweile, was das bedeutete. Sie musste sich vorbereiten. Das Kind wollte jetzt kommen, und sie war alleine. Ursula bekam Angst. „Herr Gott, ich weiß, ich habe gesündigt. Viele Male. Aber bitte, bitte lass mich nicht alleine mit dem, was kommt. Bitte, bitte schicke mir Hilde oder sonst jemanden.“ Schließlich gewann ihre Vernunft wieder Oberhand. Bevor die nächste Wehe kam, setzte sie sich mit dem Rücken an den Fels gelehnt. Dann versuchte sie sich an alles zu erinnern, was getan werden musste und was sie brauchen würde. Sie dachte zurück an Regensburg. Um sich zu erinnern, wie es bei der Geburt damals vonstatten ging, was getan wurde. Bei der Erinnerung begann sie zu zittern. Für einen kurzen Moment hatte sie das Gefühl, vor lauter Furcht das Bewusstsein zu verlieren. Sie spürte den Schmerz und den Druck, biss die Zähne zusammen und fügte sich in ihr Schicksal. Sie hatte noch Wasser, wenn auch nicht viel. Sie hatte ein Messer, sie hatte ihr Tuch. Sie sollte sich Lappen aus ihrem Unterkleid reißen, und sie bräuchte auch noch einen Bindfaden. All das schoss ihr durch den Kopf, während die ersten Sterne über ihr aufblitzten.

Regensburg
12. September 1095

Sie waren fünf Tage unterwegs gewesen. Am Mittag des folgenden Tages endete die Hügelkette, auf der sie gewandert waren, und ein Tal tat sich zu ihren Füßen auf. Ursula konnte einen großen Fluss sehen, mit einer Insel darin, und direkt dahinter erhob sich die Stadt. Sie sahen viele Rauchfahnen aus unzähligen Häusern, die dicht an dicht vom Flussufer aus einen Hügel bedeckten. Zwischendrinnen standen auch größere Gebäude mit hohen Türmen. Karl erklärte Ursula, dass dies Kirchen und Klöster seien. Über den Fluss führte ein Steg direkt in die Stadt. „Dort müssen wir hin“, sagte Lothar schlicht und führte die Pferde bergab.

Je näher sie der Stadt kamen, desto mehr Bewegungen nahm Ursula auf der Brücke und am Flussufer wahr. Es schien ein ständiges Kommen und Gehen. Als sie schließlich am Fluss anlangten, standen auf der Brücke zwei Männer mit Lanzen und Rüstung, die ihnen den Weg versperrten.

„Langsam, langsam, was bringt ihr?“

Lothar trat ohne Zögern auf die beiden zu. „Wir bringen Stoffe und allerlei Tand aus dem Frankenland.“ Dann schien er einen der Soldaten zu erkennen. „He du, du kennst mich doch, ich war schon letztes Jahr hier. Hab ich dir nicht ein kleines Fässchen roten Wein verkauft? War er so schlecht, dass du mich nicht mehr in die Stadt lassen magst?“

Die Soldaten schauten sich beide an, und der eine nickte dem anderen zu. „Hast du einen Schein für dich und die Deinen?“

„Ja gewiss“, antwortete Lothar und winkte Karl herbei. Der zog eine lederne Mappe aus seinem Wams und holte ein Pergament heraus, das einer der Soldaten aufmerksam musterte. „Zwei Mannsleut und ein Weib, steht da. Und wer ist die da?“ Der Wächter deutete auf Ursula.

„Eine Magd, die sich uns unterwegs angeschlossen hat. Ein harmloses Mädchen.“

„Ohne Freischein kann ich sie nicht in die Stadt lassen. Das weißt du. Wo kämen wir da hin, alle Mägde und Knechte würden hier unterkriechen wollen, um ihre Herren loszuwerden. He, hast du einen Brief von deinem Herrn?“

Ursula schüttelte den Kopf.

„Dann geh dorthin, wo du hingehörst. Los, weiter jetzt, ihr haltet alle auf.“

Ursula war bestürzt. Doch Lothar wusste sie zu beruhigen. „Mädel, keine Angst. Wir finden schon einen Weg. Wir bringen jetzt erst unseren Wagen rein, und später wird Karl mit den Pferden zurückkommen. Sie in der Stadt unterzustellen kostet Geld, und Karl ist lieber mit ihnen draußen auf dem Felde. Setz dich ans Ufer und warte, bis er kommt. Dann sehen wir weiter.“

Ursula nickte, verabschiedete sich von Ruth und machte kehrt. Traurig verließ sie die Brücke. Doch noch wollte sie nicht verzagen. Karl würde kommen, und vielleicht würde sich ein Weg finden. Sie trat ans Ufer und wurde sich jetzt erst ihrer Umgebung bewusst. Vor ihr floss die Donau dahin. Noch nie zuvor hatte sie so viel fließendes Wasser gesehen. Aus Erzählungen hatte sie gewusst, ein Fluss ist viel größer als ein Bach, aber das hatte sie sich so nicht vorstellen können. Fast geräuschlos schoben sich die Wassermassen an ihr vorbei. „Woher kann nur so viel Wasser kommen?“ fragte sie sich jetzt. „Und wo fließt das alles hin?“ Am Ufer auf der anderen Seite konnte sie Frauen sehen, die Wäsche wuschen. An ihrem Ufer waren einige Feuer und eine ganze Anzahl von Zelten. Sie war wohl nicht die einzige, die zurückgewiesen worden war. Sie setzte sich auf einen Stein nahe eines Feuers und schaute weiter fasziniert auf das Wasser. Ein Mann in einem Kahn kam vorbei, der mit kräftigen Ruderzügen dem anderen Ufer zustrebte. Wie das Boot übers Wasser glitt und dabei nicht vom Strom mitgerissen wurde! Ursula wurde die Zeit lang, und sie sah sich weiter um. Nicht weit von ihr kauerte ein älterer Mann bei so einem Kahn und war dabei, ein Netz zu entwirren. Ursula beobachtete ihn. Er benutzte meist nur eine Hand, und die andere, eingewickelt in einen braunen Lumpen, schien ihn zu schmerzen. Als der Mann eine Verwicklung gar nicht lösen konnte, sprang Ursula hinzu und griff ihm helfend in das Netz. Es roch seltsam. Der Mann schaute sie erst sprachlos an, dann, als sich der Knoten im Netz mit ihrer Hilfe löste, ließ er die Hand sinken. „Danke", sagte er schlicht. Und dann misstrauisch: „Was willst du?"

Ursula wusste darauf nicht gleich eine Antwort.

„He? Kannst du nicht sprechen? Du hast mich schon eine ganze Weile beobachtet. Das hab ich gemerkt. Also, was willst du von mir?"

„Nichts." Ursula fand ihre Sprache wieder. „Ich sah nur, dass du nicht weiterkommst, und wollte helfen."

„Das hast du ja. Danke dafür." Der Mann machte Anstalten, weiter am Netz zu zerren. Ursula war aber neugierig. „Was ist mit deiner Hand?"

„Was geht es dich an?" blaffte der Alte zurück. „Ein Geschwür hab ich dran, und das will nicht heilen."

„Zeig her", forderte Ursula bestimmt. Der Mann schaute sie fragend an.

„Was willst du da sehen? Du kannst das auch nicht ändern."

„Vielleicht kann ich dir helfen." Ursula ließ sich nicht aus der Ruhe bringen. „Ich kenne die Kräuter, und gegen alles ist eines gewachsen. Vielleicht kann ich dir etwas geben, damit es heilt."

„So, kräuterkundig, hä?" Der Alte war noch nicht überzeugt. Aber Ursulas fester Blick, der seinem standhielt, ließ ihn wanken.

„Da, schau", murrte er schließlich und zerrte den Lumpen von der Hand. Die ganze Hand und die Finger waren dick geschwollen, und dort, wo es Schorf und Dreck zuließen, konnte Ursula eine starke Rötung unter der Haut erkennen. Am Ballen unterhalb des Daumens war eine dicke, gelbliche Beule. Ursula musste an Ludgers Fuß denken und überlegte nicht lange. „Ich glaube, ich weiß, was zu machen ist", sagte sie zu dem Alten. „Hast du Wasser und ein Gefäß, um es zu erhitzen?"

Erstaunt über ihren Eifer wies der Mann zum Feuer. Und gab ihr einen Wasserschlauch, der neben ihm im Kahn lag. Am Feuer stand ein eiserner Topf mit kleinen Füßen dran. Ursula schüttete Wasser hinein und stellte ihn in das Feuer. Dann kehrte sie zu dem Mann zurück. „Hast du einen sauberen Lappen?" fragte sie ihn.

Er schaute sich beinahe verzweifelt um. „Nein, hab ich nicht. Was hast du mit mir vor?" In seiner Stimme schwang Unsicherheit.

„Ich muss die Hand säubern. So kann das nicht heilen.“ Ursula hielt inne und überlegte. Dann griff sie unter ihren Rocksaum und riss von ihrem Unterkleid zwei Stoffstreifen ab.

„Wenn du das immer so machst, wirst du bald ohne Kleider dastehen.“ Ein Lächeln huschte über das Gesicht des Mannes. Ursulas Tatendrang und Bereitschaft, etwas zu tun, ließen sein Misstrauen schwinden.

Als das Wasser zu sieden begann, holte Ursula aus ihrer Tasche das Säckchen mit getrockneter Weidenrinde und Blättern. Sie gab einige Blätter und ein Stück Rinde in den Topf. Nach einer Weile hob sie das Gefäß vom Feuer und kehrte zu dem Mann zurück. Sie tauchte den Stoff in das Wasser und begann, vorsichtig die Hand zu säubern. Es dauerte eine ganze Weile, bis sie all das verkrustete Blut, den Eiter und Schmutz abgeweicht hatte. Schließlich betupfte sie vorsichtig die gelbe Beule. Der Mann zuckte zusammen. Ursula griff beherzt seinen Unterarm und hielt die Hand so in ihrem Schoß. Dann betastete sie das Geschwür. Es war prall gefüllt, und die Haut darüber gab nur wenig nach. Ursula sah den Mann, der schweigend all ihr Tun verfolgt hatte, an. „Ich muss das da öffnen.“ In den Augen des Mannes zeigte sich etwas Angst und Unglaube. „Was willst du? An mir rumschneiden? Nein, das kommt mir nicht in Frage.“

„Hast du Angst?“ provozierte Ursula ihn.

„Angst? Ich? Nein.“

„Dann lass dir helfen. Ich werde nicht schneiden, sondern nur eine kleine Öffnung schaffen, damit all die schlechte Flüssigkeit ablaufen kann.“

Ursula kramte aus ihrer Tasche das Lederetui mit Esters Werkzeugen hervor. Sie breitete das Leder neben sich auf einem Stein aus. Angesichts dieser Instrumente fasste der Alte wieder Vertrauen. Das Mädchen schien ihr Geschäft zu verstehen. Willig legte er seinen Arm wieder zurück auf Ursulas Bein. Ursula tauchte das kleine Messerchen in das heiße Wasser, dann machte sie, eh sich’s der Mann versah, einen kleinen tiefen Schnitt in die Beule. Ursula war über die Schärfe der Klinge selber erstaunt und wie leicht sie durch die Haut drang. Zum Wundern blieb ihr aber keine Zeit. Gleich schoss aus der Beule ein gelber Strahl, und das Sekret verbreitete augenblicklich einen üblen Geruch. Ursula beeilte sich, die Wunde mit dem Stoff zu säubern und den Eiter wegzuwischen. Als der Fluss versiegte, drückte sie den Ballen so, dass auch der Rest aus dem Geschwür gepresst wurde. Der Alte schnaufte, biss aber tapfer die Zähne zusammen. Als auf weiteres Drücken nur noch etwas Blut und Wasser hervortrat, schaute sich Ursula die Wunde genauer an. In Ludgers Fuss hatte ein abgebrochener Dorn gesteckt, vielleicht war auch hier etwas dergleichen die Ursache. „Seit wann hast du das?“ fragte sie den Alten.

„Schon einige Wochen. Ich habe mich an einem Haken gestochen, und dann fing es an“, antwortete er.

Ursula tupfte die Wunde vorsichtig sauber und zog sie dabei etwas mit Daumen und Zeigefinger auseinander. Sie meinte, etwas zu sehen, und griff nach der kleinen schlanken Zange, die auch Ester damals benutzt hatte. „Halt still!“ befahl sie dem Mann. Vorsichtig führte sie das Instrument in die Wunde und presste die Enden feste zusammen, als sie meinte, das was sie gesehen hatte, greifen zu können. Mit einem kleinen Ruck zog sie die Pinzette zurück. Triumphierend zeigte sie dem Alten den eisernen Widerhaken, den sie da aus seinem Fleisch gezogen hatte. Der Mann war jetzt etwas blass, und Ursula beeilte sich, die Wunde zu Ende zu versorgen. Sie tupfte die ganze Hand noch einmal mit dem Weidensud ab, strich dann etwas Salbe aus Talg und den orangenen Blüten aus dem Garten auf und legte zuletzt das eingeweichte Stück Rinde über die Wunde. Dann verband sie die Hand mit dem sauberen, zweiten Stoffstreifen. „Halte die Hand sauber und lass den Verband nicht nass werden“, ermahnte sie den Mann. Dann begann sie, ihre Sachen zu säubern, und verstaute alles wieder in ihrer Tasche.

„Du bist wirklich kundig“, sagte der Alte nach einer Weile. „Bist du eine Heilerin?“

„Nein“, antwortete Ursula ehrlich. „Ich habe von einer guten alten Frau viel über Kräuter und ihre Kräfte gelernt. Das ist alles. Ich hoffe, ich konnte dir wirklich helfen. Wenn es in den nächsten Tagen nicht schlimmer wird, dann müsste es heilen.“

„Ich danke dir“, sagte daraufhin der Alte. „Wie heißt du?“

„Ursula.“

„Ich bin Jakob der Fischer. Wo kommst du her, und was machst du hier?“

Ursula wollte dem Mann nicht ihre ganze Geschichte erzählen und antwortete schlicht, wie sie es von Lothar und Ruth gelernt hatte. „Von Westen. Und ich wollte in die Stadt, sie lassen mich aber nicht hinein."

„Du hast keinen Brief. Bist du deinem Herrn davongelaufen?"

„Nein. Ich bin niemandem weggelaufen. Man hat mich weggeschickt."

„Hm." Der Alte schien zu überlegen. „Wenn du willst, kann ich dich in der Dämmerung mit rübernehmen. Alleine werde ich nur schwer rudern können, wenn ich die Hand schonen soll. Du hilfst mir, und ich bring dich in die Stadt."

Ursula konnte ihr Glück kaum fassen. „Dann helfe ich dir jetzt aber auch weiter mit dem Netz", sagte sie dankbar und nahm sich gleich der verwirrten Maschen an. Noch während sie Stück um Stück des Netzes entwirrten, trat Karl hinzu.

„Ursula, hast du schon eine neue Bekanntschaft gemacht?" sprach er sie an und nickte dem Alten grüßend zu.

„Ja, Karl. Das ist Jakob der Fischer. Er wird mich heute Abend mit seinem Boot rüber in die Stadt bringen."

Karl sah den Mann prüfend an. „Ist das wahr?" fragte er und machte aus seinem Misstrauen keinen Hehl.

Jakob antwortete mit fester, männlicher Stimme. „Ja, Ursula hat mir geholfen, und so helfe ich ihr."

Karl nickte. „Gut. Wenn du drüben bist, Ursula, frag dich durch zum Markt. Dort steht unser Wagen. Ich bleibe mit den Pferden hier draußen. Aber Ruth und Lothar werden sich freuen, wenn sie dich schon heute wiedersehen." Karl nickte ihr zu und ging dann den beiden Pferden nach, die sich auf der Uferwiese bereits die saftigsten Halme schmecken ließen.

„Du kennst bereits Leute aus der Stadt?" fragte der alte Jakob, als Karl gegangen war.

„Nein, nicht aus der Stadt. Es sind Handelsleute, und wir sind eine Weile miteinander unterwegs gewesen."

„Es ist besser, wenn du jemanden in der Stadt hast, an den du dich wenden kannst. Ich kenne da jemanden, zu dem du gehen könntest. Ich erkläre dir den Weg heute abend." Mehr sagte Jakob nicht mehr, und sie brachten die Arbeit mit dem Netz zu Ende.

Als die Dämmerung heraufzuziehen begann, verstaute Jakob seine Sachen in dem Kahn, schob ihn ins Wasser und hieß Ursula einzusteigen.

Das ungewohnt schwankende Gefährt schien ihr zuerst gar nicht geheuer, doch nachdem sie sich auf Jakobs Geheiß auf das Brett in der Mitte gesetzt hatte, war ihr wohler zumute. Jakob zeigte ihr, wie sie rudern sollte, und mit einem kräftigen Zug an seinem Ruder schob er den Nachen in die Strömung. Selbst mit einem Arm waren seine Züge stärker als die Ursulas, und so dauerte es eine ganze Weile, bis sie vorwärtskamen. Doch hatte das der erfahrene Flussfischer schon bedacht. Durch seine Züge stellte sich der Kahn immer wieder gegen die Strömung, und so waren sie letztendlich doch nicht sehr weit abgetrieben, als sie das andere Ufer erreichten. Dort nahm Jakob einen Strick und zog das Boot hinter sich her am Ufer entlang. Sie mussten ein ganzes Stück gehen, bevor sie bei den ersten Hütten ankamen. Der Fischer zog seinen Kahn aufs Land und band ihn an einem Pfosten fest. Dann winkte er Ursula ihm zu folgen. Durch einen schmalen Gang zwischen zwei der Hütten gelangten sie auf eine Gasse. Hier hielt Jakob an und erklärte Ursula den Weg. „Pass auf. Geh diese Gasse entlang, bis sie auf eine breitere stößt. Diese gehst du dann hinauf bis an ihr Ende. Da ist eine Mauer. Folge der Mauer nach rechts, und wenn sie zu Ende ist, folge der Gasse, die dort beginnt. Du kommst dann an einen kleinen Platz. Gleich vor dir siehst du dann zwei Häuser. Ein großes und daneben ein etwas schiefes kleines. Da klopfst du an die Tür und fragst nach Hilde. Wenn man dich fragt, sagst du, Jakob der Fischer schickt dich. Ich denke, dann lassen sie dich hinein." Darauf verabschiedete er sich und schubste Ursula in die richtige Richtung. „Na geh schon. Wir werden uns wiedersehen."

Ursula ging. Hier zwischen den dicht an dicht stehenden Hütten stank es erbärmlich. Die Gasse war bedeckt mit Kot und Abfällen, und Ursula musste achten, wohin sie trat. Überall hörte sie Stimmen und Geräusche von Tieren. Kinder schrien, Gänse schnatterten, und irgendwo quiekte eine Sau. Es war viel lauter als auf dem Hof oder im Dorf. Gewissenhaft folgte sie der Beschreibung Jakobs und gelangte auf die breitere Gasse. Je tiefer sie in die Stadt vordrang, desto enger schienen ihr die Häuser beieinander zu stehen. Teilweise hatten sie mehr als ein Stockwerk, und als sie nach dem Ende der Gasse schaute, sah sie einen großen Turm in den Himmel ragen. Sie musste sich aber sputen, die Dämmerung ließ es zwischen den Häusern schnell dunkel werden. Schließlich gelangte sie an den kleinen Platz und sah die beiden Häuser. Doch sie zögerte. Sollte sie nicht doch lieber versuchen, den Marktplatz zu finden und zu Lothar und Ruth gehen? Die Dunkelheit der Gassen machte ihr jedoch wenig Mut. Also fasste sie sich ein Herz und klopfte an die Türe des wirklich recht schiefen Hauses. Nach einer Weile hörte sie Schritte, und die Tür wurde aufgerissen. Vor ihr stand eine Frau, die etwa einen Kopf kleiner als sie war, doch gleichzeitig üppig rund wie ein Wasserkrug.

„Was willst du?“ herrschte sie Ursula an.

„Der Fischer Jakob schickt mich“, antwortete Ursula kleinlaut.

„Ja? Und? Hast du einen Fisch zu bringen oder eine Nachricht?“

„Nein, ich bin neu in der Stadt, und er sagte, ich soll mich an Hilde wenden.“

„Ach, was erzählst du da? Was sind das für Flausen, die der alte Jakob hat. Ich habe doch keine Herberge, zu der er jeden schicken kann.“

Ursula wusste nicht, was sie noch sagen sollte, und sah die Frau erwartungsvoll an.

Die wackelte mit dem Kopf. „Auf, komm schon rein, oder willst du die ganze Nacht da stehen?“ sagte sie plötzlich und trat beiseite. „Na komm schon. Ich beiße nicht.“

Ursula trat an der Frau vorbei in die Stube. Das niedrige Gebälk des Raumes war rußgeschwärzt, Licht gaben das sich an einer Wand aus Steinen befindliche Herdfeuer und zwei Talglichter, die auf dem Tisch standen. Rechts und links vom Tisch standen zwei einfache Holzbänke, auf denen Ursula jetzt zwei Gestalten entdeckte, die einander gegenübersaßen: eine junge Frau und ein Mann.

„Das da ist Adele, und der Kerl heißt, glaube ich, Daniel“, meldete sich die kleine Frau hinter ihr. „Ich bin Hilde. Und wer bist du?“

„Ursula.“

„Na, dann setz dich, Ursula.“ Hilde schob sie zur Bank, und Ursula legte folgsam ihre Sachen ab und setzte sich. Kaum dass sie die Bank unter ihrem Hintern spürte, stellte Hilde einen Becher und einen hölzernen Teller mit Eintopf vor sie hin.

„Hier, stärke dich erst einmal, bevor du mir gleich all meine Fragen beantworten wirst“, sagte die resolute Person, und Ursula wunderte sich, wie sie das bei ihrer Fülle so rasch bewerkstelligt haben mochte. Hilde setzte sich ihr gegenüber. „Na los, zier dich nicht. Meine Küche ist auch nicht schlechter als anderswo“, sagte sie und grinste ihren Gast an. Ursula konnte nicht anders, als dies selbst mit einem Lächeln zu beantworten. Die Frau war barsch in ihrem Umgangston, doch was sie sagte, stand im Gegensatz zu dem, was Ursula ihr gegenüber zu spüren meinte. Innerhalb kürzester Zeit hatte Hilde einen Weg in ihr Herz gefunden, ohne dass sich beide wirklich kannten. Doch Ursula fühlte sich sicher und vertraute Hilde schon jetzt.

Sie begann zu essen. Schon nach dem ersten Löffel merkte sie, wie hungrig sie doch war. Im Becher war ein lauwarmer Sud, den sie sofort als Aufguss ihr vertrauter Kräuter erkannte. Schweigend sahen Hilde, Adele und Daniel ihr beim Essen zu.

„Ja, habt ihr denn nichts Besseres zu tun?“ schalt Hilde die beiden. „Habt ihr noch nie einen Menschen essen sehen? Ich denk, ihr habt eure eigenen Geschäfte, oder?“

Darauf standen die beiden auf und verschwanden in der Tiefe des Raumes hinter einer aufgehängten Decke. Ursula war noch nicht ganz fertig mit ihrem Teller, da hörte sie von dort hinten das Kichern der Frau, Geflüster und wenig später Geräusche, die sie an Ludger erinnerten. Ursula wurde rot. Hilde sah sie an, und ihr Grinsen wurde noch breiter.

„Nun erzähl mal“, sprach sie Ursula an, als diese am letzten Bissen kaute. „Warum kommt der alte Jakob auf die Idee, dich zu mir zu schicken?“

Ursula erzählte, wie sie dem Fischer geholfen hatte, und auch, wie die Wachen sie abgewiesen hatten.

„Und wo kommst du her?“ wollte Hilde nun wissen.

„Aus dem Westen.“ Ursula hatte sich an diese Antwort schon gewöhnt.

„Und warum kommst du nach Regensburg?“

„Ich hoffe, ich finde hier eine Anstellung. Ich kenne mich mit Kräutern aus und bin zu arbeiten gewohnt. Der Mönch im Dorf hat gemeint, ich könnte hier bei den Klöstern anfragen.“

„Bei den Klöstern!" Hilde lachte auf. „Ja, die warten sicherlich auf eine wie dich. Aber du hast mir nicht ganz geantwortet. Warum bist du aus deiner Heimat weggegangen und hast keinen Brief von deinem Herrn? Bist du weggelaufen? Oder hast du gar etwas verbrochen?" Hilde schaute sie bei den Fragen scharf an.

„Nein, ich habe nichts getan, und weggelaufen bin ich auch nicht. Man hat mich weggeschickt."

„Warum?"

„Weil ich in der Hoffnung bin."

Hilde nickte verstehend. Mehr brauchte Ursula nicht zu sagen. Aber Ursula wollte ihr alles sagen.

„Ich weiß, es ist Sünde, aber ich habe nur beim Jungbauern gelegen, weil ich dachte, er nimmt mich zum Weib und ..." Weiter kam sie nicht, denn Hilde riss das Wort an sich, als wisse sie genau, was Ursula sagen wollte. „Ja, und auf einmal will er von allem nichts wissen. Ach Mädchen, du bist nicht die einzige auf dieser Welt, der dies geschieht. Schon immer, hunderte, ach, was sag ich, tausende Frauen erwarten in diesen Tagen Kinder von Kerlen, die aber nur den Spaß, nicht die Folgen haben möchten. Nein, du bist keine Sünderin, du bist ein armes unerfahrenes Ding, das gerade gut genug für einen Bauernlümmel war." Unvermittelt wechselte sie das Thema, stand auf und reichte Ursula ein verschossenes Tontöpfchen. „So, kräuterkundig bist du also. Kennst du das?"

Ursula öffnete den Behälter, sah sich die getrockneten Blätter darin an, hielt ihre Nase darüber und schaute erschrocken auf. „Das, das ist ein Frauenkraut!" wagte sie nur zu sagen, und spürte, wie sich ihr dabei die Nackenhaare aufstellten. Sie hörte die Worte Esters in ihrem Kopf „Niemals zu niemandem!" Und jetzt fragte diese Frau sie einfach so danach.

„Schon gut, schon gut", beschwichtigte Hilde sie, der das Erschrecken Ursulas nicht verborgen geblieben war. „Dein junges Köpfchen kennt sich aus und weiß Bescheid. Aber warum hast du dein Wissen nicht genutzt?"

„Ich habe vergessen, daran zu denken." Ursula zuckte mit den Schultern. „Nach Esters Tod war alles so anders, und ich habe sie so sehr vermisst, und Ludger wollte mich."

„Ester?" fragte Hilde.

„Das war die Frau, die mir alles beigebracht hat, die Mutter des Bauern. Ich glaube, sie war sehr alt.“ Die Erinnerung an ihre alte Lehrerin und Freundin machte sie traurig, und sie spürte, wie ihr Tränen in die Augen stiegen.

Hildes Stimme wurde auf einmal unglaublich sanft. „Ist gut, Ursula. Ich verstehe. Du weißt schon recht viel, aber alles konnte dich deine Ester doch nicht lehren. Du musst noch viel lernen, vor allem über die Menschen und die Welt. Nun bist du erst einmal hier, und Hilde wäre nicht Hilde, wenn sie dich einfach wegschicken würde. Jakob, der alte Esel, wusste genau, warum er dich zu mir geschickt hat. Aber erzähl, der Starrkopf hat dich wirklich an seine Hand gelassen? Ich habe sie mir zigmal ansehen wollen und wurde von ihm nur abgewiesen.“

Ursula erzählte Hilde von dem, was sie getan hatte, und dem, was sie damals bei Ludgers Fuß Ester hatte tun sehen. Hilde nickte verständig und wunderte sich innerlich über das Gespür, welches diese junge Frau offensichtlich für helfende Kräuter und entsprechendes Handeln hatte. Sie spürte, Ursula wusste nicht, welche Begabung in ihr schlummerte. Schon jetzt hatte sie das Mädchen liebgewonnen, und erste Ideen machten sich bereits im Kopf der schlauen Hilde breit.

Daniel kam sich seine Hose zubindend hinter dem Vorhang hervor. Er legte ein paar Münzen auf den Tisch, nickte Hilde kurz zu und verschwand durch die Haustüre.

Hilde stand auf, sammelte das Geld ein und gähnte. „Ich denke, wir sollten jetzt schlafen gehen. Du kannst dich da auf die Bank legen. Das ist besser als auf dem Boden. Einen Strohsack habe ich nicht für dich. Aber ich denke, das wird schon gehen. Morgen richten wir dir ein Lager.“ Sie legte noch einen Holzscheit in die Glut des Herdfeuers, löschte die Talglichter und verschwand hinter der Decke. Ursula saß da, wunderte sich über das ihr unerklärliche Verhalten des Mannes und über die Selbstverständlichkeit, mit der Hilde sie da einfach sitzen ließ. Sie holte ihre Decke aus der Tasche und legte sich auf die Bank. Hinten hörte sie Hilde noch rumoren. Die Bank war hart, und sie vermisste etwas Stroh oder Laub unter ihren Knochen, doch schon bald übermannte sie der Schlaf.

REGENSBURG
13. SEPTEMBER 1095

Als sie wach wurde, stand Adele am Herdfeuer und rührte kräftig in einem Topf. Nun, da Ursula sich erhob, wandte sie sich ihr zu: „Na, du hast aber einen guten Schlaf. Guten Morgen. Magst du etwas Brei? Ich bin gleich fertig."

Ursula bedankte sich, legte ihre Decke zusammen und spürte nun ein Drängen, dem sie sich die ganze Nacht über verwehrt hatte. Sie wusste nicht wohin und traute sich nicht, Adele zu fragen. Da kam Hilde zur Tür herein. „Guten Morgen", wünschte auch sie und musterte Ursula. Die stapfte mittlerweile mit hochrotem Kopf von einem Bein auf das andere. Hilde bekam wieder ihr breites Grinsen. „Hinten steht ein Eimer. Adele hat ihn bestimmt noch nicht geleert. Hock dich darüber und bring ihn dann raus", sagte sie und wies Ursula mit einem Arm die Richtung. Ursula beeilte sich. Hinter dem Vorhang waren zwei Strohlager, die allerdings nicht direkt auf dem Boden lagen, sondern auf einer Art Gestell etwas darüber. In einer Ecke stand ein Holzeimer mit einem Deckel. Ursula hob den Deckel, und einige Fliegen sowie der unverkennbare Geruch von Urin kamen ihr entgegen. Schnell hockte sie sich über das Gefäß und sah sich weiter um. An der Wand hingen einige Kleider, und darunter stand eine Truhe. Sonst war in dem Raum nichts zu entdecken. Ursula erhob sich sehr erleichtert und legte den Deckel zurück auf den Eimer. Dann nahm sie ihn vorsichtig auf und trug ihn vorbei an der immer noch grinsenden Hilde auf die Gasse. Jetzt wurde ihr auch klar, warum es in der Stadt so erbärmlich roch. Jeder Haushalt leerte seine Hinterlassenschaften auf die Gasse, wo sie vor sich hin stanken. Auch wenn es ihr widerstrebte, nahm sie den Eimer und entleerte ihn vorsichtig. Dann eilte sie zurück ins Haus, schuldbewusst, als habe sie etwas Schlimmes getan.

Beim Essen fielen ihr Ruth und Lothar wieder ein, und sie erklärte Hilde, dass sie möglichst bald auf den Markt müsse, um sich bei den beiden zu melden. Denn wenn sie vorher mit Karl redeten, könnte dieser Böses vermutend sich nach Jakob umsehen. Hilde verstand, doch zu Ursulas Erstaunen fragte sie: „Welcher Markt?"

Ursula zuckte nur mit den Schultern, und Hilde stöhnte auf. „Ja, bleibt mir denn auch gar nichts erspart?" jammerte sie, doch Ursula sah, dass Hildes Augen bereits lachten. „Jetzt darf ich arme Frau diese junge unerfahrene Magd kreuz und quer durch die Stadt leiten auf der Suche nach irgendwelchen Händlern. Na, dann wollen wir mal. Komm, komm, wir sollten uns, glaube ich, beeilen, bevor deine Freunde den alten Jakob verprügeln."

Ursula sprang auf und folgte Hilde durch die Gasse. Noch immer versetzten sie die vielen eng aneinandergedrängten Hütten in Staunen, mehr noch die mehrgeschossigen Bauten und erst recht die in den Himmel ragenden Türme. Doch all das wurde durchsetzt von dem Gestank und den vielen Geräuschen. Überall waren Menschen und redeten, Frauen palaverten lauthals quer über die Gasse, Männer riefen Befehle, Kinder lärmten und schrien, und zwischendrin hörte man auch noch Schweine, Ziegen, Gänse und Pferde. Ursula hätte sich am liebsten Ohren und Nase zugehalten. Sie fand dieses Stimmenwirrwarr, gemischt mit all den Geräuschen, schier unerträglich. „Hilde!" rief sie, „Hilde, ist es hier immer so laut?"

„Kind, du brauchst mich nicht anschreien, ich höre noch sehr gut. Was meinst du mit laut?" Hilde schaute verwundert, und Ursula wusste, nur sie selbst nahm das alles so extrem wahr. Hilde war für ihre körperliche Fülle recht flink unterwegs, fand Ursula, die Mühe hatte, ihr zu folgen, denn im Gegensatz zu ihrer Führerin achtete sie nach wie vor zwischen allem Staunen und Schauen noch darauf, wohin sie ihren Fuß setzte.

Nach einigen Gassen traten die Häuserreihen zurück, und sie kamen auf einen lichten Platz. Auch hier waren viele Menschen unterwegs, und darüber hinaus sah Ursula einige Marktstände, Zelte und auch Wagen. Sofort begann sie sich umzuschauen, ob sie bei einem der Wagen vielleicht Ruth und Lothar entdecken könnte. Jetzt war sie es, die vorneweg stürmte, und Hilde musste ihr hinterhereilen. Und wirklich, nachdem Ursula den halben Marktplatz umrundet hatte, entdeckte sie ihre Weggefährten, sehr zur Freude Hildes. Die pries Gott und versicherte, dass heute ihr Glückstag sei, da sie nicht noch weiter laufen müsse. Ursula ließ sie einfach stehen und eilte zu dem Wagen.

Ruth und Lothar freuten sich sichtlich, sie zu sehen. Schnell war erzählt, wie Ursula in die Stadt gekommen war und auch schon eine Unterkunft gefunden hatte. Sie stellte Hilde ihren Freunden vor und fragte nach Karl.

„Ach, der ist bei seinen Gäulen, und wir werden ihn erst wiedersehen, wenn ich selber hinausgehe und ihn hole, damit wir fahren können." Lothar verstand die Abneigung seines Bruders gegen die Städte nicht. Ursula hatte da mehr mit Karl gemein. Noch immer fiel es ihr schwer, zwischen all den Stimmen und Geräuschen diejenigen herauszufiltern, die ihr galten. Aber sie merkte schon, dass sich in ihren Ohren eine Art Gewöhnung breitmachte. Als sie einen Augenblick darauf achtete, hörte sie zwischen all dem Treiben noch ein anderes Geräusch. Neugierig reckte sie den Hals, um herauszufinden, wo es herkam. Magisch angezogen ließ sie Ruth und Hilde einfach stehen und bewegte sich in die von ihr vermutete Richtung. Sie drängelte sich durch die Leute hindurch, und richtig, es wurde lauter. Es war ein Pfeifen, wie von Vögeln, aber nur eben ähnlich, nicht gleich. Schließlich gelangte sie an einen Wagen, vor dem viele Leute sich versammelt hatten. Sie drängelte sich nach vorne.

Auf einer Art Podest standen zwei Männer, der eine blies in ein kleines, kugeliges Etwas, das er sich vor den Mund hielt, und der andere in einen Stock, der mit Löchern versehen war, über die seine Finger huschten. Auch das Ding, in das der andere blies, hatte Löcher, die der Mann mit Hilfe seiner Finger verschloss und wieder öffnete. Beide erzeugten so ein Pfeifen in verschiedenen Höhen, diese Töne passten aber gut zueinander, fügten sich zu einer Reihe und überlappten einander wohlklingend. Zwischen den beiden Männern hüpfte eine Frau mit einer kleinen Trommel, auf die sie unablässig einschlug, im gleichen Rhythmus, wie sie ihre Füße hob und sich im Kreise drehte. Noch nie hatte Ursula dergleichen gesehen und gehört. Ja, Ludger, Arnulf und auch der Bauer konnten laut pfeifen, um die Rinder zu rufen, und Ute oder Ingrid hatten den Kleinen manchmal zur Beruhigung etwas ins Ohr gesummt, aber solche Pfeifen waren ihr neu. Und es kam noch ärger. Der eine Mann legte den Stock weg und hob etwas anderes auf. Es war ein Beutel aus einen Tierfell, von ihm hing ein Rohr, das nach unten weiter wurde, auch mit Löchern nach unten. Drei Rohre ragten aus dem Beutel nach oben. Ein dünnes und zwei dickere. Die dickeren legte sich der Mann über die Schulter, das dünne steckte er sich in den Mund, und den Fellbeutel klemmte er sich unter den Arm. Dann blies er mit dicken Backen in den Stock, und der Beutel füllte sich offenbar mit Luft. Er ergriff das nach unten hängende Rohr mit beiden Händen, so wie er vorher den Pfeifstock gehalten hatte, und als er mit seinem Arm den Beutel zusammenpresste, erhob sich ein wildes Pfeifen und Fauchen. Es dröhnte und pfiff zugleich. Da waren zwei tiefe gleichbleibende Töne und viele kleine kurze, die mit der Bewegung seiner Finger im Einklang waren. Die Frau begann wieder dazu zu hüpfen und sich zu drehen. Der andere Mann hatte nun ein Rohr, das sich am unteren Ende nach oben bog. Er erzeugte damit Töne, die gut zu dem anderen passten. Ursula kam aus dem Staunen nicht heraus. Sie vergaß alle Menschen um sich herum und hörte nur noch die Musik. Wahrscheinlich hätte sie den ganzen Tag da gestanden, wenn sie nicht plötzlich jemand sehr heftig am Arm gezogen hätte. Es war Hilde. „Hier treibst du dich rum!“ schimpfte sie. „Ich suche dich schon eine ganze Weile. Schleicht sich einfach davon, um hier bei den Gauklern und ihrer Musik zu gaffen. Komm und verabschiede dich von deinen Freunden. Wir haben nicht den ganzen Tag Zeit.“ Daraufhin zog sie Ursula hinter sich her, ohne ihre Hand wieder loszulassen. Die Umstehenden grinsten, und Ursula fühlte sich ertappt. Am Wagen ihrer Freunde angekommen berichtete Ruth, wie gut ihr Geschäft an diesem Tag lief und dass sie, wenn das so weiterginge, höchstens noch zwei Tage bleiben würden. „Lothar möchte bald weiter. Ich glaube, er möchte auf keinen Fall die Zusammenkunft in Clermont verpassen.“ Ruth verdrehte die Augen. „Dieser Mann hält einfach alle auf Trab.“ Ursula verabschiedete sich wehmütig, da sie nicht wusste, ob sie in den nächsten Tagen noch mal die Möglichkeit haben würde, zum Markt zu kommen. Hilde verabschiedete sich nicht weniger herzlich, dann verließen sie den Platz.

Ursula war voller unterschiedlicher Gefühle, die sie verwirrten, und so schwieg sie, bis sie wieder bei Hildes Haus waren. Erst als sie am Tisch sitzend einen Becher Wasser trank, fand sie zu ihrer Sprache zurück. „Hilde, was waren das für Leute, mit der Musik?“ fragte sie ihrer größten Neugierde nachgebend.

„Gaukler, fahrendes Volk. Sie ziehen von Markt zu Markt und unterhalten die Leute mit Musik, Tanz und Kunststücken.“

„Wie geht das mit diesen Klängen? Was waren das für Dinge, in die sie hineinbliesen?“

„Ach Ursula, weißt du denn gar nichts? Das war Musik, und die Dinge, das waren Instrumente, Flöten und eine Sackpfeife.“

„Ich fand das sehr aufregend und hätte mich am liebsten so wie die Frau im Kreis gedreht“, schwärmte Ursula.

„Ja, ja, Musik kann einem in die Glieder fahren und einen betören.“

Hilde räumte geschäftig in einem Regal neben der Feuerstelle herum.

„Wir sollten uns jetzt mal darum kümmern, wo wir dir ein Lager errichten. Du kannst nicht immer auf der Bank schlafen. Am besten wäre es, wenn wir dir hinten einen Platz schaffen“, sagte Hilde und winkte Ursula ihr zu folgen.

Hinter dem Vorhang blieb sie erst einmal stehen, stützte ihre Hände in die Hüften und sah sich überlegend um. „Lass uns die Truhe da rüberschieben, dann haben wir Platz“, sagte sie. Beide schoben den Holzkasten beiseite. Hilde verschwand kurz und kam mit einem groben Sack wieder. „Hier, den kannst du mit Stroh füllen. Geh die Gasse runter, und beim vierten Tor auf unserer Seite klopfst du an. Sag, dass Hilde dich schickt, und frag, ob du etwas Stroh für deinen Sack haben kannst. Ich geh derweil und frag den Nachbarn, ob er ein paar Bretter für uns hat.“

Ursula tat wie ihr geheißen und lief die Gasse hinunter. Sie klopfte an die Tür des Hauses und wartete. Da ihr niemand öffnete, drückte sie behutsam gegen die Türe, und als diese aufging, trat sie hindurch. Erstaunlicherweise stand sie aber nicht wie von ihr vermutet in einem Raum, sondern hinter der Tür tat sich ein kleiner Hof auf. Auf der Fläche stolzierten ein paar Hühner umher. Ursula trat vor und sah sich um. Es gab mehrere Türen hier, und da sie sich nicht entscheiden konnte, rief sie einfach laut: „Hallo? Hallo, ist jemand da?“

Ein Mann steckte seinen Kopf zu einer Tür heraus, die zweigeteilt war und sich oben öffnen ließ, ohne unten den Weg freizugeben.

„Was gibt's?“ fragte der Mann

„Hilde schickt mich, ich soll dich um etwas Heu oder Stroh für meinen Sack bitten.“

„Ach, hat Hilde eine Neue?“ Der Mann grinste frech. „Na komm, wir werden schon was finden, um dir ein ordentliches Bett zu schaffen.“ Er winkte Ursula heran und öffnete nun auch den unteren Teil der Türe. Hinter ihm befand sich ein niedriger Kuhstall und dahinter eine Scheune. Er ging vor, und in der Scheune drehte er sich zu Ursula um. „Gib mir deinen Sack, wir werden dir ein feines Polster schaffen.“ Wieder grinste der Kerl so unverschämt, und Ursula fragte sich, ob irgend etwas an ihr sei, das ihn belustigte. Als der Sack voll war, reichte der Mann ihn ihr zurück. „Hier, grüß mir Hilde und sag ihr, ich komme bald mal wieder rüber.“ Ursula versprach es auszurichten und lief schnell zurück. Im Haus stand Hilde am Vorhang und sah einem Mann dabei zu, wie dieser aus ein paar Brettern ein Gestell zusammenzimmerte, ähnlich dem, das in der anderen Zimmerecke stand und auf dem Hildes und Adeles Lager lagen. „Das ist Levi“, stellte Hilde ihr den Mann vor. „Er ist unser Nachbar und versteht sich auf das Schreinern. Er wird aber noch eine Weile brauchen. Also komm, wir können derweil etwas essen.“

Im Kessel am Herdfeuer stand eine Suppe. Adele musste sie gekocht haben, während sie auf dem Markt waren. Als Hilde und Ursula sich mit ihren Schalen an den Tisch setzten, kam sie herein und gesellte sich dazu. Ursula konnte nicht anders und fragte beide, wieso sie der Mann, bei dem sie das Stroh geholt hatte, so komisch angegrinst hatte und warum sie ausrichten sollte, dass er bald mal rüberkommen würde. Hilde und Adele schauten sich vielsagend an, und Hilde begann ohne viel Umschweife zu erklären. „Ursula, erinnerst du dich, was ich gestern abend über dein Schicksal sagte? Die Männer haben immer nur eines im Kopf, sie möchten bei Frauen liegen, weil es ihnen viel Vergnügen bereitet. Gott hat allerdings für dieses Vergnügen einen hohen Preis eingerichtet. Denn dabei können Kinder entstehen. Darum soll der Mann nur bei einer, seiner Frau liegen, damit er sich um sie und um die Kinder kümmert. Kinder kriegen ist aber kein leichtes Geschäft. Du wirst es bald selber wissen. Eine Frau in der Hoffnung kann nicht mehr ungehindert arbeiten, und die Geburt ist ein schweres Werk. Da die

Frauen aber nicht alle Jahre Kinder bekommen können, ohne dabei Schaden zu nehmen, verweigern sie sich ihren Männern, und die suchen sich dann andere Möglichkeiten. Wir wissen damit umzugehen und haben unsere Mittelchen, wie du weißt. Und für ihr Vergnügen sind die Kerle bereit zu bezahlen. Das ist für uns ein willkommenes Zubrot. Und manchmal macht es uns selber ja auch Freude, nicht wahr, Adele?“ Adele errötete und kicherte verlegen. Und Ursula verstand jetzt das Verhalten Daniels und auch das seltsame Grinsen des Bauern. Der dachte, Ursula wäre ein neues Vergnügen in Hildes Haus. „Ist das nicht Sünde?“ fragte Ursula, und Hilde lachte. „Ja, mein Kind, in den Augen einiger Kirchenherren ist es Sünde, aber auch bei den Mönchen und ihresgleichen gibt es eine große Anzahl derer, die auf solche Sünden nicht verzichten wollen und sich wohl hinterher gegenseitig die Absolution spenden. Mach dir aber keine Sorgen. Wir lassen hier nicht jeden rein, und du musst es uns nicht gleichtun.“

Ursula war beruhigt und löffelte ihre Suppe aus.

VOR DEN MAUERN ARQAS
15. APRIL 1099

Bevor die nächste Wehe kam, richtete Ursula sich zwischen den Felsen ein. Sie stemmte die Füße in den Boden und lehnte sich gegen den Felsen. Ihren Beutel und das Tuch hatte sie zusammen mit dem Wasser neben sich gelegt. Dann legte sie das Messer dazu und öffnete den Lederriemen, der ihre Haare zusammenhielt. Den Riemen legte sie zu dem Messer. Dann vergewisserte sie sich tastend ohne hinzusehen, wo die einzelnen Sachen lagen, damit sie sie später auch in der Dunkelheit wiederfinden konnte. Diese praktischen Überlegungen beruhigten sie etwas. Jetzt hätte sie gerne etwas von Hildes Gleichmut besessen. Noch lieber wäre ihr allerdings gewesen, die Freundin dicht an ihrer Seite zu wissen, ihre Hand in der ihren und ein paar grobe Scherze aus Hildes Mund. Tränen stiegen ihr bei den Gedanken in die Augen. Sollte sie wirklich ganz alleine das schwere Geschäft des Gebärens leisten? Würde es ihr gelingen, trotz all der Schmerzen einen klaren Kopf zu bewahren? Sie durfte auf keinen Fall das Bewusstsein verlieren. „O Gott, steh mir bei!“ Noch einmal ging sie in Gedanken alles durch, woran sie sich erinnern konnte. Was würde sie noch brauchen? Sie dachte an Regensburg zurück.

Regensburg
Winter 1095

Es hatte nicht lange gedauert, und Ursula war mit den Gewohnheiten und Verrichtungen in Hildes Haus vertraut. Ihr Bauch hatte begonnen anzuschwellen, und das Kind in ihr gab immer häufiger deutliche Zeichen seiner Existenz. Es fühlte sich ganz eigen an, wenn sich da in ihr drinnen das Kind bewegte und sie von innen in die Seite stieß. Ursula nahm sich aller Arbeiten an, die sie verrichten konnte. Auch in der Stadt kannte sie sich nach einigen Wochen ganz gut aus. Sie verlief sich auf ihren Wegen durch die Gassen nur noch selten und wusste, wo sie finden konnte, wozu Hilde sie losgeschickt hatte. Viele Dinge bezahlte man in der Stadt mit den Metallplättchen, die Heller oder auch Pfennig genannt wurden. Auch in Hildes Haus wurde meist mit Geld bezahlt. Außer mit den Vergnügen suchenden Männern beschäftigte sich Hilde auch mit Kräutern. Oft saß sie mit Ursula zusammen, und beide tauschten ihr Wissen aus. In den ersten Wochen hatte Hilde Ursula auch mitgenommen, wenn sie in den Hügeln hinter der Stadt nach Kräutern und Wurzeln suchte. Jetzt hatten die ersten scharfen Fröste eingesetzt, und seit ein paar Tagen war Schnee gefallen. Das erste, was Ursula auffiel, als sie an einem Morgen vor die Tür trat, war die frische Luft. All der Unrat, der auf die Straßen gekippt wurde, war gefroren und vom Schnee zugedeckt. Ein beständiger Wind vertrieb den Rauch der vielen Herdfeuer, und in den Gassen stank es nicht mehr so arg. Oft konnte Ursula diesen Umstand allerding nicht genießen. Das Gehen fiel ihr immer schwerer, und ihre Beine waren seit einigen Tagen etwas angeschwollen. Hilde verabreichte ihr Kräutergetränke, die sie zusammen mit dem Druck, den das Kind auf ihre Blase ausübte, immer häufiger auf den Eimer zwangen.

Regensburg
März 1096

Seit einigen Tagen war Adele dazu übergegangen, Ursula die große Hilde zu nennen. Und sie hatte nicht ganz unrecht. Ihr Leib war jetzt so rund wie Hildes Körper.

Ursula hatte nun immer wieder Schmerzen, und an diesem Abend war es besonders arg. Hilde schaute sich ihren Schützling besorgt an, betastete Ursulas Bauch und meinte: „Ja, ich glaube, wir sollten uns auf alles gefasst machen. Heute oder morgen geht es wohl los. Ursula, sei tapfer, dein Kind möchte jetzt auf die Welt kommen."

Ursula schnaufte nur kurz. „Es wird auch Zeit", stöhnte sie. „Ich habe das Gefühl, mein Bauch müsste jeden Moment platzen."

„Leg dich hin", riet Hilde ihr. „Du wirst in nächster Zeit viel Kraft brauchen."

Ursula verzog sich auf ihr Lager, doch lange konnte sie dort nicht liegenbleiben. Immer wieder zog es heftig in ihrem Rücken, und die Schmerzen machten ihr angst.

Als sie aufstand, um zu Hilde zu gehen, spürte sie etwas Heißes ihre Beine hinunterlaufen. „Hilde, Hilde, ich glaube, das Wasser fließt gerade aus mir", rief sie nach vorne. Hilde war sofort bei ihr. Sie richtete Ursulas Lager, schob den Strohsack zusammen, so dass er zur Wand hin ein dickes Kissen ergab. Dann breitete sie ein Tuch auf dem Lager aus. „Leg dich wieder hin", sagte sie zu Ursula, und Adele rief sie zu: „Setz einen Kessel mit Wasser auf und bring uns saubere Tücher."

Ursula lehnte sich in das Kissen zurück, und Hilde hob ihren Rock an. Sie hieß Ursula die Beine anwinkeln und tastete vorsichtig nach Ursulas Öffnung. Wieder schwoll der Schmerz an, und Ursula schnaufte ängstlich. „Es wird noch etwas dauern", versuchte Hilde sie zu beruhigen. „Die Schmerzen werden jetzt immer häufiger hintereinander kommen. Wenn du den Druck dann ganz unten fühlst, sag mir Bescheid. Ich hole dir etwas zu trinken."

Hilde stand auf und kehrte kurz darauf mit einem Becher zurück. „Hier trink."

Ursula nahm einen Schluck und verzog das Gesicht. „Puh, was ist das? Das ist aber bitter."

„Das wird dir helfen", gab Hilde ihr schlicht zur Auskunft und betastete dann wieder Ursulas Bauch.

Hilde behielt recht, es dauerte noch die halbe Nacht, bis Ursula, die kaum noch Luft bekam, vor lauter Schmerz ihr andeutete, dass sie den Druck nun ganz unten zu spüren meinte. Hilde steckte daraufhin einen Finger in ihre Öffnung und ertastete Ursulas Scheide. „Es ist soweit. Pass auf Ursula, wenn du die nächsten Schmerzen kommen fühlst, holst du ganz tief Luft und beißt die Zähne zusammen. Und dann drückst du, so fest du kannst. Nur Mut. Es ist nicht leicht, aber du bist stark."

Der Schmerz kam, und Ursula tat, wie ihr geheißen. Die Wehe schwoll an, und Ursula hatte das Gefühl, alles in ihr würde schmerzlich zerreißen.

„Gut!" rief Hilde. „Das war sehr gut. Jetzt gleich noch einmal." Mit ihren Fingern versuchte sie, Ursulas Öffnung vorsichtig zu weiten. Ursula holte tief Luft, und Hilde spürte, wie sich alle Muskeln der jungen Frau anspannten. Ursula bäumte sich leicht auf, und mit einem gellenden Schrei mobilisierte sie all ihre Kraft. Hilde hielt ihre Hand und rief Adele zu sich. „Komm her. Du musst Ursula helfen. Beim nächsten Mal drückst du ihr hier und hier auf den Bauch."

Adele machte sich bereit, und Ursula holte mit ängstlich aufgerissenen Augen erneut tief Luft. Der Schmerz kam wieder, und Ursula versuchte, so gut es ging, die Kontraktion ihrer Muskeln zu unterstützen. Hilde gab Adele ein Zeichen, und die junge Frau stützte sich auf Ursulas Bauch. Irgend etwas geriet in Bewegung. „Nur noch ein Mal!" triumphierte Hilde. „Ursula, du hast es gleich geschafft!"

Ursula war, als müsse sie das Bewusstsein verlieren. Sie bekam kaum noch Luft. Wenn doch bloß diese Schmerzen vorbei wären. Wieder spürte sie das Anschwellen. Hilde rief ihr zu: „Hol Luft! Komm, mein Mädchen, noch ein Mal kräftig."

Ursula schrie, Adele lag mit ihrem ganzen Gewicht auf ihrem Bauch, und plötzlich wich aller Druck. Hilde griff beherzt zu, wischte mit einem Tuch etwas ab. Und dann war da ein heller, krächzender Schrei. Hilde grinste über das ganze Gesicht. Sie hob einen kleinen Menschen hoch und präsentierte ihn Ursula. „Es ist ein Mädchen. Du hast eine Tochter, Ursula.“ Unter Tränen schloss Ursula ihr Kind in die Arme. Ganz vorsichtig hielt sie es. Aus dem Bauch des Kindes wand sich ein fingerdicker Strang. Ursula schaute ungläubig darauf und folgte den Windungen bis zwischen ihre Beine. Hilde wuselte geschäftig um die beiden herum. Sie nahm einen Bindfaden und verknotete ihn ganz feste in etwas Abstand zu dem Bauch des Kindes. Dann machte sie mit einem weiteren Faden das Gleiche noch einmal direkt neben dem ersten Knoten. Mit einem Messer schnitt sie zwischen den Fäden die Verbindung von Mutter und Kind durch. „So. nun gib mir die Kleine“, sagte sie drauf. „Wir müssen sie saubermachen und dann warm einpacken. Ach, schau dir diese kleinen Fingerchen an.“

Während Hilde das Neugeborene versorgte, kam Ursula langsam wieder zu Atem. Dann spürte sie plötzlich wieder ein Zusammenziehen ihres Leibes. „Hilde!“ rief sie erschrocken. „Es ist noch nicht vorbei!“

„Ja, ja, nur ruhig. Da kommt jetzt der Rest, das wird aber nicht mehr schlimm.“ Sie übergab Adele das frisch eingepackte Kind und griff nach dem Ende des blutigen Stranges, der aus Ursula kam. Ganz vorsichtig zog sie daran, und mit Ursulas Hilfe kam zum Vorschein, was Ursula damals auch auf der Weide bei der geschlachteten Kuh gesehen hatte. „So, das war’s“, verkündete Hilde und begann Ursula zu waschen und sauberzuwischen. Dann schob sie ihr ein sauberes Tuch zwischen die Beine und zog das befleckte Laken unter ihr weg. Adele hatte das Kind an Ursula weitergereicht, und in den Armen seiner Mutter hörte es zu schreien auf.

„Ein Mädchen“, schnaufte Hilde. „Gott sei Dank. Was anderes hätte ich dir nie verziehen.“ Sie zwinkerte Ursula zu. „Na, wie soll es heißen?“ Ursula brauchte nicht zu überlegen. Ohne weiter darüber nachzudenken, antwortete sie im gleichen Moment: „Ester.“

VOR DEN MAUERN ARQAS
15. APRIL 1099

„Herr Gott! Bitte Gott, hilf.“

Ursula stemmte ihre Füße in den Boden und biss die Zähne zusammen. Der Schmerz ebbte wieder ab. In Gedanken ging sie noch einmal alles durch. Sie breitete ihren Rock unter sich aus. Das Vorderteil raffte sie nach oben unter ihrem Bauch zusammen. Sie löste ihre Schürze und legte sie neben sich. In ihr Tuch wollte sie das Kind wickeln. Messer und Schnüre lagen bereit. Mit der Schürze konnte sie sich später säubern. Sie nahm noch einen Schluck Wasser. Dann begann sie unvermittelt zu weinen. „Herr Gott, bitte, bitte, nicht wieder“, stammelte sie. „Heilige Mutter Gottes, steh uns bei. Ich bin eine Sünderin, aber das Kind kann doch nichts dafür.“ In ihrem Flehen lagen all ihre Angst und die Erinnerung an einen lange verdrängten Schmerz.

REGENSBURG
3. APRIL 1096

Bereits nach zwei Tagen versuchte Ursula zum ersten Mal aufzustehen. Sie fühlte sich noch schwach, aber sie wollte auch nicht mehr liegen. Ganz langsam richtete sie sich neben ihrem Lager auf und schlurfte mit winzigen Schritten die Wand entlang nach vorne. Hilde und Adele waren nicht da, aber sie hatte Durst und wollte die Gelegenheit nutzen, ohne Hilde die Möglichkeit zu geben, sie gleich wieder schimpfend zum Liegen zu verdammen. Ester schlief ruhig in ihrem Korb, der von der Decke herabhing. Ursula schaffte es bis zur Bank und setzte sich. Von der Bank aus reichte sie an den Kessel und schöpfte sich etwas von dem Kräuteraufguss, den Hilde ihr bereitet hatte. Sie trank und atmete auf. Die wenigen Schritte hatten ihr den Schweiß auf die Stirne getrieben. Ihre Brüste spannten. Sie waren viel größer geworden und hatten sich mit Muttermilch gefüllt, die Ester begierig aufsaugte, sobald Ursula sie anlegte. Vorsichtig erhob sie sich jetzt erneut und schlurfte zum Eimer. Dann reichte ihre Kraft gerade noch aus, um bis zu ihrem Lager zu kommen.

Sie legte sich wieder hin.

Am Abend weckte Hilde sie sanft. Ursula war, nachdem sie Ester die Brust gegeben hatte, fest eingeschlafen. Hilde wusste, bald würde sich der Säugling wieder melden, und reichte Ursula eine Schale mit Brühe. „Hier trink. Das gibt Kraft." Ursula folgte, und nachdem sie einige Schlucke genommen hatte, rührte Ester sich bereits in ihrem Korb. Nur einen Moment später ließ sie ihr schrilles Stimmchen erschallen. Hilde nahm die Kleine aus dem Korb und reichte sie Ursula, die bereits ihre Brust entblößt hatte. Als sie Ester nun an die Brustwarze führte, erschrak sie. Esters Köpfchen war ganz heiß. „Hilde, fühl mal. Ich glaube, wir haben unser Mädchen zu warm eingepackt." Hilde kam hinzu und legte ihre Hand auf den Kopf des saugenden Kindes. Sie runzelte die Stirn. „Hm“, grunzte sie nur, und Ursula konnte die Sorge in Hildes Gesicht sehen. „Was ist?“

„Ich kann es nicht sagen.“ Hilde zuckte mit den Schultern. „Vielleicht ein kleines Fieber. Das kommt bei Kindern vor. Es muss nichts bedeuten. Warten wir’s ab.“

Als Ester satt war, erneuerte Ursula ihre Windeln und legte sie in den Korb zurück. Das Mädchen schien vom Trinken erschöpft und schloss ohne zu quäken die Äuglein. Auch Ursula legte sich zurück. War es ihr kleiner heimlicher Ausflug? Sie fühlte sich sehr matt. Aber sie hatte ja auch nicht viel Schlaf gehabt in den letzten Tagen. Sie schlief wie ihre Tochter gleich ein.

Am frühen Morgen riss eine innere Unruhe Ursula die Augen auf. Noch war es draußen nicht ganz hell, aber die ersten Vorboten des Morgens drangen schon als sanfter Schein ins Haus. Hilde und Adele schliefen noch. Leise setzte Ursula sich auf, zog das von der Decke hängende Körbchen zu sich heran und schaute voller Liebe auf ihre Tochter. Vorsichtig hob sie den kleinen Körper an. Ihr stockte der Atem. Ester war stocksteif, und als sie sie an sich drückte, fühlte sie die eisige Kälte des kleinen Körpers. Ursula hielt das Gesicht ihrer Tochter ganz dicht vor ihre Wange, lauschend und spürend. Ihr Schrei zerriss die morgendliche Stille der Gasse. Es war ein Urlaut voller Schmerz und Trauer, und jeder, der ihn im Umkreis hörte, fühlte den Hauch eines unbegreiflichen Geschehens.

Hilde und Adele waren sofort bei Ursula, aber auch sie konnten nichts mehr tun. Ursulas Schreie wandelten sich zu einem tiefen Schluchzen. Das Kind im Arm rollte sie sich auf ihrem Lager zusammen und weinte bittere Tränen. Auch Hilde und Adele weinten, als die ersten Leute aus den umliegenden Hütten hereingestürzt kamen. Hilde stand auf und schob die Menschen wortlos aus dem Haus.

Nur mit Adeles Hilfe gelang es Hilde, Ursula den kleinen Leichnam zu entwinden. Sie packte das Kind aus und untersuchte es kurz. Traurig den Kopf schüttelnd schlug sie es dann in ein frisches Tuch ein und verschnürte es mit Stoffstreifen. Dann kehrte sie an Ursulas Lager zurück. Behutsam streichelte sie der jungen Frau über den Kopf und den Rücken. „Meine arme, arme Ursula.“

Vor den Toren Arqas
15. April 1099

„Herr Gott, ich bin sündig, aber nicht dieses Kind. Es ist die Frucht der Liebe zwischen Roderich und mir. Herr Gott, gib mir Kraft und mache dieses Kind noch viel stärker. Herr Gott, lass es leben. Bitte, bitte, lass es leben.“ Aus ihrem tiefsten Inneren heraus betete Ursula voller Inbrunst. „Herr Gott, bitte. Hat dein Diener, der Papst, nicht gesagt, alle Sünden sind uns mit dieser Pilgerfahrt vergeben? Herr, nicht um meinetwillen, dem Kind zuliebe, Herr, gib mir Kraft.“

Eine neue Wehe nahm Ursula die Luft. Sie ließ sich gehen, schrie den Schmerz und ihre Verzweiflung heraus. Gellend verhallten ihre Schreie im Dunkel der Nacht, ungehört.

REGENSBURG
APRIL/MAI 1096

Ursula war nicht mehr dieselbe. Nach mehreren Tagen, die sie, nicht ansprechbar, ohne Essen und Trinken auf ihrem Lager verbracht hatte, stand sie plötzlich auf. Hilde eilte zu ihr. Ursula sah sie mit dunkel umrandeten Augen an. „Wo habt ihr sie hingebracht? Bring mich zu ihr“, raunte sie mit rauher, trockener Stimme.

Hilde half ihr beim Anziehen und führte sie dann aus der Stadt hinaus zum Friedhof. Hinter dem Gräberfeld außerhalb der Mauer war ein kleiner Hügel aufgeworfen.

„Hier“, sagte Hilde nur. Sie wusste nicht, was sie sonst sagen sollte.

Ursula fiel auf die Knie, streichelte die Erde und begann leise zu wimmern. Hilde blieb bei ihr stehen. Mit einem Mal ging ein Ruck durch Ursulas Körper. Sie richtete sich kerzengerade auf, den Blick in unbestimmte Ferne, und ging, ohne Hilde zu beachten, wieder zur Stadt. Hilde folgte ihr. Im Haus angekommen holte Ursula ihre Tasche hinter der Truhe hervor und begann, ihre Habseligkeiten hineinzustopfen.

„Ursula, was machst du?“ fragte Hilde, die ihr Tun beobachtete.

„Ich muss gehen, Hilde. Ich bin schlecht, und Gottes Zorn liegt auf mir. Ich bringe nur Unglück und Unheil. Meine Eltern starben, die alte Ester verließ mich, und ich wurde vom Hof gejagt, jetzt habe ich auch mein Kind auf dem Gewissen. Ich muss gehen, bevor ich auch noch dir und allen anderen Unheil bringe.“

„Was redest du für dummes Zeug?“ Hilde brauste auf. „Auf der Stelle stellst du deine Tasche weg. Du bleibst hier. Ich werde dich nicht gehen lassen. Ja, Ester ist gestorben. Viele Kinder sterben, und man weiß nicht, warum. Wir wissen nicht, was Gott damit bezweckt, aber es ist nicht deine Schuld. Du warst gut zu deiner Tochter, und du kannst für ihren Tod genausowenig wie für den Tod deiner Eltern und den der alten Bäuerin. Du bleibst hier. Hast du verstanden?“

Hilde trat auf Ursula zu und nahm ihr die Tasche weg. Ursula sackte zusammen und fiel Hilde um den Hals. Bitterlich fing sie an zu schluchzen und zu weinen, und Hilde konnte nichts tun, als sie zu halten. Doch es war genau diese Umarmung, die Ursula unermesslichen Trost spendete. Seit dem Tod ihrer Mutter hatten sich der Körper und die Seele der jungen Frau nach dieser Umarmung, der Nähe und dem Trost, nach Geborgenheit und Liebe gesehnt. Nun, in ihrem tiefsten Unglück, spürte sie die ehrliche Liebe und Sorge, die Hilde ihr entgegenbrachte. Eine kleine Flamme Hoffnung und Lebenswille glommen in ihr auf, aber der Schmerz überwog nach wie vor.

In den folgenden Tagen begann Ursula, wieder mehr am Leben im Haus teilzunehmen. Sie sprach nicht viel und verrichtete ihre Aufgaben mit großer Sorgfalt. Hilde beobachtete sie aufmerksam, aus Angst, Ursula könnte wieder einen Zusammenbruch haben oder auf neue dumme Gedanken kommen. Aber nichts dergleichen geschah. Ursula war wortkarg, und ihr Gesicht hatte allem Anschein nach härtere Züge bekommen. Nach zwei, drei Tagen nahm Ursula tägliche Gänge durch die Stadt auf. Zuerst ließ Hilde sie alleine gehen, aber nach ein paar Tagen ging sie, von Sorge und Neugierde getrieben, hinter Ursula her. Die junge Frau lief scheinbar planlos durch die Gassen der Stadt, doch dann führte sie ihr Weg schnurstracks in eine der Kirchen. Hilde folgte ihr und sah Ursula in einem Eck des Kirchenraumes auf dem Boden kauern. Im Chor erklang der Psalmgesang der Mönche, und Ursula kniete, hörte und schlug sich zum Zeichen ihrer Sündigkeit vor die Brust.

Hilde wusste nicht, was sie davon halten sollte. Fand Ursula hier Trost? Wenn es dem Mädchen half, war es sicherlich nicht falsch. Mit diesen Gedanken verließ Hilde das Gotteshaus und ließ Ursula von da an gehen, wohin sie wollte.

Als sie diesen Abend beim Abendbrot saßen, klopfte es kräftig an die Tür. Hilde stand auf und öffnete. Ein Mann kam herein und setzte sich gleich zu den Frauen an den Tisch. Er erzählte, dass sich vor der Stadt, auf der anderen Seite des Flusses, viele Menschen eingefunden hätten. Es seien Fremde, die aus dem Westen kämen, und die sich, so hätte er jedenfalls gehört, auf einer Pilgerfahrt befänden. Während er das alles erzählte, konnte er seine Augen nicht von Ursula lassen.

Die Pilger lagerten am Ufer und warteten auf ihre Führer, einen Ritter und einen Einsiedler, dem der Engel Gabriel erschienen sei und einen himmlischen Brief übergeben habe.

„Aber wie ich sehe, sitzt ein Engel hier in diesem Haus“, schmeichelte er Ursula und legte ihr seine Hand auf den Unterarm. Hilde wollte gleich etwas sagen, aber ein Blick Ursulas gab ihr zu verstehen, es sei schon in Ordnung.

„Ich habe schon manch einen aus der Stadt von deiner Schönheit schwärmen hören“, sagte er und streichelte Ursulas Arm auf und ab. „Willst du mir nicht ein wenig zu Gefallen sein? Ich zahle gut.“

Ursula stand auf. „Komm“, forderte sie den Mann auf und zog ihn hinter sich her zu ihrem Lager. Hilde und Adele sahen sich verdutzt an. Ursula legte sich auf den Rücken und hob ihren Rock. Der Mann war schon bereit, entledigte sich seiner Beinkleider und legte sich auf sie. Es dauerte nicht lange. Ursula hob sich dem Mann entgegen, aber mehr als ein Schnaufen war von ihr nicht zu hören. Der Mann wurde dafür um so lauter. Als er fertig war, erhob er sich, tätschelte Ursula die Wange und zog sich wieder an. „Das war gut“, sagte er noch, ging nach vorne, gab Hilde einige Münzen und verschwand. Ursula stand auf, wischte sich sauber und gesellte sich wieder an den Tisch.

„Was war denn das?“ fragte Hilde verwundert.

Ursula zuckte mit den Schultern, und mit gleichgültiger Stimme erwiderte sie: „Er hat mir gefallen. Ich möchte ab jetzt auch zu unserem Haushalt beitragen.“

„Ursula, du weißt, dass du das nicht musst.“ Hilde war sich nicht sicher, was sie von Ursulas Wandlung halten sollte.

„Ich weiß“, sagte Ursula daraufhin noch immer mit unbewegter Stimme. „Ich nehme auch nicht jeden.“

Damit gab sich Hilde zufrieden. Ein paar Heller mehr konnten ihrem Haushalt nicht schaden, und sie wusste, dass einige Männer der Nachbarschaft schon lange auf diese Gelegenheit warteten, der jungen Magd mehr als nahe zu kommen.

REGENSBURG
3. MAI 1096

Am nächsten Tag war die ganze Stadt in Aufruhr. Am anderen Flussufer hatte sich eine unglaubliche Menge Menschen angesammelt. Soweit Ursula schauen konnte, sah sie Wagen, Zelte und Menschen. Die ganze Stadt war in Bewegung. Jeder wollte einen Blick auf dieses Schauspiel erhaschen, und jede Menge Gerüchte waren in Umlauf.

„Das ist eine Pilgerschar unterwegs nach Jerusalem“, sagte jemand, der hinter Ursula stand.

„Sie werden angeführt von einem heiligen Mann.“

„Ja, Peter heißt der und ist ein Einsiedler. Ich habe gehört, er soll schon in der Stadt sein. Er trifft den Bischof und die Äbte mit einem Brief des Papstes.“

„Nein, den Brief hat er vom Erzengel Gabriel. Der Engel soll ihn selbst mit einer Feder, die er sich aus dem Flügel riss, geschrieben haben.“

„Aber der Einsiedler kommt vom Papst und wird heute noch auf dem Markt sprechen.“

Ursula hörte all diese Vermutungen und begab sich wieder auf ihren täglichen Gang durch die Stadt. Als sie zum Marktplatz kam, hatten sich dort schon viele Menschen versammelt. Ursula wollte am Rand der Menge um den Platz herumgehen, doch als sie etwa die Hälfte ihres Weges geschafft hatte, tat sich plötzlich eine Gasse auf, und mehrere Reiter preschten da hinein, die Menge teilend. Ursula musste stehenbleiben. Hinter den Reitern kamen in würdigem Tempo ein Herr auf einem hohen Ross und neben ihm eine Gestalt, die auf einem Esel saß.

„Da kommt er“, raunte es aus der Menge. „Peter der Einsiedler!“

„Der auf dem Pferd ist ein Graf!“

„Ja, aus dem Rheinland, Graf Emicho.“

Interessiert schaute Ursula sich die Herannahenden genauer an. Der Graf saß hochmütig auf seinem Ross und schien keine Augen für die Menschen auf dem Markt zu haben. Der, den sie Peter den Einsiedler nannten, schaute gutmütig, und Ursula fand, der Blick dieser Gestalt ähnelte dem des Esels, auf dem er ritt. Der Mann hatte eine löchrige, in Fetzen herunterhängende, graue Kutte an. Seine nackten Beine waren ebenso schmutzig und grau wie sein Gewand und sein Reittier. Als er dicht an Ursula vorbeiritt, roch sie, dass beide, Mensch und Tier, abscheulich stanken. Haare und Bart des Mannes waren strähnig und verklebt, und auch die Hände waren alles andere als sauber. Eine dieser schmutzigen Pranken hielt der Mann hoch über seinen Kopf und präsentierte den Umstehenden eine Pergamentrolle, mit der anderen hielt er die Zügel des Esels.

Als der Zug vorbei war, wollte Ursula ihren Gang fortsetzen, doch die aus den Gassen nachströmenden Menschen machten es ihr unmöglich, auch nur einen Schritt in die gewollte Richtung zu gehen. Statt dessen wurde sie fast bis in die Mitte des Platzes gedrängt. Dieser Graf und sein hässlicher Begleiter hatten die Brüstung des Brunnens bestiegen, und als der Einsiedler beide Hände hob, verstummte die ganze Menge. Ursula fühlte sich nicht wohl, so eingezwängt zwischen all den Menschen, und wollte noch einmal versuchen, sich durchzudrängen, da öffnete der Einsiedler den Mund und begann zu sprechen. Verwundert und fasziniert drehte sich Ursula wieder um. Die Stimme des Mannes passte überhaupt nicht zu seinem Erscheinungsbild. Ohne wirklich laut zu sein, drang sie doch über den ganzen Platz. Sie hatte einen angenehmen, klaren Klang, wie eine Glocke, und der Kontrast zu ihrem Eigentümer erweckte in Ursula das Gefühl, nicht der schmutzige Mann rede, sondern es würde durch ihn gesprochen. Ja, sie hatte das Gefühl, diese Stimme sei nicht von dieser Welt. Verwirrt versuchte sie sich auf den Inhalt der Rede zu konzentrieren. Sie verstand den Einsiedler nur teilweise, da dieser in mehreren Sprachen gleichzeitig zu reden schien.

„Und der Engel des Herrn brachte mir die Botschaft unseres Heilands Jesus. Er schrieb mir …“, wieder hielt er das Pergament hoch, „Peter, du liebstes meiner Erdenkinder, entflamme die Herzen der Gläubigen, Jerusalem und die heiligen Stätten zu säubern und den Dienst in den Heiligtümern wiederherzustellen. Brüder und Schwestern von Regensburg, darum bin ich zu euch gekommen. Und darum war ich auch in Clermont, wo ich Papst Urban, den Stellvertreter Christi selber traf, der an alle Welt eine Botschaft sprach. Macht euch auf in das Heilige Land, sagt der Papst. Befreit die Wege der Pilger von der Bedrohung durch Heiden und Turkmenen. Brecht auf nach Jerusalem und reinigt den Ort, da unser Herrgott einst einherschritt, von dem Frevel und der Schande, die fremde Völker in meinen Tempeln verrichten.

Hört, ihr Christen von Regensburg, Papst Urban sichert einem jeden, der das Kreuz nimmt und sich der Pilgerfahrt ins Heilige Land anschließt, die Vergebung all seiner Sünden zu. Ein jeder, der sich auf diesen Weg begibt, und auch alle, die auf diesem Weg im Streit für Gott umkommen, gehen direkt ein in das Himmelreich. Ich selbst habe bereits einmal die Pilgerschaft angetreten, doch der Engel des Herrn rief mich zurück. Peter, Peter, rief er mir zu. Was ziehst du alleine und nimmst niemanden mit?

Ich folgte dem Ruf und bekam diesen Brief Gottes überbracht. Mit ihm war ich beim Papst in Clermont, und er gab uns allen seinen Segen. Alle, die mit mir ziehen, Jerusalem und das Grab unseres Herrn Jesus Christus zu befreien, handeln nach Gottes Willen. Macht euch alle auf den Weg. Gott will es!“ Hier wurde die Stimme des Einsiedlers lauter und klang Ursula in den Ohren wie eine große Glocke. „Gott will es!“ rief der Mann erneut, und schon jubelten die Menschen ihm alle zu und nahmen den Ruf auf. „GOTT WILL ES!“ brüllten auf einmal tausende Kehlen. Ursula selbst rief mit und spürte, wie auch sie von der Begeisterung aller ergriffen wurde.

Der Graf hob die Hand, und die Menge verstummte.

„Nehmt das Kreuz auf euch. Zum äußeren Zeichen heftet euch das Kreuz auf euer Gewand, es ist das Zeichen des Gelübdes für den Weg nach Jerusalem. Alle, die das Kreuz nehmen, werden das Heil schauen, wer verzagt und umkehrt, sei verdammt. Wer aber weitergeht, bis getan ist, was getan werden muss, der darf auch nehmen, was ihm auf dem Weg zufällt. Der Weg ist lang und schwer. Nehmt Vorräte mit und wappnet euch. Lasst alles zurück, denn dort, wo ihr hingeht, wird euch gegeben werden.

Fremde Völker aus dem Osten haben die heiligen Stätten geschändet. Sie verehren einen fremden Gott und verbreiten ihre Lehren überall dort. Macht euch auf den Weg und wendet euch gegen diese Feinde der Kirche. Deus lo vult!“ rief auch er.

Und die Menge antwortete ihm begeistert „Deus lo vult!“

Der Einsiedler hob erneut seine Arme, und als Stille einkehrte, sprang ein Mann mit einem sichtbaren roten Kreuz auf seinem Wams auf den Brunnen und rief: „Seht, wir sind auf dem langen Weg nach Jerusalem, um uns an den fremden Völkern zu rächen, die unsere Heiligen Orte schänden, aber wir kehren unserem eigenen Land den Rücken zu, obwohl doch mitten unter uns Juden leben. Wir wollen die Feinde Gottes in einem fernen Land bekämpfen, wo hier unter unseren Augen doch das gottesfeindlichste Volk aller ist, die Nachkommenschaft jener, die Gott an das Kreuz schlugen. Nehmt das Kreuz! Macht euch auf den Weg! Doch beginnt mit den heilbringenden Taten hier und sogleich. Alle, die sich nicht taufen lassen, sind Feinde Gottes!“

Ein Aufruhr ging durch die Menge. Viele nickten zu der Rede, und wieder ertönte der Ruf „Deus lo vult!“ Ursula lief ein Schauer über den Rücken, als ein Schrei durch all das Gebrüll der Menschen drang. Einige hatten sich einen durch seine Kleider erkennbaren Juden geschnappt. Sie zogen ihn an seinem Bart durch die Menge, schlugen und traten ihn. Der Mann stürzte, und die Menge war sogleich über ihm. Dann reckten sich blutige Hände zum Himmel. „Deus lo vult!“ brüllte die Menge und geriet unversehens in Bewegung. Ursula presste sich zwischen Leibern hindurch und gelangte schließlich an eine Hausmauer. In alle Richtungen stürmte die Menge auseinander. „Zu den Juden!“ brüllte ein Vorbeilaufender. „Holt die Juden!“ riefen andere. Ursula drückte sich an der Hauswand entlang bis zur Gasse und verließ dann so schnell sie konnte den Marktplatz. Schon hörte sie Schreie um Hilfe und Gnade. Sie lief durch die Gasse, wusste aber auf einmal nicht, welche Richtung sie nehmen musste. Sie wollte nach Hause, doch wo war das? Sie bog in die nächste Gasse. Vor ihr wurden Schreie laut, sie drehte um und flüchtete in eine andere Richtung. Überall waren Schreie und Rufe zu hören. Sie gelangte auf einen kleinen Hof zwischen einigen Häusern. Aus einem Haus kam ein Mann mit einem Schwert in der Hand. Er zog eine Frau an ihren Haaren hinter sich her. Die Frau schrie und drückte ängstlich ein Bündel an ihre Brust. Der Mann gab ihr einen Stoß, und sie fiel hin. „Nein, nein!“ schrie sie schrill. „Lass mich, ich habe nichts getan.“ Der Mann hieb ihr mit der Faust ins Gesicht. „Ihr habt den Herrn gemordet. Lass dich taufen oder du stirbst.“ „Nein!“ brüllte die Frau. „Hilfe! Hilfe! Solomon, mein Mann! Hilf mir!“

Der Mann riss die Frau herum und schlug sie erneut ins Gesicht. Dann griff er nach dem Bündel. „Nein, nein!“ Noch schriller und lauter schrie die Frau. „Lass mein Kind! Es hat nichts getan.“ Der Mann hielt den Säugling an einem Arm in die Höhe, auch das Kind schrie. Die Frau warf sich dem Mann zu Füßen, umarmte sein Bein. „Bitte, bitte, lass das Kind!“ schluchzte sie. „Lasst euch taufen oder …“ Er hob sein Schwert. „Nein, nein!“ brüllte die Frau. „Solomon! Solomon, wo bist du, hilf uns!“

Ein Tritt warf die Frau auf den Rücken. Ihr Peiniger schritt derweil mit dem Kind, das er jetzt an beiden Füßen hielt, über den Platz. Die Arme des schreienden Bündels schleiften über die Erde. Die Frau lief ihm nach, zerrte an seinem Arm und bekam erneut einen Schlag, so dass sie hinfiel. Mit einem Mal holte der Mann aus und schlug das Kind auf die Stufen des nächsten Hauses. Ursula hörte das Geräusch von berstenden Knochen, und die Schreie von Mutter und Kind drangen ihr durch Mark und Bein. Noch einmal schmetterte der Mann den kleinen Körper auf die Stufen. Dann ließ er ihn verächtlich fallen. Die Frau wollte sich auf ihr Kind stürzen. Sie brüllte nur noch unartikulierte Laute. Als sie bei dem blutigen Bündel angekommen war, versetzte ihr der Mann einen Hieb mit dem Schwert. An der Schulter der Frau klaffte eine große Wunde. Von der Wucht des Schlages getroffen, taumelte sie, und das Schwert traf sie erneut am Hals. Blut spritzte hervor, und die Frau fiel zuckend zu Boden. „Was hast du getan!“ Ein Mann kam um die Ecke gestürmt und wollte sich auf den Fremden stürzen. „Mein Weib, was hast du mit meinem Weib getan?“ rief er.

Ohne Hast drehte sich der Angesprochene um und hob kaum merklich das Schwert, und Solomon rannte direkt in die Klinge. Mit Kraft stieß der Mann die Klinge nach, und sie trat aus dem Rücken des Juden wieder hervor. Dieser gab nur noch ein Röcheln von sich. Mit Hilfe seines Fußes zog der blutrünstige Pilger seine Waffe aus Solomons Körper. Ursula stand da und konnte sich vor Entsetzen nicht von der Stelle rühren. Jetzt kam der Mann auf sie zu. Ein grausames Grinsen lag auf seinem Gesicht. Ursula bekreuzigte sich. Das Grinsen wich sichtlicher Enttäuschung. Der Kerl drehte sich um und stürmte in die nächstbeste Gasse. Jetzt erst wich die Schreckensstarre von Ursula, und sie wurde wieder Herr ihrer Füße. Sie lief zurück und versuchte sich zu orientieren. Überall waren Schreie und kamen Menschen gelaufen. In Gruppen, Waffen und Knüppel schwingend, einzelne Frauen und Männer mit ängstlichen Gesichtern auf der Flucht. Ursula fand eine Gasse, die ihr vertraut war, und lief weiter.

Je näher sie Hildes Haus kam, desto lauter wurden auch da schreckliche Schreie, und das Stück Himmel zwischen den Häusern verdunkelte sich durch Rauch. Als Ursula um die Ecke bog, blieb ihr beinahe das Herz stehen. Das Haus des Nachbarn Levi stand in Flammen. Schon hatten einige Nachbarn angefangen, mit Wassereimern das Feuer zu bekämpfen. Es waren viele Leute auf den Platz. Dann sah Ursula Hilde, wie sie beladen mit Sachen aus ihrem Haus gerannt kam. Hilde erblickte Ursula. „Ursula, schnell, komm! Wir müssen rausschaffen, was zu retten ist, bevor die Flammen übergreifen." Ursula verstand und stürmte mit Hilde ins Haus. Sie packte ihre Tasche und was sie sonst noch greifen konnte. Die Tasche war ihr am wichtigsten. In ihr befand sich alles, was sie besaß. Sie griff sich die Kleider, die an der Wand hingen, und die Decken von den Lagern. Dann rannte sie wieder auf den Platz. Schon füllte unheilvoller Rauch den Raum. Hilde und sie zerrten die Bänke und den Tisch nach draußen. Dann Geschirr und die Strohsäcke, alles, was brennen könnte, und alles, was irgendwie wert erschien, gerettet zu werden. Ursula wollte erneut hineinlaufen, doch kräftige Hände hielten sie zurück. „Nein, du kannst nicht mehr rein", rief ihr ein Mann ins Ohr, „schau doch, das Dach brennt bereits."

Verzweifelt sah Ursula sich nach Hilde um. Die saß auf dem Haufen geretteter Sachen und schaute resigniert auf die Flammen. Ursula trat zu ihr und sah, dass Hilde weinte. Als das Dach einstürzte und das Gebälk des Nachbarhauses auf die Gasse zu stürzen drohte, zogen sich die Leute zurück und schütteten das Wasser lieber auf die anderen Häuser als in die Flammen. Gleichzeitig gaben sie Ursula die Sicht auf etwas frei, was sie bis dahin nicht gesehen hatte. Vor dem Haus des Nachbarn lagen mehrere leblose Körper auf dem Boden. Ursula stockte der Atem. Sie erkannte im Licht der lodernden Flammen Levi und dessen Vater. „Nein, das darf nicht sein!“ Trotz der großen Hitze näherte sich Ursula den Leichen, und auch ihr schossen die Tränen in die Augen. Im Dreck der Gasse lag Adele mit weit aufgerissenen Augen und einem großen, dunklen Fleck auf der Brust. Gleich neben ihr, kaum noch zu erkennen, da ihm eine Axt den Schädel gespalten hatte, Daniel. Ursula wandte sich ab und musste sich übergeben. Weinend fiel sie vor Hilde auf die Erde.

„Warum? Hilde, warum?“ fragte sie weinend, doch Hilde schüttelte nur stumm den Kopf.

Nach einer Weile wischte sie sich jedoch die Tränen ab und stand auf. „Komm, Ursula, schnell, wir müssen helfen“, sagte sie, griff sich aus dem herumliegenden Hausrat einen Eimer und reihte sich bei denen, die Wasser auf die umstehenden Häuser und in die Flammen schütteten, ein. Ursula fand kein Gefäß und lief deshalb zu der Menschenkette, die Wassereimer vom Brunnen zu denen weiter vorne durchreichte. Bis in den Nachmittag hinein kämpften sie gegen das Feuer, und es gelang ihnen wirklich, die Flammen einzudämmen. Die beiden Häuser allerdings waren verloren. Als die Dämmerung hereinbrach, wurde es stiller in der Stadt, und jeder verkroch sich in sein Haus. Ein Mann kam mit einem Karren und zwei Helfern und begann die Toten aufzuladen. Hilde erkannte einen von ihnen. „David!“ rief sie ihn an. „David, bringt euch in Sicherheit, bevor sie auch über euch herfallen.“

„Zu spät“, erwiderte ihr der Mann. „Sie haben uns alle in den Fluss getrieben und dann ihr Kreuzzeichen über uns gemacht. Wir sind getauft. Oh Schande über uns.“

Hilde wusste nicht, was sie sagen sollte. Ein Nachbar kam und brachte eine Plane und zwei lange Stangen. „Es wird regnen“, sagte er, und Hilde und Ursula halfen ihm, über ihren geretteten Habseligkeiten ein Zeltdach zu spannen. Dann begannen die beiden Frauen, die Sachen zu ordnen und besser zu verpacken. Es war bereits dunkel, als sie mit allem fertigwaren. Hilde holte Holz von den Resten ihres Hauses und machte ein Feuer. Ursula suchte einen Kessel und holte Wasser. Die beiden Frauen arbeiteten schweigend Hand in Hand. Erst als sie beide auf den Strohsäcken sitzend mit einem Becher Kräutersud dasaßen und in die Flammen des Feuers starrten, fand Hilde zu ihrer Sprache zurück. „Was ist in die Menschen gefahren? Ursula? Was ist heute geschehen?“

Ursula berichtete ihr von dem Einsiedler und den Reden. Hilde verstand und seufzte.

„Wir müssen hier bei unseren Sachen bleiben, sonst ist morgen davon auch nichts mehr übrig. Versuch etwas zu schlafen, Ursula. Ich halte derweil Wache. Später wecke ich dich, und du passt auf, solange du kannst. Dann weck mich wieder, ja?“

Hildes Stimme klang traurig und hoffnungslos. Ursula nickte und kauerte sich mit einer Decke zwischen die Sachen. Zuerst mochte der Schlaf nicht kommen. Ursula hatte die schrecklichen Bilder und Schreie im Kopf und auch die Stimme des Einsiedlers. Irgendwann schlief sie aber doch ein und wurde mitten in der Nacht von Hilde geweckt. Sie tauschten die Plätze, und Ursula starrte stundenlang in die Glut des Feuers. Als ihr dann immer öfter die Augen zufielen, weckte sie Hilde wieder.

REGENSBURG
4. MAI 1096

Ursula wurde von Stimmen geweckt. Es war bereits hell, und einige Leute waren unterwegs. Hilde hatte angefangen, in den Überresten des Hauses nach Dingen zu suchen, die vielleicht noch zu retten wären. Auch im Haus des Nachbarn stöberten Leute umher. Ursula stand auf und schaute zwischen den Sachen nach, ob sie auch etwas zum Essen dabei war. Sie fand den Sack mit Getreide und machte sich daran, einen Brei zu kochen. Hilde kam hin und wieder zurück und brachte Sachen, die nicht Opfer der Flammen geworden waren. Schließlich blieb sie bei Ursula stehen. „Es hat keinen Sinn mehr. Viel ist nicht übriggeblieben. Aber wir haben mehr als das eigene Leben." Ihre typische Art, bei allem einen Scherz zu finden, kam wieder durch, auch wenn das, was sie sagte, etwas zynisch klang.

Während die beiden Frauen ihren Brei löffelten, kam der Kerl, mit dem Ursula zusammen gewesen war. Ohne Gruß begann er gleich zu erzählen: „Die Stadtwache hat einen großen Teil der Pilger aus der Stadt gedrängt. Die Juden sind alle im Fluss getauft worden und durften in ihre Häuser zurückkehren. Im Judenviertel ist viel geplündert worden. Ich habe mit einem der Bekreuzigten gesprochen. Sie haben schon in einigen anderen Städten gewütet. Dort soll es den Juden aber noch schlechter ergangen sein, und sie wurden alle erschlagen. Die Worte des Einsiedlers haben ihre Wirkung nicht verfehlt. Überall in der Stadt packen Leute ihre Sachen, verkaufen ihr Hab und Gut und heften sich ein Kreuz an die Brust. Viele machen jetzt gute Geschäfte. Ich habe mir selber heute Morgen ein Brot gekauft und konnte es für den vierfachen Preis an einen Pilger verkaufen, obwohl ich schon davon abgebissen hatte." Er grinste. Als er merkte, dass er mit seinem Bericht die Frauen nicht aufheitern konnte, bot er schließlich seine Hilfe an. „Ich kann euch einen Karren besorgen, auf den ihr eure Sachen laden könnt. Ihr wollt ja nicht hier hockenbleiben, oder?“ Hilde fand, das sei eine gute Idee. Der Kerl machte sich auf den Weg, und Ursula sah Hilde fragend an. „Hilde, was sollen wir jetzt machen?“

„Nun, auf jeden Fall nicht die Hände in den Schoß legen. Nein Ursula, ich weiß auch nicht recht. Bleib du hier und pass auf, ich gehe runter in die Fischersiedlung und schau, ob ich irgendeine Bleibe für uns finde. Hier“, sie drückte Ursula ihren Wanderstab in die Hand, „wenn sich jemand auch nur näher als einen Schritt an unsere Sachen oder an dich wagt, hau ihn hiermit so kräftig, wie du nur kannst.“ Die großen Augen, die Ursula daraufhin machte, brachten Hilde schon wieder beinahe zum Lachen.

Ursula blieb alleine zurück. In ihrem Kopf ging es drunter und drüber. „Bin ich an alledem Schuld?“ fragte sie sich. „Gott will es. Was will er? Ist es Gottes Wille, dass dieses Kind zerschmettert wurde? Ist es sein Wille, dem jungen Leben von Adele ein so schreckliches Ende zu setzen? Was sollen Hilde und ich nun tun? Was will Gott von uns? Will er uns strafen? Sollen wir auch das Kreuz nehmen und, um unsere Schuld zu sühnen, nach Jerusalem ziehen?“ Jerusalem. Sie erinnerte sich an die Erzählungen von Ingrid, Ester und dem Wandermönch. War das wirklich eine so herrliche Stadt mit Toren, erbaut aus Edelsteinen? Wenn es Gottes Zorn ist, der uns trifft, dann muss ich gehen, dachte sie bei sich.

Hilde kehrte zurück, und auch der Freund mit dem Karren kam wieder. „Ich bin übrigens der Xaver“, sagte er und half Hilde, eine Bank als erstes auf den Karren zu heben. Ursula sah sich den Mann zum ersten Mal genauer an. Von der Statur und den Muskeln her hatte er Ähnlichkeit mit Ludger. Er war aber einige Jahre älter, und seine Kleidung entsprach nicht der eines Bauern vom Land. „Erzähl, was weißt du noch an Neuigkeiten?“ forderte Hilde ihn auf.

„Der Graf und der Einsiedler fordern von der Stadt, dass sie die Wallfahrer verpflegen soll. Sie belagern die Brücke und das andere Ufer mit all ihren Leuten. Händler haben sich Boote gemietet und verkaufen Essen an diese Leute. Sie machen dabei enorme Gewinne. Ein Freund meines Bruders sagt, man braucht viel Geld und das Essen für wenigstens zwei Monate, um nach Jerusalem zu kommen. Andere sagen, man braucht sogar viel mehr. Doch eine von den Bekreuzigten sagte mir, die meisten haben rein gar nichts und nehmen sich unterwegs einfach, was sie brauchen. Viele sind auch in Worms und Köln zu Geld von den Juden gekommen. Ich denke, ich werde mich auch auf den Weg machen. Man sagt, im Osten seien die Städte und das Land reich, und der Papst habe nichts dagegen, wenn man sich auf dem Weg etwas aneignet. Wenn nur ein bisschen davon wahr ist, was von Jerusalem und dem Morgenland erzählt wird, so kann schon ein kleines Stückchen davon für einen Kerl wie mich reichen. Ja, ich glaube, ich werde auch gehen."

„Ja, und morgen bist du es dann, der Frauen und Kinder erschlägt." Bitter kam Ursula der Vorwurf über die Lippen.

„Nein." Xaver wehrte sich. „Ich werde nur Turkmenen und Heiden im Heiligen Land erschlagen", rief er entrüstet. „Schau ich habe auch schon ein Schwert." Er zog eine breite Klinge, etwas länger als ein großes Messer, aus seinem Gürtel und schlug damit einige Streiche in die Luft.

„Ja, ja, du wirst ein großer Held", feixte Hilde. „Und jetzt steck das Ding weg, bevor du dich noch verletzt. Sag, von wem hast du den Karren? Damit wir ihn zurückgeben können."

„Geschenkt. Der, dem er wohl gehörte, ist schon fort. Und ich werde jetzt auch mal meine Siebensachen packen", sagte er und machte sich davon.

„Ist denn jetzt alle Welt verrückt geworden?" Hilde setzte sich auf eine der beiden Stangen des Karren, zwischen die man ein Zugtier binden konnte. „So, und was machen wir? Lass mal sehen. Wir haben einen Tisch, eine Bank, einen Schemel, Strohsäcke, Decken, eine Pfanne, einen Kessel, einen Sack Hafer, ein paar Töpfchen Salben, einige Säckchen Kräuter, unsere Kleider, Stangen, eine Plane, meine Börse und eine Magd, die dreinschaut, als würde jeden Moment die Welt untergehen. Und obendrein haben wir noch jede Menge Brennholz."

Auffordernd sah sie Ursula an. „Ursula, he, wach auf. Du lebst noch und hast deine Sachen. Es ist nicht zu Ende. Als du zu mir kamst, hattest du weniger."

Ursula sah Hilde in die guten Augen. „Vielleicht ist das alles meine Schuld", sagte sie und entlockte Hilde damit ein kurzes bitteres Lachen. „Ja, natürlich. Du warst der Engel, der dem Einsiedler den Brief gab, und du hast dem Papst gesagt, er solle all die armen Teufel auf Pilgerfahrt schicken, ja? Ursula, red' nicht so einen Unfug. Ja, das Haus ist dahin. Aber vielleicht ist es auch gut so. Vielleicht sollten wir uns wirklich dem Pilgerzug anschließen. Wenn ich auch nicht glaube, dass ich Jerusalem befreien kann, so weiß ich aber, ich kann bei so einer Wanderschaft auch auf meine Kosten kommen. Ursula, wir verstehen uns auf Kräuter, und darüber hinaus haben wir auch noch andere Ware. Wir haben einen Karren, und ein Zugtier wird sich auch finden lassen. Wenn wir uns das Kreuz an die Brust heften, dann sind du und ich schon so gut wie all unsere Sünden los. Und wer weiß, vielleicht ist der Osten ja wirklich so reich, wie die Leute erzählen."

Ursula hatte aufgehorcht. „Ja, Hilde, ich möchte all meine Sünden loswerden." Der Gedanke, all die Schuld und Sünde, die sie sich in den letzten Monaten angedacht hatte, könnten von ihr genommen werden, stachelte sie an. „Was meinst du, Hilde, vielleicht ist es ein Zeichen, schau, wir haben ja bereits alles für den Weg gepackt."

Der fanatische Ausdruck in Ursulas Augen gefiel Hilde nicht. Die Idee, das alles hier hinter sich zu lassen, war ihr aber recht. Kurz entschlossen stand sie auf. „Pass auf. Ich gehe noch einmal los, mich umhören. Außerdem brauchen wir etwas zu essen. Ich will schauen, was ich auftreiben kann", sagte sie und setzte ihren Körper mit den kurzen stämmigen Beinen in Bewegung. Ursula sah ihr verwundert nach.

Ursula schöpfte Hoffnung. Vielleicht war das wirklich die Gelegenheit für einen Neuanfang, dachte sie bei sich. „Wenn Gott uns vergibt, können wir ein neues Leben beginnen." Und sie malte sich aus, irgendwo anders mit Hilde in einem kleinen Haus zu leben, Kräuter zu sammeln und mit ihrem Wissen genug zu verdienen, um davon leben zu können.

Es dauerte lange, bis Hilde zurückkam, und Ursula hing ihren Träumen nach. Hilde war mit einem Korb und einem Sack beladen. „So, das dürfte für die nächsten Tage reichen", sagte sie und stellte ihre Last vor Ursulas Füße. „Ich habe Mehl, Wurzeln und Lauch. Morgen bekommen wir auch noch zwei Hühner und Fisch. Außerdem habe ich noch Hafer und andere Körner zum Breikochen, gesalzenes Fleisch, ein Säckchen Salz. Die Brücke und das Ufer sind nach wie vor besetzt. Aber eine ganze Menge

Pilger haben sich bereits wieder auf den Weg gemacht. Es war nicht leicht, jemanden zu finden, der noch etwas zu normalen Preisen abgab. Aber Gott sei Dank haben wir viele Freunde in der Stadt." Sie zwinkerte Ursula zu. „Der alte Jakob hat sich angeboten uns zu helfen. Er wird uns mit seinem Kahn über den Fluss bringen. Wir werden unseren Karren nachher zum Fluss runterziehen. Wir können die Nacht bei Jakob und seinen Leuten in einer Scheune verbringen. Du hast übrigens mit Jakobs Hand ein Wunder vollbracht. Sie ist wieder ganz heil, und Jakob lobt dich in den höchsten Tönen."

Ursula freute sich, das zu hören, und ein Lächeln huschte über ihr Gesicht.

„Möchtest du auch ein Stück Brot?" Hilde reichte ihr einen Laib frisches Brot. Sie hatte scheinbar an alles gedacht. Ursula schnitt sich eine Scheibe ab und begann gleich genüsslich zu kauen. Erst jetzt merkte sie, dass sie seit dem Morgen nichts mehr zu sich genommen hatte.

Nachdem sie in Ruhe gegessen hatte, verstauten sie die Vorräte auf der Karre, löschten das Feuer und zogen los. Es war gar nicht so schwer wie befürchtet. Zu ihrem Glück fielen die Gassen runter zum Fluss leicht ab.

Jakob der Fischer wartete schon auf sie. Er zeigte ihnen den Schuppen, in dem sie ihren Karren unterstellen konnten und wo sie die Nacht verbringen durften. Dann lud er sie ein, zu ihm ins Haus zu kommen. Jakobs Frau begrüßte sie freundlich. In der Fischerhütte war nicht viel Platz, und am Tisch saßen noch zwei Männer. Jakob forderte Hilde und Ursula auf, sich zu setzen. „Das sind Notger und Bertram, Notger ist auch Fischer und Bertram ist Flößer", stellte er die beiden Männer vor. „Sie wissen mehr, als wir hier in der Stadt mitbekommen." Er setzte sich auch und forderte Notger auf: „Komm, erzähl, was du mir bereits gesagt hast." Notger räusperte sich und hob an: „Ich war in den letzten Wochen flussabwärts unterwegs. Die Scharen, die hier vor der Stadt lagern, sind nur ein Teil des Volkes, das sich auf den Weg gemacht hat. Man hört aber nichts Gutes. Das Volk ist wie ein Schwarm Heuschrecken. Sie plündern, vergewaltigen und morden. Die Leute, die jetzt von hier aufbrechen, werden weiter südlich nicht willkommen sein."

Hilde schnaufte. „Was willst du uns damit sagen?"

„Es ist besser, wenn ihr euch nicht dem Zug anschließt“, sagte Notger sehr bestimmt. Hilde wollte etwas erwidern, aber Jakob legte seine Hand auf ihren Arm. „Wart ab, Hilde, was Bertram euch vorzuschlagen hat.“

„Wenn ihr unbedingt nach Osten wollt, kann ich euch mitnehmen“, sagte er. „Aber ihr müsstet was dafür bezahlen und auf der Reise für uns kochen. Wir bringen Eichenstämme die Donau runter. Nach etwa vierzig bis fünfzig Tagen erreichen wir eine Stelle, von der aus es über Land nicht weit bis Konstantinopel ist.“

„Wieviel?“ wollte Hilde gleich wissen.

„Konstantinopel?“ fragte Ursula irritiert. „Wir wollen doch nach Jerusalem.“

Bertram lachte. „Konstantinopel ist das Nadelöhr, durch das alle Pilger nach Jerusalem müssen. Es ist die Hauptstadt von Byzanz, und dort müsst ihr über die Meerenge, um weiter nach Jerusalem zu kommen.“

Hilde ließ sich nicht beirren. „Wieviel?“ fragte sie erneut.

„Wir werden uns schon einig“, meinte Bertram mit einem Grinsen und einem Augenzwinkern. Hilde wusste, worauf er hinauswollte. Zornig schaute sie Jakob an. „Wo sind wir hier? Auf dem Sklavenmarkt? Jakob, sag mir, dass das nicht wahr ist. Du willst uns doch nicht an die Flussmänner verkaufen, oder?“

„Nein, nein“, wehrte Jakob ab. „Beruhig dich, Hilde. Sie sind bereit, euch mitzunehmen, wenn ihr für sie kocht und wenn ihr auch eure Heilkünste den Leuten zur Verfügung stellt. Bertram, ist es nicht so? Und einige Münzen, sagtest du. Also was ist?“

Bertram schaute Hilde herausfordernd an. „Es ist, wie der Alte sagt. Aber Hilde, man kennt dich in der Stadt und auch auf dem Fluss. Du brauchst gar nicht so tun. Wir wissen, womit du noch handelst. Wir vom Fluss sind auch nur Menschen, und wenn dir einer etwas dafür gibt, kannst du zufrieden sein.“

„Wir suchen uns die Mannsleute selber aus und nehmen bare Münze“, erwiderte Hilde knapp. „Wieviel Tage ist dir ein Schäferstündchen denn wert?“

Bertram wurde verlegen. „Ich habe darüber nicht nachgedacht. Es geht auch nicht um mich. Wir sind zu siebt. Ich entscheide das nicht allein. Aber ich muss schon etwas zu bieten haben, damit die anderen einwilligen. Wir nehmen sonst nie jemanden mit. Überlegt es euch. Ich komme morgen früh wieder", sagte er und stand auf. Jakob folgte ihm bis vor die Tür. Als er nach einer Weile zurückkam, schüttelte er den Kopf. „Hilde, Hilde. Was ist in dich gefahren? Du bist doch sonst nicht so abweisend. Der Kerl ist drauf und dran, das ganze wieder zu vergessen."

„Ihr solltet euch das wirklich überlegen", schaltete sich Notger ein. „Vierzig Tage, die ihr nicht laufen müsst und sicher seid vor erbostem Volk und dem ganzen Mob da drüben." Und er wies mit einer Kopfbewegung zum anderen Ufer hin.

„Wir haben gerade alles verloren, und ich lasse uns wegen unserer Not nicht verschachern", maulte Hilde. „Ich hasse es, dem guten Willen anderer ausgesetzt zu sein. Das ist alles", fügte sie hinzu.

Ursula dachte nach. Sie fand Bertram gar nicht unfreundlich. Eine so lange Fahrt auf dem Wasser war ihr nicht geheuer, aber über vierzig Tage zu Fuß? War Jerusalem so weit weg? Das hätte sie nicht gedacht. Sie stand auf und ging nach draußen. Zwischen zwei Hütten gelangte sie ans Wasser. Auf der anderen Seite des Flusses sah sie Hunderte von Feuern brennen, und auf den Zeltplanen dazwischen zeichneten sich tausendfach Schatten von sich regenden Menschen ab. Jetzt sah das alles friedlich aus, doch Ursula wusste um die Schrecken, die diese Leute mit sich herumtrugen. Zweifel machten sich in ihr breit. Aber da war noch immer die Aussicht auf ihr Seelenheil, Vergebung aller Sünden und eventuell etwas Wohlstand. Was aber war der Preis dafür? Sie blickte das Ufer aufwärts und wieder hinab. Was waren das für Leute da drüben? Warum waren die unterwegs? Warum haben sie das Kreuz genommen? Sie erinnerte sich an das grausame, blutrünstige Gesicht des Mannes, wie er nach dem Mord an der jüdischen Familie auf sie zukam. Jude? Was heißt das? Waren Maria und Josef und auch das Jesuskind nicht auch Juden? Ja natürlich, sie wusste es aus den Erzählungen, es waren die Pharisäer und Schriftgelehrten, es waren Juden, die gerufen haben: „Ans Kreuz mit ihm!" Aber es waren doch nicht die Menschen in dieser Stadt. „Zieht ins Heilige Land und bekämpft die Feinde Gottes." Wer sind die Feinde Gottes? Sicher die Völker, die die heiligen Stätten schänden und den Christen Übles tun. Sie wusste einfach nicht mehr, was sie denken sollte. Sie fand sich selbst so schlecht und sündig. Wenn Gott all die Sünden von ihr nehmen würde! Aber was könnte sie tun? Nach Jerusalem pilgern? War dieser lange Weg nötig? War eine solche Pilgerschaft der Preis für den Einzug in das Himmelreich? Sie riss sich von ihren Gedanken los und kehrte zurück in das Fischerhaus.

Hilde saß mit dem alten Jakob am Tisch, und ihrer Miene war deutlich anzusehen, sie war noch immer verärgert und nicht davon überzeugt, dass die Fahrt mit den Flößern eine gute Entscheidung sein könnte. Ursula setzte sich dazu, und aus einer inneren Regung heraus fasste sie all ihre eigenen Gedanken und Zweifel zusammen in eine Idee: „Hilde, lass uns morgen doch rübergehen und mit den Leuten reden. Vielleicht finden wir jemanden, dem wir uns gerne anschließen."

Hilde nickte. „Ja, vielleicht hast du recht. Ich weiß heute eh nicht mehr, wofür ich mich entscheiden soll."

„Ich kann euch über den Fluss bringen", schaltete der Fischer sich ein. „Die Brücke wird auch morgen unpassierbar sein."

„Gut", sagte Hilde und streckte sich. „Aber jetzt will ich erst einmal schlafen. Ich fühle mich, als hätte ich eine ganze Woche nicht geruht."

Sie stand auf. „Komm Ursula, wir wollen uns drüben in der Scheune ein Lager richten." Und zu Jakob sagte sie versöhnlich: „Jakob, nimm mir meine Launen nicht übel. Ich weiß, du willst uns helfen, und ich danke dir dafür."

In der Scheune legten sich Hilde und Ursula gleich neben ihrer Karre in das Heu. Beiden fiel es schwer, nach all dem, was geschehen war, gleich in den Schlaf zu fallen. Da waren zu viele Gedanken, Erinnerungen und Ängste vor dem, was kommen mochte. Schließlich siegte die Müdigkeit aber doch.

REGENSBURG
5. MAI 1096

Als Ursula am nächsten Morgen erwachte, war Hilde schon aufgestanden. Ursula brauchte etwas, um sich zu orientieren, dann stand sie auf und ging hinüber in das Haus des Fischers. Wider Erwarten war Hilde nicht dort. Auch Jakob war nicht da, nur seine Frau stand am Herdfeuer und begrüßte Ursula freundlich. „Guten Morgen, setz dich, ich habe gerade Fisch gebraten. Komm, iss etwas. Jakob ist unten bei seinem Kahn, und Hilde ist in die Stadt gegangen, um Erkundungen einzuholen. Du kannst dir also getrost Zeit lassen."

Ursula dankte der guten Frau und kostete von dem Fisch. Es schmeckte ihr sehr gut Als sie fertig war, wurde ihr allerdings die Zeit lang. Sie bedankte sich für das Essen, stand auf und ging zum Flussufer hinunter. Dort entdeckte sie Jakob, der Netze und Schnüre richtete.

„Jakob, ich grüße dich", sprach sie den beschäftigten Fischer an, der ihr Kommen gar nicht bemerkt hatte.

„Sei gegrüßt, Ursula. Soll ich dich gleich übersetzen?"

„Eigentlich wollte ich mit Hilde zusammen gehen, aber sie ist in der Stadt."

„Ich weiß, das kann dauern. Und ich glaube, sie war nicht besonders erpicht darauf, hinüberzufahren", meinte Jakob.

Ursula entschied sich spontan, ohne die Freundin ihre Erkundungen zu machen.

„Dann fahr ich alleine", gab sie Bescheid und half dem Fischer, seinen Kahn ins Wasser zu schieben. Diesmal ruderte nur Jakob, und Ursula saß ihm gegenüber auf einem Brett am Ende des Bootes.

„Willst du auf mich warten?" fragte Ursula am anderen Ufer.

„Ja, ich bleibe hier aber nicht sitzen. Ich kann zwei Angelschnüre auswerfen. Vielleicht fange ich ja was. Außerdem mag ich nicht am Ufer bleiben. Nachher kommt noch einer auf die

Idee, mir den Kahn wegzunehmen. Ich bleibe aber in Rufweite. Wenn du zurückkommst, ruf mich einfach. Ich hole dich dann."

Ursula war einverstanden und schritt auf die wilde Zeltstadt zu. Die Leute beachteten sie nicht weiter. Alle trugen rote Stoffstreifen über Kreuz an ihre Brust geheftet. Einige saßen an ihren Feuerstellen, andere schienen mit Packen beschäftigt. Hier herrschte fast noch mehr Bewegung als auf den Gassen der Stadt. Ursula sah nicht nur Männer, sondern zu ihrem Erstaunen auch viele Frauen und Kinder. Die Kleider der Leute waren ärmlich, viele der Zelte schienen provisorisch. Sie hatte mehr Wagen und Karren erwartet, aber es sah aus, als seien die meisten losgezogen mit kaum mehr als ihren eigenen Kleidern am Leib. Bei einem größeren Zelt sah Ursula einige Männer in Kettenhemden mit Schwertern an ihrer Seite. Hinter dem Zelt stand ein Wagen, und bei einem Feuer saß eine Frau und stillte ihr Baby. Ursula trat auf die Frau zu. „Nimmst du dein Kind mit?" fragte sie.

Die Frau sah erstaunt auf und antwortete weniger freundlich, als Ursula es erwartet hätte. „Ja, was denkst denn du? Wo soll ich es denn lassen, hä? Ob wir daheim verhungern oder auf dem Weg, ist doch gleich."

Ursula hatte keine Lust, sich weiter mit der Frau auseinanderzusetzen, und ging wortlos weiter. Sie sah einen Burschen, der auf einem Stein das Schneidblatt einer Sense geradeklopfte. Ihr fiel auf, dass sie außer den paar Männern in Kettenhemden bisher kaum einen Bewaffneten gesehen hatte. Waren die bereits wieder unterwegs? Begierig auf eine Antwort fragte sie den Nächstbesten: „He, du, sag, wo sind eure Ritter und Soldaten? Sind sie schon weitergezogen?"

Der Angesprochene, ein bärtiger Kerl in bäuerlicher Kleidung, von dessen Gürtel eine hölzerne Keule baumelte, lachte. „Welche Ritter? Junge Frau, wir haben keine Ritter. Wozu auch? Mit Gottes Hilfe werden wir seinen Feinden entgegentreten und siegen."

„Woher kommst du?" fragte Ursula den Mann, da er ihr freundlicher erschien als alle anderen, die sie bisher in dem Lager getroffen hatte.

„Aus Worms."

„Worms? Wo ist das?"

„Worms liegt am Rhein, einem Fluss weit im Westen. Dort predigte Peter der Einsiedler um Ostern herum, und wir folgten seinem Ruf. Wir haben die Stadt von den Juden befreit, und ich konnte mir die Börse füllen." Mit zufriedenem Grinsen klopfte sich der Mann auf einen Beutel, der an seinem Gürtel hing. Ursula musste an Solomon und seine Frau denken und an Adele, Daniel und Levi. Hatte dieser hier auch so grausam gehandelt? Trotz dieser Gedanken fragte sie weiter: „Geht ihr alle zu Fuß?"

„Ja, nur die Reichen haben Pferde. Die wenigen Ochsen und Esel sind zum Tragen da oder ziehen unsere Karren. Wer Glück hat, der wird sein Tier noch eine Weile behalten, bevor es von anderen aufgegessen wird." Er grinste erneut auf ebenso abscheuliche Weise.

„Weißt du, wie weit es bis Jerusalem ist?" fragte Ursula weiter.

„Weit? Ich weiß nicht. Wir folgen jetzt erst einmal dem Fluss Richtung Osten, dann wenden wir uns nach Süden und werden, so Gott will, auf die große Straße nach Konstantinopel stoßen. Von dort ist es dann, glaube ich, nicht mehr so weit", lautete die Antwort. „Jetzt lass mich aber zufrieden mit deinen Fragen, wir müssen auch los. Wenn wir uns nicht sputen, finden wir auf dem Weg nichts mehr zu essen." Mit diesen Worten stapfte er eilig davon. Ursula sah sich weiter um, konnte aber nur Armut und Elend sehen. Sie drehte um und ging zurück zum Ufer. Auf ihrem Weg traf sie auf eine Gruppe Frauen, die etwa in ihrem Alter waren. Die Weiber schienen nicht so mürrisch wie alle, die Ursula bisher gesehen hatte. Sie standen da und palaverten lauthals miteinander.

„Schau, hier den Ring, den hat mir einer heute Nacht gegeben. Er hat ihm einem reichen, jüdischen Sack vom Finger geschnitten. Ich habe ähnlich teure Stücke aus Köln und Xanten", lachte eine. „Wenn das so weitergeht, bin ich bis Jerusalem nicht nur reich, sondern auch eine achtenswerte Herrin."

„Du und eine Herrin, dass ich nicht lache!" neckte eine andere. „Wie willst du das denn machen?"

„Der Einsiedler hat es doch verkündet. Allen, die nach Jerusalem ziehen, gewährt der Papst Ablass von allen Sünden. Wenn ich seine Krieger bei Laune halte, wird es Gott ein Leichtes sein, aus einer Hure wie mir eine geachtete Frau zu machen."

Die anderen lachten laut, und Ursula eilte rasch weiter.

„Hast du ein Stück Brot?“ sprach sie plötzlich ein Knabe an. Er mochte etwas älter sein als Arnulf, war hochgewachsen, kräftig gebaut, doch seine eingefallenen Wangen ließen Ursula vermuten, dass er schon des längeren nur wenig zu Essen hatte. Ursula hob ihre leeren Hände. „Nein, ich habe nichts bei mir.“ Als der Junge darauf kehrtmachte, tat er Ursula leid. „Warte!“ rief sie ihm nach. „Komm mit, vielleicht kann ich dir einen Fisch geben.“ Der Junge drehte sich um. „Einen Fisch?“ fragte er ungläubig.

„Ja, ich kenne einen Fischer, und zu dem wollte ich gerade gehen. Vielleicht hat er was gefangen und gibt mir etwas.“

Der Junge schien interessiert und schloss sich Ursula an.

„Gehst du alleine nach Jerusalem?“ wollte Ursula von ihm wissen.

„Nein, meine ganze Familie ist auf dem Weg.“

„Wo kommt ihr her?“

„Aus dem Frankenland. Doch dort gab es nichts mehr zu essen. Das letzte Jahr war schlecht, und unsere Herren forderten immer mehr von uns, da sie in Fehde mit ihren Nachbarn lagen. Die Soldaten des Nachbarn haben dann unseren Hof angezündet, und nun haben wir gar nichts mehr“, gab der Junge bereitwillig Auskunft. Und bevor Ursula ihn etwas fragen konnte, fuhr er fort: „Dann kam ein Mönch in das Dorf und erzählte uns von dem Auftrag an alle Christenmenschen und dass wir alles, was wir auf dem Weg nach Jerusalem erbeuten, unser Eigen nennen dürfen. Wir sind sofort losgezogen, und mit Gottes Hilfe werden wir reich im Morgenland.“ Die Augen des Jungen strahlten bei seiner Rede so hoffnungsvoll, dass Ursula ihm nicht widersprechen mochte.

„Vor zwei Wochen waren wir in einem Dorf, und als man uns verjagen wollte, haben wir alle erschlagen. Da haben wir einiges zu essen gehabt, das ist aber seit vier Tagen verbraucht. In dem Dorf gab es auch einen Schmied, und nun habe ich sogar ein eigenes Schwert“, fuhr der Knabe fort, und Ursula bemerkte die Waffe, die der Junge am Gürtel trug und deren Griff er beständig nach unten drückte, damit die blanke Spitze des Schwertes nicht über den Boden kratzte.

Am Ufer angekommen, sah sie Jakob nicht weit vom Ufer in seinem Kahn. Sie rief ihn, und er kam auch gleich zu ihr gerudert.

„Jakob, na, hast du etwas gefangen?“ begrüßte Ursula den Fischer.

„Ja, ich hatte Glück“, gab dieser zur Antwort, fragte aber gleich misstrauisch nach Ursulas Begleiter. „Und wer ist der da?“

„Einer, der mit seiner Familie auf Pilgerfahrt ist“, antwortete Ursula. „Jakob, sie haben nichts zu essen, kannst du einen deiner Fische entbehren?“

„Ich schenke dir einen, Ursula“, erwiderte der Fischer und hob einen zappelnden, silbrig glänzenden Fisch vom Boden seines Kahns auf. „Du kannst damit machen, was du willst. Aber beeil dich, sonst haben wir gleich eine Menge Pack am Hals, das nicht lange bittet.“

Ursula verstand, gab dem Jungen schnell den Fisch und stieg ins Boot. Als sie sich umdrehte, sah sie, wie der Junge die Gabe in sein Hemd schob und mit der so versteckten Beute eilig loslief. Jakob sah zu, dass sie schnell wieder vom Ufer in die Strommitte kamen. Im Gegensatz zu Ursula hatte er schon einige Köpfe ausgemacht, die sich ihnen zugewandt hatten und deren Augen begierig auf das Boot schielten.

„Und hattest du Erfolg?“ fragte er Ursula nun, da er sie außer Gefahr wusste.

„Wie man’s nimmt. Es ist ein Haufen armer Leute da, kaum bewaffnet und ohne viel Hab und Gut. Ich habe den Eindruck, die leben von der Hand in den Mund und von alldem, was sie finden und ergaunern können. Sie alle hoffen auf Gottes Vergebung und auf Wohlstand durch Beute.“ Ursula war enttäuscht von allem, was sie gesehen hatte. Doch was hatte sie sich erhofft? Hilde und ihr ging es doch kaum anders – und doch beschlich sie das Gefühl, es wäre nicht gut, sich den Pilgern anzuschließen.

Am Stadtufer angekommen, half sie Jakob, die gefangenen Fische in einem Korb zu verstauen, und gemeinsam trugen sie den Fang zur Hütte. Dort wartete bereits eine ungeduldige Hilde. Ursula sah ihr gleich an, dass sie bessere Laune hatte. Ihre Züge hatten die gewohnte Gutmütigkeit wiedergewonnen, und in ihren Augen konnte man ein unternehmenslustiges Blinken wahrnehmen.

„Da kommt sie ja, meine Rumtreiberin“, rief sie Jakob und ihr entgegen. „Was bringt ihr? Einen Korb voll Neuigkeiten?“

Das Scherzen Hildes unterstrich Ursulas Eindruck von der Freundin. Gemeinsam begaben sie sich in Jakobs Hütte. Seine Frau nahm die Fische in Empfang und begann sofort damit, sie auszunehmen und zu schuppen. Danach zog sie eine Stange durch die Kiemen der Fische und hängte sie über das Herdfeuer in den Rauch. Beim Feuer stand auch ein Kessel mit dampfendem Sud, aus dem Ursula sogleich die Kräuter riechen konnte. Durstig schöpfte sie sich etwas davon in einen Becher und setzte sich an den Tisch. Auch Jakob und Hilde bedienten sich und setzten sich dazu.

„Na, du Kundschafterin“, hob Hilde an. „Was hast du herausgefunden?“

„Nichts wirklich Gutes“, antwortete Ursula, und Resignation schwang in ihrer Stimme mit. „Die Leute drüben sind größtenteils schlechter dran als wir. Der Zug besteht fast nur aus armen Teufeln, die ins Himmelreich wollen. Sie haben kaum Waffen und ganz wenig zu essen. Ich fürchte, wenn wir uns denen anschließen, fallen sie als erstes über unsere Vorräte her. Ohne bewaffneten Schutz sind wir den hungrigen Mäulern einfach ausgeliefert.“

„Na, da habe ich allerdings bessere Nachrichten.“ Hilde schlürfte ihr Getränk und wartete genüsslich, die Neugierde Ursulas auskostend.

„Erzähl schon“, drängte Ursula ungeduldig

„Ich habe in der Stadt mit einigen Wallfahrern aus dem Gefolge des Grafen Emicho geredet. Sie werden die Donau entlang weiterziehen, durch das Land der Ungarn und dann nach Süden auf die Straße nach Konstantinopel. Der Haufen, der bereits unterwegs ist, sind Leute, die von Clermont und aus anderen Städten, berauscht von den Reden des Einsiedlers, sofort losgezogen sind. Es werden aber auch Ritterheere kommen. Ich konnte erfahren, dass ein Bischof und Grafen aus dem Frankenreich sich dem Papst zu Füßen geworfen haben und baten, die Reise antreten zu dürfen. Sie werden ihre Heere versammeln und dann losziehen. Sie werden aber nicht hierher kommen, sondern andere Wege gehen oder sogar mit Schiffen fahren. Doch alle müssen zuerst nach Konstantinopel.“

„Und was bedeutet das?“ Ursula konnte Hildes Gedanken nicht gleich folgen.

„Das bedeutet, dass wir es nicht eilig haben. Dem plündernden Pöbel brauchen wir nicht zu folgen. In seiner Spur werden wir nur Elend finden und sicherlich nichts verdienen können. Aber wir werden in Konstantinopel sein, wenn die Ritter dort ankommen. Von ihnen können wir uns Schutz und Geschäfte erhoffen."

„Aber wie kommen wir nach Konstantinopel?" Ursula verstand Hildes Optimismus noch immer nicht.

„Wir werden mit dem Flößer fahren", eröffnete Hilde ihr endlich. „Ich habe einen Rat der Stadt getroffen, und der war bereit, mir für den Platz, an dem unser Haus stand, eine gute Summe zu geben. Wenn der Flößer klug ist, nimmt er von uns Geld und lässt uns mitfahren." Hilde strahlte über ihr ganzes Gesicht. „Ursula, liebe gute Ursula, wir werden unser Glück machen, und all unsere Sünden werden uns vergeben. Gott zeigt uns den Weg. Alles wird gut", endete sie ihre Rede und umarmte Ursula stürmisch.

„Ihr wisst noch nicht, wie die Flößer entschieden haben", versuchte Jakob die beiden Freundinnen zu bremsen. „Lasst uns auf Bertram warten, und bis dahin hat mein Weib uns sicherlich auch etwas zu essen bereitet."

Jakob stand auf, schaute in den Kessel am Feuer. „Das dauert wohl noch ein Weilchen", sagte er und kam mit Brot und einem geräucherten Fisch zurück zum Tisch. Ursula bereitete unterdessen einen Sud aus Hagebutten, Brombeerblättern und weiteren Kräutern.

Als Bertram an die Tür klopfte, waren sie schon fast fertig mit Essen. Der Flößer schaute etwas mürrisch, doch seine Miene erhellte sich, als Jakobs Frau ihm auch eine Schale Eintopf vorsetzte. Noch während Bertram aß, fing Hilde mit ihren Verhandlungen an: „Und, was sagen deine Leute?"

Mit vollem Mund antwortete Bertram nickend: „Sie sind einverstanden und bereit, euch mitzunehmen."

„Und zu welchem Preis?"

„Wenn ihr für uns kocht, keine Scherereien macht und auf der Fahrt dem ein oder anderen zu Gefallen seid, sind meine Leute zufrieden."

„Wir aber nicht." Hilde schlug jetzt einen schärferen Ton an. „Wir haben nur wenig Lust, die ganze Fahrt über für dich und deinesgleichen jederzeit bereit zu sein."

Bertrams Gesicht verfinsterte sich wieder. Hilde ließ sich aber nicht beirren. „Wenn ihr uns mitnehmt, bekommst du und jeder deiner Leute einen Kreutzer vorneweg und einen, wenn wir angekommen sind."

Bertram schaute ungläubig. 14 Kreutzer waren eine Menge Geld. Nach kurzer Überlegung räusperte er sich: „Ich werde es meinen Leuten vorschlagen, aber es bleibt dabei, dass ihr die Fahrt über für uns kocht und auch eure Heilkünste anwendet, wenn es nötig ist."

Hilde schaute Ursula an. Sie nickte bloß stumm. „Einverstanden", sagte Hilde knapp. „Wann wollt ihr losfahren?"

„In zwei oder drei Tagen."

„Dann lauf los und überzeug die anderen und komm morgen, uns zu sagen, was ihr beschlossen habt. Unser Angebot ist großzügig, du weißt das."

Bertram nickte. „Ich komme morgen wieder." Und nachdem er seinen Becher geleert hatte, stand er auf, verabschiedete sich und ging.

REGENSBURG
6. MAI 1096

Am nächsten Tag begann Hilde gleich nach dem Aufstehen ihr Hab und Gut neu zu ordnen. Sie holte mit Ursulas Hilfe alles vom Karren runter.

„Wir müssen alles so verpacken, dass es wenig Platz einnimmt und so gut wie möglich vor dem Wasser geschützt ist", erklärte sie und begann damit, die Tischbeine aus den Löchern der Platte zu zerren. Beim Schemel ging das genauso. Nur die Bank ließ sich nicht auseinandernehmen. „Die müssen wir wohl dalassen", meinte Hilde und kratzte sich unter ihrem Zopf. Die Bretter und die Beine von Tisch und Schemel legten sie als erstes zurück auf den Karren. Dann räumte Hilde die Truhe aus. „Pass auf", sagte sie zu Ursula. „Hier geben wir unsere Kleider hinein und obenauf die getrockneten Kräuter zusammen mit den Salben. In der Truhe ist alles gut geschützt." Ursula holte daraufhin das, was sie an Kleidung besaß, und half Hilde anschließend, zwischen den Stoffen die einzelnen Tiegel und die Säckchen mit den Kräutern zu verstauen. Dann kam Ursula eine Idee. „Hilde, wir müssen nochmal alles aus der Truhe rausnehmen", sagte sie, und Hilde sah Ursula mehr als verwundert an. „Schau hier, die Haut, die ich als Regenschutz benutzt habe. Lass uns die Truhe damit auslegen. Wenn wir zuletzt dann das Leder übereinanderschlagen, ist alles besonders gut vor Nässe geschützt." Das leuchtete Hilde ein, und sie kramte die Sachen wieder aus der Truhe hervor. „Das nächste Mal wirst du mir allerdings deine Einfälle etwas früher mitteilen", maulte sie scherzend. „Ich mag nicht alles zweimal tun. So werden wir nie fertig."

Als sie alles wieder eingepackt hatten, setzte sich Hilde auf den Deckel der Truhe, damit Ursula die Beschläge rechts und links schließen konnte. Viel blieb nun nicht mehr zu packen übrig. Die Strohsäcke rollten sie auf, und die Essensvorräte gaben sie alle gemeinsam in einen großen Sack. Stirnrunzelnd hielt Hilde zu allerletzt das Säckchen Salz in der Hand. „Ich glaube wir müssen die Truhe noch einmal öffnen.“ Ursula lachte, und Hilde musste sich erneut mit ihrem ganzen Gewicht auf den Deckel stützen. Schließlich hoben sie auch die Truhe auf den Karren. „Ich hoffe bloß“, gab Hilde zu bedenken, „die Flussleute lassen uns den Karren mitnehmen. Wenn nicht, müssen wir uns, wenn wir den Fluss verlassen, einen neuen kaufen. Zusammen mit einem Zugtier wird uns das einiges kosten. So, hier gibt es nichts mehr zu tun. Ich gehe noch einmal in die Stadt“, schloss sie ihre Rede und verließ die Scheune. Ursula stapfte zuerst hinter ihr her, entschied sich dann aber anders und ging runter zum Fluss. Am anderen Ufer hatten sich die Reihen der Zelte schon merklich gelichtet. Alles war jetzt im Aufbruch, und auch über die Brücke wälzte sich ein nicht endenwollender Tross an Menschen und Tieren. Langsam stellte sich bei Ursula eine Art freudige Erwartung auf das ein, was vor ihnen lag. Sie wollte jetzt alles zurücklassen. Ihr bisheriges Leben und auch den Tod ihrer kleinen Tochter. Von diesem Gefühl getrieben ging sie zur Klosterkirche, um sich in dem Eck, in dem sie so oft seither gekniet hatte, an Gott zu wenden.

Die Sonne hatte ihren höchsten Stand bereits überschritten, als sie sich in die muffige Kühle des Gemäuers begab. In der Kirche war es sehr viel ruhiger als draußen. Es waren kaum Menschen da, und Ursula schritt leise zu ihrem Platz. Als sie um eine der dicken Säulen herumging, stieß sie beinahe mit einem Mönch zusammen. Sie entschuldigte sich und wollte bereits weitergehen, da kam ihr ein Gedanke. „Vater“, sprach sie den Geistlichen an. „Vater, darf ich Euch etwas fragen?“

Der Mönch schaute auf und musterte Ursula. „Du bist doch die, die sich immer dort hinten in das Eck kauert, oder?“ fragte er. Ursula war erstaunt. Sie hätte nicht geglaubt, dass irgend jemand sie bemerkt hatte. „Ja“, antwortete sie.

„Was ist deine Frage?“

„Vater, ich möchte das Kreuz nehmen und die Wallfahrt nach Jerusalem machen. Mein Leben war bisher schlecht, ist es der richtige Weg?“

„Das kann ich dir nicht beantworten. Gehst du für Gott oder für dich?“

Ursula sah den Mann an. Sein Bart und der Haarkranz auf seinem Schädel waren dunkelbraun und standen im starken Kontrast zu seiner hellen Haut. Er schien nicht oft in die Sonne zu kommen. Seine Augen waren braun, von seinem Mund konnte sie zwischen dem Bartgestrüpp kaum etwas erkennen. Die Antwort auf seine Frage fiel ihr schwer.

„Ich würde so gerne von all meiner Schuld befreit werden. Der Einsiedler sagte, dies habe der Papst den Pilgern zugesagt. Außerdem hält mich nichts hier. Ich habe alles verloren, sogar mein Kind“, versuchte sie sich zu erklären.

Der Mönch nickte, als würde er verstehen. „Nun ich denke, Gott wird deine Wallfahrt an deinen Taten messen. Die Befreiung der heiligen Stätten ist aber Kriegshandwerk, ein Weib wird da wenig ausrichten. Was gedenkst du dazu beizutragen?“

„Ich kenne die Kräuter“, gab Ursula zur Antwort. „Vielleicht kann ich mit dem, was ich weiß, helfen.“

Der Mönch nickte erneut. „Dann geh, mein Kind“, sagte er, hielt Ursula aber noch zurück. „Warte. Knie nieder“, befahl er ihr, und als Ursula vor ihm auf die Knie gefallen war, legte er ihr die Hand auf und spendete ihr den Segen. „So, nun geh“, verabschiedete er sich und verschwand zwischen den Säulen. Ursula fühlte sich gestärkt und kehrte sogleich in das Fischerviertel zurück. Dort wartete bereits Bertram auf Hilde und sie. „Was ist nun?“ fragte er die eintretende Ursula. „Wollt ihr noch immer mit?“

„Ja“, antwortete sie, „wenn ihr mit unserem Angebot einverstanden seid.“

„Dann kommt morgen zu unseren Flößen. Wir wollen übermorgen los, wenn die Sonne aufgeht.“

„Gut, wir werden kommen.“ Ursula spürte, wie ihr Herz bei dem Gedanken etwas schneller zu schlagen begann. Wieder lag vor ihr eine neue Wegstrecke, von der sie nicht wusste, wohin sie sie führen würde. Aber sie war neugierig. Als Hilde zurückkam, berichtete Ursula ihr, was Bertram gesagt hatte, und auch Hilde schien von einer Art Reisefieber gepackt zu sein. Aus ihrer Schürze holte sie einen roten Lappen und riss ihn in vier Streifen. Zwei davon gab sie Ursula. „Hier, hefte das an dein Kleid. Es ist das Zeichen für die Wallfahrt und das Pilgergelübde, nicht umzukehren." Ursula war fast feierlich zumute, als sie sich die roten Streifen überkreuz an ihr Kleid nähte.

In dieser Nacht konnte sie kaum schlafen. Zu viele Gedanken schwirrten ihr im Kopf umher. Sie dachte an Jerusalem, wie es einst der Mönch den Bauernkindern geschildert hatte. Sie fragte sich, wie es jetzt wohl auf dem Hof des Bauern Matthes war. Dann kramte sie aus ihrer Tasche ihre beiden Figürchen. Der Bär war sie selber – und der kleine Engel? Tränen stiegen ihr in die Augen. Sie küsste das Engelchen zärtlich. „Ja, meine kleine Ester, du bist jetzt bestimmt ein Engel. Bete für mich, bitte Gott um seinen Beistand für uns." Mit diesen Gedanken schlief sie schließlich ein.

REGENSBURG
7. MAI 1096

Am nächsten Morgen war sie noch vor Hilde wach. Kaum hatte sie die Augen aufgeschlagen, war da schon der aufregende Gedanke: „Heute geht es los. Wir machen uns auf den Weg nach Jerusalem." Jetzt konnte sie nichts mehr auf dem Lager halten. Sie stand auf, räumte ihre Sachen zusammen und legte sie gleich zu den anderen Dingen auf den Wagen. Als sie anschließend in die Fischerhütte kam, war Jakobs Frau gerade dabei, Brei zu bereiten. Ursula half ihr und setzte auch gleich einen Kräutersud an. Sie, Jakob und seine Frau löffelten bereits ihren Brei, als Hilde endlich auch erschien. Sie hatte anscheinend nicht so gut geschlafen. Wortkarg wünschte sie einen guten Morgen und machte sich dann über ihre Schale Brei her. Erst nach einigen Schlucken des warmen Kräuteraufgusses wurde sie lebendiger.

„Jakob, sag, wo liegen die Baumstämme der Flößer?" wollte sie wissen. „Ist es weit bis dahin?"

„Nun, ihr werdet schon ein Stück flussab laufen müssen", antwortete der Alte ihr. „Ich denke, es sind etwa zwei Stunden Weg, aber mit eurem Karren werdet ihr sicherlich länger brauchen. Ich werde euch aber begleiten und den Weg zeigen."

„Dann reicht es ja, wenn wir um die Mittagsstunde herum aufbrechen, oder? Ich möchte doch noch mal in die Stadt gehen und unsere Vorräte aufbessern. Etwas mehr an Körnern für Brei und haltbare Wurzeln können nicht schaden."

Jakob nickte, und so machte sich Hilde, gleich nachdem sie aufgegessen hatten, auf.

„Willst du mit?" fragte sie Ursula.

„Nein, lass mich ruhig hier sitzen. Ich mag jetzt nicht durch die Gassen hasten", antwortete sie der Freundin. Seit den schrecklichen Erlebnissen der Vortage hatte sie keine Lust mehr, sich in die Stadt zu begeben.

„Wenn du möchtest, kannst du mich im Boot begleiten", bot sich Jakob an. „Ich will heute morgen ein paar Stellnetze und Reusen kontrollieren."

Diese Idee fand Ursula gut, und sie willigte freudig ein. „Ja, gerne. Kannst du mir dann auch zeigen, wie man mit Schnüren fischt?"

„Ja sicher, und wer weiß, vielleicht haben wir Glück und fangen einen dicken Fisch für eure Vorräte." Jakob strahlte über das ganze Gesicht. Er und seine Frau hatten keine Kinder, und schon oft hatte er sich nicht nur Begleitung bei seiner Arbeit, sondern auch einen jungen Menschen gewünscht, der Interesse an der Fischerei zeigte.

Als sie sich alle beim höchsten Stand der Sonne wieder in der Hütte trafen, hatte Hilde noch einen Sack Getreide, etwas Mehl und auch einige Zwiebeln und Wurzeln auf die Karre geladen und ihr Gefährt bereits aus der Scheune gezogen. Ursula und Jakob hatten nicht viel Glück gehabt. In den Netzen und Reusen waren nur einige kleine Fische und ein Aal gewesen, und mit den Schnüren hatten sie nur zwei eher zu kleine Flussbarsche gefangen. Sie aßen alle etwas Brei und dazu geräucherten Fisch. Dann verabschiedeten sich die beiden Freundinnen von Jakobs Frau. Wissend, dass Jakob niemals Geld von ihnen annehmen würde, drückte Hilde seiner Frau beim Abschied zwei Münzen mit einem Augenzwinkern in die Hand. Dann machten sie sich auf den Weg.

Hilde und Ursula zogen den Karren hinter sich her, und Jakob half durch kräftiges Schieben, wenn es bergauf ging. Nicht lange, und sie waren durch eine Gasse am Rand der Stadt angekommen. Der Weg führte durch eine weite Lücke in der Stadtmauer hinaus zwischen die Felder, das Flussufer entlang. Als sie die bestellten Flächen hinter sich ließen, wurde der Weg sogleich schlechter. Selbst zu dritt hatten sie große Mühe, das Gefährt über Stock und Stein zu bewegen. Sie brauchten sehr viel länger, als Jakob gedacht hatte. Erst am späten Nachmittag konnten sie die große Menge an Baumstämmen im Wasser des Flusses entdecken. Am Ufer standen zwei Zelte, und dazwischen war eine Feuerstelle. Aufatmend, dass sie es gleich geschafft hätten, hielten sie auf das Lager der Flößer zu.

Bei den Zelten waren drei Männer, die anderen hörte Ursula vom Fluss her, einander kurze Sätze zurufend. Als sie zwischen die Zelte traten, blickten die Männer nur kurz auf, beachteten sie dann aber nicht weiter. Nur einer grüßte Jakob: „He, Jakob, fängst du keine Fische mehr?“

Der alte Fischer trat auf den Mann zu und gab ihm die Hand. Die kurze Rede der beiden konnte Ursula nicht verstehen. Doch von Jakob informiert, wandte sich der Flößer den beiden Frauen zu. „Schlagt da drüben euer Lager auf.“ Er wies auf einen freien Platz neben einem der beiden Zelte. Ursula und Hilde zogen ihr Gefährt dort hin, holten ihre Plane und die Stangen herunter und spannten ihr Zelt auf. Dann warfen sie ihre Strohsäcke hinein. Den Rest ihrer Sachen ließen sie auf der Karre. Jakob kam zu ihnen. „So, ich muss mich sputen, wenn ich nicht in die Dunkelheit kommen will. Hilde, Ursula, geht mit Gott und lebt wohl“, sagte der alte Fischer und gab beiden die Hand. Dabei sah er ihnen in die Augen, und Ursula war, als wolle sich der alte Fischer ihr Gesicht nochmal einprägen, sicher, es nie mehr wiederzusehen. Bei diesem Gedanken spürte sie einen Kloß in ihrem Hals. Sie fühlte, wie ihr Herz schneller zu schlagen begann. Jakob ging, und Ursula stand mit Hilde neben den Zelten. Sie wussten nicht, was sie tun sollten, und sahen sich erst einmal um. Am Rande des Feuers reckten drei große, aufgespießte Fische ihre Köpfe in die Luft. Ihre Haut war bereits braun, Fett und Saft tropfte auf die Steine, die das Feuer umschlossen. Die Männer waren offensichtlich mit Packen beschäftigt und beachteten die beiden Frauen weiterhin nicht. Ursula ging hinunter zum Ufer des Flusses. Vor ihr breitete sich eine kaum überschaubare Menge Baumstämme aus, die im Wasser schwammen. Sie sah vier Männer, die sich flink auf diesen schwimmenden Stämmen bewegten. Sie sprangen darüber, als wäre es fester Boden unter ihren Füßen. Ursula sah ihnen zu, wie sie die Stämme am Rande mit Seilen verbanden und so alles Holz in einen Rahmen einschlossen. Hinter all den Stämmen nahe beim Lager hatten die Flößer eine Anzahl Stämme eng zusammengebunden. Am hinteren Ende und weiter vorne war jeweils mit einigen Brettern eine Plattform erstellt worden. Auf einer dieser Plattformen lagen Steine, wie für eine Feuerstelle. Ursula wunderte sich. Jetzt erst merkte sie, dass sie sich bisher keine Gedanken darüber gemacht hatte, wie sie auf dem Fluss reisen würden. Sie hatte vermutet, die Flößer hätten Boote ähnlich wie Jakobs

Kahn, nun wurde ihr aber klar, sie würden auf diesen zusammengebundenen Baumstämmen fahren. Ihr war angesichts des Wassers, das sie zwischen den Stämmen schimmern sah, nicht sehr wohl. Sie eilte zu Hilde, um ihr von ihrer Entdeckung zu erzählen. Hilde war allerdings kein bisschen erstaunt über das, was Ursula ihr berichtete. „Ursula", sagte sie, „jetzt sag bloß, du wusstest nicht, was ein Floß ist?"

Ursula schüttelte verlegen den Kopf

„Macht nichts, nun weißt du es, und du wirst es noch viel genauer kennenlernen", sagte Hilde lachend. Dann schlug sie sich unvermittelt in ihr Gesicht. „Ah, diese Plagegeister", jammerte sie, „ich bin schon ganz zerstochen."

„Schneid eine Zwiebel auf und reib damit über die Stiche", empfahl Ursula ihr. „Dann juckt es nicht mehr so arg. Mich haben auch schon einige Mücken erwischt."

„Wie man das Jucken lindert, weiß ich auch", erwiderte Hilde. „Aber wenn ich nur etwas wüsste, dass einen die Biester erst gar nicht stechen. He, Flussmann!" rief sie einen der Männer an, der in der Nähe stand. „Was tut ihr, damit euch die Mücken nicht auffressen?"

Der Mann zuckte mit den Schultern. „Wenn es gar zu schlimm ist, reiben wir uns die Haut mit Schlamm oder Tonerde ein. Meistens machen wir nichts. Auch du wirst dich bald daran gewöhnt haben."

„Das sind ja vielversprechende Aussichten", maulte Hilde Ursula zu. „Nicht nur dürfen wir die nächste Zeit mit diesen Kerlen teilen, die ebenso ungehobelt sind wie das Holz, welches sie verkaufen, nein, wir dürfen auch die ständigen Sticheleien dieser Plagegeister ertragen." Sie holte sich aus dem Vorrat vom Wagen eine Zwiebel, schnitt sie entzwei und reichte Ursula eine Hälfte. Sie selbst rieb sich mit der anderen Hälfte bereits den Stich auf ihrer Wange ab. Angesichts der Miene, die sie dabei machte, musste Ursula schallend lachen. Hilde konnte sich dem nicht entziehen und lachte mit. „Jetzt wollen wir aber etwas tun", forderte sie immer noch kichernd ihre Freundin auf. „Rumstehen, sich stechen lassen und anschließend sich mit Zwiebel abreiben wie ein Stück Braten ist mir zu dumm. Komm, wir bereiten etwas zu trinken und könnten auch einige Körner rösten, für den Brei." Ursula fand das eine gute Idee. Sie half Hilde, den Kessel und die Pfanne vom Karren zu holen. Hilde ging mit dem Kessel runter zum Fluss, Wasser holen, Ursula kramte aus ihren Sachen den Sack mit dem Getreide und das Beutelchen mit feinem Sand hervor. Auch das Sieb nahm sie gleich mit an die Feuerstelle. Sie schüttete den Sand in die Pfanne und fügte dann die Körner hinzu. Der Sand würde das Getreide vor der direkten Hitze des Pfannenbodens schützen, so bestand keine Gefahr, dass die Körner verbrannten. War das Getreide ausreichend geröstet, siebte Ursula den feinen Sand einfach ab. In der Nähe des Feuers, immer wieder vom Rauch umweht, merkte sie, waren die Mücken auch nicht so zudringlich. Hilde kam mit dem Kessel zurück und stellte ihn am Rande des Feuers in die Glut. Als sie sich abwenden wollte, riet Ursula ihr: „Hilde, bleib hier beim Feuer, die Mücken scheuen die Hitze und den Rauch."

„Ja, und ich möchte nicht so werden wie die Fische da", erwiderte Hilde und wies auf die garenden Fische. „Mir ist warm genug, und ich bin noch längst nicht soweit, um geräuchert zu werden." Sie grinste und ging Kräuter für den Sud holen.

Mit der einsetzenden Dämmerung kamen auch die übrigen Flößer zum Feuer. Bertram begrüßte die beiden Frauen mit Handschlag, doch ohne ein Wort. Erst als alle um das Feuer saßen, Fisch und Brot verteilt worden waren, richtete er sich an die Frauen so, dass alle anderen es mithören konnten. „Morgen, bei Sonnenaufgang werden wir das Lager abbrechen und alles auf die Flöße verladen. Wir haben euch einen Platz auf dem Hauptfloß eingerichtet. Da könnt ihr euer Zelt aufschlagen. Euren Karren könnt ihr aber nicht mitnehmen. Gib mir wie vereinbart für jeden Mann einen Kreutzer jetzt und den anderen, wenn ihr uns verlasst."

„Halt, halt, nicht so schnell." Hilde hatte wieder ihre feste Verhandlungsstimme. „Was glaubst du eigentlich, wie wir ohne die Karre mit unseren Sachen weiterkommen sollen, wenn wir den Fluss verlassen, hä? Nein, der Karren muss mit, und wenn ich dafür fünf Heller extra gebe."

„Nein, das geht nicht." Bertram blieb stur. „Die Räder werden zwischen die Stämme rutschen, und euer Kram wird ins Wasser fallen. Ein Floß ist keine Fähre."

Bevor Hilde etwas dazu sagen konnte, schaltete sich der jüngste der Männer ein: „Wir könnten die Räder entfernen und sie in den Kasten des Wagens legen. Wenn die Weiber es so wollen, dann sollen sie ihren Platz mit der Kiste teilen."

Bertram sah den Jungen mürrisch an. „Dieser vorlaute Neunmalkluge ist übrigens mein Bruder. Er hört auf den Namen Peter, aber nicht auf das, was man ihm sagt, und er hat die schlechte Angewohnheit, sich in alles einzumischen." Nachdenklich schwieg Bertram kurz, und mit einem weiteren, mahnenden Blick zu seinem Bruder willigte er schließlich ein. „Na gut, fünf Heller extra, und ihr teilt euren Platz mit der Karre", sagte er und hielt Hilde seine Hand hin. Hilde zögerte nur kurz, dann schlug sie ein. Ihr kräftiger Händedruck machte auf Bertram keinen schlechten Eindruck, und er begann zu grinsen, noch bevor er ihre Hand wieder entließ. Hilde holte aus dem Beutel an ihrer Schürze die Lederbörse mit ihrem Geld. Sie zählte Bertram sieben Kreutzer und fünf Heller in die Hand. Damit war die Sache endgültig besiegelt.

„So, wir sind Hilde und Ursula, und wir wollen nach Jerusalem wallfahren. Dich, Bertram, und deinen Bruder kennen wir nun schon", wechselte Hilde das Thema. „Haben die anderen auch Namen?"

Bertram räusperte sich. Hildes herausfordernder Ton war ihm nicht recht. Dennoch antwortete er ihr: „Neben dir hockt Will, der daneben ist Jobst. Bei Peter sitzen Kilian und Gilg, der älteste von uns. Er kennt den Fluss besser als jeder andere. Und der da", er zeigte auf den Mann, den Hilde wegen der Mücken angesprochen hatte, „ist Lentz." So wie Bertram sie vorgestellt hatte, nickten alle Männer den beiden Frauen zu. Besonders gesprächig schienen sie aber alle nicht zu sein. Ursula schenkte den Kräutersud aus. Die Flößer schnupperten zuerst misstrauisch an dem ungewohnten Getränk, nahmen vorsichtig einen Schluck und schmeckten den ungewohnten Aromen nach. „Warmes Wasser mit Geschmack?" Der alte Gilg schüttelte den Kopf. „Ist das nicht eher was für die Kranken?"

„Nein, nein", erklärte Ursula, „das sind vor allem getrocknete Früchte der Hagebutte, Brombeerblätter und Melisse. Trinkt ruhig, das erfrischt und tut dem Körper gut. Aufgüsse aus Kräutern, die heilen, schmecken meistens nicht so gut." Artig schlürften die Männer weiter. Es war ungewöhnlich, aber es schmeckte nicht schlecht. Ursula schaute sich die Versammlung genauer an. Jeder der Männer trug eine kurze lederne Hose, die etwa bis zu den Knien reichte. Sie trugen keine Schuhe, und ihre Schienbeine und Unterschenkel waren braun und voller Schrammen und Narben. Über der Hose trugen sie einen weiten Kittel, dessen Ärmel sie aufgekrempelt hatten. Ihre Arme waren muskulös und so braun wie die Beine. Jeder von ihnen trug eine Kopfbedeckung. Einige waren aus Stroh oder Gräsern geflochten, andere schienen aus Filz zu sein. Alle außer Peter hatten kräftige Bärte, und die Augen leuchteten in den gebräunten Gesichtern. Ihr Leben war sicherlich hart, aber die Augen zeigten, sie liebten es, ihr Dasein auf dem Fluss und ihre Freiheit durch die ständigen Reisen. Nachdem sie aufgegessen hatten, trollte sich einer nach dem anderen und verschwand in einem der Zelte. Auch Hilde und Ursula zogen sich zurück. Doch es dauerte lange, bis der Schlaf zu ihnen kam. Die Aufregung angesichts der am nächsten Tag beginnenden Reise und die Insekten ließen beide noch lange wachliegen.

AN DER DONAU BEI REGENSBURG

8. MAI 1096

Als die ersten Vögel sangen und nur ein heller Streifen am Horizont den herannahenden Tag ankündigte, wurden Ursula und Hilde von beginnender Unruhe im Lager geweckt. Jobst fachte das niedergebrannte Feuer an. Er legte viel Holz auf, damit die Flammen ihnen zusätzliches Licht gaben. Die anderen waren schon dabei, die Zelte abzubauen. Nach ein paar Schluck Wasser gingen auch die beiden Frauen ans Werk. Den Männern folgend rafften sie ihre Sachen zusammen und trugen sie gleich hinunter zum Flussufer. Nachdem sie ihr Zelt aufgerollt hatten, begannen sie damit, den Karren zu entladen und auch diese Sachen ans Ufer zu tragen. Schließlich war der Wagen leer, und Hilde zog ihn alleine runter zum Floß. Die Flussmänner hatten damit begonnen, ihre Habe auf das hintere Floß zu laden. Nur Peter, Gilg und Will transportierten ihre Sachen ganz nach vorne zu der Plattform auf den dort aneinandergebundenen Stämmen. Lentz und Bertram machten sich daran, auf der hinteren Plattform ihr Zelt wiederzuerrichten. Jobst kam zu Ursula und Hilde und half ihnen, die beiden Räder des Karrens abzunehmen. Dann hoben sie zu dritt den Kasten des Wagens an und schleppten ihn auf das Floß. Zum erstenmal betrat Ursula dieses Gefährt. Von Jakobs Kahn her wusste sie vom nachgebenden Schaukeln und erwartete Ähnliches, als sie den Fuß auf den ersten Baum stellte. Verwundert musste sie feststellen, dass ein Floß stabiler im Wasser lag. Jetzt wurde ihr auch klar, warum die Männer alle barfuß waren. Mit ihren Holzschuhen fand sie kaum Halt auf den feuchten Stämmen. Als sie den Wagen auf der kleineren Bretterbühne in der Mitte des Floßes abgestellt und vertäut hatten, riet Jobst ihnen, als erstes ihre ganze Habe in den Kasten zu bringen und dann über allem die Zeltplane aufzuspannen. Ursula ließ ihre Schuhe auf dem Floß zurück und balancierte barfuß zurück an Land. Mit jedem Gang wurden ihre Schritte sicherer. Auch Hilde hielt sich gut. Mit Hilfe von Lentz und Jobst errichteten sie ihr Zelt. Eine zweite Plane überspannte auch den Karren und dessen Inhalt.

Die Sonne war gerade über den Baumwipfeln aufgegangen, da war das gesamte Lager bereits auf den Flößen verstaut. Bertram nahm mehrere an einem Ende brennende Scheite vom Feuer und brachte sie zu der Feuerstelle auf dem Floß. Eine Steinplatte schützte das Holz des Floßes vor der Glut. Er stellte ein Dreibein über das neue Feuer und hängte gleich einen Kessel mit Wasser daran. „Ursula!“ rief er. „Kannst du uns einen Sud wie gestern abend bereiten? Und ihr könntet dann auch gleich einen Brei kochen. Wir wollen essen, bevor es auf den Fluss geht.“

Hilde verdrehte die Augen. „Ja, Herr“, spöttelte sie leise zu Ursula. Doch sie packte ohne einen weiteren Kommentar ihren Kessel und das Säckchen mit den gerösteten Körnern. Ursula folgte ihr mit Kräutern und dem großen Holzlöffel zum Rühren. Beide machten sich gleich ans Werk, zerdrückten die Körner zwischen zwei Steinen und verrichteten alles so, wie sie es immer getan hatten. Es war auch kein Unterschied zu einer gewohnten Feuerstelle. Einzig ein leises Zischen, am Rande der Steinplatte, wenn etwas Wasser zwischen den Baumstämmen hochschwappte, erinnerte die Frauen daran, dass sie auf dem Fluss waren.

Die Männer setzten sich zusammen und berieten den Aufbruch. Dann gesellten sie sich zu den Frauen und setzten sich auf die beiden Stämme, die am Feuer quer über dem Floß vertäut waren. Jobst brachte Brot und junge Zwiebeln, dann machten sich die Männer gierig über das Essen her. Kaum hatte Bertram seine Schale geleert, stand er auf, und alle anderen, ob sie aufgegessen hatten oder nicht, folgten seinem Beispiel. Der alte Gilg, Peter und Will liefen behende, als wäre es ein befestigter Weg über die schwimmenden Baumstämme zum vorderen Floß. Als alle Seile vom Ufer gelöst waren, stellten Lentz und Bertram sich rechts und links eines dünnen Stammes auf, an dessen Ende ein großes Ruderblatt befestigt war. Sie hoben den Stamm in eine Vorrichtung am Ende des Floßes und begannen mit kräftigen Zügen das Ende des Floßes vom Ufer wegzudrücken. Jobst nahm eine lange Stange, und Ursula konnte sehen, dass auch Peter und Will mit solchen Stangen zurück auf die treibenden Stämme kehrten. Gilg stand ganz vorne an einem Ruder. Kaum hatten Bertram und Lentz es geschafft, das hintere Floß schräg in die Strömung zu stellen, zwängte sich das Wasser des Flusses zwischen Floß und Ufer. Unterstützt durch die Stangenstöße der Flößer löste sich der ganze Verband vom Ufer. Ursula war es seltsam zumute angesichts des sich langsam entfernenden Ufersaums. Sie waren fast in der Mitte des Stroms angelangt, da stellten Bertram und Lentz das Ruder fast quer zur Strömung. Langsam streckte sich der Verband, und Gilg, unterstützt von Peter, steuerte mit kräftigen Zügen zur Mitte. Jobst kam mit der Stange zurück, und als er Ursulas erstauntes Beobachten bemerkte, erklärte er ihr die Vorgehensweise: „Gilg kennt den Fluss, er bestimmt die Richtung und hält uns im Fahrwasser. Hier hinten steuern wir mit dem Ruder so dagegen, dass alles in einer Linie bleibt. Schwierig wird es nur an sehr engen Stellen und wenn der Fluss eine scharfe Biegung macht.“ Ursula nickte verstehend. Bevor Jobst weiter nach hinten ging, drehte er sich den Frauen noch einmal zu. „Ihr bleibt am besten die meiste Zeit bei eurem Zelt. Füße, die den ganzen Tag im Wasser stehen, werden schnell wund und bereiten großes Ungemach. Also bleibt auf dem Trocknen“, riet er ihnen. Hilde versorgte noch das Feuer, Ursula reinigte das Geschirr, und dann begaben sich beide auf ihre Plattform. Dort ordnete Hilde ihre Sachen, während Ursula ihnen ein Lager richtete. Die Sonne stand hoch am Himmel, und es wurde drückend warm unter den Planen. Ursula setzte sich ins Freie auf die Planken. Der Strom schob sie voran, es roch nach Wasser und feuchtem Holz. Ursula beobachtete die vorbeiziehende Landschaft. Viel war nicht zu sehen. Das Ufer war meistens bis hinunter ans Wasser mit Büschen und Strauchwerk bewachsen. Hin und wieder gab es auch Schilfgürtel. Menschen sah Ursula gar nicht. Lediglich ein paar Wasservögel flogen auf. Die Männer waren alle beschäftigt. Sie wechselten sich am Ruder ab. Hilde gesellte sich zu ihr. „Ich glaube“, scherzte sie, „das wird eine sehr unterhaltsame Reise. Ich weiß jetzt schon nicht mehr, womit ich meine Zeit totschlagen soll.“

Ursula hatte eine Idee. „Wir könnten die Zeit nutzen, um Fische zu fangen. Jakob hat mir gezeigt, wie es geht, und hat mir auch einige Schnüre mit Haken geschenkt.“ Ursula sprang auf und holte die auf kleine Bretter gewickelten Angeln aus ihrer Tasche. „Wir müssten nur etwas haben, was wir den Fischen anbieten können. Jakob hatte Würmer, oder er nahm kleine Fische. Er sagte, man könne auch kleine Brotstücke nehmen, die würden im Fluss aber schnell abfallen und seien nur in ruhigen Gewässern zu gebrauchen."

Hilde lachte: „Das ist wirklich eine gute Idee, komm lass uns nach Würmern graben."

Ursula machte im Scherz einen Schmollmund, und beide mussten lachen. „Warte", Ursula hatte eine Idee, „ich frage die Flößer, ob sie noch Fische haben. Wenn es mit kleinen Fischen geht, muss es doch auch mit einem Stückchen Fischfleisch funktionieren."

Sie sprang auf und eilte über die Stämme auf die hintere Plattform. Bertram war gerade abgelöst worden und stillte seinen Durst aus einem Wasserschlauch. Ursula erzählte ihm, dass sie und Hilde versuchen wollten, Fische zu fangen, und fragte, ob es noch Fisch gäbe, den sie als Köder benutzen könnten. Bertram nickte nur und gab ihr aus einem Eimer zwei kleinere Fische. „Hier, damit könnt ihr euer Glück versuchen. Aber ich glaube nicht, dass ihr was fangen werdet. Die Fische stehen meistens näher am Ufer." Ursula dankte ihm und eilte mit den Fischen zu Hilde. Triumphierend präsentierte sie die erhaltenen Fische und machte sich gleich daran, einen davon in längliche Streifen zu schneiden. Sie schob einen Streifen über den Haken, indem sie ihn zweimal mit der Spitze des Hakens durchstieß. So, wie Jakob es ihr gezeigt hatte, wickelte sie etwas Schnur ab und warf den bestückten Haken mit Schwung ins Wasser. Dann wickelte sie weiter Schnur von dem Brettchen, bis sie meinte, es sei genug. Hilde machte es ihr nach. Der Haken mit dem Köder verschwand im Wasser und wurde sofort unter das Floß gezogen. Ursula zupfte an der Schnur, wie es der alte Fischer ihr gezeigt hatte, aber es tat sich nichts. Vom Boot des Fischers aus war es einfacher gewesen. Das Boot hatte ruhig im Wasser gelegen, da es Jakob an einer langen Stange festgemacht hatte. Ursula überlegte, wie sie die Angel an die veränderten Bedingungen anpassen könnte. Sie müsste die Schnur weiter vom Floß weghalten, und vielleicht wäre es besser, wenn sie den Haken irgendwie beschweren könnte, damit er tiefer ins Wasser absank. Sie verbrachten einige Zeit mit ihren Versuchen, dann war es Hilde, die zuerst die Geduld verlor. „Ich bin keine Fischerin", maulte sie und zog sich auf ihren Strohsack zurück. Ursula wollte nicht so schnell aufgeben, aber irgendwann sah auch sie ein, dass sie nichts fangen würde. Sie saß noch bei einem ihrer letzten Versuche, als Peter von vorne über die Baumstämme herübergesprungen kam. Als er Ursula so mit der Schnur in der Hand dasitzen sah, musste er lachen. „Das wird nichts, Ursula", sagte er. „Warte bis zum Abend, wenn wir Halt machen. In Ufernähe verstecken sich die Fische gerne unter unseren Stämmen, dann ist es ganz leicht. Ich zeig es dir heut abend." Dann ging er weiter, richtete Bertram etwas von Gilg aus und nahm etwas Brot mit nach vorne. Ursula wickelte ihre Schnur auf und erhob sich. Sie beobachtete das Ufer. In einiger Entfernung hinter den Hügeln stieg dichter Rauch auf. Seit sie losgefahren waren, hatten sie keine Menschen gesehen. Ursula versuchte, ob sie irgendwo oberhalb des Flusses einen Weg erkennen könnte oder wenigstens das Dach eines Hauses. Aber da war nichts. Als die Sonne zu versinken begann, steuerte Gilg eine Stelle am Ufer an, wo einige Bäume ihre Äste weit über das Wasser breiteten. Als die ersten Äste dicht am Floß vorbeikamen, warf Bertram ein dickes Seil über einen dicken Ast, zog mit einem Ruck das Tau fest und schlang es um einen Pflock am Floß. Zusammen mit Lentz stemmte er sich gegen die Kraft des Flusses, und sie kamen zum Stehen.

Ursula wunderte sich. „Verbringen wir hier die Nacht?" fragte sie Jobst.

Der nickte nur.

„Aber warum gehen wir nicht ans Ufer?" Ursula war mit dem Nicken alleine nicht zufrieden, und die Vorstellung, auf dem Wasser zu schlafen, behagte ihr irgendwie nicht.

„Was sollen wir da?" fragte Jobst mürrisch zurück. „Hier sind wir sicher vor Strauchdieben und Gesindel. Willst du jeden Abend alles, was wir brauchen, vom Floß ans Land schleppen und am Morgen wieder zurück? Das ist vergeudete Zeit und Mühe."

Im stillen hatte Ursula gehofft, sie könne sich an Land etwas abseits in die Büsche schlagen. Schon seit einiger Zeit plagten sie ihre Gedärme. Doch sie hatte nicht gewusst, wo und wie sie sich erleichtern sollte. Einen Eimer, wie bei Hilde im Haus, gab es nicht, und einen der Männer zu fragen, erschien ihr einfach unmöglich. „Hilde, ich brauche einen Eimer", jammerte sie, bei ihrer Freundin Hilfe suchend. Hilde grinste breit und frech. „Hock dich hinter das Zelt an den Rand, so dass alles ins Wasser fällt", riet sie der Verzweifelten.

„Ich habe aber Angst, dann ins Wasser zu fallen", wandte Ursula ein.

„Halt dich einfach an einem der Seile fest. Trau dich, es wird schon gehen. Ich bin auch nicht ins Wasser gefallen, und du hast noch nicht einmal bemerkt, dass ich mich schon längst erleichtert habe."

Ursula wusste, es half alles nichts, sie musste es so versuchen oder es würde in Kürze alles unter sie fallen, da, wo sie gerade stand. Sie suchte sich Halt für ihre Füße, griff sich ein Seil und streckte ihren Hintern über den Rand des Stammes, auf dem sie hockte. Ängstlich sah sie sich um, doch keiner der Männer beachtete sie. Sie beschloss, es schnell hinter sich zu bringen. Es plätscherte und klatschte zweimal, dann zog sie sich hoch, und es ging ihr gleich besser. Hilde hatte unterdessen den Kessel über das Feuer gehängt. Nun schnitt sie Zwiebeln und Wurzeln hinein. Jobst brachte ihr einen Lederbeutel, in dem sich eingesalzenes Fleisch befand. Hilde holte ein paar Streifen heraus, gab sie zu dem Gemüse und füllte alles mit Wasser auf. Ursula brachte ihr noch das Säckchen mit den Linsen aus ihren eigenen Vorräten. „Das ist ein guter Gedanke, Ursula", bedankte sich Hilde, raunte ihr aber leise zu: „Doch bewahre von unseren Vorräten alles, was nicht zu schnell verdirbt. Wer weiß, ob wir es nicht noch selber brauchen. Es war vom Kochen die Rede, nicht vom Verpflegen." Hilde zwinkerte ihr mit einem Auge zu. Sie gab zwei handvoll Linsen in die Suppe und gab Ursula den Sack zurück. „Bring ihn gleich zurück", sagte sie leise, aber mit Nachdruck. Ursula tat wie ihr geheißen. Hilde hatte sicherlich recht. Die wenigen Vorräte, die sie hatten, brauchten sie nicht mit den Flößern zu teilen.

Peter kam an die Feuerstelle, und da er sah, dass es mit dem Essen noch dauern würde, kam er auf seinen Vorschlag vom Nachmittag zurück. „Komm Ursula, jetzt zeig ich dir, wie man Fische fängt", forderte er die junge Frau auf. Sie stiegen hinüber zu der Plattform der Frauen, und mit neuen Ködern versehen zeigte ihr Peter, wie man den Haken weit hinaus schleudern konnte, um ihn dann langsam mit leichten Zupfern wieder einzuholen. Und wirklich, es dauerte gar nicht lange, da zappelte an seiner Schnur ein etwa handgroßer Fisch mit dunklen Streifen. „Vorsicht", mahnte der junge Flößer, „wenn du so einen hast, achte auf deine Hände, dieser Fisch hat auf dem Rücken hier bei der Flosse einen Stachel." Er zeigte ihr die Rückenflosse des Barsches. Mit dem Griff seines Messers schlug er dem Fisch auf den Kopf, dann holte er den verschluckten Haken aus dem Fischmaul und nahm den Fisch gleich aus. Schon bald konnte Ursula ihre Schnur nicht viel schlechter als Peter auswerfen. Der Junge gab ihr den Rat, entlang der Baumstämme zu werfen, damit die Fische, die sich in deren Schatten verbargen, hervorgelockt würden. Und dann plötzlich fühlte Ursula einen Widerstand beim Zupfen. Sie holte die Schnur rasch ein und hatte auch einen Barsch gefangen, der sogar etwas größer war als der erste Fang Peters. So machte das Fischen Freude. Als sie fünf Fische beisammen hatten, brachten sie sie zu Hilde. Peter zeigte Ursula, wie man sie mit dem Rücken des Messers schuppte, schnitt dann das Fleisch von den Gräten und warf es direkt in den Topf über dem Feuer.

Hilde hatte noch einen zweiten Kessel ans Feuer gestellt. In ihm begann es gerade zu dampfen, und Ursula brauchte nicht erst aufgefordert zu werden, Kräuter für einen Sud zu holen. Davon hatten sie genug und würden unterwegs sicherlich immer wieder neue finden. Die Männer kamen einer nach dem anderen zur Feuerstelle und ließen sich auf den Baumstämmen nieder. Hilde schöpfte ihnen die gereichten Schalen voll, und gleich war das Schlürfen und Schmatzen der Fischer lauter als das Glucksen des Wassers um sie herum. Die Männer hatten einen guten Appetit, und obwohl es zu der Suppe Brot gab, aßen sie den Kessel leer. Es schien ihnen zu schmecken, auch wenn keiner von ihnen ein Wort über das Essen verlor. Als alle aufgegessen hatten, tranken sie noch den einen oder anderen Becher vom Kräutersud, doch nach und nach verschwanden sie in ihre Zelte. Jobst blieb als einziger zurück, er sollte als erster Wache halten. Hilde und Ursula kümmerten sich wieder um das Säubern der Schalen und Kessel und zogen sich anschließend auf ihr Lager zurück.

„Wenn bloß diese stechenden Biester nicht wären“, beschwerte sich Hilde und kratzte sich an beiden Unterschenkeln. „Deck dich gut zu, Ursula, sonst haben dich die Mücken bis zum Morgen aufgefressen.“

Obwohl sie eigentlich den ganzen Tag über nicht viel getan hatten, schliefen beide Frauen schon bald ein und wurden erst wach, da hatten die Flößer sie bereits wieder in der Mitte des Flusses auf Fahrt gebracht.

In den darauf folgenden Tagen veränderte sich das Ufer. Es wurde steiler, und manchmal ragten Felsen zu beiden Seiten senkrecht aus dem Wasser empor. Auf der Weiterfahrt kamen sie auch an einigen Siedlungen und an großen Städten vorbei, doch die Flößer hatten kein Interesse daran. „Dort gibt es nur Ärger“, war alles, was Bertram dazu sagte. Ursula und Hilde langweilten sich immer mehr. Die Tage wurden lang, und es wurde auch immer wärmer. Manchmal war es unter der Zeltplane kaum noch auszuhalten, aber vor dem Zelt im gleißenden Licht der Sonne, das von den Wellen des Flusses reflektiert wurde, war es noch schlimmer. Die Sonne hatte Hildes Haut im Gesicht und an den Armen verbrannt. Nach einigen Tagen pellte sich die gerötete Haut von ihren Armen und ihrer Nase. Sie rieb sich immer wieder mit einer ihrer Salben ein und achtete sehr darauf, nicht lange in der Sonne zu sein. Ursula war nicht weniger draußen gewesen, doch ihre Haut war einfach nur braun geworden. Nach zwei Wochen gingen die Vorräte der Flößer zu Ende, und sie mussten zwangsläufig irgendwo anhalten, wo Menschen waren, um sich mit frischem Gemüse und Getreide zu versorgen. Gilg wusste eine Stelle, an der sie fast immer hielten, um Essen einzuhandeln. Am nächsten Tag würden sie dort ankommen. Lentz erzählte Ursula, dass sie etwas oberhalb einer kleinen Siedlung festmachen würden. Zwei der Männer würden dann mit dem Kahn, den sie die ganze Zeit ungenutzt hinter dem Floß herschleppten, zu dem Dorf rudern, um dort die notwendigen Sachen zu kaufen. Sie hofften auf Getreide, Gemüse, getrocknetes oder eingesalzenes Fleisch und vielleicht ein Fässchen Bier.

IN DER NÄHE VON PRESSBURG

24. MAI 1096

Am nächsten Tag steuerten sie bereits um die Mittagsstunde die Flöße aus der Strömung. Bertram und Gilg bestiegen den Kahn und ruderten flussabwärts. Schon bald waren sie den Blicken der anderen entschwunden. Ursula fischte zusammen mit Peter. Hilde traute sich nicht in die Sonne, und die anderen Männer verkrochen sich auf ihre Strohsäcke, dankbar für die eingelegte Pause.

Am späten Nachmittag kehrten Bertram und Gilg zurück. Ihre Mienen beim Näherkommen verrieten nichts Gutes. Ohne einen einzigen Sack neuen Proviants kletterten sie zurück auf das Floß.

„Es gibt hier nichts mehr. Das Dorf ist verlassen. Wir haben uns umgesehen und einen Alten gefunden, der als Einziger zurückgelassen wurde oder der sich wohl versteckt hatte", berichtete Gilg. „Wenn wir ihn richtig verstanden haben, sind Fremde in die Gegend eingefallen und haben alles, was sie zu essen finden konnten, geraubt. Sie haben die Frauen vergewaltigt und viele Männer erschlagen."

„Ja, und es waren welche von euren Leuten." Zornig schaute Bertram Hilde an.

„Was soll das heißen?", fragte Hilde

„Das soll heißen, es waren auch welche von denen, die sich das Kreuz auf die Kleidung genäht haben. Selbst Wandermönche waren dabei und sorgten nicht für Einhalt. Dabei leben hier auch nur Christen."

„Und was machen wir nun?" wollte Peter wissen.

„Der Alte hat uns geraten, wir sollen es etwas weiter stromab auf der anderen Seite des Flusses versuchen. Nur wenige Pilger wurden am nördlichen Ufer gesehen."

„Wir werden", mischte sich Gilg wieder ein, „aber sicherlich auch dort nicht viel bekommen. Wir werden also mehr von Fisch und Wasser leben müssen."

Die Männer verzogen ihre Gesichter. Sie hatten sich bereits auf Bier und auf etwas Abwechslung im Speiseplan gefreut.

An diesem Abend verarbeiteten Ursula und Hilde das letzte Mehl zu Fladenbrot, und die Männer brieten die Fische, die Peter und Ursula gefangen hatten. Die missliche Lage schlug sich bei allen auf das Gemüt. Selbst Bertram und Hilde hatten keine Lust, miteinander zu streiten. Der große Mann und die kleine runde Frau hatten seit der ersten Begegnung keine Möglichkeit ausgelassen, um miteinander zu zanken. Ursula kannte ihre Freundin und wusste, dass dies eher ein Zeichen der Wertschätzung als Ablehnung war. Wenn Bertram Hilde zuwider wäre, würde sie mit ihm nicht ein einziges Wort wechseln. Auch wenn Bertram immer so mürrisch und misstrauisch tat, er war sicher ein guter Mensch. Peter hatte Ursula anvertraut, dass die anderen überhaupt nichts hatten davon wissen wollen, dass man zwei Frauen mitnehmen sollte. Bertram hatte schließlich alle überredet, und das war nicht leicht gewesen. Der junge Bruder Bertrams hatte mehr und mehr Vertrauen zu Ursula gefasst und erzählte ihr nicht nur viel, sondern saß oft in ihrer Nähe. Vor einigen Nächten hatte Hilde schon darüber gespottet und Ursula aufgefordert, den Knaben zu fragen, ob er etwas Geld übrig habe. Dass der Junge darauf aus sein könnte, daran hatte Ursula bisher nicht gedacht.

IN DER NÄHE VON PRESSBURG

25. MAI 1096

Sie waren am darauffolgenden Tag noch nicht lange unterwegs, als am Ufer die Hütten der empfohlenen Siedlung sichtbar wurden. Gilg und die anderen manövrierten die Flöße in seichteres Wasser auf der anderen Seite des Flusses. Dort stachen sie ihre Stangen in den Grund und stoppten so ihre Fahrt. Als alles ordentlich vertäut war, bestiegen Bertram, Gilg und Lentz den Kahn und ruderten über den Fluss. Bei den Häusern am anderen Ufer hatten sich bereits einige Menschen versammmelt und sahen ihnen entgegen. Hilde, Ursula und die anderen beobachteten, wie Bertram als erster aus dem Kahn sprang, ihn im Wasser hinter sich her zum Ufer zog, den Fluss jedoch nicht verließ. Aus dem Wasser heraus verhandelte er mit einigen Männern, die vor die anderen ans Ufer getreten waren. Schließlich wateten sie zu Bertram ins Wasser und zogen gemeinsam mit ihm den Kahn an Land. Bertram, Gilg und Lentz verschwanden in der Menschentraube zwischen den Hütten.

Es dauerte lange, bis die ungeduldig Wartenden wieder Bewegungen am anderen Ufer wahrnehmen konnten. Bertram, die beiden anderen und Männer aus dem Dorf kamen schwer beladen zwischen den Hütten hervor und packten ihre Lasten in das Boot. Dann verabschiedete man sich offensichtlich, und der Kahn wurde zurück ins Wasser geschoben. Jobst, Peter, Will und Kilian atmeten sichtlich auf, als sie ihre Kameraden auf das Floß zurudern sahen. Auch Ursula und Hilde hatten mit Bangen gewartet, auch wenn sie nicht wirklich wussten, was zu befürchten war. Doch als Bertram befahl, dass man auf dieser Seite des Flusses bleiben sollte, war ihnen klar, dass dies aus Vorsicht geschah.

Bertram und die beiden anderen brachten Getreide, gedörrtes Fleisch und sogar ein Fässchen Bier. Nur Gemüse hatten sie nicht in ausreichender Menge bekommen können, dafür aber zwei Schläuche mit Wein. Am Abend freuten sich die Männer sehr über das Bier, auch wenn Bertram darauf bestand, dass sie es mit Wasser verdünnten. Ursula kostete aus Peters Becher, aber es schmeckte ihr nicht. Hilde hingegen trank mit den Männern mehr als einen Becher.

VOR DEN TOREN ARQAS
15. APRIL 1099

Ursula klebte die Zunge am Gaumen. Schweiß lief ihr über das Gesicht und versickerte unterhalb ihres Halses in dem immer größer werdenden dunklen Fleck auf ihrem Kleid. Sie musste etwas trinken. Die Pause zwischen zwei Wehen abpassend nahm sie vorsichtig einen kleinen Schluck, hielt ihn lange im Mund, bevor sie runterschluckte. Dann nahm sie noch einen Schluck und verschloss ihren Wasserschlauch wieder sorgfältig. Kaum hatte sie den Schlauch weggelegt, da spürte sie die nächste Welle von Schmerzen herannahen. Sie biss die Zähne zusammen, und doch musste sie wieder schreien. Sie spürte, wie das Kind durch ihre Muskeln immer weiter vorwärtsgedrückt wurde. Vorsichtig tastete sie zwischen ihre Beine und erschrak etwas, als sie die Schädeldecke des Kindes spürte.

„Wir haben es gleich geschafft." Hoffnung keimte in ihr auf, und sie wollte sich und dem Kind Mut machen. Tief atmend sammelte sie Kraft für die letzten Anstrengungen. Sie wusste, das letzte Stück durch die Enge war das Schlimmste. Ähnlich war es auch damals auf dem Fluss gewesen.

VOR BELGRAD
JUNI 1096

Mit dem neuen Proviant herrschte auch wieder bessere Stimmung auf den Flößen. Die Männer waren guter Dinge, und der Fluss sowie das Wetter schienen ihnen gewogen. Es hatte nur wenige Regentage gegeben, und als der Fluss in einer sehr engen Kurve seine Richtung änderte, so dass von nun an die Sonne in der Mittagszeit direkt vor ihnen hoch am Himmel stand, wurde es immer wärmer. Auch die Landschaft veränderte sich. Der Strom, der jetzt sehr breit und träge dahinfloss, wurde von einer bräunlich gelben Steppe begrenzt, in der die Flussleute nur selten Menschen ausmachen konnten. Viel öfter konnten sie in der Ferne die dunklen Rauchschwaden größerer Feuer sehen. Ursula und auch die anderen ahnten, dass dies die bösen Zeichen von Plünderungen waren. Was im Land allerdings wirklich vorging, konnten sie sich beim besten Willen nicht vorstellen. Bis sie nach zwei Monaten wieder in östliche Richtung treibend sich einer schon seit mehreren Tagen drohend vor ihnen aufsteigenden Rauchwolke näherten. Dort wo ein anderer Fluss in die Donau mündete, schwammen auf einmal leblose Körper im Wasser. Als Ursula in die gebrochenen Augen und den offenen Mund einer der ersten Leichen blickte, schrie sie entsetzt auf. Die Männer mussten mit Stangen den ein oder anderen vorbeitreibenden Toten vom Holz fernhalten, damit sie ihn nicht mit sich zogen. Menschen am Ufer riefen ihnen etwas zu. Es klang alles andere als freundlich. Als es Abend wurde, kündete vor ihnen am Horizont ein orangefarbener Schein von einem großen Feuer.

Bertram schickte Kilian nach vorne, und wenig später kam der mit allen anderen zurück. Einzig Peter musste vorne am Ruder bleiben und die Flöße in der Flussmitte halten. Die Männer setzten sich zusammen und berieten sich. Ursula bemerkte die besorgten Mienen aller, als sich die Versammlung wieder auflöste. Wenig später steuerten sie in seichteres Gewässer und hielten erneut mit Hilfe der langen Stangen am Rande der Strömung an.

Beim Abendmahl sagte Bertram dann allen, was beschlossen worden war.

„Wir wissen nicht, zu was der Fluss uns morgen führt. Vor uns liegt eine große Stadt. Die Zeichen, die wir alle sehen können, deuten auf nichts Gutes hin. Im Fluss treiben Tote. Sollte das wieder das Werk der Pilgerscharen sein, müssen wir auf der Hut sein. Hilde, habt ihr auch Kleider, an die ihr noch kein Kreuz geheftet habt?“ fragte er plötzlich.

„Ja, haben wir.“ Hilde wusste, worum es ging, und auch Ursula war sofort klar, dass Pilger wohl nicht willkommen sein würden, wenn all die Toten und der Feuerschein am Horizont mit ihnen zu tun hatten.

„Dann solltet ihr schauen, dass niemand euch morgen als Wallfahrende erkennt. Wenn wir Glück haben, leben die Freunde, die wir dort haben, noch. Dann haben wir nichts zu befürchten. Wir bringen schon viele Jahre Holz den Fluss runter, und Gilg hat einen Sohn, der sich hier eine Frau genommen hat. Die Familie hat einen guten Stand in der Stadt, und sie können uns sicherlich weiterhelfen und uns vor Anfeindung schützen. Also betet, dass wir unsere Leute wohlbehalten finden.“

Ursula stutzte. Ihre Vorstellung davon, dass diese Männer eigenbrötlerische Einzelgänger waren, geriet ins Wanken. Gilg hatte einen Sohn, also hatte auch er eine Frau gehabt und eine Familie. Wo war diese Frau? Hatten die anderen auch eigene Familien? Wo waren sie? All das fragte Ursula sich jetzt, wusste aber, dies war nicht der rechte Zeitpunkt, um neugierige Fragen zu stellen.

Bertram bestimmte, dass in dieser Nacht jeweils zwei Männer Wache halten sollten, und legte den Wechsel untereinander fest. Alle anderen verkrochen sich mit einem flauen Gefühl im Magen auf ihre Strohsäcke. Ursula nahm, wie schon so oft, ihre kleinen Holzfiguren in die Hände, streichelte den Engel und den Bären und betete zu Gott, er möge ihnen am folgenden Tag beistehen.

BELGRAD
4. JULI 1096

Noch bevor es richtig hell war, lösten die Flößer ihre Stangen aus dem Grund des Flusses und dirigierten die Flöße wieder in die Mitte. Mit der aufgehenden Sonne vor ihnen, blitzte am rechten Ufer etwas an den Mauern einer Stadt auf. Beim Näherkommen erkannten sie, dass es Rüstungen von Rittern waren, die dort hingen. Vor ihnen teilte sich der Strom. Gilg hatte von Bertram die Anweisung, sich links im Hauptarm des Flusses zu halten und dann eine kleinere Insel am linken Ufer anzusteuern. Dort wollten sie festmachen. Vom Floß aus sahen sie, dass es an vielen Stellen der Siedlung gebrannt hatte. Der Fluss wurde von einer großen Insel geteilt. Als sie an das Ende dieser Insel gelangten, gab sie den Blick frei auf eine Stadt mit einer Festung. Sie konnten viele geschwärzte Dachbalken erkennen, und überall stieg Rauch zum Himmel. Sie machten fast genau gegenüber der brennenden Stadt halt. Gilg, Bertram und Will bestiegen das Boot und ruderten über den Fluss. Kilian hatte nach Bertrams Anweisungen das Sagen auf dem Floß. Sie sollten sich so ruhig wie möglich verhalten, das Feuer kleinhalten und niemanden an die Flöße heranlassen. Sollten Bertram, Gilg und Will nicht innerhalb von zwei Tagen zurück sein, sollte Kilian weiterfahren. Auch wenn sich mehrere Boote gleichzeitig nähern sollten, hatte Kilian die Weisung, die Flöße ins Fahrwasser zu bringen und zur Not einige Stämme zu opfern, um flüchten zu können.

Nun saßen sie alle da, sahen dem sich entfernenden Kahn hinterher und hofften, die drei Gefährten möglichst schnell wiederzusehen. Der Wind wehte den Geruch von Feuer und den süßlichen Gestank von Aas über den Fluss. Je höher die Sonne stieg, desto schlimmer schien der Geruch zu werden. Ursula sah immer wieder zum anderen Ufer hinüber, konnte aber kaum eine Menschenseele entdecken. Es wurde Abend, und Bertram war noch nicht zurückgekehrt. Alle auf dem Floß waren merklich angespannt, und wortlos nahmen sie nur etwas Brot zu sich, bevor sie sich schlafen legten. Auch Ursula und Hilde waren in dieser Nacht zum Wachehalten eingeteilt. Nicht nur Ursula konnte in dieser Nacht fast nicht schlafen. Alle lagen ängstlich wach, und wenn es ihnen gelang einzudösen, schreckten sie kurz darauf wieder hoch, aus Angst, etwas überhört zu haben. Die Zeit bis zum nächsten Morgen verstrich nur sehr langsam.

Als die Sonne den Himmel längst in helles Blau verwandelt hatte, näherte sich von der Stadt her ein Boot. Beim Näherkommen erkannte Ursula darin Bertram und Will. Die zwei anderen Männer, die noch dabei waren, kannte sie nicht. Wo war Gilg? Das Boot kam näher, und Ursula meinte, auf Bertrams Gesicht eine recht zufriedene Miene lesen zu können. Peter lief wie ein junger Hund auf den Baumstämmen hin und her. Längst hatte er hinter seinem Bruder den Sohn Gilgs erkannt und freute sich auf das Wiedersehen mit dem lange nicht getroffenen Freund.

„Utz!“ rief er. „He, Utz, ich grüße dich!“ Und kaum war der Angerufene vom Boot auf die Stämme des Floßes gestiegen, lagen sich die beiden in den Armen.

„Utz, wie schön, dass es dir gut geht“, freute sich Peter. „Was ist passiert? Erzähl, wie geht es deiner Frau? Habt ihr Kinder?“

„Langsam, langsam“, zügelte Bertram seinen Bruder. „Jetzt lass uns erst einmal alle aufs Floß. Was ist das für eine Art? Zu erzählen gibt es noch Zeit genug.“ Dann half er dem anderen Mann auf das Floß und stellte ihn den anderen vor. „Das ist Zoltan, er ist mit Utzes Frau verwandt. Utz und die Seinen sind jetzt bei ihm, da sein Haus nicht völlig zerstört wurde. Das Haus von Utz und das seiner Schwiegereltern ist niedergebrannt.“

Sie versammelten sich an der Feuerstelle, und Bertram gab der Ungeduld seines Bruders nach. „Bitte, Utz, erzähl, was sich ereignet hat.“

Kurz überlegte der Angesprochene, dann begann er zu erzählen, und Ursula hörte in seiner Stimme einen für sie ganz neuen Klang, der sie vermuten ließ, dass Utz schon lange nicht mehr in seiner eigenen Sprache geredet hatte.

„Ja, wie ihr sehen könnt, ist großes Unglück über Beograd hereingebrochen. Es ist erst etwa sechs oder sieben Tage her, ich weiß es nicht mehr so genau. Da kam von Westen her eine unheimlich große Zahl Leute. Sie wollten Essen haben, aber es waren so viele. Es hieß, sie seien auf Pilgerfahrt nach Jerusalem und vom Papst gesandt. Die Städte gaben ihnen daraufhin, was sie entbehren konnten. Es waren auch Ritter dabei. Viele von ihnen hatten schon im Umland damit begonnen zu plündern. Einige von ihnen haben in Semlin einen Streit angefangen, und die Soldaten der Stadt haben sie daraufhin erschlagen. Zur Warnung der anderen haben sie dann die Rüstungen der Ritter an die Stadtmauer gehängt. Da sind viele weitergezogen, aber dann kamen nochmal so viele oder sogar mehr, angeführt von einen Eremiten, den sie Peter nannten." Er schaute kurz zu seinem Freund, dem die Nennung seines Namens nicht angenehm war. „Dieser Peter versuchte die Leute zu beruhigen, die angesichts der Rüstungen ihrer Landleute wohl wütend waren. Auf dem Markt kam es zu einem Streit wegen dem Preis eines Paar Schuhe. Es entbrannte eine Schlägerei, und als die Soldaten der Stadt hinzukamen, ein Gefecht. Das Pilgerheer soll drüben an die 4000 Menschen erschlagen haben. Im allgemeinen Aufruhr flohen die Pilger dann über die Save zu uns nach Beograd. Die Wachen versuchten sie zurückzudrängen, doch es waren einfach zu viele. Sie schienen wie von Sinnen, drangen in alle Gassen der Stadt, raubten und begannen Feuer zu legen. Wir sind alle aus der Stadt geflüchtet, so kamen wir wenigstens mit dem Leben davon. Mehrere Tage hausten sie in der Stadt und folgten dann ihren Leuten Richtung Niš. Jetzt sind sie Gott sei Dank weg, aber mehr als die Hälfte der Stadt ist verwüstet. Unser Haus liegt in Asche, und auch das Haus der Eltern meiner lieben Frau besteht nur noch aus verkohlten Balken."

Alle hatten zugehört, und Hilde ebenso wie Ursula wurde es mal heiß, mal kalt, bei dem Gedanken, sie könnten zu diesen marodierenden Haufen gezählt werden. Aber sie hatten das Kreuz genommen. Eine Umkehr gab es für sie nicht mehr, denn die hätte Verdammnis bedeutet.

Bertram ergriff nun das Wort. „Wir sind hier sicher, und niemand will uns Böses. Ich habe bereits mit einigen Leuten gesprochen, und Gilg ist drüben und verhandelt. Wir können einiges Holz verkaufen. Es wird hier nötig gebraucht. Und wir haben dann immer noch genug für die Händler am Ende des Flusses. Wir erhalten auch noch etwas Verpflegung, und Zoltan hat uns eingeladen seine Gäste zu sein." Bei der Erwähnung seines Namens grinste der Fremde freundlich und nickte.

„Aber wir dürfen die Flöße nicht ohne Aufsicht lassen", erstickte Bertram alle aufkeimende Freude auf einige Tage an Land. „Ich denke, wir sollten uns einfach abwechseln. Lentz, Will und Kilian gehen den einen Tag und die anderen am nächsten. Dass Gilg die ganze Zeit bei seinem Sohn sein kann, ist, glaube ich, nur gerecht. Außerdem beherrscht er die Landessprache am besten und kann so für uns verhandeln. So, nun wisst ihr alles, und ich denke, wir können mit der Arbeit beginnen. Wir werden etwa ein Drittel der losen Stämme über den Fluss bringen. Es ist nur gut, nicht mehr so breit zu sein, wenn wir uns durch das Eiserne Tor zwängen."

Die anderen Flößer nickten. Sie wussten Bescheid, doch Hilde und Ursula hörten zum ersten Mal vom Eisernen Tor. Hilde hatte die Zähne zusammengebissen, um nicht gleich vor den Fremden herauszuplatzen. Aber Ursula merkte, wie sehr es ihre Freundin wurmte, dass Bertram, als davon die Rede war, wer der Einladung Zoltans folgen könnte, die beiden Frauen übergangen hatte. Jetzt hielt sie kaum mehr etwas, und sie zog Bertram zur Seite, als dieser sich anschickte, nach vorne zu gehen. Ursula war mitgekommen, und bevor Hilde loskeifen konnte, fragte sie: „Bertram, was ist das, das Eiserne Tor? Und wieso müssen wir uns da durchzwängen?" Bertram schaute Ursula verwundert an, dann grinste er etwas verschlagen. „Das Eiserne Tor ist eine Schlucht, die sich der Fluss gegraben hat. Sie ist eng, und die Durchfahrt ist nicht einfach. Wartet ab, ihr werdet es erleben."

„Und wird uns der Herr auch die Erlaubnis geben, mit an Land zu gehen, oder dürfen wir hier weiter Futter für die Mücken sein?" fragte Hilde nun schnippisch.

„Ich halte es für keine gute Idee, wenn ihr in diese Stadt geht." Bertram sprach mit deutlich leiserer Stimme. „Ein falsches Wort, irgendein Verdacht, der den Zweck eurer Reise aufdeckt, und ihr seid euer Leben und wir, wenn wir heil davonkommen, all unsere Habe los. Wollt ihr das?"

Hilde war bei aller Enttäuschung nicht dumm, und sie gönnte es niemanden, dass ihm dasselbe widerfahre wie ihr oder den Menschen dieser Stadt. „Du hast recht, Bertram", lenkte sie ein.

„Mir hat der Pöbel auch das Dach überm Kopf angezündet. Wir bleiben hier und verhalten uns ruhig." Bertram drückte Hilde daraufhin still die Hand. Doch Hilde wäre nicht Hilde gewesen, wenn sie nicht noch etwas auf der Zunge gehabt hätte. „Aber einen Schlauch Wein und etwas frisches Fleisch kannst du uns doch sicherlich herschicken, oder?" Sie meinte es nicht ganz ernst, Bertram allerdings antwortete ohne Zorn und ohne den üblichen Ton, mit dem er sich sonst mit Hilde stritt. „Ich werde schauen, was sich einrichten lässt." Dann sprang er vom Floß auf die losen Baumstämme und half den anderen dabei, ein neues Floß zusammenzubinden. Die Lage an der Insel erwies sich als günstig. Nachdem sie das vorgesehene Holz vom Verband abgetrennt hatten, zogen sie es mit einem langen Seil in den Flussarm hinter der Insel. Dort war die Strömung geringer, und alle Mann zogen die Stämme von Land aus um die Insel. Bevor sie wieder in die Hauptströmung kamen, banden sie das Floß an den Kahn. Kilian und Zoltan ruderten und steuerten so mit der Strömung zum anderen Ufer. Auf den Stämmen standen Peter, Utz, Will, Bertram und Lentz und unterstützten sie mit ihren Stangen.

Wehmütig sahen die Frauen den Männern nach. Auch Ursula hätte gerne mal wieder auf festem Boden gestanden und unter einem richtigen Dach geschlafen.

Als es Abend wurde, saßen die beiden Frauen nebeneinander am Feuer und tranken einen Kräuteraufguss. Beide starrten in die Glut und hingen ihren Gedanken nach.

„Hilde, ich weiß nicht, ob es so ein guter Gedanke war, sich der Pilgerfahrt anzuschließen", sagte Ursula verzagt.

„Warum?"

„Weil wir mit diesem plündernden und mordenden Pöbel nichts gemein haben. Aber jeder, der unsere Kreuze sieht, wird uns mit jenen gleichsetzen."

„Da magst du recht haben. Aber wir sind schon zu weit gekommen, um umzukehren. Nach Jerusalem ist es von Konstantinopel sicherlich nicht mehr weit. Lentz sagt, wir sind jetzt schon an den Grenzen von Byzanz, und bald werden wir den Fluss verlassen. Noch gehen wir nicht im Haufen Peters des Einsiedlers. Sicher, wir werden spätestens in Konstantinopel auf diese Leute stoßen. Aber glaube mir, wir werden schon verstehen, uns von deren schändlichem Tun fernzuhalten."

„Ja, Hilde, sicherlich, aber wir wissen das für uns, die anderen nicht. Ich habe Angst.“

„Sei nicht verzagt. Es wird sich alles zeigen. Utz erzählte, er habe gehört, dass die Horden von Niš aus von Truppen begleitet werden, die weitere Ausschreitungen verhindern sollen. Hinter Konstantinopel beginnt das Land der Turkmenen und Heiden, da herrschen dann eh andere Gesetze.“

„Andere Gesetze? Was meinst du?“

„Spätestens ab da herrschen die Regeln des Krieges. Dann ist ein Mord kein Mord mehr, sondern Befreiung der Pilgerpfade, und es wird dann auch nicht mehr geplündert, sondern Beute gemacht, und dazu haben wir den Segen des Papstes erhalten, wenn man dem schmutzigen Peter glauben darf.“

Ursula schwieg eine Weile, doch dann fragte sie immer noch verzagt: „Heißt das, auch wir werden plündern?“

„Nein.“ Hilde legte ihre Hand auf Ursulas. „Nein, Ursula, wir werden Wege finden, wie wir zurechtkommen. Schau, wo gekämpft wird, gibt es Wunden, die können wir versorgen und dafür etwas verlangen. Und wenn uns ein Ritter gefällt, können wir ihm für ein paar Münzen oder Beutegut zu Gefallen sein. Verlier nicht den Mut, sondern denke an das, was dich zur Wallfahrt trieb.“

„Ja, du hast recht. Wir werden nach Jerusalem gehen, Verzeihung all unserer Sünden erlangen und ein neues Leben beginnen. Wir haben mit dem Kreuz ein Gelübde abgelegt, wenn wir umkehren, wären wir verloren.“

„Lass uns schlafen gehen, Ursula. Die trüben Gedanken bringen uns nicht weiter.“

Hilde schob die Glut des Feuers zusammen. Ursula stand auf, und beide begaben sich in ihr Zelt, wo sie sich gleich auf die Strohsäcke niederließen. Noch lange kreisten Ursulas Gedanken um all die Ungewissheit, die vor ihnen lag.

VOR DEN TOREN ARQAS
15. APRIL 1099

Mit aller Kraft, die sie noch aufbringen konnte, presste Ursula das Kind im Geburtskanal vorwärts. Nach Luft schnappend bereitete sie sich auf die folgende Wehe vor, stemmte sich gegen den Fels in ihrem Rücken und drückte mit beiden Händen auf ihren Bauch. Sie biss die Zähne zusammen, dass es knirschte, und dann, mit dem anschwellenden Schmerz, legte sie all ihre Verzweiflung in die Kontraktion ihrer Muskeln. Auf einmal schienen der Schmerz, das Brennen und Ziehen sich aufzulösen. Ursula langte zwischen ihre Beine und ertastete ihr Kind. Vorsichtig hob sie es auf. Sie konnte kaum etwas sehen. Ihre Finger glitten über den kleinen, zitternden Leib. Sie ertastete die Nabelschnur, folgte ihr mit einer Hand, gelangte so zum Hals des Kindes. Der Schlauch hatte sich um seinen Hals geschlungen. Ursula löste diese Schlinge und nahm das Kind fester in den Arm. Sie lauschte, aber das Neugeborene gab keinen Laut von sich. Vorsichtig wischte Ursula mit ihrer Schürze über das kleine Gesicht. Dann ertastete sie Mund und Nase. Sie öffnete behutsam mit einem Finger das Mündlein. Dann legte sie ihren Mund über die winzige Nase und saugte vorsichtig. Als sie sich sicher war, dass die Atemwege frei waren, pustete sie das Gesicht des kleinen Menschleins an. Ein winziges Zusammenzucken des Babys war zu spüren, ein schwaches Quäken und dann ein ängstliches Schreien, unterbrochen von heftigem Luftholen. „Es lebt! Gott sei Dank, es lebt", schoss es durch Ursulas Kopf, und auf der Stelle vergaß sie all ihre Not und Einsamkeit. Rasch nahm sie das zitternde Bündel und wollte es schon in ihr Tuch wickeln, da erinnerte sie sich an die Nabelschnur. Sie legte das Kind in ihren Schoß, tastete nach den dünnen Lederriemen und dann nach der Verbindung, die sich zwischen ihrem Unterleib und dem Bauch des Kindes wand. Zwei Fingerbreit über dem Bauch des Kindes schnürte sie den Riemen um die Nabelschnur und zog so kräftig, wie sie konnte, den Knoten zu. Mit dem zweiten Riemen wiederholte sie das Ganze etwas oberhalb des ersten Knotens. Dann fingerte sie nach ihrem Messer und durchtrennte die Nabelschnur zwischen den Knoten. Das Kind schrie die ganze Zeit. Ursula nahm es wieder in den Arm, wischte mit der Schürze den ganzen Körper des Säuglings ab. Als sie zwischen dessen Beine fuhr, entdeckte sie, dass sie gerade einen Sohn zur Welt gebracht hatte. Eine Welle des Glücks rauschte durch ihr Gemüt. „Einen Sohn, oh wie schön, ein Sohn. Wie wird Roderich sich freuen!" Sie wickelte den Säugling sorgfältig in ihr Tuch und presste das Bündel an ihre Brust. Die Schreie verebbten. Ein sanftes Schnaufen war zu hören, und Ursula hielt ihren Sohn still und warm umschlungen.

Ein Ziehen in ihrem Unterleib erinnerte sie daran, dass noch nicht alles vorbei war. Ihr Leib zog sich erneut zusammen, und Ursula griff mit einer Hand nach der Nabelschnur, die aus ihrem Schoß heraushing. Vorsichtig wickelte sie sich das Ende um die Hand, und bei der nächsten Kontraktion ihres Leibes zog sie sanft daran. Sie spürte in sich so etwas wie einen kleinen Riss, und da gab die Schnur ihrem Ziehen nach, und ihr Inneres klatschte zwischen ihre Beine auf den Rock. Ursula faltete ihre Schürze zusammen und legte sich die längliche Binde zwischen die Beine. Kurz hob sie ihren Hintern und schob den Stoff unter sich, anschließend legte sie die Binde über ihre Scham und stopfte sie unterm Kleid hinter ihren Gürtel. Den blutigen Rest ihrer Leibesfrucht griff sie und warf ihn ein Stück weit von sich weg. Erschöpft sank sie zurück an den Felsen und spürte nach dem Atem ihres Sohnes. Behutsam legte sie ihre Wange an seinen kleinen Kopf und schloss die Augen. „Herr Gott, ich danke dir", betete sie in Gedanken. „Du bist der Herr über alles Leben. Bis hierher hast du mich gebracht, durch alle Gefahren und Nöte. Herr Gott, bitte beschütze mich und das Kind. Bitte, mein Gott, bitte lass es leben, segne und behüte es. Segne und behüte Roderichs Sohn!"

Ursula suchte ihren Wasserschlauch. Sein Gewicht prüfend hob sie ihn an. Um zu trinken, musste sie das Kind ablegen. Ganz sanft bettete sie es neben sich, setzte sich auf und nahm einige kräftige Züge Wasser. Sie spürte ihre Erschöpfung. Ihr Kleid war nassgeschwitzt, und es fröstelte sie. Vorsichtig rutschte sie etwas vom Felsen weg, nahm das kleine Bündel zu sich, hielt es umschlungen und bettete auf der Seite liegend ihren Kopf auf ihren Oberarm. Ihr Sohn schlief, und auch ihr schloss die Erschöpfung die Augen.

Belgrad
6. Juli 1096

Heiß und drückend zog sich der Tag in die Länge. Ursula und Hilde hatten so gut wie nichts zu tun. Die Männer hingegen waren damit beschäftigt, die Flöße neu zu ordnen, Seile zu überprüfen und Verbindungen zu verstärken.

„Das Eiserne Tor“, erklärte ihnen Jobst, „ist wie die schmale Öffnung eines Gatters. Wenn die Schafe alle da hinaus wollen, drängen sie sich davor und kommen erst nicht weiter, doch wenn sie bis zur Öffnung gelangen, geht alles ganz schnell. So wird der Fluss in den nächsten Tagen, je näher wir der Schlucht kommen, immer langsamer werden. Das Tor ist der Weg, den sich die Donau durch ein Gebirge gesucht hat. Sie schießt zwischen den Felswänden hindurch, und abgesehen von den Wänden zu beiden Seiten gibt es im Wasser Felsen und Untiefen, die uns durchaus gefährlich werden könnten. Deshalb verstärken wir die Seile und bereiten alles vor. Die losen Baumstämme werden wir sich selbst überlassen, zuerst wird das vordere Floß durchfahren. Dann werden wir das Holz in die Schlucht treiben, und das erste Floß wird die Stämme auf der anderen Seite in Empfang nehmen und versammeln. Dann, nach etwas Warten, wird das zweite Floß durch das Tor fahren. Wenn alles gut geht, werden wir uns dann jenseits der Berge wieder zusammenbinden und weiterfahren. Es wird gut sein, wenn ihr bis spätestens morgen abend all eure Sachen gut verstaut und sicher mit Schnüren und Seilen befestigt habt“, riet der Flößer den Frauen noch.

Ursula und Hilde, die jede Tätigkeit willkommenhießen, die ihnen etwas die Zeit vertrieb, begannen sogleich, ihre Habe zu ordnen und neu zu verpacken. Sie verstauten alles fest im Kasten ihres Karren.

Am Nachmittag kamen die anderen aus der Stadt zurück. Peter erzählte aufgeregt davon, wie Gilg es verstanden hatte, mit den Stadtoberen zu verhandeln. Er erzählte auch von der großen Zerstörung in der Stadt und den vielen Toten, die er gesehen hatte. Bertram trat auf Hilde zu und reichte ihr einen Schlauch und ein Huhn. „Wein und frisches Fleisch", sagte er schlicht, und Hilde grinste ihn fröhlich an.

Den Wein legte sie beiseite, dem Huhn drehte sie den Hals um und machte sich gleich daran, es zu schlachten. In einem Kessel brachte sie Wasser zum Kochen, und nachdem sie das Huhn ein paar Mal hineingetaucht hatte, ließen sich die Federn des Tieres ganz leicht ausreißen. Den nackten Vogel schnitt sie auf, entfernte die Innereien und sortierte die Organe aus, die sie noch gebrauchen wollte. Dann gab sie das Fleisch, Leber, Herz und den gereinigten Magen in frisches Wasser und stellte den Kessel auf das Feuer. Ursula ging ihr zur Hand. Mit etwas Wurzelgemüse und frischen Zwiebeln kochten sie eine gute Suppe. Ursula bereitete Fladenbrot, und zusammen mit verdünntem Wein kam ihnen das Abendbrot wie ein kleines Festmahl vor. Bertram lobt Hilde für die Suppe und meinte mit einem Augenzwinkern: „Diese Suppe war es wert genug, dich mitzunehmen. Was für einen Gewinn wir doch zusätzlich haben, da du für diese Gelegenheit auch noch vierzehn Kreutzer berappst."

„Ja, eine Menge Geld", erwiderte Hilde, „da wir noch nicht einmal wissen, ob deine Eigenschaften als Flößer groß genug sind, uns auf die andere Seite des Eisernen Tors zu bringen."

Am nächsten Tag durften die anderen Männer in die Stadt. Bertram, Peter, Kilian und Lentz führten die Vorbereitungen für die Weiterfahrt fort. Sie bauten sogar die Zelte ab und bedeckten mit den Planen ihre Sachen. Hilde und Ursula taten es ihnen gleich, und nachdem sie alles im Kasten des Karren verstaut hatten, deckten sie ihre Sachen mit der einen Plane ab, und die andere spannten sie darüber. Bertram kam und kontrollierte die Stricke. Drei zusätzliche Seile spannte er über alles und verzurrte sie fest an den Stämmen des Floßes. Das Wetter hielt zu ihrem Glück, und so konnten sie ohne weiteres die Nacht im Freien verbringen. Nur die vielen Insekten plagten sie.

Früh am Morgen kehrten alle Flößer zurück. Kaum dass der Kahn angebunden war, lösten sie die Stricke und steuerten in die Strömung. Immer wieder schaute Ursula nach vorne, um das Tor zu entdecken, doch es dauerte noch ein paar Tage, bis sich die Ufer des Flusses immer weiter anhoben und sie schließlich die Berge vor sich erkennen konnte. Die Männer lösten das vordere Floß vom Verband und stoppten die Fahrt. Ursula konnte sehen, wie sich das andere Floß entfernte, und meinte, es würde auf einmal schneller werden. Dann konnte sie es nicht mehr sehen. Der Nachmittag war drückend und schwül. „Wir müssen zusehen, dass wir durch das Tor kommen, bevor ein Gewitter aufkommt", sagte Jobst.

Am nächsten Morgen ließen sie sich weiter treiben. Als sie zwischen die Berge kamen, wurde das Tal immer enger, und der Fluss strömte schneller. Lentz und Bertram lösten den Verband der losen Baumstämme, zogen die Seile auf das Floß, und die Männer unternahmen alle möglichen Anstrengungen, um die Fahrt des Floßes zu verzögern. Nach und nach entschwanden die über hundert freien Baumstämme ihren Blicken. Dann gaben sie der Strömung nach und stellten sich zu dritt an das Ruder. Bertram rief Hilde und Ursula zu, sich gut an den Seilen festzuhalten. Das Tal wurde noch enger. Steil erhoben sich rechts und links die Felswände, und das Floß schoss dazwischen hindurch. Ursulas Haare flatterten im Wind, und ihr wurde angst und bang. Jobst stand vorne bei ihnen und beobachtete das Wasser. Wenn er einen Felsen, eine Untiefe oder eine gefährliche Strömung entdeckte, brüllte er Anweisungen zu den Männern am Ruder. Die Seile, die das Floß zusammenhielten, knarzten, einige Male ging ein kräftiger Ruck durch das Gefährt, und das Holz ächzte, sie schrappten über Stein, Wasser spritzte auf, und schon bald hatte niemand mehr ein Fetzchen trockenen Stoffes am Leib. Immer wilder und schneller wurde ihre Fahrt. Ursula sah nach Hilde, deren Gesicht war bleich, und auch ihr stand die Angst in den Augen. Ursula kam es wie eine Ewigkeit vor, bis ein kurzes Jubeln der Männer signalisierte, sie hatten es tatsächlich geschafft. Die letzten schlimmen Momente hatte Ursula sogar die Augen geschlossen. Jetzt sah sie, dass sie zwar immer noch recht zügig vorwärtstrieben, dass das Wasser aber ruhig war, und rechts und links von ihnen trieben einzelne Baumstämme dahin. Mit ihren Stangen zogen die Männer alles Holz, das sie erreichen konnten, zum Floß heran und vertäuten es. Am Nachmittag trafen sie auf das andere Floß. Peter, Gilg und Will hatten jeden herantreibenden Baumstamm abgefangen und zu einem neuen Floß vereinigt. Alle zusammen ließen sie sich noch etwas weiter treiben. Dann machten sie die Flöße zu beiden Seiten des Flusses fest. Jobst ruderte über den Fluss, und sie spannten ein Seil, um auch noch die letzten Baumstämme abzufangen. Zu einem neuen Verband vereint wurden die Zelte wieder auf den Plattformen errichtet, und auch den Flößern war an diesem Abend anzumerken, dass sie heilfroh waren, diese Hürde genommen zu haben.

Die folgenden Tage flossen träge dahin, so wie der Strom. Sie passierten einige Siedlungen, suchten aber keinen Kontakt zu den Leuten am Ufer. Dann trat Bertram eines Tages zu den beiden Frauen und verkündete: „Macht euch bereit. Morgen erreichen wir das Ziel eurer Reise. Die Stadt nennt sich Novae, und ich denke, ihr werdet dort ein Zugtier für euren Karren kaufen können. Wenn die Leute dort etwas haben, solltet ihr euch auch mit Vorräten versorgen. Wir halten dort an, und Gilg wird euch begleiten. Er spricht die Sprache der Leute. Wenn ihr dann alles habt, trennen sich unsere Wege.“

NOVAE (SISTOVA)
21. JULI 1096

Die Siedlung, die sie noch im Laufe des Vormittags erreichten, war größer als die Dörfer, die in den letzten Tagen an ihnen vorbeigezogen waren. Die Flößer steuerten das Ufer an, hielten jedoch weiterhin Abstand genug, dass man zu ihnen hätte hinschwimmen müssen. Einige neugierige Blicke schauten vom Ufer zu, wie sie Hildes und Ursulas Habe in dem Kahn verstauten und zum Ufer ruderten. Dort schichteten sie alles auf einen Haufen, und Jobst blieb dabei, um aufzupassen. Den leeren Kasten des Wagens banden sie an ein Seil und zogen ihn über das Wasser an den Strand. Dann verabschiedeten sich die Männer von den beiden Frauen. Lange hielt Bertram Hildes Hand und wünschte ihr beinahe verlegen eine weitere Wohlfahrt. Hilde zählte ihm die vereinbarten weiteren sieben Kreutzer in die Hand und bedankte sich. Das schien Bertram noch verlegener zu machen. Ursula hatte indes den Eindruck, Peter würde ihr gleich schluchzend um den Hals fallen. Am Ufer angekommen half Gilg den beiden Frauen als erstes, die beiden Räder wieder an der Karre zu befestigen. Nachdem sie schließlich ihre sämtliche Habe wieder aufgeladen hatten, ließen Gilg und Hilde Ursula zurück, um sich nach einem Esel umzusehen. Die Neugierde der Leute war längst verflogen, und Ursula saß alleine im Schatten des Karren. Von nun an würden sie auf sich selber gestellt sein. Zwischen den sieben Männern hatte Ursula sich sicher gefühlt, nun kam sie sich sehr fremd und alleine vor. Ein halbwüchsiger Junge, nur mit einer Hose aus Sacktuch bekleidet, traute sich näher an sie heran. Der Tonfall in seiner Stimme ließ Ursula vermuten, dass er sie irgend etwas fragte. Sie konnte aber nicht ein Wort von dem, was die helle Stimme formulierte, verstehen. Also lächelte sie den Jungen nur an und gab ihm ihr Nichtverstehen mit einem Kopfschütteln kund. „Wie heißt du?“ fragte sie ihn. Und das Erstaunen in seinem Gesicht zeigte ihr, auch er verstand sie nicht.

Schließlich kehrten Hilde und Gilg zurück. Zwischen ihnen schritt mit leicht gesenktem Kopf ein kleiner Esel, und auf dessen Rücken lagen zwei Säcke. „Schau Ursula“, Hilde strahlte über das ganze Gesicht, „wir haben einiges zum Essen und dieses hübsche Langohr. Und es hat uns nicht einmal viel gekostet. Gilg ist ein besonders begabter Händler und hat gute Preise für uns erstritten.“

„Die Leute hier sind sehr freundlich. Von den Pilgern haben sie noch nichts gehört“, erklärte Gilg. „Ich glaube auch nicht, dass die Bekreuzigten den Weg über die Berge nehmen wollen. Sie sind sicherlich von Beograd weiter in den Süden gezogen und werden sich erst später wieder nach Osten wenden. Seid aber auf der Hut. Es wird nicht allzu lange dauern, und ihr werdet auch auf das Pack stoßen.“ Man merkte ihm deutlich seine Verbitterung über das Leid an, das seinen Verwandten in Beograd widerfahren war. „So, ich muss mich sputen, um das Floß einzuholen.“ Er gab Ursula und Hilde noch einmal die Hand, setzte sich in den Kahn und war schon bald um die nächste Flussbiegung herum verschwunden.

Ursula und Hilde luden die Säcke vom Esel auf die Karre und schirrten das Tier zwischen die beiden Stangen des einachsigen Gefährts. Zum Glück hatte Gilg auch daran gedacht, für die Frauen ein entsprechendes Zaumzeug herauszuhandeln. Hilde fasste den Esel am Halfter und gab ihm einen kleinen Klapps. „Auf nach Jerusalem oder was auch immer auf uns zukommen mag“, scherzte sie, und langsam setzten sie sich in Bewegung, weg vom Fluss ins Landesinnere, Richtung Süden. Das Eselchen erwies sich als gutmütiges, williges Tier. Es zog fleißig den Karren. Wenn es bergauf ging, schob eine der Frauen mit an, um das Tier zu entlasten, und abends war das Tier zufrieden, wenn es da, wo man es anband, einige saftige Gräser gab. Je länger sie so unterwegs waren, desto mehr verstanden Ursula und Hilde auch die Zeichen, die ihnen das Tier gab. Hatte der Esel Durst und witterte einen Bach, beschleunigte er seine Schritte, und wenn die Frauen nicht aufpassten, verließ er den Weg, um zu dem Wasser zu gelangen. Es hatte wohl hier lange nicht geregnet, denn die Stellen, an denen sie frisches Wasser fanden, waren sehr selten. Außerdem brauchte das Tier mehr, als sie beide erwartet hatten. Abends waren sie zu faul, das Zelt aufzubauen, und so legten sie sich kurzerhand mit ihren Strohsäcken einfach unter den Karren. So waren sie einigermaßen geschützt und nahe bei ihrem Hab und Gut. Den Esel banden sie an einen Strick, so dass er noch ausreichend Freiheit hatte zu grasen. Die Frauen machten sich ein kleines Feuer, gerade groß genug, um etwas Brei zu kochen. Sie wollten niemanden anlocken und achteten sehr darauf, so wenig Rauch wie möglich zu erzeugen, und schirmten den hellen Schein der Flammen mit Steinen oder belaubten Ästen ab. Die erste Nacht auf festem Boden war ungewohnt. Immer wieder schreckten beide auf und wurden gewahr, dass sie die Bewegungen des Wassers nicht mehr spürten. Als es wieder hell wurde, standen sie gleich auf, tranken etwas Wasser, aßen ein Stück Brot und machten sich gleich wieder auf den Weg.

So wie am Abend zuvor verzichteten sie darauf, ihr Zelt aufzubauen. War der Esel angebunden und versorgt, machten sie sich ein kleines Feuer, wärmten den Brei vom Morgen auf oder kochten sich etwas Eintopf. Sie tranken mit Wasser verdünnten Wein, und wenn es begann, dunkel zu werden, krochen sie auf ihre Strohsäcke, die sie unter der Karre ausgebreitet hatten. So brauchten sie am Morgen nur die Säcke zurück auf den Wagen zu werfen und waren schon wieder marschbereit. Die Hitze machte ihnen anfangs sehr zu schaffen, doch das lag wohl an dem langen Herumsitzen auf den Flößen, denn mit jedem Tag, den sie weiter wanderten, ging es etwas besser. Sie versuchten die dunklen Rauchsäulen, die sich deutlich am Himmel abzeichneten, zu ignorieren. Sie ahnten, was sich an ihrem Ursprung ereignet hatte, und wollten am liebsten nicht daran denken noch damit direkt konfrontiert werden. Was ihnen anfangs wie eine Hügelkette vorkam, die von Westen nach Osten ihren Weg kreuzte, entpuppte sich mit jedem Tag, den sie ihr näherkamen, als ein Gebirge. Tagelang plagten sie sich bergauf. Der Weg, dem sie folgten, schien häufig begangen worden zu sein. So kamen sie trotz aller Mühen gut voran. Als sie endlich am höchsten Punkt des Passes anlangten, breitete sich vor ihnen die Landschaft wie ein Teppich aus. Die Wälder waren dunkelgrün, die Felder gelblich braun, und sie konnten den Weg, den sie gehen wollten, ein großes Stück weit mit den Augen verfolgen. Ursula suchte die Landschaft nach Rauchfahnen ab. „Hilde“, fragte sie zögernd und ängstlich, „Hilde, ist dir aufgefallen, dass wir seit vielen Tagen nicht einen Menschen zu Gesicht bekommen haben?“

„Ja“, antwortete Hilde, „aber ich bin froh drum. Mir reicht, was wir bisher sehen mussten. Ich glaube, das wird sich bald ändern. Erinnere dich daran, was Utz erzählt hat. Die Pilger sind von Beograd nach Niš gezogen, um dann über die Stadt Sofia auf der alten Heerstraße von Soldaten von Byzanz nach Konstantinopel geleitet zu werden. Ich denke, wenn wir da unten angekommen sind“, und sie wies mit ausgestrecktem Arm nach Süden, „wird es nicht lange dauern, bis auch wir auf diese Heerstraße stoßen. Ich befürchte, von da an werden wir mehr Leute sehen als uns lieb ist. Aber was soll's, hier oben können wir nicht bleiben, und ich freue mich jetzt erst einmal darauf, dass ich unserem treuen Esel jetzt nicht mehr die Karre hinterherschieben muss.“

So machten sie sich an den Abstieg. Schon beinahe am Fuße der Berge angelangt, stießen sie auf ein Dorf. Die Häuser des kleinen Ortes waren allesamt aus grauen Steinen errichtet. Als sie sich den ersten Bauten näherten, schauten ihnen bereits mehrere neugierig misstrauische Augenpaare entgegen. „Ursula, schau freundlich und zeig keine Furcht“, ermahnte Hilde ihre Freundin.

„Sei gegrüßt!“ rief sie der ersten Gestalt vor einem Haus zu und hob einen Gruß andeutend die Hand. Die Gestalt entpuppte sich als Frau, die aber nichts antwortete, sondern rasch in ihrer Hütte verschwand. Hilde und Ursula gingen langsam weiter und trafen auf einen bärtigen Mann. „Sei gegrüßt“, sagte Hilde und hob erneut die Hand. Ursula tat es ihr gleich und versuchte zu lächeln. Auch der Mann hob seine Rechte und sagte etwas. Ursula und Hilde verstanden kein Wort. Es hörte sich aber nicht bedrohlich an. Hilde ging auf ihn zu und fragte: „Sag uns, wo können wir unseren Esel tränken und unsere Schläuche mit Wasser füllen?“ Der Mann schaute sie verwirrt an und schüttelte den Kopf. Hilde versuchte es anders. Sie zeigte auf ihr Tier. „Esel.“ Dann schüttelte sie ihren fast leeren Wasserschlauch. „Wasser? Trinken?“ Und sie machte eine Bewegung, als würde sie einen Becher leeren. Der Mann schien zu verstehen, er lächelte jetzt auch und winkte ihnen, ihm zu folgen.

Er führte sie wirklich zu einer Tränke. Während sie durch das Dorf gingen, schlossen sich ihnen immer mehr Menschen an. Als der Esel dankbar seine Nase in das Wasser steckte, waren sie umringt von einem guten Dutzend Männer und Frauen sowie von einer ganzen Schar Kinder. Die Leute hatten fast alle schwarzes Haar, und die Haut aller war sehr braun. Die Kinder schienen am mutigsten zu sein. Sie näherten sich ohne Scheu den Reisenden, streichelten den Esel und musterten Hilde und Ursula unverblümt. Die Erwachsenen redeten durcheinander, einige schienen die beiden Frauen anzusprechen, aber ohne zu verstehen, wovon die Rede war, konnten die Pilgerinnen darauf nicht eingehen. Hilde hatte eine Idee. Sie wies mit ihrem Arm aus dem Dorf heraus und fragte: „Konstantinopel?“ Die Leute verstummten. Hilde fragte noch einmal: „Konstantinopel?“ Ein Mann schien zu erahnen, was sie meinte, und sagte nickend: „Ja, ja, Konstantinopel.“ Hilde wollte gerne mehr wissen. „Kann uns jemand von euch verstehen?“ fragte sie. Ein älterer Mann trat vor die anderen. „Du Franken?“ fragte er.

„Ja“, antwortete Hilde, auch wenn das nicht richtig war. Aber wie hätte sie erklären sollen, woher sie kamen. Franken war zumindest grob die Richtung. „Ja.“ Sie sprach betont langsam: „Und wir sind auf den Weg nach Konstantinopel.“

„Ihr allein?“ fragte der Mann jetzt.

Hilde nickte, und der Mann sagte darauf etwas zu seinen Leuten. Ursula schien eine gewisse Erleichterung bei den Menschen zu spüren.

„Konstantinopel?“ fragte Hilde erneut.

„Ja, ja, Konstantinopel“, antwortete der Mann und wies Richtung Südosten.

„Ist das weit?“ bohrte Hilde weiter. „Wie lange?“

Der Mann überlegte, sagte etwas und hob dann seine Hände mit ausgestreckten Fingern.

Hilde merkte, so kamen sie nicht weiter. Also beschloss sie, nach etwas anderem zu fragen. „Essen?“ fragte sie, führte wiederholt die Hand zum Mund und strich sich mit der anderen über den Bauch.

Der Mann lächelte erneut. „Ja, ja, Brot“, sagte er. Er winkte ihnen zu folgen. Die Menschentraube teilte sich und ließ sie hindurch. Vor einer Hütte blieben sie stehen. Der Mann verschwand kurz und kam dann mit einem Fladen Brot wieder heraus. Er riss den Fladen entzwei und gab Hilde eine Hälfte. „Gut, essen“, sagte er dazu.

Hilde gab Ursula auch ein Stück des Brots. „Ich glaube, wir sollten langsam weitergehen. Unsere Richtung stimmt.“ Ursula nickte.

Hilde trat auf den Mann zu, ergriff seine Hand. „Danke“, sagte sie und schaute ihm in die Augen. „Danke.“ Und sie deutete eine kleine Verbeugung an. Der Mann zeigte lächelnd seine Zähne. Hilde nahm den Esel am Halfter. Kurz winkten sie den Dorfbewohnern zu und schritten dann etwas schneller aus. Die Leute ließen sie ziehen. Als sie die letzte Hausmauer passiert hatten, atmete Ursula hörbar auf. Sie hatte Angst vor den fremden Leuten. Die ungewohnte Sprache, die sie nicht verstand, der Gedanke, dass selbst die Frage nach Wasser nicht einfach war, bedrückte sie.

AM FUSSE DES BALKANGEBIRGES

27. JULI 1096

Am zweiten Tag wurde ihnen das Wasser knapp, und sie sahen sich auf ihrem Weg nach einem Bachlauf oder einem Brunnen um. Als sie an eine Stelle kamen, an der von ihrem Weg ein schmalerer Pfad abzweigte, und sie in dessen Richtung nicht zu weit entfernt den Rauch eines Feuers sahen, schlug Ursula vor, es dort zu versuchen. Sie waren noch nicht weit auf dem Pfad gegangen, als sie hinter einer kleinen Kuppe das Dach eines Hauses ausmachen konnten. Sie gingen darauf zu, doch als sie näherkamen, eilten ihnen eine Frau und ein halbnackter Jüngling entgegen. Sie riefen ihnen etwas in einer fremden Sprache zu. Und als Ursula und Hilde weiter auf sie zugingen, bückten sich der Junge und die Frau und begannen, mit Steinen nach ihnen zu werfen. Dabei wurden ihre Rufe immer zorniger, und die Frau drohte ihnen mit der Faust. Schon wurden die Steinwürfe genauer, und die ersten Brocken trafen den Karren. Hilde und Ursula drehten ihr Gefährt, so schnell es der Esel zuließ, um und machten kehrt. Ein Stein traf den Esel, und aufwiehernd setzte er sich in Trab, so dass seine Herrinnen Mühe hatten, ihm zu folgen. So entkamen sie aber weiteren Geschossen, und als sie zurück auf der Straße waren, gelang es Hilde, den Esel zu zügeln.

„Das war aber kein sehr freundlicher Empfang“, schnaufte Hilde, noch immer außer Atem. Ursula nickte nur. Auch sie schnappte nach Luft. „Lass uns schnell weitergehen“, schlug sie Hilde vor, da sie wieder zu Atem gekommen war. „Wer weiß, vielleicht kommen die uns hinterher. Es wird sicher noch andere Höfe geben, oder wir finden einen Bach.“

„Ja, sicher“, sagte Hilde schlicht, griff in das Halfter des Esels und schritt kräftig aus. Ursula schüttelte innerlich den Kopf. Immer wieder musste sie sich darüber wundern, wie flink sich Hilde trotz ihrer Körperfülle doch bewegen konnte.

Als sich die Sonne bereits wieder den Baumwipfeln zuneigte, sahen sie in nicht allzu großer Entfernung Rauch aufsteigen. Auch ihr Zugtier schien nun heftigen Durst zu verspüren und Wasser zu wittern, denn es beschleunigte ganz von selbst seinen Gang. Hilde musste den Esel fest am Halfter führen, damit er ihnen nicht ein weiteres Mal entwich. Nicht weit von der Straße entfernt erblickten sie ein Haus mit einer Scheune oder einem Stall daneben. Aufmerksam um sich schauend liefen sie darauf zu, und Hilde rief mehrmals laut: „He! Hallo! Wir kommen in Frieden." Aber nichts rührte sich. So erreichten sie den Platz vor der Hütte. Den Esel zog es zu einer Tränke, in der Wasser stand. Hilde konnte ihn nicht davon abhalten. Schlürfend tauchte das Tier seine Nase in das Wasser. Erneut rief Hilde: „He! Ist da wer?!" Aber sie erhielt keine Antwort. Verwundert sahen sich die Freundinnen an. Hilde schritt zur Tür und klopfte kräftig dagegen. „Hallo!" Die Tür sprang durch das Klopfen einen Spalt weit auf. Hilde drückte vorsichtig gegen das Holz und versuchte nach drinnen zu schauen. Ursula trat zu ihr, und gemeinsam wagten sie sich ins Innere. Es roch penetrant nach verbranntem Fleisch. Der Anblick, der sich ihnen bot, ließ sie beide erstarren. Vor ihnen auf einem Tisch lag der Leib einer nackten Frau. Die Kleider waren ihr offensichtlich vom Körper gerissen worden und hingen rechts und links in Fetzen zu Boden. Beine und Arme der Frau waren an die Tischbeine gefesselt, und zwischen ihren auseinandergezwungenen Beinen klaffte schwarz und blutig ein wundes Loch. Ursula überwand sich als erste; um zu sehen, ob noch Leben in dem Körper war, schritt sie um den Tisch und erschrak noch mehr. Der Kopf der Frau hing vom Ende des Tisches herab und wurde nur noch von einigen wenigen Strängen Fleisch am Hals gehalten. Unter ihr war eine große, dunkelrote Pfütze Blut. Ursula musste sich abwenden und übergab sich. Derweil war Hilde auch einige Schritte weiter in die Stube vorgedrungen. Nun fasste sie erschauernd Ursula am Arm. In einer Ecke lag eine alte Frau mit zerschmettertem Schädel, und hinter dem Herdfeuer, das sich etwa in der Mitte des Hauses befand, entdeckten die Weggefährtinnen die Leiche eines Mannes. Seine Hände und Füße waren kohlig schwarz, und an den Rändern des Schwarzen waren große rote Brandblasen zu sehen. Auf der Brust zeugte ein großer dunkelroter Fleck davon, dass er längst keine Schmerzen mehr hatte.

„Auf die Art und Weise kann man auch um etwas Wasser bitten", raunte Hilde mit zitternder Stimme. „Kein Wunder, dass wir in dieser Gegend mit Steinwürfen empfangen werden. Hier waren Räuber oder Plünderer am Werk. Dem armen Teufel haben sie wohl mit Feuer die Verstecke der letzten Habe entlockt."

„Hilde", Ursula musste schlucken, bevor sie weitersprechen konnte, „lass uns schnell wieder gehen. Bloß schnell weg von hier." Mit diesen Worten rannte sie nach draußen. Hilde kam hinter ihr her. „Warte, Ursula! Wir müssen erst unsere Schläuche füllen. Sehr weit werden wir heute nicht mehr kommen. Und wir brauchen dringend Wasser. Lass uns noch in den Schuppen dort schauen, vielleicht haben die Plünderer etwas übriggelassen. Denen hier nutzt es eh nichts mehr."

Ursula wunderte sich. Dass Hilde praktisch veranlagt war und dachte, war ihr längst bekannt. Aber in dieser Situation kam ihr die Freundin einfach nur hart und abgestumpft vor. Hatte Hilde so etwas schon einmal erlebt? fragte sich Ursula jetzt, da sie der Freundin in den Stall folgte.

Wie zu erwarten gewesen war, befanden sich in dem Schuppen keine Tiere mehr und auch nichts, was die beiden wirklich hätten gebrauchen können. So gingen sie zum Brunnen und füllten alle ihre Schläuche mit Wasser. Der Esel hatte auch genug getrunken. Sie nahmen selbst ebenfalls einige kräftige Schlucke des frischen Wassers, dann setzten sie ihren Weg fort.

In der Nacht meinten beide, im Süden den Schein eines großen Feuers zu sehen.

AUF DER HEERSTRASSE NACH KONSTANTINOPEL

29. JULI 1096

Als Ursula und Hilde am folgenden Tag über einen Hügel kamen, bot sich ihnen ein überraschender Anblick. Vor ihnen im Tal schob sich wie ein Lindwurm der Zug der Pilger voran. Sie konnten weder den Anfang noch das Ende sehen. Auf Pferden preschten Soldaten an den Seiten des Zuges entlang. Ursula und Hilde konnten Rufe von Befehlen hören.

„Hilde“, Ursula war ergriffen von dem Anblick, „das ist die Straße nach Konstantinopel, oder? Das ist die große Wallfahrt. Gott hat uns unbeschadet bis hierher geleitet. Komm.“

Sie ergriff das Halfter des Esels, zog an und schritt bergab. Hilde folgte ihr ohne ein Wort. Sorgenfalten beherrschten ihre Stirn. Sie wusste nicht so recht, was sie von dem Anblick halten sollte, und war nicht begeistert von der Vorstellung, sich durch diese Schlange verschlucken zu lassen. Aber sie sagte kein Wort. Es gab eh kein Zurück mehr.

Je näher sie kamen, desto mehr Einzelheiten konnten sie ausmachen. Die meisten Menschen waren zu Fuß unterwegs. Männer mit Dreschflegeln, Sensen und Spießen, Frauen mit Kindern, dazwischen Wagen, die von Rindern gezogen wurden, einzelne, vor die Pferde gespannt waren. Dann eine kleine Herde Rinder und Ziegen, die von einer ganzen Reihe Männer getrieben und auf dem Weg gehalten wurde. Menschen und Tiere wirbelten Staub auf, der den gesamten Zug einhüllte und irgendwie unwirklich erscheinen ließ. Kinder schrien, Gänse schnatterten, Schweine, die mit Rutenschlägen zurück auf den Weg getrieben wurden, quiekten schrill. Der Wind wehte ihnen den Staub entgegen und einen Geruch, eine Mischung aus Tierdung, Schweiß, Staub und Schmutz.

Als Hilde und Ursula näherkamen, wurden sie von einem Reiter entdeckt. Der gab seinem Pferd die Sporen und preschte auf sie zu. Er zügelte das Pferd direkt vor ihnen und rief ihnen in einer fremden Sprache etwas zu. Er entdeckte die Kreuze auf ihren Kleidern, brüllte noch bestimmender und wies mit einem Arm auf die Straße.

„Ich glaube er will, dass wir uns schleunigst einreihen", mutmaßte Hilde. „Er könnte aber durchaus etwas freundlicher sein."

Ursula zog den Esel hinter sich her, der sich vor der Menschenmenge zu fürchten schien. Nur widerwillig folgte er Ursula auf die Straße und fügte sich in den Zug ein. Hilde musste auf den letzten Metern ebenfalls ins Halfter greifen, und zu zweit zogen die Frauen ihr Zugtier samt Karren in eine Lücke des Zuges. Der Soldat ritt noch einige Augenblicke neben ihnen her.

Ursula musterte die Menschen in ihrer Nähe. Sie sahen alle müde und erschöpft aus. Ihre Kleider waren schmutzig, viele hatten keine Schuhe an den Füßen.

„Wo kommt ihr denn her?" sprach sie ein Bursche an. Seine Kleider waren bäuerlich, und er trug einen langen Stab, dessen eines Ende angespitzt war.

„Von Norden", antwortete Hilde ihm. „Wir sind von Regensburg die Donau heruntergekommen."

„Oh, hattet ihr ein Boot?"

„Nein, Flößer haben uns mitgenommen."

„Dann seid ihr noch nicht allzu weit gelaufen. Ich bin Raimund, und meine Füße haben mich von Xanten bis hierher getragen. So Gott will, werden sie mich auch noch bis Jerusalem bringen."

„Ich bin Hilde, und das hier ist meine Freundin Ursula", stellte Hilde sie vor. „Weißt du, wie weit es noch bis Konstantinopel ist?"

„Wenn man dem, was gesagt wird, Glauben schenkt, etwa drei Tage."

„Was sind das für Reiter?" fragte Ursula den Mann.

„Das sind Truppen von Byzanz; nachdem die Ritter des Einsiedlers bei Beograd 4000 erschlagen und die Stadt geplündert hatten, flüchteten sie und auch wir alle nach Niš, dort wurden wir von den Truppen empfangen, und seither geleiten sie uns und verhindern, dass weiter geplündert wird."

Auf Ursulas verstörten Gesichtsausdruck fuhr er fort. „Von irgendetwas müssen wir alle leben. Und alle, die uns auf unserer heiligen Wallfahrt nicht unterstützen, sind gegen uns und Feinde des Papstes."

Ursula wusste nicht, was sie darauf erwidern sollte. Das, was sie auf dem Hof vor einigen Tagen hatte sehen müssen, schien ihr alles andere als im Sinne des Papstes zu sein. Schweigsam lief sie neben ihrem Esel her. Die staubige Luft dörrte ihre Kehle aus, und auch an den Geruch, den all die Menschen und Tiere ausströmten, musste sie sich wieder gewöhnen.

Als die Sonne unterzugehen begann, drängten die Reiter das Volk von der Straße, und ein jeder begann, sich für die Nacht herzurichten. Feuer wurden entzündet, Zelte aufgeschlagen und Tiere eingepfercht. Auch Hilde und Ursula spannten ihren Esel aus, banden ihn an und kümmerten sich anschließend um ein Feuer und ihr Abendmahl. In der Dämmerung bildeten all die Feuer eine lange Lichterkette. Das Bild hätte friedlich sein können, doch sowohl weiter vorne als auch hinter ihnen waren streitende Stimmen zu hören. Nicht lange, und Hilde musste bereits die ersten Gestalten von ihren Karren vertreiben. Auch an ihrem Feuer, neben dem Breikessel, versammelte sich verlumptes Gesindel. Ursula nahm ihren Wanderstab und stellte sich schützend vor ihren Kessel.

„Geht weg!" rief sie die Leute an. „Wir haben nichts zum Teilen. Macht, dass ihr an euer eigenes Feuer kommt, oder ihr lernt meinen Stab kennen." Sie selbst wusste nicht, woher sie den Mut nahm, aber die Leute flößten ihr Furcht ein, und ihr Aufbegehren war eigentlich Verzweiflung. Doch es zeigte Wirkung; als Hilde auch mit einem Stab in der Hand hinzutrat, zogen sich die Leute zurück.

„Wir werden über die Nacht abwechselnd Wache halten müssen", seufzte Hilde. „Sonst haben wir bei Anbruch des neuen Tages nur noch die eigenen Kleider am Leib." Sie sprang zum Wagen und hieb einem Kerl, der seinen Kopf zwischen ihre Sachen steckte, auf den Rücken. „Hau ab!" brüllte sie ihn an. „Hier gibt es nichts."

„Verdammt, wenn das so weitergeht, werden wir die ganze Nacht nicht zur Ruhe kommen. Ich habe selten so viel Gesindel auf einem Haufen gesehen", sagte sie zu Ursula, als sie wieder am Feuer stand.

Raimund aus Xanten kam vorbei und gesellte sich zu ihnen. Er hatte einen Fladen Brot in der Hand, von dem er sich Stücke riss, die er gleich in seinen Mund schob.

„Die Soldaten verteilen Brot und Wasser“, berichtete er. „Wenn ihr auch etwas braucht …“ Er wies in die Richtung einiger Reiter, die aus Körben Brot verteilten und umringt waren von denen, die gerade noch um das Feuer der Frauen geschlichen waren.

„Nein, danke, wir haben selbst“, antwortete Ursula und hatte eine Idee. „Bist du mit anderen zusammen unterwegs oder gehst du alleine?“ fragte sie.

„Ach“, antwortete Raimund, „mal so mal so. Aus Xanten sind wir zu fünft losgezogen, alles Knechte wie ich, doch auf dem Weg verloren wir uns aus den Augen. Vielleicht sind die anderen alle auch längst in den Himmel eingegangen. Wer weiß das schon.“

„Möchtest du dich uns anschließen? Wir könnten einen kräftigen Burschen wie dich gebrauchen, und dein Schaden soll es nicht sein. Wir haben Brei, Wasser und auch etwas Wein. Du müsstest uns nur helfen, fremde Hände von unserer Habe fernzuhalten.“

Hilde spitzte die Ohren und nickte dann zustimmend. Dass Ursula auf solch selbstbewusste Art die Initiative ergriff, gefiel ihr. Und der Bursche könnte wirklich von Nutzen für sie sein.

„Einverstanden“, willigte Raimund ein. „Habt ihr ein Zelt?“

„Ja, aber wir schlafen meist einfach unter dem Karren“, antwortete Ursula.

„Es ist besser, ein Zelt aufzuschlagen und alles, was gestohlen werden könnte, mit hineinzunehmen. Das ist auf jeden Fall sicherer, als die Sachen auf dem Wagen zu lassen. In ein Zelt muss man erst eindringen und man weiß nicht, was einen drinnen empfängt. Außerdem sind die Sachen dann besser verborgen und locken keine Neugierigen an.“ Raimund schien Erfahrung zu haben. Hilde fragte sich bloß, ob er selbst bestohlen worden war oder ob er so manche Situation oder Unachtsamkeit zu seinen eigenen Gunsten ausgenutzt hatte. Doch es war gleich. Was er sagte, leuchtete ein. „Na, dann komm und hilf mir“, forderte sie ihn auf und zog ihre Zeltstangen vom Karren.

Mit seiner Hilfe war das Zelt rasch aufgeschlagen. Ursula und Hilde luden ihre Habseligkeiten ab und verstauten sie im Schutz der Planen. Einzig das Holz des Tisches ließen sie auf dem Wagen liegen. Raimund rührte derweil im Kessel.

Mit Wasser und Wein kehrten die Frauen an das Feuer zurück und setzten sich nun ruhiger nieder. Raimund holte aus seinem Beutel einen hölzernen Becher und ließ sich einschenken. Gleich nach dem Essen bestimmte Hilde, wie sie die Nacht verbringen wollten. „Ich bleibe erst einmal wach. Wenn ich müde werde, wecke ich dich, Ursula, und wenn du nicht mehr kannst, soll Raimund die Wache übernehmen. Später kann er mich wieder wecken und so fort. Raimund, wo hast du dein Lager? Du kannst dich auch im Zelt niederlegen."

„Ich habe nur meine Decke hier. Mit der lege ich mich da hin, wo ich ein Plätzchen finde", antwortete Raimund.

Ursula stand auf, und nachdem sie das Kochgeschirr verräumt hatte, ließ sie sich auf ihren Strohsack fallen. Es war ungewohnt, die vielen Feuer zeichneten flackernde Schatten auf die Zeltplane, und von überall drangen Geräusche auf sie ein. Sie hatte große Mühe einzuschlafen. Als Hilde sie weckte, war ihr, als wäre sie nur einen kleinen Augenblick eingenickt. Raimunds Schnarchen allerdings zeigte ihr, dass sie nicht einmal mehr mitbekommen hatte, dass er ins Zelt gekrochen war.

Sie stand auf, und Hilde legte sich auf den Sack. Ursula trat vor das Zelt. Die Nacht war frisch, und fröstelnd wickelte sie sich in ihre Decke. Die meisten Feuer waren heruntergebrannt, und nur in nächster Nähe konnte Ursula noch einige Glutnester glimmen sehen. Ursula setzte sich an das Feuer, legte ein Stück Holz nach und horchte auf die Geräusche um sie herum. Sie hörte das Schnaufen und Scharren der Tiere, Schnarchen von Menschen, irgendwo wimmerte ein Kind. Von Zeit zu Zeit war der Hufschlag eines Pferdes zu hören, auf dem ein Soldat entlang des Lagers patrouillierte. Sonst tat sich nichts. Ihre Gedanken richteten sich auf all das Unbekannte, das vor ihnen lag. Sie war gespannt auf Konstantinopel. Aus den Erzählungen der Flößer wusste sie, es war eine große, befestigte Stadt, die am Meer lag. Ein Meer, das wusste sie mittlerweile, war ein See, größer als jeder See, den sie sich vorstellen konnte. Aber das konnte sie sich überhaupt nicht vorstellen. Kilian hatte erzählt, bei Konstantinopel sei das Land zu Ende und sie müssten über einen Meeresarm übersetzen, um in das Land zu kommen, in dem Jerusalem lag. Wie groß war die Welt? Wie weit war es noch bis Jerusalem? Ursula konnte sich diese Fragen nicht beantworten, sie war sich nur klar darüber, dass es sehr viel mehr auf Erden gab, als sie es sich hatte früher vorstellen können. Mit jedem Schritt, den sie gegangen waren, hatte sich die Welt vergrößert. Die Nacht wurde dunkler und kälter. Ursula hatte bereits viele Male etwas Holz nachgelegt, und sie spürte, wie ihr die Augenlider schwer wurden. Sie stand auf, schaute noch kurz nach dem Esel und weckte dann Raimund.

In dieser Nacht musste Ursula nicht noch einmal wachen. Ungewohnte Töne rissen sie am Morgen aus dem Schlaf. Die Soldaten bliesen in Hörner und signalisierten, dass alle sich zum Aufbruch richten sollten. Von einem Moment auf den anderen wurde aus der Ruhe des frühen Morgens eine hektische Unruhe, voller Gebrüll und Rufen. Auch Ursula, Hilde und Raimund brachen sofort ihr Zelt ab, luden alles wieder auf den Karren, schirrten den Esel an, und erst danach nahmen sie am Feuer etwas Brot und einen Streifen gedörrtes Fleisch zu sich. Ein weiteres Hornsignal rief zum Aufbruch, und der Zug begab sich zurück auf die Straße. Ursula und Hilde erfuhren von denen, die in ihrer unmittelbaren Nähe mitliefen, wie unterschiedlich doch die Menschen waren, die an der Wallfahrt teilnahmen. Sie kamen aus vielen verschiedenen Gegenden, und alle erhofften sich Seelenheil und Wohlstand. Es gab auch Kerle von recht zweifelhafter Gesinnung, die mit all den Verbrechen prahlten, die sie seit ihrem Aufbruch begangen hatten. Aber die meisten waren doch so wie Hilde und Ursula selbst Menschen, denen das Schicksal hart mitgespielt hatte und die außer dem eigenen Leben nichts zu verlieren hatten.

Drei Tage, nachdem Ursula und Hilde auf den Treck gestoßen waren, ging ein Ruck durch die Reihen. In der Ferne war eine mächtige Stadtmauer zu sehen und dahinter Dächer, Türme und Kuppeln in großer Menge. „Konstantinopel!“ erscholl es aus unzähligen Kehlen, und wie Insekten angezogen vom Licht beschleunigten alle ihre Schritte. Das erste große Ziel war fast erreicht.

VOR DEN MAUERN KONSTANTINOPELS

2. AUGUST 1096

Dieses Bild würde Ursula nie vergessen. Auf einmal war sie da, noch weit entfernt, aber schon größer als sie es sich hätte träumen lassen. Dächer, Kuppeln, Türme und davor mächtige, hohe Mauern. Die Stadtmauer von Konstantinopel glich einem riesigen Bollwerk, gegen das nun die erste Welle der Pilger brandete. So eindrucksvoll wie der Anblick dieser Stadt war es jetzt, zum ersten Mal einen Überblick über die Menge der Wallfahrer zu haben. Die Flut der unzähligen Menschen wurde vor der Stadt jäh gestoppt. Offensichtlich ging es nicht hinein, und die zurückgeworfene Welle breitete sich in alle Richtungen aus. Vom Hügel herab, auf dem Ursula und Hilde standen, glich das, was sie sahen, einem Ameisenzug, dem man einen Fuß in den Weg gestellt hatte. Doch lange konnten sie sich an dem Schauspiel nicht ergötzen. Schon kam einer der Soldaten angeritten und brüllte sie an. „Geht! Geht! Weiter!“ rief er ihnen zu und fuchtelte dabei mit einem Arm in Richtung Stadt. Ursula und Hilde sputeten sich, zogen am Halfter des Esels und reihten sich wieder in den Zug ein. Sie hatten keine Lust, mit der Peitsche des Reiters Bekanntschaft zu machen. Angesichts der Stadt schienen alle ihre Schritte zu beschleunigen, doch gleichzeitig geriet der Zug doch immer wieder ins Stocken, da alle, die vor den Mauern ankamen, zuerst stehenblieben und sich unschlüssig waren, wohin sie sich wenden sollten. So war es bereits später Nachmittag, als auch Hilde und Ursula ankamen. Vor den Mauern Konstantinopels hatte sich da bereits eine Stadt ohne Häuser ausgebreitet. Ursula schnaufte verächtlich. Die ersten mochten vielleicht vor weniger als einem Tag hier angekommen sein, aber schon breitete sich vor den Mauern eine Wolke von Gestank, Dunst und Staub aus, die den beiden Frauen den Atem verschlug. Langsam schoben sie sich zwischen die ersten Zelte voran. Auf den ersten Feuern standen bereits Kessel. Ein Wandermönch in seiner löchrigen Kutte stand auf einem Fass und versuchte, die nachrückenden Pilger zu freien Plätzen zu dirigieren. Aber niemand beachtete seine Rufe. Vor einem größeren Zelt saßen Frauen mit bunten Bändern an ihren Kleidern. Sie lachten und versuchten, den ein oder anderen Pilger mit obszönen Gesten und Bemerkungen in ihr Zelt zu locken. Besonders Reiter hatten es ihnen angetan, und auch die Soldaten, die den Zug begleitet hatten, waren vor ihnen nicht sicher. Sie sprangen auf, näherten sich den Pferden, umschlangen die Beine des Reiters und griffen auch weiter nach oben.

Angewidert drängte Ursula ihren Esel in eine andere Richtung. Sie passierten einen notdürftig errichteten Pferch, in dem Schweine und Ziegen eng aneinander gedrängt standen und aufgeregt Laute sowie Exkremente von sich gaben. Es stank erbärmlich, und der Esel wollte kaum noch vorwärts. Zwischen zwei Zelten sah Ursula den nackten Hintern eines Mannes, der sich gerade erleichterte. Schlimmer als der Gestank war für Ursula allerdings all das Geschrei. Sie fühlte sich wie im tosenden Wind eines Sturmes, tiefe Männerstimmen brüllten rauh Befehle, Frauen kreischten in schrillen Tönen, Kinder weinten, und dazu mischte sich Bellen, Wiehern und Blöken, Quieken und Schnattern. Ursula hielt sich unwillkürlich ihre freie Hand über ein Ohr. Sie wollte weg von hier. Zwischen einigen Feuern entdeckte sie so etwas wie eine Gasse. Zusammen mit Hilde gelang es ihr, den Karren aus dem Hauptstrom zu ziehen. Mit eiligen Schritten zog sie den Esel und auch die Freundin hinter sich her, bis sie an den Rand des sich immer weiter ausbreitenden Lagers gelangten. Sie blieben nur kurz stehen, doch schon waren sie umringt von nachrückenden Pilgern, die sogleich damit begannen, ihre Zelte aufzuschlagen. Ursula gab dem Esel einen Klaps und suchte das Weite. Erst als sie sich ein ganzes Stück von den anderen Pilgern entfernt hatten, schaute sie sich nach einem passenden ebenen Platz für das Lager um. Sie entschied sich, näher an die Mauer zu rücken. Die ganze Zeit hatte sie, ohne ein Wort zu verlieren, die Initiative ergriffen. „Hier", bestimmte sie nun und drehte sich zu Hilde um. Jetzt erst bemerkte sie, dass auch Raimund aus Xanten ihr gefolgt war. „Bist du dir da wirklich sicher?" fragte dieser nun scherzhaft. „Nur damit ich nicht mein Bündel abwerfe, um es gleich wieder auf meinen geschundenen Rücken heben zu müssen."

Hilde lachte. „Ursula, manchmal versetzt du mich wirklich in Erstaunen. Du hattest, als wir uns durch die Menge schoben, ein Gesicht, dem niemand zu widersprechen wagt. Du hast gar nicht gemerkt, dass so manch einer bei deinem Anblick das Weite suchte." Hildes Lachen war ansteckend, und doch wurde Ursula rot und suchte sich zu verteidigen. „Ich hatte einfach Angst, niedergetrampelt zu werden, und außerdem stank es dort erbärmlich. Riech mal, hier ist die Luft noch gut." Deutlich sog sie Luft durch ihre Nase. Instinktiv hatte sie sich gegen den leichten Wind bewegt, und der wehte den Dunst des Lagers von ihnen weg und brachte ein ganz anderes, Ursula unbekanntes Aroma mit sich. „Wonach riecht es hier?" fragte sie

„Das wird das Meer sein", antwortete Hilde ihr, die auch prüfend schnüffelte. „Nun lasst uns aber schnell das Lager aufschlagen, bevor andere uns den besten Platz wegnehmen. Schaut, das Lager breitet sich immer weiter aus, und bald werden die ersten auch hier ankommen."

Hilde hatte recht, wie der Inhalt eines umgestoßenen Honigtopfes breitete sich die unüberschaubare Menge der Wallfahrer vor den Mauern Konstantinopels aus. Schon rückte der Rand des Lager, den sie hinter sich gelassen hatten, wieder einige Schritte in ihre Richtung. Auch wenn sie gerne weiter die Flucht ergriffen hätte, half Ursula jetzt, die Stangen vom Karren zu ziehen. Der Platz war gut, und sich immer weiterdrängen zu lassen, würde sie nur in die Dunkelheit der herannahenden Nacht bringen. Also gab sie sich mit dem Punkt, den sie erreicht hatten, zufrieden. Ihr Blick löste sich von den Massen der Wallfahrer und glitt die Mauer hinauf. Ganz oben konnte sie Köpfe mit Helmen sehen, aber auch andere, die nicht zu den Soldaten gehörten, sich aber wohl das Schauspiel vor den Mauern nicht entgehen lassen wollten. Für einen Augenblick war Ursula, als müsse sie denen da oben winken.

„Kannst du die Stange halten?" unterbrach Hilde ihre Gedanken.

Schnell griff sie zu und beteiligte sich weiter daran, das Zelt aufzubauen und ihre Habe darin zu sichern. Dann ging Hilde Holz suchen, und Ursula richtete zusammen mit Raimund eine Feuerstelle ein.

Die Nacht wurde sehr unruhig. Nach dem Essen vereinbarten Ursula, Hilde und Raimund erneut die Reihenfolge, in der sie wachen wollten. Doch Hilde und Ursula brauchten lange, um den ersehnten Schlaf zu finden. Immer noch drängten Pilger heran, und neben allen Rufen und Schreien waren immer wieder die Hufe der Soldatenpferde zu hören.

Auch in den folgenden Tagen trat wenig Ruhe ein. Ständig machten sich neue Gerüchte unter den Pilgern breit. Sicher war nur, sie wurden nicht in die Stadt gelassen. Um das Lager herum hatten Soldaten Posten bezogen. Sie hatten den Befehl, das Umland vor Plünderung zu schützen. Die Vorstadt Konstantinopels konnten sie allerdings nicht davor bewahren. Es wurde erzählt, die Ritter des Einsiedlers und andere bewaffnete Horden hätten dort bereits gewütet.

Einmal am Tag kamen Soldaten mit Fuhrwerken und verteilten Brot und Trinkwasser unter den Pilgern. Das neueste Gerücht, das die Runde machte, war, dass Peter, den alle den Einsiedler nannten, zusammen mit einigen Rittern zum Kaiser Alexios geladen worden war. Im ganzen Lager hatte sich das Gefühl von Alltäglichkeit breitgemacht. Man kümmerte sich um die eigenen Bedürfnisse und wartete ab. Unterbrochen wurde diese allgemeine Langeweile nur durch die Wandermönche und Priester, die an allen Ecken und Enden auftraten und predigten. Aus ihren Mündern war noch am ehesten etwas zu erfahren. Sie riefen zu Mäßigung auf und versuchten einige Regeln zu verbreiten, besonders wegen der Sauberkeit im Lager. Zusätzlich erinnerten sie an das eigentliche Ziel: Jerusalem.

Ursula fühlte sich von dieser großen Stadt magisch angezogen. Obwohl sie mit großen Siedlungen eher schlechte Erfahrungen gemacht hatte, war da in ihr das Gefühl, hier sei alles anders. Schon seit ein paar Tagen lag sie Hilde in den Ohren, man müsse versuchen, in die Stadt zu kommen. Doch Hilde hatte darauf nur gefragt, wie sich Ursula das vorstelle und was mit ihren Sachen in der Zwischenzeit geschehen solle.

„Raimund kann doch darauf aufpassen. Wer weiß, vielleicht finden wir in der Stadt eine Bleibe und können ihn und die Sachen dann holen“, antwortete Ursula, die insgeheim bereits mit Raimund gesprochen hatte, bei einem neuen Versuch, Hilde zu überreden.

„Ach, Ursula, was willst du hinter diesen Mauern?" jammerte Hilde übertrieben los.

„Wir könnten vielleicht unsere Vorräte auffrischen. Außerdem möchte ich aus der Nähe sehen, was schon vom Hügel aus so phantastisch aussah. Ich habe von einem Pilger gehört, in der Stadt gibt es eine Kirche, die der Heiligen Sophia geweiht ist. Ihre Wände sollen über und über mit Gold bedeckt sein. Willst du das nicht auch mit eigenen Augen sehen?"

„Ja, schon." Hilde gab klein bei. „Hast du Raimund überhaupt gefragt, ob er damit einverstanden wäre? Nein, antworte nicht. Ich sehe an deinem Grinsen, du hast längst mit ihm gesprochen. Na gut, dann lass es uns versuchen. Ich glaube aber nicht, dass man uns hineinlassen wird."

Schon eilte Ursula und holte ihre Tasche. Hilde unterrichtete Raimund. „Wir werden aber vor Einbruch der Dunkelheit wieder da sein", hörte Ursula ihre Freundin noch sagen. Hilde schaute auf, sah die ungeduldig Wartende und verabschiedete sich von Raimund. Ursula winkte ihm kurz zu, und mit Hilde im Schlepptau zog sie los.

Sie umgingen die teilweise verwüstete Vorstadt und drangen durch weiträumige Festungsanlagen. Schließlich erreichten sie einen Turm, der mehr als zwanzig Männer hoch schien. In ihm befand sich ein Tor, und zu Hildes Erstaunen herrschte da, trotz Wachen, ein reges Kommen und Gehen. Unbehelligt konnten auch sie in den Schatten des Torbogens treten. Hinter der gewaltigen Stadtmauer befanden sie sich noch nicht in der Stadt, aber schon hier war Trubel. Der Weg, den sie nahmen, behielt die Breite des Torbogens bei und führte schnurgerade zwischen die ersten Gebäude. Über den Dächern erhoben sich überall Kuppeln und Türme. Selbst Hilde, die so schnell nicht aus der Fassung zu bringen war, stand der Mund sprachlos vor Staunen offen. Sie folgten dem stetigen Fluss der Menschen die Straße hinauf. Was sie neben der Größe überraschte, war eine Sauberkeit der Straße, die sie so nicht kannten. Das Stimmengewirr um sie herum war fremd, und nur ab und an sahen sie Leute, die so wie sie Kreuze auf der Kleidung trugen.

Ein Mann hielt die beiden staunenden Frauen auf. „Ich führe, zeige euch Stadt", pries er seine Dienste an.

„Was willst du dafür?" fragte Hilde argwöhnisch.

„Eine Münze. Nur wenig", antwortete der Mann in brüchiger Sprache.

„Ohne einen Führer finden wir sicher nicht mehr aus dieser Stadt heraus", sagte Hilde zu Ursula und wandte sich wieder dem Mann zu. „Gut, eine Münze", sagte sie zu ihm. Er nickte erfreut und stellte sich den beiden Frauen vor: „Ich bin Makis. Ich euch zeigen Stadt."

„Bring uns zur Kirche der Heiligen Sophia", bat Ursula.

„Ah, Hagia Sophia. Ja, ja, kommt", antwortete Makis und winkte ihnen ihm zu folgen.

Ursula und Hilde kamen aus dem Staunen nicht heraus. Makis führt sie über große Plätze und durch Prachtstraßen. Und schließlich standen sie vor einem riesigen Gebäude. Ursula und Hilde trauen ihren Augen kaum. „Die Kirchen in Regensburg waren schon groß", raunte Ursula der Freundin zu, „aber ich glaube, die würden allesamt da hineinpassen."

Hilde nickte nur. Dieser große Bau flößte ihnen Ehrfurcht ein. Wie erschlagen von soviel Größe folgten sie Makis in das Innere. Hilde schlug sich beide Hände vor den Mund, um ihrem staunenden Schrecken nicht durch einen Aufschrei Luft zu machen. Der Pilger hatte nicht gelogen. Von einer Kuppel herab schaute ein riesiger Herrgott ihnen entgegen, und der Himmel dieser Kirche bestand aus unzähligen kleinen Steinchen, die Bilder formten und in großen Flächen golden schimmerten. Säulen aus glattgeschliffenem, glänzendem Stein, wie Bäume so hoch, trugen das Gewölbe. War dies alles von Menschen erbaut worden? Ursula konnte es sich kaum vorstellen. Makis indes konnte kaum verstehen, warum sich die Frauen nicht sattsehen konnten. Er scheuchte beide mit leisen zischenden Lauten vor sich her und wieder aus der Kirche heraus. „Kommen, kommen!" rief er ihnen zu. „Noch viel sehen. Schnell, schnell kommen!"

„Ja, ja, wir schnell kommen", grunzte Hilde. Ihr lief bereits der Schweiß über das runde Gesicht. Makis kannte aber keine Gnade. Er führte die Frauen auf den Hügel des Palastes, der sie nicht weniger beeindruckte als der Ausblick auf die Stadt, den sie von dort hatten. Es war ein Meer von Dächern, Kuppeln und Türmen, zwischen denen sich breite Straßen erkennen ließen. Jenseits der Dächer sahen die Frauen das Blau des Meeres. Ursula konnte kaum glauben, dass es ein Wasser gab, welches noch größer und weiter als die Donau war. Makis deutete auf den Hafen und die Meerenge. „Jerusalem“, erklärte er. „Wenn du nach Jerusalem, dann musst du dorthin gehen und weiter.“

Ursula verstand. Wenn sie nach Jerusalem wollten, mussten sie über die Meerenge und dann durch das Land, das sich dahinter erstreckte. Makis führte sie wieder vom Hügel hinunter und brachte sie zu einem Markt. Hilde und Ursula trauten ihren Augen kaum. Hier wurde nicht mit Gemüse, Obst und Fleisch gehandelt, sondern mit Geld. Auf den Tischen der Händler lag es zu Bergen aufgehäuft oder in einzelnen Schüsseln. „Jetzt weißt du, warum die Stadt solche Mauern hat“, sagte Hilde zu Ursula. „Solcher Reichtum, unglaublich.“

Vom Geldmarkt führte Makis sie durch engere Straßen auf andere Märkte. Es gab Stoffe, Tiere, Essen und Gewürze. Ursula konnte kaum mehr dem Verlangen ihrer Sinne nachkommen. Zuviel gab es für ihre Augen zu sehen, für die Ohren zu hören und erst recht für ihre geschulte Nase zu riechen. „Hilde“, rief sie ihrer Freundin zu, „ist dir aufgefallen, dass es hier fast nirgends schlecht zu riechen scheint?“

„Ja, und ich frage mich die ganze Zeit, wo die Menschen alle ihre Notdurft verrichten, denn auch ich verspüre ein dringendes Verlangen danach“, antwortete diese mit gequältem Blick.

„Makis, Makis!“ rief Ursula ihren Führer zurück. „Wo kann man hier …“ Sie wusste nicht, wie sie es einem Mann gegenüber beschreiben sollte. Hilde hielt sich den Bauch und machte Anstalten, in die Hocke zu gehen. Makis schaute die beiden Frauen verstört an. „Ich muss mal!“ rief Hilde, immer noch deutlich in die Hocke gehend. Jetzt schien Makis zu begreifen. „Schnell, schnell. Komm du“, rief er seinerseits und zog Hilde hinter sich her. Am Rande des Marktplatzes schubste er sie durch eine Türöffnung. Er selbst blieb draußen stehen. Es dauerte eine Weile, und Hilde kam mit hochrotem Kopf wieder heraus. „Ursula, das musst du dir ansehen. Wenn du auch musst, so etwas hast du noch nicht gesehen.“ Neugierig betrat auch Ursula den niedrigen Bau und sah sich darin um. Sie war nicht alleine, ein paar Frauen hatten ihre Kleider geschürzt und hockten auf glatten Steinplatten mit Öffnungen. Ursula begriff und tat es ihnen gleich. Sie wunderte sich. Es stank hier weniger als aus dem Eimer, den sie daheim gehabt hatten. Aus einem Rohr an der

Wand floss Wasser, und die anderen Frauen wuschen sich, nachdem sie aufgestanden waren, dort die Hände. Ursula folgte dem Beispiel und trat wieder hinaus auf den Platz. Makis wollte nun weiter, doch Hilde und Ursula hatten fürs erste genug. Hilde gab Makis einen Heller und bat ihn, sie zurück zum Stadttor zu bringen. Nach dem Marsch kreuz und quer durch die Stadt erwarteten sie, dass es ein weiter Weg sein würde, doch Makis brachte sie auf eine große Straße und wies ihnen die Richtung. „Dort ist Tor", sagte er, verbeugte sich zum Dank und war in der Menschenmenge verschwunden. Hilde und Ursula liefen mit der Menge auf den Mauerring zu, der die Stadt vom Land her umschloss. Sie kamen zum Tor und fanden sich auf der anderen Seite wieder in der Vorstadt. Von dort war es nicht schwer, zu ihrem Zelt zurückzufinden. Als sie zu ihrem Feuer traten, mussten sie schallend lachen, denn bei all dem Staunen hatten sie völlig vergessen, etwas zu essen zu kaufen. Als Raimund die Ankommenden danach fragte, brachen sie in fast hysterisches Gelächter aus. „Raimund, verzeih, wir haben nichts", prustete Hilde zwischen dem Lachen. Als sie sich endlich wieder beruhigt hatten, erzählten sie dem Xantner, was sie alles Unglaubliches gesehen hatten. Ursula versprach, am nächsten Tag mit ihm durch die Mauern zu gehen. Dann begannen sie mit dem, was sie noch hatten, ein Abendbrot zu bereiten, und Raimund steuerte zwei Fladenbrote bei, die er von den Soldaten erhalten hatte.

Nach dem Essen nahm Hilde Ursula beiseite. „Ursula, wir haben nicht mehr viel Geld", sagte sie. „Bleib du hier bei Raimund, ich will mal schauen, ob ich nicht einem gestandenen Mannsbild gefallen kann."

„Aber", wandte Ursula mit hochgezogener Augenbraue ein, „du hast doch gesehen, die meisten hier sind schlechter dran als wir."

„Ich geh nicht zu den Pilgern. Ich versuche mein Glück bei den Soldaten. Die sind überall auf der Welt gleich. Glaube mir."

Ursula ließ Hilde gehen. Auch wenn ihr nicht wohl war bei dem Gedanken, irgendwie mussten sie zu Geld kommen, wenn sie sich ihr Essen nicht erbetteln wollten. Vielleicht würde auch sie selbst sich für ein paar Münzen anbieten, wenn es gar nicht anders ging. Sie setzte sich wieder zu Raimund an das Feuer und schwärmte weiter von all dem, was sie gesehen hatte.

Trotz der Erzählungen der beiden Frauen war Raimund nicht weniger erstaunt, als Ursula ihn am nächsten Tag über die Prachtstraße der Stadt führte. „Wenn diese Stadt schon so reich und groß ist“, sagte er zu Ursula, „wie wird es dann erst in Jerusalem sein. Komm, zeig mir die große Kirche, von der du erzählt hast!“

Stolz führte Ursula den Freund durch die Stadt, selbst erstaunt darüber, wie gut sie sich doch zurechtfand. Auch bei ihrem zweiten Besuch hinterließ die Hagia Sophia in ihr einen tiefen Eindruck. Sie kam sich sehr klein und unbedeutend vor angesichts solcher Pracht und Größe. „Ich bin eine Sünderin“, sprach sie leise ein Gebet. „Doch, Herr Gott, ich danke dir für die Gnade, all dies schauen zu dürfen.“ Und sie schlug sich vor die Brust. Würde sie ihr Ziel erreichen? Frei von ihrer Schuld ein neues Leben führen können? Mit diesen Gedanken verließ sie die Kirche und wartete auf Raimund. Der wollte nun aber nicht mit ihr zum Markt gehen, um Vorräte zu kaufen, sondern hatte in der Kirche einen anderen Pilger getroffen, der ihm vom Hafen und von einer großen Pferderennbahn erzählt hatte. So trennten sie sich, und Ursula machte sich alleine auf den Weg zum Markt. Sie versuchte sich zu erinnern, wie Makis sie geführt hatte, aber so wie gestern zuerst auf den Palasthügel zu steigen, hatte sie keine Lust. „Ich werde schon einen Markt finden“, dachte sie bei sich und schritt erst einmal zurück in die Richtung der großen Straße. Als sie einige Frauen bepackt mit Gemüse aus einer Gasse kommen sah, folgte sie spontan diesem Weg und fand auch wirklich einen Markt. Sie schaute sich langsam um. Zwiebeln und Wurzeln erkannte sie; verwundert blieb sie vor einem Stand stehen, an dem riesige, grüne Früchte feilgeboten wurden. Der Händler hatte eine der Früchte, die größer als der Kopf eines Mannes waren, aufgeschnitten, und das Innere leuchtete in saftigem Rot. Ursula bemerkend schnitt der Händler ein kleines Stück aus dem Roten und reichte es ihr zum Kosten. Ursula war begeistert, es war saftig, sehr saftig und gleichzeitig süß. Das Fruchtfleisch war zart mürbe, und man brauchte es fast nicht kauen, sondern nur mit der Zunge an den Gaumen pressen, und schon lief einem der Saft im Mund zusammen. Ursula erstand so eine Kugel. Sie schaute sich weiter um. Am Rande des Marktes schaute sie in eine Gasse und entdeckte etwas, das ihr sehr bekannt vorkam. Neugierig ging sie darauf zu. Die ganze Fassade eines Hauses war fast völlig bedeckt mit kopfüber hängenden Sträußen verschiedener Pflanzen. Einige glaubte Ursula zu erkennen. Staunend trat sie näher, schnupperte an einem der Gebinde. Das war Melisse und, direkt daneben, sie zerrieb einige Blättchen in ihrer Handfläche, das war eine Art Majoran. Ganz vertieft in ihre Gedanken bemerkte sie nicht die alte Frau, die aus dem Haus getreten war und ihr Tun interessiert beobachtete. In fremder Zunge rief sie die junge Frau an. Ursula erschrak zuerst, doch die Stimme der Alten hörte sich kein bisschen wütend oder bedrohlich an. Sie war hell und warm. Die alte Frau trat zu Ursula heran, ergriff ihre Hand und schnupperte ebenfalls. Sie nickte und sagte wieder etwas, das Ursula nicht verstand. Ursula zuckte mit den Schultern, zeigte dann auf die Sträuße und sagte: „Kräuter." Die Frau schien zu verstehen und nickte. Ursula zeigte auf sich selber und erklärte ganz langsam: „Auch ich kenne die Kräuter." Dann machte sie die Bewegungen des Sammelns und Abschneidens. „Ich gehe Kräutersammeln in meiner Heimat." Ihr kam eine Idee, und sie kramte aus ihrer Ledertasche ein Tiegelchen mit Salbe hervor. Sie reichte ihn der Frau und deutete ihr, daran zu riechen. Die Frau ergriff das Töpfchen mit ihrer knorrigen, faltigen Hand und hielt ihre Nase darüber. Es schien Ursula, als strahlten die Augen der Frau erkennend auf. Die Alte nickte und winkte Ursula ihr zu folgen. Sie ging in das Haus zurück, und als Ursula über die Schwelle trat, befand sie sich in einem Raum, der erfüllt war von vielerlei Düften und Aromen. Auch hier hingen getrocknete Pflanzen an den Wänden und von der Decke. In Regalen standen alle möglichen Behältnisse. Die alte Frau war von der Vielzahl all der Jahre, die sie zählen mochte, gebeugt und viel kleiner als Ursula, sie bewegte sich aber sicher auf ihren Beinen. Jetzt bestieg sie eine kleine Trittleiter, holte einen irdenen Topf aus dem Regal und brachte ihn zu Ursula. Nun sollte sie riechen. Und die junge Pilgerin erkannte, dass es sich um ebenso eine Salbe handeln musste wie die, die sie der Frau zu riechen gereicht hatte. Sie lächelte und nickte. Auch die alte Frau lächelte. Die unzähligen Falten der ledrig braunen Haut in ihrem Gesicht und die dunklen Augen, die Ursula so lebendig beobachteten, erweckten in der jungen Frau Erinnerungen. Die Alte hob ihren Zeigefinger. Pass auf, dachte Ursula. Aus einem Säckchen holte die Frau ein trockenes, aschfahles, kaum grünes Knäuel hervor. Sie holte eine Schale und gab aus einem Krug Wasser hinein. Dann legte sie das Knäuel in die Schale. Ruhig blieb sie stehen, und Ursula hielt ebenfalls still. Da, konnte das sein? Ursula sah genauer hin. Einen Moment lang war ihr, als habe sich an dem Knäuel etwas gerührt. Sie beobachtete genauer. Die Zeit verging, und wieder schien es Ursula, als hätte sich da etwas ganz von selbst gerührt. Die alte Frau nahm ihre Hand, ergriff die Schale und zog Ursula hinter sich her durch den Raum und einen Flur. Dahinter öffnete sich ein kleiner Innenhof, der vom Sonnenlicht erleuchtet war. Neben einem kleinen, runden, reich verzierten Tisch standen zwei Hocker. Die Alte forderte Ursula auf, sich zu setzen, und stellte die Schale auf den Tisch. Ursula war, als wäre das Knäuel nun grüner als zuvor. Sie saß da und beobachtete weiter. Währenddessen verschwand die alte Frau wieder im Haus und kam mit einer Kanne und zwei Bechern zurück. Sie goss Ursula etwas in den einen Becher und bediente sich dann selber. Ursula nahm einen Schluck und schmeckte. Es war ein erfrischender Sud aus Kräutern, nur war er nicht warm, sondern angenehm kühl. Sie strahlte und nickte, um der Frau zu zeigen, dass es ihr schmeckte. Dann saßen sie beide still nebeneinander und beobachteten das pflanzliche Knäuel in der Schale. Ursula merkte, sie hatte sich nicht getäuscht. Ganz langsam wurde das Knäuel grüner und breitete nach und nach seine Zweiglein aus. Es war ein Wunder. Mit hellem Lachen quittierte die Frau Ursulas Staunen. Dann deutete sie mit ihrem gekrümmten Zeigefinger auf das rote Stoffkreuz auf Ursulas Brust. „Christos“, sagte sie.

„Ja, ich bin Christin“, antwortete Ursula.

„Franken?“ fragte die Alte.

Ursula nickte, sie kam zwar nicht aus dem Frankenland, aber es war doch grob die Richtung, aus der sie stammte. Die Alte schüttelte betrübt den Kopf. Ursula verstand nicht. Da ertönte auf einmal eine Männerstimme aus dem Hausflur, und im nächsten Moment stand ein Soldat im Innenhof. Ursula erschrak etwas, sie war sich nicht sicher, ob sie hier sein durfte. Der Soldat sprach die alte Frau an, und diese antwortete ihm ebenso unverständlich für Ursula.

„Meine Großmutter sagt, du kennst die Kräuter", sagte der Soldat plötzlich in der Sprache, die Ursula kannte. „Sie hat dich eingeladen, aber sie fragt sich jetzt, ob du etwas mit den Franken zu tun hast."

„Nein!" antwortete Ursula entschieden und spontan. „Nein und ja. Auch ich gehöre zu der Pilgerschaft, aber ich bin keine Fränkin."

„Die Ritter und Leute dessen, den ihr den Einsiedler nennt, haben viel Leid in die Stadt gebracht. Sie haben gestohlen und gebrandschatzt. Meine Großmutter will sicher sein, dass du nicht zu diesen schlechten Menschen gehörst."

„Nein, ich habe damit nichts zu tun. Ich will nur nach Jerusalem zur Verzeihung meiner Sünden", beteuerte Ursula.

Der Soldat übersetzte, was sie gesagt hatte, der Alten, und diese nickte offensichtlich beruhigt. Sie sagte etwas zu dem Soldaten und schaute Ursula fragend an.

Der Soldat zeigte auf den Tisch. „Das ist die Rose von Jericho", erklärte er. „Diese Pflanze übersteht lange Zeiten der Trockenheit, und sobald sie Wasser bekommt, erblüht sie wieder." Ursula sah auf die Schale, das Knäuel hatte sich mittlerweile entfaltet und begann immer grüner zu werden.

„Aus dieser Pflanze kann man eine Kraft für Frauen gewinnen", ließ die Alte den Soldaten übersetzen.

Jetzt ergriff Ursula die Initiative. „Sagst du ihr bitte, dass ich mich für ihre Gastfreundschaft bedanke. Ich heiße Ursula und ich habe auch schon viel über Kräuter gelernt."

Der Soldat übersetzte. Seine Großmutter lächelte, deutete auf sich selber und sagte langsam, damit ihr junger Gast verstehen konnte: „Ich, Kyrilla." Dann deutete sie auf den Soldaten: „Straton."

Ursula verstand und nickte eifrig. Sie hob nochmal ihren Becher und sagte: „Danke, Kyrilla."

Die Alte lachte und redete dann wieder in ihrer eigenen Sprache auf Straton ein.

„Meine Großmutter lädt dich ein, ihr Gast zu sein. Sie möchte sich mit dir über die Kräuter austauschen und etwas mehr von deiner Sprache lernen. Sie lädt dich ein, hier bei ihr zu wohnen."

Ursula staunte. „Ich habe vor der Mauer noch eine Gefährtin, die ich nicht alleine lassen kann", gab sie zu verstehen.

Straton übersetzte, und Kyrilla schüttelte antwortend den Kopf.

„Du kannst sie mitbringen. Das Haus ist groß. Meine Großmutter lebt hier alleine und sie freut sich darauf, Gäste deiner Art zu haben."

Ursula war völlig verdattert, in einem Anflug von Rührung und Freude sprang sie von ihrem Hocker und umarmte Kyrilla. Die alte Frau lachte wieder hell auf. „Gut, gut, Ursula", sagte sie. „Du hier kommen, ja?"

Ursula bejahte. Dann drangen aber andere Überlegungen in ihr vor. „Straton", fragte sie den Soldaten, „meinst du, wir dürfen mit unserem Wagen in die Stadt? Er ist nicht groß und wird von einem kleinen Esel gezogen. Aber werden die Wachen uns damit in die Stadt lassen?"

Straton lächelte und warf sich stolz in seine Brust. „Ich gehöre zur Truppe, die die Mauer bewacht. Hab keine Sorge, mit mir kommst du überall hin."

Ursula atmete auf. „Dann sag deiner Großmutter, ich nehme ihre große Gastfreundschaft gerne und dankbar an. Ich werde zu meinem Zelt gehen und meiner Freundin davon berichten, und dann komme ich gerne mit ihr morgen wieder."

Straton gab Ursulas Sätze weiter und redete dann noch eine ganze Weile mit seiner Großmutter.

„Ursula, ich denke, es ist besser, wenn ihr bereits heute in die Stadt kommt", erklärte er. „Wir sollten kein Aufsehen erregen. Wenn ihr am hellen Tag euer Lager abbrecht, werden alle in eurer Nähe fragen, was ihr vorhabt. Und dann werden sie euch mit Sack und Pack in die Stadt folgen wollen. Es ist besser, wenn wir im Schutz der Dunkelheit eure Sachen holen und euch in die Stadt bringen."

Ursula verstand und nickte. Na, da wird Hilde Augen machen. Direkt an Kyrilla gewandt sagte sie: „Gut, so machen wir es." Und sie ergriff voller Dankbarkeit beide Hände der Alten und drückte sie fest. Kyrilla sah ihr freundlich in die Augen und drückte Ursula zurück auf den Hocker. Sie deutete auf die Wasserschale. Die Pflanze war fast ganz grün geworden und breitete ihre Zweige wie ein Stern in alle Richtungen aus. Dann deutete die Großmutter auf das Tiegelchen, welches Ursula neben sich auf den Tisch gestellt hatte. „Was ...?" setzte sie an und vollendete den Satz dann in ihrer eigenen Sprache an Straton gewandt.

„Woraus besteht das? Und wofür benutzt du es?"

„Das ist Rinderfett", erklärte Ursula. „Ich habe es vorsichtig erhitzt, so dass es flüssig wurde, dann habe ich die Blüten einer gelben Blume hineingegeben und es ziehen lassen. Bevor das Fett wieder erstarrt, muss man die Blütenblätter abschöpfen. Ihre Kraft ist dann im Fett, und die Salbe hilft bei Entzündungen und bei der Wundheilung."

Straton übersetzte nur wenige Worte, und Kyrilla nickte bereits. Ihr Enkel erklärte: „Meine Großmutter versteht vieles aus deiner Sprache, nur sprechen kann sie die Worte noch nicht. Aber ich denke, mit deiner und meiner Hilfe werdet ihr euch bald ganz alleine unterhalten können."

Beide Frauen nickten und sahen sich mit wachsender Zuneigung an.

Nun wollte Ursula wissen, woraus das Getränk bereitet worden war, und Kyrilla nahm sie wieder mit in den Raum voller Kräuter. Ursula zeigte ihr Pflanzen, die sie kannte, und nannte sie bei den Namen, die sie wusste, oder versuchte ihren Gebrauch zu erklären. Kyrilla verstand und zeigte Ursula daraufhin Pflanzen, die ähnliche Wirkungen hatten. Ursula war wie im Rausch, schon so lange hatte sie ihr Wissen nicht mehr auf so intensive Weise mit jemanden teilen können. Sie merkte gar nicht, wie die Zeit verging. Schließlich kam Straton und mahnte zum Aufbruch. „Ursula, komm, es wird Zeit, die Dämmerung ist nahe, und wir sollten uns auf den Weg zu deinem Lager machen."

Er wechselte noch einige Sätze mit Kyrilla und ging dann voraus. Ursula folgte ihm. Auf ihrem Weg durch die Stadt beobachtete sie den Soldaten von der Seite. Dann fasste sie sich ein Herz und fragte: „Straton, wie alt bist du?"

Straton sah sie verwundert an „Ich glaube, 24 Jahre", antwortete er. „Warum?"

„Du sagtest, Kyrilla sei deine Großmutter. Ich dachte zuerst, sie sei deine Mutter."

„Nein, meine Mutter starb, als ich noch klein war. Mein Vater war auch Soldat und kam von einem Feldzug vor einigen Jahren nicht mehr zurück. Seitdem ist Kyrilla alleine, und meine Schwester und ich kümmern uns um sie."

„Dann ist deine Großmutter schon sehr, sehr alt."
„Ja, es ist ein Wunder. Es gibt nur wenige, die so alt sind wie sie. Manchmal glaube ich, sie hat ein besonderes Kraut, das ihr dabei hilft."
„So wird es sein", lachte Ursula. „Ich werde sie fragen." Straton gefiel ihr. Seine schwarzen Locken, die unter dem Helm hervortraten, sein fein geschnittenes Gesicht und seine kräftige Statur machten Eindruck auf sie.
Es begann wirklich schon zu dämmern, als sie die Zelte erreichten. Hilde kam Ursula angesichts des Soldaten erschreckt entgegengelaufen. „Ursula, Ursula, was ist passiert?"
„Nichts, nichts. Hilde, beruhige dich." So gut es ging, versuchte Ursula der aufgeregten Freundin in Kürze alles zu erklären. Straton stand daneben und nickte zur Unterstützung. Auch Raimund war dazugetreten und wollte wissen, wo Ursula geblieben war. Noch einmal erklärte Ursula alles und sprach die Einladung der alten Kräuterfrau aus. Hilde und Raimund verstanden langsam.
„Ich gehe jetzt." Straton ließ seine Augen beredt hin und her schauen. „Ich errege bereits zuviel Aufmerksamkeit. Ich komme in der Dunkelheit zurück. Wartet noch etwas und packt dann, wenn niemand mehr schaut, leise zusammen", sagte er und ging rasch.
Ursula, Hilde und Raimund setzten sich ans Feuer und beratschlagten, wie sie es am besten anstellen würden, unbemerkt ihr Lager zu räumen.
Als erstes ging Hilde den Esel holen. Das war noch vor Einbruch der Dunkelheit nötig, sonst hätte sie ihn zwischen den vielen anderen Tieren nicht gefunden. Als es schon finster war, kam sie mit dem Tier zurück. Raimund und Ursula hatten unterdessen schon begonnen, die Karre zu beladen. Nun war nur noch das Zelt abzubrechen und das Feuer zu löschen. Sie warteten. Als Straton schließlich erschien, zogen sie die Stangen unter der Plane hervor und legten alles auf den Karren, vor dem angeschirrt der Esel bereits wartete. Langsam und leise verließen sie den Platz. Wie Straton versprochen hatte, gab es keine Probleme am Tor. In der Stadt war immer noch viel los, und so gelangten sie zum Haus der alten Kyrilla. Durch eine Seitengasse kamen sie an ein Tor, das in einen Hof führte. Hier konnten sie

die Karre stehenlassen. Den Esel führte Straton in einen kleinen Stall. Kyrilla freute sich, Ursula wiederzusehen, und begrüßte auch Hilde freundlich. Auf Raimund war sie nicht vorbereitet gewesen und beklagte, dass sie kein Zimmer für ihn habe. Aber Raimund war zufrieden, wenn er bei dem Esel im Stroh liegen durfte oder seinen Strohsack im Hof auslegen konnte. Nachdem man sich so geeinigt hatte, zeigte Kyrilla Ursula und Hilde das Zimmer, das sie für ihre Gäste hergerichtet hatte. Es war nicht besonders groß, aber am Boden befanden sich zwei mit feinem Stoff bezogene Lager. Das war etwas ganz anderes als die groben Strohsäcke, die Hilde und Ursula bisher gewohnt waren. Auch die Kissen, die es gab, waren für die beiden Freundinnen eine ganz neue Erfahrung. Glücklich und zufrieden wünschte ihnen ihre Gastgeberin eine gute Nacht und ließ sie allein.

„Hilde, fühl mal." Ursula hatte sich auf eines der Lager gesetzt und streichelte den Stoff. Auch Hilde ließ sich nieder und fühlte den Bezug des Lagers.

„Auf solch feinen Stoff können wir uns aber nicht mit unseren schmutzigen Kleidern legen. Wir sollten uns morgen wohl als erstes waschen. Oh, ich bin so müde. Doch eine Sache musst du mir noch beantworten, Ursula. Sag, was schleppst du da in deiner Tasche umher. Hast du unseren Kessel da hineingestopft?"

Ursula sah auf ihre Ledertasche und musste lachen. „O je, das habe ich ganz vergessen. Ich habe auf dem Markt eine ganz erstaunliche Frucht gefunden und uns gekauft." Sie klappte den Deckel der Tasche zurück und holte die dunkelgrüne Kugel hervor. Hilde machte große Augen.

„Warte!" Ursula holte ihr Messer hervor, stieß es in die Frucht und schnitt sie auf. Das rote Fruchtfleisch erschien im Schein der Öllampe. Ursula schnitt ein Stück ab und reichte es Hilde. „Hier, koste. Das rote Fleisch schmeckt einfach köstlich und ist so saftig, als würdest du trinken und nicht essen." Auch sich selber schnitt sie ein Stück ab und biss genüsslich hinein. Hilde folgte etwas zögernd ihrem Beispiel und war ebenso begeistert. Sie hatte nicht mit so viel Saft gerechnet, und es tropfte aus ihren Mundwinkeln. „Hm, das ist wirklich gut. Und so süß. Das ist so saftig, wir sollten uns erkundigen, wie lange die Frucht haltbar ist. Dann können wir sie als Ersatz für Wasser nehmen." Wie immer dachte Hilde sehr praktisch. „So", sie streckte sich und wischte mit dem Handrücken über ihren Mund, „jetzt bin ich wirklich müde.“ Sie zog sich ihr Kleid über den Kopf und legte sich auf das Bett. Ursula stand auf, verräumte die aufgeschnittene Frucht, löste ihren Gürtel und ihre Schürze. Auch sie zog ihr Kleid aus und legte sich im Hemd auf den weichen Stoff ihres Lagers. Durch die kleine Fensteröffnung der Kammer drangen nur gedämpft Geräusche der Stadt ein. Ursula löschte die Öllampe, und kaum, dass sie ihren Kopf auf eins der Kissen gebettet hatte, schlief sie ein.

VOR DEN TOREN ARQAS

16. APRIL 1099

Ursula schreckte auf. Was hatte sie geweckt? Sie versuchte, die Dunkelheit mit ihren Augen zu durchdringen. Ein kleiner Laut neben ihr machte ihr klar, nicht eine Bedrohung oder ein Geräusch in der Nacht hatten sie geweckt, sondern das leise Wimmern ihres Sohnes. Vorsichtig tastete sie nach dem Bündel. Ihr war kalt, und sie schob vorsichtig einen Finger unter den Stoff, um zu fühlen, ob das Kind noch warme Haut hatte. Die Haut war warm, aber der kalte Finger ärgerte den Säugling sehr, und aus dem Wimmern wurde ein Krähen. Ursula nahm ihr Kind in den Arm, wiegte es und summte leise einige wenige Töne vor sich hin. Vorsichtig drückte sie dem Kind einen Kuss auf die kleine Stirn. Ursula dachte nach. Ihr Sohn musste Hunger haben. Sie musste ihn stillen. Doch in dieser Kälte? „Halt noch ein bisschen aus, Söhnchen!“ flüsterte sie. Ursula fühlte sich immer noch sehr erschöpft, zudem kam die Kälte, die sie frösteln ließ. Sie umarmte das Kind mit beiden Armen, um es zu wärmen. Nein, ihr Sohn war gut eingepackt und fror nicht. Ursula wäre nur selbst gerne so gut eingepackt gewesen. Sie tastete nach dem Wasserschlauch. Ihr Sohn atmete wieder sanft und ruhig. Sie legte ihn ab und trank einige Schluck Wasser. Sich auch wieder niederlegend zog sie ihre Beine unter den Rock und versuchte, einen warmen Schutzwall um ihr Kind zu bilden. Sie zitterte noch immer. Wie lange wird diese Nacht noch dauern? fragte sie sich. Sie sehnte sich so sehr nach Wärme und Licht.

KONSTANTINOPEL
8. AUGUST 1096

„Oh, habe ich gut geschlafen!“ Mit diesem Ausruf schlug Ursula die Augen auf, streckte sich und schaute lachend in das verschlafene Gesicht Hildes.

„Ich auch. Man könnte meinen, zu gut, der Schlaf möchte mich am liebsten wiederhaben“, murrte Hilde.

„Hilde, komm, wir müssen aufstehen. Oh nein, schau doch, wie schmutzig meine Beine sind. So schmutzig auf diesem herrlichen Tuch zu liegen ist schlecht. Wir müssen uns waschen.“

Hilde grinste. „Eine Schüssel mit Wasser wird da kaum reichen. Aber vielleicht gibt es hier in der Stadt ein Badehaus.“

„Was für ein Haus?“

„Ein Badehaus. Ein Haus, in dem man sich in große Zuber setzen kann und badet.“

„Oh, das wäre schön. In der Nähe des Hofes, von dem ich kam, gab es tief im Wald einen kleinen See, da war ich ganz für mich, dachte ich, da habe ich gebadet. Das war wunderbar. Komm, Hilde, steh auf, wir müssen Kyrilla fragen, ob es so etwas hier gibt.“

„Ja, ja, du Quälgeist. Es gibt sicherlich so etwas in dieser reichen Stadt.“

Ursula zog sich ihr Kleid über, band sich die Schürze um und stürmte aus der Kammer. Im Hof traf sie auf Kyrilla, die sich mit einer jungen Frau unterhielt.

„Guten Morgen, Kyrilla!“ grüßte Ursula ihre Gastgeberin.

Kyrilla lächelte bei ihrem Anblick. Sie zeigte auf Ursula und sagte zu der jungen Frau: „Ursula.“ Und dann zu ihrem Gast: „Tochter von Sohn, Melpomene.“ Sie sagte etwas in ihrer eigenen Sprache zu ihrer Enkelin, und die wandte sich Ursula zu.

„Meine Großmutter wünscht dir auch einen guten Morgen. Ich bin Melpomene, die Schwester Stratons.“

„Oh, schön, du sprichst meine Sprache so gut wie er. Melpomene, gibt es hier in der Stadt ein Badehaus? Ich bin so schmutzig von der langen Wanderung." Ursula schämte sich vor den beiden Frauen kein bisschen. Melpomene lachte und übersetzte Ursulas Rede ihrer Großmutter. Auch Kyrilla musste lachen. „Ja, ja, waschen. Melpomene dir zeigen. Später", lachte sie, nahm Ursula an die Hand und zog sie mit sich in das Haus. „Erst essen", sagte sie und fing auf dem Weg auch Hilde ab. Sie führte sie in einen Raum mit einer Feuerstelle, auf dem Tisch lagen Brot und Stücke von der Frucht, die Ursula und Hilde noch am Abend gekostet hatten. Außerdem gab es einen weißen Käse, der deutlich nach Schaf roch und in Salzlake eingelegt war, etwas gebratenes Fleisch, Brei von Kichererbsen und Wasser.

Melpomene kam mit Raimund herein. Sie setzten sich alle und ließen es sich schmecken. Raimund tat kund, dass er sich weiter in der Stadt umschauen wolle. Von der Idee der Frauen, ein Badehaus zu besuchen, hielt er nichts. Er wurde eher verlegen, weil er hinter einem solchen Haus etwas ganz anderes vermutete. Und den ganzen Körper in Wasser tauchen sei ungesund, seiner Meinung nach. Die Frauen lachten ihn aus.

Sie waren gerade mit dem Essen fertig, als Straton hereinkam.

„Der Kaiser will den Einsiedler und einige seiner Ritter empfangen", berichtete er. Aber auch diese Neuigkeit konnte Ursula und Hilde nicht von ihrem Vorhaben abbringen. Und so blieb Straton alleine mit seiner Großmutter zurück.

Als Ursula, Hilde und Melpomene zurückkehrten, saß die alte Kyrilla im kleinen Hof wartend vor einer großen hölzernen Wanne. „Waschen", sagte sie und hob wieder ihren gekrümmten Zeigefinger. Ursula liebte bereits diese kleine Geste Kyrillas und wusste, sie wollte ihr etwas zeigen. Mit ihrem Bündel schmutziger Kleider hockte sie sich neben die Frau. Kyrilla zeigte ihr die Stengel einer Pflanze. Sie nahm zwei Steine, legte einen vor sich hin und zerklopfte mit dem anderen die Pflanzenteile. Saft trat aus den Fasern, und Kyrilla forderte Ursula auf, ihre Finger hineinzutauchen. Ursula roch an den benetzten Fingern und rieb die Kuppen von Daumen und Zeigefinger aneinander. Es war schmierig. Die alte Frau schüttete den Saft, der sich in der Kuhle des einen Steines gesammelt hatte, in das Wasser des Zubers und spülte auch die zerdrückten Pflanzenteile kräftig darin aus. Sie rührte mit der Hand sorgfältig um und forderte Ursula auf, ihre schmutzige Kleidung in das Wasser zu geben. „Waschen.“ Ursula verstand, tat wie ihr geheißen und drückte ihre Kleidung in den Bottich. Hilde sah zu. Bereits nach kurzer Zeit lösten sich aus dem Stoff all der Staub und Schmutz der letzten Wochen. Ursula war begeistert. Kyrilla gab ihr eine Bürste. Ursula zog das Kleid aus dem Wasser und breitete den nassen Stoff auf den Platten des Innenhofes aus. Als sie damit begann, ihr Kleid mit der Bürste zu bearbeiten, fing es an zu schäumen. Ursula konnte sehen, wie die Stellen, die sie bürstete, heller wurden, während der weiße Schaum mehr und mehr eine schmutzig braune Farbe annahm. Während Ursula so beschäftigt war, gab Hilde ihre Sachen in das Wasser. Kyrilla brachte einen Eimer mit Wasser und bedeutete Ursula, ihn über ihre Kleider zu schütten. Als Hilde ihre Sachen zu bürsten begann, leerte Kyrilla mit Ursulas Hilfe den Zuber, und beide füllten sie ihn wieder mit frischem Wasser. Darin spülte Ursula ihre Kleider aus. Nochmals löste sich im Wasser eine Wolke Schmutz. Nachdem sie für Hilde frisches Wasser geholt hatten, wrangen sie gemeinsam die Stoffe aus und hängten die Kleider über eine Schnur, die Kyrilla ihnen im Hof zeigte. Ursula wollte noch nach dem Esel sehen, als Straton in den Hof gelaufen kam. „Kommt. Kommt schnell. Der Einsiedler zieht mit seinem Gefolge durch die Stadt. Die Unterredung mit Kaiser Alexios ist vorbei, und es heißt, noch heute wird damit begonnen, die Pilgerschaft über die Meerenge zu bringen.“

Hilde und Ursula folgten Straton. Zu beiden Seiten der großen Prachtstraße hatten sich viele Menschen versammelt, um dem Schauspiel beizuwohnen. Peter der Einsiedler kam auf seinem Esel geritten, begleitet von fünf Rittern in Rüstung und hoch zu Ross. Die Menge an den Straßenrändern begann zu brüllen, und nicht wenige hoben die Fäuste. „Die Bewohner von Konstantinopel sind böse auf die Fremden“, erklärte Straton. „Die Leute dieses Mönches haben viel Unheil angerichtet, sie haben ein paar Paläste angezündet und sogar das Blei von dem Dach einer Kirche gestohlen, um es am nächsten Tag teuer zu verkaufen. Stünde dieser Einsiedler nicht unter des Kaisers Schutz, die Menschen würden ihn steinigen.“

Ursula nickte. Sie schämte sich und war froh, dass sich auf ihrem zweiten Kleid noch kein Stoffkreuz befand. Peter der Einsiedler sah noch erbärmlicher aus als damals in Regensburg, fand Ursula. Die Ritter, die ihn begleiteten, hatten zwar Teile ihrer Rüstungen poliert, aber Bärte und Haare waren offensichtlich ungepflegt, und auch der Stoff, der unter den Rüstungen hervorschaute, war löchrig, zerrissen und schmutzig.

Straton verabschiedete sich von den Frauen. Er wollte zur Mauer, um an seinem Posten weitere Erkundungen einzuholen. „Ihr geht besser zurück zur Großmutter", riet er Ursula und Hilde. „Es wird jetzt besser sein, wenn ihr euch nicht als Pilger zu erkennen gebt." Hilde nickte, und auch Ursula verstand den Rat. Beide drängten sich aus der Menschenmenge heraus und suchten sich ihren Weg zurück zum Kräuterhaus Kyrillas.

Wieder im Innenhof hatte Ursula eine Idee. Ihre Haare waren nach wie vor verfilzt, und sie kam mit ihrem Kamm nicht durch das Gestrüpp, das sie die meiste Zeit zu einem Zopf geflochten getragen hatte. Sie bat Kyrilla nochmal um Teile der Pflanze, mit der sie die Kleider gewaschen hatte. Sie löste ihren Zopf, machte sich die Haare nass und zerdrückte anschließend die Stengel, wie Kyrilla es ihr gezeigt hatte. Sie goss sich den Pflanzensaft in die hohle Hand und verteilte sie dann auf ihrem Haar. Kyrilla, die ihr zugesehen hatte, hob ihren Zeigefinger, verschwand im Haus und kam kurz darauf mit einer kleinen tönernen Amphore zurück. Sie forderte Ursula auf, den Kopf in den Nacken zu legen, und träufelte ihr aus der Amphore eine ölige Flüssigkeit auf das Haar. Gleichzeitig rief sie nach Melpomene. Sie hielt Ursula ihre gekrümmten, knöchrigen Finger vor das Gesicht. „Ich kann nicht. Hände nicht gut", sagte sie. Melpomene sah gleich, warum die Großmutter sie gerufen hatte, und begann damit, Ursulas Haarschopf zu kneten und zu rubbeln. Es schäumte, und in graubraunen Flocken fiel der Schaum auf den Boden. Kyrilla hatte frisches Wasser geholt, und Melpomene spülte damit Ursulas Haare aus. Vorsichtig versuchte sie mit gespreizten Fingern die dicken Strähnen zu entwirren. Ursula holte aus ihrer Gürteltasche den Kamm ihrer Mutter und reichte ihn Melpomene. Auch Kyrilla hatte einen Kamm gebracht, und so begannen Ursula und Melpomene Strähne für Strähne durchzukämmen. Ursula spürte, dass der Kamm sehr viel glatter durch ihre Haare glitt, als sie es gewohnt war. Nach dem ersten Durchkämmen trocknete sie sich die Haare mit einem Tuch und kämmte sie erneut. Melpomene entwich ein begeistertes „Oh!“, als sie Ursula jetzt mit offenem Haar im Sonnenlicht sitzen sah. Ursulas rotblonder Schopf leuchtete im Licht und fiel ihr in Wellen über die Schultern. Kyrilla lächelte und reichte Ursula einen silbernen, ovalen Teller. Zuerst wusste Ursula nicht, was sie damit sollte, doch dann entdeckte sie ihr eigenes Gesicht auf der polierten Fläche. Bisher hatte sie sich selbst nur hin und wieder auf der glatten Oberfläche eines Tümpels oder Wassereimers gesehen. Die spiegelnde Platte war so gut poliert, dass sie so glatt war wie die Wasseroberfläche, und Ursula konnte nicht nur das Leuchten ihrer Haare bestaunen, sondern zum ersten Mal in aller Ruhe ihr Gesicht selbst studieren. Sie sah ihre hellen Augen, die im Kontrast zu ihrer gebräunten Gesichtshaut standen, die feinen Linien der Augenbrauen und ihre, wie sie fand, kleine Nase. Ihr Mund war blassrot und hatte an den Mundwinkeln und in der Mitte einen schönen Schwung, der von der Rundung ihres Kinns unterstrichen wurde. Ursula war sehr zufrieden mit dem, was sie sah. Hilde, die gerade in den Hof trat, blieb wie vom Donner gerührt stehen. „Ursula, du siehst aus wie eine Heilige“, entfuhr es ihr. Doch Ursula, der soviel Aufmerksamkeit fast unangenehm war, hatte bereits andere Gedanken. „Komm, Hilde, ich wasche dir deine Haare. Kyrilla, was war in dem kleinen Krug?“ sprudelte es aus ihr heraus. Hilde setzte sich folgsam auf den Hocker, und Ursula löste ihr den Zopf und schüttete der Freundin Wasser über den zurückgelehnten Kopf. Melpomene hatte neuen Pflanzensaft bereitet, und Kyrilla gab auch auf Hildes Haar etwas aus der Amphore. Kräftig knetete Ursula Hildes Schopf. Auch aus dem dunkelbraunen Haar Hildes löste sich noch Schmutz, den einfaches Spülen mit Wasser nicht zu lösen vermocht hatte. Mit Hilfe Melpomenes erklärte Kyrilla Ursula die Zusammensetzung der Flüssigkeit aus der Amphore, und Ursula gab sich große Mühe, das Rezept zu behalten. Nachdem Hilde gekämmt war und ihr Haar wieder zu flechten begann, brachte Melpomene Ursula einen Streifen kräftig grünen Stoffes. Sie band Ursula damit die Haare eng am Hinterkopf zusammen und flocht auch ihr einen Zopf, doch mit den Stoffstreifen darin. Am Ende verknotete sie den Stoff. Ursula sah noch einmal in den Spiegel. Der Stoffstreifen hob sich sehr schön von der Farbe ihrer Haare ab. Das sah sehr hübsch aus. Begeistert umarmte Ursula Melpomene und bedankte sich ebenso stürmisch bei Kyrilla. Von der Haarpflege waren ihre Kleider nass, und Ursula ging mit Hilde nachsehen, ob die gesäuberten Kleider bereits trocken waren. Sie hatten Glück. Die Kleider waren wirklich bereits trocken und sahen beinahe aus wie neu. Beide eilten in die Kammer und zogen sich um. Danach fühlten sie sich fast wie neugeboren. Sie kehrten zurück in den Hof und wuschen auch noch ihre Ersatzkleider.

Am späten Nachmittag kehrte Straton zurück. Und brachte Neuigkeiten.

„Euer Einsiedler ist ein Verrückter", begann er entrüstet. „Er hat Kaiser Alexios gesagt, er wolle das ganze Land von hier bis Jerusalem von den Heiden befreien. Dabei hat er noch nicht einmal eine Armee. Der Kaiser hatte den Papst um Hilfe gegen die Turkmenen und Seldschuken gebeten. Er hatte auf ein Ritterheer gehofft, doch gekommen ist dieser Verrückte, mit wenig Rittern und sehr viel anderem Volk, viel zu viel anderem Volk. Der Hof hat Nachricht, dass sich in diesen Tagen ein Ritterheer aus Franken auf den Weg macht. Aber Konstantinopel kann nicht die große Menge des Einsiedlers vor den Toren über Monate versorgen. Und Konstantinopel will auch nicht, nachdem sich die Fremden so schlecht aufgeführt haben. Sie haben geplündert, Paläste in der Vorstadt angezündet und vieles mehr. Das Volk von Konstantinopel ist böse auf die Fremden. Der Kaiser hat dem Einsiedler vorgeschlagen, ihn und all seine Leute über das Meer zu bringen. Dort sollen sie ihr Lager aufschlagen und auf die Ritter warten. Der schmutzige Mönch ist einverstanden, will aber nicht lagern, sondern gleich weiterziehen. Er ist dumm. Mit den wenigen Soldaten, die er hat, und all den unbewaffneten Bauern und Knechten wird er nicht weit kommen. Die Turkmenen sind ein listiges Reitervolk. Sie sind schnell und stark. Die Menschen vor den Mauern brechen bereits auf. Soldaten haben die Straße zum Hafen gesichert, damit es keine Übergriffe gibt, und bereits morgen werden alle über das Meer gebracht."

Bestürzt lauschten Ursula und Hilde dem Bericht. „Ja, dann sollten wir wohl auch unsere Sachen packen", meinte Hilde resignierend.

„Nicht gehen", mischte sich Kyrilla ein. „Nicht gehen, hier stehen. Gehen nicht gut." Sie redete in ihrer Sprache auf Straton ein.

„Großmutter sagt, ihr dürft nicht gehen. Sie hat geträumt und Zeichen gesehen. Ihr dürft nicht gehen. Die Zeichen sind schlecht, und Unglück steht bevor. Großmutter bittet euch zu bleiben. Sie lädt euch ein, ihr dürft Gast in ihrem Haus sein, so lange ihr wollt. Sie möchte gerne mit Ursula noch viel über Kräuter sprechen."

Ursula sah Hilde fragend an. Doch Hilde selbst schien sich auch unsicher.

Straton ergriff erneut das Wort: „Kaiser Alexios sagt nicht umsonst, man solle auf die Ritter warten. Unsere Soldaten sind anders als eure Ritter. Die Turkmenen und die anderen Stämme kennen nur die Kämpfe mit uns. Sie haben noch nicht gegen Ritter gekämpft. Glaubt mir, es ist besser, wenn ihr nicht mit dem verrückten Einsiedler geht."

Raimund kam in den Innenhof gestürzt. „Hilde, Ursula, es geht los! Die ersten marschieren schon Richtung Hafen. Jetzt geht es nach Jerusalem. Morgen werden wir alle übergesetzt." Seine Begeisterung stieß auf wenig Anklang. Er sah die besorgten Mienen der anderen und fragte: „Was ist los? Lasst uns packen."

„Nein, Raimund, langsam." Hilde war aufgestanden und stützte ihre Hände in die Hüften. „Wir sind uns noch nicht sicher, ob wir mitgehen wollen", erklärte sie dem verwunderten Xantener. „Straton sagt, Peter der Einsiedler will nicht auf die Ritter aus Franken warten. Ich denke, das ist wirklich nicht sehr klug. Vielleicht ist es besser hier zu warten, bis die Franken da sind."

„Aber Hilde", Raimund war nicht überzeugt, „Peter ist ein heiliger Mann, Gott ist mit uns. Die, die das Kreuz genommen haben und nicht weitergehen, brechen ihr Pilgergelübde und geben sich selbst der Verdammnis preis."

„Wir wollen ja weitergehen", mischte Ursula sich jetzt ein, „nur nicht jetzt sofort, sondern mit dem Ritterheer. Raimund, du bist mit Peters Haufen bis hierher gegangen. Du weißt, es sind alles Bauern, Frauen, Kinder, einfache Menschen wie du, ohne richtige Waffen. Drüben warten Krieger."

„Und ganz abgesehen davon", schaltete sich Hilde ein, „Ritter sind gut ausgerüstet und haben Geld, in ihrer Gegenwart wird es uns besser gehen als zwischen den tausenden armen Schluckern."

Raimund war sichtlich verwirrt. Alles hatte er erwartet, nur nicht diese Reaktion der Frauen. „Ihr müsst wissen, was ihr tut. Ich gehe nach Jerusalem. Gott will es. Und ich will hier nicht rumsitzen und Gott erzürnen. Ich gehe", sagte er. Ursula wollte nochmal versuchen, ihn zum Bleiben zu bewegen, doch Hilde legte ihr die Hand auf die Schulter und gab ihr so zu verstehen, dass es wohl keinen Sinn hatte, noch mehr Worte zu verlieren.

Raimund verschwand in Richtung Hof, um seine Sachen zu packen. Hilde wandte sich Kyrilla zu: „Großmutter, danke, vielen Dank für deine Gastfreundschaft: Ich denke, Straton hat recht. Wir nehmen deine Einladung gerne an."

Ursula strahlte, und auch die alte Kyrilla zeigte mit aufgehellter Miene, dass sie sich freute.

Später auf ihrem Lager war Ursula noch immer nachdenklich. „Was meinst du Hilde, ob wir Raimund je wiedersehen werden?"

„Ich weiß es nicht", antwortete die Freundin. „Wenn Gott es so fügt, werden wir uns wiedertreffen. Vielleicht sogar in Jerusalem."

„Jerusalem", langsam sprach Ursula den Namen der Stadt, „Jerusalem soll noch größer und prächtiger sein als Konstantinopel. Kannst du dir das vorstellen, Hilde?"

„Nein, kann ich nicht. Alles, was ich hier bereits gesehen habe, erscheint mir so reich und wunderbar, ich kann mir nicht ausdenken, was es noch mehr geben könnte. Doch Jerusalem ist die Heilige Stadt, der Mittelpunkt der Welt."

„Wie weit mag es noch bis dorthin sein?"

„Bisher konnte mir niemand etwas Genaues sagen", antwortete Hilde. „Die einen sagen, es seien nur noch fünf oder sechs Wochen, andere sagen, es wären noch bestimmt einhundert Tagesmärsche ohne Pausen."

Ursula seufzte. „Ach, wären wir doch schon da."

Hilde lachte: „Hab Geduld, Ursula. Schau deine Holzschuhe an, sie sind unten fast völlig aufgerieben. Wenn du weiterlaufen willst, musst du dir erst neue besorgen. Und so wie mit dem Schuhwerk ist es doch mit allem. Wir müssen gut vorbereitet sein auf das, was kommt. Hier sind wir fürs erste gut aufgehoben. Unser Geld geht zur Neige, und daher sind wir angewiesen auf jene, die Geld haben und bereit sind, es für die eine oder andere Gefälligkeit herzugeben. Die Herren haben sich aber gerade erst in Franken auf den Weg gemacht."

„Was meinst du mit Gefälligkeiten?"

„Du bist eine sehr schöne, junge Frau, so mancher Knappe oder Ritter wird gerne einige Münzen springen lassen, um dir zu gefallen, und noch mehr, wenn du bereit bist, ihnen zu gefallen."

Ursula verstand. Doch bevor sie etwas einwenden konnte, fuhr Hilde fort: „Du weißt auch viel über Kräuter und etwas über das Heilen. Ich weiß nicht, was du noch alles von Kyrilla lernen wirst, aber auch all dein Wissen kannst du anwenden. Jenseits des Meeres wird es Kämpfe geben, und dort wo gerungen und geschlagen wird, gibt es Verletzungen. Mit deinem Können wirst du auch dadurch etwas verdienen können. Wir werden unser Glück machen, meine liebe Freundin. Glaub mir. Aber jetzt lass uns schlafen."

Hilde drehte sich um, und nach wenigen Augenblicken hörte Ursula sie bereits ruhig und gleichmäßig atmen. Sie selbst lag aber noch lange wach und dachte über alles nach. Irgendwann kam sie zu dem Schluss, dass Hildes Plan wohl gar nicht schlecht war, und schloss auch zufrieden die Augen.

KONSTANTINOPEL
9. AUGUST 1096

Nach dem Aufstehen am nächsten Tag und einem guten Frühmahl holten Ursula und Hilde ihre Truhe und die übrigen Sachen vom Karren. Die Truhe brachten sie in ihre Kammer. Hilde wollte den Inhalt sortieren und überprüfen. Ursula hingegen wollte mit Straton zum Hafen, um die Verschiffung der Pilger zu beobachten. Mit der Hilfe des Soldaten konnte sie über Wege und durch Gassen zum Hafen gelangen, ohne die verstopften Hauptstraßen benutzen zu müssen. Dort hatte sich fast ganz Konstantinopel versammelt, um die durchziehende Menge zu beschimpfen und zu verhöhnen. Als sie am Meeresarm angekommen waren, führte Straton Ursula an eine Stelle, von der aus sie alles gut überschauen konnte.

Eine große Anzahl verschiedenster Schiffe und Boote hatte sich im Hafen eingefunden, und auf sie drängten nun die Wallfahrer mit all ihren Tieren und ihrer Habe. Es war ein unheimliches Chaos, da es auch immer wieder Verständigungsprobleme gab. Die Seeleute einer kleinen Barke wollten nur eine Schafherde mit an Bord nehmen, aber immer wieder versuchten auch einige Pilger auf das Schiff zu gelangen. Einige fielen in das Wasser des Hafenbeckens und wurden unter großem Geschrei wieder herausgezogen. Die ersten Schiffe legten ab, und mit geblähten Segeln und kräftigen Ruderschlägen entfernten sie sich von der Mole, wo bereits ein anderes Boot den frei gewordenen Platz besetzte. Anfangs schien es, als würde der Strom derer, die über das Meer wollten, nicht abreißen. Der Raum zwischen den Schiffen und den Häusern am Hafen war von der dichtgedrängten Menschenmenge zum Bersten gefüllt. Auf ein besonders großes Schiff wurden Pferde und Rinder getrieben. Nur widerwillig betraten die Tiere die sehr breite, aber leicht schwankende Planke, die auf das Schiff führte. Als schließlich auch noch eine große Anzahl Menschen über die Planke drängten, war das Schiff bereits durch das Gewicht seiner Lasten tiefer ins Wasser gesunken, so dass der Weg über den Steg schräg nach unten führte. Ursula beobachtete fasziniert das Schauspiel. Sie hatte sich auf eine Mauer gesetzt und schaute dem Treiben auf dem Kai zu. Sie war sich jetzt sicher, dass es eine gute Entscheidung gewesen war, nicht aufzubrechen. Im Gewusel auf der Mole entdeckte sie Raimund aus Xanten. Sie sprang von der Mauer und drängte sich durch die Leute.

„Raimund!“ rief sie, „Raimund, warte.“ Der Angerufene drehte sich zu ihr um. Lächelnd erkannte er Ursula. „Raimund, ich wünsche dir viel Glück und den Segen Gottes“, verabschiedete sich Ursula von dem Reisegefährten.

„Ursula, ich danke dir. Auch dich und Hilde möge unser Herr Gott begleiten. Wir sehen uns in Jerusalem“, antwortete Raimund. „Bist du nur wegen mir zum Hafen gekommen?“

Ursula lachte auf. „Was bildest du dir ein. Nein, aber so ein Schauspiel bekommt man nicht alle Tage geboten.“

Die Menge schob sich weiter, und Ursula musste aufpassen, dass sie wieder aus dem Gedränge herauskam. Sie winkte Raimund noch einmal zu und wollte bereits zurück zu ihrer Mauer. Kurz sah sie einem gerade ablegenden Schiff nach. Dichtgedrängt standen die Wallfahrer an der Bordwand, und ganz plötzlich schaute Ursula direkt in die Augen eines ihr so bekannten Gesichts. Ursula schüttelte kurz den Kopf, sie musste sich täuschen. Doch als sie erneut hinsah, erkannte sie ihn deutlich, und auch in seinem Gesicht leuchtete Erkennen auf. Da auf diesem Boot stand Ludger. Zuerst verspürte Ursula den Drang zu winken und seinen Namen zu rufen, doch dann musste sie zurückdenken an ihr totes Kind und wie sie vom Hof gejagt worden war. Ludger schien erstaunt ihren Namen zu rufen, doch der Stimme Klang ging im Tumult des Hafens unter. Ursula wandte sich ab und verließ das Chaos. Sie suchte Straton, und da er eingeteilt worden war, mit weiteren Wachsoldaten für Ordnung zu sorgen, erklärte er ihr einen einfachen Weg zurück durch die Stadt. „Aber verberge dein Kreuz“, riet er ihr, „sonst könntest du Ärger bekommen.“ Ursula breitete ihr Tuch über das Kreuz und trat den Heimweg an. Das unvermutete Wiedersehen des Jungbauern erfüllte sie mit trüben Gedanken. Er hatte sich damals ebenso abgewandt wie sie heute und hatte sie alleine gelassen. Sein Kind war tot, und Ursula wollte nichts mehr mit ihm zu tun haben. Ursula bezweifelte, dass er sich wesentlich verändert hatte. Es war nun schon fast zwei Jahre her, dass sie den Hof des Bauern Matthes verlassen hatte. In Gedanken versunken trat sie auf den Platz vor der Hagia Sophia. Es zog sie in die Kirche. Unter den Augen des riesigen Pantokratormosaiks kniete sie auf dem steinernen Boden nieder. „Herr Gott, nimm von uns alle Schuld“, betete sie. „Nimm meine Tochter Ester auf in dein Reich. Führe Hilde und mich nach Jerusalem, auf dass wir rein werden von all unseren Sünden, so wie der Heilige Vater es zugesagt hat. Herr, erbarme dich unser. Herr, erbarme dich unser. Herr, erbarme dich.“ Sie schlug sich vor die Brust und schaute dem Christus über sich fest in die Augen. Noch lange verharrte sie auf Knien, Aug in Aug mit Gott und voll banger Hoffnungen auf alles das, was noch kommen würde.

Die folgenden Wochen und Monate vergingen wie im Fluge. Unermüdlich nahm Ursula alles Wissen auf, welches Kyrilla ihr vermittelte, und die alte Frau wurde nicht müde, Ursula zu unterrichten und selbst dabei die Sprache der Fremden zu lernen. Bald schon konnten Ursula und sie ohne die Hilfe von Straton oder Melpomene den ganzen Tag miteinander redend verbringen. Ursula lernte auch ein paar Brocken Griechisch. Hilde hatte anfangs immer bei den beiden gesessen und interessiert dem gelauscht, was Ursula und Kyrilla über die Kräuter und deren Kräfte wussten. Auch sie kannte das ein oder andere Kraut, doch ihre Freundin und Kyrilla wussten viel mehr. Irgendwann reichte es Hilde. Sie hatte dafür nicht den Geist. „Mein Kopf ist zu klein für all das“, entschuldigte sie sich und ging von da an immer häufiger ihre eigenen Wege. Die führten sie entweder zu Straton, um mit ihm zu schäkern, oder in die Stadt, zum Hafen oder zum Goldmarkt, wo sie ab und an nette Gesellschaft fand, die ihre Dienste mit barer Münze belohnte. Das war ihr angenehmer, als zwischen den muffigen, getrockneten Kräutern zu hocken. Außerdem würden sie, wenn die Ritterheere endlich kamen, Geld brauchen, um sich mit dem nötigen Proviant zu versehen. All das, was Ursula lernte, würde ihnen sicherlich auch weiterhelfen, aber bis dahin mussten sie erst einmal kommen, und Hilde wusste, ohne genug Münzen würde es kaum gehen.

Solange es noch nicht zu kalt war, ging Melpomene mit Ursula aus der Stadt und zeigte ihr all die Stellen, an denen Kyrilla Pflanzen gesammelt hatte. Mittlerweile war ihr der Weg zu weit. Sie erklärte den beiden jungen Frauen, was sie alles bräuchte und wonach sie suchen sollten. Ursula genoss diese Gänge mit Melpomene sehr. Sie hätten Schwestern sein können, längst waren sie einander gute Freundinnen geworden. Ursula lernte viele neue Pflanzen kennen, verinnerlichte die von der Heimat so unterschiedliche Beschaffenheit der Pflanzenwelt und kannte sich bald schon so gut in der Gegend rund um Konstantinopel aus, dass sie hin und wieder auch ganz für sich loszog.

Kalte Winde und häufige Regenfälle kündigten vom Ende des Jahres, und Hilde wurde langsam ungeduldig. „Wann kommen denn die Ritter aus Franken endlich?“ murrte sie, und Straton musste aushalten, dass sie ihn mehrmals am Tag fragte, ob er von der Mauer herab nicht die ersten Ritter gesehen hätte. Dabei gab sich der Wachsoldat größte Mühe, Ursula und Hilde immer auf dem neuesten Stand zu halten.

Konstantinopel
27. Oktober 1096

Nach zwei Monaten brachte er zum ersten Mal wirkliche Neuigkeiten. Der Tag war trüb, und das Wetter legte sich auf die Gemüter der Frauen. Kyrilla spürte die feuchte Kälte in den Knochen und hatte sich zurückgezogen. Hilde und Ursula saßen beim Herdfeuer und starrten schweigend in die Flammen.

„Der Einsiedler ist wieder in der Stadt." Mit diesem Satz polterte Straton herein. Ursula und Hilde sahen ihn ungläubig an.

Straton setzte sich zu ihnen und erzählte: „Er soll sich bereits seit über einer Woche im Palast des Basileus aufhalten. Eine der Palastwachen hat es mir erzählt. Der Einsiedler und einige wenige wurden im Schutze der Nacht über die Meerenge und zu Kaiser Alexios gebracht. Die Wache hat mit einigen von ihnen gesprochen. Der schmutzige Mönch hat nicht auf den Rat des Kaisers gehört und auf die Ritter gewartet, ein Teil seiner Leute ist sogar nach Nikaia gezogen und hat die Stadt angegriffen. Es muss immer wieder zu Kämpfen mit den Turkmenen gekommen sein, und zuletzt geriet der gesamte Zug der Pilger in einen Hinterhalt. Es wurden alle getötet. Nur die kräftigsten Frauen und Kinder wurden für den Sklavenmarkt bewahrt. Der Einsiedler und vielleicht ein paar Handvoll schafften es zu fliehen."

„Oh Gott, Hilde!" Ursula konnte ihren Schrecken nicht verbergen. „Stell dir vor, wir wären doch mitgegangen. Wir wären tot, oder man würde uns verkaufen. Ob Raimund auch tot ist?" fragte sie laut, und innerlich fügte sie „Und Ludger?" hinzu.

„Bestimmt", meinte Straton, „es ist so gut wie niemand zurückgekommen. Vielleicht, wenn man bedenkt, dass sich der ein oder andere in die Stadt geschlichen hat oder drüben am anderen Ufer in Nikomedeia Schutz fand, sind das vielleicht vierhundert Seelen."

Hilde zog die Brauen zusammen. Die Vorstellung, jenseits des Meeres gebe es einen Feind, der in der Lage war, diese unheimlich große Zahl der Pilger allesamt abzuschlachten, behagte ihr nicht. Doch dieser Furcht wollte sie keinen Raum in ihrem Herzen gewähren. „Gott hat uns davor bewahrt, und er wird auch weiter seine Hand über uns halten“, antwortete sie Ursula. „Wenn bloß die Ritter endlich kämen“, fügte sie seufzend noch hinzu.

„Sie sind unterwegs“, versuchte Straton sie zu beruhigen. „Es gab einige Nachrichten, dass die Franken bereits mit Schiffen bei Avlona an der Westgrenze des Reiches gelandet seien. Die Normannen, die südlich der Stadt Rom lagen, sollen sich unter ihrem Führer Bohemund und dessen Neffen Tankred ebenfalls auf den Weg gemacht haben. Weitere Franken, die Heere des Herzogs Gottfried von Lothringen, Balduin von Boulogne und Graf Raimund von Toulouse sollen auf dem Landweg unterwegs nach Konstantinopel sein. Es wird sicherlich noch bis zum Ende des Winters dauern, aber sie sind unterwegs, Hilde, keine Angst, sie kommen.“

Stratons Bemühungen hatten beinahe etwas Rührendes. Aber Ursula staunte nicht schlecht, was man als Soldat alles erfahren konnte, wovon die meisten gar nichts mitbekamen.

Lange mussten die Frauen auf gute Nachrichten warten. Das Datum der Tag-und-Nacht-Gleiche war schon einige Tage vorbei, als ein Junge in Kyrillas Haus gerannt kam. Straton hatte ihn geschickt. Ursula und Hilde sollten zu seinem Posten an die Stadtmauer kommen. Beunruhigt folgten die Frauen dem Jungen zur Stadtmauer. Dort erwartete Straton sie mit einem breiten Grinsen. „Kommt mit“, forderte er sie auf und führte sie auf die Mauer. Oben auf dem Wehrgang stellte er sich in Pose, wies gen Westen und sagte schlicht: „Seht.“

Ursula und Hilde traten an die Brüstung und schauten auf das Land vor der Stadt. Im Sonnenlicht blitzte Metall, und im Wind wehten farbige Banner. Glänzend wie Ameisen schoben sich, soweit ihre Augen blickten, Ritterheere heran. Reiter in Rüstungen und Kettenhemden, mit Helmen, begleitet von Reitern, die Lanzen mit Wimpeln und Fahnen trugen, lange Schlangen von Wagen, die von mehreren Ochsen gezogen wurden, dazwischen Fußvolk, Lanzenträger, Bogenschützen und auch Wagen mit Frauen, dazu Mönche und Priester.

Ursula fiel Hilde um den Hals. Als beide Frauen sich wieder voneinander lösten, konnte Hilde nicht anders, als auch Straton zu umarmen, dem das im Beisein seiner Kameraden alles andere als angenehm war. Noch eine ganze Weile beobachteten die beiden Frauen die ankommende Streitmacht. Schon wurden die ersten Zelte vor den Toren Konstantinopels errichtet.

Die nächsten Tage und Wochen waren geprägt von klangvollen Namen. Die ersten Herren, die über die Prachtstraße zum Palast des Basileus ritten, waren Hugo von Vermandois, der Bruder des fränkischen Königs, und Herzog Gottfried von Bouillon. Ihnen folgten die Normannen: der Fürst Bohemund von Tarent in Begleitung seines Neffen Tankred. Ihre Ankunft wurde mit gemischten Gefühlen aufgenommen, da die Krieger aus Süditalien vor gar nicht allzu langer Zeit selbst gegen Byzanz ins Feld gezogen waren. Von Tankred waren Gerüchte zu hören, dass dieser grausame und jähzornige Krieger selbst an schlechten Tagen wenigstens ein, zwei Männer erschlagen würde.

Ursula und Hilde zog es immer wieder auf die Stadtmauer, und der Strom der ankommenden Streitmächte riss nicht ab.

Graf Raimund von Toulouse erreichte Konstantinopel mit einem riesigen Heer, Balduin von Boulogne und sogar ein Bischof, der zum päpstlichen Legaten ernannte Adhémar von Le Puy, kamen in die Stadt.

Straton hatte täglich Neues aus dem Palast für die unersättlichen Ohren der Frauen zu berichten. Kaum waren die ersten Ritter vor den Toren angekommen, da berichtete Straton, was er durch einen Diener erfahren hatte: „Der Kaiser hat heute während seines Mahles getobt. ‚Erst schicken mir die Lateiner einen dreckigen, stinkenden Mönch samt seinem Pöbel und jetzt Streitmächte, vor denen die ganze Stadt erzittert‘, hat der Basileus ausgerufen. Der ganze Hof und viele zusätzliche Berater sind in Aufruhr. Die Schar der ersten Wallfahrer zu zügeln und zu versorgen, hat die Stadt bereits hart an ihre Grenzen gebracht. Die nun ständig wachsende Kriegsmacht vor den Mauern muss nun zufriedengestellt werden, denn dieser Masse hätten selbst die Mauern Konstantinopels nicht lange etwas entgegenzusetzen.“

Die Angst war in der Stadt deutlich zu spüren. Waren anfangs noch viele Menschen zusammengeströmt, um die prunkvollen Adligen einziehen zu sehen, blieben nun die meisten Menschen in ihren Häusern und hofften darauf, dass alles gut ginge.

In den nächsten Tagen war Stratons Rede voll der Bewunderung für das diplomatische Geschick seines Herrschers. „Kaiser Alexios", so berichtete er, „ist klüger als die Franken. Er hat die hohen Herren empfangen und ihnen Unterstützung zugesichert unter der Bedingung, dass sie ihm gegenüber einen Lehenseid ablegten."

„Das lassen die Franken doch nicht mit sich machen", meinte Hilde dazu.

„Doch", entgegnete Straton. „Die Palastwache hat mir davon erzählt, einzig Herzog Gottfried von Bouillon weigere sich, den Eid abzulegen. Kaiser Alexios wird aber dafür sorgen, dass er es doch noch tut. Die Palastwache hat mir verraten, dass man dem Heer des Herzogs keine Lebensmittel mehr zuteilen wird, bis er vor dem Basileus niederkniet."

„Wenn das mal gut geht. Glaub mir, Straton", Hilde war sichtlich erregt, „der Herzog ist ein mächtiger Mann, und er wird nicht so einfach klein beigeben. Vor den Toren dieser Stadt lagert die vielleicht größte Streitmacht aller Zeiten, und dein Basileus ist dabei, Teile davon gegen sich aufzubringen."

Hilde sollte recht behalten. In der darauf folgenden Woche liefen schreiende Menschen durch die Straßen Konstantinopels. Die Krieger Gottfrieds hatten begonnen zu plündern, und es hieß, ein Teil des Heeres wolle den Palast angreifen.

Auch Straton musste sich von seiner Großmutter und seiner Schwester verabschieden. Der Kaiser hatte allen verfügbaren Kräften befohlen, sich den Mannen des Herzogs entgegenzustellen.

Ursula, Kyrilla und Melpomene saßen gemeinsam mit Hilde und ein paar weiteren Frauen aus der Nachbarschaft ängstlich zusammen und warteten auf Nachrichten. Keine traute sich hinaus.

„Wir haben gesiegt!" Mit diesem Ruf stürmte Straton in Kyrillas Haus. „Wir haben Gottfrieds marodierende Truppen zurückgeschlagen, und der Herzog wird sich unterwerfen. Er hat viele tapfere Männer verloren."

Straton musste wieder zu seiner Einheit, doch er versicherte den Frauen: „Ihr braucht keine Angst mehr zu haben. Kaiser Alexios hat veranlasst, dass unverzüglich damit begonnen wird, die Streitmächte über die Meeresenge zu bringen. Sind die Ritter erst einmal drüben, haben sie andere Probleme und werden sich nicht noch einmal gegen den Kaiser stellen."

Straton war bereits seit einigen Stunden wieder auf Posten, als Ursula plötzlich ein erschreckender Gedanke kam. Traurig ergriff sie beide Hände Kyrillas. „Großmutter, wenn die Heere aufbrechen, müssen Hilde und ich auch gehen. Wir haben, indem wir das Kreuz nahmen, ein Gelübde abgelegt, wir dürfen nicht länger hier bleiben." Tränen stiegen ihr dabei in die Augen. Sie hatte die alte Griechin so sehr in ihr Herz geschlossen.

Kyrilla drückte Ursulas Hände und nickte. Auch ihr fiel es schwer nach all den Monaten, in denen sie und Ursula ihr Wissen ausgetauscht hatten, die junge Frau wieder gehen zu lassen.

„Wenn es dein Weg ist, musst du ihn gehen. Vielleicht werden wir uns wiedersehen, du hast doch nicht vor, in Jerusalem zu bleiben, oder?"

„Nein, ich komme gerne wieder hierher zurück. In die Heimat zieht mich nichts, aber hier in Konstantinopel habe ich mich sehr wohlgefühlt", antwortete Ursula.

„Ihr solltet aber nichts überstürzen", mahnte Melpomene. „Straton soll sich zuerst erkundigen, wie alles geplant ist, und dann können wir sehen, wie wir euch auf ein Boot bekommen."

„Bis dahin haben wir aber genug zu tun, damit ihr ausreichend Verpflegung habt", schaltete sich Kyrilla wieder ein. „Du, Ursula, musst deine Vorräte an Kräutern und Salben überprüfen. Hilde kann sich um Essen und Trinken kümmern, wenn sie einverstanden ist."

„Ja, das hatte ich eh vor." Hilde lächelte die alte Frau an. „Du weißt sehr gut, wie bei Ursula und mir die Aufgaben verteilt sind."

Ursula war noch immer wehmütig, aber die Aufgaben des Tages nahmen sie dann doch so in Beschlag, dass sie der Trauer über den baldigen Abschied nicht weiter nachhängen konnte.

Straton kehrte erst spät am Abend in das Haus zurück. Die Lage in der Stadt hatte sich beruhigt, und am nächsten Tag würden die Ritterheere damit beginnen, ihre Überfahrt zu organisieren. So blieben Hilde und Ursula noch einige Tage.

Doch irgendwann waren alle Kräutersäckchen gefüllt, alle Tiegel gut verschlossen und verpackt und die Truhe sowie das Zelt auf dem Karren verstaut. Straton hatte sich erkundigt, wann ein Großteil der bekreuzigten Nichtkrieger übergesetzt werden sollte, und hatte auch eine günstige Stelle gefunden, an der sich Ursula und Hilde mit ihrem Gefährt in den Zug einreihen konnten.

KONSTANTINOPEL 24. MÄRZ 1097

„Wo hast du den Lederbeutel mit den Kräutersäckchen?“ Ursula lief ständig zwischen Haus und dem Karren im Hof hin und her. Sie war aufgeregt und traurig zugleich, und Hilde kam es vor, als würde ein kleines Kind versuchen, das Zubettgehen hinauszuzögern.

„Der Beutel ist mit den anderen Sachen in der Truhe“, antwortete sie ruhig und ließ die junge Freundin wieder ins Haus laufen.

„Hilde, Hilde, hast du die Schläuche nochmal überprüft?“ rief sie nun vom Innenhof herüber.

„Ja, Ursula, sie sind prall gefüllt, und es tropft nichts heraus.“

So sehr Ursula sich auch sträubte, es war Zeit, Abschied zu nehmen. Straton wartete bereits am Karren, und auch Kyrilla und Melpomene hatten sich neben dem angeschirrten Esel eingefunden.

Mit gesenktem Haupt kehrte Ursula in den Hof zurück. Sie umarmte Melpomene, und ihr liefen die ersten Tränen über die Wangen. Als sie Kyrilla in ihre Arme nahm, wurde daraus ein Weinen, das den ganzen Körper der jungen Frau erschütterte. „Kyrilla, liebe Großmutter, danke, danke für alles. Ich habe soviel von dir gelernt“, schluchzte Ursula. „So Gott will, werden wir uns wiedersehen, und dann bleibe ich bei dir. Bitte, bitte bleib gesund und pass auf dich auf. Ich komme wieder.“

Auch Kyrilla standen die Tränen in ihren hellen Augen. In all den Monaten war ihr Ursula so etwas wie eine Tochter geworden, und es schmerzte sie, sie nun gehen zu lassen. „Ursula, du bist in meinem Herzen. Wiedersehen, ja, wer weiß wann, wer weiß wo. Nimm hier, es soll dich an die alte Kyrilla denken machen.“ Sie griff unter den Kragen ihres Kleides und zog ein Schmuckstück hervor. Es war eine goldene Kette, und daran hing eine kleine goldene Scheibe, in die einige Steine verschiedener Farben eingefasst waren. Die Steine waren einfach rund geschliffen und formten ein Kreuz auf der Medaille. Kyrilla legte Ursula die Kette über den Kopf. „Das gehörte meiner Tochter, Stratons Mutter. Es wird dich beschützen und zu mir zurückbringen."

Noch einmal küsste die alte Frau Ursula auf beide Wangen, dann ging sie so schnell, wie es ihr möglich war, zum Haus. Ursula wollte ihr nachlaufen, aber Straton hielt sie am Ärmel fest. „Lass sie. Es ist für sie hart. Sie hat schon einmal eine Tochter verloren. Aber sie wird an dich denken, und der Schmerz wird vergehen. So, jetzt kommt." Straton nahm den Esel am Halfter und führte ihn aus dem Hof auf die Gasse. Ursula und Hilde folgten ihm. Noch einmal sah Ursula sich um, winkte kurz Melpomene, und ein tiefer Seufzer entwich ihrem Mund. Doch dann richtete sie ihren Blick nach vorne, und ihre Aufregung über das, was wohl kommen mochte, gewann die Oberhand.

Am Ende der nächsten Gasse, in die sie einbogen, konnten sie nun Krieger und allerlei andere Menschen sich langsam vorwärtsschieben sehen. Straton drehte sich um. „Da könnt ihr euch einreihen. Bis zum Hafen ist es nicht mehr weit. Ich muss jetzt zurück zu meinem Posten." Hilde umarmte Straton, und auch Ursula drückte den Soldaten kurz an sich. „Leb wohl, Straton. Danke für alles. Ich hoffe, wir werden uns dereinst wiedersehen." Der Abschied war kurz, und Straton ging seiner Wege. Die beiden Frauen nahmen den Esel zwischen sich und verließen die Gasse. Bei der nächsten Lücke im Zug, die sich ihnen bot, verschmolzen sie mit dem Zug runter zum Hafen. Dort lag, so wie es Ursula vor einigen Monaten schon gesehen hatte, eine Vielzahl großer Schiffe. Soldaten dirigierten die Massen zu den Planken, die von der Mole auf die Boote führten. Der Esel hatte allerdings nur wenig Lust, über die schwankenden Bretter zu gehen. Ursula und Hilde mussten ihn losmachen, und mit Hilfe einiger Männer gelang es dann doch, das Tier auf das Schiff zu ziehen. Auch ihren Karren brachten sie mit der Unterstützung anderer heil an Bord.

Sie standen dichtgedrängt zwischen Menschen und Tieren, und es wurde immer enger. Schließlich spürte Ursula, wie die Bretter unter ihr stärker zu schwanken begannen, und als sie zum Hafen zurückblickte, sah sie, wie sich die Kaimauer langsam entfernte. Die Meerenge war, da günstiger Wind in die großen Segel blies, schnell überquert. Ursula kam dieser Meerarm nicht größer als die Donau vor. Dabei hatten alle gesagt, das Meer sei viel größer und man könne sein Ende nicht sehen. Ihr blieb allerdings keine Zeit, sich weiter zu wundern. Schon hatte das Schiff den anderen Hafen erreicht, und die ersten waren über die Planken bereits wieder an Land. Hilde und Ursula hatten gemeint, der Esel würde froh das Schiff verlassen, doch er stellte sich ebenso störrisch an wie zuvor auf der anderen Seite des Wassers. Als Karren und Esel wieder festen Boden unter sich hatten, blieb den Frauen kaum Zeit zu verschnaufen. Soldaten trieben die Massen an, den Hafen zu verlassen und Platz für die Folgenden zu machen. Ursula und Hilde schirrten ihr Zugtier so schnell sie nur konnten wieder an und folgten der Menge. Sie brauchten nicht weit zu gehen, bereits nach einigen Stunden erreichten sie das neue Lager. Tausende Zelte standen da bereits. Die Zeltstadt war so groß, dass die Frauen sie nicht überschauen konnten. Vor den Zelten saßen Krieger in Kettenhemden, aber auch viele Männer ohne Rüstung, vor einem Zelt arbeitete ein Schmied am Feuer, vor einem anderen zerteilte ein Metzger ein geschlachtetes Schwein, ein Wagner saß vor einem Bock und schnitzte an einer Radspeiche. Sie kamen an einen Platz, wo Händler verschiedenste Waren anboten, es gab Früchte, Gemüse, Brot, aber auch Teller und Schüsseln aus Holz, lederne Schuhe und Kleidung, Kessel und Waffen. Hilde fragte im Vorbeigehen einen Mann, wo die Zelte der Normannen seien. Er wies ihr den Weg, und sie zog Ursula mit sich.

„Zu den Normannen?“ fragte Ursula „Sind das nicht Barbaren aus dem Norden?“

„Nein, es sind stattliche Krieger aus Sizilien und dem Süden von Rom. Ich habe ein paar davon in Konstantinopel kennengelernt. Zwischen ihren Zelten sind wir gut aufgehoben“, erklärte Hilde ihr.

Sie kamen in den beschriebenen Bereich des Heerlagers. Die Männer hier waren größer, als Ursula es kannte, und sie hatten langes, teils in Zöpfe gelegtes Haupthaar und lange, wilde Bärte. Ihre Zelte waren braun-rot, und es standen viele mächtige Schilde vor den Eingängen. Sie fanden einen Platz hinter einer Reihe der Zelte und begannen, ihr eigenes Lager aufzuschlagen. Nachdem sie die Planen gespannt hatten, entluden sie ihren Karren. Hilde schirrte den Esel aus und brachte ihn zu einer Koppel, in der bereits andere Saumtiere standen. Mehr war an diesem Tag nicht zu tun. Sie errichteten sich noch eine Feuerstelle.

„Für Holz werden wir ein Stück laufen müssen", seufzte Hilde. „In der Nähe des Lagers wird es sicher nichts mehr geben."

Sie machten sich auf und mussten noch Hunderte Zelte passieren, bevor sie an den Rand des Lagers gelangten. Hilde hatte recht. Hier in der Nähe der Zelte gab es keinen Baum, keinen Strauch oder Ast mehr. So liefen sie weiter, bis sich aus dem Gras und Gestrüpp wieder Büsche und einige niedrige Bäume erhoben. Sie brachen Äste von den Bäumen und sammelten alles trockene Holz, das sie finden konnten, vom Boden auf. Schwer bepackt machten sie sich dann wieder auf den Rückweg, und ohne Hilde hätte Ursula nie mehr zu ihrem Zelt zurückgefunden. Während Ursula sich um das Feuer kümmerte, ging Hilde nachsehen, ob sie einen ihrer Bekannten fände. Da Ursula nicht tatenlos rumstehen mochte, begann sie schon einmal damit, das Abendmahl vorzubereiten. Auch an den Feuern der anderen sah sie Frauen und Männer, die in Kesseln rührten oder Fladenbrot bereiteten.

Sie hatten Brot mitgenommen, und so kochte Ursula eine Suppe aus Wurzeln, einem Schweineknochen mit reichlich Fleisch daran und jungen Zwiebeln.

Hilde blieb lange weg, und als sie endlich wieder zwischen den Zelten auftauchte, war die Suppe schon beinahe fertig.

„Wo bist du so lange gewesen?" fragte Ursula, der das Alleinsein zwischen all den Fremden nicht besonders angenehm gewesen war. „Ich habe mir schon Gedanken gemacht, ob du dich vielleicht zwischen all diesen Menschen verlaufen hast."

„Ich habe die Kerle wirklich wieder gefunden." Hilde war bester Laune. „Sie haben mich auf ein Becherchen Wein eingeladen und mir erzählt, wie es weitergehen soll."

„Und?" Ursula machte keinen Hehl aus ihrer Neugierde. „Erzähl schon."

„Es wird wohl noch einige Tage dauern, bis das gesamte Heer hier angekommen ist. Ein Bischof und Bohemund, der Führer der Normannen, wollen dann alle Heerführer zusammenrufen und sich beraten. Wahrscheinlich wird die Streitmacht zuerst zu der Stadt Nikaia ziehen. Auf dem Weg dorthin liegt ein Lager der Griechen. Mit ihnen gemeinsam wollen sie die Stadt angeifen. Die Männer sind heiß darauf, nach dem langen Marsch endlich ihre Schwerter zu schwingen. Die Stadt ist von Fremden besetzt. Kundschafter haben berichtet, es gäbe noch ein Heer, das weiter im Osten stände und vielleicht angreifen könnte, wenn wir die Stadt erreicht haben. Die Männer machen sich aber keine Sorgen deswegen."

„Das bedeutet, wir werden hier über eine Woche bleiben." Ursula überlegte. „Dann werden wir einen Teil unserer Vorräte bereits verbraucht haben, bevor wir wirklich aufbrechen."

„Wir können uns bei den Normannen durchschlagen. Ich kenne zwei von ihnen schon recht gut, und zwei so hübsche, saubere Weiber wie wir sind an deren Feuer sicherlich willkommen. Wir müssen nur ein wenig nett zu ihnen sein." Hilde zwinkerte Ursula vielsagend zu, und diese verzog ihr Gesicht.

„Komm schon, Ursula, ein bisschen Spaß wird auch dir gut tun. Es sind anständige Kerle, und sie sehen noch nicht einmal schlecht aus."

„Heute gibt es aber hier zu essen. Lass mir ein wenig Zeit und gib mir Gelegenheit, deine Freunde erst selber zu beurteilen. Dann sehen wir weiter."

Ursula war der Gedanke nicht angenehm, sich an fremde Männer zu verkaufen. Manchmal verspürte sie schon Lust, aber sie musste dabei immer an Ludger und nicht zuletzt an ihre tote Tochter denken. Aber irgendwie mussten sie ja ihr Leben bestreiten. Selbst wenn sie sparsam waren, würden die Vorräte aus Konstantinopel nicht viel länger als von einem Vollmond zum nächsten reichen. Insofern war das ein oder andere Spiel mit einem zahlenden Mann sicherlich ein kleineres Übel, als hungern zu müssen.

Nach dem Essen kümmerte sich Hilde um Löffel und Schalen, während Ursula Asche über die Glut des Feuers häufte. Dann krochen die Freundinnen auf ihre Strohsäcke. Nicht nur dieses nach all den Monaten bei Kyrilla ungewohnte Lager, sondern auch die Geräusche um sie herum ließen sie lange auf den Schlaf warten.

Der folgende Tag zog sich zäh dahin. Ursula und Hilde hatten so wie die meisten anderen im Lager nichts zu tun. Zwischendurch gingen sie zweimal Holz holen, um einen Vorrat zu haben. Sie hielten die Glut ihres Feuers klein und verbrachten die meiste Zeit vor ihrem Zelt hockend. Fremde kamen vorbei, und es gab immer irgend etwas zu sehen. Als es auf den Abend zuging, schlug Hilde vor, zu den Normannen zu gehen. „Komm, Ursula, du musst dich ja nicht sofort zu irgendeinem Kerl auf das Lager werfen, aber alleine die Aussicht, du könntest ihnen zu Gefallen sein, wird den Normannenkriegern ein Abendbrot und einige Becher Wein wert sein."

Ursula folgte Hilde, die ohne Eile zwischen den Zeltreihen hindurchschlenderte. Schließlich steuerte Hilde auf ein bestimmtes Zelt zu. Vor dem Feuer, das von mehreren Zelten genutzt wurde, saßen einige Männer.

„Jocelin, ich grüße dich!" rief Hilde einem zu. „Wo ist Ailwin? Ich habe meine Gefährtin Ursula mitgebracht."

„Komm her, Hilde, setzt euch zu uns. Zwei schmucke Weiber sind uns immer willkommen. Ailwin ist bei den Pferden, er wird aber sicherlich bald wieder auftauchen. Spätestens, wenn er den Bratenduft unseres Zickleins hier in die Nase bekommt."

Hilde zog Ursula an der Hand hinter sich her und setzte sich neben Jocelin an das Feuer. Auch Ursula setzte sich, aber nicht ohne zu bemerken, dass nicht nur Hildes Freund all ihren Bewegungen mit den Augen folgte. Sie spürte, wie sie rot wurde.

Jocelin reichte beiden Frauen Becher. „He, reicht den Weinschlauch rüber", rief er. „Hilde und ihre Freundin haben sicher Durst."

„Habt ihr auch Wasser?" Ursula fürchtete den Wein. Die Männer lachten, aber sie reichten auch einen tönernen Krug mit Wasser zu den Frauen. Ursula füllte etwas Wein in ihren Becher und goss dann Wasser dazu. „Lacht ihr nur", sagte sie laut vor sich hin. „Ich habe Durst und kein Verlangen danach, jetzt gleich die Herrschaft über meine Sinne zu verlieren."

Lautes Gelächter war die Antwort der Männer darauf, aber sie respektierten die Handlungsweise der hübschen, jungen Frau.

„Ailwin, schau, Hilde ist wieder da", rief Jocelin plötzlich, „und schau, ihre Gefährtin hat sie auch mitgebracht."

Ein junger Mann trat zur Feuerstelle. Er hatte dunkles, glattes Haar, sein Bart war gestutzt, und über einer ledernen Hose trug er ein weites Hemd. An seinem Gürtel hingen ein beachtliches

Schwert und ein Dolch. Er nahm den Gürtel ab und setzte sich neben Ursula.

„Ich grüße dich“, sprach er sie an. „Man nennt mich Ailwin; und wie heißt du?“

„Ursula.“

„Du ziehst mit Hilde?“

„Ja.“ Ursula hielt ihren Blick gesenkt. Sie traute sich nicht, dem jungen Mann in die Augen zu schauen.

„Hilde, du hast uns verschwiegen, dass deine Freundin so hübsch ist“, rief Ailwin.

„Ja, sie ist eine Augenweide, aber wenn du dich nicht benimmst, wird sie dir das Gesicht zerkratzen“, erwiderte Hilde, und die Männer lachten.

Langsam taute Ursula in der gutgelaunten Runde auf. Die Männer langweilten sich nicht weniger als die Frauen. Sie witzelten darüber, wie lange es noch bis zum Aufbruch dauern würde und wie sie sich den Feinden gegenüber beweisen wollten. Einer von ihnen war aufgestanden und hatte damit begonnen, die äußere Schicht Fleisch von dem Zicklein herunterzuschneiden. Die Fleischstücke wurden alle auf einen großen Teller gegeben, der dann durch die Reihen gereicht wurde. Ähnlich wurde mit dem Brot verfahren. Jeder riss sich ein Stück ab und gab den Rest weiter an seinen Nebenmann. Das Fleisch schmeckte vorzüglich, und Ursula kaute mit vollen Backen. Schweigend neben Ailwin zu sitzen, erschien ihr ungehörig, und sie überlegte, worüber sie mit dem attraktiven Mann reden könnte. Der volle Mund gab ihr Zeit, und als sie den letzten Brocken geschluckt hatte, war da auch eine Frage, die sie stellen mochte: „Warum ziehst du mit in das Heilige Land?“

Ailwin stutzte, auf diese Frage war er nicht gefasst gewesen. „Hm“, auch er kaute noch, „weil mein Herr es befohlen hat.“

„Wer ist dein Herr?“

„Tankred von Tarent, der Neffe von Bohemund.“

„Machst du alles, was dein Herr dir sagt?“

„Ich bin Krieger, ich kann nichts anderes. Vielleicht finden wir hier Möglichkeiten, Land zu nehmen. Die verdientesten Ritter werden daran teilhaben. Ich könnte mir vorstellen, hier über mein eigenes Gut zu herrschen“, wich Ailwin der Frage aus. Er war aber auch nicht auf den Mund gefallen und konterte mit einer Gegenfrage: „Und warum ziehst du mit?"

Ursula überlegte kurz, ob sie dem Mann ihre wahren Gründe darlegen sollte. Entschied sich dann, ihre Antwort vage zu formulieren: „Ich habe weder Herrn noch Besitz, und ich bin eine Sünderin. Deswegen hoffe ich auf die Vergebung und darauf, auf dieser Wallfahrt mein Glück zu finden."

„Dein Glück? Was ist dein Glück?"

„Etwas Geld, etwas Hab und Gut und ein Heim", antwortete Ursula.

„Keinen Mann?" Ailwin grinste.

Ursula lächelte ihn an. „Vielleicht auch einen Mann, doch deswegen bin ich nicht hier. Aber wer weiß, die Heere sind groß, die Zahl der Männer, die mitgehen, riesig, wenn Gott es so fügt, ist der Richtige dabei."

Alwin lachte. Ursula mochte die Fröhlichkeit in seinem Gesicht. Der Weinschlauch wurde wieder herumgereicht, und Ursula ließ sich von Ailwin nachschenken. Beide prosteten sich zu, und Ursula schaute ihm zum ersten Mal in die Augen. Sofort spürte sie, wie ihr das Blut zu Kopfe stieg, und schlug die Augen nieder.

Hilde war guter Dinge. Sie hatte reichlich Wein getrunken und lag nun in den Armen Jocelins. Ursula wusste, sie brauchte sich um die Freundin nicht sorgen, aber sie selbst wurde langsam müde. Vielleicht war das auch der Wein. Konnte sie jetzt einfach aufstehen und gehen? Hilde bemerkte den gedankenvollen Blick Ursulas. Sie beugte sich zu ihrer Freundin und fragte: „Ursula, was ist, was hast du für trübe Gedanken?"

„Ich bin müde, weiß aber nicht, ob ich einfach aufstehen und gehen kann, oder ob unsere Gastgeber erwarten, dass ich bleibe", flüsterte Ursula ihr zu.

„Nein, nein, das ist schon in Ordnung. Bedank dich laut und sag, dass du müde bist. Keiner wird es dir übelnehmen."

Ursula nickte, wartete aber noch etwas. Dann trank sie den letzten Schluck aus ihrem Becher und stand auf. „Ich danke euch für Speis und Trank", sagte sie mit fester Stimme. „Doch jetzt bin ich müde. Gute Nacht."

Die meisten schauten nur kurz auf und nickten. Ailwin war auch aufgestanden. „Gute Nacht, Ursula", sagte er und schaute ihr dabei wieder tief in die Augen. „Gute Nacht“, antwortete Ursula und beeilte sich, aus dem Schein des Feuers zu kommen, damit Ailwin ihr Erröten nicht sehen konnte. Langsam ging sie zwischen den Zelten hindurch und versuchte, sich an den Hinweg zu erinnern. Es war schon recht dunkel, und sie fürchtete, das eigene Zelt nicht wiederzufinden. Plötzlich hörte sie hinter sich Schritte. Erschrocken drehte sie sich um. Es war Ailwin. „Ursula, ich begleite dich“, sagte er einfach und ging neben ihr her. Ursula fand das Zelt und wollte sich verabschieden, doch der junge Normanne hatte anderes im Sinn. Er schlang seine Arme um die junge Frau und küsste sie. Ursula hatte sich bereits gedacht, dass Ailwin mehr wollte, als sie nur bis zum Zelt zu begleiten. Sie mochte ihn, und die Wärme, die seine Küsse jetzt in ihr auslösten, gefiel ihr sehr. Lange hatte sie nicht mehr so empfunden. Sie erwiderte seinen Kuss und zog ihn mit sich in das Zelt. Seine warmen Lippen auf der Haut ihres Halses ließen sie erschauern. Sie ließ sich einfach fallen. Er hielt sie, trat einen Schritt vor und erreichte ihre Strohsäcke. Langsam ließ er Ursula auf das Lager gleiten und küsste sie zärtlich.

Als sie aufwachte, schnarchte Hilde auf ihrem Lager, und sie lag allein da. Doch, wo Ailwin zuletzt gelegen hatte, fand sie einen silbernen Reif, der mit regelmäßigen, verschlungenen Linien verziert war, und zwei kleine, goldene Münzen. Ursula dachte an die Nacht zurück, ihre Erregung und all das, was sie gefühlt hatte. Sie mochte Ailwin, aber dass er nun nicht neben ihr lag, störte sie nicht. Es war einfach schön gewesen, und ihr Körper hatte sich danach gesehnt.

Sie stand leise auf, schob sich den Reif über die Hand und tat die Münzen in das Säckchen, in dem sie auch ihre beiden Holzfigürchen aufbewahrte. Vor dem Zelt fand sie noch ein wenig Glut unter der Asche des Feuers und legte dünne Ästchen nach. Sie füllte Wasser in den Kessel und stellte ihn in die Flammen. Ihr war nach einem Aufguss mit getrockneten Hagebutten und Brombeerblättern. Außerdem sollte sie sich auch das Frauenrezept zubereiten, das Ester ihr dereinst anvertraut hatte. Leise kehrte sie in das Zelt zurück, suchte in der Truhe nach den richtigen Kräutersäckchen und nahm auch gleich zwei Schalen mit nach draußen. Hilde schnarchte noch immer. Ursula setzte sich mit dem Hocker an das

Feuer und wartete darauf, dass das Wasser im Kessel zu sieden begann. Langsam erwachte das Lager um sie herum. Männer und Frauen krochen aus den Zelten, Feuer wurden angeschürt, erste Stimmen erklangen, ein Baby schrie, und nur wenig später erfüllte die Geräuschkulisse des Tages die Luft.

Auch Hilde kam nun aus dem Zelt. Dankbar nahm sie die Schale mit dem Getränk entgegen und setzte sich zu Ursula. „Oh, ich habe zuviel Wein genossen", jammerte sie, „mein Kopf schmerzt." Dann erinnerte sie sich an etwas, schaute auf und zwinkerte ihrer Freundin zu. „Das war eine lebhafte Nacht." Beide lachten. Hilde entdeckte die Schale, in der Ursula Esters Rezept bereitet hatte. „Ach, schau mal an", sagte sie mit betont unschuldiger Miene. „Das hast du doch sicherlich nur für mich gemacht, oder?" Ursula spürte, dass sie errötete, und lachte mit Hilde. „Nein, aber wenn du artig bittest, gebe ich dir vielleicht etwas ab."

Hilde machte einen kindlichen Schmollmund. „Bitte, bitte", sagte sie und faltete die Hände. Lachend lagen sich die Freundinnen einen Moment später in den Armen. Ursula zeigte Hilde den Armreif, doch von den Münzen sagte sie nichts. Hilde musste ja nicht alles wissen. Von diesem Tag an waren beide häufiger zu Gast am Normannenfeuer. Dann endlich kam der Tag, an dem sich die Fürsten und Heerführer auf Geheiß des Bischofs Adhémar von Le Puy versammelten. Zwei Tage später bliesen die Hörner an allen Enden des Heerlagers zum Aufbruch.

Es dauerte länger als einen Tag, bis wirklich alle unterwegs waren. Ursula staunte jedesmal aufs Neue, wenn sie von einem Hügel oder einer Wegbiegung aus große Teile des Zuges überschauen konnte. Das Bild dieser vorwärtsstrebenden Massen – die großen Abteilungen Reiter, das folgende Fußvolk und dazwischen die großen, von mehreren Ochsen gezogenen Fuhrwerke – hatte etwas Ehrfurchtgebietendes an sich. Und Ursula fühlte so etwas wie Stolz, dazuzugehören. Sie liefen etwa in der Mitte des Zuges, hinter den Wagen und Tieren der Normannen. Die Strecken, die sie täglich zurücklegten, waren ohne weiteres zu bewältigen, und die Stimmung der Wallfahrer war gut. Die Krieger, Ritter und Bogenschützen waren voller Erwartung auf die von ihnen zu vollbringenden Heldentaten. Die Priester und Mönche stimmten immer wieder Gebete und Gesänge an, in die das Volk teilweise mit einfiel. Unter den Frauen, Handwerkern und all den vielen anderen wurde beim Marsch geplaudert, gesungen und gelacht. Belastend war in diesen Tagen nur der Staub, den viele Tausend Hufe und Füße aufwirbelten, der alle einhüllte, manchmal das Atmen erschwerte und allabends aus den Kleidern geklopft werden musste.

Sie waren bereits eine ganze Anzahl Tage unterwegs, da stießen die Truppen Kaiser Alexios' zu ihnen. Sie brachten neben mehreren hundert Soldaten eine große Menge Fuhrwerke mit Heu und Hafer für die Pferde. Nach ein paar Wochen erschienen am Horizont die Mauern einer stark befestigten Stadt. Sie hatten ihr erstes Ziel erreicht: Nikaia. Hilde und Ursula erfuhren, dass die Truppen der Griechen von General Tatikios angeführt wurden. Ein Lager wurde errichtet. Die Soldaten und Ritter zogen vor die Mauern der Stadt und schlossen diese ein. Von den Mauern herab wurden sie nur spärlich beschossen. Durch Spione und Kundschafter erfuhren nicht nur die Fürsten davon, dass der Sultan der Stadt, Kilic Arslan, seine Streitmacht gegen Völker aus dem Osten geführt hatte, von Mund zu Mund drang die Nachricht bis zum letzten Wallfahrer und ließ auf eine baldige Einnahme der Stadt hoffen. Doch die Mauern waren hoch, und man war sich über die Vorgehensweise wohl nicht einig. So richteten sich alle auf einige Wochen des Belagerns ein.

NIKAIA
19. MAI 1097

Laute Rufe und Aufruhr schreckten die Frauen, die sich im Lager langweilten, auf. Durch die Zeltreihen drang die Nachricht von einem herannahenden feindlichen Heer. Die Aufregung ergriff alle, doch als sich eine Streitmacht von mehreren Tausend Rittern aus dem Belagerungsring löste, um sich dem Feind entgegenzuwerfen, keimte wieder Hoffnung auf.

Bereits drei Tage später kehrten die Ritter zurück, und Gejohle sowie die auf Lanzen gespießten Köpfe einiger Feinde kündeten von einem schnellen Sieg. Man hatte das Heer des Sultans, welches auf den massiven Angriff der Ritter nicht vorbereitet gewesen war, in die Flucht geschlagen. Von dem raschen Sieg beflügelt und nun voller Tatendrang erhöhten die Truppen den Druck auf die Mauern. Ursula erfuhr von einem Knappen, dass Kaiser Alexios selbst Schiffe über Land hatte ziehen lassen, um über den See hinter der Stadt den Belagerungsring um Nikaia vollends zu schließen. Alle im Lager sprachen von dem Reichtum hinter den Mauern. Diese hielten allerdings auch den stärkeren Angriffen der Heere stand. So entschloss man sich, die Stadt auszuhungern. Durch die Schiffe des Basileus konnte niemand mehr in die Stadt hinein, und so würden ihr irgendwann die Vorräte ausgehen.

VOR DEN TOREN NIKAIAS
20. JUNI 1097

Ursula und Hilde wurden durch wildes, wütendes Gebrüll geweckt. Sie rafften sich rasch von ihrem Lager auf und traten vor das Zelt. Den Blicken und ausgestreckten Armen der wild gestikulierenden Normannen in ihrer Nähe folgend sahen sie hinauf zur Stadt. Auf den Zinnen der Mauern wehten die Banner Konstantinopels. Hatte es in der Nacht, während sie schliefen, einen erfolgreichen Angriff gegeben? Und weshalb war jetzt so ein Geschrei zwischen den Zelten? Ursula verstand nicht, was vorgefallen war, und es brauchte den ganzen Tag und die Bruchstücke vieler unterschiedlicher Berichte der Männer, die an ihrem Zelt vorbeikamen, bevor sie und Hilde sich einen Reim auf alles machen konnten.

Alexios, der Kaiser, war in der Nacht mit seinen Schiffen über den See in die Stadt eingedrungen und hatte diese wohl auch mit großem Verhandlungsgeschick erobert. Den Seldschuken und ihren Befehlshabern hatte Alexios freien Abzug gewährt, und so waren die Feinde, ohne einen Tropfen Blut zu opfern, verschwunden. Nun waren die Ritterheere vor der Stadt ihrer Beute beraubt. Nicht wenige hatten sich bereits in den Mauern reichliche Beute an Essen und Trinken und auch Geld und Schmuck erhofft. Doch die Heerführer hatten sich bereits in Konstantinopel dem Kaiser gebeugt und Lehenstreue geschworen. So war Nikaia plötzlich nicht mehr eine Stadt der Feinde, sondern Teil des byzantinischen Reiches. Die Wut schwappte durch das Lager wie eine Flutwelle, und nicht wenige Männer hätten die Stadt jetzt erst recht angegriffen. Doch die Mauern waren nach wie vor schwer einnehmbar, und auf ihnen thronten nun die Soldaten des Kaisers.

Auch in den folgenden Tagen wurde das Murren in den Heeren nicht weniger. Zwar brauchte man jetzt nicht zu kämpfen, aber mit der Entsatzung der Stadt und dem Öffnen der Tore hatten die Einwohner und Händler in weiser Weitsicht die Preise für alles verdoppelt. So mussten die Ritter all das, was sie dringend brauchten und nicht hatten erobern können, obendrein auch noch doppelt bezahlen. Etwas Ruhe kehrte erst dadurch ein, dass, so konnte Ursula es von einem Knappen erfahren, der Kaiser den wallfahrenden Heeren Verstärkung durch seine eigenen Truppen und seinen angesehenen Heerführer Tatikios auch auf dem weiteren Weg zusagte. Da nun an diesem Ort nichts mehr zu holen war, bliesen die Hörner aller Züge wieder zum Aufbruch. Hilde und Ursula beeilten sich, ihren Karren zu bepacken, doch als sie bereit waren, loszuziehen, trat eine Verzögerung ein. Um den riesigen Heerzug besser versorgen zu können, hatten die hohen Herren beschlossen, die Heere und ihren Tross zu trennen. Die Griechen unter Tatikios und die Normannen Bohemunds sollten zusammen vormaschieren, die restlichen Heere würden dann mit etwa einem halben Tag Abstand folgen. Hilde und Ursula, die seit Nikaia bei den Normannen ihr Zelt aufgeschlagen hatten, zogen mit der Vorhut los.

Der Weg wurde immer beschwerlicher, und einen ausreichenden Lagerplatz zu finden, war unmöglich. Nacht für Nacht blieben alle, wenn abends die Hörner das Signal zur Rast gaben, dort, wo sie gerade waren, stehen, suchten sich in näherer Umgebung etwas Holz für das Feuer und ließen sich auf dem Weg nieder. Wohl fühlte sich niemand dabei. Immer wieder drangen Gerüchte bis an die Ohren der Frauen, dass Kundschafter häufig Späher und kleinere Gruppen Seldschuken gesichtet hätten. Und all die Ritter und Pilger in dem langgezogenen Tross, dessen Anfang Ursula selbst dann, wenn sich die Menschen in mehreren Windungen einen Hang hinabbewegten, genausowenig sehen konnte wie dessen Ende, fürchteten die ganze Zeit einen Angriff auf die schutzlosen Flanken des Zuges.

DORYLAEUM
1. JULI 1097

Sie waren bereits einige Tage von Nikaia entfernt, da tat sich vor ihnen ein breites Tal auf. Bohemund und Tatikios ließen ihre Reiter aufschließen. Da es nun mehr Platz gab, nebeneinander zu reiten, wollten sie ihren Heerzug so verkürzen und kompakter machen. Ganz vorne ritten mehr als zwanzig Reiter nebeneinander, gefolgt von mehreren gleichstarken Reihen. Die Flanken des Zuges wurden von einer langen Doppelreihe Ritter gesichert. Auch nach hinten begaben sich Ritter. Die Kampfrösser, die Ersatzpferde und alle anderen Tiere, die mitzogen, wurden ganz in die Mitte genommen. Um sie herum formierten sich berittene Knappen und das Fußvolk. Hinter den Tieren folgten die Wagen der Ritter und der übrige Tross. Sie hatten die Mitte des Tales noch nicht erreicht, als einige Späher herangeprescht kamen. Im Tal erkannte Ursula eine Staubwolke. Laut und erschreckend erschollen die Hörner. Sie wurden angegriffen. Ursula sah sich wild um: Von wo kam der Feind? Da verdunkelte schon die erste Wolke Pfeile den Himmel über ihnen. Warnungen wurden gebrüllt, und wer ein Schild besaß, riss es hoch. Ein Geschoss schlug direkt vor Ursulas Füßen in den Boden ein. Schon waren erste Schmerzensschreie zu vernehmen. Die Soldaten brüllten Befehle. So gut es in dem allgemeinen Durcheinander des ersten Schreckens ging, wurden die Wagen schützend um die Tiere herumgestellt. Ursula und Hilde fanden eine Lücke zwischen zwei Wagen und schoben ihren Esel hindurch. Ihr Karren hatte die richtige Größe, diese Lücke zu verschließen. Nervös und aufgeregt rumorten die eingepferchten Tiere. Hilde und Ursula taten es den anderen gleich und krochen unter die Wagen. Die Pfeilwolken schienen von allen Seiten zu kommen, doch aus der Ferne im hohen Bogen geschossen hatten sie nicht allzu große Durchschlagskraft, und die Schilde der Soldaten fingen viele Geschosse ab. Die Staubwolke, die Ursula gesehen hatte, war nun viel näher, und aus ihr lösten sich nun Unmengen von Reitern. Sie stürmten heran, hielten kurz inne, um einen Pfeil vom Bogen schnellen zu lassen, und waren schon wieder außer Reichweite für die Bogenschützen der Normannen. In immer neuen Wellen ritten die Seldschuken auf ihren kleinen wendigen Pferden heran und ließen hunderte von Pfeilen auf die Umzingelten herniederprasseln. In der Ferne hinter dem Sturm der Reiter konnte Ursula immer wieder das Aufblitzen von Waffen und Rüstungen wahrnehmen. Da warteten wohl die restlichen Truppen des Sultans. Einige Ritter versuchten dem Feind nachzujagen, wurden aber von den wendigen Reitern in die Zange genommen und von beiden Seiten im Pfeilhagel niedergestreckt. Die Ritter waren mittlerweile alle abgesessen. Knappen rannten mit den Reisepferden zu den anderen Tieren, während andere die Kampfrösser sattelten. Die Ritter hatten mit Schilden und Lanzen einen Schutzwall gegen die feindlichen Reiter rund um den gesamten Heerzug aufgebaut. Offensichtlich ließen es die Seldschuken nicht auf einen Nahkampf ankommen. Ein Ritter kam an den Wagen, unter dem Ursula und Hilde Schutz gesucht hatten. „Ihr da!“ brüllte er sie an. „Wir müssen so lange wie möglich standhalten. Füllt Schläuche mit Wasser und Wein. Wenn ich euch ein Zeichen gebe, kommt ihr nach vorne und bringt sie den Kriegern. Auf dem Rückweg könnt ihr Verwundete mitnehmen und sie verbinden.“ Wieder sirrten Pfeile durch die Luft, und der Ritter konnte gerade noch rechtzeitig sein Schild hochreißen. Dumpf schlug der Pfeil dagegen, und das Holz des Schildes splitterte. Bedrohlich ragte die Spitze aus der Rückseite des Schildes heraus. Die folgende Pause im Beschuss nutzte der Ritter, um wieder nach vorne zu eilen. Ursula und Hilde gaben sich Mühe, ihn nicht aus den Augen zu verlieren. Ursula krabbelte unter dem Wagen hervor und fragte den Nächstbesten, wo das Wasser der Ritter sei. „In den Fässern auf dem Wagen“, rief ihr jemand zu. Auf dem gemeinten Wagen kauerte bereits ein Knappe und holte leere Schläuche zwischen den Fässern hervor. Gemeinsam mit ihm füllte Ursula einen Schlauch nach dem anderen und reichte ihn Hilde unter dem Wagen. Immer wieder mussten sie sich ducken. Hilde rief: „Ursula, komm! Wir sollen jetzt das Wasser bringen.“ Ursula hängte sich so viele Wasserschläuche wie möglich um. Sie warteten eine Pfeilwolke ab, und kaum hatten die Geschosse eingeschlagen, rannten sie los. Auf halber Strecke lag ein Mann mit einem Pfeil in der Brust reglos neben seinem Schild. Ursula griff ihn sich und hielt ihn über sich selbst und Hilde. Sie rannten, bis sie gegen die hinterste Reihe der Ritter stießen. Man reichte die Schläuche durch die Reihen, und die Frauen warteten voller Angst, bis die geleerten Behälter zurückkamen. Zwei Verletzte wurden ihnen anvertraut. Der eine hatte einen Pfeil im Oberschenkel stecken. Der andere blutete heftig aus einer klaffenden Wunde an seiner Schläfe. Beide konnten noch ganz gut laufen und hatten einen Schild. Sie duckten sich zu viert unter die beiden Schilde und traten den Rückweg an. Ursula kam es wie eine Ewigkeit vor, bis sie sich wieder im Schutze des Wagens befanden. Hilde kümmerte sich bereits um den Mann mit der Wunde am Kopf. Ursula reichte die leeren Schläuche zum Füllen auf den Wagen und kniete sich dann neben den Mann mit dem Pfeil im Bein. „Da kannst du nichts machen." Der Mann schüttelte den Kopf. „Den muss der Bader rausschneiden." Ursula sah sich das Bein genauer an. Der Pfeil war nicht in der Mitte des Schenkels eingedrungen, sondern etwas seitlich davon. Vorsichtig tastete Ursula den Muskel ab. Dann bewegte sie vorsichtig den Pfeilschaft ein kleines bisschen. Der Mann schrie auf. „Bist du noch bei Trost?" Ursula sah ihm fest in die Augen. „Der Pfeil hat deine Knochen verfehlt. Er steckt zu tief, um ihn rauszuziehen. Aber wir können ihn durchstoßen." Die Augen des Mannes weiteten sich. Ursula rief den Knappen vom Wagen zur Hilfe. „Halt ihn fest", befahl sie und wunderte sich über ihren eigen Ton. Sie nahm ihr Messer und hielt dem Ritter den Griff hin. „Hier, beiß darauf." Als der Mann den Griff zwischen den Zähnen hatte, brach Ursula mit einer schnellen Bewegung den Pfeilschaft ab. Sie wartete gar nicht erst, bis sich der Ritter vor Schmerz aufbäumen konnte, und schlug mit einem faustgroßen Stein auf den aus dessen Schenkel noch hervorschauenden Rest des Pfeiles. Der Knappe hatte alle Mühe, den Ritter zu bändigen. „Halt still!" brüllte Ursula den Mann an. „Es ist gleich geschafft." Ursula umfasste die Spitze des Pfeils, der auf der Rückseite des Schenkels ausgetreten war, mit einem Tuch. Dann hob sie das Bein des Mannes und stemmte sich mit einem Fuß dagegen. Mit einem kräftigen

Ruck riss sie den Rest aus der Wunde. Der Ritter verlor das Bewusstsein. Der Knappe schaute Ursula bestürzt an. „Du kannst ihn loslassen. Schnell, habt ihr Tuch auf dem Wagen?“ Der Kerl nickte und kletterte hinter dem Ritter hervor. Kurz darauf reichte er Ursula etwas Stoff. Ursula riss ihn in Streifen und verband das Bein des Ritters. Rechts und links von sich konnte sie sehen, wie immer mehr Männer hinter die Wagen gebracht wurden. „Wasser!“ kam erneut der Ruf aus den Reihen der Kämpfenden. Hilde und Ursula machten sich wieder auf den Weg. Diesmal hatte jede ihren eigenen Schild. Doch Ursula hatte die Wucht der Pfeile unterschätzt. Ein Geschoss, das ihren Schutz traf, riss ihr den Schild beinahe aus der Hand. Auf dem Rückweg hängte sie ihn sich über den Rücken, so wie sie es bei einigen Rittern gesehen hatte. Der ganze Tross war jetzt in eine dichte Staubwolke eingehüllt, die die Hufe der immer wieder heranpreschenden Reiter aufwirbelte. Als Ursula hinter den Wagen kroch, ergriff eine Faust ihr Handgelenk. Erschrocken fuhr sie herum und sah in das grinsende Gesicht des Normannen, dem sie den Pfeil entfernt hatte. „Danke“, sagte er schlicht und reichte Ursula seinen Schlauch. Ursula war von der Aufregung, dem Rennen und dem Staub sehr durstig. Sie setzte an und hatte schon mehrmals geschluckt, als sie merkte, dass es kein Wasser, sondern Wein war. Für einen Moment hatte sie das Gefühl, es fließe wie heißes Blut durch ihre Adern, doch dann fühlte sie sich gestärkt. Der Mann nahm den Schlauch wieder an sich und ließ sie los. Er lächelte noch immer. Und Ursula wusste nun auch, warum.

Die Seldschuken schienen zu glauben, das gesamte Wallfahrerheer eingekesselt zu haben. Wer, wenn er nicht von den Zinnen Konstantinopels aus die Verschiffung aller Ritter mit angesehen hatte, hätte sich auch vorstellen können, dass die Pilgerheere mehr als doppelt so groß waren wie die Vorhut aus Normannen und Griechen? Sie ritten immer noch um die Eingekesselten herum, als diese bereits in der Ferne den erlösenden Klang der fränkischen Hörner hörten. Die gepanzerten Ritter und alles Fußvolk des nachfolgenden Heerzuges hatten sich bereits in Bewegung gesetzt. Aufgereiht über die ganze Breite des Tals stürmten sie heran, und so, wie Wasser in einer Rinne den Staub wegspült, drangen die gepanzerten Reiter der Franken in mehreren Reihen vor und spülten die erschrockenen Feinde vor sich her. „Deus lo vult!“ brüllten die Befreiten, und die Ritter hetzten zu ihren gesattelten Schlachtrössern. „Deus lo vult!“ brüllten mehr als zehntausend Männerkehlen und setzten den Seldschuken hinterher. „Deus lo vult!“ schrien nun auch die Frauen und Kinder, kletterten auf die Wagen und sahen den Rittern hinterher. Zuletzt versank alles in einer noch größeren Staubwolke, die die Kämpfe Mann gegen Mann aufwirbelten. Ursula und mit ihr alle anderen saßen erschöpft zwischen den Wagen und hörten nur noch das Brüllen und Schreien der Kämpfenden. Es dauerte erstaunlicherweise gar nicht lange, bis sich die ersten Reiter aus der Staubwolke lösten, ihnen entgegenritten und den Sieg verkündeten. „Deus lo vult!“ ertönte es wie bei Schlachtbeginn nun als Siegesruf aus allen Kehlen. Ein Knappe, dem Hilde Wasser zu trinken gab, berichtete außer Atem, dass die Ungläubigen vernichtend geschlagen worden waren und die Flucht ergriffen hätten, und dass den Heeren die gesamten Vorräte, Tiere und Schätze der feindlichen Kriegsmacht in die Hände gefallen waren. Jetzt würden die Krieger sich sammeln, um die Beute gerecht zu verteilen. Das Volk dürfe nun auf das Feld gehen, Verwundete bergen und, was sonst noch übrig war, einsammeln.

„Komm, Ursula, rasch.“ Hilde trieb jetzt zur Eile an. „Wir müssen zu den Normannen, dort sind unser Esel und der Karren sicher. Dann können wir sehen, was für uns übriggeblieben ist.“ Sie wusste, wenn sie ihr Gefährt einfach am Rande des Schlachtfeldes stehenließen, würde innerhalb kürzester Zeit nichts mehr davon übrig sein. In der Nähe der Krieger, die sie mittlerweile kannten, war ihr Hab und Gut allerdings sicher. Ursula lief hinter der Freundin her, die dem Esel ordentlich eine auf das Fell gebrannt hatte, damit sich dieser in eiligen Trab setzte. Was hatte Hilde vor? Ursula konnte sich keinen Reim auf Hildes Aussage machen. Als sie den Esel schweißnass bei den Normannen abstellten, die damit begannen, ihr Heerlager zu errichten, klärte Hilde sie auf. „Die meiste Beute haben die Ritter und ihr Fußvolk bereits eingesammelt, aber denen geht es vor allem um Waffen, Rüstungen und all das, was die Feinde in ihrem Lager zurückließen. Doch zwischen all den gefallenen Kriegern sind vielleicht noch welche, denen zu helfen ist, und manchmal findet man rein zufällig einen Wasserschlauch, ein Säckchen Getreide oder was sonst noch von Nutzen sein kann."

Ursula schaute Hilde mit großen Augen an. „Du willst die Toten bestehlen?"

„Nein, bestehlen kann man nur jemanden, der es auch bewachen kann. Tote brauchen nichts mehr, und ihre Habe ist für sie ohne Bedeutung. Wir räumen lediglich auf. Schau, meine Schuhe sind völlig zerrissen und kaputt von den Felsen. Wenn ich auf dem Feld etwas Besseres für meine Füße finde, ist das nur recht. Einen Körper ohne Leben wird Schuhwerk nirgendwo hintragen. Soll ich barfuß gehen und zuschauen, wie das, was ich bräuchte, vergraben oder verbrannt wird?"

„Aber …" Ursula kam nicht weiter, der Knappe von vorhin war wieder bei ihnen und riss das Wort an sich: „Aber, aber. Kein aber, der Papst selbst hat uns in Clermont zugesichert, dass wir uns von den Feinden Christi nehmen dürfen, was wir brauchen. Also zier dich nicht länger und komm. Ich gehe mit euch."

Ursula fügte sich, eilte hinter dem Mann und Hilde her auf das Feld. Bei sich allerdings nahm sie sich vor, lediglich nach Verletzten Ausschau zu halten und ihnen, wenn sie konnte, zu helfen. Je weiter sie auf das Schlachtfeld vordrangen, desto grausiger war, was Ursula zu sehen bekam. Sie sah Wunden, tief und groß, aus denen dunkelrot der Lebenssaft floss. Ohne Unterschied zwischen Mensch und Tier hatte sich der Tod über das Tal ausgebreitet. Noch konnte man ab und an Ächzen und Stöhnen oder auch kindliches Wimmern hören, das Verletzte von sich gaben. Überall lagen die Körper von Kämpfern beider Seiten herum. Teilweise häuften sie sich übereinander. Sie mussten, bevor sie selbst zu Tode gekommen waren, auf den Körpern der Gefallenen weitergestritten haben. Behutsam schritt Ursula zwischen den Leichen hindurch, ständig auf der Suche nach einem Fleckchen Erde, auf das sie ihren Fuß setzen könnte. Sie blieb stehen und sah sich um. Die anderen hatten ihre Skrupel nicht. Sie stiegen auf den Körpern umher, als seien es Strohballen oder Felsen. Selbst Kinder sah sie, die Pfeile einsammelten und sich auf die Brust eines Toten stellten, um ein Geschoss herauszuziehen. Ursula wollte aber weder fleddern noch plündern, sie wollte helfen. Ihres Ansinnens wieder gewahr schaute sie sich nun die Umherliegenden genauer an und begann, zwischen den eigenen Leuten und den Feinden zu unterscheiden. Plötzlich hörte sie neben sich zu ihren Füßen ein Stöhnen. Das Gesicht fast an ihrem Rocksaum, lag da ein Fremder; an dem Stoff um seinen Kopf erkannte sie den Feind, aber weitergehen, ohne ihn zu beachten, konnte sie nicht. Er lebte noch, und vielleicht konnte sie ihm helfen. Ursula ging in die Hocke, beschaute sich den Mann genauer, sie konnte keine Verletzung entdecken. Vielleicht war er einfach nur völlig erschöpft und am Ende. Sie nahm ihren Wasserschlauch, wollte ihm den Kopf anheben, um ihm das Trinken zu erleichtern. Als sie ihre Hand unter den Hinterkopf des Mannes schob, lief es ihr warm über die Finger, als würde sie einen Badeschwamm ausdrücken. Erschrocken zog sie ihre Hand zurück und starrte auf das Blut, das jetzt ihren Unterarm hinablief. Im Augenwinkel sah sie noch die schnelle, kurze Bewegung des Mannes, doch da hatte sich seine Pranke bereits um ihren Hals gelegt. Ursula wollte schreien, aber die Hand drückte fest zu, und sie bekam ebensowenig einen Laut heraus wie Atemluft in sich hinein. Mit aller Kraft zerrte sie am Unterarm des Heiden, um sich zu befreien, schon spürte sie in ihren Augenwinkeln eine Schwärze heraufziehen, die ihr Licht auslöschen mochte. Sie versuchte, einen Finger zwischen die Hand und ihren Hals zu schieben, aber auch das gelang ihr nicht. Mit aller Kraft bäumte sie sich auf und, wie vom Blitz getroffen, verlor sie den Halt und flog ein ganzes Stück von dem Würger weg. Jetzt bekam sie auch wieder Luft. Die Klammer um ihren Hals löste sich. Ihr Blick wurde wieder klar, und entsetzt riss sie die Augen auf, als ihr bewusst wurde, was ihre Augen sahen. In ihren Händen hielt sie den abgetrennten Arm des Heiden, aus dem Stumpf am Körper des Mannes pulste es rot hervor in eine immer größer werdende Lache. Auch aus dem Arm in ihren verkrampften Händen tropfte es, auf ihr Kleid, auf ihre Haut. Sie schmeckte fremdes Blut auf ihren Lippen, und in einem Schrei löste sich all ihr Erschrecken. Jemand trat zu ihr und entriss den Heidenarm ihren Krallen. Da verstummte sie und sah nun erst ihren Retter. Das Kettenhemd, sein Helm und vor allem das Schwert zeichneten ihn als Ritter aus. Auch von der Klinge seiner Waffe tropfte es rot. Ursula begann zu begreifen. Als sie schon beinahe das Bewusstsein verloren hatte, war dieser Ritter herbeigesprungen und hatte mit einem kräftigen Schwertstreich den Arm des Würgers durchtrennt. Sie wollte sich aufrappeln, stürzte aber nach vorne auf alle Viere und musste sich übergeben. Ihr Retter nahm es gelassen. „Langsam, langsam", hörte sie seine Stimme, „so viel Dank habe ich nicht erwartet." Ursula schämte sich, sie hatte ihrem Retter direkt vor die Füße gespuckt. Jetzt beugte er sich zu ihr und fasste sie an den Achseln. Als sei sie federleicht, hob er sie auf und stellte sie vor sich auf die Füße. „Du solltest nur die Toten bestehlen, die anderen wehren sich meistens", sagte er in leicht vorwurfsvollem Ton. In Ursula stieg Zorn auf, der sie zugleich wieder stärkte. „Ich hatte nicht vor zu stehlen, ich wollte helfen", widersprach sie trotzig. „Ich bin heilkundig und wollte denen, die das hier überlebt haben, Linderung bringen."

„Warum hilfst du dann dem Feind? Hier sind genug der eigenen Leute, die solcher Hilfe bedürfen."

Ursula wollte antworten, doch ihr Retter kam ihr zuvor. Er zog sein Kettenhemd an der Seite hoch und entblößte eine große, dunkle Prellung, die in Rot und Blau schimmerte. „Hier, ich selbst bedarf deiner Hilfe, und das ist nicht der einzige Fleck, der mir Schmerzen bereitet."

Seine Haltung, die entblößte schmutzige Haut und auch das gekünstelt Weinerliche in seiner Stimme halfen ihr, das eigene Selbstbewusstsein zurückzuerlangen.

„Ihr könnt ja noch laufen, kommt nachher zu meinem Zelt", entgegnete sie trocken und weitaus frecher als sie wollte. Den Ritter schien dies nicht zu stören. „Wo finde ich das?" fragte er einfach.

„In der Nähe der Normannenzelte. Fragt nach Hilde und Ursula, man kennt uns dort."

„Gut, ich werde kommen", erwiderte er ebenso kurz angebunden. „Ich muss jetzt weiter, kümmer dich um die Unsrigen und vergewisser dich vorher, ob man deine Hilfe überhaupt möchte." Er wollte bereits gehen, da drehte er sich noch einmal zu ihr um. „Hast du ein Messer?"

Ursula schaute ihn verdutzt an. „Ja, aber das benutze ich nur zum Kräutersammeln."

Der Ritter sah sich um, bückte sich zu einem Körper und zog aus dessen Gürtel einen Dolch. „Hier, nimm das. Und behalte es immer in der Hand, dann kannst du dich wehren, wenn jemand dir ähnlich wenig Dank erweist wie dieser hier."

Ursula nahm den Dolch, und der Ritter ging ohne ein weiteres Wort. Sie stand da, sah ihm nach und brauchte eine ganze Weile, bis sie sich wieder um sich selbst kümmern konnte. Sie stand da, als gehöre sie nicht da hin. Zuerst fiel ihr Blick auf ihre Hände. Die eine umklammerte den Dolch, die andere schien wie im Krampf erstarrt. Beide waren mit Blut besudelt, das klebrig zwischen ihren Fingern zu trocknen begann. Auch ihr Kleid war über und über bespritzt. Mit dem Handrücken versuchte sie sich eine Haarsträhne zur Seite zu streichen, doch auch da war dieses klebrige Gefühl. Was machte sie hier? Sie schaute sich wieder um. Hier war nichts zu tun. Wer es nicht auf eigenen Füßen geschafft hatte, diesem Ort zu entkommen, der würde bald zusammen mit allen anderen auf einen Haufen geworfen, verscharrt oder verbrannt. Sie konnte hier nichts ausrichten, und diese Körper ihrer letzten Habe zu berauben, widerstrebte ihr. Der Dolch in ihrer Hand war blank und unwirklich sauber im Gegensatz zu der Hand, die ihn hielt. Ursula prüfte die Klinge. Sie war beidseitig scharf und sehr spitz. So konnte sie die Waffe nicht bei sich tragen. Ihr pragmatischer Sinn siegte über alle Dünkel. Sie trat an die Leiche, der der Ritter die Stoßwaffe genommen hatte, beugte sich nieder und öffnete den Gürtel. Dann zog sie die Scheide des Dolches vom breiten Lederriemen und band sie sich selber an ihren Gürtel. Sie schob die Waffe in das Futteral und wusste zugleich, dass sie hier nicht länger bleiben wollte. So rasch, wie es ihr die Schlachtreste erlaubten, verließ sie das Feld und suchte sich den schnellsten Weg zurück zu Hilde und ihrem Karren. Die Freundin war allerdings noch nicht zurück. Ursula versuchte, sich durch Beschäftigung von dem Geschehenen abzulenken, und mit fahrigen Bewegungen begann sie, ihr Zelt aufzubauen und das Lager zu richten. Verzweifelt kämpfte sie mit der Plane, die ihr immer von den Stangen rutschte. Ihr liefen die Tränen über die Wangen, und sie wischte sich erneut mit dem Handrücken quer über das Gesicht. Ein Normanne bemerkte ihren Kampf und griff helfend zu. Als es Ursula so gelungen war, die Plane zu spannen, wollte sie sich bedanken, doch als sie auf den Mann zuschritt und den Kopf hob, wich der mit erschrockenem

Gesicht vor ihr zurück. Ursula wusste nicht, was das nun wieder sollte, machte sich weiter keine Gedanken darüber und ging Holz für das Feuer suchen. Sie fühlte sich selber wie betäubt und versuchte ausschließlich an die Tätigkeit zu denken, die sie gerade verrichtete. Mit dem Arm voller trockener Zweige und Äste bedachte sie sogar jeden einzelnen ihrer Schritte. Sie hatte das Gefühl, wenn sie sich nicht selber dazu zwang, nicht mehr weitergehen zu können.

Als sie zurück zu ihrem Zelt kam, erschrak auch Hilde vor ihr.

„Ursula! Kind, wie siehst du aus? Bist du verletzt?“ Hilde sah wirklich besorgt aus.

„Nein“, Ursula wusste kaum, was sie sagen sollte. „Es geht mir gut.“

„Dein Gesicht, deine Haare und dein Kleid, alles ist voll Blut“, erklärte Hilde ihr da.

Ursula erinnerte sich an das Geschehene, wie das Blut aus dem Arm des Heiden gespritzt war.

„Komm, wasch dich. Du siehst wirklich schrecklich aus.“

Ursula folgte, nahm einen Eimer, füllte Wasser hinein und begann sich Arme und Gesicht zu waschen. Als sie sich mit einem Tuch abtrocknen wollte, hinterließ sie rote Flecken auf dem Stoff. Wieder und wieder rieb sie sich mit Wasser über ihre Haut und goss sich auch Wasser über die Haare. Als sich das Tuch nicht mehr zu verfärben schien, holte sie sich ihr Ersatzkleid aus der Truhe und zog sich um. Gewaschen und in sauberen Gewändern trat sie vor das Zelt.

„Ohne das Blut in Haar und Gesicht siehst du viel besser aus“, sagte eine Männerstimme zu ihr. Ursula drehte sich um. Neben dem Zelt stand der Ritter, der sie gerettet hatte. Und grinste sie an.

„Euer Mund und Eure Augen scheinen nicht verletzt zu sein, welche Schmerzen habt Ihr? Hat ein Heide Euren Kopf getroffen?“

„Nein, der Kopf ist ganz in Ordnung, doch der Schildarm, die Schulter und, wie du bereits weißt, die Hüfte plagen mich.“

„Dann erinnert sich der Kopf doch sicherlich an seinen Namen?“ Ursula merkte, sie war zu frech, aber das Grinsen des Ritters und sein Tonfall reizten sie.

„Ich bin Roderich, und du? Hilde oder Ursula, wie soll ich dich nennen?“

„Ich bin Ursula. Zieh das Kettenhemd aus, Roderich. Du bist kein Normanne, wo kommst du her?“ Aus irgendeinem Grund war Ursula in das vertraute Du übergegangen und erschrak selbst ein bisschen, doch den Ritter schien es nicht zu stören. Er zog sein Kettenhemd über den Kopf, und, obwohl er die Zähne zusammenbiss, konnte Ursula einen ächzenden Laut des Schmerzes hören.

„Aus Franken, ich gehöre zum Heer des Grafen Raimund von Toulouse.“

„Dann setz dich jetzt hierher, Roderich aus Toulouse.“ Ursula holte einen Hocker aus dem Zelt und stellte ihn neben das Feuer, wo sie mehr Licht hatte. Flüchtig bemerkte sie Hildes Blicke, die staunte nicht schlecht, wie Ursula mit dem Ritter umsprang. Ein Grinsen konnte sie sich auch nicht verkneifen.

Als Roderich saß, half Ursula ihm, die Schnallen des Lederüberwurfes und des wattierten Hemdes, das er unter dem Kettenhemd trug, zu lösen.

„Ich bin nicht aus Toulouse“, griff Roderich ihre Unterhaltung wieder auf, als er nun mit nacktem Oberkörper am Feuer saß. „Mein Vater war Vogt eines Gutes südlich von Toulouse. Besser gesagt, ein gutes Stück weit weg von der Stadt. Mein Bruder hat das Erbe angetreten und mich als Ritter ausbilden lassen“, erzählte er weiter, während Ursula damit beschäftigt war, Wasser zu erhitzen und einen Sud zu bereiten, von dem sie wusste, dass man damit Wunden reinigen und Schwellungen lindern konnte. Als sie fertig war, tauchte sie ein Stück Stoff in die heiße Flüssigkeit und begann damit, Roderichs Abschürfungen am Arm und an der Schulter zu säubern. Sie hatte sich dazu hinter den Ritter gestellt, die Blicke seiner Augen verwirrten sie, und sie glaubte, er müsse sehen, dass sie immer wieder errötete. Auch den dunklen blutunterlaufenen Fleck an seiner Hüfte tupfte sie ab. Dann nahm sie eine wundheilende Salbe und strich sie auf die Blessuren. Seine warme Haut zu berühren, rief in ihr ein angenehmes Gefühl hervor. Das war ein gut gewachsener, muskulöser Mann. Ursula roch seinen Schweiß und spürte unter ihren Händen die Kraft seiner Muskeln. „So, nun kannst du dich wieder anziehen, Roderich von irgendwo südlich von

Toulouse. Die Schulter und der Arm werden bald wieder besser sein, wenn du sie in den nächsten Tagen schonst. Der Rest wird auch heilen. Dein Panzer hat dich vor Schlimmeren bewahrt", sagte sie und hielt die Hand auf. Der Ritter verstand, holte ein paar Münzen aus einem Beutel an seinem Gürtel und ließ sie in Ursulas Hand klimpern. „Soll ich nochmal wiederkommen?" fragte er und sah Ursula direkt ins Gesicht. Ursula hätte am liebsten einfach ja gesagt. Doch wollte sie sich diese Blöße nicht geben. „Komm in zwei Tagen, wenn es bis dahin nicht wirklich besser geworden ist", sagte sie rasch und beschäftigte sich mit ihren Tiegeln. Roderich stand auf, streifte sich vorsichtig sein Hemd über. Den Lederpanzer und das Kettenhemd legte er sich über den Arm. „Ich danke dir, Ursula, von ich weiß nicht wo", sagte er grinsend und deutete eine kleine Verbeugung an. Dann ging er und verschwand zwischen den nächsten Zelten.

„Was war jetzt das?" wollte Hilde wissen, und das Blitzen in ihren Augen verriet Ursula, dass Hilde wirklich gar nichts verborgen blieb. Um sich einem Verhör zu entziehen, zeigte sie Hilde die Münzen. „Da schau, mein Wissen macht sich nun auch bezahlt", lachte sie und gab Hilde das Geld.

„Darum ging es mir nicht", bohrte Hilde weiter, und Ursula war schon bereit, ihr alles zu erzählen, als eine massige Gestalt an ihr Feuer gehumpelt kam. Es war der Normanne, dem Ursula den Pfeil entfernt hatte. Er brachte ein großes Stück gebratenes Fleisch. „Hier, als Dank", sagte er schlicht und hielt den Frauen den Braten hin.

„Wenn du schon mal da bist, setz dich da hin. Ich will noch mal nach deinen Wunden sehen", erwiderte Ursula ohne Umschweife.

Der große Normanne folgte ihr aufs Wort. Er hatte noch dieselben zerrissenen Beinkleider an, und Ursula sah, das ihr Verband gehalten hatte. Auf beiden Seiten war kein Blut durch den Stoff gedrungen. Dennoch löste Ursula den Verband. Mit dem desinfizierenden Kräutersud tupfte sie die Haut rund um die Wunden ganz sauber. Es blutete nicht mehr, und das war ein gutes Zeichen. Trotzdem, wusste Ursula, konnte sich die Wunde noch entzünden. Dagegen hatte ihr Kyrilla damals in Konstantinopel Blätter gegeben. Ursula tauchte sie kurz in die warme Flüssigkeit, damit sie geschmeidig wurden. Dann legte sie ein

Blatt auf jede Wundöffnung und verband das Bein mit sauberen Stoffstreifen. Der Normanne hatte ihr die ganze Zeit zugesehen und bewunderte das sichere Handeln der jungen Frau. Manch ein Feldscher stellte sich da mehr an. „Wenn ihr wollt“, sagte er nun zu den Frauen, „dann kommt mit. Wir feiern den Sieg und haben zwei Fässchen guten Wein ergattert.“

Ursula sah Hilde fragend an. Die ließ sich bereits ein Stückchen des Bratens schmecken und nickte erwartungsfroh.

„Warte kurz, ich räum das hier nur schnell weg, dann kommen wir mit dir.“ Ursula packte ihre Sachen in die Ledertasche, zusammen mit zwei Kräutersäckchen trug sie alles schnell ins Zelt. Hilde brachte den Hocker und die zwei Tiegel mit Salben.

„Nun lass uns ordentlich feiern“, lachte Hilde, „wir haben allen Grund dazu. Ich habe auf dem Feld einige kleine Schläuche Wein und darüber hinaus auch zwei Börsen ergattert, und du, meine liebe Kräuterursula, hast dein erstes Geld mit deiner Kunst verdient.“

„Wie heißt du eigentlich?“ fragte Ursula den wartenden Krieger, als sie wieder aus dem Zelt kamen.

„Warnin ist mein Name. Und ihr?“

„Ich bin Ursula, und das ist meine Freundin Hilde.“

„Jetzt kommt“, Warnin war sichtlich ungeduldig, „die anderen werden uns alles wegtrinken, wenn wir uns nicht bald die eigenen Becher füllen lassen.“

Hilde und Ursula folgten dem humpelnden Hünen zwischen den Zelten hindurch. Schon von weitem konnten sie den Schein eines großen Feuers sehen und die grölenden Stimmen der Männer hören. Zu den Männerstimmen gesellte sich allerdings ein Klang, den Ursula bereits einmal gehört hatte. Als sie auf den Platz traten, waren sie anfangs fast geblendet vom Schein der hochauflodernden Flammen. Um das Feuer herum saßen und standen etliche Normannen, die lauthals miteinander redeten und sich immer wieder zuprosteten. Etwas seitlich standen zwei Männer, der eine blies auf einer Sackpfeife, und der andere schlug dazu eine Trommel, die fast so groß war wie ein Wagenrad. Es war ein schmaler Rahmen, bespannt mit einer Tierhaut, und ihr Besitzer verstand es, indem er mit den Fingern an unterschiedliche Stellen schlug, dem Instrument ganz unterschiedliche Töne zu entlocken. Der Gesang der Sackpfeife war schrill und gewöhnungsbedürftig. Wild reihten sich die Töne aneinander. Nicht weniger wild tanzten drei Frauen zu der Musik. Sie drehten sich unerlässlich mit erhobenen Armen und verstanden es gut, sich immer wieder den zulangenden Griffen der Männer zu entziehen. Warnin führte Ursula und Hilde zu einem Platz am Feuer. Er deutete ihnen an, sich zu setzen, und besorgte ihnen zwei Becher mit Wein. Interessiert schauten die anderen Männer auf die Neuankömmlinge.

„Warnin, was bringst du uns da? Willst du die beiden mit uns teilen, oder ist dir ein Weib nicht genug?“ rief einer seinem humpelnden Kameraden zu.

Die Musik hatte aufgehört, die Tänzerinnen ließen sich zwischen die Männer fallen, und unter Lachen und Johlen wichen sie nun nicht mehr den grabschenden Händen der Männer aus.

Warnin stand neben Ursula und gab den Feiernden Auskunft: „Das sind Hilde und Ursula. Sie“, und er deutete auf Ursula, „hat mir den Pfeil aus meinem Bein entfernt. Sie hat Kräuter und Salben und vermag zu heilen. Sie hat mein Bein versorgt und verbunden. Ich habe kaum noch Schmerzen.“

Auf diese Worte hin sprangen gleich mehr als eine Handvoll Krieger auf, zogen an ihrer Kleidung und entblößten geschundene Haut und andere Verletzungen. „Hier, das tut gar weh“, rief einer, und wie kleine Kinder riefen die übrigen: „Meins auch, bei mir ebenso.“

Ursula hob abwehrend die Hände. Hilde konnte mit der Situation besser umgehen. „Einer nach dem anderen. Aber heute Nacht nicht mehr. Kommt morgen zu unserem Zelt, und Ursula wird sich um eure Plagen kümmern. Aber vergesst nicht, von Dankesworten allein werden wir nicht satt. Ihr könnt uns Essen bringen und Wein, aber auch Münzen sind uns willkommen. Nun aber lasst uns den heutigen Sieg und die reiche Beute feiern“, rief sie und erhob lachend ihren Becher. Die Männer grölten, und die Musik setzte wieder ein. Ursula nahm einen kräftigen Schluck aus ihrem Becher. Sie war das Trinken von Wein nicht gewohnt, doch es schmeckte ihr, und sie spürte, wie sich in ihr eine wohlige Wärme ausbreitete. Sie hätte große Lust gehabt, ebenso wie die Tänzerinnen zur Musik um das Feuer zu hüpfen, aber sie traute sich nicht. Der Mann, der neben ihr saß, hielt ihr seinen Becher zum Anstoßen hin. „Ich bin Fulk, von wo kommt ihr, ich habe euch im Tross nie gesehen? Dein Haar trägst du wie eine Griechin, dein Kleid ist das einer Bäuerin und die Worte deiner Begleiterin sind die einer Händlerin."

„Wir kommen von Regensburg", gab Ursula knapp zur Antwort und stieß den Becher des Normannen an.

„Regensburg? Wo ist das?"

Ursula wusste nicht, wie sie es dem Mann erklären sollte. „Im Norden, am Fluss Donau." Fulk schien noch immer nicht zu verstehen, aber es schien ihm auch nicht so wichtig.

Eine weitere Gruppe Männer kam zum Feuer. Ursula sah Jocelin und Ailwin unter ihnen. Beide schienen unverletzt. Hilde war bereits aufgesprungen, und auch Ursula hieß die Freunde nun willkommen. Die Weinbecher wurden gefüllt, und jeder der Männer war begierig darauf, von seinem ganz persönlichen Kampf zu berichten. Voller Stolz wurden ergatterte Schmuckstücke, Waffen, aber auch die blutverschmierten Haupthaare, die vom Schädel der Erschlagenen samt Haut abgeschnitten worden waren, als Trophäen vorgezeigt.

AUF DEM WEITERMARSCH
3. JULI 1097

Die Freude über den Sieg und die reiche Beute währte allerdings nicht lange. Die Herren gönnten den Heeren nur eine kurze Pause, dann bliesen die Hörner zum Aufbruch. Man hatte beschlossen, so lange es die Ebene ermöglichte, alle Truppen zusammenzuhalten. In drei mächtigen Zügen bewegten sich die Wallfahrer nebeneinander her. Außerdem waren Kundschafter und Späher ausgeschickt worden. Sie begleiteten den Zug rechts und links hoch auf den Bergrücken des Umlandes.

Bereits am ersten Tag des Weitermarsches tauchte Roderich, hoch zu Ross, neben Ursula und Hilde auf. Anfangs ritt er einfach nur neben ihnen her, um ab und an einen Blick Ursulas aufzufangen. Er erzählte den Frauen, wohin sie marschierten, wie weit es noch bis zum Lagerplatz sei und was er sonst noch so aufgeschnappt hatte. Seine Bemühungen schienen Ursula zu gefallen. Er reichte ihr vom Pferd herab sein Wasser und machte sich einen Spaß daraus, Ursula nasszuspritzen. Sein Lachen klang Ursula angenehm in den Ohren. Nicht lange, und Roderich tauchte jeden Tag auf. Er brachte einen von Bogenschützen erlegten Hasen, oder er stieg ab und begleitete Ursula zu Fuß.

„Passt auf eure Vorräte auf“, riet er eines Tages. „Ganz besonders auf die Wasservorräte. Wir haben seit über einer Woche keinen Brunnen oder Bach gefunden, der nicht durch Tierkadaver vergiftet worden ist. Die Seldschuken ziehen vor uns her und sorgen dafür, dass wir weder zu essen noch zu trinken finden.“

„Danke für den Rat, Herr Roderich“, meldete sich Hilde mit hochrotem Kopf, „aber wie soll man in dieser Mittagsglut weniger trinken? Dies ist ein verfluchtes Land, mittags glaubt man zu verbrennen, und in der Nacht holt man sich Frostbeulen.“

Roderich lachte nicht, er wusste, dass die Lage kritisch werden könnte. Die Sommerhitze machte nicht nur Hilde zu schaffen. Die meisten Ritter und auch das Fußvolk hatten sich ihrer

Panzer und Kettenhemden entledigt, die Pferde durften nur stundenweise bestiegen werden, damit sie unter der Last in der prallen Sonne nicht noch mehr getränkt werden mussten.

„Wir müssen durchhalten bis Ikonion“, erklärte Roderich Ursula, „dort gibt es Christen, und spätestens dort werden wir frisches Wasser und auch Getreide für Mensch und Tier bekommen.“

Ursula war die Gegenwart des Ritters angenehm. Roderich hatte etwas von Hildes Humor, war gleichzeitig ernst und sehr hilfsbereit, und seine Blicke, wenn er ihr seinen Wasserschlauch reichte, durchfuhren sie nach wie vor in warmen Schüben. An manchem Abend, den sie zwischen den Normannen verbrachten, hätte sie ihn gerne neben sich gehabt. Sie wusste aber noch nicht einmal, wo sein Zelt stand.

„Ursula“, wollte Hilde dann eines Abends wissen, „wie lange soll das noch gehen?“

„Was?“

„Dass du Roderich neben dir her marschieren lässt, ohne ihm auch nur eine Chance zu geben. Frag ihn, ob er abends an unser Feuer kommen mag oder ob du bei seinem Zelt willkommen bist. So geht das nicht weiter. Er guckt sich die Augen aus dem Kopf, und du stolperst so vor dich hin. Du magst ihn doch, oder?“

„Ja, aber wir sind doch immer bei unseren normannischen Freunden.“

„Und?“

„Sie werden enttäuscht sein, wenn ich nicht mehr komme, und vielleicht geben sie dann auch dir nichts mehr ab.“

„Was redest du für dummes Zeug. Ich kann ganz gut selbst für mich sorgen, und den Normannen bist du schon lange keine unterhaltsame Gesellschafterin mehr, da du immer nur sehnsuchtsvoll in die Flammen starrst.“

„Mein Gott, merkt man mir das an?“ Ursula errötete.

„Ja, natürlich, was glaubst du, weswegen Ailwin es nicht mehr bei dir versucht, hä?“

„Ich werde mir etwas überlegen“, sagte Ursula darauf. „Du hast recht, es geht so nicht weiter. Nun lass uns aber schlafen.“

Sie schloss die Augen und schmiedete einen kleinen Plan.

AUF DEM WEG NACH IKONION

12. JULI 1097

Auch am nächsten Tag tauchte Roderich wieder an ihrer Seite auf. Er stieg vom Pferd und ging neben ihr her. Sie waren etwa eine Stunde schweigend nebeneinander her geschritten, da stolperte Ursula. Roderich war flink und griff ihr unter die Arme, um den vermeintlichen Sturz zu verhindern.

„Hast du dich verletzt?“ fragte er besorgt.

„Nein, danke, ich glaube nicht“, antwortete Ursula, täuschte aber bei den ersten Schritten ein leichtes Humpeln vor. Hilde musste ihr breites Grinsen verbergen. Roderich ergriff allerdings Ursulas Arm.

„Hier, stütz dich auf mich“, sagte er besorgt. „Wenn es gar nicht geht, setze ich dich auf mein Ross.“

„Es wird schon gehen“, antwortete Ursula, ließ aber für den Rest des Tages den Arm Roderichs nicht mehr los.

Am Abend fasste sie sich dann ein Herz. Als Hilde bereits in Richtung Normannenzelte verschwunden war, drückte sich Roderich noch immer vor ihrem Zelt herum. Ursula fand nichts mehr, womit sie sich hätte beschäftigen können, und musste zur Tat schreiten. „Roderich, willst du mir nicht einmal dein Zelt zeigen?“ fragte sie und hatte Mühe, das Zittern in ihrer Stimme zu unterdrücken. Roderich schien erstaunt. „Doch sicher, aber“, druckste er herum, „du musst wissen, ich teile mir das Zelt mit einem anderen Ritter und unseren Knappen. Wenn du die anderen kennenlernen möchtest, können wir gerne hingehen.“

Ursula merkte, er wollte weitersprechen, und schwieg.

„Ich möchte aber lieber mit dir alleine sein“, sagte Roderich endlich nach einem unendlich scheinenden Schweigen. Ursula nahm den Wasserschlauch, der neben ihr lag. Trat zu dem Ritter hin. „Hast du auch Durst?“

„Ja danke.“ Er nahm den Schlauch und trank. Dann reichte er ihn Ursula, und auch sie nahm noch einen kräftigen Schluck. Beide spürten die Spannung zwischen sich.

Roderich fasste sich ein Herz, nahm Ursulas Hand und zog sie ans Feuer. Beide setzten sich. „Die Hitze und der Staub werden uns noch ausdörren wie Trockenfisch“, versuchte Roderich eine Unterhaltung zu beginnen.

„Ja, und in der Nacht ist es so kalt, dass man sich am liebsten Glut unter die Decke schaufeln möchte“, antwortete Ursula.

„Frierst du sehr in der Nacht? Ich könnte dir aus meinem Zelt eine zusätzliche Decke holen.“

Ursula wurde das Gespräch zu dumm. „Ich will aber keine Decke“, versuchte sie dem schmucken Ritter auf die Sprünge zu helfen.

Roderich schwieg. Ursula rutschte etwas näher und lehnte ihren Kopf an seine Schulter. Roderich traute sich nicht, sich zu rühren. Endlich nahm er Ursulas Hand in die seine, hielt sie fest und streichelte sie mit seinem Daumen. Ursula drehte ihren Kopf ihm zu, und zart berührten ihre Lippen seinen Hals. Roderich nahm sie in den Arm und gab ihr behutsamer, als Ursula es je erfahren hatte, einen Kuss auf den Mund.

Ursula griff in sein Haar und presste seine Lippen fester gegen die ihren. Leicht öffnete sie den Mund und ließ ihre Zungenspitze über seine Lippen huschen. Er spielte mit, und seine Zunge begegnete ihrer. Ursula wollte nie mehr aufhören, Roderich zu küssen. Sie vergaß alles um sich herum, spürte nur die Zärtlichkeit seines Mundes, die Kraft seiner Arme, die sie hielten, und atmete seinen männlich Duft, der ihr berauschender als Wein vorkam.

Ein Räuspern direkt hinter ihnen ließ sie auseinanderfahren.

„Ähm, Herr Roderich“, dem Knappen war die Situation nicht weniger unangenehm, „die Ritter haben eine Zusammenkunft. Es geht um die Vorräte und die Versorgung des Trosses. Man fragt nach euch.“

Wie unter Schmerzen verzog Roderich sein Gesicht. Er sprang auf und gab Ursula noch einen kurzen Kuss. „Es tut mir leid“, hauchte er ihr noch in das Ohr, und folgte seinem Knappen.

Ursula saß noch lange alleine am Feuer und spürte, wie das Erlebte in ihr nachklang. Doch nicht lange, und es wurde zu kalt, um vorm Zelt sitzenzubleiben. Sie kroch auf ihr Lager, deckte sich sorgfältig zu und schloss die Augen. Sie stellte sich Roderichs Gesicht vor und schlief lächelnd ein.

Der nächste Tag zog sich endlos dahin. Ursula hoffte bei jedem Reiter, der vorbeikam, darauf, dass er sein Pferd zügeln und sie das geküsste Gesicht wiedersehen würde. Doch es dauerte bis in den Nachmittag hinein, bevor Roderich auftauchte. Er saß ab, übergab die Zügel einem Knappen und schritt neben Ursula her. Ihre Hände fanden sich und hielten einander fest. Hilde grinste. Roderichs Gesicht war deutlich von Sorge gezeichnet. Er war schweigsam und tief in Gedanken. Ursula hielt das nicht lange aus.

„Erzähl, was ist geschehen?“ forderte sie Roderich auf.

„Die Lage wird immer kritischer. Die Hitze hat bereits ihre ersten Opfer gefordert. Einige von den Viehhirten haben nicht aufgepasst, und eine ganze Reihe Pferde haben vergiftetes Wasser getrunken. Auch ein paar Leute vom einfachen Volk sollen aus einem verseuchten Brunnen getrunken haben. Die Stimmung unter den Männern ist gereizt.“

„Ist es noch weit bis zu der Christenstadt, von der du erzählt hast?“

„Ja, bestimmt noch zehn, vielleicht auch fünfzehn Tagesmärsche.“

„Wir haben noch Wasser, hast du Durst?“

„Danke, ich habe selber noch.“ Roderich lächelte sie an und drückte ihre Hand etwas fester. „Es ist eine Vorhut vorausgeschickt worden, sie soll, wenn irgend möglich, eine Wasserstelle finden und sichern, die nicht unbrauchbar gemacht wurde.“

Nicht ganz zwei Wochen reichten die Vorräte und die gemachte Beute, bis die ersten anfingen, ihre Reste zusammenzukratzen und zu rationieren. Ursula und Hilde mussten ebenfalls aufpassen. Der Esel bekam gerade noch so viel, dass er den Tag überstehen konnte. Auch sie selber versuchten, weniger zu trinken. Zu essen hatten sie nur noch einen Sack mit Hülsenfrüchten, die sie lange kochen mussten und die ihnen am folgenden Tag den Magen blähten. Andere hatten gar nichts mehr. Sie sahen mit an, wie Menschen und Tiere zusammenbrachen. Besonders in der Mittagshitze blieben viele am Wegrand liegen. Wenn ein Pferd zusammenbrach, stürzten sich alle, die sich in der Nähe befanden, auf den noch warmen Kadaver. Sie fingen das Blut in ihren Helmen auf und tranken es. Andere sicherten sich ein Stück Fleisch. Sie sahen Menschen, die Ziegen und sogar Schweine vor ihre kleinen Karren gespannt hatten. Manch einem Bogenschützen und Ritter, der sein Pferd verloren hatte, versagten die Beine unter der schweren Rüstung und dem Kettenhemd. Sie saßen stumpfsinnig auf Wagen, die von wenigen Ochsen gezogen wurden, deren Haut sich über die hervorstehenden Knochen und Rippen spannte. Von Tag zu Tag wurde der Zug elender. Ursula verspürte Hunger und Durst, doch sobald Roderich auftauchte, vergaß sie jegliche Mühsal. Abends fielen alle nur noch völlig erschöpft auf ihre Strohsäcke. Roderich konnte nicht bei ihr bleiben, da er sich mit einigen Rittern die Wache über ihre Reittiere teilte, um sie nicht an den hungernden Pöbel zu verlieren.

Die Strecke, die der Tross täglich zurücklegte, wurde immer kleiner. Der Weg des Heerzuges wurde gesäumt von weggeworfenen Rüstungsteilen, verdursteten Menschen und Tieren, und alle, die sich noch auf den Beinen halten konnten, zogen ihre müden Füße durch den Staub. Ursula und Hilde hatten ihren Esel auf den Rat Roderichs hin abgeschirrt. Gemeinsam zogen sie ihre Karre nun selbst. Roderich half ihnen immer, wenn er konnte, und auch einige der normannischen Freunde kamen, und gegen die Erlaubnis, ihre Rüstungen auf dem Karren abzulegen, zogen sie ihn auch zeitweise. Die Stimmung im Zug war an ihrem tiefsten Punkt angelangt. Kaum jemand glaubte noch an das Erreichen der Stadt Ikonion, geschweige denn an Jerusalem, da setzte sich ein heiserer Schrei von ausgetrockneter Kehle zu Kehle fort. Die ersten Reiter kamen von Ikonion zurück und brachten Wasserschläuche, um den Elendsten auch noch die letzten Tagesmärsche zu ermöglichen.

Ursula umarmte zuerst Roderich, dann Hilde und zuletzt auch noch ihren Esel.

IKONION
5. AUGUST 1097

„Endlich Wasser!“ Hilde hob den gerade gefüllten Eimer über ihren Kopf und leerte ihn über sich aus. Dabei lachte sie wie ein kleines Mädchen. Auch Ursula war übermütig. Sie hatte getrunken, sich die Haare nass gemacht und die Kühle genossen. Noch bevor es dunkel werden würde, wollte sie sich waschen, von oben bis unten, auch die Haare. Mit Hildes Hilfe und einigen Eimern Wasser würde das schon gehen. Dann wollte sie sich die Haare so flechten, wie es ihr in Konstantinopel beigebracht worden war. Auch Roderich durfte sich nun wieder ausruhen, und Ursula wollte mit ihm das Erreichen der Stadt feiern. Hilde hatte schon gesagt, dass sie zu den Normannen gehen wollte, so würde Ursula das Zelt für sich und ihren geliebten Roderich haben. Der hatte versprochen, bis zum Abend etwas zu essen zu besorgen, und so hatten die Frauen Zeit genug. Ursula räumte die Hälfte des Zeltes auf die Seite. Dadurch hatte sie Platz, sich verborgen vor anderen Blicken zu waschen. Hilde hatte das Zelt hinter sich verschlossen, und Ursula wusste, sie konnte sich ohne Furcht ihrer Kleider entledigen.

Erfrischt trat sie einige Zeit später in ihrem sauberen Ersatzkleid vor das Zelt. Hilde wusch ihr die Haare und half ihr anschließend beim Kämmen. Die rotblonde Mähne flammte im Licht der untergehenden Sonne.

Als Roderich mit einem gebratenen Stück Fleisch und einem Schlauch Wein sowie zwei Fladenbroten zum Zelt kam, traute er seinen Augen kaum. Ursula war wunderschön. Sie hatte ein grünes Band in ihr Haar geflochten und strahlte ihm aus einem Gesicht entgegen, in dem keine Spuren mehr von Schweiß und Staub zu sehen waren. Roderich schämte sich beinahe aufgrund seiner eigenen Ungepflegtheit. Doch auch daran hatte Ursula gedacht. Sie zog ihn hinter sich her in das Zelt. Dort half sie ihm aus dem Kettenhemd und hieß ihn, sich weiter auszuziehen. Er folgte, und als er nur noch seine Beinkleider anhatte, drückte Ursula ihn auf einen bereitstehenden Schemel. Ohne Vorwarnung leerte sie einen Eimer Wasser über den Ritter. Prustend protestierte Roderich, doch Ursula drückte ihn wieder zurück auf den Sitz. Dann begann sie mit einem nassen Tuch Roderich zu schrubben. Sie wusch auch seine Haare und stutzte ihm den struppigen Bart. Roderich genoss ihre Berührungen, und nur mit Mühe konnte er sich beherrschen und nicht nach Ursula greifen. Als Ursula fertig war, rieb sie ihm die Schultern und Oberarme mit etwas Öl ein. Erst dann durfte sich Roderich wieder sein Hemd überziehen. Sie setzten sich und aßen von dem, was Roderich erstanden hatte. Doch trotz der letzten Wochen der Entbehrungen hatten sie keinen großen Hunger.

„Komm!“ beendete Ursula die spannungsvolle Stille und zog Roderich zu ihrem Lager. Stehend zog sie ihm erneut das Hemd über den Kopf und streichelte und küsste seine Haut. Seine Hände rieben ihr den Rücken. Verliebt schaute sie zu ihm auf und bot ihm ihren Mund dar. Sie küssten sich lange und streichelten einander. Ursula hielt inne, trat einen Schritt zurück, und aus einem, wie sie fand, sündhaften Gedanken heraus entledigte sie sich ihrer Kleider. So völlig nackt hatte sie bisher nur Ludger gesehen, und das auch nur ohne ihr Wissen, damals an ihrem Tümpel im Wald. Nun wollte sie aber ohne Kleid, ohne Schutz, einfach so für Roderich da sein.

„Du bist wunderschön“, flüsterte der Ritter und trat auf sie zu. Vorsichtig legte er seine Hände auf ihre Hüften und küsste sie erneut auf den Mund. Ursula spürte seine Haut auf der ihren und Hitzewellen, die sich in ihrem Körper ausbreiteten. Roderich legte eine Hand auf ihre Brust. Sie war warm und rauh, doch die Berührung erregte Ursula. Ihre Hände glitten über Roderichs Rücken bis zum Hosenbund. Sie nestelte an den Bändern, und er half ihr schließlich und zog auch seine Beinkleider aus. Sie legten sich auf das Lager und liebkosten einander. Roderich war kein bisschen gierig, so wie die Männer, die Ursula bisher gehabt hatte. Er war so bezaubert von Ursulas Schönheit. Immer wieder folgten seine Augen seiner eigenen Hand, wie sie über die zarte, helle Haut der jungen Frau strich. Ursula hatte nicht solche Geduld, sie zog ihn über sich und hob sich ihm entgegen. So müsste es sein bis in alle Ewigkeit, dachte sie bei sich.

Erschöpft lagen sie anschließend still nebeneinander. Ursula hatte Durst. Roderich reichte mit seinem Arm bis zum Schlauch, und sie tranken aus einem Becher abwechselnd den fruchtigen Wein. Glücklich, zufrieden und erschöpft schlossen sie die Augen und schliefen ein. In ihrem ganzen Leben hatte sich Ursula nie so geborgen gefühlt wie nackt an der Seite dieses Mannes.

Lange konnten sie sich allerdings nicht erholen. Die Kunde von einem heranrückenden muslimischen Heer des Emirs von Kappadokien drängte zum Aufbruch. Auch wenn die meisten nach wie vor erschöpft und müde waren. Mit Wasser und Essen leidlich versorgt, stärkte besonders der Zorn auf die Feinde, die schuld waren an den Verlusten und Martern der letzten Wochen, den Willen der Krieger. Voller Hass machten sie sich wieder auf den Weg, begierig darauf, ihre Gegner zu erschlagen. Auch Roderich musste sich von Ursula verabschieden. Seine Knappen hatten die Zelte bereits niedergerissen und sein Schlachtross gesattelt. Nun zahlte sich aus, dass er und seine Kameraden die Pferde geschont und mit Argusaugen bewacht hatten. Zum Abschied gab er ihr einen langen Kuss, und Ursula spürte auf einmal in ihrem Herzen einen Schmerz, der dem ähnlich war, den sie empfunden hatte, als ihre kleine Tochter gestorben war. Nur diesmal war der Schmerz gepaart mit Erinnerung an soviel Zärtlichkeit und Glück und mit der Hoffnung, ihn unversehrt wiederzusehen.

HERAKLEIA
27. AUGUST 1097

Mehrere Tage waren sie dem Heer hinterhergezogen. Dann wurden sie Zeugen der tobenden Schlacht. Längst waren die ersten Angriffswellen geritten, und die Streitmächte waren übergegangen zum blutigen Kampf Mann gegen Mann. Vorsichtig näherte sich der Tross. Knappen und andere fingen flüchtende Kampfrosse ein. Und die ersten Verwundeten kamen ihnen entgegen. Ursula und Hilde hielten neben dem Platz, an dem einige Bader ihr Lazarett unter freiem Himmel aufgeschlagen hatten. Die Luft war erfüllt von Schmerzensschreien. Sie nahmen sich derer an, die nur leichter verwundet waren. Ein Soldat ließ sich vor Ursula auf die Erde fallen. Am Oberarm hatte sein Kettenhemd dem Streich eines feindlichen Schwertes nicht mehr standgehalten. Zwischen den gesprengten Ringen der Rüstung pulste unablässig Blut hervor. Gemeinsam mit Hilde gelang es Ursula, das knielange Metallhemd dem Mann über den Kopf zu ziehen. Den Ärmel seines Hemdes schnitt sie mit ihrem Messer kurzerhand auf. Der Schnitt war tief, und in der weit klaffenden Wunde konnte Ursula den Oberarmknochen sehen. Wie sollte sie diese Wunde nur schließen? Intuitiv drückte sie die Ränder der Wunde zusammen, aber wie sollte sie das Fleisch des Armes so fixieren? Ihr kam eine Idee. „Hilde, Hilde!“ rief sie die Freundin. „Haben wir eine Nadel?“

Verwundert trat Hilde kurz zu ihr. „Was für eine Nadel?“ fragte sie.

„Zum Nähen! Dünn und spitz muss sie sein.“

Hilde durchwühlte daraufhin ihre Sachen. Sie hatte irgendwo eine Nadel, aber wann hatte sie zum letzten Mal sich bemüßigt gefühlt, einen Riss im Kleid oder etwas ähnliches zu flicken? Wo hatte sie die Nadel nur gelassen? Sie fluchte vor sich hin, suchte in ihrer Truhe. Schließlich wurde sie doch fündig. Triumphierend kam sie vom Karren zu Ursula herüber, die immer noch verzweifelt die Wunde des Mannes zusammenhielt.

„Hier", sagte Hilde, stolz darauf, das kleine Ding gefunden zu haben.

„Reiß mir ein Haar aus", befahl Ursula, ohne weiter auf Hilde zu achten.

Hilde tat wie geheißen und fädelte ein langes rotblondes Haar in die Nadel. Dann reichte sie Ursula das Werkzeug.

Ursula wusste nicht, ob es gelingen würde. Mit einem Streifen Stoff tupfte sie die Wundränder sauber. Dann stach sie die Nadel durch die Haut auf beiden Seiten des Schnittes. Vorsichtig zog sie die Wundränder zusammen und verknotete das Haar.

„Noch eins", raunte sie mit rauher Kehle und reichte Hilde die blutige Nadel. Vier Haare zog sie durch die Haut des Mannes, dann hatte sie die Wunde geschlossen. Als sie nun die Wunde vom Blut säuberte, schien nur noch wenig nachzusickern. Sie nahm saubere Stoffstreifen und legte sie um den Arm.

„Es wird besser sein, wenn du den Arm nicht bewegst", riet sie dem Mann und schaute sich bereits nach dem Nächsten um. Während Hilde einen Bogenschützen versorgte, machte Ursula ein Feuer. Sie brauchte einen Aufguss von Weidenrinde. Rinde und Blätter der Weide hatten die Kraft, Entzündungen zu verhindern. Das wusste sie, und wenn die Verletzten eines nicht brauchten, dann waren das Entzündungen, die meistens Wundfieber nach sich zogen und die Bader zur Amputation des verletzten Glieds veranlassten.

Unermüdlich, bis in die Dunkelheit, kümmerten sich die Frauen um jeden, der zu ihnen kam. Die ganze Zeit über betete Ursula im Stillen für sich, dass es nicht Roderich sei, den die Männer vom Schlachtfeld heranschleppten. Die Idee mit der Nadel kam an diesem Tag noch mehrmals zum Einsatz. Einem Normannen nähte sie sogar die Kopfhaut wieder an, die ein Schwertstreich fast zur Hälfte vom Schädel des Mannes abgehoben hatte. Der Krieger saß grinsend da, nahm ab und an einen Schluck Wein, während Ursula mit der Haut zwischen den blutverklebten Haaren kämpfte. Als sie es endlich geschafft hatte, fiel der Mann einfach auf den Rücken und blieb bewusstlos liegen.

Todmüde und erschöpft schafften Hilde und sie es noch, ihr Zelt notdürftig aufzustellen. Sie ließen all ihre Sachen auf dem

Karren, vor dem immer noch geduldig der Esel stand. Lediglich ihre Strohsäcke zogen sie vom Gefährt und ließen sich im Zelt gleich darauf fallen.

Wenn sie es in aller Hektik richtig vernommen hatten, so waren die Pilger Christi siegreich geblieben.

Im Morgengrauen wurde Ursula durch eine Schwere, die sie auf ihrer Seite spürte, wach. Hinter ihr lag Roderich, so wie er vom Pferd gestiegen war. Nicht einmal seines Kettenhemdes hatte er sich entledigt. Vorsichtig entwand sich Ursula der Umarmung. Roderich war überall mit Blut besudelt, er selbst schien aber unverletzt. Vorsichtig stand Ursula auf. Roderich schlief tief und fest und wurde nicht wach. Auch Ursula bemerkte nun, dass sie am Abend, so wie sie war, auf das Lager gefallen war. Ihr Kleid war blutbefleckt, und auch an ihren Händen und Unterarmen befand sich getrocknetes Blut. Sie trat vor das Zelt. Nur das Stöhnen der Verwundeten im großen Zelt der Bader war zu hören. Es war noch kalt, und ein feuchter Schleier lag über dem Boden. Ursula machte Feuer und wärmte sich an den auflodernden Flammen. Sie suchte sich einen Eimer und etwas Wasser, wusch sich Hände und Arme. Erst dann begann sie einen Hirsebrei zu kochen. Der Brei war schon eine Weile fertig, und Ursula hatte bereits eine Schale vertilgt, da kam Hilde aus dem Zelt. Es herrschte noch immer gespenstige Ruhe. Hilde nahm ein paar Löffel Brei direkt aus dem Kessel. Sie stand da und sah sich um. „Komm, Ursula, wenn wir uns beeilen, sind wir die ersten auf dem Feld. Und wir können uns holen, was wir brauchen, bevor andere es uns streitig machen."

Das war Hilde, immer geschäftstüchtig und auf das Praktische bedacht. Ursula folgte der Freundin trotz des Widerwillens, den sie gegen diese Tätigkeit hatte. Hilde hatte ja recht. Ein Schlauch Wasser, ein Säckchen Getreide und was man sonst noch finden konnte, mochten in nächster Zeit über Hunger und Durst entscheiden. Was sich ihnen auf dem Schlachtfeld bot, ließ sie beinahe den Brei wieder verlieren. Die Feinde waren bei weitem nicht so gut gerüstet wie die Christen. Sie mochten zwar gute Bogenschützen und schnelle, wendige Pferde haben, doch metallene Schutzkleidung schien ihnen fremd. Die meisten hatten Rüstungen aus hartem Leder an, die nur selten durch aufgenähte Metallplättchen verstärkt waren. Dementsprechend sahen die Opfer aus. Ursula sah einen Kopf, der von einem Schwerthieb gespalten war, sie schritt über abgetrennte Arme und durch Blutlachen. Tote Bekreuzigte waren meist mit mehreren Pfeilen gespickt, die sogar den Panzer der Kettenhemden durchdrungen hatten. Andere waren von Morgensternen und den gefürchteten Kampfkeulen der Muslime niedergestreckt worden. Überall klafften Wunden, Gedärme quollen aus aufgeschlitzten Bäuchen, und das Summen der Aasfliegen erfüllte die Luft. Hilde verscheuchte einen Hund, der an den Wunden eines Toten leckte. Eine ganze Weile wandelten sie zwischen den Leichen untätig umher. Hilde war die erste, die sich an den Anblick gewöhnt hatte und dazu überging, die Leiber zu untersuchen. Sie fand gleich hintereinander zwei kleinere Schläuche, die noch prall gefüllt waren. Ursula begann nun auch, an den menschlichen Überresten vorbeizusehen, auf der Suche nach etwas Gebräuchlichem. Zwischen einigen Toten lag ein Pferd, in dessen Hals mehrere Pfeile steckten. Über seinem Rücken lagen zwei miteinander verbundene Beutel. In ihnen fand Ursula Dörrfleisch, ein Säckchen Mehl und eines mit Körnern. Für die Waffen interessierten sie sich nicht. Hilde zog auch den ein oder anderen Ring von im Todeskrampf verkrümmten Fingern. Ursula sah sich nur nach Nahrung um. Schon bald waren sie nicht mehr alleine. Immer mehr Leute kamen aus dem erwachenden Lager aufs Feld. Kinder und Bogenschützen sammelten Pfeile. Männer sahen sich nach Schwertern und Lanzen um. Ursula konnte sehen, dass mancher, der seine Rüstung beim Marsch durch die Sommerhitze weggeworfen hatte, sich nun wieder mit entsprechender Kleidung der Toten versorgte. Nach und nach kamen immer mehr Krieger auf das Feld und vertrieben wütend das einfache Volk.

Ursula und Hilde traten den Rückweg an. Sie hatten fünf noch gut gefüllte Schläuche mit Wasser oder sogar Wein. Die Taschen vom Rücken der Pferde waren prall gefüllt mit Brot, Dörrfleisch und was die Krieger sonst noch an Nahrung bei sich hatten. Ursula hatte sich die Stoffbeutel über die eine Schulter gelegt und war froh, als sie sich vor ihrem Zelt der Last entledigen konnte. So gesehen hatten sie reiche Beute gemacht. Der Normanne, dem sie den Haarschopf wieder angenäht hatte, lag mit verbundenem Kopf noch immer im Gras. Ursula sah nach ihm. Als sie erkannte, dass er noch atmete, ließ sie ihn dort einfach liegen. Viel wichtiger war ihr ein anderer Krieger. Roderich lag noch immer fest schlafend auf ihrem Strohsack. Sie setzte sich zu ihm und strich eine von Blut gefärbte Haarsträhne aus seinem Gesicht. Langsam öffnete Roderich die Augen und versuchte ein Lächeln. Als er sich aufsetzte, entwich ihm ein Stöhnen. „Ah, mir tut jeder einzelne Knochen weh.“ Mit schmerzverzerrtem Gesicht stand er auf. „Ursula, hilf mir, ich muss das Teil loswerden“, bettelte er. Ursula, half ihm, den Panzer aus tausenden kleinen Metallringen auszuziehen. Darunter hatte Roderich einen Lederschurz und ein gefüttertes Wams. Als er sich des letzten Kleidungsstücks entledigt hatte, entfuhr Ursula ein Laut des Erschreckens. Der Oberkörper ihres Geliebten war von mehreren blutunterlaufenen Flecken gezeichnet. Ursula holte ihren Tiegel mit der Salbe. Bei weiteren Untersuchungen entdeckte sie eine große Beule an Roderichs Kopf. Als sie diese betastete, zeigte ihr Roderich seinen Helm. Eine große Delle zeugte vom Schlag eines Morgensterns, der ihn aber offenbar nur gestreift hatte. Hätte ihn die eisendornenbewehrte Waffe voll getroffen, wäre er mit großer Sicherheit auf dem Feld geblieben. Tränen stiegen in Ursula auf. Er hatte großes Glück gehabt. Sanft drückte sie den Kopf des Sitzenden gegen ihren Leib und versuchte, ihre Tränen zu unterdrücken.

Je höher die Sonne stieg, desto unerträglicher war der Gestank, der vom Feld zu den Zelten herüberwehte. Die Luft hoch über ihnen war erfüllt von allerlei Vögeln. Schon hatte man begonnen, Gruben auszuheben und die Leichen der gefallenen Bekreuzigten hineinzuwerfen. Roderich musste zu seinem Trupp. Lange würden sie hier nicht lagern. Er wollte herausbekommen, wie es weiterging.

HINTER HERAKLEIA
2. SEPTEMBER 1097

Schon nach wenigen Tagen geriet der Heereszug erneut ins Stocken. Am Horizont vor ihnen türmte sich ein Gebirge auf. Kundschafter wurden ausgesandt und ortskundige Soldaten von Byzanz befragt. Wie Roderich den Frauen berichtete, war unter den Fürsten ein Streit entbrannt, wie man weiterziehen solle. Einige Normannen um Tankred wollten die Passstraße, die direkt über die Berge führte, nehmen. Graf Balduin von Boulogne vermutete dahinter Vorteile, die sich die Normannen schaffen wollten. Der Rat der Ortskundigen lautete, das Gebirge nördlich zu umgehen und sich dann auf der Rückseite der Berge wieder nach Süden zu wenden. Zum einen gab es eine breite Handelsstraße auf diesem Weg, und zum anderen war das Gebiet dort von nach wie vor treuen Anhängern Byzanz' besiedelt.

Nur über das Ziel war man sich einig. Die nächste zu erobernde Stadt war Antiochia.

„Auch wenn der Weg um das Gebirge herum wesentlich länger ist", erklärte Roderich den Frauen, „wird es besser sein, ohne weitere Kampfhandlungen vorwärtszukommen. Der Sommer ist so gut wie vorbei, und in Gebieten ohne Feinde kann das Heer besser versorgt werden."

„Und der kürzere Weg?" wollte Hilde wissen.

„Der kürzere Weg ist, sagen die Kundschafter, steil und schmal. Er könnte leicht von viel kleineren Truppen der Feinde beherrscht werden. Außerdem führt er in eine fruchtbare Ebene, die von den Turkmenen besetzt ist. Tankred und seine Wilden werden dort auf viel Gegenwehr stoßen."

Ungeduldig wartete das ganze Heerlager auf die Entscheidung der Fürsten.

Sie fiel noch am gleichen Tag. Tankred, der Neffe Bohemunds, Balduin von Bourcq und Balduin von Boulogne ließen sich nicht von ihren eigenen Plänen abbringen. Also war die Trennung der

Heere beschlossen worden. Alle anderen begaben sich auf die Handelsstraße nach Kaisareia.

Als sie weiterzogen, setzte der erste Regen ein, und je näher sie dem Gebirge kamen, desto unwirtlicher wurde das Wetter. Bereits nach wenigen Tagen versank der ganze Tross im Morast des aufgeweichten Bodens. Das Vorankommen wurde immer beschwerlicher. Nicht nur, dass die Wagen alle immer wieder mit vereinten Kräften durch Schlammlöcher geschoben werden mussten, die Kleidung jedes Einzelnen war bis auf die Haut durchnässt. Die Preise für jede Art von Fett schnellten in die Höhe, und so mancher machte mit einem Tiegel ranzigen Talgs das Geschäft seines Lebens. Jede Art von Fett war den Kriegern jetzt recht, um die Geflechte ihrer Kettenhemden und weiterer Rüstungsteile vor dem Rost zu schützen. Ursula verbarg ihre Salben zuunterst in der Truhe und schützte den Inhalt des Holzkastens mit ihrer alten Kuhhaut vor der Nässe. Schwer hingen ihr und Hilde die Wollkleider am Leib. Das nasse Gewebe vermochte auch nicht mehr zu wärmen, und mit blauen Lippen saßen sie jeden Abend dicht am Feuer. Alles war nass und begann in kürzester Zeit zu stinken. Beide Frauen legten sich abends nicht mehr auf ihre faulenden Strohsäcke. Sie schliefen im Sitzen an die Truhe gelehnt unter der tropfenden Zeltplane. Während Hilde und Ursula sich nur ihrer Strohsäcke entledigten, warf so mancher Krieger ein Rüstungsteil nach dem anderen von sich. Durch die Nässe schien alles, was man am Leib trug, um vieles schwerer als sonst. Der glitschige Morast, der an dem Schuhwerk haftete, machte jeden Schritt zur Qual. Ein jeder rutschte und stolperte vor sich hin. Auch die Tiere fanden unter ihren Hufen und Klauen keinen Halt. Erschreckte Schreie ließen Ursula, die sich gegen ihre Karre gestemmt vorwärtskämpfte, aufschauen. Vor ihnen war ein Ochse ausgeglitten und hatte im Fallen das Tier neben sich mitgerissen, nun glitten die beiden massigen Körper über den Schlamm in den Abgrund neben dem Weg und rissen das Fuhrwerk, an dem sie hingen, mit sich. Die zwei Frauen, die oben auf der Ladung Erholung gesucht hatten, schrien gellend auf, als sich der Wagen überschlug und ihre Körper zermalmte. Immer wieder gab es solche Katastrophen. Hatten anfangs einige besonders Schlaue noch die am Wegrand liegenden Rüstungen und Kettenhemden eingesammelt, um irgendwann damit gute Geschäfte zu machen, befreiten sie nun fluchend ihre Lasttiere und Karren von dem zusätzlichen Gewicht. Der Himmel kannte kein Einsehen. Es regnete über Wochen, und dazu wurde es immer kälter. Ursula sah Frauen, die völlig entkräftet den letzten Schritt, den sie noch zu gehen vermochten, in den Abgrund taten. Auch völlig abgemagerte Männer lagen tot am Wegesrand. Ursula und Hilde waren zeitweise selbst so erschöpft und müde, dass sie sich am liebsten danebengelegt hätten, aber jede von ihnen wusste, wer in diesen Tagen aufhörte zu gehen, ging nie mehr wieder. Roderich bekam Ursula nur selten zu Gesicht. Er musste vorne im Heer mitgehen. Immer lauter wurden die Flüche gegen die Berge aus den Kehlen der Wallfahrer und mit ihnen auch das Husten der anwachsenden Zahl Kranker. Über vierzig Tage kämpften sie sich durch Regen und Morast. Als sie in die Gegend eines Ortes Namens Germanikeia kamen, stießen sie auf das Heer von Graf Balduin. Doch seine Truppen blieben nicht bei der Wallfahrt, sondern wandten sich weiter nach Osten, in der Hoffnung, dort ein eigenes Fürstentum zu errichten.

Priester und Mönche predigten täglich vor fast jedem Zelt, um die Pilger an ihre Gelübde zu erinnern.

ANTIOCHIA
20. OKTOBER 1097

Ursula hatte längst wie alle anderen die imposante Stadt entdeckt, die sich an die Berge schmiegte und von einer ehrfurchtgebietenden Mauer umgeben war, als Roderich herangeritten kam. „Antiochia, Ursula, wir haben es geschafft, das ist Antiochia", rief er ihr noch vom Pferd aus zu. „Ursula, es ist nicht mehr weit. Die Heere werden sich jetzt formieren, vor uns liegen nur ein paar Dörfer und die Brücke über den Fluss. Dann sind wir da, und ihr könnt euch endlich ausruhen. Es wird einige Zeit kosten, diese Stadt zu nehmen. Zeit, in der ihr nicht mehr laufen müsst."

Ursula hatte nur ein schmales Lächeln mit blaugefrorenen Lippen für diese Nachricht übrig. Roderich sah sie besorgt an. „Nicht lange, und du kannst dich an einem großen Feuer wärmen, den Rest übernehme dann ich", flüsterte er ihr zärtlich ins Ohr und küsste sie noch einmal, bevor er sich wieder in den Sattel schwang.

Als die Sonne unterging, kehrte er zurück. Vor sich über dem Hals seines Pferdes lag ein totes Schaf. Er stieg ab, überließ das Pferd seinem Knappen und schleppte das Schaf zu Ursulas Zelt. „Ich habe euch Fleisch gebracht", begrüßte er die Frauen. „Das war heute ein leichter Sieg. Die Garnisonen in den Dörfern ergriffen bei unserem Anblick die Flucht. Bischof Adhémar setzte sich selbst an die Spitze des Heers, und unter seiner Führung überraschten wir die Feinde, die die große Brücke über den Fluss bewachten. Auf der anderen Seite der Brücke haben wir eine Handelskarawane mit Vieh und Getreide für die Stadt erobern können", berichtete er voller Euphorie. Ursula war zu erschöpft, um sich richtig zu freuen. „Ich bin froh, dich in einem Stück wiederzusehen", sagte sie nur und gab Roderich einen Kuss. „Warte, nicht lange, und du hast ein frischgebratenes Stück Fleisch zwischen den Zähnen", versuchte er sie zu trösten.

Er ging vor das Zelt und zog dem toten Tier das Fell ab. Eine Keule schnitt er gleich heraus und hängte sie auf ein Schwert gespießt über das Feuer. Hilde brachte den Kessel, füllte ihn mit Wasser und half Roderich beim Zerlegen des Tieres. Einen Teil der Knochen und etwas Fleisch gab sie gleich in den Kessel. „Das gibt eine kräftige, heiße Brühe", kommentierte sie ihr Tun. „Das ist genau das, was wir jetzt brauchen."

„Bleiben wir hier", fragte Ursula, „oder ziehen wir morgen näher an die Stadt?"

„Wir werden noch über die Brücke ziehen. Jenseits des Flusses gibt es reichlich Platz für das Lager", antwortete Roderich und rieb Ursula kräftig den Rücken, damit ihr etwas wärmer würde. Sie sah so müde und erschöpft aus, und in ihm regte sich neben der großen Liebe, die er für diese Frau empfand, Mitleid.

Die Brücke, über die sie ziehen sollten, war ein imposantes Bauwerk, das auf ihrer Seite von zwei massiven Wachtürmen flankiert wurde. Von dieser Seite des Flusses aus war es möglich, die Stadt in all ihrer Größe und Pracht zu sehen. Soweit sie schauen konnten, zog sich eine hohe Mauer mit unzähligen Türmen um die Metropole. Die Mauern zogen sich in Windungen um die am Fuße eines Berges gelegene Stadt, bis hoch zu einer Burg, die auf der Spitze des Berges errichtet zu sein schien. Waren die Mauern von Konstantinopel und von Nikaia ihnen bereits unüberwindbar vorgekommen, so versetzte ihnen diese Wehranlage einen Schock. Wie sollte man eine so ausgedehnte Befestigung umstellen, und wie sollte es gelingen, ein solches Bollwerk zu erstürmen?

Ursula und Hilde fanden einen Platz für ihr Zelt nicht weit von der Stelle entfernt, wo der unter den Mauern der Stadt hervorschießende Fluss sich mit dem Orontes vereinte. Wasser gab es mehr, als ihnen lieb war, denn es hatte auch wieder zu regnen begonnen. Die Heere und auch alle anderen richteten sich darauf ein, den ganzen Winter vor den Toren dieser Stadt zu verbringen.

Einige halbherzige Angriffe wurden auf das Stadttor und die Mauern unternommen. Aber noch hatte niemand einen wirklichen Plan, wie eine Eroberung gelingen könnte.

Nach mehreren Wochen riefen die Geistlichen zu vermehrtem Gebet und Buße auf. Kurz vor dem Fest Jesu Geburt jagte man alle Frauen aus den Zelten der Ritter. Doch auch Gebete, Fasten und Enthaltsamkeit brachten die Mauern Antiochias nicht zum Einsturz.

Im Lager gingen Gerüchte umher, dass besonders der Normannenfürst Bohemund großes Interesse an der Stadt hatte und ständig Kundschafter und Spione in seinem Zelt empfing.

Die Wintermonate waren grausam. Es regnete weiterhin fast ohne Unterlass, und gleichzeitig wurde es immer kälter. Die einzige Stelle, an der das Herumsitzen noch erträglich war, schienen die Feuer bei den Zelten zu sein. Doch so nahe man auch den Flammen rückte, die Kleider der Pilger wurden nie wirklich trocken. Mit dem Beginn des neuen Jahres stellte sich auch der Hunger wieder ein. Das Land um die Stadt herum gab nichts mehr her, und auch wenn die Bevölkerung des Landes ihnen wohlgesonnen war – wo nichts mehr war, konnte man auch nichts holen. Immer weiter mussten Heeresabteilungen in das Umland ziehen, um genug Nahrung für Mensch und Tier heranzuschaffen. Im Februar hörten die Frauen davon, dass nicht nur einfache Soldaten, sondern auch der ein oder andere Adlige versucht hatte, sich aus dem Staub zu machen. Täglich wurden Desserteure hingerichtet und zusammen mit den an Hunger und Krankheit Verstorbenen in die ausgehobenen Gruben geworfen.

Bereits im Dezember war es gelungen, eine von Damaskus kommende Streitmacht, die von Antiochia zu Hilfe gerufen worden war, zu besiegen. Nun mehrten sich Berichte, dass erneut ein Heer aus dem Hinterland heranzog, um den Bekreuzigten in den Rücken zu fallen. Auch Roderich musste dem Feind mit einem Großteil der Besatzungstruppen entgegenziehen. Elend zogen sich für Ursula die Tage dahin, bis Roderich erschöpft, aber heil wieder im Eingang ihres Zeltes stand.

Auch der erneute Sieg mochte die gedrückte Stimmung im Lager nicht aufzuhellen. Die Fürsten lagen im Streit und belauerten einander. General Tatikios hatte mit den Resten seiner Truppen die Flucht ergriffen. Keiner der Fürsten war mehr bereit, sich an den Treueeid gegenüber Kaiser Alexios zu halten. Jeder von ihnen wollte diese Stadt für sich, besonders nachdem man sich darauf geeinigt hatte, dass derjenige, dem es gelingen würde, bis in die Zitadelle vorzudringen, neuer Statthalter Antiochias werden würde. Hilde, die nach wie vor häufig ihre

Zeit bei den Normannen verbrachte, berichtete Ursula und Roderich, dass der Fürst Bohemund nicht nur jeden Gefangenen unter Folter verhörte, sondern auch einige Spione in die Stadt geschleust hatte.

Im April ging man zu einer neuen Taktik über. Mit neuartigen Wurfmaschinen, die über das Meer zu den bekreuzigten Heeren gefunden hatten, warf man alles, was einem einfiel und geeignet zu sein schien, die Menschen hinter den Mauern zu demoralisieren, über die Mauern in die Stadt. Nachdem man anfangs noch Steine gegen die Mauerzinnen geschleudert hatte, waren es nun verrottete Tierkadaver und Körbe mit Exkrementen, die durch die Luft sirrend irgendwo hinter den Mauern gegen eine Hauswand schlugen. Nach einem Ausfall mehrerer hundert Muslime aus der Stadt, die alle von den Rittern niedergemacht wurden, brachte man die abgeschlagenen Köpfe der Feinde zu den Wurfmannschaften.

Auch wenn es nach und nach wieder wärmer wurde, die Nahrungsknappheit blieb, und vor den Mauern fragte man sich immer mehr, wie die Eingeschlossenen in der Stadt nur so lange durchhalten konnten.

Ende Mai mehrten sich die Gerüchte, dass Bohemund einer Lösung des Problems nahe war. Hilde konnte Ursula davon überzeugen, dass sie ihr Zelt abbauten und all ihre Habe marschfertig auf dem Karren verstauten. So wie in früheren Tagen schliefen sie unter dem Wagen. Hilde blieb auch über Nacht bei ihren normannischen Freunden, und Ursula lag manchmal neben Roderich und seinen Leuten in deren Zelt.

ANTIOCHIA
2. JUNI 1098

Mitten in der Nacht wurden Roderich und Ursula wach von lautem Gebrüll. „Deus lo vult!" drang es aus unzähligen Kehlen. „Schnell zu den Waffen, die Tore der Stadt stehen offen!" Der Tumult war unbeschreiblich. Die Männer, aufgescheucht aus tiefem Schlaf, versuchten so rasch wie möglich in ihre Rüstungen zu kommen. Knappen rannten, die Pferde zu holen, prallten mit jenen zusammen, die bereits mit mehreren Tieren von den Koppeln zurückkehrten. Ursula half Roderich beim Überziehen des Kettenhemdes, reichte ihm Schwert und Helm und gab ihm noch einen letzten Kuss.

„Wenn wir die Stadt jetzt nicht nehmen, ist alles verloren." Mit diesen Worten verabschiedete er sich von ihr. Ursula blieb alleine vor seinem Zelt zurück. Sie sah sich um, auch das gemeine Volk war in heller Aufruhr. Männer wie Frauen, bewaffnet mit erbeuteten Schwertern oder auch nur mit Knüppeln, rannten hinter den Rittern und Soldaten her. Alle wollten nur noch das eine: hinein in die Stadt. „Deus lo vult!"

Ursula sorgte sich um ihre Sachen und hoffte, Hilde beim Karren zu treffen. Gegen den Strom von Menschen drängte sie sich durch bis zu ihrem Lagerplatz. Doch Hilde war nicht da. Verzweifelt beschloss Ursula, wenigstens den Esel schon einmal anzuschirren. Als Hilde dann noch immer nicht erschien, griff sie sich das Halfter und zog den Esel hinter sich her zu den Zelten der Ritter. Im Osten kündigte ein silberner Streifen den herannahenden Tag an, und Ursula geriet unversehens in eine Rotte aufgebrachter Menschen, die in Richtung Stadt drängten. Behindert durch ihren Karren konnte sich Ursula nicht gegen den Druck der immer größer werdenden Menschenmenge stellen. Esel, Karren und Frau wurden von den anderen vor sich hergeschoben.

Im Sog der Masse schwemmte es Ursula samt ihrem Karren durch die Tore in die Stadt. Es dauerte eine ganze Weile, bis es ihr gelang, dem Hauptstrom der rasenden Pilger in eine Seitengasse zu entkommen. Doch auch dort blieb ihr keine Zeit zu verschnaufen. Unablässig stürmten Leute an ihr vorbei, die meisten mit furchterregend verzerrten Gesichtern, Waffen über ihren Köpfen schwingend, einzelne, massive Bündel von Wut und Hass. Sie wurde angerempelt, weitergedrängt und hatte Mühe, das Halfter des verstörten Esels festzuhalten. Auf ihr Gefährt blickend bemerkte sie jetzt einige Kinder, die versuchten, etwas von der Ladefläche zu ziehen. Erregt durch den Aufruhr um sie herum fuhr sie mit ihrem Stab zwischen die kleinen Diebe. Zuerst schienen sie wenig beeindruckt, doch dann machten sie auf einmal große Augen und rannten schreiend davon. Ursula drehte sich um und wusste augenblicklich, dass das Gesindel nicht vor ihr und ihrem Stock geflüchtet war. Vor ihr stand ein großer Mann, dessen Haut an Gesicht und Händen, mehr war nicht zu sehen, fast schwarz war. Ursula hatte davon gehört, dass es hier im Süden farbige Menschen mit dunkler Haut gab, aber so dunkel hatte sie sich das nicht vorgestellt. Auch ihr fuhr ein Schreck in die Glieder angesichts des schwarzen Mannes. Eine eiserne Keule, einen sogenannten Schädelspalter, in der Hand, kam er langsam auf Ursula zu. Sein Gesicht verzog sich dabei zu einem grässlichen Grinsen und legte seine gelben Zähne bloß, die im Kontrast zur dunklen Haut hell zu strahlen schienen, ebenso wie das Weiß in seinen Augen. Ansatzlos holte er zum Schlag aus, und Ursula konnte die fürchterliche Waffe gerade noch mit ihrem Stab von sich wegführen. Der Stab ging dabei zu Bruch, und Ursula hielt nur noch ein kurzes Ende in der Hand. Einem zweiten Schlag konnte sie behende ausweichen, dann stand sie aber mit dem Rücken zur Wand, zwischen sich und dem Schwarzen nur noch ihren Karren. Das Grinsen des Mannes wirkte nun überlegen, und siegessicher steckte er seine Keule in den Gürtel. Ursula wandte sich zur Flucht. Sie wollte zwischen Hauswand und Karren durchschlüpfen, der Mann war aber schneller und bekam sie am Handgelenk zu fassen. In Panik handelte Ursula instinktiv. Sie riss ihren Dolch aus der Scheide und fuhr gleichzeitig herum. Ungezielt und von ihrem Verfolger unerwartet, schnitt sie dem Schwarzen durch das Gesicht. Dieser ließ den Dolch, den er selber gezogen hatte, mit einem Schmerzensschrei fallen und fasste nach der klaffenden Wunde in seinem Antlitz. Ursula nahm den Dolch mit beiden Händen und stach voller Wut und Angst zu. Die Brust des Mannes bot kaum Widerstand, die scharfe Klinge glitt zwischen zwei Rippen. Da war kein Leder und erst recht kein Kettenhemd, das sie geschützt hätte. Von der Wucht, mit der Ursula sich ihm entgegengeworfen hatte, zurückgestoßen, stolperte der Schwarze, fiel auf den Rücken und griff noch nach dem tief in ihm steckenden Dolch, doch dann zuckte sein Körper zusammen und erschlaffte. Ursula stand völlig starr an der Wand und konnte ihren Blick nicht von ihm lassen. Es dauerte lange, bis sich das Zittern, welches ihren ganzen Körper ergriffen hatte, legte und sie sich wieder rühren konnte. Vorsichtig machte sie ein paar kleine Schritte zur Seite, um aus der Reichweite des Mannes zu kommen. Als der sich überhaupt nicht rührte, hob Ursula das längere Bruchstück ihres Stabes auf und stieß den in der Gosse liegenden Körper kräftig an der Schulter an. Der Mann rührte sich auch dann nicht. Vorsichtig näherte Ursula sich, langte beherzt nach dem Griff ihres Dolches und zog ihn aus der Brust des Mannes heraus. Ängstlich sprang sie zurück, alles erwartend, aber diesen Feind musste sie nicht mehr fürchten. Sie sah sich um. Wo waren plötzlich all die Menschen? Gerade eben noch war die Gasse doch voll gewesen, und jetzt war sie mit ihrem Esel ganz allein. Sie rutschte an der Wand, die sie gestützt hatte, herunter und begann zu weinen. Wie sollte sie jetzt nach diesem Sturm Hilde in der fremden Stadt wiederfinden? War sie überhaupt noch am Leben, und was war mit Roderich? Ab und an hasteten Menschen an ihr vorüber. Sie beachteten sie ebensowenig wie die anderen sie. Freund oder Feind, egal, sie wollte jetzt nur noch einen, Roderich, der seine starken Arme um sie schließen und sie in Sicherheit bringen würde. Ursula horchte auf. Nach wie vor waren Laute von Kampfhandlungen zu hören. Sie vernahm das Brüllen der Krieger und schrille Schreie irgendwelcher Frauen. Das Viertel, in dem sie sich befand, schien menschenleer. Vor ihr lag der Leichnam des schwarzen Mannes. Sie trocknete ihre Tränen und wischte sich mit der Schürze über ihr Gesicht. Langsam stand sie auf, holte aus der Karre den Wasserschlauch und trank. Nach und nach ging es ihr wieder besser. Eine Gruppe Menschen hastete an ihr und dem Esel vorbei.

„In den Quartieren der Handwerker gibt es noch was zu holen“, hörte sie einen der Männer rufen. Doch ihr war nicht danach, sich am Plündern zu beteiligen. Aber wo mochte Hilde stecken, und wie sollte sie in dieser großen Stadt die Freundin und Roderich wiederfinden? Sie war von Hilde getrennt worden, als alle durch das Tor drängten. Vielleicht sollte sie zum Tor zurückgehen und es in der Richtung versuchen, in die sie die Freundin entschwinden gesehen hatte. Noch hatte sie Hildes von Verzweiflung verzerrtes Gesicht vor Augen. Betrübt ergriff sie das Halfter des Esels und wendete den Karren. Langsam schritt sie die Gasse hinunter zurück zum Tor.

Dort entdeckte sie einen Trupp Normannen, der sich gerade als Torwache aufstellte. Unter den Männern erkannte sie Ailwin. Aufatmend rief sie ihn an. „Ailwin, Ailwin, wie froh bin ich, dich zu sehen. Bist du unverletzt?“ Der junge Krieger drehte sich um, als er seinen Namen hörte, die Zeichen des Kampfes und seine harten Gesichtszüge erschreckten Ursula beinahe, doch als Ailwin sie erkannte, huschte ein vertrauensvolles Lächeln über sein Gesicht. „Ursula, ja, es geht mir gut. Bohemund ist neuer Statthalter, und wir haben gesiegt.“

„Hast du Hilde irgendwo gesehen?“ wollte Ursula von ihm wissen.

„Nein, sie war gestern abend noch bei uns, und vielleicht ist sie mit den Männern bis hoch zu der Burg gegangen, aber mit Sicherheit kann ich es dir nicht sagen.“

Verzweiflung machte sich in Ursula breit. Wie sollte sie in dieser großen Stadt, durch die plündernd und mordend tausende und abertausende Wallfahrer tobten, ihre Freundin finden? Mutlos suchte sie sich die erstbeste Gasse aus und zog den Esel hinter sich her. Hier unten in der Stadt wurde es langsam ruhiger, und doch musste Ursula mehrmals umkehren, da sie mit ihrem Gefährt unmöglich über die sich zwischen den Häusern angehäuften Leichen gelangen konnte. Schließlich gab sie es auf. Sie stellte den Karren in eine Hofeinfahrt und setzte sich daneben auf einen Mauervorsprung. Sie würde jetzt hier sitzenbleiben, so lange, bis jemand sie fand.

VOR DEN TOREN ARQAS
16. APRIL 1099

Im ersten Licht des Tages sah Ursula zum ersten Mal ihren eigenen Sohn. Sie hob ihn hoch und begutachtete ihn. Er war wunderschön. Zarter dunkler Flaum klebte ihm an der Haut seines Schädels. Mit winzig kleinen Augen sah er seine Mutter an. Ursula weinte vor Glück und Verzweiflung. Wenn doch Roderich hier wäre, wenn man sie doch bloß bald finden würde! Als das kleine Bündel nun zu schreien begann, öffnete sie ihr Kleid und führte den kleinen Kopf an ihre Brust. Gierig schnappte der winzige Mund nach ihrer Brustwarze und begann unversehens, daran zu saugen. Das Stillen erfüllte Ursula mit Ruhe und Glück. „Alles wird gut, alles wird gut“, murmelte sie vor sich her.

Als ihr Sohn an der zweiten Brust eingeschlafen war, legte sie ihn kurz ab, um sich um ihr eigenes Wohl zu kümmern. Die Stoffstreifen zwischen ihren Beinen waren durch und durch rot. Sie blutete noch immer. Sie legte frischen Stoff über ihre Scham und schloss die Beine. Sie fühlte sich schwach. Nach ein paar Schluck Wasser aus dem fast leeren Schlauch lehnte sie sich zurück in den Schatten des Felsens, nahm das Kind in die Arme und wiegte es sanft hin und her. Der Knabe sah so friedlich aus, dass ihr erneut die Tränen kamen. In was für eine Welt hatte sie ihren Sohn geboren.

So wie damals in Antiochia wollte sie jetzt ausharren. Auch damals hatte sie die Hoffnung nicht aufgegeben und war belohnt worden.

ANTIOCHIA
5. JUNI 1098

Zwei Tage harrte sie an dem Platz vor dem Haus aus. Sie trank Wasser und aß etwas Brot, das sie im Haus gefunden hatte. Die Straßen waren wieder von Leben erfüllt. Soldaten und Ritter eilten hin und her und holten ihre Habe, Zelte und Gerätschaften in die Stadt. Ganze Wagen, vollbeladen mit Leichen, wurden an ihr vorbeigezogen. Nach wenigen Stunden war das Pflaster der Straße rot vom herabtropfenden Blut. Leute durchstöberten jedes Haus und schleppten alles, was ihnen wert schien, fort. Nur das Haus, in dessen Eingang Ursula saß, wurde verschont. Ursula spürte, dass sie in ihrem mit Blut besudelten Kleid und den verklebten Haaren die Leute abschreckte. Endlich hörte sie jemanden, sie erlösend, ihren Namen rufen.

„Ursula, Ursula! Hier steckst du." Die Angerufene sah auf und erkannte Roderichs Knappen. „Herr Roderich und Hilde suchen dich bereits überall. Sie haben mittlerweile bestimmt die halbe Streitmacht auf die Suche nach dir geschickt. Komm, Herr Roderich hat ein Handwerkerhaus genommen. Auf, ich bringe dich hin."

„Endlich." Ursula atmete auf, holte den Esel aus dem Hof, schirrte ihn mit Hilfe des Knappen an und folgte ihm und dem Karren hinauf in die Stadt.

Vor dem Haus stand eine ungeduldige, sorgenvolle Hilde. Erst sah sie nur den Knappen mit dem Esel, doch dann entdeckte sie die Freundin hinter dem Gefährt. Mit einem Aufschrei stürzte sie Ursula entgegen. „Ursula! Ursula!" Mehr konnte sie nicht sagen. Sie fielen einander in die Arme, und die kleine runde Frau drückte ihre junge Freundin so arg, dass dieser beinahe die Luft wegblieb. Von Hildes Schrei aufgeschreckt, kam nun auch Roderich aus dem Haus gestürmt. Er hob Ursula hoch, drehte sich mit ihr in den Armen um die eigene Achse und weinte Tränen der Freude.

Als sich alle wieder beruhigt hatten, führte Roderich Ursula in das Haus. „Schau, Ursula, hier ist das Herdfeuer, und hier habe ich uns ein Lager gerichtet.“ Begeistert zog er Ursula von einem Raum in den nächsten, als würde er ihr sein eigenes Schloss zeigen. Nach den vielen Monaten im nassen Zelt kam Ursula dieses Haus vor wie ein Palast. Sie hatte ein festes Dach über dem Kopf, konnte endlich all ihre Sachen waschen und trocknen, ein Haus für Hilde und sie. Ursula kam sich vor wie im Traum.

In den folgenden Tagen richteten sie sich ein. Roderich berichtete, dass die Fürsten beschlossen hatten, nach der langen, entbehrungsreichen Zeit die heißen Sommermonate über in der Stadt zu bleiben und erst im angenehmeren Herbst weiterzumarschieren. Bohemund und die Normannen wollten die Stadt nicht mehr verlassen. Der neue Statthalter wollte hier ein neues Fürstentum errichten, ähnlich wie es Balduin mit Edessa getan hatte. Nun stritten die Adligen um die neue Führung.

Abends nach dem Essen zogen sich Ursula und Roderich zurück auf ihr Lager. Ursula warf froh alle ihre noch immer feuchten Kleider von sich und kroch zu Roderich unter die Decken. Roderich hielt Ursula in seinen Armen und sah sie lange schweigend an. Schließlich räusperte er sich und flüsterte mit rauher Stimme: „Ursula, willst du für immer und ewig meine Gefährtin sein?“

Ursula antwortete mit einem langen zärtlichen Kuss. „Roderich, lieber Mann, wie soll das gehen? Ich bin eine davongejagte Magd und du ein Ritter. Was werden deine Eltern und dein Bruder sagen, wenn du von der Pilgerschaft heimkehrst mit einer Frau ohne Mitgift und Namen?“

„Wir könnten hierbleiben“, antwortete Roderich. „Ich hätte große Lust, es den Normannen gleichzutun. Hinter dem Haus ist eine Schmiede. Ich verstehe mich darauf, und wir hätten ein Auskommen.“

„Nein!“ Erschrocken setzte Ursula sich auf. „Das dürfen wir nicht. Wir haben ein Gelübde geleistet, wenn wir bleiben, geben wir unsere Seelen der ewigen Verdammnis preis.“ Voller Inbrunst äußerte Ursula ihre tiefste Überzeugung.

„Dann lass uns wenigstens als Mann und Frau weiterziehen“, lenkte Roderich ein und schob Ursula seinen Ring über den Finger. „Ich habe mit einem Mönch gesprochen. Er ist bereit, uns zu vermählen."

„Ja", sagte Ursula unter Tränen, „ich möchte dein Weib sein."

Auch Roderichs Augen wurden feucht, beide umschlangen sich und schliefen für den Moment als die glücklichsten Menschen Antiochias ein.

Im Traum sah Ursula sich und ihren Ritter vor einem Haus in der Sonne sitzen, und auf ihren Beinen saß ein Kind. Das Bild strahlte durch die ganze Nacht in ihr, und am Morgen erwachte sie mit dem heimlichen Wunsch, wieder Mutter zu werden.

ANTIOCHIA
8. JUNI 1098

Die gellenden Laute der Hörner schreckten alle in der Stadt auf. Die Wachen an den Toren und auf den Mauern schlugen Alarm. Die Männer eilten zu den Waffen und stürzten durch die Gassen hinunter zur Befestigungsanlage. Vor den Mauern stand das Heer der Muslime. Eine Welle des Entsetzens wogte durch die ganze Stadt. Sie waren eingeschlossen. Am Abend kehrte Roderich in das Haus zurück und unterrichtete die Frauen von der kritischen Lage. „Wir sitzen in der Falle. Die Kriegsmacht vor den Toren braucht uns noch nicht einmal angreifen. Während wir die Stadt belagerten, gab es immer noch Nachschub für Antiochia durch Seldschuken aus den Bergen. Doch uns werden sie wohl kaum versorgen. In der Stadt gibt es schon jetzt kaum noch etwas zu essen, und wenn kein Wunder geschieht, werden wir in diesen Mauern alle vor Hunger umkommen."

Noch nie hatte Ursula Roderich so verzweifelt gesehen. Doch ihr Bräutigam hatte noch mehr schlechte Nachrichten. „Einige Soldaten haben mir erzählt, in der Stadt mehren sich Sterbefälle aufgrund einer unbekannten Seuche. In den Quartieren liegen bereits die Schwächsten im Siechtum. Es wird besser sein, ihr bleibt hier im Haus."

Eine bleierne Stille senkte sich über die ganze Stadt. Außer den zu den Mauern gerufenen Kriegern bewegte sich niemand durch die Gassen. In den Kirchen wurden Gottesdienste abgehalten. Die Mönche liefen mit Weihrauch durch die Gassen und riefen zu Buße und zum Fasten auf. Das wäre gar nicht nötig gewesen, denn bereits nach etwas mehr als einer Woche gingen den meisten die Vorräte aus.

Auch Ursula und Hilde stellten bestürzt fest, dass sie so gut wie nichts mehr hatten, wovon sie leben könnten. Selbst die meisten Kräuter in ihrer Truhe waren feucht geworden und verdorben. In ihrer Verzweiflung beschlossen sie, den Esel zu schlachten. So konnten sich Roderich und seine Männer und auch die Frauen etwas stärken. Mit einigen Fleischbrocken zog Hilde zu den Normannen in der Zitadelle und konnte dagegen etwas Mehl und Getreide eintauschen. Aber das war dann auch alles, was ihnen blieb.

ANTIOCHIA
14. JUNI 1098

„Ein Wunder! Ein Wunder!“ scholl es durch die Gassen. Ursula und Hilde spitzten die Ohren, sie trauten sich nach wie vor nicht vor die Türe. Roderichs Knappe kam in den Hof gelaufen. „Ein Wunder!“ rief auch er. Außer Atem erzählte er den Frauen, was vorgefallen war. „Ein Mann namens Peter Bartholomäus hatte in den letzten Nächten immer wieder denselben Traum. Er sagte, ihm sei der heilige Andreas erschienen und habe ihm in der Kathedrale eine wundersame Waffe gegeben. Er war davon so beseelt, dass er die Herren und sogar Bischof Adhémar davon überzeugte. Sie haben den Boden von St. Peter aufgerissen und an der Stelle, die Bartholomäus im Traum gesehen hatte, gegraben. Und ratet mal, was sie gefunden haben?“

„Woher sollen wir das wissen, einen Schatz vielleicht, komm, erzähl schon weiter“, murrte Hilde.

Der Knappe machte eine bedeutungsvolle Pause und zischte dann im Flüsterton: „Die Heilige Lanze!“

„Welche Lanze soll heilig sein?“ fragte Ursula verwirrt.

„Der Spieß, mit dem der Soldat die Seite unseres Heilands durchbohrte“, antwortete der Knappe und bekreuzigte sich. „Gott hat uns doch nicht verlassen. Mit der Heiligen Lanze werden wir siegen.“

Die ganze Stadt geriet in Aufruhr. Alle wollten die Reliquie sehen und berühren. „Deus lo vult!“ wurde in den Kirchen gerufen, und viele pilgerten trotz Angst vor der Seuche zur Kathedrale. Überall flammte Hoffnung auf. Ritter und Soldaten rüsteten sich zum Kampf. Knapp zwei Wochen nach dem Fund der Lanze machte sich das Heer bereit. Die Schlachtrösser wurden mit dicken, ledernen Schürzen behängt, die sie vor den Pfeilen der Muslime schützen sollten. Überall hörte man das kratzende Geräusch von Schwertklingen, die zum Schärfen über einen Stein gezogen wurden.

Noch einmal riefen die Mönche in der ganzen Stadt zur Umkehr und Buße auf. Alle Kirchen waren erfüllt von den Schwaden der Räucherfässer und dem Gemurmel der Betenden. Manch einer der Gläubigen sank auf die Knie und fiel noch vor Ende eines Pater Noster tot um. Der Hunger, schwelende Verletzungen und fremde Krankheiten ließen sich von keiner noch so heiligen Waffe beeindrucken. Nur in den Augen der Menschen sah man immer wieder den Schimmer von Hoffnung und festem Glauben.

Antiochia
28. Juni 1098

In den frühen Morgenstunden begannen die Ritter damit, ihre Streitrösser hinter den Toren aufzustellen. Hinter den Reitern formierte sich das Fußvolk. Auf der Mauer liefen geduckt die Bogenschützen in ihre Stellungen. Niemand vor den Mauern sollte von den Vorbereitungen etwas merken. In einer schweigenden Prozession kamen Mönche und Priester von der Kathedrale durch die Stadt herunter zum Tor. In ihrer Mitte Bischof Adhémar von Le Puy und neben ihm sein Chronist Raimund von Aguilers, er trug das Heilige Lanzenblatt auf einem langen Stab. In allen Gassen warteten die Krieger gespannt auf das Zeichen. Langsam wurden die Flügel des Stadttores aufgezogen. Durch den Torbogen sah man das Meer der Feindeszelte und davor, ein kurzes Raunen ging durch die Menge, die aufgestellten Streitmächte der Muslime. Aber jetzt gab es kein Zurück mehr. Die Glocken der Kathedrale wurden geläutet, Raimund von Aguilers hob die Lanze. „Deus lo vult!“ rief er, und die bis dahin zum Schweigen verdatterte Stadt antwortete ihm: „Gott will es!“

Höhnisch brüllte die Streitmacht vor den Mauern den Christen ein an Wolfsgeheul erinnerndes „Allahu akbar!“ entgegen.

„Was rufen sie?“ fragte Ursula einen, der in ihrer Nähe stand.

„Gott ist groß!“ antwortete ihr der Kerl mit verlegenem Grinsen.

Bischof Adhémar war an der Spitze der Reiterei in den Sattel gestiegen und senkte nun seine Lanze. Dann preschten sie los. Mit ohrenbetäubendem Gebrüll stießen die Heere aufeinander. Von den Mauern unterstützten Pfeilwolken den Ausfall, und in größter Raserei schlugen die Christen um sich.

Bereits am Nachmittag prasselten Hufe durch die Gassen, und Boten verkündeten den Sieg. Ursula war vor das Haus getreten und versuchte, aus den Schreien die wesentlichen Informationen herauszuhören. Sie hatten gesiegt, doch riefen die Boten noch etwas von heiligen Reitern, von Toten, die mit ihnen gekämpft hätten. Ursula schüttelte den Kopf. Waren jetzt alle verrückt geworden? Ihre einzige Sorge galt jedoch Roderich, und ungeduldig erwartete sie seine Rückkehr.

Auch Roderich redete, als er ermattet im Hof saß, wie im Wahn von heiligen Kriegern.

„Was für Krieger?“ wollte Ursula genauer wissen.

„Als wir unter dem Pfeilhagel der Muslime hindurch auf ihre Reihen zuritten, erschienen auf den Hügeln hinter dem Feind drei in strahlendes Weiß gekleidete Reiter“, erzählte Roderich. „Irgend jemand rief: ‚Seht, der heilige Georg‘, und andere riefen: ‚Gott schickt uns die Heiligen‘. Es gab kein Halten mehr. Die Muslime waren durch die Rufe und durch die ausgestreckten Arme, die auf die Hügelkette in ihrem Rücken deuteten, verwirrt. Die gepanzerte Reiterreihe ritt sie zu Hunderten nieder.“ Roderichs Augen glänzten. „Wir haben mit Heiligen an unserer Seite gekämpft. Die Feinde ergriffen irgendwann die Flucht, aber alle, die Ritter, das Fußvolk, alle setzten ihnen nach. Ich glaube, kaum jemand ist davongekommen. Ursula, wir sind wieder befreit. Gott ist mit uns.“

Berührt von seinen Worten fiel Ursula Roderich in die Arme. „Jetzt gehen wir nach Jerusalem, und dort werden wir heiraten“, flüsterte sie ihm ins Ohr.

Die ganze Stadt war im Siegestaumel, Mönche brüllten Botschaften vom himmlischen Beistand durch die Gassen, und es dauerte über zwei Tage, bis sich alle Menschen wieder beruhigten.

Roderich kam immer wieder mit neuen, beunruhigenden Nachrichten zurück. Die Fürsten lagen in offenem Streit. Bischof Adhémar war an der Seuche erkrankt und konnte nicht mehr zwischen den Franken und Normannen vermitteln.

Bohemund und seine Leute hatten eine Vielzahl zum Bleiben überredet, Raimund von Toulouse wollte aber nach wie vor nach Jerusalem weiterziehen.

Niemand wusste, wie es weitergehen sollte, als die Glocke von St. Peter den Tod des päpstlichen Legaten verkündete.

Ursula und Hilde schlossen sich im Haus ein. Trotz Ursulas heftigem Flehen, im Haus zu bleiben, verließ Roderich die

Frauen immer wieder, um zu erfahren, wie die Fürsten sich entschieden.

„Die Lage wird immer ernster“, lautete seine Aussage eines Tages. „Die Gruben vor der Stadt reichen nicht mehr aus, um all die Toten darin zu begraben. Die Menschen sterben an Schwäche und an der Krankheit, die in einigen Viertel der Stadt wütet. Wir müssen hier raus.“

„Aber wie?“ wollte Hilde wissen.

„Fürst Bohemund besteht darauf, dass Teile des Heeres die Ländereien der Umgebung sichern. Mit dem nächsten Heertross, der aufbricht, ziehen auch wir aus der Stadt“, erzählte Roderich seinen Plan. „Wir können in einem der Dörfer auf der anderen Seite des Flusses abwarten, was geschieht. Ich glaube, Raimund von Toulouse wird sich Bohemund nicht beugen. Er wird alle, die noch an der Befreiung Jerusalems festhalten, über kurz oder lang aus der Stadt führen. Wenn es soweit ist, schließen wir uns ihm an.“

Ursula schwieg. Erst später zog sie Roderich zu sich heran und äußerte ihre Zweifel sowie eine Nachricht, die sie unter anderen Umständen froh gemacht hätte.

„Roderich, wir haben keinen Esel mehr“, fing sie an. „Du weißt, wir werden auch für allen Schmuck und das restliche Geld, das wir haben, kein neues Zugtier bekommen. Du selbst hast auch nur noch das eine Pferd, dein Knappe und selbst die meisten deiner Freunde laufen bereits zu Fuß.“

Roderich überlegte. „Dann nehmen wir nur das allernötigste mit. Der Karren wird leicht zu ziehen sein, wenn er nicht schwer beladen ist.“

„Ja, mein lieber Mann, sicher, von gesunden Männern und vielleicht auch von kräftigen Frauen, aber nicht von einer kurzatmigen, kleinen Dicken und einer jungen Frau in der Hoffnung.“

Roderich verstand nicht sofort, doch plötzlich strahlten seine Augen auf. „Ist das wahr? Ursula, bist du dir sicher?“

Ursula nickte nur, gerührt von der unbekümmerten Freude, die aus Roderich drang.

Roderich sprang auf. „Hilde, Hilde, komm schnell!“ rief er, „wir bekommen ein Kind.“

Hilde, die das bereits einige Zeit lang vermutet hatte, kam grinsend um die Ecke. „Herr Roderich, was seid ihr doch für ein Tor", feixte sie. „Ein Kind wird nicht von heut auf morgen geboren. Es besteht gar kein Grund so zu brüllen, wir haben noch viele Monate Zeit."

Roderich ließ allerdings nicht locker. Gerade wegen des Kindes wollte er seine Ursula so schnell wie möglich weit weg von der Seuche bringen. Doch trotz all seiner Bemühungen konnte er kein Zugtier für den Karren der Frauen finden. Aber auch Ursula sah ein, dass es besser wäre, bald die Stadt zu verlassen. Noch fühlte sie sich kräftig und hatte kaum Beschwerden. Als Roderichs Knappe zusagte, er werde sich auch vor den Karren spannen lassen, brachen sie mit dem nächsten ausrückenden Heerzug auf.

MAARRAT AN NUMAN
12. DEZEMBER 1098

Als die kleine Stadt offensichtlich genommen war, rückte der Tross langsam nach. Hilde und Ursula zogen ihren Wagen etwas abseits durch die Gassen. Hilde hatte einen hochroten Kopf und schnaufte wie ein Ochse vorm Pflug.

„Ursula, ich kann nicht mehr“, japste sie. „Lass uns hier halten.“

„Hilde, bleib du hier“, sagte Ursula und nahm den leeren Wasserschlauch vom Karren. „Ich schau mal, ob ich Wasser für uns auftreiben kann, und vielleicht bringe ich auch in Erfahrung, wo heute das Lager aufgeschlagen wird. Roderich wird hoffentlich heilgeblieben sein, dann wird er uns suchen.“

Hilde nickte nur erschöpft. Ursula sah sich um, zwischen den Häusern lagen die Körper einiger Erschlagener. Vielleicht sollte sie nachsehen, ob es in den Häusern etwas zu essen und zu trinken gab. Doch allein, ohne den Schutz eines Mannes, traute sie sich nicht, in ein Gebäude einzudringen. Also entschied sie sich, einer Seitenstraße ins Stadtinnere zu folgen. Überall lagen jetzt Leichen. Die Raserei der ausgehungerten Krieger kannte keine Gnade mehr. Alles, was sich ihnen in den Weg gestellt hatte, war niedergemacht worden. Ursula sah die blutigen Körper von alten Frauen und Kindern, seltener einen Mann, kaum jemanden mit Waffen. Die Ritter und auch alle anderen, die noch Waffen trugen, kamen ihr auf unmenschliche Weise abgestumpft vor. Schon auf dem Marsch der letzten Tage hatte sie in viele Augenpaare geblickt, die seltsam entrückt, oder manchmal auch hinterhältig blitzend erschienen waren. Sie wusste, die gesamte Pilgerschaft litt Hunger, Durst und vor allem an einer großen Hoffnungslosigkeit. Wollte dieses verdammte Jerusalem denn nicht langsam näherkommen? Wer würde die Heilige Stadt noch erreichen, wenn es so weiter ginge?

Das Kind war wach geworden, und mit heftigen Bewegungen drückte es von innen gegen ihre Bauchdecke. Auch das, was sie da unter ihrem Herzen trug, bekam die Misslichkeit der allgemeinen Lage zu spüren. Doch nun, da sich das Kind gemeldet hatte und sie an die Liebe zu Roderich erinnerte, schöpfte Ursula Mut. Sie wusste, seit Monaten gaben Roderich und Hilde ihr immer wieder den Vorzug. Sie aßen weniger, damit Mutter und Kind genug hatten, und Ursula war diesen beiden Menschen so dankbar wie keinem Menschen auf der ganzen Welt. Voller Zärtlichkeit dachte sie an ihren Mann und streichelte sich über den Bauch. Auch sie hatte Durst.

Vorsichtig schaute sie um die nächste Ecke. Da war ein kleiner Platz, und in der Mitte stand ein Ziehbrunnen. Ursula sah sich vorsichtig um, bevor sie über den Platz schritt. Auch hier lagen reglose Körper. Sie schaute hinunter in die Schöpfstelle, zog langsam an dem Seil. Es plätscherte, als sie den Eimer höherzog. Wasser war da. Sie hob den Eimer auf die niedrige Mauer und stieß ihn wütend sofort wieder in das Loch. Der Kadaver eines Hundes lag im Schöpfgefäß. Zorn stieg in Ursula auf, und Verzweiflung. Angewidert ging sie weiter. Wenn sie einen toten Krieger sah, schaute sie nach, ob er einen Wasserschlauch bei sich hatte. Aber sie hatte kein Glück. Sie war noch nicht weit gekommen, da hörte sie lautes Reden. Hinter der nächsten Häuserecke saßen einige Franken um ein großes Feuer. Sie hatten einen Kessel aufgestellt, und einer kam hinzu und warf zwei Fleischstücke hinein.

„Hol noch mehr!“ befahl ein anderer, „wer soll von den Fetzen satt werden?“ Ursula blieb vorsichtshalber hinter der Hausecke stehen. In den Stimmen der Männer klang eine seltsame Wut; sie hörten sich fast betrunken an, doch Ursula wusste, Wein gab es schon lange nicht mehr. Sie wollte erst einmal weiter beobachten. Der eine Mann ging nicht sehr weit, nur wenige Schritte hinter seinen Kameraden beugte er sich über den Körper einer erschlagenen Frau, riss ihr den Stoff vom Körper und schnitt ihr aus den Oberschenkeln und dem Gesäß große Brocken Fleisch heraus. Dann ging er zum Feuer und warf sie in den Kessel. Ursula erstarrte vor Entsetzen. Unter dem Gejohle weiterer Männer kam ein Soldat auf den Platz. Vor sich her trug er eine Lanze, auf die etwas aufgespießt war. Ursula konnte keinen

Kopf sehen, und die Gliedmaßen waren mit Lederriemen eng an den Korpus gebunden. Es entsprach der Größe eines jungen Schweines, aber die Knochen der Glieder waren dafür zu lang.

„Ich hab uns einen Spießbraten besorgt“, brüllte der Mann mit sich überschlagender Stimme und legte die Lanze über eine Halterung in die Flammen. Ein Lederriemen löste sich, und Ursula sah, wie die Finger einer Kinderhand in der Glut gleich verkohlten. Sie erstickte ihren Schrei mit der eigenen Hand vorm Mund und rannte, als sei ein Heer Turkmenen hinter ihr her, davon. Sie achtete nicht auf die Richtung, sie wollte nur weg von dem, was sie da gerade gesehen hatte.

Im Lauf stieß sie hinter einer Hausecke mit einem Krieger zusammen. Erschrocken schrie sie auf, doch dann erkannte sie das Gesicht. „Fulk, Gott sei Dank. Hast du Wasser?“ fragte sie mit rauher Stimme. Das Entsetzen in ihren Augen ließ den Normannen gleich zu seinem Schlauch greifen. Gierig trank Ursula und ließ erst außer Atem ab, als Fulk ihr den Schlauch entriss. „He, nicht alles!“ Drohend und mürrisch klang seine Stimme. „Was machst du hier?“

„Ich suche Wasser. Doch alle Brunnen sind verseucht.“

„Geh hier die Gasse runter und bieg in die nächste rechts ein. Im zweiten Haus ist eine Zisterne, dort kannst du deine Schläuche füllen.“

„Danke, Fulk, danke“, rief Ursula und rannte sofort los. Verwundert sah ihr der Normanne nach.

Sie fand das Haus und auch das Becken, in dem noch Wasser stand. Bepackt mit den gefüllten Schläuchen suchte sie sich ihren Weg zurück zu Hilde.

Nachdem die Freundin getrunken hatte, flehte Ursula sie an: „Komm Hilde, lass uns schnell weiterziehen. Wir müssen aus dieser Stadt raus.“

„Ursula?“ Jetzt erst bemerkte Hilde, wie verstört die junge Schwangere war. „Was ist los? Was ist dir widerfahren?“

„Die Krieger, die Krieger“, stotterte Ursula, „sie braten und essen die Toten!“

Der Ausdruck, den Hilde im Gesicht ihrer Freundin sah, ließ sie keinen Augenblick an deren Aussage zweifeln.

„Komm“, sagte sie schlicht und legte sich den Gurt wieder über. „Komm, dann lass uns hier verschwinden.“

Auch Ursula nahm ihr Geschirr auf, und gemeinsam zogen sie ihren Karren, so rasch sie konnten, durch die Stadt und hinaus auf das freie Feld.

Am Abend kam Roderich auf sie zugeritten. Er sprang vom Pferd und umarmte Ursula stürmisch. „Die meisten Städte auf dem Weg nach Jerusalem haben Boten zu Verhandlungen geschickt. Sie fürchten uns und wollen sich freikaufen", berichtete er begeistert. „Der Weg nach Jerusalem ist so gut wie frei."

VOR DEN TOREN ARQAS
16. APRIL 1099

Ursula blinzelte in das Licht. Die Sonne stand bereits so hoch, dass der Felsen, neben dem sie lagen, kaum noch Schatten gab. Eine eigentümliche Schwere hatte sich über sie gebreitet. Sie konnte sich nicht rühren. Neben sich hörte sie das sanfte, gleichmäßige Atmen ihres Sohnes. Sie wollte sich ihm zuwenden, er war so wunderschön, aber sie schaffte es nicht mal, sich auf die Seite zu drehen. Ihr Herz schlug wild, ihr war, als bekomme sie keine Luft mehr. In ihr breitete sich Angst aus, doch seltsamerweise auch das Gefühl eines einladenden Friedens. Ursula versuchte, tiefer Luft zu holen, doch es ging nicht. „Herr Gott, ich bin nicht würdig." Und mit dem letzten Hauch, der aus ihrer Lunge kroch: „Erbarme dich über mein Kind. Lass es leben, leben."

Das Licht war zuviel. Ihm war warm, er hatte Hunger, und das erste Kindspech in der Windel drückte ihn. Er horchte, etwas war anders, es fehlte etwas. Wo waren die Wellen des Atems und der mütterliche Herzschlag? Dieses vertraute, dumpfe Pochen, dem er so lange gelauscht hatte. Jetzt war es nur hell und bedrückend still. Er lauschte: nichts, gar nichts. Angst und Hunger waren unerträglich, und er schrie seinen Unmut heraus, in die Stille des leeren Himmels über ihm.

Als plötzlich der Schatten eines Seldschuken über ihn fiel, hielt er kurz inne. Der Mann sah verwundert auf die tote Frau und das schreiende Bündel herab, dann zog er sein Schwert…

ZEITTAFEL

1095:	Der byzantinische (oströmische) Kaiser Alexios I. Komnenos wendet sich an Papst Urban II. (Papst seit 1088)
18. bis 28. November:	Synode von Clermont
27. November:	Flammende Rede des Papstes wird mit *Deus lo vult!* („Gott will es!“) begeistert aufgenommen
Frühjahr **1096**:	Volkskreuzzug: Aufbruch der Horden um Peter den Einsiedler, einen Wanderprediger
	Aufbruch der Ritterheere, schätzungsweise 7.000 Reiter und 22.000 Mann Fußvolk, insgesamt (einschließlich der Unbewaffneten) bis zu 60.000 Menschen
März/April **1097**:	Eintreffen der Ritterheere in Konstantinopel
Mai:	Belagerung von Nicaea
1. Juli:	Schlacht von Dorylaeum: Das Heer der Seldschuken unter Sultan Kilidsch Arslan I. wird vernichtend geschlagen
Juni **1098**:	Einnahme von Antiochia
Februar **1099**:	Belagerung der Burg Arqa nahe Tripolis
7. Juni:	Ankunft der Kreuzfahrer vor Jerusalem

Burkhardt Gorissen

Teufels Brüder

Gelderland 1520. Wie überall im Deutschen Reich rumort es auch in dem Landstrich, der sich von Nimwegen bis Flandern erstreckt. Entführung, Mord und Totschlag sind an der Tagesordnung. Einer der gefährlichsten Magier soll sich auf der Burg Fürst Ludwigs befinden. Immer mehr Mönche geraten ins Visier der teuflischen Brüder, die auch vor Folter und Mord nicht zurückschrecken, um an den Liber Secretus, die Satansbibel, zu kommen. Da verschwindet Pater Marcus – und mit ihm das geheime Buch ...

ISBN 978-3-86744-199-5
Geb., ca. 304 Seiten

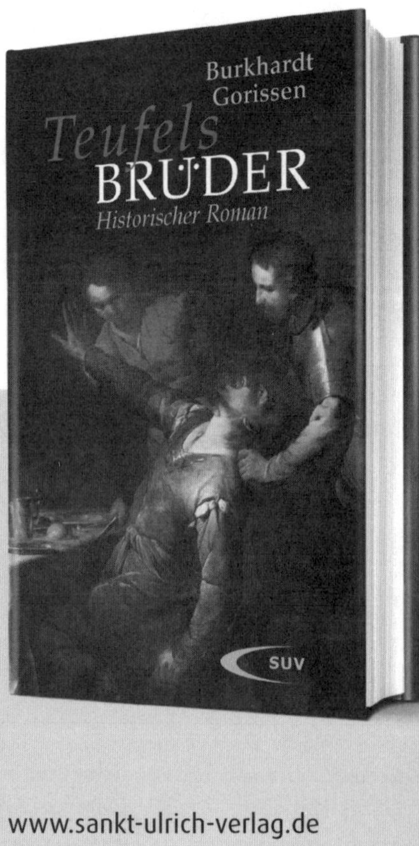

www.sankt-ulrich-verlag.de